हिन्द पॉकेट बुक्स

गाइड टू
चाइल्ड केयर

डॉ आरके आनंद {MD, (Paediatrics), FIAP (India), FRCP (Edinburgh), DCH (London)} का नाम देश के सीनियर चाइल्ड स्पेशलिस्ट में बड़े सम्मान के साथ लिया जाता है। यूनिसेफ के चाइल्ड केयर प्रोग्राम के एडवाइज़र भी हैं। मुंबई के जसलोक हॉस्पिटल एंड रिसर्च सेंटर में Paediatrics and Neonatology डिपार्टमेंट के हेड भी हैं। उन्हें इंडियन एकेडमी ऑफ पीडियाट्रिक्स और रॉयल कॉलेज ऑफ पीडियाट्रिक्स एडिनबर्ग की फेलोशिप भी मिल चुकी है।

फॉरेन के कई बड़े स्पेशलिस्ट्स के साथ काम कर चुके डॉ आनंद रेडियो, टीवी पर कई प्रोग्राम्स प्रस्तुत करने के अलावा अखबार-मैग्जीन्स में रेग्युलर लिखते रहते हैं। उनकी इससे पहले भी चाइल्ड केयर पर कई किताबें पब्लिश हो चुकी हैं, जो बेस्ट सेलर रही हैं।

गाइड टू

चाइल्ड केयर

गर्भावस्था से किशोरावस्था तक बच्चों की देखभाल

डॉ. आर. के. आनंद

हिन्द पॉकेट बुक्स
एक पेंगुइन रैंडम हाउस कंपनी

हिन्द पॉकेट बुक्स

यूएसए | कैनेडा | यूके | आयरलैंड | ऑस्ट्रेलिया
न्यू ज़ीलैंड | भारत | दक्षिण अफ़्रीका | चीन

हिन्द पॉकेट बुक्स, पेंगुइन रैंडम हाउस ग्रुप ऑफ़ कम्पनीज़ का हिस्सा है,
जिसका पता www.hindpocketbooks.com पर मिलेगा

हिन्द पॉकेट बुक्स
पेंगुइन रैंडम हाउस इंडिया प्रा. लि.,
सातवीं मंजिल, इनफिनिटी टावर सी, डी एल एफ साइबर सिटी,
गुड़गांव 122002, हरियाणा, भारत

हिन्द
पॉकेट
बुक्स

नवीन संस्करण 2015 में हिन्द पॉकेट बुक्स द्वारा प्रकाशित
यह संस्करण 2019 में प्रकाशित

10 9 8 7 6 5 4 3 2 1

ISBN 9789353490522

मुद्रकः रेप्लिका प्रेस प्रा. लि., इंडिया

स्वर्गीय डॉ. गोपाल शरण, जिन्होंने मुझे पीडियॉस्ट्रिक्स
के मूल-सिद्धांत सिखाए और परिवार के उन
अमूल्य सदस्यों, जिनके सहयोग ने इस
पुस्तक को संभव बनाया को समर्पित

अनुक्रम

प्राक्कथन

इस पुस्तक के पिछले अंग्रेजी संस्करण को दादा-दादियों/ नाना-नानियों ने काफी पसंद किया था। ये बड़े-बूढ़े अक्सर टिप्पणी करते हुए कहते थे, 'कितना अच्छा होता अगर हमारे जमाने में भी, जब हम अपने बच्चों की परवरिश कर रहे थे, इस तरह की कोई पुस्तक उपलब्ध होती!' चिकित्सा क्षेत्र से जुड़े मेरे सभी मरीज बच्चों के माता-पिताओं को यह पुस्तक पढ़ने की निरंतर सलाह देते रहे।

इस बीच, बच्चों की देखभाल से जुड़ी जानकारी और ज़्यादा विकसित हो चुकी है; इसलिए इस पुस्तक के पुनर्लेखन की ज़रूरत महसूस की गई।

पुस्तक के हर पृष्ठ को बहुत ध्यान से पढ़ा गया, ताकि ज़रूरत के अनुसार कांट-छांट की जा सके या कुछ जोड़ा जा सके। पुस्तक में चित्र भी डाले गए। साथ ही, संपादक दल ने पूरी सामग्री को इस तरह से पुनर्व्यवस्थित किया कि वह पाठकों के लिए ज़्यादा-से-ज़्यादा उपयोगी साबित हो सके।

क्योंकि चिकित्सा की पूरक या वैकल्पिक प्रणालियों में भी दिलचस्पी बढ़ रही है, इसलिए पुस्तक में आयुर्वेद, होमियोपैथी और प्राकृतिक चिकित्सा के महत्व व उपयोगिता का भी यथास्थान विवरण दिया गया है।

प्रार्थना भारतीय परंपरा का एक अंग है। एक पश्चिमी व्यक्ति ने उपचार में इसके महत्व को देखते हुए इसे एक वैज्ञानिक दृष्टिकोण दे दिया। लेखक भी प्रार्थना पद्धति को स्वीकार करता है।

इनके अलावा आध्यात्मिक जुड़ाव (Holistic bonding), किशोरों का पालन-पोषण, नियंत्रण, बच्चे को पढ़कर सुनाना, खान-पान की स्वस्थ आदतें और जन्मजात हृदय-रोग जैसे विषयों पर भी सामग्री शामिल की गई है।

इस पुस्तक में उन सभी प्रश्नों के उत्तर हैं, जो गर्भावस्था से लेकर बच्चे के विशेष व्यवहार और विभिन्न रोगों से लेकर बच्चे की भावनात्मक मनोवैज्ञानिक ज़रूरतों तक के बारे में माता-पिता या दादा-दादी (grandparents) द्वारा आमतौर से पूछे जाते हैं।

बच्चों के जीवन में आनंद भरने के लिए हमारी अपनी मानसिक शांति जरूरी

है, लेकिन कुछ बच्चे माता-पिता को चिंता में डालते रहते हैं, जिसके कारण उनकी मानसिक शांति भंग होती रहती है। पूरी पुस्तक में मैंने अपने उन अनुभवों को बांटने की कोशिश की है, जो कम-से-कम परेशानियों के साथ माता-पिता को मातृत्व और पितृत्व का अधिक-से-अधिक आनंद उठाने में मदद कर सकते हैं।

एक डॉक्टर के रूप में मुझे अपने दायित्व का भी अहसास है। मैं जानता हूं कि दूसरों की हम पर हमेशा नजर रहती है, खासकर अपना इलाज करवाने वाले छोटे-बड़े बच्चों की। इसलिए हमें अपनी जीवन-शैली से एक स्वस्थ और प्रसन्नतापूर्ण दृष्टिकोण का प्रदर्शन करना चाहिए। हम लोगों के साथ कैसा व्यवहार करते हैं? हम किस तरह के कपड़े पहनते हैं? हम क्या खाते हैं? क्या हम शराब या सिगरेट पीते हैं? डॉक्टरों के रूप में क्या हम माता-पिता को अपने बच्चों के स्वास्थ्य पर नियंत्रण रखने की शक्ति प्रदान कर रहे हैं, या हम उन्हें पूरी तरह से डॉक्टरों पर निर्भर बनाए हुए हैं?

मेरा हमेशा से यह ख्याल रहा है कि डॉक्टरों के रूप में हमें दूसरों पर अपने विचार थोपने से बचना चाहिए। आज अधिकांश परिवार विभिन्न विकल्पों की पूरी जानकारी प्राप्त करने के साथ निर्णय लेने के अपने विकल्प खुले रखना चाहेंगे। इस पुस्तक पर दोबारा काम करते हुए बच्चों के स्वस्थ और प्रसन्नता भरे विकास के लिए आज के परिवारों की ज़रूरतों को भी ध्यान में रखा गया है।

अपनी बात खत्म करने से पहले मैं आपको याद दिलाना चाहूँगा कि कोई भी पुस्तक एक अच्छे डॉक्टर की जगह नहीं ले सकती। आपका पारिवारिक डॉक्टर या बाल-विशेषज्ञ आपको और आपके बच्चे को जानता है। इसलिए अपने बच्चे की समस्याओं के लिए आपको उनकी सलाह जरूर लेनी चाहिए। लेकिन अपने डॉक्टर से संपर्क न कर पाने की स्थिति में यह पुस्तक आपकी मदद कर सकती है। साथ ही यह पुस्तक बच्चे के रोग के बारे में डॉक्टर की व्याख्या को ज़्यादा अच्छी तरह समझने में भी आपकी मदद कर सकती है। इस पुस्तक को पढ़ने के बाद आपकी कुछ शंकाएँ और उलझनें भी अपने आप दूर हो सकती हैं, और आप उनके बारे में अनावश्यक चिंता से मुक्त हो सकते हैं।

डॉ. आर. के आनंद

बच्चे के जन्म की योजना

सुरक्षित मातृत्व

हालांकि 'सुरक्षित मातृत्व' का अर्थ गर्भवती स्त्री और उसके बच्चे के स्वास्थ्य की देखभाल से लगाया जाता है, लेकिन अच्छा यह है कि एक स्त्री के स्वास्थ्य की देखभाल उसके बचपन से ही की जाए।

जिस लड़की की बचपन और किशोर उम्र में सही देखभाल की गई हो, उसे गर्भावस्था और प्रसव (बच्चे के जन्म) के दौरान बहुत कम मुश्किले आती हैं, और एक पूरी तरह से स्वस्थ बच्चे के जन्म की कहीं ज़्यादा सम्भावना रहर्ता है।

फॉलिक एसिड जरूरी क्यों ?

गर्भावस्था के पहले छह हफ्तों के दौरान पत्ते वाली सब्जियों और फॉलिक एसिड नाम के एक विटामिन का नियमित रूप से सेवन करें। इससे बच्चे को स्पाइना बिफिडा (spina bifida) नामक बीमारी (रीढ़ की हड्डी से जुड़ा एक रोग) होने की सम्भावना बहुत कम हो जाती है।

सही उम्र में गर्भ धारण करें

रिसर्च से पता चला है कि बच्चे को जन्म देने की सबसे सही उम्र 23 से 27 वर्ष के बीच है। 18 वर्ष से पहले और 35 वर्ष के बाद गर्भ धारण करने से बचना चाहिए। कम उम्र की माँओं के बच्चों का जन्म समय से पहले होने की सम्भावना रहती है, जबकि 35 वर्ष के बाद गर्भावस्था और प्रसव से जुड़े ख़तरे बहुत ज़्यादा बढ़ जाते हैं।

लेकिन अगर आप 18 वर्ष से छोटी या 35 वर्ष से बड़ी हैं और गर्भवती हो गई हैं, तो घबराएँ नहीं अगर आप डॉक्टर की सलाह पर पूरा-पूरा अनल करें और अपनी सही देखभाल करें तो एक सामान्य बच्चे को जन्म देने की सम्भावना बढ़ जाती है।

बच्चों के जन्म में अन्तर रखें

बच्चों के बीच 2 वर्ष का अन्तर अच्छा माना जाता है, लेकिन माँ के स्वास्थ्य

की दृष्टि से मैं इस अन्तर को 3 वर्ष का रखने की सलाह दूँगा। गर्भावस्था और प्रसव के बाद पूरी तरह स्वस्थ होने में माँ को 2 वर्ष लग जाते हैं।

अगर दो बच्चों के जन्म के बीच का अन्तर 2 वर्ष से कम है, तो यह दोनों के लिए ही हानिकारक है। आमतौर से ऐसे बच्चों का उतना अच्छा शारीरिक और मानसिक विकास नहीं हो पाता, जितना कि कम-से-कम 2 वर्ष के अन्तर से पैदा होने वाले बच्चों का। लेकिन इसका उल्टा भी उतना ही सच है। अमरीका की 'सेन्टर फॉर डिसीज कन्ट्रोल' (सी.डी.सी.) के एक अध्ययन से पता चला है कि 10 वर्ष के अन्तर से पैदा होने वाले बच्चों के असामान्य रूप से छोटे आकार के होने और उनके समय से पहले ही पैदा होने की सम्भावना 50 प्रतिशत अधिक रहती है।

दो बच्चों के जन्म के बीच का अन्तर तीन साल होना चाहिए।

अपने परिवार का नियोजन करें

आजकल भारत के शहरों में बहुत से माता-पिता 1 या 2 बच्चों को ही पैदा करना पसन्द करते हैं, जो कि एक स्वस्थ चलन है।

प्रसव के बाद होने वाली पहली डॉक्टरी जाँच में परिवार नियोजन के बारे में सही सलाह लें। यह सच है कि बच्चे को सिर्फ स्तनपान करवाने वाली स्त्रियां बच्चे के जन्म के बाद 6 महीने की अवधि के दौरान, और मासिक-धर्म शुरू होने से पहले, 2 प्रतिशत से भी कम मामलों में फिर से गर्भवती होती हैं। लेकिन यह धारणा बिलकुल गलत है कि दूध पिलाने वाली माँ गर्भवती नहीं हो सकती।

यह भी याद रखें कि यदि आपके पहले से ही जुड़वाँ बच्चे हैं, तो दूसरों की तुलना में आपके दोबारा जुड़वाँ बच्चे होने की सम्भावना कहीं ज़्यादा है।

गर्भावस्था

गर्भावस्था की पुष्टि

जैसे ही आपका मासिक-चक्र रुके या आपको गर्भवती होने का सन्देह हो, तुरन्त अपने डॉक्टर से मिलें और अपनी गर्भावस्था की पुष्टि करें।

डॉक्टर आपको आहार, आम सावधानियों और जरूरी दवाइयों सम्बन्धी सलाह भी देगा।

गर्भावस्था के दौरान जाँच

गर्म धारण करने के बाद पहली बार डॉक्टर के पास जाने पर, और उसके बाद हर बार, डॉक्टर उच्च रक्त-चाप (हाइ ब्लड-प्रेश) और रक्त की कमी के लिए आपकी जाँच करेगा। बच्चे पैदा करने की उम्र में स्त्रियों में खून और केल्शियम की कमी हो जाना बड़ी आम बात है। इस कभी को दूर करने के लिए आयरन (लौह तत्व) और फॉलिक एसिड की गोलियों के साथ-साथ कैल्शियम लेने की सलाह दी जाती है। आपको और बच्चे को टिटनस से बचाने के लिए टिटनस टॉक्सॉयड के एक-दो इंजेक्शन भी दिए जाते हैं। जैसे-जैसे गर्भावस्था के दिन बढ़ते जाते हैं, अल्ब्यूमिन (albumin) और शर्करा की उपस्थिति या अनुपस्थिति के लिए, समय-समय पर आपके मूत्र की जाँच भी की जा सकती है।

आपके ब्लड-ग्रुप (रक्त-वर्ग) की पुष्टि के लिए और आर.एच. फेक्टर की उपस्थिति या अनुपस्थिति के लिए आपके रक्त की जाँच भी की जाती है। आजकल ज़्यादातर हस्पतालों में एच.आई.वी., यौन-सम्बन्धों से फैलने वाले रोगों और अन्य संक्रामक रोगों के लिए भी आपकी जाँच की जाती है, ताकि प्रसव के दौरान उचित सावधानियाँ बरती जा सकें और इन रोगों के नवजात शिशु तक पहुँचने की सम्भावना को कम किया जा सके।

अगर डॉक्टर को किसी तरह की जन्मजात (कंजेनिटल) खराबी का सन्देह है, जो बच्चे के मस्तिष्क या रीढ़ की हड्डी को प्रभावित कर सकती है, तो वह अल्फा-फीटो-प्रोटीन के लिए भी आपके रक्त की जाँच कर सकता है।

अल्ट्रासाउण्ड स्कैन (सोनोग्राफी)

भ्रूण (फोयटस) के विकास, इसके सिर के आकार, प्लासेंट (अपरा) की स्थिति, और भ्रूण के आसपास मौजूद एम्नीयोटिक द्रव्य की मात्रा के अध्ययन के साथ-साथ एक से ज़्यादा बच्चों का पता लगाने या गर्भ में किसी खराबी की स्थिति में सोनोग्राफी एक उपयोगी और लाभदायक परीक्षण है।

एम्नीयोसेन्टेसिस

अगर डॉक्टर को भ्रूण में कोई गुणसूत्रीय या जन्मजात खराबी होने का बहुत गहरा सन्देह हो तो वह इस टेस्ट की सलाह देता है। यह परीक्षण अल्ट्रासाउण्ड मार्गदर्शन में किसी विशेषज्ञ द्वारा ही किया जाना चाहिए। दुर्भाग्यवश, कुछ अनैतिक डॉक्टर इस परीक्षण का इस्तेमाल भ्रूण के लिंग का पता लगाने और इसके मादा होने की स्थिति में गर्भपात के लिए करते हैं।

आनुवंशिक परीक्षण और सलाह

अगर घर में किसी बच्चे में पहले से ही कोई आनुवंशिक दोष है, तो अपने अगले बच्चे को लेकर माता-पिता का चिन्तित होना स्वाभाविक है। भारत के ज़्यादातर शहरों में अब इस तरह की सुविधाएँ उपलब्ध हैं जिनसे अजन्में बच्चे को प्रभावित करने वाले आनुवंशिक रोगों का पता लगाया जा सकता है। जेनेटिक डॉक्टर इस तरह के सम्भावित खतरों के बारे में पूरी और सही सलाह देता है।

वैसे पूर्वजों की एक ही श्रृंखला से सम्बन्ध रखने वाले दम्पत्तियों को (जैसा कि सगोत्र विवाहों में होता है) विवाह से पहले किसी जेनेटिक डॉक्टर की सलाह लेनी चाहिए। इन मामलों में आनुवंशिक रोगों की सम्भावना ज़्यादा रहती है।

प्रसवपूर्व कक्षाएं (एण्टी-नेटल क्लासेस)

चिकित्सीय या अर्द्ध-चिकित्सीय संस्थाओं या व्यक्तियों द्वारा चलाई जाने वाली ये कक्षाएँ आप के लिए काफी उपयोगी साबित हो सकती है। इन कक्षाओं में आपको और आपके पति को गर्भावस्था और प्रसव के बारे में जरूरी जानकारियाँ दी जाती हैं। साथ ही आपको गर्भावस्था के भिन्न-भिन्न चरणों से गुजर रहीं स्त्रियों से मिलने का भी अवसर मिलता है।

अपने-आपको खुश रखें

प्राचीन आयुर्वेदिक ग्रन्थों के अनुसार एक गर्भवती स्त्री की उतनी ही सतर्कता से देखभाल की जानी चाहिए जितनी कि तेल से ऊपर तक भरे किसी बर्तन

को उठाने में। आपके पति का प्यार और स्नेह एक खुश और स्वस्थ बच्चे को जन्म देने में आपकी भरपूर मदद करेगा।

आपको धार्मिक ग्रन्थों का पाठ सुनने की और क्रोध, भय, ईर्ष्या और घृणा पैदा करने वाली भावनाओं से बचने की सलाह दी जाएगी। साथ ही आपको नशीले पदार्थों, बहुत ज़्यादा थका देने वाले काम, और ऊबड़-खाबड़ रास्तों पर किसी वाहन में यात्रा करने से दूर रहने के लिए भी कहा जाएगा।

अब इस बात के प्रमाण मिल चुके हैं कि आपके दिमाग की स्थिति बच्चे को प्रभावित करती है। गर्भावस्था के दौरान मानसिक चिन्ता और तनाव से भ्रूण के विकास और बच्चे के वज़न पर बहुत ज़्यादा प्रभाव पड़ता है।

हो सकता है कि आप अपनी गर्भावस्था को लेकर उतनी खुश न हों जितनी कि आपको होना चाहिए — खासकर अगर आपकी सही देखभाल नही हो पा रही हो या यह एक अनियोजित (बिना किसी पूर्व योजना के) गर्भ हो। बहुत प्रसन्नचित्त स्त्रियाँ भी गर्भावस्था के आखरी महीने में हताश महसूस करने लगती हैं। अपने मन को शान्त रखने की कोशिश करें और अपने प्रियजनों के सहयोग पर भरोसा रखें। यह समय भी गुजर जाएगा, जैसे आपसे पहले और बहुत-सी स्त्रियों का गुजरा है।

गर्भावस्था के दौरान आहार

इस बात का ध्यान रखें कि आप पर्याप्त मात्रा में मौसमी फल, सब्जियाँ (खासकर पत्तों वाली और कच्ची सब्जियाँ — लेकिन अच्छी तरह से धुली हुई, दालें और अनाज ले रही हैं। अगर आपको दूध और दूध से बनी हुई चीजें, माँस, मछली और अण्डे वगैरह पसन्द हैं, तो उनका भी खुलकर सेवन करें। लेकिन इस बात का भी ध्यान रखें कि भले ही आपको अतिरिक्त भोजन की आवश्यकता है, लेकिन ज़रूरत से ज़्यादा खाना भी ठीक नहीं है।

अगर आपको दूध और अण्डे पसन्द नहीं हैं, और अगर आपके किसी बड़े बच्चे को एलर्जी की शिकायत रही है, तो इन चीजों से दूर रहें। इनकी बजाय ताजा फलों, सूखे मेवों और भूने हुए चनों का सेवन करें, न कि बिस्कूटों और तली हुई चीजों का। जिन गर्भवती स्त्रियों (और स्तनपान करवाने वाली माताओं) के परिवार में एलर्जियों की शिकायत रही हो, उन्हें मूँगफली और इससे बनी हुई खाद्य-सामग्रियों के सेवन से बचना चाहिए।

अपनी कॉफी की मात्रा को भी कम कर दें। कॉफी का ज़्यादा सेवन समय से पहले ही प्रसव का कारण बन सकता है और बच्चे के वज़न को भी प्रभावित कर सकता है।

शाकाहारी आहार

एक सन्तुलित शाकाहारी आहार गर्भवती स्त्री की सभी ज़रूरतों को पूरा कर सकता है।

'इण्डियन एकेडमी ऑफ पीडिएट्रिक्स' के आधिकारिक पत्र 'इण्डियन पीडिएटिक्स' के 1993 के अंक में छपे अपने एक उत्कृष्ट लेख में गोपालन, पुरी और सचदेव ने शाकाहारी आहार की 3 श्रेणियों का उल्लेख किया है। ये तीन श्रेणियाँ हैं —

- **लेक्टो-ओवो-वेजिटेरियन डाइट्स्**, जिनमें अण्डों के साथ-साथ स्तनधारी जीवों का दूध (गाय, भैंस और स्तनों का दूध) भी शामिल है।
- **लेक्टो-वेजिटेरियन डाइट्स**, जिनमें स्तनधारी जीवों का दूध शामिल है। गोपालन, पुरी और सचदेव के अनुसार, इस तरह का आहार — जो हमारे देश का आम शाकाहारी आहार है — एक गर्भवती माँ की सभी पोषण सम्बन्धी ज़रूरतों को पूरा कर सकता है।
- **वेगन** (Vegan) **डाइट्स**, जिनमें स्तनों के दूध को छोड़कर अन्य सभी स्तनधारी जीवों का दूध वर्जित है।

  इन आहारों में गाय, भैंस या किसी अन्य स्तनधारी पशु का दूध शामिल नहीं होता।

  हो सकता है कि इस तरह के आहार कुछ पौष्टिक तत्वों की आपूर्ति न कर पाएँ। वेगन आहारों की इस कमी को पूरा करने वाले खाद्य, पदार्थों की सूची आगे दी जा रही है।

सभी स्तनधारी जीवों के दूध से रहित आहार में अनुपलब्ध महत्वपूर्ण पौष्टिक तत्व

अनुपलब्ध पौष्टिक तत्व	इस कमी को पूरा करने वाली खाद्य-सामग्रियाँ
रेटिनॉल (विटामिन ए)	केरोटिनॉयड्स - बी-केरोटीन (विटामिन ए का अग्रदूत) सब्जियों के आहार में प्रचुर मात्रा में उपलब्ध
विटामिन-बी12	स्तनधारी जीवों के दूध में उपलब्ध
विटामिन-डी	स्तनधारी जीवों के दूध में उपलब्ध धूप में कुछ देर रहने से उपलब्ध
कार्नीटाइन और (शिशुओं के लिए जरूरी) टॉराइन	माँ के दूध में उपलब्ध

कुछ दीर्घ-श्रृंखला वाले माँ के दूध में उपलब्ध
वसीय अम्ल (Some Long-Chain
Fatty Acids) — शिशुओं के लिए जरूरी

विटामिन-बी[12] की न्यूनता एनीमिया का कारण बन सकती है, और मस्तिष्क तथा नसों को क्षति पहुँचा सकती है। मैंने वेगन आहार लेने वाली दो माँओं के स्तन-पोषित शिशुओं की मानसिक क्षमताओं पर इसके बहुत गम्भीर दुष्प्रभाव देखे हैं। मुम्बई की जानी-मानी पोषाहार विशेषज्ञ (Nutritionist) कविता मुखी के अनुसार, विटामिन-बी[12] की कुछ सामान्य ज़रूरतों को 'स्पिरूलिना' पूरा कर सकता है। शाकाहारी व्यक्ति जड़ों वाली सब्जियों की फलियों और गाँठों से भी विटामिन-बी[12] की कुछ मात्रा प्राप्त कर सकते हैं। फिर भी, मेरा परामर्श है कि वेगन आहार लेने वालों को प्रतिदिन विटामिन-बी[12] की अतिरिक्त खुराक लेनी चाहिए।

कैल्शियम से भरपूर खाद्य-पदार्थ

पत्तों वाली सब्जियाँ : कड़ीपत्ता, चौलाई लोबिया, शल्गम के पत्ते, अरबी (काली), और मूली, मेथी, पुदीना।

अनाज और दालें : रागी, सोयाबीन, राजमा, काला चना।

पशुओं से प्राप्त खाद्य-सामग्री : छोटी मछली, गाय का दूध, भैंस का दूध, सभी तरह की दही, रोहू मछली।

प्रसव-पीड़ा और प्रसव

यूरोप में, बच्चे को जन्म देने का स्थान चुनने के लिए स्त्रियों के सामने कई विकल्प रहते हैं — अस्पताल, मेटर्निटी होम (जच्चा-बच्चा केन्द्र या प्रसूति-ग्रह), बर्थिंग सेन्टर (शिशु-जन्म केन्द्र) या फिर उनका अपना घर। भारत में भी अब कई शहरी स्त्रियाँ बच्चे को घर पर ही जन्म देना पसन्द करने लगी हैं।

बच्चे को घर पर ही जन्म देने की आपकी इच्छा पर मुझे कोई आपत्ति नहीं है, बशर्ते कि

- आप किसी अस्पताल के नजदीक रहती हों।
- आपकी बिल्डिंग में कोई प्रसूति-विशेषज्ञ या प्रशिक्षित दाई रहती हो।
- अगर कोई डॉक्टर (ऑब्स्टेट्रीशियन) बच्चे के जन्म के दौरान उपस्थित रहने के लिए तैयार हो।

निम्नलिखित स्थितियों में आपको बच्चे को किसी अस्पताल या प्रसूति-ग्रह में ही जन्म देने की सलाह दी जाती है —

- अगर पिछले प्रसव और वर्तमान प्रसव के बीच दो वर्ष से कम का अन्तर है।
- अगर आप 17 वर्ष से छोटी या 35 वर्ष से बड़ी हैं।
- अगर आपके पहले से ही 4 बच्चे हैं।
- अगर आपने इससे पहले किसी बच्चे को समय से पूर्व ही जन्म दिया है।
- अगर इससे पहले आपके किसी बच्चे को वज़न जन्म के समय दो किलोग्राम से कम रहा है।
- अगर आपको इससे पहले प्रसव के दौरान किसी कठिनाई, सीजेरियन शिशु-जन्म, मिस कैरिज, गर्भपात या स्टिलबर्थ (मृत शिशु) जैसे किसी अनुभव से गुजरना पड़ा है।
- अगर गर्भ धारण करने से पहले आपका वज़न 40 किलोग्राम से कम या 70 किलोग्राम से अधिक था।

- अगर आपका कद 145 से.मी. से कम है।

आपको अतिरिक्त सावधानी की ज़रूरत पड़ेगी, अगर —

- गर्भावस्था के दौरान आपका वज़न कम-से-कम छह किलोग्राम नहीं बढ़ा है।
- अगर आपको डायबिटीज, अनीमिया (रक्त की कमी), हृदय या गुर्दे के रोग या उच्च रक्तचाप (हाइ ब्लड-प्रेशर) की शिकायत है।
- आपके अंगों (हाथ-पाँवों) और चेहरे पर सूजन है।
- आपको गर्भावस्था के दौरान योनि में रक्त-स्राव की शिकायत रही है।
- आपको भयंकर सर दर्द, उल्टियों या लगातार तेज़ बुखार की शिकायत रही है।
- आप जुड़वां बच्चों को जन्म देने जा रही हैं।
- आप आर एच नेगेटिव हैं।
- चिकित्सीय कारणों से आपका सीजेरियन प्रसव होने की सम्भावना है।

आपकी डॉक्टर सही अस्पताल के चुनाव में आपकी मदद करेगी। यह एक ऐसा अस्पताल होना चाहिए जिससे वह खुद भी जुड़ी हुई हो, और उसे पता हो कि आपकी गर्भावस्था से जुड़ी जटिलताओं को देखते हुए यह एक सक्षम अस्पताल है। आप इस अस्पताल को और इसके प्रसूति-कक्ष को खुद भी जाकर देख सकती हैं, और अपने बच्चे को वहाँ जन्म देने के लिए मानसिक तैयारी कर सकती हैं।

अधिकांश अस्पतालों में समय से काफी पहले ही नामाँकन करवाना पड़ता है, इसलिए इस सम्बन्ध में अपनी डॉक्टर से जानकारी प्राप्त करने की कोशिश करें।

एक शिशु-मित्र अस्पताल का चुनाव करें

'बेबी-फ्रेंडली हॉस्पिटल इनीशिएटिव' (बी.एफ.एच.आई.) एक विश्वव्यापी प्रयास है, जिसका उद्देश्य स्तनपान को बचाने, बढ़ावा देने और प्रचारित करने के साथ-साथ प्रसव के दौरान और बाद में माँ की सही देखभाल करने, उसके साथ गरिमापूर्ण व्यवहार करने, और सही सूचनाओं और मार्गदर्शन के माध्यम से उसकी अधिक-से-अधिक मदद करने पर जोर देना है। इस तरह के शिशु-फ्रेंडली अस्पतालों के विकास के लिए अब भारत में भी प्रयास हो रहे हैं, और इस उद्देश्य के लिए एक मार्ग-दर्शिका तैयार करने के बाद अब इसके क्रियान्वयन पर जोर दिया जा रहा है।

सरकार, यूनीसेफ और डब्ल्यू.एच.ओ. जैसी संस्थाओं की मदद से इस सम्बन्ध में एक टास्क-फोर्स तैयार की गई है, जो विभिन्न अस्पतालों और मेटर्निटी होमों

को उनकी योग्यता के आधार पर और बेबी-फ्रेंडली मार्ग-दर्शिका की कसौटी पर आँककर बेबी-फ्रेंडली प्रमाण-पत्र जारी करती है।

इस तरह के अस्पतालों के नामों और पतों की जानकारी के लिए आप कन्वीनर, नेशनल टास्क फोर्स, बी.एफ.एच.आई., इण्डियन मेडिकल एसोसिएशन, आई.एम.ए. हाउस, इन्द्रप्रस्थ मार्ग, नई दिल्ली - 110002 से सम्पर्क कर सकती हैं।

एक बाल-विशेषज्ञ (पीडिएट्रीशियन) का चुनाव करें

अपनी डॉक्टर से कहें कि बच्चे के जन्म से पहले ही वह बच्चों के डॉक्टर (पीडिएट्रीशियन) के चुनाव में आपकी मदद करे। हो सकता है ऐसे किसी डॉक्टर को आप पहले से जानती हों। अगर आपका केस कुछ जटिल है और बच्चे के जन्म के दौरान या बाद में कोई कठिनाई आने की सम्भावना है, तो बच्चों के किसी डॉक्टर के साथ पहले से ही सलाह-मशविरा कर लेना अच्छा रहता है।

अस्पताल जाने की तैयारी

कुछ अस्पताल भर्ती से पहले ही आपको ज़रूरी वस्तुओं की सूची पकड़ा देते हैं। अस्पताल जाने से पहले आप निम्नलिखित वस्तुओं को अपने पास तैयार. रखें –

- व्यक्तिगत इस्तेमाल की वस्तुएँ — टूथब्रश, टूथपेस्ट, क्रीम वगैरह।
- सामने की तरफ से खुलने वाले दो नाइटगाउन (ताकि आप ज़्यादा आसानी से बच्चे को अपना दूध पिला सकें) और मिलने-जुलने वालों की उपस्थिति में आंचल को ढंकने के लिए कोई दुपट्टा वगैरह।
- अन्दरूनी कपड़े
- सही माप की कुछ ब्रा (नर्सिंग-ब्रा ज़रूरी नहीं है, क्योंकि वे बच्चे के चेहरे और आपके स्तन के बीच सीधे सम्पर्क में बाधा डालती हैं)
- एक तौलिया
- न फिसलने वाले स्लीपर
- अस्पताल से छुट्टी मिलने के बाद आपके और बच्चे के पहनने के लिए कपड़े
- कुछ नकद रुपए
- एक टेबल-घड़ी
- हर रोज पढ़ने के लिए कोई धार्मिक पुस्तक, और साथ ही कुछ अन्य पुस्तकें और पत्रिकाएँ

आप अपने बड़े बच्चे या अपने पति का कोई अच्छा-सा चित्र भी अपने साथ रख सकती हैं, और अपने किसी प्रिय देवी-देवता का कोई चित्र या मूर्ति

भी। आप इन चित्रों और मूर्तियों को अस्पताल में अपने बिस्तर के पास वाले टेबल पर रख सकती हैं।

घर के लिए एक आपत्कालिक प्रसव-किट

अच्छी-से-अच्छी योजनाएँ भी कई बार धरी-की-धरी रह जाती हैं, भले ही आपने किसी अस्पताल या मेटरनिटी होम में अपना नामाँकन करवा रखा हो। इसलिए किसी आपत्कालिक स्थिति के लिए घर पर भी एक 'इमरजेन्सी डिलिवरी किट' तैयार रखें।

इन वस्तुओं को हमेशा अपने पास रखें –

- साबुन
- एक प्लास्टिक शीट
- रूई और गेज़ के पैड
- नाभी-नाल को बाँधने के लिए सूती धागा
- एक नया रेज़र ब्लेड
- सेट्रीमाइड सॉल्युशन (1%)

प्रसव के दौरान दवाइयाँ

दवाइयों को ज़्यादा-से-ज़्यादा टालने की कोशिश करनी चाहिए। आमतौर से मैं एक स्वाभाविक प्रसव-प्रक्रिया को प्रोत्साहित करता हूँ। मेरा यह भी मानना है कि प्रसव-पीड़ा के दौरान कोई भी दवा उतनी असरदायक साबित नहीं हो सकती, जितना कि आपकी डॉक्टर, दाई, पति, माँ या सास का सहानुभूति भरा भावनात्मक सहयोग, खासकर अगर उन्हें प्रसव-पीड़ा की प्रक्रिया की पर्याप्त जानकारी हो।

पीड़ाहरक दवाइयों में 'एडिक्शन' की सम्भावना तो रहती ही है, साथ ही प्रसव के दौरान माँ की तरफ से पूरा सहयोग न मिल पाने का अन्देशा भी बना रहता है। इन दवाइयों का बच्चे पर भी असर पड़ सकता है, और उसे साँस लेने और स्तनपान करने में तकलीफ हो सकती है। आप प्रसव-पीड़ा के बारे में अपनी डॉक्टर से खुलकर बात कर सकती हैं और इसे कम करने के लिए उसकी और पुस्तकों की मदद ले सकती हैं। अपनी डॉक्टर से सलाह करके आप इस पीड़ा को झेलने की कोई ऐसी तकनीक अपना सकती हैं जो आपके और आपके बच्चे दोनों के लिए ही सुरक्षित और श्रेष्ठतम हो।

अस्पताल में नवजात शिशु की देखभाल

आखिर वह समय आ पहुँचा जिसका बड़ी बेसब्री से इंतज़ार था। डॉक्टर ने आपके बच्चे के जन्म की घोषणा कर दी है।

डॉक्टर या बाल-विशेषज्ञ आपके बच्चे की एक नजर में जाँच करती है और फिर उसे आपके स्तनों के पास लिटा देती है। बच्चे का आपके शरीर के साथ अब स्किन-टू-स्किन (नग्न) सम्पर्क है। नर्स आप दोनों को सर्दी से बचाने के लिए आपको एक चादर से ढंक देती है। नन्हा शिशु अपनी आँखें खोलता है, अपना सर एक तरफ घुमाता है और आपके स्तन की चूची (निप्पल) को तलाश करने लगता है। डॉक्टर आपकी जाँच कर रही होती है कि बच्चा अपने-आप ही आपकी चूची को ढूँढ लेता है और उसे चूसने लगता है।

एक नया अनुभव

यह एक आदर्श स्थिति है, और इस स्थिति में आप खुद भी अपने-आपको पा सकती हैं — खासकर अगर आप एक बेबी-फ्रेंडली अस्पताल या मेटर्निटी होम में भर्ती हैं। इस तरह के अस्पताल में, बच्चे के जन्म के फौरन बाद, डॉक्टर कमरे की बत्तियों को धीमा करवा देती है और इस बात का ध्यान रखती है कि कमरे में किसी तरह का शोर-शराबा और चहल-पहल न हो। उसके सहयोगी भी अनावश्यक बातचीत करने या किसी तरह का शोर करने से बचते हैं। कोशिश की जाती है कि कमरे में बिल्कुल उसी तरह का माहौल पैदा किया जा सके जैसाकि बच्चे को गर्भाशय के अन्दर प्राप्त था — शान्त और सकून भरा। ऐसे माहौल में आपके और आपकी नवजात बेटी या बेटे के बीच तुरन्त ही एक भावनात्मक सूत्र स्थापित हो जाता है। आप उसके साथ बातचीत भी कर सकती हैं।

लेकिन किसी तरह के आश्चर्य के लिए भी तैयार रहें — क्योंकि कोई भी दो शिशु या दो माँए एक जैसी नहीं होतीं। हो सकता है अपने बच्चे को पहली बार देखने के बाद आपमें किसी तरह का उत्साह पैदा न हो। या फिर उसका खून के धब्बों से भरा चेहरा और उसका झुर्रियों भरा शरीर आपको थोड़ी देर के लिए विचलित-सा कर दे।

यह भी मुमकिन है कि आपको थकान महसूस हो रही हो या नींद आ रही हो। अगर ऐसा है तो आपको किसी तरह का अपराध-बोध महसूस करने की ज़रूरत नहीं है। यह बात हमेशा याद रखें कि आपको हँसने, रोने, खुशी से चीखने-चिल्लाने या फिर सिर्फ सो जाने का पूरा-पूरा अधिकार है। अगर गर्भावस्था के दौरान आप प्रेरणा और खुशी से भरी रही हैं, और आपकी डॉक्टर प्रसव-पीड़ा के दौरान आपको दर्दनिवारक या बेहोशी की दवाईयाँ न देने में सफल रही है, तो बहुत प्रबल सम्भावना है कि आप और आपका 'नवजात शिशु' एक-दूसरे से ऐसे मिलें मानों युगों-युगों से इसी क्षण की प्रतीक्षा करते रहे हों।

जन्म के बाद बच्चा लगभग चालीस मिनट तक पूरी तरह जागृत अवस्था में रहता है। यही वह समय होता है जब आप उसे अपनी बाहों में भरकर उसके साथ अपने अटूट जुड़ाव के पहले क्षणों को महसूस कर सकती हैं। यह समय बच्चे के लिए भी बहुत महत्वपूर्ण होता है और उसके भीतर जीवन भर के लिए सुरक्षा की भावना भर सकता है। (लिनीमेरय ओर लिज़ एण्ड्रयूज़ अपनी मशहूर पुस्तक 'द सोशल बेबी' के लिए शोध के दौरान इस निष्कर्ष पर पहुँची हैं कि बच्चा अपने जन्म के एक मिनट के भीतर ही अपनी माँ को पहचान लेता है। दो मिनट के भीतर वह उसके चेहरे को ध्यान से देखने के लिए अपनी गर्दन

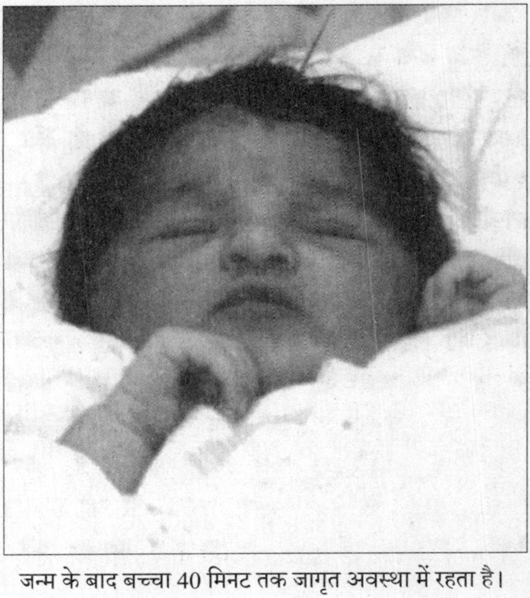

जन्म के बाद बच्चा 40 मिनट तक जागृत अवस्था में रहता है।

भी घुमाने लगता है। आधे घण्टे बाद वह किसी भी मानवीय चेहरे को पहचानने लगता है। नवजात शिशुओं का अपनी बाहों को हिलाना-डुलाना और मुँह से गुरहटों जैसी आवाजें निकालना बड़ों की समझ में भले ही न आए, लेकिन यह दुनिया के साथ एक सम्पर्क-सूत्र जोड़ने की एक जटिल प्रक्रिया मात्र होती है। नवजात शिशुओं के भीतर एक ऐसी क्षमता या यूं कहिए कि एक ऐसी संचार-प्रणाली मौजूद होती है जो उन्हें अपने से प्यार करने वालों और अपनी देखभाल करने वालों की तरफ स्वतः ही खींच लेती है।)

बच्चे को — वह बेटा हो या बेटी — ईश्वर का उपहार मानकर स्वीकार करें। इससे आपको जीवन-भर के लिए बच्चे के साथ एक स्वस्थ और सकारात्मक सम्बन्ध स्थापित करने में मदद मिलेगी।

अपनी बेटी की खुशी मनाएँ

किसी जमानें में इसे भले ही एक दुर्भाग्य समझा जाता रहा हो, लेकिन आज एक बेटी का जन्म चिन्ता की बजाय खुशियों भरे उत्सव का प्रतीक बन चुका हैं – हालांकि कुछ अपवाद अब भी मौजूद हैं। रीता साहनी इस सम्बन्ध में बहुत सारे माता-पिताओं से बात करने के बाद ही इस निष्कर्ष पर पहुँची हैं। बेटी के पक्ष में पलड़ा झुक जाने के पीछे आखिर क्या कारण हैं? लेखिका ने इस सम्बन्ध में मनोविशेषज्ञों, शिशु-जन्म से जुड़े चिकित्सकों और समाजशास्त्र के एक अध्यापक से भी बात की। ऐसा प्रतीत होता है कि इसे बदलती सामाजिक धारणा के पीछे सबसे बड़ा कारण यह हैं कि एक बैठे का ज़्यादा आसानी से और ज़्यादा सुरक्षित ढंग से पालन-पोषण कर सकने की 'मिथ' ध्वस्त हों चुकी हैं। आजकल बेटी के घर में खाने-पीने और आतिथ्य स्वीकार करने की 'टैबू' (वर्जित) नहीं समझा जाता। लड़कियाँ न सिर्फ ज़्यादा भरोसेमन्द साबित हो रही है, बल्कि वे विवाह के बाद आजकल माता-पिता के साथ अपना भावनात्मक सम्बन्ध भी जारी रखती हैं। वे माता-पिता की स्वतन्त्रता में बाधक भी नहीं बनतीं। दूसरी तरफ बेटे का मतलंब बूढ़ी माँ के लिए बच्चों की बेबी-सिटर (बच्चों की देखभाल करने बाली) बनकर रह जाना मात्र रह गया है। आजकल परिवार का व्यवसाय सँभालने के मांमलें में भी लड़कियाँ लड़कों को कड़ी टक्कर दे रही हैं, और उनके बराबर ही नहीं बल्कि कई मामलों में उनसे बेहतर साबित हो रही हैं। किसी जमाने में पुरुष-प्रधान समझे जाने वाले क्षेत्रों में भी लड़कियाँ बढ़-चढ़ कर अपना कमाल दिखा रही हैं। मानव-स्वभाव का अध्ययन करने वाले शास्त्रियों का मानना है कि

अपनी भावनाओं को प्रकट करने के मामले में भी लड़कियाँ लड़कों से ज़्यादा संवेदनशील और सक्षम होती हैं।

इसके अलावा, स्वास्थ्य की दृष्टि से भी, एक बेटी का जन्म अपेक्षाकृत कम चिन्ता का कारण होता है। सीखने-समझने की विकलांगता के मामले में लड़कों का अनुपात लड़कियों की तुलना में 3:1 है, जबकि हकलाने के दोष के मामले में यह अनुपात 4:1 है। हीमोफीलिया (एक तरह का-रक्त-दोष) और डटोन'ज़ मस्क्युलर डिस्ट्रॉफी (माँस-पेशियाँ का एक गम्भीर रोग) जैसी बीमारियाँ भी सिर्फ लड़कों में पाई जाती हैं। मानसिक विकास की धीमी रफ्तार (मेन्टल रिटार्डेशन) से जुड़ा एक प्रमुख दोष फ्रेजाइल-एक्स सिंड्रोम भी लड़कियों की अपेक्षा लड़कों में अधिक पाया जाता है। लड़कों की मृत्यु-दर भी लड़कियों की अपेक्षा 20% ज़्यादा है और उम्र बढ़ने के बाद भी यही अनुपात जारी रहता है।

कंगारू-मुद्रा (कंगारू-पोजिशन)

नवजात शिशु के लिए कंगारू-मुद्रा एक आदर्श मुद्रा मानी जाती है। इस मुद्रा में माँ अपने शिशु की अपनी छातियों के बीच इस तरह कस लेती है कि शिशु का चेहरा माँ की ठोडी से थोड़ा नीचे रहता है। इस मुद्रा में शिशु पूरी तरह से शान्त महसूस करता है, शायद इसलिए भी क्योंकि वह माँ के दिल की धड़कन सुन पाता है — ठीक उसी तरह जैसे वह अपनी गर्भस्थ अवस्था के दौरान सुना करता था। अगर कमरे का तापमान कम है और शिशु समय से पूर्व (प्री-मैच्योर) पैदा हुआ है, तो उसके सर को एक टोपी से ढंका जा सकता है। इससे उसके शरीर के तापमान को सामान्य रखने में मदद मिलती है।

अपगर-गणना (अपगर स्कोरिंग)

डॉक्टर और नर्सें अकसर 'अपगर स्कोरिंग' नामक शब्द का इस्तेमाल करती हैं। इसका मतलब है जन्म के एक मिनट और पाँच मिनट बाद बच्चे के स्वास्थ्य से जुड़े खास संकेतों की जाँच करना। बच्चे के जन्म के ठीक 60 सेकण्ड बाद इन पाँच खास संकेतों की जाँच की जाती है, और इनकी स्थिति के अनुसार उसे 0, 1 या 2 अंक दिए जाते हैं। पूरे 10 अंक प्राप्त करने का मतलब है कि शिशु श्रेष्ठतम अवस्था में है। अधिकांश सामान्य शिशु 7 से 10 अंक प्राप्त करने में सफल रहते हैं। जबकि 0 से 3 अंक प्राप्त करने वाले शिशुओं को तुरन्त चिकित्सीय मदद की ज़रूरत पड़ती है।

संकेत	0	1 अंक	2 अंक
हृदय की गति (Heart-rate)	अनुपस्थित	100/मिनट से कम	100/मिनट से अधिक
श्वांस छोड़ने की प्रक्रिया (Respiration)	अनुपस्थित	धीमी, उखड़ी हुई	अच्छी या रूदन भरी
अंगों की सक्रियता मिसल-टोन (Muscle Tone)	शिथिल	अंगों में थोड़ा हिलाव डुलाव	सक्रिय और पूरा हिलाव-डुलाव
शिशु के नांक में रखे केथेटर के प्रति उसकी रिफ्लेक्स-प्रतिक्रिया	कुछ नहीं	थोड़ा मुँह बिचकाना	खांसनां, छींकना या रोना
रंग (color)	नीला या पीला	शरीर गुलाबी लेकिन छोरों पर नीलापन	पूरी तरह से गुलाबी

सामान्य सहज-क्रियाएँ (नॉर्मल रिफ्लेक्सिस)

आपके नवजात शिशु की जाँच करते समय डॉक्टर कुछ खास सहज-क्रियाओं या रिफ्लेक्सिस पर ध्यान देती है, जैसे कि ग्रैस्प रिफ्लेक्स (पकड़ने की क्रिया), वॉकिंग एण्ड स्पेटिंग रिफ्लेक्स (चलने-फिरने की क्रिया) और मोरोरिफ्लेक्स। ग्रेस्प रिफ्लेक्स की जाँच करने के लिए डॉक्टर अपनी उंगली को शिशु की हथेली पर रख देती है। शिशु से उम्मीद की जाती है कि वह इसे मजबूती से पकड़ लें। इसी तरह वॉकिंग एण्ड स्टेपिंग रिफ्लेक्स की जाँच के लिए डॉक्टर शिशु को सीधा पकड़कर उसके पाँवों को किसी ठोस धरातल से छुआती है। शिशु कुछ पग उठाता है, मानो चलने की कोशिश कर रहा हो। अगर शिशु की टाँग टेबल के किनारे के सम्पर्क में आती है तो वह उस पर चढ़ने की कोशिश कर सकता है।

नवजात शिशु पैदा होते ही देखने लगता है। वह 15 से 20 से.मी. की दूरी तक की चीजों पर आसानी से फोकस कर सकता है। स्तनपान करते समय वह अपनी माँ के चेहरे को देख सकता है। वह सुन भी सकता है और माँ के दूध की गंध को सूंध सकता है। उसे शारीरिक सम्पर्क अच्छा लगता है, खासकर अपनी माँ का सम्पर्क। जन्म के बाद 40 से 60 मिनट तक वह पूरी तरह से सचेत (अलर्ट) रहता है। इसके बाद कुछ मिनटों से लेकर कई घण्टों तक के लिए उसे नींद आ सकती है।

शिशु का निरीक्षण

हर प्रसव के दौरान एक बाल-विशेषज्ञ का उपस्थित रहना जरूरी नहीं होता। लेकिन जन्म के 24 घण्टों के भीतर किसी बाल-विशेषज्ञ को शिशु की जाँच कर लेनी चाहिए। किसी तरह की समस्या उत्पन्न होने पर उसे पहले भी बुलाया जा सकता है।

अपने नवजात शिशु को लेकर आपका चिन्तित होना स्वाभाविक है। लेकिन यह बात ध्यान में रखनी चाहिए कि बहुत-सी चीजें जो आपको असामान्य प्रतीत हो सकती हैं, वास्तव में शिशुओं में स्वाभाविक विविधता (नॉर्मल वेरिएशन) की प्रतीक होती हैं।

माँ के कमरे में (रूमिंग-इन)

बेबी-फ्रेंडली अस्पतालों में जन्म के तुरन्त बाद बच्चे को माँ को सौंप दिया जाता है। वह अपनी माँ के पास उसके कमरे में ही रहता है, न कि किसी अलग नर्सरी में। इसे 'रूमिंग-इन कहते हैं। सामान्य शिशुओं को नर्सरी में रखने से वे वहाँ के कर्मचारियों या किसी अस्वस्थ शिशु (अगर वहाँ ऐसा कोई शिशु है तो) के माध्यम से संक्रमण (इन्फेक्शन) के शिकार हो सकते हैं।

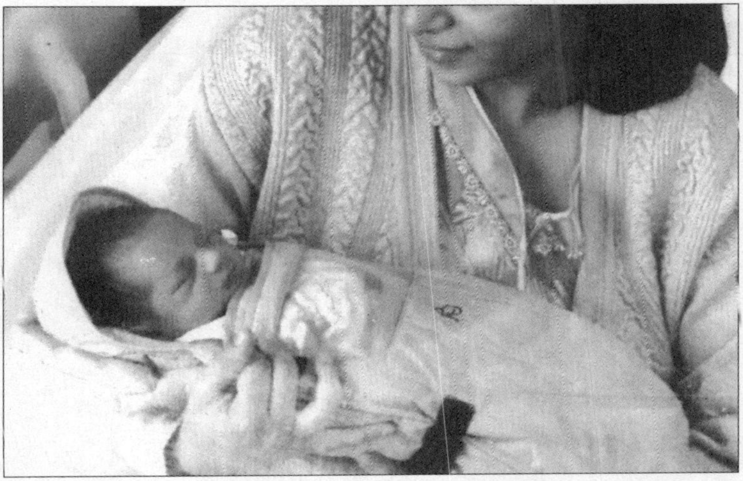

जच्चा व बच्चा को टीकाकरण कराएँ।

कुछ अस्पतालों में नासमझी का प्रदर्शन करते हुए नवजात शिशु को नर्सरी में रख दिया जाता है, ताकि प्रसव के बाद माँ आराम कर सके। लेकिन इस सम्बन्ध में विभिन्न अनुभवों से पता चलता है कि एक औसत माँ अपने नवजात शिशु को अपने पास ही रखना पसन्द करती है, खासकर अगर उसे पता हो कि यह उसके और उसके बच्चे के लिए बहुत अच्छी बात है। अगर माँ पर बेहोशी की दवाइयों का बहुत ज़्यादा प्रभाव नहीं है, तो नवजात शिशु का उसके साथ उसके बिस्तर में ही रहना श्रेयस्कर है।

अस्पताल में टीकाकरण (इम्युनाइजेशन)

कुछ अस्पतालों में माँ और नवजात शिशु को छुट्टी देने से पहले शिशु को बी.सी.जी. (टीबी से बचाव के लिए प्रतिरोधक टीका) और हेपटाइटिस-बी और ओरल पोलियो के टीके (वैक्सिन) की एक-एक खुराक देने का चलन है। ओरल: पोलियो के टीके की इस खुराक (डोज़) को 'ज़ीरो-डोज़' कहा जाता है। यह 3 से 5 खुराकों के प्राइमरी कोर्स के अलावा एक अतिरिक्त खुराक होती है। अगर आपके शिशु को अस्पताल में ये प्रतिरोधक टीके न दिए गए हों तो इन्हें बाद में भी दिया जा सकता है।

नवजात शिशु में सामान्य विविधताएँ

त्वचा (Skin)

डॉक्टर सबसे पहले शिशु की त्वचा (चमड़ी) की जाँच करती है। उसके हाथों और पाँवों पर नीलापन दिखाई दे सकता है। इस नीलेपन से घबराने की ज़रूरत नहीं होती, क्योंकि कुछ घण्टों बाद बिना किसी तरह के इलाज के यह अपने-आप ही खत्म हो जाता है। अगर शिशु का बाकी शरीर गुलाबी प्रतीत होता है और उसकी साँस सामान्य है, तो डॉक्टर आपको भरोसा दिलाती है कि आपका शिशु पूरी तरह से सामान्य है।

कुछ शिशुओं की त्वचा का रंग सांवला होता है और आने वाले हफ्तों में यह और ज़्यादा सांवला प्रतीत हो सकता है। ऐसे बच्चों की चूचियाँ और प्रजनन अंग एक गहरी रंगकारी (पिग्मेंटेशन) लिए हो सकते हैं।

कुछ शिशुओं की त्वचा पर 'मंगोलियन स्पॉट्स' (धब्बे) दिखाई दे सकते हैं। ये अक्सर पीठ के निचले हिस्से पर दिखाई देने वाले भूरे नीले रंग के धब्बे होते हैं। कभी-कभी वे शिशु के हाथ-पाँवों या गालों के अंदर भी दिखाई दे सकते हैं। ऐसे धब्बे दो-तीन वर्ष तक रह सकते हैं, लेकिन फिर अपने-आप ही गायब हो जाते हैं और इनसे बच्चे को कोई नुकसान भी नहीं पहुँचता।

कुछ मामलों में त्वचा पर रंगकारी के स्थाई धब्बे दिखाई दे सकते हैं, जिन्हें 'काफे-ऑ-लेत-स्पॉट्स' (Cafe au lait spots) के नाम से जाना जाता है। इनमें से लगभग एक चौथाई मामलों में लगभग एक इंच के आकार का एक इकलौता धब्बा दिखाई दे सकता है। ये धब्बे आसानी से आपकी डॉक्टर का ध्यान खींच लेते हैं, क्योंकि कई बार इनका सम्बन्ध कुछ दूसरी स्थितियों से भी होता है।

एक अन्य दिलचस्प स्थिति को 'हारलीक्विन रंग परिवर्तन' (Harlequin color Change) कहा जाता है। इस स्थिति में, कुछ मिनटों के लिए शिशु का आधा शरीर गुलाबी और आधा सफेद प्रतीत होता है। यह एक सामान्य स्थिति है और कई बार एक या डेढ़ महीने तक जारी रह सकती है। इसी तरह शिशु के नाक या चेहरे के अन्य हिस्सों पर सफेद या पीले रंग के

बिन्दुनुमा उभार दिखाई दे सकते हैं। इन्हें 'मिलिया (milia) कहा जाता है और ये कुछ दिनों में अपने-आप ही गायब हो जाते हैं। कई बार कुछ समय के लिए आपको शिशु के शरीर पर लाल रंग के ददोरे (रैश) भी दिखाई दे सकते हैं। शिशु के माथे और पलकों पर और गर्दन के पीछे लाल रंग के चकते (पैचिज) दिखाई देना भी काफी आम बात है। इन्हे 'स्टॉर्क बाइट्स' कहा जाता है और कभी-कभी ये साल भर तक रह सकते हैं।

जन्म के कुछ दिन या हफ्तों बाद शिशु की त्वचा पर 'स्ट्राबेरी नेवस' (Naevus) के लक्षण भी दिखाई दे सकते हैं। इसकी शुरुआत एक नन्हें-से लाल धब्बे से होती है, जो लगभग छह महीनों तक बड़ी तेजी से बढ़ता है। पूरी तरह विकसित हो जाने के बाद यह त्वचा से कुछ ऊपर उभर आता है और स्ट्राबेरी (हिसालू) की तरह दिखाई देता है। जहाँ तक सम्भव हो, इसके साथ छेड़छाड़ करने से बचना चाहिए। 60% मामलों में यह पाँच वर्ष की उम्र तक और अन्य अधिकांश मामलों में दस वर्ष की उम्र तक यह अपने-आप ही खत्म हो जाता है। कुछ बहुत दुर्लभ मामलों में ही डॉक्टर को इसे हटाने या दवाइयों से इसका इलाज करने की ज़रूरत महसूस होती है।

शिशुओं की त्वचा से जुड़ी एक अन्य और लगभग हानिरहित स्थिति को 'क्यूटिस मारमोराटा' (cutis marmorata) कहा जाता है। यह आसपास के तापमान में एकाएक गिरावट आने से पैदा होती है, और शिशु की त्वचा पर लाल या नीले रंग की धारियाँ-सी दिखाई देने लगती है। इसके अलावा शिशु पूरी तरह से सामान्य रहता है। कभी-कभी सर्दी में खुली रह गई उसकी कोई बांह सूज सकती है या नीली पड़ सकती है। कुछ घण्टों के भीतर ही यह अपने-आप ही ठीक हो जाती है।

जन्म के बाद पहले कुछ सप्ताहों तक शिशु की त्वचा का झड़ना-उतरना (पीलिंग ऑफ द स्किन) बहुत स्वाभाविक और सामान्य प्रक्रिया है, क्योंकि इस अवस्था में त्वचा बहुत ज़्यादा कोमल होती है, इसलिए इसे किसी तरह के अनावश्यक घर्षण या दबाव से बचाना चाहिए — अन्यथा त्वचा पर फोड़े-फुंसियाँ उभर सकते हैं और या कोई संक्रमण (इन्फेक्शन) हो सकता है।

जन्म के समय शिशु की त्वचा पर वर्निक्स (Vernix) नाम का एक मोम जैसा पदार्थ चढा रहता है। यह त्वचा को संक्रमण से बचाता है। इसे जबरदस्ती हटाने की कोशिश नहीं करनी चाहिए। इस पदार्थ का कुछ हिस्सा उस तौलिए से चिपक जाता है जिसमें जन्म के बाद शिशु को लपेटा जाता है। बाकी कुछ स्ननों के बाद धीरे-धीरे अपने-आप ही झड़ जाता है।

शिशु की त्वचा बहुत बारीक और मुलायम बालों से ढंकी रहती है। समय पूर्व (प्री-मैच्योर) शिशुओं में ये बाल कुछ ज़्यादा दिखाई देते हैं। जन्म के बाद पहले कुछ हफ्तों में शिशुओं के बाल झड़ना भी बहुत आम बात है, खासकर सिर के पिछले हिस्से में। लेकिन यह एक अस्थाई क्षति होती है और जल्दी ही ये बाल वापस उग आते हैं

सिर

कभी-कभी किसी शिशु का सिर औसत से बड़ा या छोटा दिखाई दे सकता है। आपको इस बात को भी ध्यान में रखना चाहिए कि कहीं आपका या आपके पति का सिर औसत से बड़ा तो नहीं है। साथ ही, छोटे आकार के शिशुओं की तुलना में बड़े आकार के शिशुओं के सिर भी बड़े होते हैं। इसी तरह, समय से पूर्व पैदा होने वाले शिशुओं के सिर भी उनके शरीर के अनुपात की तुलना में बड़े होते हैं। आपका बाल-विशेषज्ञ आपके शिशु के सिर के आकार का क्रमिक माप (सीरियल मेजरमेंट) लेता रहेगा, ताकि शिशु की सामान्यता को लेकर आश्वस्त हुआ जा सके।

कभी-कभी गर्भाशय (युटेरस) से बाहर आते समय भी शिशु का सिर थोड़ा लंबूतरा हो जाता है। जन्म के बाद कुछ ही दिनों में यह अपने-आप ही गोलाकार आकृति लेने लगता है। लेकिन कभी-कभी सिर का बेडौल आकार माता-पिता से प्राप्त हो सकता है। आदतन एक ही करवट सोने वाले शिशु का सिर भी एक तरफ से कुछ चपटा हो जाता है। यह एक सामान्य स्थिति होती है और अपने-आप ही ठीक हो जाती है।

कई बार जन्म के बाद शिशु के सिर पर हल्की और नरम सूजन दिखाई देती है, जिसे 'कापुट सक्सेडनम' (Caput Succedaneum) कहा जाता है। यह शिशु की खोपड़ी में थोड़ा द्रव्य इकट्ठा हो जाने से पैदा होती है, जो एक या दो दिन में अपने-आप ही सूख जाता है। लेकिन एक अन्य सूजन जो ज़्यादा समय तक रहती है, 'सिफलहेमाटोमा (Cephalhaematoma) के नाम से जानी जाती है। यह खोपड़ी की हड्डी और पतली लेकिन सख्त ऊतक (टिशू) के बीच रक्त जाम हो जाने से पैदा होती है। यह केरल की कुछ हिन्दू स्त्रियों द्वारा सिर के एक तरफ बाँधे जाने वाले जूड़े (bun) की तरह दिखाई देती है। कभी-कभी यह सूजन सिर के दोनों तरफ भी हो सकती है। इसका कुछ भी इलाज करने की ज़रूरत नहीं होती, क्योंकि कुछ हफ्तों या महीनों बाद यह अपने-आप ही कम और फिर खत्म हो जाती है। लेकिन डाक्टर यह जाँच जरूर करती है कि कहीं इस सूजन का सम्बन्ध किसी अन्य असामान्यता से तो नहीं है।

अगर जन्म के समय शिशु के सिर को बाहर निकालने के लिए चिमटे (forceps) का इस्तेमाल किया जाता है, तो शिशु के कानों के आगे उसके चेहरे पर इस उपकरण के अस्थाई चिन्ह दिखाई दे सकते हैं।

जन्म के समय शिशु के सिर के ऊपर आमतौर से एक नरम स्थल दिखाई देता है, जिसे एंटीरियर फोंटेनल (anterior fontanelle) कहते हैं। शुरू के कुछ सप्ताहों में इसका आकार बढ़ता रहता है, लेकिन फिर धीरे-धीरे कम होने लगता है और 'छह महीने' से लेकर दो-तीन वर्ष के बीच पूरी तरह अदृश्य हो जाता है। इसी तरह सिर के पीछे की तरफ पोस्टीरियर फोंटेनल होता है, जो लगभग दो महीने में अदृश्य हो जाता है।

शिशु के सिर के एक तरफ की खोपड़ी की हड्डी दबाने पर थोड़ा भीतर धंस सकती है। इसे क्रेनियोटेब्स (cranioabes) कहते हैं और यह एक सामान्य स्थिति है। क्रैडल कैप (cradle cap) नामक एक अन्य अवस्था खोपड़ी पर काले धब्बों के रूप में दिखाई देती है, जो आमतौर से 1% सेट्रीमाइड सोल्यूशन के प्रयोग के बाद साफ हो जाते हैं। इसे एक शैंपू की तरह प्रयोग करना चाहिए और फिर सिर को बहुत नरमी से एक तौलिए से पौंछकर सुखा देना चाहिए। शुरू के कुछ दिनों तक साबुन और तेल के प्रयोग से बचना चाहिए। लेकिन कभी-कभी ज़्यादा सख्त उपाय ज़रूरी हो सकते हैं।

इस बात की भी सम्भावना है कि आपके नन्हे-मुन्नों को सोते समय सिर के आसपास बहुत ज़्यादा पसीना आए। यह पूरी तरह से एक सामान्य स्थिति है।

आँखें

आँखों के रंग वाले हिस्से को आइरिस (रंध्रपटल) कहते हैं। यह रंग बच्चे की उम्र बढ़ने के साथ-साथ बदल सकता है। पहले तीन महीनों में आँखों का सफेद हिस्सा कुछ-कुछ नीला दिखाई दे सकता है। सोकर उठने के बाद शिशु की पलकें भी थोड़ी फूली हुई (पफी) दिखाई दे सकती हैं। इसी तरह शिशु की दृष्टि में हल्का-सा भैंगापन होना भी आम बात है, जो लगभग छह महीनों में जाता रहता है। लेकिन अगर यह ज़्यादा हो तो किसी नेत्र-विशेषज्ञ से बात करनी चाहिए।

कुछ सामान्य बच्चों में 'सूर्यास्त-चिन्ह' (सेटिंग-सन साइन) भी दिखाई दे सकता है। इस अवस्था में आँख का सफेद हिस्सा पुतली (प्यूपिल) के ऊपर छाया हुआ प्रतीत होता है। ऐसा 'हाइड्रोसिफलस' नामक एक अवस्था में भी हो सकता है, जो मस्तिष्क में द्रव्य इकट्ठा हो जाने से पैदा होती है। डॉक्टर को जाँच करके यह निश्चित करना होता है कि शिशु 'हाइड्रोसिफलस' से प्रभावित है या नहीं।

शिशु की आँख में खून का एक छोटा-सा धब्बा भी दिखाई दे सकता है। इसे 'सब-कंजक्टिवल हेमरेज' कहते हैं। अगर कहीं और रक्त-स्राव (ब्लीडिंग) नहीं है, तो इसे सामान्य माना जाता है और कुछ दिनों में यह अपने-आप ही खत्म हो जाता है।

कुछ शिशुओं को आँखों में पानी आने की शिकायत रहती है। ऐसा अश्रु-नलिका (टीयर डक्ट) में आंशिक अवरोध पैदा हो जाने से होता है। यह नलिका आँख को नाक से जोड़ती है। अगर शिशु को सर्दी हो तो आँखों में और ज़्यादा पानी आने लगता है। आँखें चिपचिपी भी हो सकती हैं। आमतौर से यह नलिका पहले वर्ष के भीतर ही अपने-आप ही खुल जाती है।

आँखों की चिपचिपाहट को दूर करने के लिए आपकी डॉक्टर शिशु की आँख और नाक को एक-दूसरे से जोड़ने वाले हिस्से (जंक्शन) की मालिश करने की सलाह दे सकती है, और आँखों में डालने के लिए कोई दवा भी बता सकती है। लेकिन किसी आई-ड्राप या मलहम की जगह आप हर एक घण्टे बाद शिशु की आँखों में अपने दूध की एक बूँद भी डाल सकती हैं। कई मामलों में यह काफी असरदायक साबित होता है।

जन्म के दूसरे या तीसरे दिन लगभग पचास प्रतिशत शिशुओं में आँखों और त्वचा के पीलेपन के लक्षण दिखाई दे सकते हैं। इस पीलिया (जाँडिस) को 'फिजियोलॉजिकल जाँडिस' कहते हैं। यह आमतौर से अहानिकारक होता है और इसका इलाज करने की ज़रूरत नहीं होती। लेकिन कुछ मामलों में फोटोथेरेपी (लाइटथेरेपी) की ज़रूरत पड़ सकती है।

नाक

कुछ सामान्य शिशुओं की नाक से कुछ-कुछ चिपचिपा-सा पदार्थ निकलता रहता है। इससे उन्हें स्तनपान करने में कोई कठिनाई नहीं होती और दो-तीन महीने बाद यह अपने-आप ही बन्द हो जाता है। नवजात शिशुओं का छींकना और कभी-कभार खांसना भी एक सामान्य बात है।

मुँह

किसी-किसी नवजात शिशु के मुँह में एकाध दाँत मौजूद रहता है। आमतौर से इसके साथ कोई छेड़छाड़ नहीं करनी चाहिए। इस बात की चिन्ता न करें कि बच्चा इसे साँस के साथ अन्दर निगल लेगा या दूध पीते हुए आपको काट लेगा।

'टंग-टाई' (जीह्वा का जोड़) नामक एक अवस्था में शिशु की जीभ के निचले

हिस्से को उसके मुँह से जोड़ने वाला ऊतक (टिशू) कुछ ज़्यादा ही छोटा होता है, जिसके कारण जीभ को पूरी तरह हिलाने-डुलाने में कठिनाई आती है। आमतौर से यह दोष उतना गम्भीर नहीं होता, जितना कि समझा जाता है। बहुत कम मामलों में ही सचमुच की 'टंग-टाई' का दोष पाया जाता है, जिसके उपचार के लिए शल्य-चिकित्सा (सर्जरी) की ज़रूरत पड़ती है। अगर बच्चा अपनी जीभ से अपने मुँह की छत को छू सकता है तो फिर शल्य-चिकित्सा की ज़रूरत नहीं पड़ती। अगर शल्य-क्रिया जरूरी हो तो भी बच्चे के तीन वर्ष का होने तक इंतजार करना चाहिए। बच्चे की उम्र बढ़ने के साथ उसकी जीभ का आकार भी बढ़ जाता है।

शिशु की जीभ पर सफेद रंग की एक समरूप तह (यूनिफार्म कोटिंग) का होना भी सामान्य बात है। इसके साथ छेड़छाड़ न करें। इसे ग्लिसरीन या कपड़े से साफ करने की कोशिश नहीं करनी चाहिए।

इसी तरह कुछ शिशुओं के होंठों पर कुछ दाने (सकिंग ब्लिस्टर्स) उभरे हुए दिखाई दे सकते हैं। यह भी एक सामान्य बात है और कुछ हफ्तों में ये अपने-आप ही ठीक हो जाते हैं। शुरू के कुछ हफ्तों में कुछ शिशुओं को मसूढ़ों के हाशियों में या फिर तालू में 'मोतियों' (एपीथीलियल पर्ल्स) की शिकायत होना भी बहुत सामान्य है। इन्हें 'म्यूक्स साइट्स' (mucaus cysts) कहा जाता है।

जन्म के बाद कुछ शिशु खून के धब्बों भरी उल्टी कर सकते हैं। इसका कारण पेट में एम्नियोटिक द्रव्य या फिर माँ के खून की उपस्थिति हो सकता है — जिसे जन्म लेने से पहले शिशु पी सकता है और पेट में जलन का शिकार हो सकता है। अगर ऐसी उल्टी दोबारा नहीं आती है तो शिशु को सामान्य समझना चाहिए। कुछ शिशु माँ की कटी हुई (घायल) चूची से खून भी चूस सकते हैं। इसे भी किसी तरह के इलाज की ज़रूरत नहीं होती। लेकिन यह निर्णय लेने से पहले यह जाँच जरूर कर लेनी चाहिए कि कहीं बच्चा 'हेमरेजिक डिज़ीज ऑफ द न्यूबोर्न' से तो प्रभावित नहीं है — जो आमतौर से विटामिन-के की कमी से पैदा होती है। शिशुओं का हिचकियाँ लेना भी पूरी तरह से सामान्य है।

सीना

दो या तीन दिन के कई शिशुओं में फूले हुए या दूध से भरे स्तन दिखाई दे सकते हैं। इस दूध को निकालने या स्तनों की मालिश करने की कोशिश न करें। इस सलाह पर अमल न करने से गम्भीर संक्रमण का खतरा पैदा हो सकता है और शल्य-चिकित्सा की ज़रूरत पड़ सकती है। अगर कोई छेड़छाड़ न कीजिए तो यह दोष अपने-आप ही दूर हो जाता है। आपकी डाक्टर को

शिशु के सीने पर एक मर-मर (murmar) सुनाई दे सकता है। इसका यह मतलब नहीं है कि बच्चे को कोई दिल की बीमारी ही है। कुछ ही दिनों में यह आवाज सुनाई देनी बन्द हो जाती है। अगर ऐसा नहीं होता है तो कुछ खास तरह के परीक्षणों (टेस्टों) की ज़रूरत पड़ती है।

नवजात शिशु की श्वाँस-गति लगभग 45 प्रति मिनट होती है। यह हर शिशु में थोड़ी कम या ज़्यादा हो सकती है। कभी-कभी एक ही शिशु में यह गति घटती-बढ़ती रहती है — पहले तेज और फिर धीमे। अगर आपका शिशु-ठीक से दूध पी रहा है तो श्वांस-गति की यह विविधता एक सामान्य बात है।

हथेलियाँ

आमतौर से हर हथेली पर एक दूसरे को काटती हुई दो झुर्रियाँ या सलवटें (ट्रांसवर्स क्रीज़िज़) होती हैं। लेकिन अगर आपके शिशु की हथेलियों पर सिर्फ एक-एक सलवट है तो तुरन्त इस निष्कर्ष पर न पहुँच जाएँ कि वह 'डाउन'ज़ सिंड्रोम' या किसी अन्य दोष (क्रोमोसमल डिस-आर्डर) का शिकार है।

नाभी-नाल (अंबिलिकल-कॉर्ड)

नाभी-नाल जन्म के पहले हफ्ते में ही सूखने लगती है और हफ्ता खत्म होते-होते या दूसरे हफ्ते तक नाभी से अलग हो जाती है।

अगर आपको नाल से खून बहता दिखाई दे तो नर्स को तुरन्त इसकी सूचना दें। स्नान के बाद इसे अच्छी तरह सुखा देना चाहिए और साफ-सुथरा रखना चाहिए। इस पर कोई मलहम या तेल वगैरह लगाने की ज़रूरत नहीं है। अगर आपकी डॉक्टर ने नाभी-नाल के आस पास की त्वचा की सफाई के लिए आपको कोई स्पिरिट वगैरह दिया है तो दिन में 3-4 बार इसका प्रयोग करें।

त्वचा को सूखा रखना जरूरी है। नाभी-नाल पर कोई कपड़ा वगैरह लपेटने की कोशिश न करें। साथ ही, शिशु के मूत्र को भी नाभी-नाल के सम्पर्क में न आने दें। नाभी-नाल के झड़ने के बाद आपको नाभी पर खून की एक-दो बूंदें दिखाई दे सकती हैं। यह एक सामान्य बात है। लेकिन अगर आपको वहाँ मवाद (पस) दिखाई देती है या आसपास की त्वचा लाल पड़ गई है तो डॉक्टर को तुरन्त इसकी सूचना दें — ताकि किसी तरह के संक्रमण की सम्भावना को टाला जा सके। ऐसी स्थिति में डॉक्टर आपको किसी दवा के प्रयोग की सलाह दे सकती है।

जनन-अंग (जेनिटल्स)

एक नवजात बालक की खलड़ी या खाल (foreskin) शिश्न के अग्र-भाग

(front glans) से पूरी तरह अलग नहीं होती। इस खाल को पीछे हटाने की कोशिश नहीं करनी चाहिए। ऐसा करना हानिकारक हो सकता है। अगर कोई छेड़छाड़ न की जाए तो अक्सर बच्चे के स्कूल जाने की उम्र तक यह खाल अपने-आप ही पीछे हट जाती है।

डॉक्टर अण्ड-कोष (स्क्रोटम) में दोनों अण्ड-ग्रंथियों (testes) की भी जाँच करती है। अगर स्पर्श से उनकी उपस्थिति का पता नहीं चलता तो यह देखना पड़ता है कि वे पूरी तरह से बाहर नहीं निकली हैं या सिर्फ सिकुड़ी हुई हैं। अधिकांश मामलों में मेरा यह अनुभव रहा है कि अण्ड-ग्रन्थियाँ भीतर धँसी हुई नहीं होतीं, बल्कि सिर्फ सिकुड़ी हुई होती हैं — खासकर अगर ठण्डे हाथों से अण्डकोश थैली की जाँच की गई हो। इन अण्ड-पग्रन्थियों को आसानी से थैली में नीचे की तरफ धकेला जा सकता है। ऐसे मामलों में सिर्फ माता-पिता को आश्वास्त करने की ज़रूरत होती है, न कि किसी तरह के इलाज की।

लड़कियों के मामले में पहले महीने में जनन–इन्द्रियाँ कुछ ज़्यादा उभरी हुई प्रतीत हो सकती हैं। पहले या दूसरे सप्ताह में बालिका-शिशु की योनि से एक सफेद रंग का स्राव भी हो सकता है, जिसमें कभी-कभी ख़ून की कुछ मात्रा भी हो सकती है। इन सब परिवर्तनों का सम्बन्ध कुछ खास हार्मोनों से होता है, जो प्लासेंट (अपरा) के माध्यम से माँ से शिशु तक पहुँचते हैं।

गुदा और मूत्र निकास-नली (एनल एण्ड यूरिनरी ओपनिंग्स)

शिशु के पहले मल-त्याग (स्टूल) को 'मेकोनियम' कहते हैं। यह गहरे हरे रंग का और चिपचिपा होता है। अधिकांश शिशु जन्म के 12 घण्टे के भीतर मेकोनियम का त्याग करते हैं। अगर कोई शिशु 23 घण्टे की अवधि में भी मल-त्याग नहीं करता है, तो डाक्टर को इसकी सूचना देनी चाहिए। कुछ शिशु शुरू में पीले या भूरे-सफेद (ग्रेइश-व्हाइट) रंग के 'मेकोनियम प्लग' का त्याग करते हैं, और फिर कुछ देर बाद सामान्य मेकोनियम का। दो-तीन दिन बाद शिशु के मल का रंग हरा-भूरा हो जाता है। फिर धीरे-धीरे अगले कुछ दिनों में यह हरे-पीले रंग का होता जाता है, और फिर सन्तरी-पीले रंग का, जिसे सिर्फ माँ का दूध पीने वाले बच्चों के मल का सामान्य रंग माना जाता है।

अकसर शिशु कई बार मल-त्याग करता है। एक नवजात शिशु स्तन-पान करने के बाद हर बार या हर घण्टे-घण्टे बाद मल-त्याग कर सकता है। कभी-कभी यह मल पानी जैसा पतला हो सकता है, जोर के साथ बाहर आ सकता है, और इसमें 'म्यूकस' (mucus) की कुछ मात्रा भी हो सकती है। कभी-कभी इसका रंग भी हरा हो सकता है। अगर बच्चा सिर्फ माँ का दूध पी रहा है और स्वस्थ

दिखाई देता है तो बार-बार का यह मल-त्याग एक सामान्य बात है। दूसरी तरफ, कुछ शिशु 5 या 6 दिन में सिर्फ एक बार मल-त्याग करते हैं। लेकिन यह मल सख्त न होकर नरम और सामान्य होता है। यह भी एक सामान्य स्थिति होती है, और शिशु को किसी तरह के चिकित्सीय हस्तक्षेप या मदद (पर्गेट्र्व्स या स्पोजिटरी) की ज़रूरत नहीं होती।

अधिकांश शिशु जन्म के 24 घण्टों के भीतर मूत्र-त्याग करते हैं। कुछ शिशु थोड़ा और ज़्यादा वक्त ले सकते हैं। लेकिन जन्म के 36 घण्टों के भीतर भी मूत्र-त्याग न करने वाले शिशुओं की तरफ ध्यान देने की ज़रूरत पड़ती है।

मूत्र-त्याग से पहले अपने शरीर को थोड़ा अकड़ा लेना या रोना एक सामान्य स्थिति है। मूत्र के बहाव की तरफ ध्यान देना चाहिए। अगर शिशु रुक-रुक कर मूत्र-त्याग करता है तो डॉक्टर को इसकी सूचना देनी चाहिए। डॉक्टर बच्चे के मूत्र की जाँच का निर्देश दे सकती है। इसी तरह, अगर मल सख्त नहीं है तो इससे पहले शरीर की थोड़ी अकड़न (Straining) भी एक सामान्य स्थिति है।

नितम्ब, टांगें और रीढ़

डॉक्टर आपके शिशु के कूल्हों (हिप्स) की जाँच करती है, ताकि 'कॉनजेनिटल डिस्लोकेशन ऑफ हिप्स' (कूल्हों का जन्मजात विस्थापन) नामक एक असामान्य अवस्था की सम्भावना को टाला जा सके। ऐसा होने की स्थिति में तुरन्त इलाज की ज़रूरत होती है।

अधिकांश मामलों में धुमावदार या कमानीदार टाँगें (बो-लेग्स) भी एक सामान्य स्थिति मानी जाती हैं, और तीन वर्ष की उम्र तक ये आमतौर से सीधी हो जाती हैं। शिशु को उठाते समय आपको उसके घुटने में क्लिक की आवाज सुनाई दे सकती है। इसके साथ कोई छेड़छाड़ न करें।

सिर के पिछले ऊपरी हिस्से और रीढ़ (स्पाइन) पर, सिर या रीढ़ की मध्य-रेखा वाले स्थान की त्वचा पर कभी-कभी 'कॉन-जेनिटल डर्मल साइनस' नामक एक गड्ढा-सा दिखाई दे सकता है — जो अकसर रीढ़ के निचले छोर पर होता है। अधिकांश मामलों में यह कोई समस्या पैदा नहीं करता। लेकिन अगर दो वर्ष की उम्र के बाद भी यह गहरा प्रतीत होता है तो किसी शल्य-चिकित्सक (सर्जन) की सलाह लेनी चाहिए। जिन शिशुओं में यह 'साइनस' ऊपर की तरफ हो, उनके माता-पिता को और भी पहले चिकित्सक की सलाह ले लेनी चाहिए।

नवजात शिशु की देखभाल

सामान्य प्रसव की स्थिति में आपको 3-5 दिन के भीतर अस्पताल से छुट्टी मिल सकती है। अगर आपका सीज़ेरियन प्रसव हुआ है या आपके या आपके शिशु के साथ कोई समस्या है तो आपको ज़्यादा दिनों तक रूकना पड़ सकता है। इस सम्बन्ध में अपनी डॉक्टर की सलाह पर अमल करें।

मदद लेने में न झिझकें

अगर फैसला खुद आपको क्ररना है तो जहाँ तक सम्भव हो जल्दी से जल्दी घर पहुँचने की कोशिश करें — खासकर अगर घर में कोई मदद करने वाला मौजूद है। एक छोटे परिवार में यह खासतौर से ज़रूरी है कि माँ के साथ कोई-न-कोई सहयोगी मौजूद हो — कोई महिला सम्बन्धी या फिर कोई अनुभवी दाई। ऐसा न होने की स्थिति में किसी कुशल नौकरानी की सेवाएँ भी ली जा सकती हैं।

अगर आपके लिए इस तरह का कोई प्रबन्ध करना सम्भव नहीं है, तो आपके पति का पितृत्व-अवकाश (पैटर्निटी लीव) ले लेना सबसे अच्छा उपाय है। लेकिन अगर अपनी पूरी कोशिश के बावजूद पति के लिए छुट्टी ले पाना सम्भव नहीं है, तो आपको पति से नाराज होने की ज़रूरत नहीं है।

घर पहुँचने के बाद किसी सम्बन्धी या दाई वगैरह की सलाह पर आँख मूँदकर अमल न करें। अगर वे आपको यह कहकर चिन्ता में डालने की कोशिश करें कि आपको पूरा दूध नहीं आता है, या शिशु को पानी या ऊपर का दूध पिलाने की कोशिश करें तो उन्हें इसकी अनुमति न दें। आपके और आपके शिशु के बीच एक बहुत गहरा सूत्र स्थापित है, और आपका शरीर अपने-आप ही उसकी ज़रूरत की पौष्टिक खुराक (अर्थात पर्याप्त मात्रा में दूध) का उत्पादन करेगा।

अधिकांश भारतीय परिवार माँ और शिशु की मालिश करने और नहलाने के लिए किसी अनुभवी मालिश वाली की सेवाएँ लेते हैं, खासकर शहरों में/गाँवों में यही काम घर की कोई अनुभवी स्त्री करती है। अगर माँ चाहे तो वह खुद भी अपने शिशु की मालिश कर सकती है, क्योंकि मालिश वालियों के अनुभव

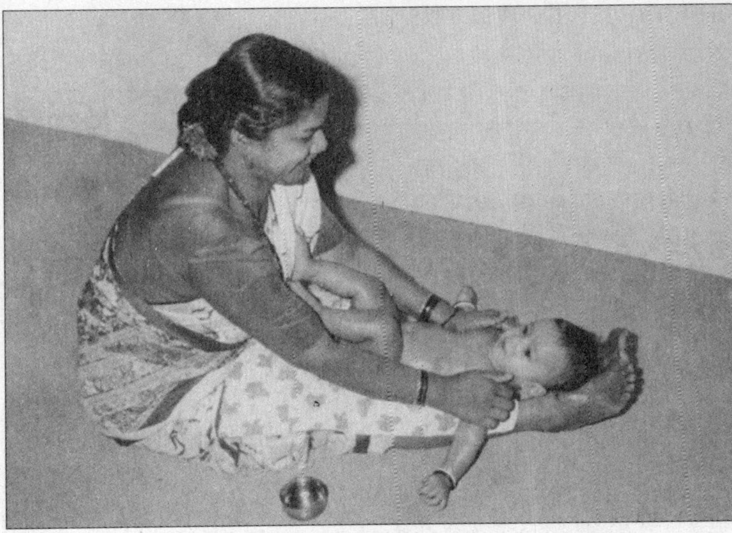

शिशु की मालिश का एक दृश्य

को बड़े सम्मान के साथ देखा जाता है, इसलिए शिशुओं के पालन-पोषण और खान-पान को लेकर उनकी बात बड़े ध्यान से सुनी जाती है। अफसोस की बात है कि इनमें से अधिकांश मालिश वालियाँ अनपढ़ होती हैं और चिकित्सा की दुनिया से उनका कुछ भी सम्पर्क नहीं होता। इसलिए उनकी जानकारी और सलाह अकसर आधी-अधूरी और अविश्वसनीय होती है।

परम्परागत मालिश वालियों की इस महत्त्वपूर्ण भूमिका को देखते हुए उत्तर-पश्चिम (नॉर्थ-वेस्ट) मुम्बई में उन्हें प्रशिक्षण और प्रमाण-पत्र (सर्टिफिकेट) देने का अभियान शुरू किया गया है। यह प्रमाण-पत्र प्राप्त मालिश वालियों को शिशु के पालन-पोषण और माँ के दूध के महत्त्व को लेकर सही और वैज्ञानिक जानकारी रहती है, और वे यह जानकारी नई माँओं तक पहुँचाने में बहुत प्रभावकारी साबित होती हैं। उनके माध्यम से माँओं तक छपी हुई सामग्री भी पहुँचाई जाती है, जो विभिन्न भाषाओं में होती है। 'ब्रेस्ट-फीडिंग प्रोमोशन नेटवर्क ऑफ इण्डिया' (बी.पी.एन.आई.) और इसकी महाराष्ट्र शाखा द्वारा चलाया जा रहा और यूनिसेफ (मुम्बई) द्वारा प्रोत्साहित यह अभियान जल्दी ही देश के अन्य हिस्सों में भी फैल जाने की संभावना है। हम उम्मीद करते हैं कि भविष्य में जल्दी ही पूरे भारत में ऐसी प्रमाण-पत्र प्राप्त मालिश वालियाँ उपलब्ध होंगी।

भारतीय संयुक्त परिवार व्यवस्था

परस्पर सद्भावना और प्यार भरे एक संयुक्त परिवार में माँ और नवजात शिशु की बहुत अच्छी देखभाल हो सकती है। आमतौर से ऐसे परिवारों में शिशु की देखभाल को लेकर पर्याप्त जानकारी होती है, और एक नई माँ की ज़रूरतों को लेकर संवेदनशीलता भी। घर के सदस्यों के सहयोग और प्रोत्साहन से बहुत-सी समस्याएँ अपने-आप ही दूर हो जाती हैं।

संयुक्त परिवार का एक दृश्य

इस बात को हमेशा याद रखें कि दादा-दादी अपने पोते-पोती की अच्छी देखभाल को लेकर उतने ही उत्साहित होते हैं जितने कि बच्चे के माता-पिता। 'ब्रिटिश मेडिकल जरनल' में प्रकाशित एक अध्ययन के अनुसार घर में दादी या नानी की उपस्थिति अनावश्यक दुर्घटनाओं और बार-बार अस्पताल के चक्कर काटने के झंझटों को दूर रखती है। उनकी सलाह को ध्यान से सुनें, लेकिन इस पर आँख मूँदकर अमल करने से बचें — खासकर अगर यह आधुनिक चिकित्सा विज्ञान के विपरीत प्रतीत हो। सबसे ज़्यादा इस बात का ध्यान रखें कि घर में किसी तरह का तनाव पैदा न हो। अगर आपको आशंका है कि आपकी सास के विचार आपके आधुनिक और वैज्ञानिक दृष्टिकोण से मेल नहीं खाते, तो शिशु के जन्म के बाद शुरू के कुछ हफ्ते अपने माता-पिता के घर में बिताने का प्रयास करें।

अगर आप बच्चे की देखभाल से जुड़ी किसी स्थिति को लेकर सचमुच भ्रमित हैं तो अपने बाल-विशेषज्ञ की सलाह लें। उदाहरण के लिए अगर घर के बड़े-बूढ़े शिशु को पानी पिलाने का आग्रह करें तो डाक्टर को उन्हें यह बात समझा लेने दें कि पूरी तरह से स्तन-पान पर आश्रित एक सामान्य शिशु को पहले छह महीनों तक पानी पिलाने की ज़रूरत नहीं होती — बहुत ज़्यादा गर्म दिनों में भी।

अगर सम्भव हो तो उन्हें अपने डाक्टर से मिलवा दें। लेकिन अगर ऐसा सम्भव नहीं हो तो अपने डॉक्टर से उन्हें लिखित सलाह देने के लिए कहें और साथ ही इस सम्बन्ध में कोई किताब या कोई अन्य छपी हुई सामग्री भी।

लेकिन अन्ततः यह फैसला आपको करना है कि शिशु के जन्म के बाद आप अपनी माँ के पास जाना चाहती हैं या अपनी ससुराल में — या फिर सिर्फ अपने पति के पास। लेकिन कोई भी फैसला लेने से पहले यह ध्यान नें रखें कि एक संयुक्त परिवार में रहने के बहुत-से फायदे भी हैं। इसलिए अगर दूसरे लोगों के साथ निभा पाना सम्भव हो तो अकेले रहने का आग्रह न करें।

बच्चों के बीच प्रतिद्वन्द्विता

अगर आपका पहले से ही कोई बच्चा है, तो दोनों बच्चों के बीच प्रतिद्वन्द्विता के लिए तैयार रहें।

एक आदर्श स्थिति यह है कि आप बड़े बच्चे की आने वाले शिशु के साथ पहले से ही दोस्ती करवा दें। बड़े बच्चे को मालूम रहना चाहिए कि घर में कोई नन्हा-मुन्ना आने वाला है। आने वाला बच्चा जब गर्भ में हिलने-डुलने लगे तो आप बड़े बच्चे को आपके पेट पर हाथ रखकर उसे 'हलो' कहने के लिए कह सकती हैं। उसे गर्भस्थ शिशु के साथ अपने तरीके से बातचीत करने के लिए प्रेरित करें।

आप बड़े बच्चे को आने वाले नन्हें-मुन्ने के लिए एक ग्रीटिंग-कार्ड खरीदने के लिए भी कह सकती हैं।

अगर अस्पताल में अपने बिस्तर के पास वाली मेज पर आपने अपने बड़े बच्चे की कोई तस्वीर रखी हुई है तो यह भी उसकी खुशी का कारण बन सकती है। उसे विश्वास हो जाएगा, कि वह अब भी आपको सबसे ज़्यादा प्रिय है। नए शिशु के जन्म के बाद अपने बड़े बच्चे को अस्पताल में बुलवाएँ और उसका नन्हें-मुन्ने से परिचय करवाएँ। कुछ समय के लिए नवजात शिशु को अनदेखा करके अपना पूरा प्यार और लाड़-दुलार बड़े बच्चे को देने का प्रयास करें। उसके बाद उसे नन्ने-मुन्ने से मिलवाएँ और उससे पूछें कि क्या वह उसे

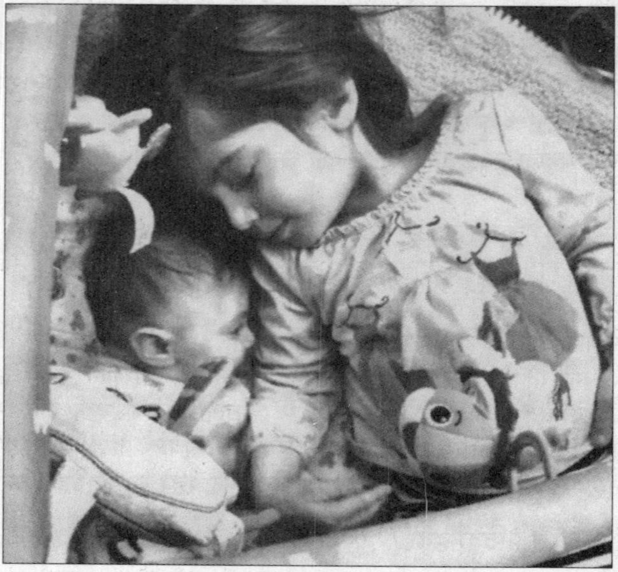

बच्चों में भावनात्मक प्यार जगाएँ।

गोद में उठाना पसन्द करेगा। अगर बड़ा बच्चा इसका इच्छुक है, तो उसे बिस्तर के मध्य में बिठा दें और नन्हें-मुन्ने को उसकी गोद में लिटा दें। अगर वह शिशु को चूमना चाहे तो उसे ऐसा करने दें — बशर्ते कि उसे सर्दी-जुकाम या कोई दूसरा संक्रमण न हो। ऐसा होने की स्थिति में उसे घर पर ही नन्हें-मुन्ने की प्रतीक्षा करने दें।

थोड़ी-बहुत ईर्ष्या-भावना का पनपना स्वाभाविक भी है और अपेक्षित भी, लेकिन इसे बहुत संवेदनशीलता के साथ और सही तरीके से लें। नवजात शिशु की देखभाल में — उसके कपड़े वगैरह बदलने में — बड़े बच्चे का ज़्यादा-से-ज़्यादा सहयोग लेने का प्रयास करें।

अगर बड़ा बच्चा शिशु को मारता या नोंचता है, भले ही अनजाने में या जानबूझ कर, तो उसे शिशु से दूर रखने का प्रयास करें। लेकिन यह बात हमेशा याद रखें कि जब कोई बच्चा हमें सबसे कम प्यारा लगता है, तो उसे प्यार की सबसे ज़्यादा ज़रूरत होती है। बड़े बच्चे को ज़्यादा-से-ज़्यादा गले लगाने, दुलारने और चूमने की कोशिश करें। उसे शिशु को मारने या नोंचने के लिए भूलकर भी कोई सज़ा न दें। बच्चे को यह अहसास करवाना जरूरी है कि छोटे को

मारना-पीटना बुरी बात है, लेकिन साथ ही उसका यह विश्वास भी बना रहना चाहिए कि सब लोग पहले की तरह उससे अब भी प्यार करते हैं।

बड़े बच्चे को इस बात का भी क्षोभ हो सकता है कि उससे अचानक ही उसकी कुछ प्रिय चीज़ें छीन ली गई हैं — उसका बिस्तर, उसका कमरा, उसके खिलौने, और उसके पिता और माँ की गोद उसे परिवार में अपनी सुरक्षित स्थिति का भरोसा दिलाएँ। अगर आप शिशु को अपना दूध पिला रही हों और बड़ा बच्चा भी स्तनपान करने की इच्छा जतलाए तो कभी-कभार आप उसकी इस इच्छा को मान भी सकती हैं।

अगर माता-पिता बड़े बच्चे की ईर्ष्या को सही तरीके से नहीं सम्भाल पाते तो एक छोटे बच्चे की तरह व्यवहार करना शुरू कर सकता है — बिस्तर गीला करना, अंगूठा चूसना और छोटे बच्चों की तरह बोलने की कोशिश करना। आमतौर से इस तरह की समस्याएँ अपने-आप ही दूर हो जाती हैं। लेकिन कभी-कभी स्थिति बहुत ज़्यादा बिगड़ जाती है और बच्चा अपने-आपमें सिमट जाता है या खोया-खोया-सा रहता है। ऐसे में किसी बाल-विशेषज्ञ या पारिवारिक डॉक्टर की सलाह लेना जरूरी हो जाता है।

नवजात शिशु की देखभाल

रोना

अगर शिशु रो रहा हो तो उसे गोद में उठाने में जरा-भी संकोच न करें। जन्म के बाद शिशु को सुरक्षा की भावना भी महसूस होना बहुत ज़्यादा महत्वपूर्ण है। आमतौर से शिशु तभी रोता है, जब उसे किसी चीज़ की ज़रूरत होती है। उम्र के इस दौर में बच्चे को अनुशासन सिखाने की चिन्ता न करें। मैं मानता हूँ कि अनुशासन ज़रूरी है, लेकिन इसका समय अभी नहीं आया है। सबसे पहले बच्चे को यह भरोसा दिलाना ज़रूरी है कि उसे प्यार किया जा रहा है और उसकी हर किसी को ज़रूरत है।

कभी-कभी कोई शिशु अस्पताल में तो शान्त और खुश रहता है, लेकिन घर पहुँचते ही बहुत ज़्यादा रोने लगता है। शायद उसे नए वातावरण में घुलने-मिलने में थोड़े समय की ज़रूरत है। आमतौर से दो-तीन दिन के भीतर ही वह सामान्य महसूस करने लगता है।

अगर आप इस बात को लेकर चिन्तित हैं कि आपका शिशु भूख के कारण रो रहा है और उसे आपका दूध पूरा नहीं पड़ता है, तो उसके मूत्र के रंग पर ध्यान दें। अगर आप उसे सिर्फ अपना दूध पिला रही हैं और उसके मूत्र का

रंग हल्का है, तो इसका मतलब है कि उसे आपका दूध पूरा पड़ रहा है। इस स्थिति में उसके रोने का कोई दूसरा कारण हो सकता है।

क्या आपका दूध आपके शिशु के लिए उपयुक्त है ?

आपका दूध — वह पतला हो या गाढ़ा, पीलापन या नीलापन लिए हो या बिल्कुल सफेद — शिशु के लिए हमेशा ठीक होता है। अगर माँ दमा, मलेरिया, सर्दी, टायफाइड या टीबी जैसे रोगों की शिकार है, तो भी उसे शिशु को अपना दूध पिलाते रहना चाहिए। शुरू के कुछ दिनों में शिशु को ग्लूकोज का पानी या कोई दूसरा दूध देने की बजाय सिर्फ माँ का दूध पिलाना बहुत ज़्यादा महत्वपूर्ण है। इन शुरूआती दिनों में दूध में एक पीलापन-सा (कोलोस्ट्रॉम) होता है। कम मात्रा के बावजूद यह दूध शिशु की सभी ज़रूरतों को पूरा करने के लिए पर्याप्त होता है। अगर आप घर से बाहर काम पर जाती हैं, तो भी यह सोचकर बच्चे को बोतल का दूध पिलाना ठीक नहीं है कि उसे इसकी आदत पड़ जानी चाहिए। काम पर जाने वाली स्त्रियाँ भी बोतल का उपयोग न करके शिशु को सफलतापूर्वक सिर्फ अपना दूध पिला सकती हैं।

आप किसी भी मुद्रा में शिशु को अपना दूध पिला सकती हैं — लेटकर, बैठकर या फ़िर तिरछे झुककर — जो भी मुद्रा आपके लिए सुविधाजनक हो। महत्वपूर्ण बात सिर्फ यह है कि स्तन और शिशु का सम्पर्क सही मुद्रा में होना चाहिए। इसका कारण यह है कि स्तनों का दूध चूचियों के पीछे के गहरे रंग के हिस्से, जिसे स्तन-मुख (areola) कहा जा सकता है, के नीचे स्थित फैलावदार नलिकाओं (dilated ducts) में इकट्ठा होता है। स्तन को शिशु के मुख में इस तरह से देना चाहिए कि स्तन-मुख का अधिकांश हिस्सा — खासकर चूची के नीचे वाला हिस्सा — शिशु के मुख में रहे। उसे एक ही स्तन से दूध पीने दें, भले ही वह सोया हुआ प्रतीत हो और उसकी आँखें बन्द हों। उसे दूसरा स्तन तभी दें जब वह पहले स्तन को अपने-आप ही छोड़ दें। अगर शिशु एक ही स्तन से सन्तुष्ट महसूस करता है, तो दूसरे स्तन से उसे अगली बार दूध पीने दें। अगर आपके जुड़वाँ बच्चे हैं तो दोनों के लिए एक-एक स्तन का दूध पर्याप्त है।

शिशु के जन्म के तीन-चार दिन बाद कुछ माँएँ अपने स्तनों में भारीपन या ऐंठन महसूस करने लगती हैं। इसका मतलब होता है कि माँ अपने शिशु को पर्याप्त स्तनपान नहीं करवा रही है। उसे शिशु को जल्दी-जल्दी दूध पिलाना चाहिए, या फिर अगले दो-तीन स्तनपानों से पहले थोड़ा दूध हाथों से दबाकर बाहर निकाल देना चाहिए। अगर इस भारीपन को रहने दिया जाता है तो न सिर्फ माँ को ज़्यादा असुविधा हो सकती है, बल्कि शिशुं को भी स्तनों को चूसने

में कठिनाई हो सकती है। अगर शिशु अपनी उँगलियाँ चूसने लगे तो फौरन ही इस नतीजे पर न पहुँच जाएँ कि उसे पर्याप्त दूध नहीं मिल रहा है। उसके मूत्र पर ध्यान दें। अगर इसका रंग हल्का है तो इसका मतलब है कि उसे पर्याप्त मात्रा में दूध मिल रहा है। यहाँ यह उल्लेख करना जरूरी है कि अगर शिशु को विटामिन दिए गए हैं, या भारी कपड़ों के कारण उसे ज़्यादा पसीना आता है, तो भी उसके मूत्र में पीलापन दिखाई दे सकता है।

शिशु के लिए विटामिन

अगर आप अच्छी तरह से खा-पी रही हैं और शिशु को सिर्फ अपना दूध पिला रही हैं, तो उसे किसी भी तरह के विटामिन की बूंदों की ज़रूरत नहीं होती। अपने आहार में मौसमी फलों, सब्जियों, अंकुरों, छिलके वाले अनाजों और गिरियों (Nuts) को शामिल करने का ध्यान रखें।

गाय या भैंस का दूध पीने वाले शिशुओं को अतिरिक्त विटामिनों की ज़रूरत होती है। शिशुओं के लिए निर्मित दूध के पाउडरों में पहले से ही विटामिन मौजूद रहते हैं।

आपका बालरोग विशेषज्ञ शिशु को विटामिन-के की एक खुराक देने की सलाह दे सकता है, यह सोचकर कि नवजात शिशु को इस महत्त्वपूर्ण विटामिन का अपने-आप उत्पादन करने में कुछ समय लग सकता है। लेकिन माँ के शुरूआती दूध (कोलोस्ट्रम) में इस विटामिन की भरपूर मात्रा मौजूद रहती है, और सभी शिशुओं को यह दूध पिलाया जाना चाहिए।

यह भी देखा गया है कि अगर माँ के आहार में पत्ते वाली सब्जियाँ शामिल हों तो उसके दूध में मौजूद विटामिन-के की मात्रा बढ़ जाती है।

नवजात शिशु की देखभाल के 10 महत्त्वपूर्ण सूत्र

- जन्म के तुरन्त बाद अपने शिशु के साथ अन्तरंग और नग्न (स्किन-टू-स्किन) शारीरिक सम्पर्क स्थापित करें और इसे जारी रखें।
- शुरू का पीले रंग का माँ का दूध (कोलोस्ट्रम) अपने कम मात्रा के बावजूद शिशु की ज़रूरत के हिसाब से पर्याप्त होता है।
- रोते हुए शिशु को आपके साथ शारीरिक सम्पर्क स्थापित करने की ज़रूरत महसूस हो सकती है। उसे फौरन गोद में उठा लें और उसकी आदत बिगाड़ने की बिल्कुल भी चिन्ता न करें।
- शुरू के सात से दस दिनों एक शिशु को सादे और गुनगुने गर्म पानी से स्नान करवाएँ। साबुन और तेल का इस्तेमाल इसके बाद ही शुरू करना

चाहिए। खास बेबी शॉप और तेलों को खरीदने की बिल्कुल भी ज़रूरत नहीं है। उल्टे इनके इस्तेमाल से कुछ शिशुओं की त्वचा पर दानों (rashs) वगैरह की शिकायत हो सकती है। बिना सुगन्ध वाला कोई भी नहाने का साबुन और तिल, नारियल, मूंगफली या फिर सरसों का पारम्परिक और प्रचलित तेल शिशु के लिए पर्याप्त होता है। इनके अलावा अधिकांश घरों में उपलब्ध रिफाइण्ड (परिष्कृत) मूंगफली के तेल का भी इस्तेमाल किया जा सकता है। बादाम या जैतून (ओलाइव) के तेल का इस्तेमाल करने की बिल्कुल भी ज़रूरत नहीं है। टेल्कम पाउडर, जिनमें बच्चों के पाउडर भी शामिल हैं, शिशु के नथुनों को परेशान कर सकते हैं और फेफड़ों की किसी गम्भीर बीमारी का कारण बन सकते हैं। कई बार यह पाउडर शिशु की नरम त्वचा की तहों में भी जम जाता है। सभी तरह के पाउडरों के प्रयोग से बचें। लेकिन अगर आप इसका इस्तेमाल करना ही चाहती हैं, तों इसे सिर्फ लंगोट के आसपास के क्षेत्र या फिर उभरी हुई त्वचा वाले क्षेत्रों तक सीमित रखें। प्रिक्ली हीट पाउडरों को भूलकर भी न खरीदें। वे अक्सर मेडिकेटिड होते हैं और शिशुओं के लिए असुरक्षित होते हैं। कुछ शिशुओं को बेसन या मलाई के इस्तेमाल से भी त्वचा पर दाने उभरने की शिकायत हो सकती है। आमतौर से हम इनके प्रयोग की भी सलाह नहीं देंगे।

शिशु की मालिश या स्नान का काम सगे-सम्बन्धियों को करना चाहिए। अगर किसी मालिशवाली की सेवाएँ ली जाती हैं तो उस पर नज़र रखनी चाहिए और देखना चाहिए कि कहीं वह बहुत सख्त मालिश तो नहीं कर रही है।

- कुछ नवजात शिशुओं के स्तन उभरे हुए हो सकते हैं, जो कुछ हफ्तों बाद अपने-आप ही ठीक हो जाते हैं। इन्हें दबाकर इनमें से 'दूध' निकालना खतरनाक साबित हो सकता है, इसलिए भूलकर भी ऐसा नहीं करना चाहिए।
- इसी तरह बालक-शिशु के शिश्न के आगे की खाल (फोरस्किन) को भी पीछे हटाने की कोशिश नहीं करनी चाहिए। यह शिश्न के नाज़ुक हिस्से की सुरक्षा के लिए होती है।
- नवजात शिशु के कानों या नाक में तेल न डालें। यह तेल सांस के साथ फेफड़ों में पहुँच सकता है और खतरनाक साबित हो सकता है। कभी-कभी शिशु की नाक सख्त स्राव इकट्ठा हो जाने के कारण बन्द हो सकती है। इसे गीली रुई से थोड़ा नरम कर देना चाहिए और फिर एक साफ कपड़े

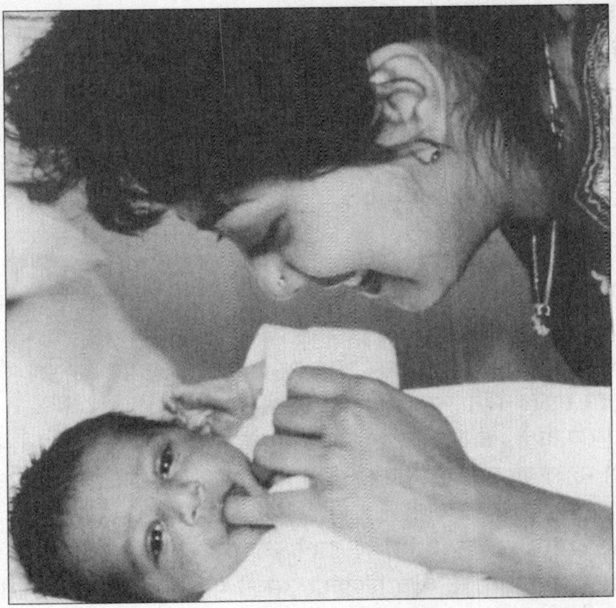

अंगुलियां साफ रखें

से धीरे-धीरे बाहर निकाल देना चाहिए। शिशु की जीभ या मुँह को साफ करने की कोशिश न करें। इसी तरह कृत्रिम चूसनी (डमी) के प्रयोग से भी बचना चाहिए। ये न सिर्फ शिशु के खान-पान की आदत में बाधा डालते हैं, बल्कि विभिन्न संक्रमणों (मध्य कान के संक्रमण सहित) और दाँतों के टेढ़ेपन का भी कारण बन सकते हैं।

- शिशु के लिए कभी भी 'ईयर-बड़ज' या 'कॉटन बड़ज' का प्रयोग न करें। स्नान के बाद कानों के बाहरी हिस्सों की सफाई के लिए तौलिए के छोर का इस्तेमाल करें। कान के भीतर मौजूद मोम कान-नलिका (ear canal) की सुरक्षा के लिए होती है। इसे निकालने की कोशिश न करें। स्नान के बाद शिशु के कानों में फूंक मारने की भी गलती न करें।
- शिशु की आँखों के लिए सुरमा न खरीदें। ऐसे बहुत-से पदार्थों में अक्सर शीशा (Lead) की कुछ मात्रा रहती है, जो शिशु के लिए खतरनाक साबित हो सकता है।

मालिश (स्किन-मसाज)

अधिकांश भारतीय परिवारों में तेल या घी से शिशु के पूरे शरीर की मालिश करने का रिवाज है, ताकि शरीर का रक्त-प्रवाह ठीक रहे। मैं भी इस प्रथा के पक्ष में हूँ, क्योंकि इससे अन्तरंग शारीरिक सम्पर्क को प्रोत्साहन मिलता है। लेकिन मैं यह भी कहना चाहूँगा कि यह अनिवार्य नहीं है, खासकर अगर आपको इस तरह की कोई मदद आसानी से उपलब्ध नहीं है।

स्नान

मैं सामान्य स्थितियों में प्रतिदिग स्नान की सलाह दूँगा। भीषण सर्दियों के मौसम में प्रतिदिन गीले तौलिए से शरीर को पोंछना और सप्लाह में दो बार स्नान करवाना काफी है। लेकिन चेहरे और पोतड़े (डायपर) के क्षेत्र की दिन में कई बार सफाई करना जरूरी है।

हो सकता है कि अस्पताल में आपको सिखाया जाए कि बाथ-टब में शिशु को कैसे नहलाया जाता है। लेकिन बहुत-सी भारतीय स्त्रियाँ बाथ-टब के बिना ही शिशु को स्नान करवाती हैं। स्त्री अपनी टांगें सामने की तरफ फैलाकर फर्श पर आराम से बैठ जाती है। इसके बाद वह शिशु को पीठ या पेट के बल अपनी नंगी टांगों के बीच लिटाकर उसकी मालिश करती है या उसे स्नान करवाती है। मेरे ख्याल से यह बड़ा आसान और व्यावहारिक तरीका है और मैं इसी की सलाह देता हूँ।

शिशु को कभी भी, मात्र कुछ क्षणों के लिए भी, पानी में अकेला न छोड़ें। इस तरह की असावधानी बहुत खतरनाक साबित हो सकती है।

कुछ लोग कपड़े या ग्लिसरीन से शिशु का मुँह और जीभ साफ करते हैं। यह अनावश्यक है और शिशु के मुँह की नाज़ुक झिल्ली (mucous membrane) को नुकसान पहुँचा सकता है और संक्रमण (इन्फेक्शन) भी पैदा कर सकता है।

स्नान के बाद जब शिशु सो रहा हो तभी उसके नाखून काटें। नाखूनों को एक नेलक्लिपर से सीधी रेखा में काटें।

नींद

सीधी-सी बात है, या तो नवजात शिशु दूध पीता है या फिर सोता है। हो सकता है उसे अभी दिन और रात का फर्क मालूम न हो। हो सकता है वह दिन में ज़्यादा सोए और रात में बार-बार दूध पीना चाहे, जो माँ के लिए परेशानी का कारण बन सकता है। लेकिन सौभाग्य से एक पखवाड़े के भीतर ही शिशु आपकी दिनचर्या (रूटीन) के अनुसार अपने-आपको ढाल लेता है। तब तक, अपनी नींद दिन में पूरी करने की कोशिश करें। जब घर के सदस्य शिशु में ज़्यादा-से-ज़्यादा रूचि लेने लगते हैं। और उसके साथ बातें करते रहते हैं, तो वह दिन में कम और रात में ज़्यादा देर तक सोने लगता है।

अपने शिशु को सीधा यानी पीठ के बल सुलाएँ। शिशु को उल्टा (पेट के बल) सुलाने से शिशु को आकस्मिक मृत्यु के सिंड्रोम (सडन इन्फेंट डेथ सिन्ड्रोम यानी एस.आई.डी.एस.) की सम्भावना बढ़ जाती है। शिशु को बाईं या दाईं करवट सुलाना भी पूरी तरह से सुरक्षित नहीं है — हालांकि पहले इसकी सलाह दी जाती थी — क्योंकि बाईं या दाईं करवट सो रहा शिशु अकसर कुछ देर बाद पेट के बल लुढ़क जाता है।

यह भी देखा गया है कि आकस्मिक-मृत्यु सिंड्रोम के शिकार दो-तिहाई शिशुओं की माँओं को धूम्रपान की आदत थी। एस.आई.डी.एस. के खतरे की सम्भावना वाले शिशुओं में 61 प्रतिशत संख्या उन शिशुओं की होती है, जिनकी माँ या पिता धूम्रपान करते रहे हैं।

पंखा या एयर-कण्डीशन

गर्मियों के मौसम में पंखे का प्रयोग जरूरी है — बशर्ते कि आपके घर में कोई खुला, हवादार और ठण्डा कमरा नहीं है। इसी तरह एयर-कण्डीशनर का प्रयोग करने में भी संकोच की ज़रूरत नहीं है।

लेकिन इतना ध्यान ज़रूर रखें कि शिशु पंखे के ठीक नीचे न सो रहा हो। अगर एयर-कण्डीशनर चालू नहीं है, तो कमरे की खिड़कियाँ खुली रखें। लेकिन शिशु को खिड़की से थोड़ा दूर ही सुलाएँ।

संगीत और शिशु

शिशु को सुलाने के लिए उसे कोई लोरी सुनाएँ, या यह काम उसकी दादी या नानी पर छोड़ दें। अगर आप शिशु को कोई रेकार्ड-बद्ध संगीत सुनाना चाहती हैं तो इसमें भी कोई आपत्ति नहीं है। अगर शिशु सो रहा हो तो क्या ख़ुद आपको संगीत सुनना चाहिए? क्यों नहीं, अगर आपको संगीत का शौक है तो अपने शिशु को अपनी जीवन-शैली के अनुसार ढालने का प्रयास करें। लेकिन इस बात का ध्यान रखें कि संगीत बहुत ऊँचा न हो। ऊँचा संगीत तो बड़ों के कानों के लिए भी ठीक नहीं है।

क्या शिशु को सुलाने के लिए पालने या झूले का प्रयोग करना चाहिए?

अपने शिशु को पालने या झूले में सोने का आदी न बनाएँ। इसकी आदत पड़ने पर आपके लिए किसी नई जगह में, जहाँ इसकी सुविधा नहीं है, उसे सुलाना मुश्किल हो जाएगा। लेकिन अगर पहले ही उसे इसकी आदत पड़ चुकी है, तो झूला बनाने के लिए एक साड़ी का प्रयोग करें, और इसके दानों सिरों को मजबूती से बिस्तर या किसी मेज के किनारों से बाँध दें।

क्या शिशु को लपेटना उचित है?

सर्दियों में शिशु के शरीर को गर्म रखना जरूरी है। कुछ शिशु कपड़े में लिपटा होने पर अच्छी नींद सोते हैं, खासकर जन्म के पहले महीने में। कुछ शिशुओं को अपने हाथ खुले रखना अच्छा लगता है। इस सम्बन्ध में थोड़े लचीले दृष्टिकोण से काम लें और शिशु की इच्छा को देखते हुए ही उसे लपेटें या खुला रखें। धीरे-धीरे शिशु को ज़्यादा-से-ज़्यादा देर तक खुला रखने की कोशिश करें, ताकि वह पूरी स्वतन्त्रता के साथ अपने हाथ-पाँव हिला सके। बाद में वह अपने हाथों की तरफ देखना शुरू करेगा और अपने शरीर के आकार को समझने की कोशिश करेगा। मैंने पीछे कहा है कि अधिकांश शिशुओं के सिर में बहुत ज़्यादा पसीना आता है। लेकिन कुछ शिशुओं के पूरे शरीर पर ही पसीना आता है। अगर इन शिशुओं को पूरा समय लपेटकर रखा जाए तो डी-हाइड्रेशन के कारण बुखार होने का खतरा हो सकता है। शिशु को ठण्डा रखकर और उबले हुए लेकिन ठण्डे पानी के कुछ घूंट पिलाकर इस बुखार को कम किया जा सकता

है। लेकिन शिशु को यह पानी चम्मच या कप से ही पिलाएँ। इस काम के लिए कभी भी बोतल का प्रयोग न करें।

बाहर आना-जाना

परम्परा यह है कि एक भारतीय स्त्री शिशु के जन्म के छह सप्ताह बाद तक घर पर ही रहती है। स्त्री की शारीरिक प्रणाली (anatomy) को सामान्य होने में लगभग इतना ही समय लगता है। उदाहरण के लिए, भ्रूण (foetus) का आकार जब बढ़ जाता है तो गर्भाशय (uterus) गर्भिणी के पेट के ऊपरी हिस्से तक चला जाता है। इसका अपनी सामान्य स्थिति में लौटना जरूरी होता है। शिशु द्वारा स्तनपान करने से इस प्रक्रिया में तेज़ी आती है। छह सप्ताह का यह समय माँ और शिशु के लिए एक-दूसरे के स्वभाव को जानने-समझने और मातृत्व और माँ और शिशु के अन्तरंग जुड़ाव के विकास का भी समय होता है। लेकिन क्या आप छह सप्ताह की इस 'पवित्र' अवधि के पूरा होने से पहले ही बाहर जा सकती हैं — उदाहरण के लिए किसी पार्टी में या बाजार में कुछ शॉपिंग करने? जी हाँ, आप बिल्कुल जा सकती हैं, और आपको जाना भी चाहिए, अगर यह महत्वपूर्ण है तो। अगर आपको लगता है कि बाहर जाना आपको अच्छा लगेगा तो आप निस्संकोच जाएँ। जब भी सम्भव हो, अपने शिशु को अपने साथ लेकर जाएँ। इस बात की चिन्ता न करें कि उसे अभी पूरे टीके नहीं लगे हैं। हाँ, जहाँ तक सम्भव हो, उसे भीड़-भाड़ वाली जगहों में ले जाने से बचें। अगर आप किसी पार्टी में जा रही हैं और आपके पास कोई नौकरानी है तो उसे भी अपने साथ ले जाएँ। शिशु को बगल के किसी कमरे में उसके पास छोड़ दें, और पार्टी और अपने मित्रों का जी भरकर मजा लें। जब भी ज़रूरत पड़े, तुरन्त अपने शिशु के पास लौट जाएँ।

यौन-सम्बन्धों की फिर से शुरूआत

शिशु-जन्म के बाद छह सप्ताह तक यौन-सम्बन्धों से दूर रहें। अपने डॉक्टर से अपने परिवार-नियोजन (family planning) के बारे में सलाह-मशविरा करें। अगर परिवार-नियोजन के आधुनिक तरीकों में आपका विश्वास नहीं है, तो शुरू के छह महीनों तक शिशु को सिर्फ अपना दूध पिलाएँ, और उसके बाद अपना दूध पिलाने के साथ-साथ उसे धीरे-धीरे दूसरे आहार खिलाने शुरू करें। शिशु को बोतल से दूध पिलाने से पूरी तरह से बचें।

डॉक्टरी जाँच के लिए कब जाएँ?

शिशु को जन्म के समय देखने के बाद मैं उसे अस्पताल से छुट्टी मिलने के

एक और फिर दो सप्ताह बाद देखना पसन्द करता हूँ। लगभग दस दिनों में शिशु अपने जन्म के वज़न को फिर से प्राप्त कर लेता है। मैं यह भी जानना पसन्द करता हूँ कि शिशु का स्तनपान कैसा चल रहा है, और साथ ही उन सभी प्रश्नों के उत्तर देना भी जिन्हें माँ अस्पताल में पूछना भूल गई हो। इसी समय मैं नाभी-नली की स्थिति देखना भी पसन्द करता हूँ।

इसके बाद मैं टीकाकरण (immunisation) के सिलसिले में शिशु को छटे, दसवें और चौदहवें सप्ताह बाद देखना चाहूँगा। मैं उसके स्तनपान के बारे में भी पूछताछ करूँगा, और उसके विकास से जुड़ी उपलब्धियों की जाँच करके उसके कद, वज़न और सिर के घेरे (circumference) की माप को उसकी बढ़त के रेकॉर्ड में दर्ज करूँगा।

इसके बाद मैं शिशु को लगभग छह महीने, नौ महीने, पन्द्रह महीने और फिर दो वर्ष की अवस्था में देखना चाहूँगा। छह महीने की अवस्था में उसके अतिरिक्त आहार को लेकर चर्चा होगी। नौ महीने की अवस्था में उसे खसरे का टीका (meastes vaecine) दिए जाने की सलाह दी जाएगी। उस समय मैं यह भी देखूँगा कि शिशु को किसी तरह के विटामिनों, कैल्शियम और आयरन वगैरह की ज़रूरत तो नहीं है। पन्द्रह महीने की अवस्था में उसे एम.एम.आर. का टीका लगवाए जाने की सलाह दी जाएगी। इन सभी भेंटों के दौरान मैं शिशु को बढ़त और विकास-क्रम की जाँच करूँगा, और दो वर्ष की अवस्था में उसे डी.पी.टी. और ओ.पी.वी. की बूस्टर डोज (खुराक) देने की सलाह दूँगा। इस अवस्था में हम बच्चे के भविष्य के कद का भी एक कच्चा अनुमान लगा सकते हैं। इसके बाद मैं बच्चे को वर्ष में सिर्फ एक बार देखना पसन्द करूँगा, और माता-पिता को उसके स्वस्थ और खुश बचपन और कैशोर्य से सम्बन्धित मार्ग-दर्शन देना चाहूँगा। अगर आप चाहती हैं कि आपका बाल-विशेषज्ञ (Paediatrician) शुरू के एक या दो वर्षों तक शिशु की हर महीने जाँच करता रहे, तो आप इस सम्बन्ध में उससे बातचीत करके जाँच की तारीखें तय कर सकती हैं।

बढ़त के वर्ष : सामान्य बढ़त और विकास

बढ़त और विकास एक नियमित और निश्चित प्रक्रिया है

बढ़त और विकास अनिश्चित और मनमाने ढंग से नहीं होता। इसकी अपनी एक समय-सारिणी, अपना एक टाइम-टेबल होता है। इस समय-सारिणी में कुछ वैविध्य हो सकता है, लेकिन इसकी रूपरेखा वही रहती है।

आमतौर से यह जाना जा सकता है कि एक बच्चा किस उम्र तक कितनी बढ़त हासिल करेगा। बढ़त और विकास के ये मापदण्ड बहुत बड़ी संख्या में सामान्य बच्चों का अध्ययन करने के बाद निर्धारित किए जाते हैं। इन मापदण्डों को एक ग्राफ में भी दर्शाया जा सकता है, जिन्हें बढ़त-रेखाएँ या बढ़त-चार्ट (ग्रोथ-चार्ट) कहा जाता है। अगले पृष्ठ पर दिए ग्राफ से पता चलता है कि अलग-अलग रफ्तार से बढ़ रहे बच्चे किस उम्र तक कितनी बढ़त हासिल करेंगे। अगर कोई बच्चा अपनी सामान्य रफ्तार को देखते हुए अपनी बढ़त-रेखा से नीचे खिसक जाता है, तो इसका मतलब है कि उसकी बढ़त में कोई कमी है। यह कमी मात्र एक अस्थाई कमी भी हो सकती है, उदाहरण के लिए बुखार वगैरह की स्थिति में। लेकिन अगर लगातार दो-तीन महीनों तक बच्चे की बढ़त उसकी बढ़त-रेखा के अनुरूप नहीं है, तो किसी बाल-विशेषज्ञ द्वारा उसकी जाँच की जानी चाहिए।

कुछ याद रखने लायक महत्वपूर्ण तथ्य

बच्चों की बढ़त और विकास से जुड़े बाल-विशेषज्ञ डॉ. अरुण पाठक, जिन्हें इस अध्याय में सहयोग करने के लिए मैंने विशेष रूप से आमन्त्रित किया था, माँओं से निम्नलिखित बातें याद रखने का आग्रह करते हैं —

- 'बड़ा' होना हमेशा 'सुन्दर' होना नहीं होता। मोटे बच्चे, खासकर अगर जन्म के समय वे छोटे थे, कुछ खास तरह की समस्याओं के शिकार हो सकते हैं। अगर एक बच्चा चुस्त और फुर्तीला है, ज़्यादा बीमार नहीं पड़ता, और अपनी रफ्तार के अनुसार बढ़त और विकास हासिल करता रहता है, तो वह एक सामान्य बच्चा है।

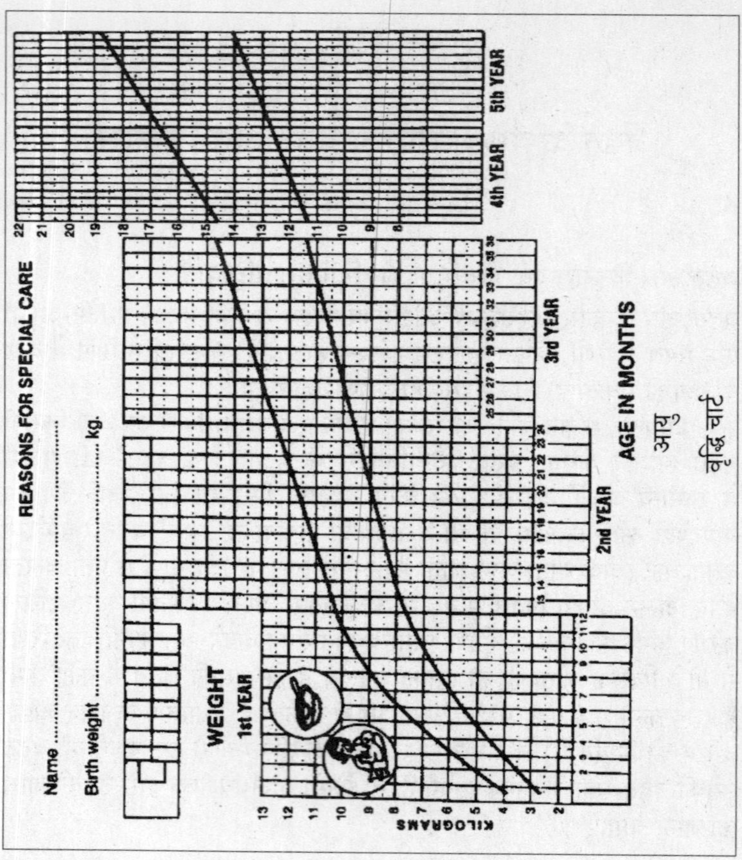

वृद्धि चार्ट

- छोटी कट-काठी के माता-पिता के बच्चे भी अक्सर छोटे होते हैं।
- छोटे पैदा होने वाले बच्चे बड़े पैदा होने वाले बच्चों के अनुपात में आमतौर से छोटे ही रहते हैं। अपने पूरे समय पर लेकिन छोटे आकार में पैदा होने वाले लगभग 85 प्रतिशत बच्चे दो वर्ष की उम्र तक पहुँचते-पहुँचते अपनी बढ़त की कमी को काफी हद तक पूरा कर लेते हैं। अन्य बच्चे किशोरावस्था के दौरान एकाएक तेज बढ़त के दौर से गुजरते हैं।

- मल्टी-विटामिन और टॉनिक न तो शक्ति प्रदान करते हैं, और न कद और वज़न में ही कोई इजाफा करते हैं। ज़्यादा-से-ज़्यादा वे इतना निश्चित कर सकते हैं कि बच्चे में विटामिनों या खनिजों की कमी न रह जाए। कुछ टॉनिकों में अल्कोहल मौजूद होता है, जो बच्चे के लिए हानिकारक साबित हो सकता है।
- अपने बच्चे की भूख बढ़ाने और उसके कद में सुधार लाने के लिए उसे सिप्रो-हेप्टाडाइन मिश्रित दवाइयाँ न दें। ये हानिकारक होती हैं। इसी उद्देश्य के लिए प्रचलित कुछ अन्य औषधियों में एन्नबोलिक स्टेरॉयड होता है। यह भी उतना ही हानिकारक है। बालिकाओं के लिए यह खासतौर से खतरनाक है, क्योंकि इसके उपयोग से न सिर्फ किलटोरिस (भग-शिश्न) का आकार स्थाई रूप से बढ़ सकता है, बल्कि यौन-सम्बन्धी पुरुषोचित गुण पैदा होने का भी खतरा रहता है।
- छोटे कद की शिकायत वाले कुछ बच्चों को 'ग्रोथ-हार्मोन ट्रीटमेन्ट' से लाभ पहुँच सकता है। लेकिन यह उपचार किसी कुशल एण्डोक्रिनोलोजिस्ट के साथ परामर्श करने के बाद ही आजमाया जाना चाहिए।

वज़न

किसी बच्चे की बढ़त का सबसे प्रचलित मापदण्ड उसका वज़न ही है। लेकिन वज़न मापने की मशीने अलग-अलग तरह की होती हैं, और दो मशीनों के तौल में अन्तर दिखाई दे सकता है। अच्छा यही है कि बच्चे का वज़न हर-बार-एक ही मशीन पर तौला जाए। इस उद्देश्य के लिए स्प्रिंग-स्केलों की तुलना में बीम और इलेक्ट्रॉनिक-स्केलें ज़्यादा भरोसेमन्द हैं।

जन्म के समय एक सामान्य बच्चे का वज़न उसके सम्भावित वयस्क वज़न का लगभग 5 प्रतिशत होता है। हमारे देश में जन्म के समय एक सामान्य बच्चे का वज़न 3 से थोड़ा कम और 4 किलोग्राम के बीच होता है।

जन्म के बाद शुरू के कुछ दिनों में आमतौर से शिशुओं के शरीर में मौजूद जल की मात्रा कुछ कम हो जाती है। परिणामस्वरूप उनका वज़न भी थोड़ा कम हो जाता है। लेकिन लगभग दस दिन के भीतर वे अपने जन्म का वज़न फिर से प्राप्त कर लेते हैं। जन्म के बाद जिन शिशुओं को उनकी माँग के अनुसार बार-बार स्तन-पान करवाया जाता है, वे अपेक्षाकृत कम मात्रा में शारीरिक जल खोते हैं। जबकि सिर्फ नियमित समय पर माँ का दूध पीने वाले शिशु इसे ज़्यादा मात्रा में खोते हैं। इसी तरह, अपनी इच्छा के अनुसार स्तनपान करने वाले शिशु अपने जन्म का वज़न भी जल्दी प्राप्त कर लेते हैं।

एक स्वस्थ शिशु का प्रति माह आधे से एक किलोग्राम वज़न बढ़ना चाहिए, या हर हफ्ते कम-से-कम 125 ग्राम। आपके शिशु की बढ़त-रेखा (ग्रोथ कर्व) चार्ट में दर्शाई रेखा के अनुरूप आगे बढ़नी चाहिए। यह इससे कुछ ऊपर या नीचे हो सकती है, लेकिन इसकी दिशा लगभग वही रहनी चाहिए। कुछ शिशुओं का शुरू के महीनों में इस सन्दर्भ-रेखा की तुलना में ज़्यादा तेजी से वज़न बढ़ता है। ऐसा खासकर उन शिशुओं में देखने में आता है जो सिर्फ माँ का दूध पीते हैं। चौथे या पाँचवें महीने के आसपास इस बढ़ोतरी की रफ्तार कुछ कम हो जाती है। अगर कोई शिशु सिर्फ माँ के दूध पर आश्रित नहीं है, और उसके वज़न में प्रति माह एक किलोग्राम से अधिक बढ़ोतरी हो रही है, तो उसके 'ओवर-वेट' (ज़रूरत से अधिक वज़न) होने की सम्भावना रहती है। ऐसे शिशुओं को डॉक्टर की कड़ी निगरानी की ज़रूरत रहती है।

चार महीने के बाद आपके शिशु के वज़न में हर महीने लगभग 400 ग्राम की वृद्धि होगी। अगर वह अपने पूरे समय में पैदा हुआ एक सामान्य शिशु है, तो पाँचवें महीने तक उसका वज़न उसके जन्म के वज़न से दोगुना, और एक वर्ष में तिगुना हो जाएगा। अगर जन्म के समय उसका वज़न 3 किलोग्राम था तो पाँच महीने में उसका वज़न 6 किलोग्राम और एक वर्ष में 9 किलोग्राम होना चाहिए। लेकिन अगर वह समय से पूर्व पैदा हुआ था और उसका जन्म का वज़न बहुत कम था, तो इन पाँच महीनों में उसके वज़न में दोगुनी से कहीं ज़्यादा वृद्धि होगी। इस तरह, अगर जन्म के समय उसका वज़न सामान्य से ज़्यादा था, तो इन पाँच महीनों में इसमें दोगुनी से कम वृद्धि होगी।

शुरू के कुछ महीनों में बच्चे का वज़न बहुत तेजी से बढ़ता है। फिर इसकी रफ्तार कुछ कम हो जाती है, और जन्म के दूसरे वर्ष से लेकर किशोरावस्था तक बच्चे के वज़न में प्रति वर्ष दो-ढाई किलोग्राम की वृद्धि होती है। यानी 200 ग्राम प्रति माह (एक गिलास पानी का वज़न)। बहुत-सी माताएँ वृद्धि की इस कम रफ्तार से चिन्तित हो उठती हैं, लेकिन यह एक प्राकृतिक प्रक्रिया है। यही कारण है कि बाल-विशेषज्ञ एक वर्ष की उम्र के बाद बच्चे की हर तीन महीने बाद जाँच करना पसन्द करते हैं, न कि हर महीने।

दो से सात वर्ष की उम्र के बीच आपके बच्चे का वज़न निम्नलिखित फार्मूले से जाना जा सकता है :

(उम्र [वर्ष] + 4) × 2

अर्थात पाँच वर्ष की उम्र में उसका वज़न 18 किलोग्राम के आसपास होनी चाहिए।

आठ से दस वर्ष के बीच की लड़कियों का और आठ से बारह वर्ष के बीच के लड़कों का वज़न निम्नलिखित फार्मूले से जाना जा सकता है :

(उम्र [वर्ष] + 5) × 2

अर्थात नौ वर्ष के बच्चे का वज़न 28 किलोग्राम के आसपास होना चाहिए।

लेकिन अगर नौ वर्ष के आपके बच्चे का वज़न 28 किलोग्राम से कम है, तो भी वह एक सामान्य बच्चा हो सकता है। अगर उसका स्वास्थ्य कुल मिलाकर सन्तोषजनक है, तो उसके 'अण्डर-वेट' (सामान्य से कम वज़न) होने को लेकर जल्दी से किसी निर्णय पर नहीं पहुँच जाना चाहिए। यह भी याद रखना चाहिए कि कुछ बच्चे वर्ष के किसी खास मौसम में ज़्यादा तेजी से बढ़ते हैं। बढ़त की मन्द रफ्तार के दिनों में उनकी भूख भी कुछ कम हो जाती है।

किसी बच्चे की बढ़त को बढ़त-चार्ट (ग्रोथ-चार्ट) की मदद से देखना एक अधिक उपयुक्त तरीका है। उदाहरण के लिए अगले पृष्ठ पर रेखाचित्र में हम देखते हैं कि 'A' बच्चे का वज़न 'B' बच्चे की तुलना में पूरा वर्ष ज़्यादा रहा है। लेकिन अगर हम उनके जंन्म के वज़न की तुलना में उनकी बढ़त-रेखा पर नजर दौड़ाएँ, तो हम पाते हैं कि 'B' बच्चे की बढ़त-दर 'A' बच्चे से बेहतर है। बल्कि सातवें महीने के बाद से 'A' की बढ़त-दर में बहुत ज़्यादा गिरावट आ गई है, और उसे किसी बाल-विशेषज्ञ द्वारा जाँच की ज़रूरत है।

लम्बाई और ऊँचाई

छोटे बच्चे को एक सपाट मेज पर लिटाकर उसकी लम्बाई नापी जाती है। जब वह सीधा खड़ा होने योग्य हो जाता है, तभी उसकी ऊँचाई नापी जाती है।

अपने पूरे समय में पैदा हुए एक सामान्य शिशु की औसत लम्बाई लगभग 50 सें.मी. होती है।

तीन महीने और फिर नौ महीने बाद यह क्रमशः 60 और 70 सें.मी. हो जाती है। एक वर्ष की उम्र में यह लगभग 75 सें.मी. और चार वर्ष की उम्र में लगभग 100 सें.मी. हो जाती है। इसके बाद प्रतिवर्ष लगभग 5 सें.मी. की दर से यह लम्बाई (ऊँचाई) लड़कियों के मामले में 10 वर्ष तक और लड़कों के मामले में 12 वर्ष तक बढ़ती रहती है। इसके बाद किशोरावस्था का तेज बढ़त का दौर शुरू होता है, और वज़न तथा कद में एकाएक वृद्धि होने लगती है।

किसी बच्चे के सम्भावित वयस्क कद का पता लगाने के लिए कई फार्मूले उपलब्ध हैं। आप अपने बच्चे की अपेक्षित लम्बाई का आसानी से पता लगा सकती हैं। लड़कों के मामले में आप उसकी दो वर्ष की लम्बाई को दोगुना कर दीजिए, जबकि लड़कियों के मामले में डेढ़ वर्ष की लम्बाई को दोगुना करें।

अगर डेढ़ वर्ष की उम्र में आपकी बच्ची का कद 75 सें.मी. है तो वयस्क होने के बाद उसकी लम्बाई 150 सें.मी. होगी, अर्थात पाँच फुट।

किसी बच्चे के लम्बाई या ऊँचाई पर्यावरण से जुड़े तत्त्वों की अपेक्षा उसकी आनुवंशिक (genetic) प्रोग्रामिंग द्वारा ज़्यादा नियन्त्रित होती है। टॉनिक, इंजेक्शन या अन्य दवाइयाँ देकर किसी बच्चे का कद नहीं बढ़ाया जा सकता।

सिर का घेरा

आपका डॉक्टर आपके बच्चे के सिर के घेरे (परिधि) पर भी नजर रखेगा, खासकर उसकी उम्र के पहले वर्ष में। जन्म के समय सिर का माप लगभग 34 सें.मी. होता है। सिर के पीछे के नरम हिस्से को जन्म के लगभग दो महीने बाद महसूस नहीं किया जा सकता। जबकि आगे का नरम हिस्सा (anterior fontanelle) जन्म के बाद थोड़ा और ज़्यादा चौड़ा हो सकता है। छह महीने से लेकर दो-तीन वर्ष की उम्र तक यह आमतौर से भर जाता है। सिर का घेरा

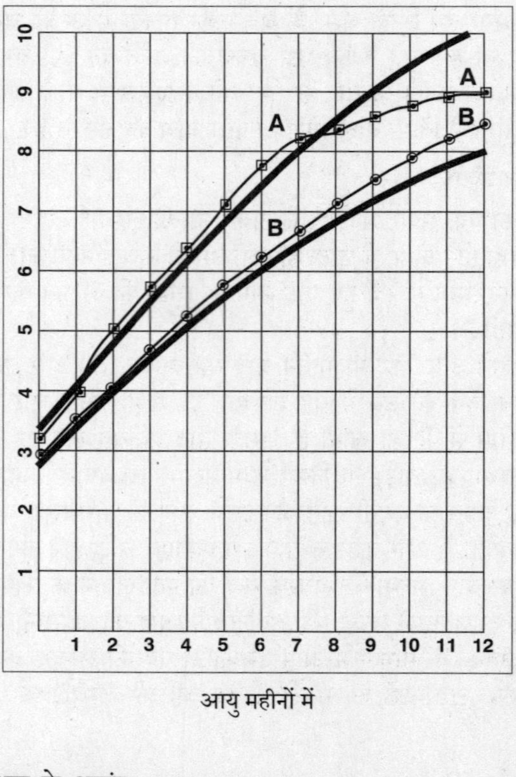

आयु महीनों में

छह महीने की उम्र में लगभग 44 सें.मी. और एक वर्ष की उम्र में लगभग 47 सें.मी. होता है। यानी पहले छह महीनों में सिर का घेरा जहाँ बहुत तेजी से बढ़ता है (10 सें.मी.), वहीं अगले छह महीनों में इसकी बढ़त-दर काफी कम (3 सें.मी.) हो जाती है। जन्म के समय सिर का घेरा सीने के घेरे से थोड़ा बड़ा होता है, लेकिन एक वर्ष की उम्र तक पहुँचते-पहुँचते वे दोनों बराबर हो जाते हैं।

दाँत

छह महीने से लेकर ढाई वर्ष की उम्र के बीच दूध के बीस दाँत आते हैं। पहला दाँत छह महीने की उम्र के आसपास आता है, हालाँकि मसूढ़े इसकी तैयारी चौथे या पाँचवे महीने में ही शुरू कर देते हैं। इन दिनों आप देखेंगी कि बच्चा ज़्यादा लार टपकाने लगा है, तंग करने लगा है, और आपकी उँगलियाँ काटने लगा है। दूध के ये दाँत (milk teeth) अस्थाई होते हैं और छह से बारह वर्ष की उम्र के बीच टूट जाते हैं। इसी उम्र में पक्के और स्थाई दाँत भी आने लगते हैं। 12 वर्ष की उम्र में बच्चे के कुल 28 दाँत होने चाहिए। अन्य चार दाँत, जिन्हें अकल दाढ़ (wisdom teeth) भी कहा जाता है, 18 वर्ष की उम्र के बाद कभी भी आ सकते हैं।

दाँतों के सम्बन्ध में याद रखने लायक एक महत्वपूर्ण बात यह है कि दाँतों के आने की अवधि में बहुत ज़्यादा विविधता पाई जाती है। बहुत से बच्चों के एक वर्ष की उम्र में लगभग छह दाँत होते हैं। लेकिन कई बच्चे ऐसे भी होते हैं, जो अपने जन्म की पहली वर्षगाठ बिना किसी दाँत के मनाते हैं। वे हर लिहाज से पूरी तरह से सामान्य बच्चे होते हैं। दाँतों का देर से आना हमेशा कैल्शियम या विटामिन की कमी का प्रतीक नहीं होता। इसी तरह कुछ सामान्य बच्चे ऐसे भी होते हैं जिनके मुँह मे जन्म के समय ही एक दाँत होता है।

यौवनारम्भ से जुड़ी बढ़त

लड़कियों में यौवनारम्भ (वयःसन्धि) की शुरूआत स्तनों के उभरने (breast budding) से होती है। इस उम्र में स्तन थोड़ा उभरकर दो छोटे-छोटे टीलों का आकार लेने लगते हैं।

आमतौर से यह दस वर्ष की उम्र के आसपास होता है। लेकिन यह आठ से लेकर तेरह वर्ष की उम्र तक कभी भी हो सकता है। इन लक्षणों के इस अवधि से बहुत आगे-पीछे उभरने की स्थिति में डॉक्टर की सलाह लेनी चाहिए। इसके एक वर्ष बाद बच्ची के कद और वज़न में तेजी से वृद्धि होने लगती है। तेज बढ़त की इस अवधि के लगभग एक वर्ष बाद, या स्तनों के उभरने के

लगभग दो वर्ष बाद, मासिक-धर्म (Menstruation) शुरू हो जाता है। स्तनों के उभरने के साथ ही बच्ची के जनन अंगों के ऊपर के कुछ बाल (झांट या रोम) भी उगने लगते हैं। इसे यौवनारम्भ का दूसरा चरण कहा जाता है। पहले चरण में इस तरह का कोई शारीरिक परिवर्तन दिखाई नहीं देता। तीसरे चरण में स्तन बड़े होने लगते हैं और योनांग के बाल या रोम गहरे रंग के और घुंघराले होने लगते हैं। मासिक धर्म चौथे चरण में शुरू होता है। पाँचवें चरण में स्तन पूरी तरह विकसित हो जाते हैं और रोम खुरदरे और घुंघराले होकर जाँघों के अंदरूनी हिस्सों तक फैलने लगते हैं। इस चरण में कद की वृद्धि-दर काफी मन्द पड़ जाती है। इसके बाद जल्दी ही यह पूरी तरह से रूक जाती है।

लड़कों में यौवनारम्भ लड़कियों से एक वर्ष बाद होता है। इसका पहला संकेत अण्ड-ग्रन्थियों (testes) के आकार में वृद्धि के रूप में दिखाई देता है। अगले चरण में अण्ड-कोष (अण्ड-ग्रन्थियों को सुरक्षित रखने वाली थैली, जिसे अँग्रेजी में Serotum कहा जाता है) कुछ पतला और लाल प्रतीत होने लगता है। यह यौवनारम्भ का दूसरा चरण होता है। आमतौर से यह 11 वर्ष की उम्र के आसपास होता है, लेकिन 9 से लेकर 14 वर्ष की उम्र तक यह कभी भी हो सकता है। तीसरे चरण में शिश्न का आकार बढ़ने लगता है, झांट या रोम (Pubic hair) उगने लगते हैं, और बच्चे को रात के समय स्खलन का भी अनुभव (nocturnal emission) हो सकता है। इस चरण के दो वर्ष बाद (चौथे चरण में) लड़कों के कद में तेजी से वृद्धि होती है। रोम ज़्यादा घुंघराले और खुरदरे हो जाते हैं। पाँचवें चरण में ये रोम जाँघों के अन्दरूनी हिस्सों तक फैल जाते हैं। लड़कियों की तरह लड़कों में भी इस चरण में कद की वृद्धि की दर काफी मन्द पड़ जाती है और जल्दी ही यह पूरी तरह रूक जाती है। कुछ लड़कों को चौथे चरण में स्तनों में थोड़ी सूजन का भी अनुभव हो सकता है। कुछ महीने बाद यह सूजन अपने-आप ही उतर जाती है। इस चरण में किशोरों की आवाज भी भर्राने या फटने लगती है। यह पूरी तरह से सामान्य है।

कुछ लड़कियों में दोनों स्तनों के आकार में थोड़ा अन्तर हो सकता है। यह भी पूरी तरह से सामान्य है।

यान्त्रिक और मानसिक दक्षताओं का विकास

बच्चे की शारीरिक कद-काठी से कहीं ज़्यादा महत्वपूर्ण होती हैं, वे क्षमताएँ और विविध गतिविधियाँ जिन्हें वह अपनी शारीरिक बढ़त के साथ-साथ सीखता और संवारता है। कुछ सामान्य बच्चे इन क्षमताओं या दक्षताओं को तेजी से सीख लेते हैं, तो कुछ धीरे-धीरे सीखते हैं। उदाहरण के लिए लगभग 50%

बच्चे एक वर्ष की उम्र में चलना सीख लेते हैं, 3% बच्चे सिर्फ नौ महीनों में, जबकि लगभग सभी बच्चे (97%) पन्द्रह महीने की उम्र तक चलने लगते हैं। अगर कोई बच्चा पन्द्रह महीने की उम्र के बाद भी अपने-आप नहीं चल पाता है, तो विकास में इस विलम्ब के कारणों को जानने के लिए किसी बाल-विशेषज्ञ द्वारा उसकी जाँच की जानी चाहिए।

उपलब्धि-स्तम्भ या माइलस्टोंस

बच्चे के विकास की स्थिति को जाँचने के लिए अकसर कुछ गतिविधियों को उपलब्धि-स्तम्भों या मील के पत्थरों (milestones) के रूप में चुन लिया जाता है। जिस तरह किसी हाइवे पर लगे मील के पत्थर हमें यह बताते हैं कि हम अब तक कितनी यात्रा तय कर चुके हैं, उसी तरह बच्चे के विकास से जुड़े ये उपलब्धि-स्तम्भ बच्चे की विकास-यात्रा की स्थिति का एक सरसरा आकलन प्रस्तुत करते हैं।

ये मील के पत्थर हमें बताते हैं कि एक विशेष उम्र में एक औसत बच्चे से क्या उम्मीद की जाती है, लेकिन साथ ही इसका अर्थ यह भी है कि लगभग 50% बच्चे इन गतिविधियों को थोड़ा देर से सीखेंगे।

सामान्य विविधताएँ

अगर आपका बच्चा दूसरे बच्चों की तुलना में या अपने बड़े भाई या बहन की तुलना में थोड़ी सुस्त रफ्तार से विकास कर रहा है, तो तुरन्त इस निष्कर्ष पर न पहुँच जाएँ कि वह मानसिक पिछड़े पन का शिकार है। कोई भी दो बच्चे एक जैसे नहीं होते। और फिर लड़कियों द्वारा लड़कों की तुलना में कुछ पहले चलने और बोलने की क्षमता हासिल करने की सम्भावना रहती है।

कुछ बच्चे कुछ चीजें थोड़ा देर से सीखते हैं, लेकिन कुछ अन्य चीजों में दूसरों से बेहतर साबित होते हैं। कई बार एक बच्चा कुछ समय के लिए नया कुछ भी सीखना बन्द कर देता है, लेकिन फिर अचानक ही बहुत सारी चीजें तेज़ी से सीख लेता है।

यह बात भी दिमाग में रखें कि दूसरों से कुछ सुस्त प्रतीत होने वाला बच्चा सभी नई गतिविधियाँ धीरे-धीरे सीख सकता है, और विकास की यह सुस्त रफ्तार आगे भी जारी रह सकती है। दूसरी तरफ कुछ बच्चे शुरू में बहुत सुस्त रफ्तार से सीखते हैं, लेकिन कुंछ समय बाद उनके विकास की रफ्तार में अपने-आप ही तेजी आ जाती है।

लेकिन अगर अपने बच्चे के विकास को लेकर आपके मन में कोई आशंका

है, तो अपने बाल-विशेषज्ञ से परामर्श करने में देर न करें।

पहले वर्ष में माह-प्रति-माह विकास

आपके बच्चे के पहले वर्ष के विकास यानी उपलब्धि-स्तम्भों की हम तीन अलग शीर्षकों के अन्तर्गत चर्चा कर रहे हैं :

- अंग संचालन (Motor Development), जिसका सम्बन्ध मुख्यतः शरीर के विभिन्न अंगों के संचालन और प्रयोग से है।
- इन्द्रिय और मानसिक बोध (Perception) और सामाजिक प्रतिक्रियाएँ, जिनका सम्बन्ध बच्चे की इन्द्रिय प्रणली और समझने की क्षमता के विकास और उसके सामाजिक व्यवहार से है।
- वाक्-क्षमता (Speech), जिसका सम्बन्ध बच्चे के बोलने और भाषा के ज्ञान से है।

नवजात शिशु

अंग संचालन

बिना तकिए के सीधा यानी पीठ के बल लेटे-लेटे शिशु ज़्यादातर अपना सिर एक तरफ ही रखता है। जब उसे उल्टा यानी पेट के बल लिटाया जाता है तो वह कुछ क्षणों के लिए अपना सिर ऊपर उठा लेता है, और इसे एक तरफ घुमाने की कोशिश करता है।

अपने तलुवे पर हल्का-सा जोर डालते हुए घुटनों के बल चलने की कोशिश करता हुआ प्रतीत होता है।

आमतौर से वह अपनी मुट्ठियों को बन्द ही रखता है। अगर आप उसकी हथेली में अपनी ऊँगली रखें तो वह उसे मजबूती से पकड़ लेता है। (पकड़ने की प्रतिवर्ती क्रिया यानी 'ग्रास्प रिफ्लेक्स') अगर आप उसे किसी ठोस धरातल पर खड़ा कर दें तो वह कुछ कदम बढ़ाकर चलने की कोशिश करता प्रतीत होता है। (चलने की प्रतिवर्ती क्रिया अर्थात् वॉकिग रिफ्लेक्स')। अगर बच्चा पूरी तरह से जागृत अवस्था में नहीं है, तो यह रिफ्लेक्स अपना काम नहीं कर पाता। ग्रास्प रिफ्लेक्स और वॉकिंग रिफ्लेक्स दोनों ही लगभग दो महीने की उम्र में खत्म हो जाते हैं।

इन्द्रिय और मानसिक बोध और सामाजिक प्रतिक्रिया

तेज रोशनी या आवाज होने पर नवजात शिशु के माथे पर त्यौरियाँ उभर आती हैं और वह अपनी पलकें झपकाने लगता है। वह अचानक ही बाहें

फैलाकर रोना भी शुरू कर सकता है। रोता हुआ शिशु आमतौर से गोद में लेते ही चुप हो जाता है। माँ के स्तनों का दूध पीने से शिशु और माँ दोनों को ही सन्तोष मिलता है। स्तनों का स्पर्श जहाँ शिशु को आराम और सुरक्षा की भावना प्रदान करता है, वहीं उनका दूध उसकी पोषण सम्बन्धी ज़रूरतों को पूरा करता है।

वाक्-क्षमता

भूख लगने पर या कोई असुविधा महसूस होने पर शिशु का पूरे जोर से रोना उसकी वाक्-क्षमता के विकास का पहला चरण होता है।

एक महीना

अंग संचालन

पीठ के बल लेटे-लेटे बच्चा खुशी से अपनी टांगे चलाने लगता है। उल्टा लिटा देने पर वह अपना सिर ऊपर उठाकर एक तरफ घुमा लेता है, ताकि उसकी नाक पर जोर न पड़े। जब आप उसे अपने कँधे से लगाती हैं, तो कुछ क्षणों के लिए वह अपना सिर कन्धे से थोडा दूर हटा लेता है। उसकी मुट्ठियाँ अब भी बन्द रहती हैं, लेकिन अब वह अपने हाथों को अपनी आँखों की सीमा-रेखा में ला सकता है।

बोध और सामाजिक प्रतिक्रिया

अगर कोई रंग-बिरंगा झुनझुना या ऐसा ही कोई खिलौना उसके चेहरे से 20 सें.मी. की दूरी पर लाया जाता है, तो वह अपनी दृष्टि इस पर टिका लेता है। अगर आप इसे मध्य-बिन्दु से एक तरफ घुमाएँ तो वह अपनी दृष्टि भी इसके साथ-साथ घुमा लेता है। हो सकता है पहली बार वह झुनझने की तरफ ध्यान न दे, इसलिए अगर ज़रूरत पड़े तो इस क्रिया को कई बार दोहरा कर देखें। अगर बच्चा सीधा लेटा हुआ है तो वह अपनी दृष्टि की सीमा-रेखा के भीतर आपका अनुसरण कर सकता है। वह अपनी आँखें एक से दूसरी तरफ घुमा सकता है और ऐसा करते हुए कई बार भैंगा (squint) भी प्रतीत हो सकता है। यह सिर्फ एक अस्थाई स्थिति होती है और पाँच या छह महीने की उम्र तक पूरी तरह खत्म हो जाती है। इस उम्र में बच्चा श्वेत-श्याम (ब्लैक एण्ड व्हाइट) चित्रों की तरफ ज़्यादा ध्यान देता है। किसी शान्त जगह में बच्चे के कान से लगभग 8 सें.मी. की दूरी पर कोई झुनझुना बजाएँ। वह अपने माथे पर त्यौरियाँ चढ़ाकर अपनी प्रतिक्रिया व्यक्त करेगा, और अपनी तत्कालीन

गतिविधि को छोड़ देगा। वह अचानक ही अपनी पलकें झपकाने लगेगा या फिर रोने लगेगा। एक महीने के बच्चे की श्रवण-क्षमता (hearing) पूरी तरह से विकसित हो जाती है। वह अलग-अलग तरह की ध्वनियों में भेद करना भी सीख सकता है।

अगर आप गर्भवती हैं और इस पुस्तक को पढ़ रही हैं, तो गर्भकाल के अन्तिम एक या दो महीनों में हर रात एक कहानी बोल-बोल कर पढ़ें। इसके बाद जब आपके बच्चे का जन्म हो जाए और वह लगभग एक महीने का हो जाए, तो पूरी जागृत अवस्था में उसे यही कहानी पढ़कर सुनाएँ। आपको यह देखकर सुखद आश्चर्य होगा कि वे शायद पूरी तरह से शान्त और एकाग्रचित्त हो जाए, मानो वह बड़े ध्यान से किसी ध्वनि को पहचानने की कोशिश कर रहा है।

स्तनपान करते हुए और अपनी माँ की बाहों में सुरक्षित महसूस करते हुए बच्चा बड़े प्यार से अपनी माँ के चेहरे की तरफ देखता रहता है, और अक्सर उसके साथ आँखें मिलाने में भी सफल रहता है।

वाक्-क्षमता

बच्चा 'आ', 'कू' जैसी कुछ कण्ठ से निकलने वाली आवाजें निकाल सकता है।

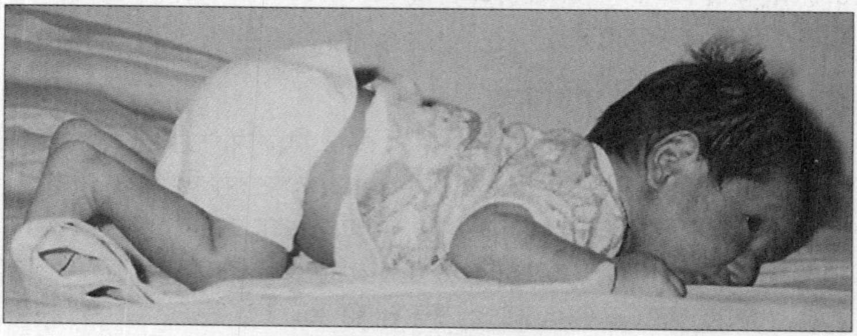

शिशु की अंग संचालन गतिविधि

दो महीने

अंग संचालन

पेट के बल यानी उल्टा लिटाने पर बच्चा अपना सिर लगभग 45° के कोण तक उठा लेता है, और लगभग 10 सेकेण्ड तक उस इसी तरह रख सकता है। कंधे से लगाने पर अब वह अपना सिर ज़्यादा देर तक सीधा रख सकता है। अब ज़्यादा-से-ज़्यादा देर तक वह अपनी मिुट्ठयाँ खुली रखता है।

बोध और सामाजिक प्रतिक्रिया

अब बच्चा ज़्यादा ध्यान से ध्वनियों को सुनता है। अब झुनझुने की आवाज सुनकर वह न तो पलकें झपकाता है और न डरता है, बल्कि अपनी गतिविधि में रुककर उसे ज़्यादा ध्यान से सुनने लगता है।

लगभग छह सप्ताह की उम्र में बच्चा आपको मुस्कुराते देखकर मुस्कुराने लगता है। यह शुरू के हफ्तों की सहज और अनायास (Spontaneus) मुस्कान से बिल्कुल अलग एक सामाजिक मुस्कान होती है।

वाक्-क्षमता

बच्चा कण्ठ से निकलने वाली आवाजें 'गू', 'बू', 'कू' वगैरह कर सकता है।

तीन महीने

अंग संचालन

अब बच्चे की मुट्ठी हर समय खुली रहती हैं। अगर उसके हाथ में कोई झुनझुना थमा दिया जाए तो वह इसे मजबूती से पकड़ लेता है और इसके साथ खेलने लगता है। अगर वह सीधा लेटा हुआ है और उसे उठाकर बैठाने की कोशिश की जाती है, तो वह कुछ समय तक अपना सिर भी ऊपर उठाए

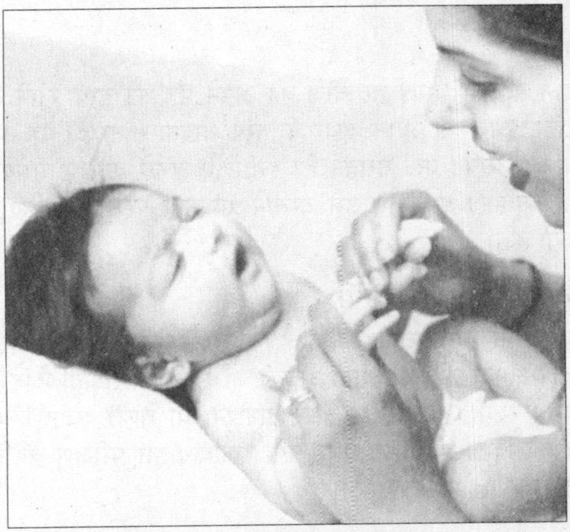

शिशु के लिए माँ का स्पर्श

रख सकता है। उल्टा लिटा देने पर वह अपना सिर ऊपर उठा लेता है और लगभग एक मिनट तक इसे 90° के कोण पर रख सकता है।

बोध और सामाजिक प्रतिक्रिया

अगर सीधे लेटे हुए बच्चे को एक पेंसिल दिखाई जाए, तो उसकी आँखें इसके एक छोर से दूसरे छोर तक घूमती रहती हैं।

अब उसके चेहरे पर पहचान की मुस्कुराहट उभरने लगी है।

छह सप्ताह की उम्र में वह बातचीत किए जाने पर एक क्षणिक मुस्कान देने लगता है, जो बात करने वाले को खुशी से भर देती है। अब यह मुस्कान और ज़्यादा निश्चित हो चुकी है और वह अपनी माँ या माँ जैसी किसी दूसरी स्त्री (mother figure) को पहचानने लगा है। लेकिन अभी उसे अपनों और अजनबियों की पहचान नहीं है, इसलिए वह किसी अजनबी को देखकर भी मुस्कुरा सकता है।

वाक्-क्षमता

अगर स्तनपान करने के बाद वह खुश मूड में है, तो वह 'आऽऽ', 'गूऽऽ', 'मा' जैसी आवाज़ें निकाल सकता है।

चार महीने

अंग संचालन

बच्चा अपने हाथ में थमाई हर चीज को अपने मुँह की तरफ लाने लगता है। सीधा लेटे-लेटे अब वह अपने हाथों की तरफ देखता रहता है। यह अपने शरीर को जानने का उसका एक तरीका है। इसीलिए बच्चे को हर समय लपेटकर नहीं रखना चाहिए। इसीलिए उसे दस्ताने भी नहीं पहनाने चाहिए, खासकर जब वह जगा हुआं हो।

बोध और सामाजिक प्रतिक्रिया

अब बच्चा सिर्फ मुस्कुराता ही नहीं है, बल्कि खुशी से हँसता भी है। अब उसकी श्रवण-क्षमता की भी ज़्यादा अच्छी जाँच की जा सकती है। उसके कान से 20 से 24 सें.मी. की दूरी पर कोई झुनझुना या घण्टी बजाएँ। वह अपना सिर ध्वनि की दिशा की तरफ घुमा लेगा। लेकिन इस परीक्षण के लिए कमरे में शान्त वातावरण होना ज़रूरी है।

वाक्-क्षमता

अब आप उसकी हँसी की आवाज 'सुन' सकती हैं। यह दूसरों के साथ सम्पर्क स्थापित करने का उसका अपना तरीका है।

पाँच महीने

अंग संचालन

सीधे लेटे बच्चे को अपने अँगूठे दिखाएँ। उसे इन्हें पकड़ लेने दें। इसके बाद उठने में उसकी हल्की-सी मदद करें। आप देखेंगी कि वह अपने-आप ही बैठने की मुद्रा में आ जाएगा।

उसे उल्टा लिटा दें। अगर वह जगा हुआ है और सन्तुष्ट है, तो वह अपने-आप ही घूमकर सीधा लेट सकता है।

बोध और सामाजिक प्रतिक्रिया

बच्चा अब ज़्यादा देर तक किसी नई चीज का निरीक्षण कर सकता है। वह अपनों और अजनबियों में भेद करना भी सीख सकता है। किसी अजनबी को देखकर वह मुस्कुराने की बजाय रोने लग सकता है।

अब वह आपकी आवाज के लहजे से यह अनुमान भी लगा सकता है कि आप खुश हैं या नाराज।

वाक्-क्षमता

वाक्-क्षमता की दिशा में इस अवधि में कोई खास परिवर्तन नहीं होता।

छह महीने

अंग संचालन

अब वह अपने-आप ही सीधा लेटे-लेटे पलटकर उल्टा हो सकता है, खासकर अगर वह किसी ठोस सतह पर लेटा हुआ है।

अब उल्टा लिटाए जाने पर वह अपने सामने रखे खिलौने तक पहुँचने की कोशिश करता है, भले ही इस अवधि में वह इसमें सफल न हो पाए।

अब वह अपने एक हाथ में पकड़े झुनझुने को दूसरे हाथ में ले सकता है। अगर उसे खड़ा कर दिया जाए, जो उसकी टाँगें उसके शरीर का भार उठाने में सक्षम प्रतीत होती हैं।

बोध और सामाजिक प्रतिक्रिया

उसकी क्षवण-क्षमता अब पहले से ज़्यादा संवेदनशील हो चुकी है। अगर उसके

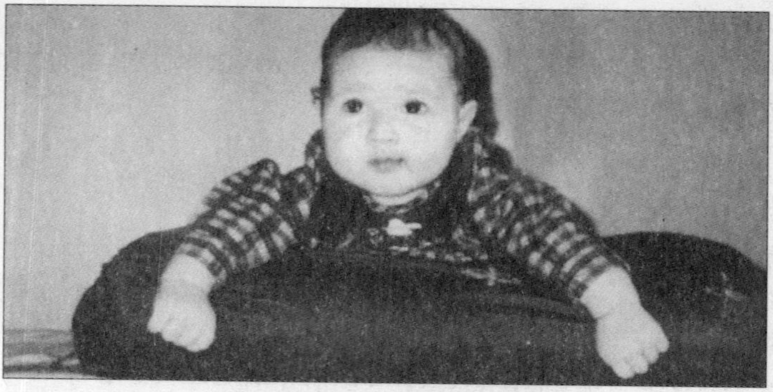

शिशु की अंग संचालन गतिविधि

कान के पास और उसकी नजरों से दूरी किसी कागज को मरोड़ा जाए तो वह आवाज की तरफ अपनी गर्दन घुमा लेगा।

अब शीशे में अपना प्रतिबिम्ब देखकर वह मुस्कुराने लगता है।

अब अजनबियों को लेकर भी उसके ज़्यादा सचेत हो जाने की सम्भावना है।

वाक्-क्षमता

अब कुछ अक्षरों को जोड़कर वह 'दा-दा' वगैरह कहना सीख सकता है, या 'मा', 'गू' 'दा' जैसे शब्दों को अलग-अलग बोल सकता है।

सात महीने

अंग संचालन

अगर उसे बिठा दिया जाए तो कुछ समय तक वह बिना गिरे बैठा रह सकता है।

पीठ के बल यानी सीधा लेटे-लेटे अब वह अपने पाँवों से खेल सकता है। वह अपने पाँव के अँगूठे को अपने मुँह में भी डाल सकता है। उल्टा लिटा देने पर वह किसी खिलौने तक पहुँचने की कोशिश कर सकता है। अब वह सभी चीजों को अपने मुँह में डाल लेता है और बिस्कुट भी खा सकता है।

बोध और सामाजिक प्रतिक्रिया

अगर कोई खिलौना वगैरह नीचे गिर जाए तो उसकी आँखें उसका पीछा करती रहती हैं और उसे ढूँढ़ लेने तक वह उसी तरफ देखता रहता है। अब वह आँख-मिचौली जैसे आसान खेलों का भी मजा ले सकता है।

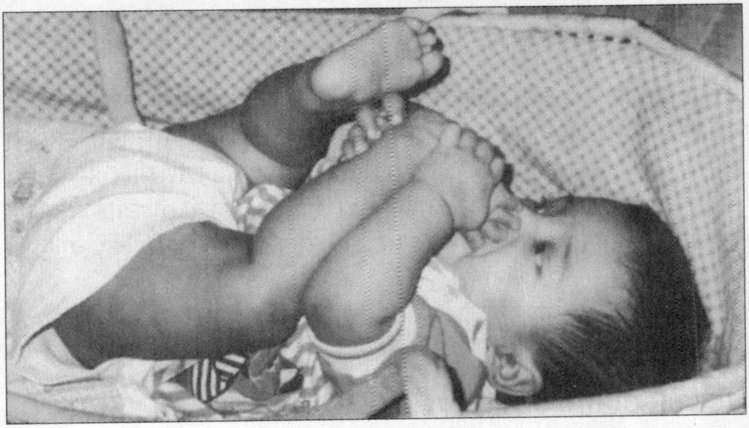

अंगूठा चूसना

वाक्-क्षमता

छह महीने की उम्र की तरह ही।

आठ महीने

अंग संचालन

बिठा दिए जाने पर अब बच्चा और ज़्यादा देर तक बिना गिरे सीधा बैठ सकता है। उल्टा लिटाने पर अब किसी ऐसी वस्तु तक पहुँचने के लिए जो उसकी सीधी रेखा में नहीं है, वह अपनी मुद्रा को बदल सकता है।

बोध और सामाजिक प्रतिक्रिया

अगर बच्चा किसी खिलौने से खेल रहा है, तो उस खिलौने को एक कपड़े से ढंक दें। बच्चा अपने-आप कपड़े को हटाकर खिलौने को ढूँढ़ लेगा। अब अजनबियों के प्रति वह डर का प्रदर्शन कर सकता है और आमतौर से थोड़ा चिड़चिड़ा भी हो सकता है।

वाक्-क्षमता

इसमें कोई ज़्यादा परिवर्तन नहीं होता, सिवा इसके कि वह धीमा बोलना और फुसफुसाना सीखा सकता है।

नौ महीने

अंग संचालन

बच्चा इस उम्र में घुटनों के बल खिसकने और चलने लग सकता है। जिन बच्चों को शुरू से ही ज़्यादा देर तक उल्टा लिटाया जाता है (सिर्फ जागृत अवस्था में), वे दूसरों की तुलना में जल्दी खिसकता और लुढ़कना सीख सकते हैं। अब आपका बच्चा लेटे-लेटे अपने-आप ही उठ सकता है और बैठा रह सकता है। अगर उसके हाथ पकड़कर उसे चलाने की कोशिश की जाए, तो वह कुछ कदम चल भी लेता है।

अब बैठे-बैठे किसी चीज (फर्नीचर वगैरह) को पकड़कर वह अपने-आप ही खड़ा भी हो सकता है।

बोध और सामाजिक प्रतिक्रिया

अब आपका बच्चा घड़ी या किसी वाद्य-यन्त्र (musical instrument) की मधुर और लयात्मक ध्वनियों में भी दिलचस्पी ले सकता है। अब वह खिलौनों और दूसरी चीजों को जमीन पर पटकने का भी मजा ले सकता है, और आपसे यह उम्मीद कर सकता है कि आप उसे वह चीज बार-बार पकड़ाते रहें।

अब वह छुप्पा-छिप्पी जैसे खेलों का भी खुलकर मजा लेने लगता है।

वाक्-क्षमता

अब वह दो अक्षरों को ठीक से जोड़ना सीख सकता है, और 'दादा', 'मामा', बाबा' जैसे शब्द बोल सकता है।

दस महीने

अंग संचालन

अब आपकी उँगली पकड़कर वह ज़्यादा आत्मविश्वास के साथ चल सकता है। अब आपका या किसी फर्नीचर का सहारा लेकर वह खड़े-खड़े अपने-आप ही बैठ सकता है। अब वह अपने हाथों और घुटनों पर देर तक खड़ा रह सकता है, और पूरे घर में लुढ़कता फिर सकता है।

अब अगर कोई छोटी चीज, कोई मनका, बटन, दाना वगैरह उसके सामने रख दिया जाए तो वह उसे उठाने के लिए अपने अंगूठे और तर्जनी प्दकमग पिदहमतद्ध का प्रयोग करता है। पहले वह इसे उठाने के लिए पूरी हथेली का प्रयोग करता था और उसके अंग-संचालन में इतना तालमेल भी नहीं होता था।

बोध और सामाजिक प्रतिक्रिया

अब वह ताली बजा सकता है, 'टा-टा' और 'बाय-बाय' कह सकता है, किसी किताब में तस्वीरें देखकर खुश हो सकता है, और 'न' शब्द का अर्थ समझना शुरू कर सकता है।

वाक्-क्षमता

वह आपके साथ-साथ 'दा-दा' और 'मा-मा' जैसे शब्द दोहराने लगता है। अगर आप उससे किसी परिचित व्यक्ति या वस्तु के बारे में पूछें कि 'पापा कहाँ हैं?' या 'पंखा कहाँ है'? तो वह जबाव में उस व्यक्ति या वस्तु की तरफ देखने लगता है।

ग्यारह महीने

अंग संचालन

बच्चे को सहारा देते हुए किसी ठोस सतह पर खड़ा करें। इसके बाद अपने हाथ हटा लें आप देखेंगी कि वह कुछ क्षणों के लिए अपने-आप ही खड़ा रह सकता है। लेकिन कुछ बच्चे अपनी पहली वर्षगांठ के बाद ही ऐसा कर पाते हैं।

अब वह मोटे कागज वाली किताब के पन्ने भी पलट सकता है। मेज-कुर्सी या किसी दूसरे फर्नीचर को पकड़कर वह दाएँ-बाएँ चल भी सकता है। अगर उसे कागज और रंगीन पेंसिल पकड़ा दी जाए, तो वह अपने-आप कुछ लकीरें भी खींच सकता है, खासकर उसने किसी को ऐसा करते देखा हो।

बोध और सामाजिक प्रतिक्रिया

अगर आप उसकी किसी हरकत पर हँस दें तो वह उसे फिर से दोहराने की कोशिश करता है। आपका प्रोत्साहन पाकर वह बहुत खुश महसूस करता है। अब वह अपना मुँह किसी कपड़े में छिपाकर आपके साथ आँख-मिचौली खेल सकता है। वह जानबूझ कर चीजें नीचे गिराना पसन्द करता है, और चाहता है कि आप उन्हें उठाकर वापस उसके हाथ में दे दें।

अब बच्चा अपने-आप खाना चाहता है। उसे इसके लिए प्रोत्साहित करें, भले ही वह गन्दगी फैला दे। अब वह किसी सामान्य गिलास या कप से दूध, पानी या कोई दूसरा पेय पी सकता है। कई बच्चे तो और जल्दी ऐसा करने लगते हैं।

वाक्-क्षमता

इस उम्र में बच्चा कुछ निरर्थक शब्दों का प्रयोग कर सकता है। लेकिन

अपने-आप अर्थपूर्ण शब्दों का प्रयोग करने की बहुत कम सम्भावना होती है। वह सिर्फ आपके शब्दों को दोहराता है, या गिलास में पानी देखकर 'मम' जैसे शब्दों का प्रयोग कर सकता है।

बारह महीने

अंग संचालन

बच्चा अब बिना किसी सहारे के अपने-आप खड़ा हो सकता है। हो सकता है कि अपने जन्मदिन की पहली वर्षगांठ से पहले ही वह ऐसा कर चुका हो। कई बच्चे ग्यारह से तेरह महीने की उम्र के बीच अपने-आप खड़े हो सकते हैं। कुछ बच्चे इस उम्र तक कुछ कदम चलने भी लगते हैं। लेकिन ज़्यादातर बच्चे कुछ और समय लेते हैं।

बोध और सामाजिक प्रतिक्रिया

बच्चे के हाथ और आँख के बीच का तालमेल काफी सुधर चुका है। अब वह अपनी उँगलियों से खा भी सकता है। अगर आप एक बोतल लेकर उसमें कुछ चीजें डालें तो वह भी आपकी नकल करके दिखा सकता है। अब वह 'न' शब्द पर अपनी प्रतिक्रिया व्यक्त करता है, और खुद भी सिर हिलाकर 'न' कह सकता है। अब वह आपके साथ 'पकड़ा-पकड़ी' जैसा कोई आसान खेल भी खेल लेता है। कपड़े पहनाते समय अब वह अपनी बाँह या टांग उठाकर आपकी मदद कर सकता है। अब अपरिचितों को सामने वह शर्म महसूस कर सकता है, और आपको घर से बाहर जाते देखकर रोना शुरू कर सकता है।

वाक्-क्षमता

अब बच्चा आपके द्वारा बोले गए शब्दों की नकल उतारते हुए 'दादा', 'मामा' वगैरह शब्दों का उच्चारण कर सकता है। वह एक-दो अर्थपूर्ण शब्दों का प्रयोग भी कर सकता है। वह एक-दो अर्थपूर्ण शब्दों का प्रयोग भी कर सकता है, और आपकी तरफ देखते हुए 'मम्मा' कह सकता है।

यह बात ध्यान में रखनी चाहिए कि कुछ सामान्य बच्चे दो वर्ष की उम्र तक भी एक भी अर्थपूर्ण शब्द नहीं कर पाते। इस तरह के मामलों में हम हमेशा दो प्रश्न पूछते हैं :

1. क्या बच्चा सामान्य तरह से सुन सकता है?
2. क्या वह आसान सवालों को समझ पाता है और उनके सही जवाब दे पाता है? उदाहरण के लिए अगर हम उससे पूछें कि पंखा कहाँ है, तो क्या वह पंखें की तरफ उँगली उठाता है?

अगर इन दोनों प्रश्नों का उत्तर हमें 'हाँ' में मिलता है तो हम माँ को आश्वासन देते हैं कि चिन्ता की कोई बात नहीं है और बच्चा कुछ ही महीनों में बोलने लगेगा। कई बार मैं मजाक में यह भी जोड़ देता हूँ कि 'शुक्र है घर में अभी शान्ति है। बाद में यह इतना ज़्यादा बोलेगा कि आप परेशान हो जाएँगी!'

2 से 5 वर्ष तक वर्ष-प्रति-वर्ष विकास

दो वर्ष

दो वर्ष का बच्चा जमीन पर सुगमता से चलता है। वह सीढ़ियाँ भी अपने-आप चढ़-उतर सकता है। नीचे उतरते हुए वह पहले एक पाँव एक सीढ़ी पर रखता है और फिर उसी सीढ़ी पर दूसरा पाँव। इसके बाद वह अगला कदम उठाता है। वह लेटे-लेटे अपने-आप ही उठकर खड़ा हो सकता है। वह बिना किसी की मदद के फर्नीचर पर चढ़-उतर सकता है। अब वह पूरा दिन इधर से उधर घूमता रहता है।

अब वह 'बिल्डिंग ब्लॉक्स' से खेल सकता है, और छह क्यूबों को जोड़कर एक टॉवर या मीनार बना सकता है। (15 महीने का बच्चा सिर्फ दो क्यूबों का टॉवर बना सकता है, एक के ऊपर दूसरा क्यूब रखकर, जबकि 18 और 21 महीने का बच्चा क्रमशः 3 और 5 क्यूबों का टावर बना सकता है।) सिखाए जाने पर अब वह चॉक या पेंसिल से सीधी रेखाएँ खींच सकता है। वह अब एक सामान्य पुस्तक का एक-एक पन्ना भी पलट सकता है।

वह अब अलग तरह की स्थितियों की कल्पना कर सकता है और झूठमूठ की स्थितियाँ (milk-believe) से जुड़े खेल खेल सकता है। वह दूसरों की नकल उतार सकता है और अन्य बच्चों की संगति में रहना पसन्द करता है।

अब बच्चा 2 से 4 शब्दों के आसान वाक्यों का प्रयोग कर सकता है, और उसे हर समय बातें करते रहना अच्छा लग सकता है।

अपने दो वर्ष के बच्चे को सोने से पहले मूत्र त्याग करवाए।। इस बात की काफी सम्भावना है कि वह रात में बिस्तर गीला न करे। लगभग पन्द्रह महीने की उम्र में बच्चा आपको अपने मूत्राशय-नियन्त्रण (bladder control) का पहला संकेत दे सकता है। वह आपको बताने लगता है कि उसकी पेंट गीली हो गई। लगभग 18 महीने की उम्र में वह दिन में ज़्यादातर सूखा रहता है, लेकिन कभी-कभार अपने कपड़े गीले कर सकता है।

तीन वर्ष

अब बच्चा अपने-आप सीढ़ियाँ चढ़-उतर सकता है। वह एक पाँव एक सीढ़ी के हिसाब से ऊपर चढ़ता है, और दो पाँव एक सीढ़ी के हिसाब से नीचे

उतरता है। वह अब नौ क्यूब ऊँचा टॉवर बना सकता है, तीन पहियों वाली साइकिल चला सकता है, और अपनी मुट्ठी की बजाय अपने हाथ में पेंसिल पकड़ सकता है। वह देख-देख कर पेंसिल से गोल चक्कर (circle) और काट (cross) भी बना सकता है। उसे अपना नाम, उम्र, लिंग (लड़का या लड़की) मालूम है, और वह दिन भर 'क्यों?, 'कहाँ?', 'कैसे?' जैसे प्रश्न पूछता रहता है। वह 1 से 10 तक गिनती भी गिन सकता है और कुछ गीत और नर्सरी कविताएँ भी गा सकता है। वह वस्तुओं, व्यक्तियों और अपने मित्रों के साथ नए-नए खेलों की कल्पना कर सकता है।

चार वर्ष

वह अब अपने एक पाँव पर 5 सेकेण्ड से ज़्यादा देर तक खड़ा रह सकता है, एक पाँव एक सीढ़ी के हिसाब से सीढ़ियाँ चढ़-उतर सकता है। अपने-आप एक गोल चक्कर (वृत्त) और देख-देख कर एक वर्ग (square) या काट बना सकता है। वह अब एक कहानी भी सुना सकता है।

पाँच वर्ष

वह अब 10 सेकिण्ड से ज़्यादा देर तक अपने एक पाँव पर खड़ा रह सकता है। वह अपने-आप कपड़े पहन और उतार सकता है, देख-देख कर हीरे की शक्ल की आकृति बना सकता है, और सही तरीके से चम्मच का इस्तेमाल कर सकता है। वह अब अपने-आप ही शौचालय जा सकता है और अपनी सफाई-धुलाई कर सकता है। उसे अब नई-नई कहानियाँ, गीत, चुटकले सुनना और आसान तरह की पहेलियाँ बूझना अच्छा लगता है, और वह ये पहेलियाँ दूसरों से भी पूछता रहता है।

प्रतिरक्षण यानी टीकाकरण

टीके लगवाएँ या नहीं?

टीकों के पक्ष में यह कहा जाता है कि टीके से टाली जा सकने वाली छह बीमारियों — खसरा (measles), टिटनस, टीबी, पोलियो, डिफ्थीरिया और काली खाँसी (whooping cough) से विकासशील देशों में प्रति मिनट 10 बच्चों की मृत्यु हो जाती है, जबकि अन्य 10 बच्चे विकलांग हो जाते हैं।

टीकों के विरोध में यह कहा जाता है कि इनके प्रयोग से हानि ज़्यादा होती है और लाभ कम। इन विरोधियों में कई ऐसे सम्मानित व्यक्ति भी शामिल हैं जिन्हें मैं जानता हूँ। मैंने इनसे अपने-आपको और दूसरों को स्वस्थ रखने के बारे में बहुत कुछ सीखा है। लेकिन अभी तक वे मुझे इस बात को लेकर आश्वस्त नहीं कर पाए हैं कि टीकों का प्रयोग क्यों नहीं किया जाना चाहिए। हालाँकि यह सच है कि जुलाई 1999 में अमरीका में अतिसार (Diarrhoea) से बचाव के लिए लगाए जाने वाले एक टीके रोटेवायरसं वैक्सिन (Rotavirus vaccine) का प्रयोग रोक दिया गया था। ऐसा पाया गया था कि इस टीके से पेट की एक घातक बीमारी 'इंटसस्शेप्शन' (Intussusception) होने का खतरा रहता है, जिसके उपचार के लिए शल्य-चिकित्सा (सर्जरी) की ज़रूरत पड़ सकती है।

टीकों के प्रयोग से जुड़े खतरों और फायदों का तुलनात्मक अध्ययन करने के बाद मैं सभी बच्चों को टीके लगाए जाने की सलाह दूँगा। लेकिन मैं उन बच्चों का इलाज करने से इनकार भी नहीं करूँगा जिनके माता-पिता ने उन्हें टीके नहीं लगवाए हैं।

6 महत्वपूर्ण प्रतिरक्षण टीके

बी.सी.जी. (Bacille Calmette-guerin) : यह टीका टी.बी. (क्षयरोग या तपेदिक) से बच्चे की रक्षा करने के लिए लगाया जाता है। हालाँकि इसके असर को लेकर पहले कुछ आशंकाएँ व्यक्त की जाती थीं, लेकिन ज़्यादातर विशेषज्ञ इसे लगवाने की सलाह देते हैं। यह केन्द्रीय नर्वस सिस्टम, हड्डियों और जोड़ों को प्रभावित करने वाले गम्भीर किस्म के क्षयरोग से आपके बच्चे की रक्षा करता है। अगर बी.सी.जी. का टीका देने में देर हो जाए तो आपका डॉक्टर बच्चे की

त्वचा के परीक्षण (स्किन टेस्ट — Mantoux text with 5 tu) का निर्देश देता है। अगर टेस्ट 'पोजिटिव' है तो यह टीका नहीं दिया जाता। अगर टेस्ट बहुत ज़्यादा 'पोजिटिव' है तो डॉक्टर बच्चे की छाती का एक्स-रे करके यह निर्णय लेता है कि बच्चे को टीबी के उपचार की ज़रूरत है या नहीं।

पोलियो वेक्सिन : यह मुँह से पिलाया जाने वाला वैक्सिन है, और आजकल कई अस्पतालों में बच्चे को जन्म के बाद ही पिला दिया जाता है। इसे 'जीरो डोज' कहा जाता है! अगर आप प्रतिरक्षण टीकों को लेकर आशंकित हैं, तो आप अस्पताल के अधिकारियों को सूचित कर सकती हैं कि बच्चे को यह खुराक नहीं पिलाई जाए।

डी.पी.टी. (इसे Triple antigen भी कहा जाता है) : यह टीका बच्चे को डिप्थीरिया, काली खाँसी (Pertusis या Whooping Cough) और टिटनस के खतरे से बचाने के लिए होता है। डी.टी. (Dualantigen) के नाम से जाने जाने वाले एक दूसरे टीके में काली खाँसी से बचाव का प्रावधान नहीं होता। सात वर्ष से ऊपर की उम्र के बच्चों को डी.पी.टी. नहीं दिया जाता, उन्हें सिर्फ डी.टी. या टी.टी. (टिटनस टॉक्साइड) दिया जाता है। राष्ट्रीय टीकाकरण सूची (National immunisation Schedule) में पाँच वर्ष की उम्र में डी.टी. दिए जाने का प्रावधान है। अगर आपका डॉक्टर भी पाँच वर्ष की उम्र में बच्चे को यह टीका दिए जाने की सलाह देता है, तो उसकी इस सलाह पर अमल करें।

टीकाकरण कार्यक्रम की समय-सारिणी (Immunisation Schedule)

नीचे दी गई तालिका (table) में भारत सरकार द्वारा सुझाएँ गए टीकाकरण कार्यक्रम की समय-सारिणी दी जा रही है -

राष्ट्रीय टीकाकरण कार्यक्रम (National Immunisation Schedule)

टीका	सरकार द्वारा सुझाई गई उम्र
बी.सी.जी.	जन्म के समय या छह सप्ताह की उम्र में
ओ.पी.वी.	जन्म के समय, 6,10,14 सप्ताह और 15-18 महीने की उम्र में
डी.पी.टी.	6,10,14, सप्ताह और 15–18 महीने की उम्र में
मीज़ल्स (खसरा)	9 महीने की उम्र में
डी.टी.	5 वर्ष की उम्र में
टी.टी.	10 और 16 वर्ष की उम्र में

*इस उम्र में पहली बार दिए जाने की स्थिति में इसकी दो खुराकें 4 सप्ताह के अंतर से दी जाती है। गर्भवती स्त्रियों को भी टी.टी. की दो खुराकें 4 सप्ताह के अंतर से दी जाती हैं।

इसी तरह भारतीय बाल-चिकित्सा अकादमी यानी आई.ए.पी. (Indian Academy of Pediatrics) द्वारा सुझाया गया टीकाकरण कार्यक्रम नीचे दी गई तालिका में दिया जा रहा है

आई.ए.पी. टीकाकरण समय-तालिका (IAP Immunisation Time Table)

टीका	सुझाई गई उम्र
बी.सी.जी.	जन्म से लेकर दो सप्ताह तक की उम्र में
ओ.पी.वी.	जन्म के समय, 6,10,14 सप्ताह, 9 महीने, 15–18 महीने और 5 वर्ष की उम्र में
एच.बी. हिपाटाइटिस बी)	जन्म के समय, 6 सप्ताह, 6-9 महीने और 10 वर्ष की उम्र में
डी.पी.टी.	6,10,14, सप्ताह 15–18 महीने और 5 वर्ष की उम्र में
मीज़ल्स (खसरा)	9 महीने से ऊपर की उम्र में
एम.एम.आर.	15–18 महीने की उम्र में
टी.टी.10	और 16 वर्ष की उम्र में

टीकाकरण से सम्बन्धित कुछ महत्वपूर्ण बातें

बिना किसी कारण अपने बच्चे के टीकों का कोर्स पूरा करने में देर न करें। अगर टीके का समय आ चुका है तो सिर्फ इसलिए देर न करें कि बच्चे को हल्की खाँसी, जुकाम या दस्त की शिकायत है। लेकिन अगर दस्त (डायरिया) होने की स्थिति में बच्चे को पोलियो की खुराक पिलाई जाती है, तो अपने डॉक्टर से पूछकर बाद में उसे इसकी एक अतिरिक्त खुराक जरूर पिलाएँ। अगर बच्चे को गम्भीर बुखार है तो पहले उसके बुखार का इलाज करें और टीके लगवाने के लिए इंतज़ार करें।

अगर डी.पी.टी. के टीके के बाद बच्चे पर पहले बहुत तेज प्रतिक्रिया हो चुकी है, या उसे मरोड़ों (Convulsions) की शिकायत रह चुकी है तो अपने डॉक्टर से सलाह-मशविरा करें। हो सकता है वह उसे डी.पी.टी. की बजाय डी. टी. का टीका लगवाने की सलाह दे।

ऊपर दी गई तालिकाओं से पता चलता है कि डी.पी.टी. और ओ.पी.वी. के टीके चार सप्ताह के अन्तर से लगाए जाने चाहिए। इस समय-तालिका का पालन करें। लेकिन अगर किसी कारण यह अन्तर चार सप्ताह से ज़्यादा हो जाए तो आपको पूरा कोर्स फिर से दोहराने की ज़रूरत नहीं है। निर्धारित अन्तर से

ज़्यादा अन्तर से दिए गए टीके भी बाद में उतने ही कारगर साबित होते हैं। लेकिन जब तक इन टीकों का कोर्स पूरा नहीं हो जाता, बच्चे के इन बीमारियों की चपेट में आने का खतरा बना रहता है। इसलिए जहाँ तक सम्भव हो, यह कोर्स पूरा करने में देर न करें।

ओरल पोलियो की खुराक पिलाए जाने से बहुत पहले या बाद में बच्चे को भूखा रखने की ज़रूरत नहीं है। सिर्फ 10 से 15 मिनट का अन्तर काफी होता है, ताकि बच्चा उल्टी न करे।

अगर बच्चे को पूरे टीके दिए जा चुके हैं, तो मामूली चोटों के लिए टिटनस का इन्जेक्शन (टी.टी.) देने की ज़रूरत नहीं होती। और अगर उस समय उसे डी.पी.टी.का अगला इन्जेक्शन देने का समय है, तो यह इन्जेक्शन टिटनस से भी बच्चे की रक्षा करता है।

कुछ विशेषज्ञ राष्ट्रीय कार्यक्रम में निर्धारित ओरल पोलियो (ओ.पी.वी.) की तीन खुराकों की बजाय पाँच खुराकें दिए जाने की सलाह देते हैं। उनका मानना है कि पाँच खुराकें बच्चे की ज़्यादा अच्छे तरीके से रक्षा कर सकती हैं। मैं खुद भी उनसे सहमत हूँ। लेकिन अगर आप टीकों के प्रभाव को लेकर पूरी तरह से आश्वस्त नहीं हैं, तो बच्चे को कम-से-कम तीन खुराकें जरूर दें।

कुछ डॉक्टर ऐसे क्षेत्रों में जहाँ और ऐसे मौसमों में जब पोलियो का खतरा ज़्यादा रहता है, डी.पी.टी. की कोर्स शुरू करने से पहले बच्चे को ओ.पी.वी. की दो खुराकें देना पसन्द करते हैं। इसके पीछे यह धारणा है कि अगर बच्चे के शरीर में पोलियो का वायरस मौजूद है, तो उसे कोई भी इन्जेक्शन देने से लकवे के हमले का खतरा पैदा हो सकता है। दूसरी तरफ डी.पी.टी. का इन्जेक्शन देने में देर करना भी खतरे से खाली नहीं है, क्योंकि ऐसा करने से बच्चा काली खाँसी का शिकार हो सकता है। मेरी अपनी व्यावहारिक सलाह यह है कि बच्चे को जन्म के समय ओ.पी.वी. की एक खुराक दी जाए, और इसके बाद 1,2, 4 और 4 महीने की उम्र में, जबकि डी.पी.टी. के इन्जेक्शन उसे 2, 3 और 4 महीने की उम्र में दिए जाएँ।

पिछले कुछ वर्षों से हमारी सरकार ने एक 'वार्षिक पोलियो टीकाकरण कार्यक्रम' शुरू किया है, जिसके अन्तर्गत पाँच वर्ष की उम्र से छोटे सभी बच्चों को छह सप्ताह के अन्तर से एक ही दिन देश भर में ओरल पोलियो की एक अतिरिक्त खुराक पिलाई जाती है। यह देश भर में पोलियो के खतरे को खत्म करने की दिशा में एक सराहनीय कदम है।

बी.सी.जी. का टीका बाएँ कन्धे के ऊपर लगाया जाता है। लगभग एक महीने बाद इन्जेक्शन वाली जगह पर थोड़ी सूजन उभर सकती है, जो एक

रिसने वाले फोड़े की शक्ल ले सकती है। यह रिसाव लगभग छह सप्ताह तक जारी रह सकता है। लेकिन फिर यह फोड़ा ठीक हो जाता है और एक छोटा-सा स्थाई धब्बा रह जाता है। कुछ बच्चों को इस टीके के बाद बगलों (ampits) में या हंसली (collar-bone) के ऊपर ग्रन्थियों का आकार बढ़ने की शिकायत हो सकती है। जिस तरह फोड़े पर कोई मलहम वगैरह लगाने की या उसका कोई उपचार करने की ज़रूरत नहीं होती, उसी तरह बढ़ी हुई ग्रन्थियों वाले बच्चों को भी टीबी-निरोधक दवाइयाँ देने की ज़रूरत नहीं होती। लेकिन अगर ग्रन्थियों की सूजन बढ़ जाए या वहाँ कोई फोड़ा बनने लगे, तो अपने डॉक्टर से सम्पर्क करें। जिन बच्चों के कन्धे पर एक स्थाई धब्बा दिखाई नहीं देता, उन्हें फिर से टीका लगवाने की ज़रूरत पड़ सकती है।

शिशुओं को इन्जेक्शन देने के लिए नितम्बों (buttocks) की बजाए जांघ (thigh) एक बेहतर जगह है। इस बात का ध्यान रखें कि इन्जेक्शन की सुई 'डिस्पोज़ेबल' है या सही तरह से विसंक्रमित (sterilise) की जा चुकी है। कुछ बच्चों को इंजेक्शन वाली जगह पर थोड़ी सूजन आ सकती है। यह किसी तरह की कोई समस्या पैदा किए बिना महीनों तक रह सकती है। इस पर कोई मलहम वगैरह लगाने की ज़रूरत नहीं है।

अगर टीकों को सही तरीके से रेफ्रिजरेटर या आइस-बॉक्स में परिरक्षित नहीं रखा गया है तो वे प्रभावहीन हो सकते हैं। यह सावधानी बरते बिना आपकी सुरक्षा-भावना आधारहीन साबित हो सकती है। इस बात का भी ध्यान रखना चाहिए कि सम्बन्धित रेफ्रिजरेटर का उपयोग सिर्फ दवाइयों के संरक्षण के लिए होना चाहिए। अगर उसमें दूसरी चीजें भी रखी हुई हैं, और उसे बार-बार खोला और बन्द किया जाता है, तो इससे उसका ताप-नियन्त्रण प्रभावित हो सकता है।

आपको यह पूछने और जानने का पूरा अधिकार है कि इन्जेक्शनों के संरक्षण में यह सावधानी बरती गई है या नहीं।

डी.पी.टी. का इन्जेक्शन देने के दो घण्टे बाद बहुत-से बच्चों को बुखार आ जाता है। यह आमतौर से 102°f (38.9°c) से कम ही रहता है और 24 घण्टे के भीतर उतर जाता है। मैं इन्जेक्शन देने के तुरन्त बाद बच्चे को पैरासिटामोल की एक खुराक देने की सलाह दूँगा। अगर ज़रूरत पड़े तो चार घण्टे बाद यह खुराक फिर से दी जा सकती है। अगर बुखार 24 घण्टे से अधिक रहता है, तो आपके डॉक्टर को इसके दूसरे कारणों की जाँच करनी होगी।

खसरा (measles) के टीके के बाद बच्चे को लगभग एक सप्ताह तक खसरा जैसे बुखार और दोनों (rashes) की शिकायत हो सकती है। इसके लिए किसी तरह के इलाज की ज़रूरत नहीं है।

अपने बच्चे के टीकाकरण कार्यक्रम का रेकॉर्ड बनाकर रखें, ताकि आप समय-तालिका के अनुसार उसे सभी टीके लगवा सकें। अगर आपका बच्चा विदेश में पढ़ने जाता है, तो वहाँ के कॉलेज उसके प्रतिरक्षण के बारे में विस्तार से जानने की इच्छा प्रकट कर सकते हैं।

अन्य प्रतिरक्षण टीके

एम.एम.आर. (खसरा, कनफेड़ और रूबेला) वेक्सिन : यह टीका खसरा (measles), कनफेड़ (mumps) और रूबेला (जर्मन खसरा) से बचाव के लिए लगाया जाता है। यह बच्चे को 15 महीने की उम्र में दिया जाता है जिन बच्चों ने 9 महीने की उम्र में खसरा का टीका नहीं लगवाया होता, उन्हें उनके जन्मदिन की पहली वर्षगांठ के बाद यह टीका दिया जा सकता है। बहुत से डॉक्टर 12 वर्ष की उम्र में एम.एम.आर की एक और खुराक देना पसन्द करते हैं, ताकि बच्चे को और अच्छा प्रतिरक्षण मिल सके।

हेपटाइटिस बी वेक्सिन : यह टीका पीलिया (Jaundice) या सेरम हेपटाइटिस वायरस से प्रतिरक्षण के लिए दिया जाता है। यह वायरस माँ के शरीर से नवजात शिशु तक या परिवार के एक सदस्य से दूसरे सदस्य तक पहुँच सकता है। अमतौर से यह संक्रमण इन्जेक्शन की सूइयों या संक्रमित शल्य-उपकरणों (contaminated surgical instruments) से फैलता है, क्योंकि यह रोग बच्चे के जिगर (liver) यानी कलेजे को बहुत गम्भीर नुकसान पहुँचा सकता है, इसलिए आजकल ज़्यादा से ज़्यादा डॉक्टर यह टीका लगवाने की सलाह देने लगे है। यह टीका तीन खुराकों में दिया जाता है — पहला जन्म के कुछ ही देर बाद, दूसरा एक महीने बाद, और तीसरा छह महीने की उम्र में। बड़ी उम्र के बच्चों को भी इसी तरह इस टीके की तीन खुराकें दी जा सकती हैं। पहली और दूसरी खुराक में एक महीने का, जबकि पहली और तीसरी खुराक में छह महीने का अन्तर होना चाहिए।

छोटी माता (chicken pox)**, हेपटाइटिस-ए और हेमोफिलस इनफल्यूएंजा टाइप-बी के खिलाफ** प्रतिरक्षण के टीके भी उपलब्ध हैं। आप अपने डॉक्टर से सलाह करके बच्चे को ये टीके भी लगवा सकती हैं।

टाइफाइड से बचाव के लिए टीके उपलब्ध हैं।

जिन क्षेत्रों में टाइफाइड ज़्यादा प्रचलित नहीं है, वहाँ इस टीके को टाला जा सकता है। मैं खुद न सिर्फ टाइफाइड के लिए बल्कि पानी और भोजन से पैदा होने वाली कई अन्य बीमारियों (हेपटाइटिस-ए और डायरिया वगैरह) के लिए भी स्वच्छता से जुड़ी सावधानियाँ (hygienic precautions) बरतने की

सलाह दूँगा। हाथों को अच्छी तरह से धोने, पानी उबाल कर पीने, सिर्फ ताजा भोजन करने और भोजन को ढक कर रखने से इस तरह की कई बीमारियों से बचा जा सकता है।

निष्कर्ष

अन्त में, मैं आपसे अनुरोध करूँगा कि अपने बच्चे के स्वास्थ्य का ध्यान रखें और स्वच्छता से जुड़े सभी सामान्य नियमों का पालन करें। पूरी तरह से सिर्फ टीकों पर निर्भर न रहें। सम्भव है कि उन्हें सही तरीके से संरक्षित न रखा गया हो; कभी-कभी ऐसा होता भी है। ऐसी स्थिति में आपकी सुरक्षा भावना झूठी साबित हो सकती है।

और फिर सभी वेक्सिन शत-प्रतिशत सुरक्षा प्रदान नहीं करते।

विभिन्न आयु–चरणों में व्यवहार

नवजात शिशु का व्यवहार (जन्म से एक महीने तक)

हर नए जन्मे बच्चे का अपना एक व्यक्तित्व होता है। इसलिए कोई भी दो नवजात शिशु एक जैसे नहीं होते, हालाँकि वे सब-के-सब छाती से लगाए जाना पसन्द करते हैं और चाहते हैं कि प्यार और सन्तोष पाने की उनकी ज़रूरत पूरी होती रहे।

यह याद रखना ज़रूरी है कि उनमें से कुछ दूसरों से ज़्यादा परेशान कर सकते हैं उन्हें दूसरों का ध्यान पाने की ज़्यादा ज़रूरत महसूस होती है। वे सोते कम हैं और रोते ज़्यादा हैं।

इस तरह की स्थितियों में पिता का सहयोग भी जरूरी है। कुछ बच्चों को पुरुष की आवाज ज़्यादा सुहानी और आराम पहुँचाने वाली प्रतीत होती है। क्योंकि 'तंग करने वाला' बच्चा माँ से बहुत ज़्यादा माँग करता है, इसलिए वह बेचारी थक सकती है, और हो सकता है कि वह अपने पति की तरफ पर्याप्त ध्यान न दे पाए। एक संवेदनशील पति न सिर्फ उसकी इस कठिनाई को समझ जाता है, बल्कि घर के दूसरे कामों में भी उसका हाथ बैंटाने की कोशिश करता है — खासकर अगर घर में कोई नौकर न हो तो। और जब पत्नी को अपने पति की इस संवेदनशीलता और सहयोग का अहसास होने लगता है, तो तंग करने वाला बच्चा (difficult baby) माता-पिता को एक दूसरे के और ज़्यादा नजदीक लाने का माध्यम बन जाता है।

एक वर्ष तक के शिशु का व्यवहार

लगभग तीन महीने की उम्र में बच्चा अपनी माँ को अच्छी तरह से पहचानने लगता है। उसे बड़ों और बच्चों का लाड़-प्यार बहुत अच्छा लगता है और वह एक भरपूर मुस्कुराहट से अपनी प्रसन्नता प्रकट करता है। एक संयुक्त परिवार में वह सभी सदस्यों के साथ जल्दी ही घुलमिल जाता है।

तीन से छह महीने की उम्र में वह अजनबियों के प्रति सचेत होने लगता

लाड़-प्यार

है। वह उनके लाड़-प्यार का प्रत्युत्तर नहीं देता, उल्टे उन्हें देखकर वह रोना शुरू कर सकता है। वह चाहता है कि उसके परिवार के लोग, खासकर उसकी माँ, उसके पास रहें। कई बार माँ को ऐसा लग सकता है कि बच्चा उसकी ममता का कुछ अतिरिक्त लाभ उठा रहा है। उसे यह लाभ उठाने दीजिए। इस उम्र में आपका लाड़-प्यार बड़े होने के बाद उसका रक्षा-कवच साबित होगा। वह लोगों पर विश्वास करना सीखेगा, और आपके प्यार के प्रत्युत्तर में खुद भी दूसरों से प्यार करेगा।

अपनी पहली वर्षगांठ के आसपास किसी 'फरिश्ते' जैसा आपका बच्चा 'एक नन्हे शैतान' की तरह व्यवहार करना शुरू कर सकता है। वह उम्र के एक ऐसे दौर में प्रवेश कर रहा है जिसे 'नकारवाद' (negativism) का दौर कहा जा सकता है। वह वही सब करेगा जो आप चाहेंगी कि वह न करे। यह एक स्वस्थ लक्षण है, क्योंकि इसका अर्थ है कि बच्चे का अपना एक व्यक्तित्व विकसित हो रहा है। आपको यह बात समझाने का उसका यह अपना तरीका है कि आप हर समय उस पर 'हुक्म' नहीं चला सकतीं। भले ही उसके इन 'विद्रोही तेवरों' से आप कभी-कभी सचमुच बहुत परेशान हो उठें!

अगर वह किसी ऐसे चीज को छूने की जिद करे जिसे उसे उठाना या छूना नहीं चाहिए, तो उसका ध्यान किसी दूसरी तरह बँटाने वाले तरीके का इस्तेमाल करें। उस पर चिल्लाने की बजाय यह तरीका कहीं बेहतर है। उसे कोई ज्यादा

आकर्षक चीज दे दें और उसका ध्यान बँटा दें। अगर यह तरीका काम न करे तो एक बहुमूल्य शब्द का प्रयोग करना शुरू करें — 'न'। जब भी 'न' कहने की ज़रूरत पड़े तो पूरी दृढ़ता और गम्भीरता के साथ इसका प्रयोग करें। आपके स्वर में दृढ़ता और गम्भीरता होनी चाहिए, न कि कठोरता, कड़वाहट या किसी तरह का उपहास-भाव। लेकिन हर बार 'न' शब्द का इस्तेमाल करने से भी बचें। कुछ ऐसे व्यावहारिक और सरल नियम बना लें, जिन्हें बच्चा आसानी से समझ सकें। इन पर अडिग रहें और इस बात का ध्यान रखें कि बच्चा इन नियमों का पालन करे। माता-पिता और दादा-दादी के विचारों में विरोधाभास नहीं होना चाहिए। बच्चे को यह बात समझ में आ जानी चाहिए कि 'न' शब्द का अर्थ है 'न'। शुरू में हो सकता है कि वह आपकी 'न' को गम्भीरता से न ले। लेकिन अगर आप अपनी बात पर अडिग रहेंगी और उससे इस आदेश का पालन करने की अपेक्षा करेंगी, तो धीरे-धीरे वह अपनी शरारतों की सीमाओं को पहचानने लगेगा और उन्हें स्वीकार करने लगेगा।

जब भी वह आपके निर्देशों का पालन करे तो उसकी तरफ प्यार से देखें, और प्रशंसा भरे शब्दों से अपनी सहमति व्यक्त करें। छोटी-छोटी बातों को नजर अन्दाज कर दें, लेकिन अगर वह कोई ऐसी हरकत कर बैठे जो उसके लिए खतरनाक साबित हो सकती है तो बड़ी सख्ती से 'न' कहकर उसे फौरन उस हरकत से रोक दें। बच्चे के जीवन की सुरक्षा के लिए यह सख्ती जरूरी है।

एक वर्ष का शिशु खतरे के अर्थ को नहीं समझ सकता। वह घुटनों के बल लुढ़कता हुआ या अपने नन्हें पांवों पर ठुमक-ठुमक कर चलता हुआ घर के किसी कोने में भी पहुँच सकता है। वह बिजली के सॉकेट के छिद्रों में अपनी उँगलियाँ डालने की कोशिश कर सकता है, या टेबल-लेंप को या टेबल पर बिछे कपड़े को नीचे खींचने की कोशिश कर सकता है। वह अपने हाथ में आने वाली हर चीज को मुँह में डालने की कोशिश कर सकता है। नई-नई चीज़ों को छूकर वह उनके अलग आकार, स्वरूप और प्रकृति से परिचित हो रहा है। वह अपने हाथों और मुँह के संचालन में तालमेल बिठाने की कोशिश कर रहा है। जब तक वह अपने-आपको या दूसरों को कोई नुकसान नहीं पहुँचा रहा, चीजों को जानने-समझने के उसकी प्राकृतिक प्रवृत्ति (natural instinct) पर कोई अंकुश लगाना ठीक नहीं है। टूटने-फूटने वाली चीज़ें उसकी पहुँच से दूर रखें। कुछ ऐसी चीजें जिन्हें उसे नहीं छूना चाहिए, उसकी पहुँच में रखी जा सकती हैं — ताकि आप उसे 'न' शब्द का अर्थ समझा सकें। लेकिन इस बात का ध्यान रखें कि घर में इधर-उधर ऐसी बहुत-सी चीज़ें हों जिन्हें वह छू सकें या जिनके साथ वह खेल सके।

उम्र के इस चरण में वह चीज़ों को जमीन पर भी पटक सकता है। इस तरह के व्यवहार का हमेशा यह मतलब नहीं होता कि बच्चा शरारती या बिगड़ा हुआ है। वह चीज़ों को अपने हाथ से छोड़ने की कला सीख रहा है और उन्हें जमीन पर गिरते देख रहा है।

अगर वह अनजान लोगों को देखकर डर जाता है, तो हैरान न हों। वह परिचितों और अपरिचितों में भेद करना सीख रहा है। मेहमानों से अनुरोध करें कि वे उसे देखते ही उस पर झपट न पड़ें। बच्चे को नए आने वालों को देखने-भालने के लिए कुछ समय दें। वह दूर से और कनखियों से उन्हें निहारता रहेगा और कुछ देर तक उनका मूल्यांकन करेगा। कुछ देर बाद वह अपने-आप ही उनके पास आ जाएगा या उनके लाड़-प्यार का स्वाभाविक प्रत्युत्तर देगा। अगर ऐसा नहीं होता है तो मेहमानों को उससे दोस्ती करने के लिए अगली बार तक प्रतीक्षा करने दें। अगर वे कोई तोहफा लाए हैं, तो उनसे कहें कि इससे बच्चे के हाथ में थमा दें। अगर बच्चा दूर रहता है, तो तोहफे को मेज पर रख दें और बच्चे का ध्यान इसकी तरफ खींचने की कोशिश करें। इस बात की पूरी सम्भावना है कि बच्चा इस तोहफे को उठा लेगा, कुछ देर तक इसे देखेगा और फिर अपनी 'खोह' में से बाहर निकल आएगा।

इस उम्र में बच्चे अचानक होने वाले शोर से भी डर जाते हैं। मेरा पोता प्रेशरकूकर की सीटी से बहुत डरता था। यह बहुत सामान्य बात है। दो-एक महीने में बच्चे अपने-आप ही इस डर से उबर जाते हैं, बशर्ते कि उनके इस सामान्य डर को हम कोई होवा न बना दें। इसी तरह, सिर पर पानी डाले जाने पर भी बच्चा चीखने लग सकता है। इसे बड़े सहज भाव से लें। उसे अपने सामने बाथ-टब में बैठाएँ। अब उसके सिर पर पानी डालें या उसे खुद ऐसा करने दें। अगर वह अब भी डर रहा है तो उसे आपको नहाते देखने दें। कुछ दिन तक उसका सिर न धोएँ, सिर्फ उसके शरीर पर ही थोड़ा-सा पानी डालें। आप देखेंगी कि वह जल्दी ही अपने इस डर से मुक्त हो जाएगा। इस तरह के रवैए से बच्चा जल्दी सामान्य महसूस करने लगता है, बजाय उसके साथ जोर-जबरदस्ती करने के।

एक वर्ष पूरा होने से पहले ही बच्चा इस बात का संकेत देने लगेगा कि वह खुद खाना चाहता है। वह यह 'काम' बड़ी गम्भीरता के साथ करने की कोशिश करेगा और स्वाभाविक है कि सब कुछ गन्दा कर देगा। हो सकता है कि आप उसकी मदद करने के प्रलोभन को दबा न सकें। वह इसका विरोध करेगा, लेकिन कुछ ही दिनों में सब कुछ खुद करने की कोशिशें छोड़कर आपकी

शिशु की खाने-पीने की चाहत

मदद से खाना पसन्द करेगा। शायद आपको इस बात का अहसास न हो, लेकिन उसकी मदद करके आप उसके भीतर दूसरों पर निर्भरता के बीज बो रही हैं।

अगर आप अपने बच्चे के लिए सीमाएँ तय नहीं करेंगी, और उसे जो मन में आए करने देंगी, तो बड़े होने के बाद उसे उन लोगों के साथ निर्वाह करने में कठिनाई महसूस होगी जिनके साथ उसे रहना है या काम करना है। सौभाग्यवश, इस तरह के ज़्यादातर बच्चे थोड़े बड़े होने के बाद अपना व्यवहार सुधार लेते हैं। लेकिन इसके लिए उनका किसी ऐसे वयस्क व्यक्ति के सम्पर्क में आना ज़रूरी है जो उनसे स्नेह करता हो और उनका सही मार्ग-दर्शन कर सके। अच्छा यही है कि जहाँ तक सम्भव हो हम भविष्य के लिए इस तरह की कठिनाइयाँ पैदा ही न होने दें। हमें शुरू से ही बच्चे के चरित्र को एक सही नींव देने की कोशिश करनी चाहिए।

नन्हे बच्चे का व्यवहार (1 से 3 वर्ष)

पहले, एक शुभ समाचार सुनिए – इस उम्र में बच्चा आपको खुश रखना चाहता है। साथ ही वह आपका अनुसरण भी करना चाहता है। इसलिए सबसे सही रवैया यह है कि आप उसके सामने एक अच्छा उदाहरण रखें – क्योंकि वह आपका अनुसरण करेगा और आपकी सहमति प्राप्त करने का प्रयास करेगा। कई बार वह एक ऐसा 'बण्डल ऑफ ज्यॉय' प्रतीत हो सकता है जो हर काम में आपकी मंदद करना चाहता है। उदाहरण के लिए, वह किचन से

आपके लिए चपाती लाकर या दुकानदार को आपकी तरफ से पैसे पकड़ाकर खुश हो सकता है। लेकिन कभी-कभी वह आपके धैर्य की परीक्षा ले सकता है। यह बात याद रखें कि वह नकारवाद (negativism) के दौर से गुजर रहा है। हो सकता है वह अपने-आप पर नियन्त्रण न रख पाए और मनमाने या आवेशात्मक (impulsive) व्यवहार का प्रदर्शन करे। वह अपनी चीजें दूसरों का देने से इनकार कर सकता है। उसे डर लग सकता है। वह आपकी अनुपस्थिति में खोया-खोया-सा रह सकता है और आपके लौटतें ही आपसे चिपट सकता है। यह पूरी तरह से सामान्य है। हो सकता है कि कभी-कभी आप पूरी तरह से असहाय महसूस करें। लेकिन इसके साथ ही यह सोचकर भी आपको काफी राहत महसूस होनी चाहिए कि अगले तीन वर्ष आपके लिए, और आपके नन्हे-मुन्ने (या नन्ही-मुन्नी) के लिए भी, अपेक्षाकृत काफी आसान वर्ष होंगे।

स्कूल-पूर्व बच्चे का व्यवहार (3 से 6 वर्ष)

एक छोटे बच्चे की तुलना में 3 से 6 वर्ष तक की उम्र का बच्चा कम आत्म-केन्द्रित (self-centred) और ज़्यादा सहयोगपूर्ण, मिलनसार और खुले स्वभाव का होता है। वह अपनी गलतियों का अहसास करना भी शुरू कर सकता है। वैसे 4 वर्ष की उम्र के आसपास बच्चे में थोड़ी आक्रामकता आ सकती है, वह गाली देना भी सीख सकता है, लेकिन लगभग 5 वर्ष का होते ही वह ज़्यादा सम्य व्यवहार करने लगता है। इस उम्र का बच्चा अपने माता-पिता को खुश रखना और उनका अनुसरण करना चाहता है। इसलिए माता-पिता पर उसके सामने एक स्वस्थ और खुशियों भरे जीवन का उदाहरण प्रस्तुत करने की अतिरिक्त जिम्मेदारी आ जाती है।

आपका बच्चा अब खुलकर अपनी कल्पनाओं के घोड़े दौड़ाने लगता है। वह अक्सर सम्बन्धों (मम्मी-डैडी, डॉक्टर-मरीज वगैरह) या उन जगहों से जुड़े खेल खेलने लगता है जहाँ वह जा चुका है। वह हर विषय को लेकर आपसे तरह-तरह के सवाल भी पूछता रहता है — 'ऐसा क्यों होता है?' 'क्या?' 'क्यों?' कैसे?

इस उम्र के बच्चे अपने जनन-अंगों में भी ज़्यादा दिलचस्पी दिखाना शुरू कर सकते हैं और उनके साथ खेल सकते हैं। यह असामान्य नहीं है। वे यह भी पूछ सकते हैं कि लड़कों और लड़कियों में क्या फर्क होता है, या बच्चे कहाँ से आते हैं। आपकी बिटिया अपने पापा के प्रति ज़्यादा आकर्षित महसूस कर सकती है, ठीक उसी तरह जैसे उसका भाई अपनी माँ पर ज़्यादा मुग्ध महसूस कर सकता है।

माता-पिता को यह बात समझनी चाहिए कि अपने जनन-अंगों या विपरीत

लिंग के किसी व्यक्ति में बच्चे की दिलचस्पी पूरी तरह से सामान्य बात है। यौन सम्बन्ध प्रश्नों के उत्तर बिना किसी तरह की शर्म या झिझक के और पूरी गम्भीरता के साथ देने चाहिए। लेकिन इस सम्बन्ध में बच्चों को अनावश्यक या विस्तृत जानकारी देने की ज़रूरत नहीं है। यदि आपके लिए यह सम्भव न हो तो यह काम किसी मित्र या अध्यापक पर छोड़ देना चाहिए।

माता-पिता को इस बात का भी ध्यान रखना चाहिए कि बच्चे उन्हें एक-दूसरे के खिलाफ इस्तेमाल करने की कोशिश न करें। जब माँ और पिता अपने-अपने विशिष्ट व्यक्तित्व को कायम रखते हुए एक-दूसरे के प्रति प्रेम और सम्मान भावना का प्रदर्शन करते हैं, तो बच्चों को शुरू से ही एक स्वस्थ संकेत मिलता है। इससे बच्चे दूसरे व्यक्तियों का, खासकर विपरीत लिंग के व्यक्तियों का सम्मान करना सीखते हैं।

स्कूल जाने वाले बच्चे का व्यवहार (6 से 12 वर्ष)

एक नियमित स्कूल में प्रवेश करने के बाद आपका बच्चा अपने हम उम्र बच्चों के साथ ज़्यादा घुल-मिल सकता है। इस बात की सम्भावना है कि आपके या आपके पति की बजाय वे उसके व्यवहार को कहीं ज़्यादा प्रभावित करें। यह विकास का एक सामान्य चरण है। इस बात की चिन्ता न करें कि आपका बच्चा पारिवारिक गतिविधियों में अब कम रुचि दिखा रहा है। वह ज़्यादा आत्म-निर्भर होना चाहता है और अपनी उम्र के बच्चों के साथ ज़्यादा-से-ज़्यादा जुड़ना चाहता है। जब वह अपनी ही उम्र के लड़कों के ग्रुप में रहता है, तो दूसरों का नेतृत्व करना और दूसरों के नेतृत्व में चलना सीखता है। वह ग्रुप की जिम्मेदारियों और कामों को वहन करना सीखता है। हो सकता है कि उसका ग्रुप एक रचनात्मक और सकारात्मक (creative and positive) ग्रुप हो, लेकिन कभी-कभी बच्चे के गलत गतिविधियों में पड़ने की सम्भावना भी रहती है।

कुल मिलाकर अपने हम उम्र बच्चों के साथ घुलना-मिलना अच्छा ही है। अपने बच्चे की दिन-प्रति-दिन की गतिविधियों की जासूसी करना ठीक नहीं। अगर उसकी कोई 'पर्सनल डायरी' है तो उसे भी न पढ़ें। आपको यह जानकर खुशी होगी कि इस उम्र में बच्चे के 'भीतर का पुलिसमैन' पूरी तरह से सतर्क रहता है। जब भी वह कोई ऐसी सीमा-रेखा पार करने की कोशिश करता है जो आपके द्वारा दी गई सीख और दिन-प्रतिदिन की आपकी बातचीत के हिसाब से 'गलत' या 'बुरी' है, तो उसके अन्दर का पुलिसमैन तुरन्त उसे टोकना शुरू कर देता है। अपने बच्चे पर दूसरे लड़के-लड़कियों के 'बुरे' प्रभाव की आशंका करते रहने की बजाय उसके मित्रों और उनके परिवारों से मिलने और उन्हें

जानने का प्रयास करें। उन्हें अपने घर पर आमन्त्रित करें। उनके ऊपरी और बाहरी व्यक्तित्व को ज़्यादा महत्व न दें। उनके साथ सम्मान के साथ पेश आएँ और उन पर कोई छींटाकशी करने से बचें।

आपको सिर्फ इस बात का ध्यान रखना है कि आपके बच्चे के पास अपनी पढ़ाई के लिए पर्याप्त समय बचा रहे, और थोड़ा-सा समय अपने परिवार के लिए भी। टेलीविजन देखने पर 'राशन' लगाया जा सकता है, यानी उसके लिए सिर्फ एक सीमित और निश्चित समय तय किया जा सकता है। उसके साथ बातचीत करके एक बार तय कर लें कि वह कौन से कार्यक्रम देखना चाहता है। इसी तरह सोने का निश्चित और नियमित समय निर्धारित करना भी जरूरी है। इस उम्र में बच्चों को पर्याप्त मात्रा में नींद की ज़रूरत होती है। इसलिए उनका थोड़ा जल्दी सो जाना ही ठीक है।

इस बात का ध्यान रखें कि आपके बच्चे को परिवार के साथ बहुत सहज ढंग से समय बिताने के अवसर मिलते रहें। उसके किसी प्रिय मित्र को अपने साथ फिल्म देखने के लिए या पिकनिक पर जाने के लिए आमन्त्रित करें। छुट्टियों के दिनों में अपने बच्चे के मित्रों की माँओं से मिलने की कोशिश करें। इस तरह की सामूहिक गतिविधियों (group activities) का आयोजन करें, जहाँ वे सब कोई नई और दिलचस्प चीज़ सीख सकें। यह आयोजन सप्ताह में किसी खास दिन किया जा सकता है। कभी आपके घर पर तो कभी किसी अन्य बच्चे के घर पर। लेकिन इस बात का ध्यान रखना जरूरी है कि मिल-जुल कर किसी नई गतिविधि में भाग लेने के लिए ग्रुप को पर्याप्त समय मिल सके।

इस उम्र में अपने बच्चे की अध्यापिका के सम्पर्क में रहना भी बहुत महत्वपूर्ण है। उसके साथ बच्चे की पढ़ाई के बारे में विस्तार से बात करें, और उससे पूछें कि आप इस मामले में बच्चे की किस तरह से मदद कर सकती हैं। कुछ माता-पिता अपने बच्चे को कक्षा में सबसे आगे रखने के लिए उस पर बहुत ज़्यादा जोर डाल देते हैं, जबकि कुछ माता-पिता इस तरह बिल्कुल भी ध्यान नहीं देते। ये दोनों ही चरम स्थितियाँ ठीक नहीं हैं। बच्चे को एक स्वस्थ और प्रसन्नचित्त वयस्क के रूप में विकसित करने में अध्यापकों की भी बहुत महत्वपूर्ण भूमिका होती है। स्कूल के साथ आपका नियमित सम्पर्क इस मामले में बहुत मददगार साबित हो सकता है। लेकिन ज़रूरत से ज़्यादा उत्साह भी न दिखाएँ, और प्रतिदिन उसके स्कूल जाना न शुरू कर दें। ऐसा करने से बच्चा बहुत असहज महसूस करेगा और आप फायदे की बजाय उसे नुकसान पहुँचा बैठेंगी।

इस उम्र में जेब-खर्च यानी 'पॉकेट-मनी' का भी सवाल उठ खड़ा होता है।

उसे थोड़ा खर्चा दीजिए, लेकिन कोई बड़ी रकम नहीं। आप इस बारे में भी कुछ नियम बना सकती हैं कि वह ये पैसे किन चीज़ों पर खर्च नहीं करेगा। उदाहरण के लिए खाने-पीने की सन्दिग्ध वस्तुएँ, जिन्हें 'जंक-फूड' भी कहा जाता है। लेकिन कुल मिलाकर उसे यह स्वतन्त्रता मिलनी चाहिए कि वह इन पैसों को अपनी इच्छानुसार खर्च कर सके।

अगर आपका बच्चा आपकी अपेक्षाओं पर खरा नहीं उतर रहा है, तो दूसरों के सामने उसकी आलोचना न करें। अपने पति के साथ इस बारे में सलाह-मशविरा करें और स्थिति में सुधार लाने के उपाय सोचें।

किसी मनोविशेषज्ञ या परिवार के डॉक्टर से बात करने में संकोच न करें। मैं एक ऐसे लड़के को जानता हूँ जिसने स्कूल जाने से इनकार कर दिया था। उसके माता-पिता एक मनोविश्लेषक के पास गए। पता चला कि बच्चा अपने साथ स्कूल बस में जाने वाले एक खूब तगड़े और लड़ाकू किस्म के लड़के से डरता था। उसने मनोविश्लेषक को बताया कि वह कराटे जानने वाले अपने पिता का प्रशंसक है और वह अपने स्कूल-अध्यापक को भी बहुत पसन्द करता है। माता-पिता स्कूल जाकर उसके अध्यापक से मिले, जिसने बच्चे को कराटे की कक्षाओं में भर्ती होने के लिए प्रेरित किया। उसका पिता भी उसके साथ ज़्यादा समय बिताने लगा। उसे तंग करने वाला तगड़ा और झगड़ालू लड़का जल्दी ही अपनी हरकतों से बाज आ गया। बच्चा न सिर्फ कराटे में बहुत निपुण हो गया, बल्कि उसकी पढ़ाई में भी सुधार हुआ, और अन्ततः वह एक ज़्यादा हृष्ट-पुष्ट व्यक्तित्व का विकास करने में भी सफल रहा।

किशोरावस्था के दौरान व्यवहार (12 से 18 वर्ष)

यह एक तूफानी उम्र होती है — खुद किशोरों के लिए भी, और उनके लिए भी जिन्हें उनके साथ निबाह करना होता है। यह उम्र तेज परिवर्तनों की उम्र होती है, शारीरिक और यौनात्मक दोनों स्तरों पर। अपने व्यवहार से बच्चा आपको इस बात के संकेत देने लगता है कि वह अब बच्चा नहीं रहा, वह 'सयाना' या 'वयस्क' हो चुका है। लेकिन वह यह बात अक्सर भूल जाता है कि वह अब भी परिवर्तनों के दौर से गुजर रहा है, और वह पूरी तरह से अभी एक वयस्क व्यक्ति नहीं हुआ।

आप उसे अक्सर कहते सुन सकती हैं कि 'मेरे पीछे न पड़ो ! मैं अब बच्चा नहीं रहा ।' लेकिन भीतर-ही-भीतर कहीं वह अब भी यही चाह रहा होता है कि आप उसका हाथ पकड़े रहें और उसका मार्ग-दर्शन करती रहें। उसकी हरकतों से ऐसा लग सकता है मानो वह कह रहा हो, 'दफा हो जाओ ! मुझे अकेला छोड़

दो!' लेकिन वास्तव में वह अक्सर यही चाह रहा होता है कि भ्रम और अनिर्णय की हर स्थिति में उसके माता-पिता उसके साथ रहें और उसकी मदद करते रहें।

जल्दी परिपक्व हो जाने वाली लड़कियों को किशोरावस्था में ज़्यादा मनोवैज्ञानिक परेशानियाँ झेलनी पड़ सकती हैं। अपने चेहरे-मोहरे या कद-काठी को लेकर चिन्तित रहने वाले किशोर 'बॉडी डिस्मॉर्फिक डिस-ऑर्डर' नामक मानसिक स्थिति के शिकार हो सकते हैं, जिसमें शरीर का कोई काल्पनिक या मामूली-सा दोष भी उनके लिए बहुत महत्वपूर्ण हो जाता है। इस कारण से कुछ बच्चे स्कूल जाना ही छोड़ देते हैं, दूसरों से कटे-कटे रहते हैं, और आत्मदाह तक करने की सोच सकते हैं। इस स्थिति के कारणों का पता नहीं चल सका है, हालाँकि इनके पीछे जैविक (बायलॉजिकल), मनोवैज्ञानिक और सामाजिक-सांस्कृतिक कारण होने का सन्देह किया जा रहा है।

किशोर-उम्र बच्चे को कैसे सम्भालें

वह जमाना बीत चुका है जब एक पिता अपने किशोर-उम्र पुत्र या पुत्री से कह सकता था, 'हमारे जमाने में हम बड़ों के सामने एक शब्द तक नहीं कह पाते थे। मुझसे इस तरह से बात करने की तुम्हारी हिम्मत कैसे हुई?"

आज यह सब नहीं चल सकता। शायद उस जमाने में भी नहीं चलता होगा और माता-पिता शायद ज़ोर-जबरदस्ती से ही बच्चों को अपने इतना ज़्यादा रौब में रख पाते होंगे। इस तरह के बच्चे या तो उम्र भर यूँ ही दबे-दबे से रहते थे, या फिर पहला अवसर मिलते ही विद्रोह कर उठते थे।

क्या इसका मतलब है कि बढ़ते हुए बच्चों के साथ माता-पिता को सख्ती नहीं बरतनी चाहिए? क्या उन्हें अपने इच्छानुसार कुछ भी करने की पूरी स्वतन्त्रता होनी चाहिए? नहीं।

एक किशोर-उम्र बच्चा सिर्फ हमें अपनी भावनात्मक ज़रूरतों की याद दिलाना चाहता है, जिनके बारे में हम पीछे चर्चा कर चुके हैं। हम इन मार्ग-निर्देशों (guidelines) को यहाँ फिर से दोहरा देते हैं।

एक किशोर-उम्र बच्चा स्पष्ट और ऊँची आवाज में कहना चाहता है —

- यह बात याद रखें कि मैं एक जवान होता हुआ बच्चा हूँ, न कि एक छोटा बच्चा।
- मेरे साथ प्रेम, सम्मान और दृढ़ता के साथ व्यवहार करें।
- अपनी ज़िंदगी की जिम्मेदारी खुद सम्भालने में मेरी मदद करें।
- नैतिक मूल्यों और सद्आचरण पर भाषण पिलाने की बजाय खुद अपने व्यवहार से मेरे सामने एक आदर्श उदाहरण रखें।

- जब भी मैं आपसे बात करना चाहूँ, तो मेरे लिए थोड़ा समय निकालकर मेरी बात सुनें।

समझदार माता-पिता इस बात को जानते हैं कि नकारवाद (15 महीने या उससे पहले की उम्र से शुरू होने वाला और 3 से 4 वर्ष की उम्र के बीच का चरण) और किशोरावस्था जैसे चरणों को अगर संवेदनशीलता और समझदारी के साथ सम्भाला जाए, तो ये माता-पिता और बच्चों को एक-दूसरे के और ज़्यादा निकट लाने के अवसर साबित हो सकते हैं।

सबसे पहले तो एक किशोर ज़िंदगी के प्रति आपके नज़रिए को लेकर सवाल करना शुरू करता है। हो सकता है कि आप सभी स्तरों पर भ्रष्टाचार के खिलाफ लड़ रहे हों। आपका बेटा बहस कर सकता है कि आज की सामाजिक व्यवस्था में पूरी तरह से ईमानदार होना व्यावहारिक नहीं है। या अगर आप उसे जल्दी घर लौटते देखना चाहते हैं, तो वह आपकी बात मानने से इनकार कर सकता है। धैर्य से काम ले और पहले की तरह ही उसे अपना प्यार देते रहें। यह उसकी बढ़त और विकास का ही एक हिस्सा है। महत्वपूर्ण बात यह है कि आप हिम्मत न हार बैठें। अगर सीमाएँ निर्धारित करने की ज़रूरत है तो इस जीवन-मन्त्र को याद रखें — अगर आपने आज इन सीमाओं को तय नहीं किया तो आगे चलकर आपका बच्चा बहुत ज़्यादा परेशान महसूस करेगा।'

आपका बढ़ता हुआ बच्चा आपको नजरअंदाज कर सकता है और अपना ज़्यादा-से-ज़्यादा समय अपने मित्रों के साथ बिता सकता है। उसके मित्रों के साथ सम्मानपूर्वक व्यवहार करें, भले ही उन्होंने आपकी अपेक्षाओं के अनुरूप 'अच्छे परिवारों' के लड़कों जैसे कपड़े न पहन रखे हों। अब विपरित लिंग के प्रति भी उसका आकर्षण ज़्यादा मुखर हो सकता है। आपको यह बात भी याद रखनी चाहिए कि बढ़ते हुए किशोरों का अपने मित्रों के साथ सिगरेट, बीयर और कभी-कभी नशीले पदार्थों के प्रयोग करना कोई असाधारण बात नहीं है।

सौभाग्यवश, बीस की उम्र में प्रवेश करते-करते आपका बेटा आपके और परिवार के साथ बहुत घनिष्ठ सूत्र स्थापित कर लेता है। वह अब अपने पिता के 'रूढ़िवादी' विचारों की कद्र करना भी सीख सकता है। वह अब 'मॉम' और 'डैड' के साथ ज़्यादा समय बिताना चाहता है, और उनके साथ अपने भविष्य को लेकर विचार-विमर्श करना चाहता है। अगर कोई छोटी बहन है तो वह अचानक ही उसकी सुरक्षा करने के अपने दायित्व को महसूस करने लगता है, और आपको याद दिलाने लगता है कि उसके लिए उचित सीमाएँ तय की जाएँ। वह अब अपनी अन्तर आत्मा की आवाज सुनने के लिए तैयार है — अपने अन्दर के उसी पुलिसमैन की आवाज जो बचपन में हर गलत या बुरी हरकत

पर उसे टोक दिया करता था। अब आपको उसकी इतनी मदद जरूर करनी है कि वह किसी अपराध बोध का शिकार न हो जाए। उसे अपनी किशोरावस्था के दिनों की कुछ भूलों के बारे में बताएँ, कि कैसे आपने उनसे सीख हासिल की, अपने-आपको सुधारा और जीवन की डगर पर निरन्तर आगे बढ़ते रहे।

बच्चों की भावनात्मक ज़रूरतों को समझना

बच्चे को एक ‘प्रसन्नचित्त अवस्था’, या यूं कहें कि मानसिक स्थिति (a happy state of mind) की तरफ ‘नेतृत्व’ करने के लिए उसकी भावनात्मक ज़रूरतों को पर्याप्त महत्व देना जरूरी है। ये बच्चे के लिए उतनी ही महत्वपूर्ण हैं जितनी कि भोजन, घर, कपड़े और चिकित्सीय देखभाल जैसी ज़रूरतें।

‘नेतृत्व’ के लिए अँग्रेजी में समंक शब्द का प्रयोग किया जाता है। यह शब्द अँग्रेजी वर्णणाला के चार अक्षरों L-E-A-D को मिलाकर बना है, जिनका अर्थ निम्नलिखित रूप से लिया जा सकता है -

- L यानी Love (प्यार)
- E यानी Example (उदाहरण)
- A यानी Acceptance (स्वीकृति)
- D यानी Discipline (अनुशासन)

इन चार अक्षरों में छिपे इन चारों अर्थों को, या यूँ कहें कि 'Lead' शब्द के इन चारों अंगों को एक समान महत्व देना जरूरी है। अगर ‘अनुशासन’ को सबसे आखिर में लिखा गया है तो इसका मतलब यह नहीं है कि यह सबसे कम महत्वपूर्ण है। साथ ही मेरा दृढ़ विश्वास है कि प्रेम और स्वीकृति के वातावरण के अभाव में बच्चे को अनुशासित करने की कोशिशें पूरी तरह से विफल साबित होती हैं।

प्यार (Love)

एक खुश बचपन के लिए ‘प्यार’ सबसे ज़्यादा महत्वपूर्ण ज़रूरत है। बाल-विशेषज्ञ और मनोवैज्ञानिक इस वक्तव्य से पूरी तरह सहमत होंगे कि ‘प्यार दुनिया की सबसे बहुमूल्य वस्तु है।’

प्रेम हमारी प्रकृति का सहज हिस्सा है

कुछ माता-पिता अपने बच्चों को इस अव्यक्त अपेक्षा के साथ प्यार करते हैं कि वे उनका नाम ऊँचा करेंगे और वृद्धावस्था में उनकी मदद करेंगे।

अगर ऐसा नहीं होता है तो वे आहत और ठगे-ठगे से महसूस करते हैं और अपने-आपको मोहभंग की स्थिति में पाते हैं। वे बार-बार इस तथ्य की दुहाई देते हैं कि उन्होंने अपने बच्चों के लिए क्या नहीं किया, लेकिन अब उनके बच्चे उनके प्रति अपने कर्तव्य को भूल गए हैं, और उनकी अपेक्षाओं पर खरे नहीं उतर रहे हैं।

लेकिन प्यार को एक व्यापार की दृष्टि से नहीं देखा जा सकता है। हमें माता-पिता के रूप में अपने बच्चों को बिना किसी शर्त के और बिना किसी तरह की अपेक्षा के अपना प्यार देना चाहिए।

इस तरह के प्यार भरे वातावरण में बच्चा सुरक्षित महसूस करता है। वह अपनी खुशी या दुख को बाँटने के लिए माता-पिता की प्यार भरी बाहों में दौड़ा चला आता है।

अगर बच्चा अपेक्षाओं पर खरा न उतरे, तो इस तरह के माता-पिता ज़्यादा विचलित नहीं होते। अपने इस रवैए के कारण वे बच्चे की अव्यक्त भाषा को भी 'सुन' पाने में सफल रहते हैं, तब भी उनका बच्चा उनकी अपेक्षाओं के अनुरूप 'व्यवहार' नहीं कर रहा होता।

अपने बच्चों को सुनें

पूरी दिलचस्पी लेकर सुनना बहुत महत्वपूर्ण है। बच्चे की बात पर पूरा-पूरा ध्यान देना जरूरी है। आप जो कुछ भी कर रही हों उसे छोड़कर बच्चे के पास जाएँ, और नीचे बैठकर और उसकी आँखों-में-आँखें डालकर उसकी बात सुनें। फिर बहुत विनम्र और सहानुभूति भरे स्वर में उसकी समस्या को सुलझाने और उसे सांत्वना देने का प्रयास करें। इस तरह पूरी दिलचस्पी लेकर और सहानुभूति के साथ बच्चे की बात सुनने को 'एक्टिव लिस्निंग' (Active listening) कहा जाता है।

अपने दिल की आवाज सुनें

अब मैं आपको एक व्यक्तिगत उदाहरण देना चाहूँगा। मेरा किशोर-उम्र बेटा, जो एक दूसरे शहर में पढ़ रहा था, मेरे मित्र से एक किताब लेने के लिए सप्ताहांत में घर आया हुआ था। वह वापस जाने लगा तो मैंने उससे पूछा कि क्या उसने वह किताब ले ली है। उसने जवाब दिया, 'समय ही कहाँ था, पापा?' मुझे गुस्सा आया और मैंने उससे कहा, 'तुम्हारे पास अपने मित्रों से मिलने का समय था, फ़िल्में देखने का समय था, पार्टी, टेलीविजन और हर चीज के लिए समय था, सिवा उस किताब के लिए जिसे लेने के लिए तुम खासतौर से घर आए थे।'

वह चला गया और कुछ दिन बाद उसका पत्र आया जो सिर्फ उसकी 'मम्मी' के नाम सम्बोधित था। इससे पहले वह अपने पत्रों में 'मम्मी और पापा' दोनों के सम्बोधन का इस्तेमाल किया करता था। मैं हर रोज कुछ-न-कुछ प्रेरणादायक पढ़ने और फिर अपने मन की आवाज सुनने का आदी था। अपने बेटे के वापस जाने के एक हफ्ते बाद मेरे मन में उसे एक पत्र लिखने की प्रेरणा जागी। मैंने इस विचार को ज़्यादा महत्व नहीं दिया कि आखिर गलती उसकी थी। मैंने उसे निम्नलिखित पत्र लिखा —

माय डियर सुनील,

पिछले कुल दिनों से तुम निरन्तर मेरी सोचों में बसे हुए हो। कभी-कभी मैं सोचता हूँ कि क्या में अपने बच्चों के साथ थोड़ी ज़्यादा सख्ती बरतता हूँ। तुम्हारी मम्मी, जो मेरी भरोसेमन्द साथी है, के साथ भी मैंने इस बारे में बात की है। हम दोनों ही इस बात से सहमत हैं कि 'अगर आपको अपने बच्चों से प्यार है तो कभी-कभी आपको उनके साथ सख्ती बरतनी पड़ेगी।

सुनील डियर, जब तुम अगली बार बर लौटोगे तो सुझे बताना कि क्या कुछ खास स्थितियों में मुझे अलग तरह का व्यवह्यार करना चाहिए था। मैं यह बात इसलिए कह रहा हूँ क्योंकि में इस तथ्य को लेकर सचेत हूँ कि मैं हर समय सही नहीं हो सकता। लेकिन एक बात बिल्कुल निश्चित है मेरे बेटे, मैं जो कुछ भी करता हूँ वह तुम्हारे प्रति मेरे गहरे प्यार से ही उपजता है। गॉड ब्लेस यू, माय सन। अपने रूम-मेट को मेरी याद दिलाना।

तुम्हारा दोस्त,
पापा

जल्दी ही मुझे इस पत्र का उत्तर भी मिल गया —

माय डियर पापा,

आपके 'अण्डरस्टेंडिंग लेटर' के लिए थैंक्स। यह सच है कि उस दिन मैं आपसे बहुत ज़्यादा नाराज हो यया था। आखिर टीन-एज एक उग्र (fiery) *उम्र होती है...मुझे लगता है कि सबसे अच्छे दिन अभी आने बाकी है...आई लव यू।*

आपका बेटा,
सुनील

उस दिन के बाद से सुनील और मैं और ज़्यादा नजदीक आ गए। एक समस्या एक अवसर में बदल गई थी। यह कैसे हुआ? मुझे क्षमा नहीं माँगनी पड़ी थी, लेकिन जो कुछ मैंने लिखा उससे स्पष्ट हो गया कि मैं उससे सच्चा

प्यार करता हूँ। शायद इस चीज ने मेरे बेटे के दिल के किसी तार को छू लिया, और उसने इसका सकारात्मक प्रत्युत्तर दिया।

बच्चों को अपना समय दें

स्वर्गीय जे.आर.डी. टाटा की जीवन-कथा के लेखक आर.एम. लाला ने स्वयं अपने पिता के बारे में लिखा है, 'उनके पास मेरे लिए हमेशा समय रहता था। मेरे पिता ने जो सबसे बहुमूल्य चीज मुझे दी वह वे खुद थे।'

माता-पिता को अपने बच्चों के लिए समय जरूर निकालना चाहिए। एक व्यस्त अधिकारी की कल्पना करें। उसके बच्चे सुबह उठकर स्कूल जाते हैं तो वह आमतौर से सो रहा होता है, क्योंकि पिछली रात एक महत्वपूर्ण बिजनेस मीटिंग के बाद वह काफी देर से सो पाया था। वह रात को घर लौटता है तो बच्चे आमतौर से सो चुके होते हैं। किसी दिन अगर वह जल्दी भी आ जाता है तो उसे किसी पार्टी वगैरह में जाने की आपाधापी रहती है। वह अपनी पत्नी के लिए भी समय नहीं निकाल पाता, और उसकी व्यक्तिगत और पारिवारिक समस्याओं को अपना समय और ध्यान नहीं दे पाता। सप्ताहांत में या किसी अन्य छुट्टी के दिन वह आमतौर से क्लब में ब्रिज या गोल्फ खेलता हुआ दिखाई देता है।

सौभाग्य से अब दृश्य बदल रहा है। लगभग 40 वर्ष पहले मैंनें मुम्बई में अपनी प्रेक्टिस शुरू की थी, तो मुश्किल से ही कोई पिता अपने बच्चे के साथ मेरे पास आता था। वे सब अपने कैरियर की सीढ़िया चढ़ने में व्यस्त होते थे। बच्चे के साथ अक्सर उसकी माँ होती थी या फिर दादा-दादी वगैरह। लेकिन आज बहुत से युवा पिता अपने बच्चे के साथ आते हैं, और बच्चों के पालन-पोषण में माँ जितनी ही भूमिका निभा रहे हैं।

नेशनल इंस्टीट्यूट ऑफ चाइल्ड हेल्थ एण्ड ह्यूमेन डेवलपमेण्ट (यू.एस.ए.) द्वारा की गई एक शोध के अनुसार, अपने बच्चों, खासकर 3 वर्ष से छोटी उम्र के बच्चों के साथ ज़्यादा समय बिताने वाले और उनकी देखभाल करने वाले पिता आमतौर से एक ज़्यादा सुखी और प्रेम तथा वैवाहिक जीवन का आनन्द उठाते हैं। इसलिए अगर कोई पति अपनी पत्नी के चेहरे पर हमेशा एक मुस्कुराहट देखना चाहता है, तो उसे छोटे बच्चे के साथ ज़्यादा समय बिताना चाहिए। और हाँ, उसे पोतड़े (diapers) **बदलना भी सीख लेना चाहिए।**

स्पर्श का महत्व

पैदा होते ही बच्चों को प्यार का भरोसा दिलाए जाने की ज़रूरत महसूस होने

लगती है। जन्म के तुरन्त बाद माँ के साथ त्वचा-से-त्वचा का नग्न सम्पर्क और बच्चे की माँग के अनुसार उसे बार-बार स्तनपान करवाते रहने से माँ और बच्चे के बीच एक भरोसे भरा और अटूट सूत्र स्थापित हो जाता है, और बच्चा पूरी तरह से सुरक्षित महसूस करता है।

सभी बच्चे चाहते हैं कि उनसे बातें की जाएँ, उनकी तरफ देखकर मुस्कुराया जाए, और उन्हें बाहों में भरकर सीने से लगा लिया जाए। उनके स्वस्थ विकास के लिए स्पर्श न सिर्फ महत्वपूर्ण है बल्कि अनिवार्य है।

शायद कोई पूछना चाहे कि क्या इस तरह के लाड़-प्यार से बच्चे बिगड़ नहीं जाएँगे? प्यार कभी भी, किसी को भी बिगाड़ता नहीं है। बिगड़ने के दूसरे कारण होते हैं। हाँ, अगर आपका बच्चा चुपचाप और शान्त लेटा हुआ है, तो कुछ देर उसे अकेला रहने दें। बच्चे को हर समय गोद में उठाए रखना जरूरी नहीं होता। खासतौर से दादा-दादी (या नाना-नानी) को यह बात ज़रूर याद रखनी चाहिए। लेकिन अगर बच्चा भूख, असुविधा या किसी दूसरे कारण से रोने लगे तो उसे तुरन्त गोद में उठा लेना चाहिए और उस पर ध्यान देना चाहिए।

शुरू के कुछ नाज़ुक वर्ष

प्यार करने वाले माता-पिता अपने बच्चे को बाहों में भरते ही खुशी से किलकारियाँ मारने लगते हैं और उससे बातें करने लगते हैं। वे उसे गोद में उठाकर पूरे घर में घूमाते हैं, उसे पौधे दिखाते और छुआते हैं, तसवीरें दिखाते हैं, और उसे यह अहसास करवाते हैं कि घर में उसकी उपस्थिति से वे कितने ज़्यादा खुश हैं। उन्हें मालूम होता है कि बच्चे की ज़िंदगी के शुरू के कुछ वर्षों में उसे दिया जाने वाला लाड़-प्यार कितना महत्वपूर्ण होता है।

अगर बच्चा अपनी जिंदगी के शुरू के वर्षों में सुरक्षित महसूस करता है, तो इस बात की पूरी सम्भावना रहती है कि वह बड़ा होकर एक संवेदनशील और स्नेह भरे व्यक्ति के रूप में विकसित हो।

शुरू के 5 वर्षों में बच्चे को लम्बे समय तक अपने माता-पिता से अलग नहीं रहना चाहिए। दूसरी तरफ, पहले चार-छह महीनों के बाद बच्चे और माता-पिता का एक-दूसरे से दो-तीन घण्टों के लिए अलग होना बच्चे और माता-पिता दोनों के लिए ही अच्छा है।

3 और 4 वर्ष की उम्र के बीच माता-पिता बच्चे को उसकी किसी आंटी, अंकल या फिर दादी-नानी के पास छोड़कर कुछ दिनों के लिए कहीं घूमने भी जा सकते हैं। लेकिन अपनी इस अनुपस्थिति के प्रति बच्चे को पहले से ही तैयार कर देना चाहिए, न कि अचानक ही किसी दिन वह सोकर उठे या घर लौटे

और देखे कि उसके माता-पिता गायब हैं। इस तरह की स्थिति बच्चे को गहरा सदमा पहुँचा सकती है और उसे भावनात्मक रूप से बहुत ज़्यादा विचलित कर सकती है। बच्चे को कुछ दिन पहले ही इस बात के लिए तैयार करना जरूरी है कि आप दोनों कुछ दिनों के लिए जा रहे हैं और जल्दी ही वापस लौट आएँगे।

नौकरी-पेशा माता-पिता और बच्चे को घर छोड़ने की बाध्यता

अगर माँ काम करने के लिए घर से बाहर जाती है, तो क्या उसे अपनी नौकरी छोड़ देनी चाहिए? यह फैसला पति-पत्नी के ऊपर है। अगर व्यक्तिगत सन्तुष्टि के लिए या आर्थिक कारणों से नौकरी जरूरी है, तो इसे नहीं छोड़ना चाहिए। लेकिन अगर माँ चाहे तो कोई ऐसी नौकरी ढूँढ़ सकती है जिसमें काम के घण्टे कम हो, ताकि वह अपनी उत्पादनशीलता का त्याग किए बिना बच्चे के साथ समय बिता सके।

हो सकता है माँ को पूरे या आधे वेतन के साथ प्रसव-अवकाश (maternity leave) मिल जाए, या उसे अपने पूरे वेतन से ही हाथ धोना पड़े। लेकिन इस बात को ध्यान में रखने की बहुत ज़्यादा ज़रूरत है कि बच्चे की जिंदगी के शुरू के दो वर्षों में बच्चे और माता-पिता के बीच निकट सम्पर्क बहुत महत्वपूर्ण है। जो बच्चे शुरू के वर्षों में लम्बे समय तक अपने दादा-नाना या अन्य सम्बन्धियों के साथ रहते हैं, उनके अति संरक्षण (over-protected) का शिकार हो जाने या बिगड़ जाने की सम्भावना बहुत बढ़ जाती है। मैं माता-पिता से अकसर इस बात का आग्रह करता हूँ कि विदेश-यात्रा पर जाते समय वे अपने शिशु या नन्हे-मुन्ने को अपने साथ जरूर लेकर जाएँ। मेरा अनुभव है कि इस सुझाव पर अमल करने के बाद वे हमेशा ज़्यादा प्रसन्नचित्त अवस्था में विदेश से लौटते हैं।

लेकिन कुछ असाधारण और अपरिहार्य (Unavoidable) स्थितियों में माता-पिता को अपने बच्चे को लम्बे समय तक किसी दूसरे के संरक्षण में छोड़ना पड़ सकता है। अगर आप यह कदम उठाने के लिए बाध्य हैं तो किसी तरह का अपराध-बोध महसूस न करें। बच्चे को कुछ दिन पहले से ही इस संरक्षक (जो उसके दादा-दादी या नाना-नानी भी हो सकते हैं) से घुलने-मिलने का अवसर दें। अपनी उपस्थिति में बच्चे को ज़्यादा-से-ज़्यादा देर तक उनके पास रहने दें। धीरे-धीरे उसे दादा-दादी के कमरे में सोने की आदत डालें। एक संयुक्त परिवार में इस तरह की स्थिति में दादा-दादी बच्चे की बहुत अच्छी देखभाल कर सकते हैं। कई अन्य मामलों में दूसरे सम्बन्धी भी यह भूमिका निभा सकते हैं। मैं एक ऐसी स्त्री को जानता हूँ जो न सिर्फ अपने भतीजे को सम्भालती है; बल्कि अपने बच्चे के साथ-साथ उसे भी अपना दूध पिलाती है।

अपने लिए भी समय निकालें

प्यार की भाषा की ज़्यादा-से-ज़्यादा जानकारी प्राप्त करने के साथ ही हमें विश्राम और रचनाशीलता (relaxation and creativity) की अपनी ज़रूरतों को भी नहीं भूलना चाहिए। यह बात याद रखनी चाहिए कि बच्चे के जन्म के साथ ही उसे और माँ को एक साथ जोड़ने वाली नाल को काट दिया जाता है। यह इस बात की प्रतीक है कि हमें कुछ हद तक अपने और बच्चे के बीच अलगाव की भावना को विकसित करने की भी ज़रूरत है। यह हमारे बच्चों के लिए भी उतना ही ज़रूरी है। हम अपने प्यार से अपने बच्चों का विकास रोकना, उनका 'दम घोंटना' नहीं चाहेंगे। हमें अपने बच्चों की खातिर अपनी सभी चीजों का 'त्याग' करने की ज़रूरत नहीं है। इसलिए उन सभी माँओं को, जो अपने दिन का अधिकांश समय अपने बच्चे के साथ गुजारती हैं, अपनी खुद की ज़रूरतों की तरफ भी ध्यान देना चाहिए।

अगर आपको संगीत का शौक है, तो इसके लिए समय जरूर निकालें। इसी तरह कुछ समय अपने पति के साथ भी बिताएँ। जब भी बच्चे के बिना उसके साथ बाहर जाना सम्भव हो तो जरूर जाएँ।

अगर बच्चा छोटा है और आपके बिना नहीं रह सकता, तो अपनी सहेली के घर पर शाम की पार्टी में उसे भी अपने साथ ले जाएँ। अकारण ही इस चिन्ता में न पड़ी रहें कि उसकी तबीयत खराब न हो जाए। अगर आस-पड़ोस में कोई अच्छा नर्सरी स्कूल है तो थोड़ा बड़ा होने के बाद आप उसे कुछ देर के लिए वहाँ भी छोड़ सकती हैं और अपनी इच्छानुसार थोड़ा समय बिता सकती हैं।

मनोवैज्ञानिक और फैमिली थेरेपिस्ट माया कृपालानी का मानना है कि एक तरोताजा मन, शान्त नसें और केन्द्रित आत्मा जिंदगी को ज़्यादा सुखी, ज़्यादा प्रकाशवान और बेहतर बना देते हैं — न सिर्फ हमारी बल्कि हमारे बच्चों की जिंदगी को भी।

उदाहरण (Example)

हमारा पौत्र अखिल तब 3 वर्ष का था। उसने अपने माता-पिता और नर्सरी स्कूल से कुछ अच्छी आदतें सीखी थीं। उसके स्कूल में एक 'थिंकिंग-कॉर्नर' था, जहाँ शरारत करने वाले बच्चे को कुछ देर के लिए अकेला खड़ा होने के लिए कहा जाता था।

एक दिन अखिल को लगा कि उसकी अध्यापिका ने खाते समय एक ऐसी आदत का पालन नहीं किया है, जिसकी सीख वह बच्चों को देती रहती है। अखिल ने उसका ध्यान इस तरफ आकर्षित किया और कहा कि उसे

'थिंकिंग-कॉर्नर' में खड़ा होना चाहिए। और वाह, बच्चों के सामने हमेशा एक अच्छा उदाहरण रखने वाली उस अध्यापिका ने सचमुच ऐसा ही किया। अपने इस कृत्य से उसने न सिर्फ सभी बच्चों को उस अच्छी आदत का महत्व समझा दिया, बल्कि उन्हें यह भी समझा दिया कि नियम नियम होते हैं और हर किसी से उनके पालन की अपेक्षा की जाती है।

यह बात हमेशा ध्यान में रखें कि आपका आचरण आपके शब्दों से कहीं ज़्यादा असरदार साबित होता है। अगर आप अपने बच्चे से यह कहते हैं कि वह टेलीफोन करने वाले से कह दें कि आप घर पर नहीं है, तो आप उससे हमेशा सच बोलने की अपेक्षा नहीं कर सकते। ज़्यादा अच्छा तरीका यह है कि आप अपनी बेटी से फोन पर यह कहने के लिए कहें 'अंकल, पापा घर पर तो हैं, लेकिन वे इस समय फोन पर आपसे बात नहीं कर सकते। क्या आप अपना नम्बर दे सकते हैं? पापा आपको बाद में फोन कर लेंगे।

हमारे बच्चे हमारा बहुत ध्यान से निरीक्षण करते हैं। वे देखते हैं कि अपने नौकरों, मित्रों और सम्बन्धियों के साथ हम किस तरह का व्यवहार करते हैं — खासकर उनके साथ जो निर्धन हैं या समाज में जिनका कोई रुतबा नहीं है।

अगर हम लोगों के साथ सम्मानपूर्वक व्यवहार करेंगे, तो इस बात की पूरी सम्भावना है कि हमारे बच्चे भी हमारा अनुसरण करेंगे और हर किसी के साथ सम्मानपूर्ण ढंग से बात करेंगे।

माता-पिता अपनी अस्वस्थ जीवन-शैली से बच्चों पर बुरा यानी नकारात्मक प्रभाव भी डाल सकते हैं।

रात को देर तक बाहर रहना, शराब-सिगरेट पीना, खाने-पीने की आदतों में सावधानी और सन्तुलन न बरतना, बहुत ज़्यादा टी.वी देखना, किसी तरह के व्यायाम या दूसरी शारीरिक गतिविधियों का अभाव, एक दूसरे से लड़ना-झगड़ना, घृणा, चिड़चिड़ापन, लोभ-लालच, स्वार्थपरता, अनैतिक सम्बन्ध — ये सभी ऐसी चीजें हैं, जो छोटे बच्चों के मस्तिष्क पर नकारात्मक प्रभाव डालती हैं।

इस तरह एक अध्यापक कक्षा में और उससे बाहर किस तरह का आचरण करता है, इससे भी बच्चों पर उतना ही बुरा या अच्छा असर पड़ सकता है।

बच्चों को कर्त्तव्य और दायित्व की भावना सिखाएँ

अगर बच्चे ऐसे वातावरण में बड़े होते हैं, जहाँ नियमों की अवहेलना की जाती है — भले ही कभी-कभी — तो उन्हें लगता है कि वे इन नियमों से ऊपर हैं। जब बड़े बच्चों के सामने इन नियमों का उल्लंघन करते हैं, तो इसका और भी बुरा प्रभाव पड़ता है।

राधा और किशोर नामक दो बच्चे कार की पिछली सीट पर बैठे हुए हैं। मम्मी अगली सीट पर ड्राइवर की बगल में बैठी है। ट्रैफिक सिग्नल लाल हो चुका है। बच्चों को स्कूल के लिए देर हो रही है, इसलिए ड्राइवर सिग्नल की परवाह न करके आगे बढ़ जाता है। मम्मी चुप रहती है। बच्चों को यह सन्देश मिलता है कि अगर आपको देर हो रही हो तो नियमों को तोड़ा जा सकता है। बड़े होने के बाद भी उनकी यही सोच रहती है, और देश के नियम-कानूनों की परवाह न करने के कारण वे किसी बड़ी मुसीबत में पड़ जाते हैं। लेकिन तब तक बहुत देर हो चुकी होती है।

यह सच है कि आज की दुनिया में ईमानदारी और स्वार्थहीनता जैसे मूल्यों के साथ जीना आसान नहीं है। लेकिन जब हमारे किशोर-उम्र बच्चे देखते हैं कि कठिनाइयों के बावजूद हम इन मूल्यों के अनुसार चलने की पूरी-पूरी कोशिश कर रहे हैं, तो उन्हें लगता है कि इस तरह के कष्टों को झेलना बुरा नहीं है, क्योंकि उनके माता-पिता दो सुखी इंसान हैं।

और छोटे बच्चे? हमें यह नहीं भूलना चाहिए कि वे भी चुपचाप हमें देख रहे हैं। ड्राइवर द्वारा सिग्नल तोड़ने वाले मामले में माँ को सख्ती से उससे कहना चाहिए था कि वह हरे सिग्नल का इंतजार करे। अगर वह कहता कि कोई भी देख नहीं रहा है और सिग्नल को फलांगना पूरी तरह से सुरक्षित है, तो माँ के पास ड्राइवर को, और अप्रत्यक्ष रूप से बच्चों को भी, यह बताने का अच्छा अवसर था कि हमारे अन्दर का 'पुलिस मैन' तो हमें देख रहा है। इस तरह के वाक्य का द्वि-अर्थी लाभ होता। एक तरफ जहाँ ड्राइवर को यह चेतावनी मिल जाती कि उसे बच्चों और सड़क पर चलने वालों की जिंदगी को खतरे में नहीं डालना चाहिए, वहीं दूसरी तरफ बच्चों को भी इस तरह के प्रलोभन में न आने की और अपनी दीर्घकालीन सुरक्षा और हितों का ध्यान रखने की सीख मिल जाती। इसी तरह से बच्चे अपनी अन्तर आत्मा की आवाज सुनना और बुरे और ग़लत कामों से बचना सीखते हैं।

अब दो शब्द उन व्यक्तियों के बारे में भी जो समाज की सेवा करने की बहुत तीव्र इच्छा महसूस करते हैं। ईश्वर करे कि उनकी संख्या और बढ़े। अगर आप भी उन्हीं में से एक हैं, तो मेरी शुभकामनाएँ आपके साथ हैं। लेकिन मेरा आपसे यह भी आग्रह है कि कृपया अपने परिवार की अवहेलना न करें। मेरी दृढ़ धारणा है कि अगर आप अपने-आप में और अपने परिवार के साथ खुश हैं तो आप दूसरों की कहीं बेहतर सेवा कर सकते हैं। सिर्फ इतना ही नहीं, बल्कि अगर ज़रूरत पड़े तो आप बाहर की किसी चुनौती का शान्त मन से और पूरे

विश्वास के साथ सामना करने की स्थिति में होते हैं, और आपके साथ आपके जीवन-साथी तथा परिवार के अन्य सदस्यों का पूरा-पूरा सहयोग होता है।

स्वीकृति (Acceptance)

सभी माता-पिता चाहते हैं कि उनके बच्चे खुश और शान्तचित्त (at peace with the mselves) रहें। इस उद्देश्य का प्राप्त करने के लिए हमें इस तरह का आचरण करना चाहिए कि हमारे बच्चों को निरन्तर निम्नलिखित सन्देश मिलते रहें —

- दूसरों को उसी रूप. में स्वीकार करें, जैसे वे हैं।
- दूसरों को अपने से अलग राय रखने का अधिकार दें।
- प्रयत्न करना उपलब्धि से ज़्यादा महत्वपूर्ण है।
- अपनी ग़लतियों को स्वीकार करना एक सम्मानजनक बात है।
- अपने जीवन के लिए हम स्वयं ही उत्तरदायी हैं।
- हमें उन चीज़ों को स्वीकार करने के लिए तैयार रहना चाहिए, जिन्हें हम बदल नहीं सकते।

दूसरों को उसी रूप में स्वीकार करें, जैसे वे हैं

हमें बच्चों को दूसरों को उसी रूप में स्वीकार करने में मदद करनी चाहिए जैसे वे हैं। उन्हें अँग्रेजी के इस मशहूर गीत की पहली दो पंक्तियों से शिक्षा लेने दीजिए — 'जब मैं अपने पड़ोसी की तरफ एक उँगली उठाता हूँ, तो मेरी तीन उँगलियाँ खुद अपनी तरफ उठ जाती है।' हमें दूसरों की गलतियाँ ढूंढ़ने से पहले उनकी अच्छाइयों की तरफ ध्यान देना चाहिए

हमें परम्परागत भारतीय अभिवादन 'नमस्ते' से भी यही सीख मिलती है। जब हम 'नमस्ते' कहते हैं तो इसका अर्थ होता है कि 'मैं आपके भीतर के ईश्वर को नमन करता हूँ।' एक ईश्वर दूसरे ईश्वर का अभिवादन कर रहा है — जो इस बात का प्रतीक है कि दोनों के भीतर एक ही ईश्वर का वास है, इसलिए हम में से कोई भी दूसरे से श्रेष्ठ या तुच्छ नहीं है। यहाँ हमें पहले बच्चे, मंझले बच्चे और छोटे बच्चे का जिक्र भी कर लेना चाहिए। माता-पिता आमतौर से पहले बच्चे को बहुत ज़्यादा लाड़-प्यार करते हें, और परिणामस्वरूप उसे अतिसंरक्षण (Over Protection) का शिकार बना देते हैं। सम्भव है कि इस सन्तुलन को ठीक करने के लिए वे मंझले बच्चे को बिल्कुल नजरअन्दाज कर दें, और सबसे छोटे बच्चे पर एक बार फिर अपना पूरा लाड़-प्यार लुटा दें।

अधिकांश माता-पिता अपने इकलौते बच्चे को भी अति-संरक्षण का शिकार

बना देते हैं। उसे मामूली-सा बुखार होने पर भी वे चिन्ता में घुलने लगते हैं। अगर वे इतना ज़्यादा घबरा जाएँगे तो किसी आपात स्थिति (Emergency) में उसकी सही देखभाल नहीं कर पाएँगे।

अगर माता-पिता की बजाय कोई संबंधी (दादा-दादी वगैरह) या सिर्फ माँ या पिता बच्चे का पालन-पोषण करता है, तब भी बच्चों को न तो उतनी स्वतन्त्रता मिल पाती है, जितनी कि उन्हें मिलनी चाहिए, और न ज़रूरत पड़ने पर उनके साथ सख्ती ही बरती जाती है।

इसके अलावा माया कृपालानी लिखती हैं, किसी जन्मजात रोग या शारीरिक दोष के साथ पैदा होने वाले बच्चे भी या तो ठुकरा दिए जाते हैं या अति-संरक्षण के शिकार हो जाते हैं। इन दोनों ही प्रवृत्तियों से बचना चाहिए। आपका बच्चा जैसा भी है, आपके सम्मान और प्यार का अधिकारी है। यह बात याद रखें कि वह रोग या शारीरिक दोष के अलावा भी बहुत कुछ है। खुद उसे भी यह सब खोजने दें। वह ईश्वर का बच्चा है जो आपको प्रेम, संरक्षण और पालन-पोषण के लिए सौंपा गया है। इस तरह के बच्चे का पालन-पोषण करके आपको अपने भीतर के भी कई बहुमूल्य गुणों को खोजने और निखारने का अवसर मिलेगा — ज़्यादा प्रेम, ज़्यादा धैर्य और ज़्यादा निडरता जैसे गुणों को।

स्वीकृति का अर्थ यह नहीं है कि हम बच्चे को जरूरी प्रेरणा देना छोड़ दें। बच्चों के लिए प्रेरणा बहुत ज़रूरी है, ताकि वे अपनी समूची क्षमताओं का उपयोग करने के लिए प्रोत्साहित हो सकें। प्रेरणा की कमी भी उतनी ही बुरी है, जितनी की प्रेरणा की अधिकता।

अपने बच्चे पर बहुत ज़्यादा ज़ोर न डालें। उसकी विशिष्ट रूचियों को तलाशने की कोशिश करें और उसे उसी दिशा में प्रोत्साहित करें। यह तभी सम्भव है, अगर माता-पिता बच्चे की ज़िंदगी के शुरू के वर्षों में उसके साथ पर्याप्त समय गुजारें।

दूसरों को अपने से अलग राय रखने का अधिकार दें

अपने व्यवहार से अपने बच्चे को यह सीख लेने दें कि हर किसी को दूसरे से भिन्न मत रखने का अधिकार है। उससे कहें कि 'हम स्वीकार करते हैं कि कुछ मामलों में तुम्हारी हमसे अलग राय हो सकती है। तुम्हें इसका अधिकार भी है। लेकिन हमारे अनुभव और तुम्हारे प्रति हमारे प्रेम को देखते हुए, हम चाहते हैं कि अगर हम आसपास हैं तो तुम हमारी राय पर भी गहराई से विचार करो।'

प्रयत्न करना उपलब्धि से ज़्यादा महत्वपूर्ण है

प्रतिवर्ष दसवीं या बारहवीं की बोर्ड-परीक्षाओं के परिणामों की घोषणा के बाद कुछ छात्र आत्मदाह कर लेते हैं। उन्हें लगता है कि वे अपने अभिभावकों की अपेक्षाओं पर खरे नहीं उतरे, इसलिए वे अपने बहुमूल्य जीवन को अपने ही हाथों खत्म करने का दुर्भाग्यपूर्ण कदम उठा लेते हैं।

कॉलेज के होस्टल में रहने वाले एक किशोर-उम्र छात्र को परीक्षाओं से एक दिन पहले अपने पिता का यह पत्र प्राप्त हुआ — 'प्रिय बेटे, मैं तुम्हें अच्छी तरह से जानता हूँ, और मैं जानता हूँ कि तुमने कितनी मेहनत की है। तुम इससे ज़्यादा मेहनत नहीं कर सकते थे। इसलिए पूरी तरह से शान्त हृदय और निश्चिन्तता के साथ अपनी परीक्षाओं में बैठो। जितना तुम्हारे दिमाग में आए, उतना लिखने की कोशिश करो। अगर तुम किसी विषय में फेल हो गए — या सभी विषयों में भी फेल हो गए — तो मैं बिल्कुल भी नाराज नहीं होऊँगा। मेरी बात पर विश्वास करो। मैं जो कुछ कह रहा हूँ, बिल्कुल सच कह रहा हूँ। तुम्हारा मित्र, पापा।'

बाद में इस छात्र ने अपने एक अंकल को बताया कि इस पत्र के कारण ही वह परीक्षाओं में इतना अच्छा कर पाया था।

अपनी गलतियों को स्वीकार करना एक सम्मानजनक बात है

एक शाम दिन भर बहुत व्यस्त रहने के बाद मैं घर लौटा तो मैंने अपने दोनों बेटों को आपस में झगड़ते हुए पाया। मैं बड़े बेटे को डॉटने लगा तो मेरी पत्नी मुझे एक तरफ ले गई, और उसने मुझे बताया कि उस दिन के झगड़े में छोटे बेटे का दोष था। मैंने कमरे में वापस जाकर अपने बड़े बेटे से कहा, 'सुनील, आई एम सॉरी। तुम्हारी मम्मी ने मुझे बताया है कि तुम्हारा कोई कसूर नहीं था। मैं बेकार ही तुम्हें डाँट बैठा। आई एम सॉरी।

सुनील ने आश्चर्य से मेरी तरफ देखा और फिर इस अन्दाज में बोला मानो कोई बड़ा किसी बच्चे से कह रहा हो, 'इट इज ऑलराइट पापा, इट'ज़ूऑलराइट।'

कुछ दिन बाद मैं अपने बच्चों को कार में स्कूल छोड़ने जा रहा था। मैंने रास्ते में कुछ खरीदा और सुनील से कहा कि वह रेजगारी को ग्लब-कम्पार्टमेंट में रख दे। शाम को मुझे कुछ सिक्कों की ज़रूरत पड़ी तो मैंने पाया कि वहाँ कुछ भी नहीं था। मैंने घर पर फोन करके सुनील से रेजगारी के बारे में पूछा। उसने कहा, 'पापा, मैंने उसे डैश बोर्ड में रखा था। वह वहीं होगी। मैं उसे ढूंढ़कर आपको दे दूँगा।' उस रात मैं कुछ देर से घर लौटा तो बच्चे सो चुके थे। अगली सुबह मैं हमेशा की तरह उन्हें जगाने गया तो मैंने पाया कि सुनील

पहले से ही उठकर बैठा हुआ है। उसने मेरे पास आकर कहा, 'पापा, आई एम सॉरी। मैंने रेजगारी को डैशबोर्ड में नहीं रखा था, बल्कि हमने उसे खाने-पीने में खर्च कर लिया था। आई एम सॉरी।' मैंने उसे गले से लगा लिया, उसके माथे को चूमा, और कहा, 'मुझे खुशी है बेटे कि तुमने सारी बात मुझे सच-सच बता दी। अब वह रेजगारी तुम अपनी और अपने भाई को पॉकेट-मनी में से मुझे वापस कर देना।' सुनील ने राहत की साँस लेते हुए कहा, 'श्योर पापा!'

इन घटनाओं से पता चलता है कि अगर घर के बड़े लोग अपनी गलती स्वीकार करने में संकोच न करें, तो बच्चों को भी ऐसा करने में और ''सॉरी' कहने में आसानी महसूस होती है। हमारे बच्चों को हमसे यह सीख मिलनी चाहिए कि जहाँ अपनी गलती को स्वीकार करना और ज़रूरत पड़ने पर सुधार करना महत्वपूर्ण है, वहीं हमें हर समय अपने सिर पर एक अपराध-बोध लेकर चलने की भी ज़रूरत नहीं है।

अपने जीवन के लिए हम स्वयं ही उत्तरदायी हैं

कई बार लोग कहते हैं, 'काश मेरे बच्चे ज़्यादा जिम्मेदार होते। काश मेरी पत्नी मुझे थोड़ा ज़्यादा समझ पाती। काश मेरा पति हमारे पड़ोसी जैसा होता। काश मुझे उस कॉलेज में दाखिला मिल पाता, जहाँ अध्यापक इतने अच्छे हैं। काश...

हमें यह बात ध्यान में रखनी चाहिए कि जिंदगी ताश के खेल की तरह है। इस खेल में आपको उन्हीं पत्तों से खेलना पड़ता है, जो आपको मिलते हैं। आप उन्हें नीचे नहीं फेंक सकते। आपके पास जो पत्ते हैं, आपको उन्हीं से अपनी योग्यता के अनुसार अच्छे-से-अच्छा खेलने की कोशिश करनी पड़ती है।

अपने बच्चे को भी आप यही सीख दें और उसे एक ऐसे वयस्क व्यक्ति के रूप में विकसित करें जो अपनी जिन्दगी के लिए खुद अपने-आपको उत्तरदायी महसूस करने के लिए तैयार हो — वह चाहे तो इसे बनाए या बिगाड़े। एक ऐसा वयस्क जो अपनी विफलताओं के लिए अपने माता-पिता या समाज को दोष नहीं देता। एक ऐसा वयस्क जो किसी भी परिणाम को स्वीकार करने के लिए तैयार है।

हमें उन चीजों को स्वीकार करने के लिए तैयार रहना चाहिए, जिन्हें हम बदल नहीं सकते।

श्रीमती एक्स उन बच्चों के साथ काम करती थी, जो धीरे-धीरे सीखते हैं। फिर भी, जब उसे पता चला कि उसका अपना नवजात शिशु भी इस दोष (Down's syndrome) से प्रभावित है, तो उसे गहरा झटका लगा। वह स्तब्ध रह गई और शुरू में इस तथ्य को स्वीकार करने के लिए तैयार न हो

सकी। लेकिन फिर धीरे-धीरे अपने पति और परिवार के सहयोग से उसने इस सच्चाई को स्वीकार करना शुरू किया। उसके बाल-विशेषज्ञ ने भी उसे भरोसा दिलाया कि इस तरह के बच्चों का 'सामान्य' बच्चों की तरह ही पालन-पोषण किया जा सकता है। श्रीमती ने स्थिति को स्वीकार कर लिया और इस तथ्य को भी कि इसे बदला नहीं जा सकता, तो 'चमत्कार' होने शुरू हो गए। वह सोचने लगी कि भगवान ने उसे यह बच्चा इसीलिए दिया है, क्योंकि वह इस तरह के बच्चों की देखभाल करने में निपुण है। वह इस विषय पर और ज़्यादा किताबें पढ़ने लगी, अपने बेटे के साथ ज़्यादा-से-ज़्यादा समय बिताने लगी, और अपने बाल-विशेषज्ञ के निरन्तर सम्पर्क में रहने लगी। बाल-विशेषज्ञ ने अपने बच्चे के साथ विदेश जाने और इस तरह के बच्चों के बारे में ज़्यादा-से-ज़्यादा जानने में उसकी पूरी-पूरी मदद की। वापस लौटने के बाद श्रीमती ने डाउन'ज सिंड्रोम से प्रभावित बच्चों के माता-पिता की एक सोसायटी की स्थापना की। उसका बच्चा दूसरे बच्चों की तुलना में स्कूल में थोड़ा धीमा होने के बावजूद 'सामान्य' बच्चों के स्कूल में पढ़ने जाने लगा। जिन लोगों को उसकी स्थिति का पता नहीं था, उन्हें वह दूसरे बच्चों से बिल्कुल भी अलग नहीं लगता है। श्रीमती इस तरह के अन्य बच्चों की माताओं के लिए साहस, सहनशक्ति और धैर्य का उदाहरण बन गई।

अनुशासन (Discipline)

- क्या बच्चे माता-पिता का गलत इस्तेमाल (manipulate) कर सकते हैं? हाँ, कर सकते हैं!
- क्या बच्चों को अनुशासन की ज़रूरत होती है? हाँ, होती है!
- क्या बच्चों को अनुशासन अच्छा लगता है? हाँ, लगता है।
- क्या ज़्यादा लाड़-प्यार से बच्चा बिगड़ जाता है? नहीं!
- बच्चों को किस तरह के माता-पिता अच्छे लगते हैं? प्यार करने वाले, दृढ़ और हमेशा एक स्तर पर व्यवहार करने वाले भरोसेमन्द माता-पिता!

बच्चे बड़े चालाक होते हैं। वे माता-पिता की भावनाओं का 'दुरुपयोग' (manipulation) कर सकते हैं, और करते भी हैं — बशर्ते कि उन्हें ऐसा करने की छूट दी जाए। तथाकथित 'चहेते' (precious) बच्चों के माता-पिता के इस दुरुपयोग का शिकार होने की ज़्यादा सम्भावना रहती है।

सभी बच्चों को अनुशासन की ज़रूरत होती है। दुर्भाग्यवश, कुछ माता-पिता और अध्यापक 'अनुशासन' के शाब्दिक अर्थ — सुव्यवस्थित या नियन्त्रित व्यवहार

— पर ही जोर देते हैं। बच्चों को यह रवैया अच्छा नहीं लगता। वे न्यायपूर्ण और तर्क संगत अनुशासन को पसन्द करते हैं।

निस्संदेह, एक शिशु या नन्हा बच्चा यह सब नहीं समझ सकता। उसकी अच्छी बातों की खुलकर तारीफ की जानी चाहिए, जबकि गलत हरकतों के लिए उसे कभी-कभार रोक देना ही काफ़ी है फिर भी स्कूल जाने वाले बच्चे उन नियमों का अनुपालन अपेक्षाकृत अच्छी तरह कर सकते हैं, जिन्हें हम बनाते हैं। बशर्ते कि हम अपने आचरण से उनके सामने अच्छे उदाहरण प्रस्तुत करते रहें, और उन्हें समझाते रहें कि नियमों का पालन करना और कुछ खास जीवन-मूल्यों के अनुसार जीना क्यों ज़रूरी है, और यह किस तरह उनके निकटवर्ती और दूरगामी हित में है।

एक तरफ जहाँ कुछ माता-पिता अब भी इस बात पर विश्वास करते हैं कि बच्चों की पिटाई न की जाए तो वे बिगड़ जाते हैं, वहीं दूसरी तरफ ऐसे भी माता-पिता हैं, जो अपने बच्चों को किसी बात के लिए 'न' कहते हुए डरते हैं। बच्चों को ऐसे 'नरम' माता-पिता या अध्यापक अच्छे नहीं लगते। वे एक प्यार करने वाला, दृढ़ और हमेशा एक स्तर पर व्यवहार करने वाला भरोसेमन्द (Consistent) संरक्षक पसन्द करते हैं। एक ऐसा संरक्षक जो एक प्रजातान्त्रिक नेता की भूमिका निभा सकें।

हाल ही में एक किशोर-उम्र लड़का एक कार-दुर्घटना में चल बसा। उसके पास ड्राइविंग-लाइसेंस नहीं था। न ही उसके दोस्त के पास था, जिसके पिता की कार लेकर वे लोग आधी रात को बिना किसी की अनुमति लिए घूमने निकल पड़े थे। उनके साथ तीन दोस्त और भी थे। जिस लड़के की इस दुर्घटना में मृत्यु हुई, वह अपने माता-पिता का इकलौता बच्चा था। हम अकसर देखते हैं कि माता-पिता अपने बच्चों को बिना लाइसेन्स के ड्राइविंग करने की छूट दे देते हैं — भले ही अपने कॉम्पलेक्स के भीतर वे इस बात का अहसास नहीं कर पाते कि उनकी यह छूट किसी दिन कितनी भयानक साबित हो सकती है।

अनुशासन की परिभाषा

होवर्ड[1] ने अनुशासन की बहुत अच्छी परिभाषा दी है -

'अनुशासन एक ऐसा ढांचा है जिसे एक वयस्क एक बच्चे की ज़िंदगी के लिए तैयार करता है। यह बच्चे को असली दुनिया के साथ खुशी से और प्रभावशाली ढंग से जुड़ने में मदद करने के लिए तैयार किया जाता है।

'माता-पिता द्वारा अनुप्रेरित किया गया अनुशासन वह नींव होती है,

1 होवर्ड बी.जे., 'डिसिप्लिन इन अर्ली चाइल्डहुड', पेड क्लिन नॉर्थ अम, 1991; 38 : 1351-1369

जिस पर बच्चा बाद में अपने आत्म-अनुशासन की इमारत खड़ी करता है। इस ढांचे के भीतर बच्चे के पास दूसरे व्यक्तियों के प्रति अपने व्यवहार के चुनाव के विकल्प खुले रहते हैं, और इन पर पूरी तरह से उसका अपना नियन्त्रण भी रहता है।!'

इस परिभाषा से स्पष्ट है कि माता-पिता बच्चों को अनुशासन सिखाने के अपने दायित्व से मुँह नहीं फेर सकते। उन्हें अनुशासन का एक ढांचा खड़ा करना ही होगा — बच्चों पर अपना अधिकार जमाने के लिए नहीं, बल्कि इसलिए कि बच्चे खुशी के साथ और प्रभावशाली ढंग से समाज से जुड़ सकें। अन्ततः बच्चों में आत्म-अनुशासन की एक भावना विकसित हो जाती है; और ज़िंदगी में जब कभी भी उन्हें चौराहे पर खड़े होकर कोई विकल्प चुनना होता है, तो दूसरों के हितों का ध्यान रखते हुए ही वे किसी निर्णय पर पहुँचते हैं।

अनुशासन की तरफ पहला कदम

जन्म के बाद बच्चे को एक प्यार भरे वातावरण में बड़ा होने दें, और बाद में अनुशासन को इसी प्यार के एक विस्तार के रूप में धीरे-धीरे उसकी जिन्दगी में लाएँ। जब आप अपने रोते हुए शिशु को गोद में उठाकर या अपना दूध पिलाकर चुप कराती हैं, तो वह आप पर विश्वास करने लगता है। जैसे-जैसे वह बड़ा होता है, उसे यह अहसास होने लगता है कि आप सिर्फ उसका अच्छा और भला चाहती हैं। अब वह खुद भी अपने व्यवहार से आपको खुश करना चाहता है। यहीं से आत्म-अनुशासन की नींव पड़नी शुरू होती है। फिर ऐसा समय आ सकता है जब उसे ऐसा महसूस होने लगे कि आप उसकी इच्छा के खिलाफ उसे निर्देश दे रही हैं। इस तरह की स्थिति में, अगर उसे पूरा भरोसा है कि आप सिर्फ उसकी भलाई चाह रही हैं, तो इस बात की ज़्यादा सम्भावना है कि कष्टदायक होने के बावजूद वह आपके निर्देशों का पालन करे।

लेकिन अगर हम बच्चे से जबरदस्ती अपनी बात मनवाते हैं, तो हो सकता है कि डर और घृणा के कारण वह हमारे निर्देशों का पालन तो करे, लेकिन (प्रेम, सम्मान और विश्वास के अभाव वाले वातावरण में) वह आज नहीं तो कल विद्रोह पर उतारू हो सकता है। वह आत्म-अनुशासन का विकास करने के उस अवसर से वंचित रह जाता है, जिसका जिक्र हम पीछे कर चुके हैं।

बच्चे को अनुशासन सिखाना कब शुरू करें?

एक वर्ष तक की उम्र के शिशु को आप अपने लाड-प्यार से जितना चाहें बिगाड़िए। ज़्यादा-से-ज़्यादा आप इतना कर सकती हैं कि अगर उसने कोई

आपत्तिजनक चीज़ पकड़ रखी है तो इसे उसके हाथ से ले लें। लेकिन एक वर्ष का हो जाने के बाद उसे 'न' शब्द सुनने की आदत डालना शुरू कर दें। जब भी आप इस शब्द का प्रयोग करें तो इस पर दृढ़ रहने की कोशिश करें। लेकिन इस उम्र में इसे एक मुद्दा बनाने की ज़रूरत नहीं है। अगर मना करने के बावजूद बच्चा अपनी गतिविधि जारी रखे तो उसका ध्यान बँटाने की कोशिश करें। इस उम्र में बच्चों का ध्यान आसानी से बँटाया जा सकता है।

लगभग 15 महीने की उम्र के बाद बच्चा 'नकारवाद' (negativism) के चरण में प्रवेश करता है। वह वही सब करता है जिसके लिए आप उसे मना करें। वह अपनी जिंदगी पर अपने 'अधिकार' को स्थापित करने की कोशिश करता है। जब आप उसे खिलाना चाहेंगी, जो कुछ खिलाना चाहेंगी, वह नहीं खाएगा। लेकिन फिर जल्दी ही वह मेहमानों की प्लेट में से कुछ-न-कुछ उठाकर खाने की कोशिश करेगा। नकारवाद के इस अस्थाई दौर (जो 3 या 4 वर्ष की उम्र तक रह सकता है) का अहसास हो जाने के बाद आप इसे ज़्यादा संवेदनशीलता और समझदारी के साथ नियन्त्रित कर सकती हैं।

इसी उम्र में वह तरह-तरह के सवाल पूछना भी शुरू करेगा। उसके उन सवालों का जवाब देती रहें जिनका आसान जवाब दिया जा सकता है। मुश्किल सवालों को टाल जाएँ। इस उम्र में आपके जवाबों में उसकी कोई गम्भीर दिलचस्पी नहीं होती। लेकिन उसके सवालों को पूरे ध्यान और सम्मान के साथ सुनें, ताकि उसे यह अहसास होता रहे कि पास की दुनिया के प्रति उसकी जिज्ञासा से आप सचमुच बहुत खुश हैं।

अगर इस उम्र में वह अपनी चीज़ें दूसरों को नहीं देना चाहता तो चिन्तित न हों। स्वार्थहीनता और दूसरों के साथ अपनी चीजें बाँटने की इच्छा अक्सर 3 या 4 वर्ष की उम्र के बाद ही पैदा होती है।

तर्कसंगत सीमाएँ तय करें

बच्चों को वे माता-पिता अच्छे लगते हैं जो उनका मार्ग-दर्शन कर सकें। वे ऐसे माता-पिता के साथ ज़्यादा सुरक्षित महसूस करते हैं, जो उनकी उम्र और विकास के स्तर को देखते हुए उनके लिए तर्कसंगत सीमाएँ तय कर सकें।

उदाहरण के लिए अगर एक 2 वर्ष का बच्चा अपने-आप खाना चाहता है और इस प्रक्रिया में भोजन टेबल पर गिरा देता है, तो इस बात का ध्यान रखें कि उसका चम्मच छोटा और आसानी से पकड़ा जा सकने वाला हो, उसकी कटोरी काफी बड़ी हो और उसकी कुर्सी मेज के काफी नजदीक और सही ऊँचाई पर हो। इसके बाद उसे अपने-आप खाने दें, भले ही वह थोड़ी गन्दगी फैला दे।

अगर कोई बच्चा घर की दीवारों पर लिखना चाहता है, तो उसे एक कॉपी और मोटी नोक वाली रंगीन पेंसिलें या फिर स्लेट और चॉक ला दें। उससे ऐसी भाषा में बात करें जिसे वह आसानी से समझ सके — 'देखो बेटा, इस कागज या स्लेट पर लिखो! इस पर जितनी चाहे लाइनें बनाओ!' यह बात बिना किसी तरह के क्रोध या चेतावनी के लेकिन दृढ़ता और गम्भीरता के साथ कहें। अगर बच्चा अब भी दीवार का इस्तेमाल करने की जिद करता है तो उससे चॉक या पेंसिल ले लें और उसकी पहुँच से दूर रख दें। अगर वह कागज या स्लेट पर लिखने के लिए तैयार हो, तो उसे ये चीज़ें लौटा दें।

अनुशासन के नियमों पर दृढ़ रहें

माता-पिता दोनों को मिलकर पूरे परिवार के लिए नियम या सीमाएँ तय कर देनी चाहिए। इस बात का ध्यान रखें कि बच्चा इन नियमों को समझ पाए, और यह भी कि वह इनका हमेशा पालन करे। अगर कुछ अवसरों पर आप ढील दे देंगी तो अगली बार वह इसका फायदा उठाने की कोशिश करेगा, और आपका कहा मानने की बजाय रोना-धोना शुरू कर देगा। एक बार नियम बना दिए जाने के बाद माता-पिता और घर के अन्य बड़ों को इस बात का ध्यान रखना चाहिए कि इनका पालन किया जाए। पिता अगर थका हुआ है तो भी उसे नियमों में ढील देने से बचना चाहिए। इसी तरह दादा-दादी वगैरह को भी बच्चे को माता-पिता द्वारा तय की गई सीमाएँ नहीं लॉघने देना चाहिए। अगर बच्चा कहना मानने से मना करता है तो हँसिए मत। अगर आप ऐसा करेंगी तो बच्चा इस 'तमाशे' को फिर से दोहराने की और अगली बार फिर से आपका कहना न मानने की कोशिश करेगा।

स्कूल में अनुशासन

बच्चे को अपने घर पर और अपने अध्यापकों से एक खुश और उत्पादक ज्जीवन जीने की कला सीखनी पड़ती है। 5 वर्ष की उम्र तक बच्चा आमतौर से अपने माता-पिता से ही सही और गलत में फर्क करना सीखता है। लेकिन जैसे-जैसे वह बड़ा होता है, वह अपने माता-पिता द्वारा निर्धारित नैतिक-मूल्यों पर प्रश्न-चिन्ह लगाने लगता है। ऐसा अकसर तब होता है, जब उसके हम-उम्र साथियों का आचरण उसे घर पर सिखाए गए नैतिक-मूल्यों से अलग हो।

यही वह समय होता है जब माता-पिता और अध्यापकों को बच्चे को 'प्लीज', 'थैंक्यूर' और 'सॉरी' जैसे बहुमूल्य शब्दों का महत्व समझाना होता है।

यह बात याद रखें कि उन्हीं बच्चों में ऊँचे जीवन और नैतिक मूल्य गहराई से सींचे जा सकते हैं, जिनके माता-पिता और अध्यापक खुद भी इन मूल्यों पर चलकर बच्चों के सामने अच्छे उदाहरण प्रस्तुत करते हैं।

मेरे एक अध्यापक पानी की एक बूंद की बरबादी भी सहन नहीं कर पाते थे। जब कभी भी किसी की लापरवाही से नल खुला रह जाता, तो वे फौरन उसे बन्द कर देते और हम सबका ध्यान इस बरबादी की तरफ खींचते। इस तरह अगर स्कूल के अहाते में वे कागज़ का कोई टुकड़ा पड़ा हुआ देखते, तो फौरन उसे उठाकर कूड़ेदान में डाल देते। उनके इस उदाहरण भरे व्यवहार ने मुझ पर बहुत गहरा असर डाला। मैं आज भी उनकी इस सीख का पालन करता हूँ।

माता-पिता की तरह अध्यापकों को भी एक अच्छा श्रोता होना चाहिए, और अपने छात्रों के साथ उन्हें हमेशा प्रेमभरा और सम्मानजनक व्यवहार करना चाहिए। मैं एक बार एक ऐसी बच्ची के सम्पर्क में आया जो दुर्भाग्यवश अपनी एक अध्यापिका की द्वेष-भावना की शिकार हो गई थी। एक होशियार छात्रा होने के बावजूद वह अपनी पढ़ाई में पिछड़ने लगी और स्कूल जाने से घबराने लगी। पता चला कि अध्यापिका हर समय उसे डॉटती रहती थी और सब छात्रों के सामने उसका अपमान करती रहती थी। बच्चे के पिता ने इस मामले को लापरवाही से नहीं लिया, और स्कूल के अधिकारियों को एक औपचारिक पत्र लिखा। तब जाकर यह भेद खुला कि स्कूल के कई अन्य छात्र और उनके माता-पिता भी उस अध्यापिका से परेशान थे, लेकिन कोई भी उसकी शिकायत करने की हिम्मत नहीं जुटा पा रहा था। आखिरकार, उस अध्यापिका को स्कूल से निकाल दिया गया।

लेकिन इसके साथ ही माता-पिता को यह ध्यान भी रखना चाहिए कि बच्चे अपने अध्यापकों का सम्मान करें। जब मेरे बच्चे बहुत छोटे थे, तो एक दिन मैं अपने बेटे की कक्षा की अध्यापिका से मिलने के लिए अन्य माता-पिता के साथ कतार में खड़ा हुआ था। मैंने एक माँ को अपने बच्चे के सामने ही अध्यापिका के बारे में उल्टी-सुल्टी बातें कहते सुना। जबकि सच्चाई यह थी कि वह अध्यापिका बहुत अच्छी थी और बच्चों के साथ बहुत प्यार से पेश आती थी। इसमें कोई सन्देह नहीं था कि अध्यापिका की बजाय उस माँ के नज़रिए और अध्यापकों के प्रति उसके रबैए में ही कोई दोष था।

कभी भी दूसरों का अपमान न करें

किसी को भी अपमान अच्छा नहीं लगता, खासतौर से बच्चों को। लेकिन फिर

भी माता-पिता को गुस्सा आ सकता है। हम उस नन्हे-मुन्ने का क्या करें, जिसने घर में बचा हुआ आखिरी दूध गिरा दिया हो? इस तरह की स्थिति में आप बच्चे की बजाय उसकी हरकत को दोष दे सकती हैं। कहें, 'तुमने कितनी गन्दी बात कर दी' न कि यह कि 'तुम कितने गन्दे हो!' अगर आप बच्चे को 'गन्दा', 'शैतान' या 'शरारती' कहेंगी तो यह लेबल उसके व्यक्तित्व से चिपक जाएगा और उसे बहुत ज़्यादा नुकसान पहुँचाएगा। बच्चे को डॉटने की बजाय बिखरे हुए दूध को साफ करने में उसकी मदद लें, और फिर उसे समझाएँ कि दूध के गिलास को कैसे उठाया जाता है।

अनुशासन के कुछ महत्वपूर्ण अंग

अनुशासन की परिभाषा के लिए मैं होवर्ड की पंक्तियों को उद्धृत कर चुका हूँ। इस विद्वान लेखक ने इस बात पर जोर दिया है कि माता-पिता को अपना कुछ विशेष समय पूरी तरह से बच्चे के मार्ग-दर्शन-के लिए निकालना चाहिए — उसके अच्छे व्यवहार को पुरस्कृत करने, छोटी-मोटी भूलों को नजरअंदाज करने, भोजन, नींद और अन्य कामों के लिए समय निर्धारित करने, और जब भी सम्भव हो उसके सामने नए विकल्प रखने के लिए।

होवर्ड ने प्रशंसा, पुरस्कार और दण्ड की भी विस्तार से चर्चा की है। 'एक मुस्कुराहट, बच्चे की तरफ ज़्यादा ध्यान, प्रशंसा या किसी वस्तु के रूप में कोई पुरस्कार — ये सभी चीजें बच्चे के सकारात्मक व्यवहार को प्रोत्साहित करती हैं। पुरस्कार छोटे-छोटे और स्थिति के अनुरूप होने चाहिए और तुरन्त दिए जाने चाहिए।

इसके साथ ही बच्चों को अपने खुद के आवेगों (impulses) से भी सुरक्षा की ज़रूरत होती है। उदाहरण के लिए उन्हें अपने माता-पिता को मारने-पीटने की अनुमति नहीं मिलनी चाहिए। दृढ़ता की माँग है कि अगर 18 सेकिण्ड के अन्दर बच्चा आपका कहा नहीं मानता तो आप उसके पास जाएँ, अगर ज़रूरत हो तो उसकी बाँह पकड़ें, और बिना कुछ कहे उसे उस काम में लगा दें जो आप उससे करवाना चाहते हैं।

होवर्ड ने इस बात की भी चेतावनी दी है कि अगर माता-पिता में से कोई एक स्थिति को नियन्त्रित करना शुरू कर चुका है, तो दूसरे को उसमें दखल नहीं देना चाहिए।

मैं शारीरिक दण्ड के खिलाफ हूँ। लेकिन अगर बच्चे की अनुशासनहीनता के कारण माता-पिता अकस्मात ही बच्चे को थप्पड़ वगैरह मार बैठते हैं, तो उन्हें पश्चाताप की भावना से ग्रस्त होने की भी ज़रूरत नहीं है। यूँ बच्चे के व्यवहार को सुधारनें के लिए बार-बार उसकी पिटाई करना भी ठीक नहीं है।

शारीरिक दण्ड की बजाय उसे एक कोने में चुपचाप खड़ा होने के लिए कहना कहीं बेहतर है। अगर बच्चा 2 वर्ष का है तो 'टाइम-आउट' का यह समय 2 मिनट का होना चाहिए, और अगर 5 वर्ष का है तो 5 मिनट का। बच्चे को कमरे के एक ऐसे कोने में खड़ा करना पड़ता है, जहाँ उसका ध्यान बँटाने या उसका मन बहलाने के लिए कुछ भी नहीं है।

यह सच है कि जो माता-पिता खुद अपने बचपन में समस्याओं का सामना कर चुके हैं, या वैवाहिक कलह और मन-मुटाव के वातावरण में पल्ले-बढ़े हैं, वे अपने बच्चों को अनुशासित करने में कठिनाई महसूस कर सकते हैं। लेकिन होवर्ड ने हाल ही के कुछ अध्ययनों का हवाला देते हुए लिखा कि अपने समस्याग्रस्त बचपन के बावजूद जिन माँओं ने इसे सहज ढंग से स्वीकार कर लिया है, उनके बच्चों के भावनात्मक रूप से सामान्य होने की सम्भावना है। दूसरी तरफ, जो माँएँ अपने बचपन की पीड़ाओं को लेकर अब भी कटुता की शिकार हैं, उनके बच्चों के भावनात्मक रूप से असुरक्षित होने की ज़्यादा सम्भावना है।

एक सुखी परिवार का घोषणा-पत्र[2]

प्रत्येक पति-पत्नी को इन बातों को ध्यान में रखना चाहिए -

(1) परिवार उन लोगों की एक संस्था का नाम है जो एक साझे लक्ष्य के लिए साथ रहकर एक-दूसरे के साथ सहयोग करते हैं।

(2) एक ठोस परिवार एक ठोस समाज का एकमात्र सच्चा आधार है।

(3) परिवार का साझा लक्ष्य अपने प्रभाव के दायरे में आने वाली सभी व्यक्तियों में आशा और खुशी का संचार करना है। इस लक्ष्य को प्राप्त करते हुए प्रत्येक सदस्य की रचनात्मक सम्भावनाओं को तलाशना और उभारना-परिवार का मुख्य उद्देश्य है।

(4) एक आदर्श परिवार वह है

(क) जहाँ प्रेम के साथ कोई शर्त जुड़ी हुई न हो जहाँ प्रत्येक सदस्य को उसी रूप में स्वीकार किया जाता हो जैसा कि वह है, और बिना किसी तुलना के उसका उतना ही सम्मान किया जाता हो।

(ख) जहाँ शान्ति और सद्‌भावना के वातावरण में एक-दूसरे की कही और अनकही बात सुनी और समझी जाती है।

(ग) जहाँ घर में होने का मतलब हो स्वर्ग में होना, जहाँ किसी को अपने शारीरिक और भावनात्मक कल्याण की चिन्ता करने की ज़रूरत न

2 मई 1997 में पंचगनी, महाराष्ट्र में आयोजित 'ए कॉन्फ्रेन्स फॉर फेमिलीज़ : कम टुगेदर, सटे टुगेदर' से

हो। जहाँ हर सदस्य दूसरे सदस्य पर बिना किसी शर्त के भरोसा कर सके। जहाँ खुशी और दुख की घड़ी में कोई अकेला महसूस न करे।

(घ) जहाँ बच्चों को अपने पूरे भोलेपन और निश्छलता के साथ अपनी खुशियों, भयों, विचारों और कल्पनाओं को दूसरों के साथ बाँटने की खुली छूट हो।

(च) जहाँ हर सदस्य के पास दूसरे सदस्यों के लिए समय हो।

(छ) जहाँ क्या अच्छा है और क्या इतना अच्छा नहीं है के बारे में हम अपनी जिंदगी के पहले सबक सीखते हों। जहाँ 'कौन' सही है कि बजाय 'क्या' सही है ज़्यादा महत्वपूर्ण हो। जहाँ एक-दूसरे के साथ बॉटना और एक-दूसरे की परवाह करना एक आदत की तरह हो।

(ज) जहाँ रोक-टोक और भूल-सुधार प्रेम की नींव में से पनपते हों। जहाँ लोग उदाहरणों से सीखते हों। जहाँ अधिकार और दायित्व एक-दूसरे का हाथ पकड़कर चलाते हों।

(झ) जहाँ गरिमा और श्रम-विभाजन को पूरा सम्मान और स्वीकृति मिलती हो।

(5) सभी सदस्यों की खुशियों को पारिवारिक-गतिविधियों का शिखर-बिन्दु या सिर का ताज बनाने के लिए घर के सभी सदस्यों के लिए यह संकल्प लेकर अपने आप में एक आन्तरिक परिवर्तन लाना जरूरी है —

मैं उपरोक्त सभी आदर्शों को अपने और अपने परिवार का अंग बनाकर उनका अनुसरण, संरक्षण और विकास करने का पूरा-पूरा प्रयास करूँगा, और इस तरह समाज के प्रति अपनी प्रतिबद्धता का प्रमाण दूँगा। मैं समय-समय पर परिवार के इन साझे आदर्शों को याद करके इस लक्ष्य की तरफ अपनी यात्रा का आकलन करता रहूँगा।

एक बेहतर दुनिया के लिए एक खुश परिवार

माया कृपलानी कहती हैं, 'ठहरिए! सोचिए! अगर एक व्यक्ति सिर्फ अपनी खुद की सम्भावनाओं को अधिकतम सीमा तक साकार करके अपने-आपको और दूसरों को खुशी पहुँचा सकता है, एक बेहतर दुनिया का निर्माण कर सकता है, तो इस बात की आसानी से कल्पना की जा सकती है कि अगर परिवार के सभी सदस्य अपनी-अपनी क्षमताओं को एक साझे प्रयास में झोंक दें, तो इसका कितना जबरदस्त प्रभाव पड़ सकता है और इस दुनिया को कितनी आसानी से एक बेहतर दुनिया बनाया जा सकता है।

थोड़ा और आगे सोचें तो, अगर दुनिया के सभी परिवार एक ज़्यादा संवेदन-

शील और मानवीय दुनिया के निर्माण के साझे लक्ष्य के लिए अपने-अपने प्रयासों, शक्तियों, मूल्यों और आदर्शों को एक साथ एक दिशा में मोड़ दें तो? आदर्शवादी सोच हो सकती है। लेकिन मेरा दृढ़ विश्वास है कि अगर दुनिया के 50% परिवार भी इस महान उद्देश्य के लिए एक साथ जुड़ जाएँ, तो इस धरती माँ की कोख से सिर्फ सकारात्मक शक्तियाँ ही जन्म लेगीं और हमारा परम पिता परमेश्वर हम सब मनुष्यों पर अपने आशीर्वादों की झड़ी लगा देगा।

कुछ स्कूल सिर्फ आसपास रहनेवाले बच्चों को ही प्रवेश देते हैं। 'डोनेशन' (चन्दे) की माँग करने वाला स्कूल आपके बच्चे के लिए शायद ही ठीक साबित हो। इसी तरह जिस स्कूल के ज़्यादातर अध्यापक प्राइवेट ट्यूशनें देते हैं, वह भी एक अच्छा स्कूल नहीं हो सकता।

- हमेशा उस स्कूल को प्राथमिकता दें जहाँ पढ़ाई के साथ-साथ अन्य गतिविधियों (extra-curricular activities) और चरित्र-निर्माण पर भी जोर दिया जाता है। इसी तरह शारीरिक गतिविधियों को भी पर्याप्त महत्व दिया जाना जरूरी है। एक ऐसा स्कूल जो बच्चों को प्रकृति (nature) के नजदीक लाने की कोशिश करता है और उन्हें इसके प्रति अपनी जिम्मेदारी का अहसास करवाता है, आपके बच्चे को एक अच्छा मनुष्य बनाने में मदद करेगा।
- नए और कल्पनाशील तरीकों से पढ़ाई को एक दिलचस्प और आनन्ददायक अनुभव बनाने वाले स्कूल बहुत दुर्लभ हैं। अगर आप इस तरह का कोई स्कूल तलाश नहीं कर पातीं, तो आप अभिभावक-शिक्षक एसोसिएशन (Parent-Teacher Association) के माध्यम से अपने बच्चे के स्कूल को नए और कल्पनाशील सुझाव दे सकती हैं।
- यह बात भी ध्यान में रखें कि कुछ स्कूल इतने सारे बच्चों को दाखिल कर लेते हैं कि कक्षा की अध्यापिका किसी भी बच्चे पर पूरा ध्यान नहीं दे पाती। इसी तरह स्कूल में बच्चों के खेलने के लिए पर्याप्त जगह का होना भी जरूरी है। खेल के मैदान के आसपास एक सुरक्षात्मक दीवार होनी चाहिए, ताकि बच्चे भटककर इधर-उधर न चले जाएँ।
- एक स्कूल को बच्चों को प्रत्येक विषय में ऊँचे स्तर की सम्प्रेषण क्षमता (Superior levels of communiation skills) प्राप्त करने के भी अवसर देने चाहिए। उसे लाइब्रेरी रिसर्च, रिपोर्ताज — लेखन, वाद-विवाद प्रतियोगिता और सेमिनार आयोजन इत्यादि गतिविधियों को प्रोत्साहन देकर बच्चों द्वारा लिखे गए लेख स्कूल की पत्रिका या राष्ट्रीय पत्रिकाओं में छपवाने चाहिए।

नवजात और नन्हे शिशु का पोषण

स्तनपान : कुछ महत्वपूर्ण तथ्य

1. आपका दूध आपके शिशु के लिए सर्वोत्तम दूध है। अन्य सभी दूध न सिर्फ इससे कम अच्छे होते हैं, बल्कि वे शिशु को नुकसान भी पहुँचा सकते हैं।
2. सभी उम्र की स्त्रियाँ, उनके स्तन छोटे हों या बड़े, अपने शिशु को अपना दूध पिला सकती हैं। शिशु को स्तनपान कराने से स्त्री की देह की बनावट खराब नहीं होती। घर से बाहर जाकर काम करने वाली स्त्रियाँ भी बड़ी सुविधा के साथ शिशु को अपना दूध पिला सकती हैं।
3. कोलोस्ट्रम, सबसे पहले निकलने वाला दूध, बच्चे के लिए अति आवश्यक होता है। इसलिए स्तनपान शिशु के जन्म के तुरन्त बाद प्रसव-कक्ष में ही शुरू हो जाना चाहिए। शुरू के कुछ दिनों तक पैदा होने वाला कोलोस्ट्रम और फिर आपके स्तनों में बनने वाला दूध 6 महीने की उम्र तक बच्चे का पेट भरने के लिए काफी होता है। बहुत ज़्यादा गर्मी वाले दिनों में भी उसे पानी पिलाने की ज़रूरत नहीं होती।
4. 6 महीने की उम्र के बाद आपको अपने दूध के साथ-साथ शिशु को फल और घर में पका नरम भोजन खिलाना शुरू कर देना चाहिए।
5. स्तनपान उम्र के दूसरे वर्ष में भी जारी रहना चाहिए।
6. एक वर्ष के बच्चे को एक वयस्क की तुलना में लगभग आधे भोजन की ज़रूरत होती है। बच्चे को घर में बना भोजन ही खिलाना चाहिए।
7. बच्चों के पेट की क्षमता कम होने के कारण उन्हें वयस्कों की तुलना में ज़्यादा बार खिलाना पड़ता है। उनके आहार में फल, सब्जियाँ और अंकुरित अनाज जरूर शामिल किए जाने चाहिए।
8. भोजन की मात्रा को कुछ कम करने के लिए आप इसमें थोड़ा तेल या घी डाल सकती हैं।
9. अपने बच्चे को ज़्यादा नमक, चीनी, तली हुई या मैदे से बनी चीजों और गैस भरे ठण्डे पेयों (aerated drinks) की आदत न लगने दें।

10. आमतौर से भारतीय आहार (शाकाहारी आहार समेत) एक सन्तुलित आहार होता है। लेकिन निर्धनता के कारण या हमारे समाज के कई वर्गों में प्रचलित गलत धारणाओं के कारण यह सन्तुलन बिगड़ जाता है। उदाहरण के लिए कुछ परिवार गर्भवती स्त्री को भूखा रखने की कोशिश करते हैं, ताकि भ्रूण का आकार छोटा रहे और प्रसव में आसानी हो। दूसरी तरफ कुछ परिवार उसे ज़रूरत से ज़्यादा खिलाने की कोशिश करते हैं। कुछ परिवार अज्ञानवश 6 महीने की उम्र से पहले ही बच्चे को अतिरिक्त आहार देना शुरू कर देते हैं, जबकि कुछ एक वर्ष की उम्र तक इसे टाले रखते हैं। इन सभी मामलों को लेकर जागरूकता पैदा करने की ज़रूरत है।

सफल स्तनपान का रहस्य

मैं इस बात को लेकर पूरी तरह से आश्वस्त हूँ कि सभी आधुनिक माँएँ अपने शिशुओं को अपना दूध पिलाना चाहती हैं। लेकिन स्तनपान को एक आनन्ददायक अनुभव बनाने के लिए निम्नलिखित बातों को याद रखना ज़रूरी है।

- विश्वास : आपको पूरा विश्वास होना चाहिए कि स्तनपान न सिर्फ आपके बच्चे के लिए अति आवश्यक है, बल्कि आपके अपने स्वास्थ्य के लिए भी यह उतना ही अच्छा है। इस अध्याय में गिनवाए गए स्तनपान के फायदों के बारे में पढ़कर आपका यह विश्वास और भी दृढ़ हो जाएगा।
- सही सूचना : आपको स्तनपान के बारे में ज़्यादा-से-ज़्यादा जानकारी होनी चाहिए, ताकि आप अपने सम्बन्धियों और दाइयों-मालिशवालियों के गलत और पुराने विचारों का सफलतापूर्वक विरोध कर सकें — खासकर उनके इस तरह के सुझावों का कि 'माँ के दूध के साथ-साथ थोड़ा ऊपर का बोतल का दूध भी हो तो और भी अच्छा!

स्तनपान से माँ को होने वाले लाभ

बच्चे के साथ एक प्यार भरे जुड़ाव की शुरुआत

स्तनपान अपने शिशु के साथ एक प्यार भरा सूत्र स्थापित करने में आपकी मदद करता है। इससे बच्चे को दूसरे व्यक्तियों के साथ भी अच्छे सम्बन्ध स्थापित करने में मदद मिलती है। बोतल से दूध पीने वाले बच्चे को, जिसे उसे कोई भी पिला सकता है, शिशु को इतनी तृप्ति और खुशी नहीं मिल पाती।

प्रसव के बाद रक्त स्राव की कम सम्भावना

जन्म के तुरन्त बाद शिशु को स्तनपान कराने से गर्भशय (uterus/womb) से

होने वाले रक्त-स्राव को रोकने में मदद मिलती है। इससे प्लासेंट (अपरा) को बाहर धकेलने (expulsion of the placenta) में भी मदद मिलती है।

भारतीय माताओं में लौह-तत्वों (आयरन) की कमी बहुत आम बात है। शिशु को सिर्फ माँ का दूध पिलाने से इससे जुड़े खतरे भी काफी कम हो जाते हैं। स्तनपान के कारण मासिक-धर्म देर से शुरू होता है, और इसके दौरान रक्त-स्राव के माध्यम से होने वाली लौह-तत्वों की कमी का खतरा टल जाता है।

फिर से गर्भधारण का कम खतरा

शिशु के जन्म के बाद अगर स्त्री पहले 6 महीनों तक उसे सिर्फ अपना दूध पिलाती है, तो वह इस अवधि के दौरान फिर से गर्भधारण करने की सम्भावना से 98% सुरक्षित रहती है। फिर भी, हम पति-पत्नी को अन्य गर्भ-निरोधक उपायों का इस्तेमाल करते रहने की भी सलाह देंगे।

कैंसर के खतरे की कम सम्भावना

शिशुओं को स्तनपान कराने वाली माँएँ स्तनों और अण्डाशयों (ovaries) के कैंसर की सम्भावना से भी काफी हद तक बची रहती हैं।

देह की बनावट में जल्दी सुधार

प्रचलित धारणा के विपरीत, शिशु को अपना दूध पिलाने वाली माँएँ अन्य माँओं की तुलना में अपना गर्भ-पूर्व का शारीरिक सन्तुलन जल्दी प्राप्त कर लेती हैं। इसका कारण यह है कि गर्भावस्था के दौरान शरीर के विभिन्न हिस्सों में जमा हो चुकी चर्बी (वसा/फैट) स्तनों में दूध के उत्पादन में खर्च हो जाती है। इसके अलावा, जब शिशु स्तनों को चूसता है। तो माँ के शरीर में ऐसे हार्मोन पैदा होते हैं, जो बढ़े हुए गर्भशय को सिकुड़ने में मदद करते हैं। गर्भाशय के अपनी जगह पहुँच जाने के कारण स्तनपान कराने वाली माँओं का पेट अन्य माँओं की तुलना में जल्दी अपना पुराना आकार ले लेता है।

जहाँ तक स्तनों का सम्बन्ध है, बच्चे के जन्म के बाद उनमें कुछ अन्तर आ ही जाता है – भले ही स्त्री स्तनपान कराए या न कराए। लेकिन अपेक्षाकृत बड़ी उम्र की स्त्रियों में दिखाई देने वाले परिवर्तन आमतौर से उम्र का परिणाम होते हैं। अच्छी फिटिंग वाली ब्रा पहनने से स्तनों के आकार को सन्तुलित बनाए रख जा सकता है।

सुविधा

माँ का दूध बच्चे को पिलाने के लिए हमेशा तैयार अवस्था में मिलता है। इसे उबालना था, ठण्डा-गर्म नहीं करना पड़ता। यह स्तनों के अन्दर खराब भी नहीं होता, भले ही माँ कई दिनों तक इसे बच्चे को न पिला सके।

यह आर्थिक दृष्टि से भी सस्ता और सुविधाजनक है। पाउडर के दूध पर एक माँ को प्रति महीने 1,000 रुपए खर्च करने पड़ सकते हैं, इसे तैयार करने के लिए खर्च किया गया समय अलग। माँ के दूध के अलावा कोई दूसरा दूध पीने वाले बच्चों को दस्त (diarhoea) और निमोनिया जैसी बीमारियों की भी ज़्यादा शिकायत रहती है। इन बीमारियों के इलाज पर परिवार को बहुत सारा रुपया और समय खर्च करना पड़ सकता है।

शान्तचित्तता और सन्तुष्टि का अहसास

बहुत-सी स्त्रियों को शिशु को स्तनपान कराने के बाद शान्तचित्तता (Calmness) और सन्तुष्टि का अहसास होता है। सम्भवतः इसका सम्बन्ध उन लाभदायक हार्मोन-परिवर्तनों से है, जो स्तनपान के दौरान स्त्री के शरीर में होते हैं।

स्तनपान से शिशु को होने वाले लाभ

मनुष्य का मस्तिष्क जिन्दगी के पहले कुछ वर्षों में बड़ी तेजी से विकास करता है। स्तनों का दूध इस विकास के लिए सबसे उपयुक्त दूध है। यह शुरू के 6 महीनों तक शिशु को सम्पूर्ण पौष्टिकता प्रदान करता है। जल्दी और आसानी से हजम हो जाता है, और इसमें शिशु के लिए ज़रूरी प्रोटीनों और वसा की बिल्कुल उपयुक्त मात्रा होती है — मनुष्य के शरीर के लिए ज़रूरी लेक्टोस (दुग्ध-शर्करा) की ज़्यादा मात्रा; पर्याप्त विटामिन और लौह-तत्व (आयरन); बहुत ज़्यादा गर्म मौसम के हिसाब से भी आपके शिशु के लिए जरूरी पानी की पर्याप्त मात्रा; और नमक, कैल्शियम और फॉस्फेट के साथ-साथ वसा को पचाने में सहयोग करने वाले एक विशेष 'एन्जाइम' (किण्वक) की बिल्कुल सही मात्रा।

माँ के दूध से प्राप्त होने वाले जिंक (जस्ते) और आयरन का कोई भी दूसरा दूध मुकाबला नहीं कर सकता — खासकर आरम्भिक शैशव-काल (infancy) में। यह शिशु को जस्ते और आयरन की कमी (अनीमिया) की शुरू की शिकायतों से बचाता है। बाद के शैशव-काल में (6 महीने के बाद) माँ के दूध से प्राप्त एमिनो ए सिडों का सही सन्तुलन शिशु के सम्पूर्ण आहार में मौजूद प्रोटीनों की गुणवत्ता (quality) को बढ़ा देता है।

शिशु को दिए जाने वाले दूसरे आहार में आमतौर से प्रोटीन इतनी अच्छी

गुणवत्ता के नहीं होते। इसलिए बच्चे के जन्म के दूसरे वर्ष में भी माँ को उसे अपना दूध पिलाते रहना चाहिए। विटामिन-ए का एक अच्छा स्रोत होने के कारण माँ का दूध बच्चे को विटामिन-ए की कमी और अँधेपन के खतरे से भी बचाए रखता है।

माँ का दूध पीने वाले बच्चों को मल्टी-विटामिनों और विटामिन-सी की बूंदें पिलाने की ज़रूरत नहीं होती। लेकिन अगर आपके आहार में फलों, सब्जियों और अंकुरों की पर्याप्त मात्रा नहीं है, तो आप खुद इन विटामिनों का सेवन कर सकती हैं। स्तनपान करने वाले शिशु को पाचन-शक्ति बढ़ाने वाले इन्जाइमों, गैस या वात दूर करने वाले मिश्रणों (Carminative mixtures) और ग्राइप-वाटर की भी ज़रूरत नहीं होती। इनमें से कुछ औषधियों में एल्कोहल मौजूद होता है जो आपके शिशु के स्वास्थ्य के लिए अच्छी नहीं है।

संक्रमणों से बचाव

शोध से पता चला है कि विकासशील देशों में सिर्फ माँ के दूध पर आश्रित शिशुओं की तुलना में दूसरे शिशुओं की डायरिया (दस्त या अतिसार) से 14 गुणा ज़्यादा, श्वास सम्बन्धी रोगों से 4 गुणा ज़्यादा, और अन्य संक्रमणों से 2.5 गुणा ज़्यादा मृत्यु होने की सम्भावना रहती है। स्तनपान करने वाले शिशुओं को हैजे (cholera), नवजात पूतिता (sepsis) और मैनिन्जाइटिस, एमीबियासिस, कानों के संक्रमण और अपेंडिसाइटिस का भी कम खतरा रहता है। माँ का दूध कुछ खास टीकों के बाद होने वाली प्रतिक्रिया को लेकर शिशु की प्रतिरोधक क्षमता भी बढ़ाता है।

दस्त या दूसरे संक्रमणों से ग्रस्त शिशु को जल्दी ठीक करने में भी माँ का दूध मदद करता है। इसका कारण माँ के दूध में मौजूद एन्टी-बॉडीज, श्वेत रक्त-कोशिकाएँ, द्विशाखी या बाइफिडस फैक्टर, लैक्टोफेरिन और कई अन्य महत्वपूर्ण तत्व होते हैं। ये सब जीवाणुओं और वाइरसों से पैदा होने वाले संक्रमणों (bacterial and viral infections) से शिशु की रक्षा करते हैं।

एलर्जी सम्बन्धी दोषों की कम सम्भावना

स्तनपान करने वाले शिशुओं में दमा (asthma) और खाज-खुजली (eczema) जैसे एलर्जी से जुड़े रोगों की कम सम्भावना होती है। अगर आपके या आपके पति के परिवार में एलर्जी की आम शिकायत रही है, तो 6 महीने पूरे होने से पहले शिशु को कृत्रिम दूध, अण्डे, कोको, गेहूँ या मूँगफली से बनी चीजें देने से बचना बहुत जरूरी है।

कैंसर के खतरे की कम सम्भावना

ऐसे प्रमाण उपलब्ध हैं कि माँ का दूध पीने वाले बच्चों में कुछ खास तरह के कैंसरों (जैसे लिम्फोमा) की कम सम्भावना रहती है।

ज़्यादा सुन्दर दाँत

अगर अन्य सभी बातें एक जैसी हों, तो माँ का दूध पीने वाले बच्चों के चेहरे और दाँतों की बनावट ज़्यादा अच्छी होने की सम्भावना रहती है। ऐसे बच्चों के दाँतों में सड़न या क्षय (caries) की सम्भावना भी कम रहती है।

मधुमेह (डायबिटीज) की कम सम्भावना

स्तनपान करने वाले बच्चों में इन्स्युलिन-निर्भर डायबिटीज (Insulin Dependent Diabetes Mellitus) से जुड़े खतरे की भी कम सम्भावना होती है।

आकस्मिक मृत्यु सिंड्रोम (एस.आई.डी.एस.) से बचाव

'आकस्मिक शिशु-मृत्यु सिंड्रोम (Sudden Infent Death Syndrome) को बिस्तर में मृत्यु (Cot death) भी कहा जाता है। इस तरह की घटनाओं में एक स्वस्थ शिशु, बिना किसी प्रत्यक्ष कारण के, अचानक ही चल बसता है। इस तरह की दुखद स्थितियों का खतरा स्तनपान करने वाले और पीठ के बल सीधा सुलाए जाने वाले शिशुओं में काफी हद तक कम हो जाता है।

बुद्धि का तेज विकास

हाल ही में हुई शोध से ये संकेत मिले हैं कि माँ का दूध पीने वाले शिशु अन्य शिशुओं की तुलना में विकास के उपलब्धि-स्तम्भ (mile stones) जल्दी तय करते हैं। यही नहीं, वे अन्य बच्चों की तुलना में ज़्यादा बुद्धिमान भी साबित होते हैं।

शिशु की विशिष्ट ज़रूरत के अनुकूल

हाल ही की शोध से यह भी पता चला है कि बच्चों को समय से पहले ही (प्री-मैच्योर) जन्म देने वाली माँओं के दूध की संरचना अन्य माँओं के दूध से अलग होती है। लेकिन दोनों तरह की माँओं का दूध उनके शिशुओं की विशिष्ट ज़रूरतों के अनुकूल होता है।

बार-बार पूछे जाने वाले प्रश्न

शिशु को पहला स्तनपान कब करवाना चाहिए?

शिशु के जन्म के तुरन्त बाद डॉक्टर उसे आपको सौंप देगी। नग्न शिशु को अपने सीने से लगाए रखें ताकि उसे शरीर-से-शरीर (skin-to-skin) के नग्न स्पर्श का अहसास हो सके। प्रसव-कक्ष के तापमान को देखते हुए आपको एक हल्की चादर से ढंक दिया जाएगा। कंबल का प्रयोग ज़रूरत पर निर्भर करता है। ज़्यादातर शिशु, खासकर वे शिशु जिनकी माँ को नींद की दवा नहीं दी गई होती, जन्म के बाद 40 से 60 मिनट तक जागृत अवस्था में रहते हैं। इस समय का लाभ उठाएँ। यह देखने की कोशिश करें कि क्या वह फौरन ही दूध पीने का इच्छुक है। कुछ शिशु अपने-आप ही अपना सिर एक तरफ घुमा लेते हैं और माँ की चूची (nipple) की तलाश करने लगते हैं। कुछ इसमें सफल भी हो जाते हैं और चूची को चूसने लगते हैं। अगर आपके साथ भी ऐसा हुआ तो आप सुखद आश्चर्य से भर उठेंगी। लेकिन अगर वह अपने-आप ऐसा नहीं करता तो आप प्यार से उसका मुँह अपने एक स्तन के पास ला सकती हैं, और देख सकती हैं कि वह दूध पीना चाहता है या नहीं। अगर उसकी इच्छा नहीं है, तो उसे जबरदस्ती दूध पिलाने की कोशिश न करें।

शिशु के साथ यह शुरू का सम्पर्क उसके और आपके बीच एक गहरे जुड़ाव की शुरुआत के लिए बहुत महत्वपूर्ण है, साथ ही उसे बहुमूल्य कोलोस्ट्रम (शुरू का दूध) पिलाने के लिए भी। देखा गया है कि एक नवजात शिशु की स्तनपान की इच्छा (suckling reflex) जन्म के 20 से 30 मिनट के भीतर अपने चरम पर होती है।

अगर उस समय शिशु को दूध नहीं पिलाया जाता, तो यह इच्छा जल्दी ही खत्म हो जाती है, और लगभग 40 घण्टे बाद ही पूरी तरह से लौट पाती है। अगर माँ ज़रूरत से ज़्यादा दवा के प्रभाव में (over doped) है, तो इसमें और ज़्यादा देर लग सकती है। दूसरी तरफ, अगर शिशुकों जन्म के 30 मिनट के भीतर ही माँ के स्तनों से लगा दिया जाता है, तो वह ज़्यादा आसानी से और सही तरीके से स्तनपान करने लगता है; और शुरू के कुछ दिनों में शिशु के वज़न में आने वाली कमी भी न्यूनतम रहती है।

जन्म के तुरन्त बाद शिशु का दूध पिलाने से पीलिया (Janudice) का खतरा भी कम हो जाता है। इसका कारण यह है कि शुरू की अवधि का स्तनपान मेकोनियम के प्रभाव को काफी हल्का कर देता है, जिससे पीलिया पैदा करने वाली पीलीरंगकारी या पिग्मेंट (bilirubin) रक्त में जमा नहीं हो पाती। अगर

पीलिया होता भी है, तो (शरीर से मेकोनियम के निकास के कारण) इसका प्रभाव काफी कम हो जाता है।

'रूमिंग-इन' का क्या अर्थ है?

'रूमिंग-इन' का अर्थ है अस्पताल की पूरी अवधि के दौरान शिशु को माँ के कमरे में रखना। प्रचलित धारणा के विपरीत, अगर शिशु माँ के पास हो तो वह कम चिन्तित रहती है और उसे ज़्यादा अच्छी नींद आती है। अगर कमरे में कोई दूसरी माँ या बहुत-सी माँएँ भी हों तो भी उसे शिशु के साथ कोई परेशानी नहीं होती।

शिशु को बच्चों के कक्ष यानी नर्सरी में रखने से उसे कोई संक्रमण होने की बहुत ज़्यादा सम्भावना रहती है। अगर एक शिशु किसी संक्रमण का शिकार हो जाए तो इसके लक्षण प्रकट होने से पहले ही इसका प्रभाव अन्य शिशुओं पर भी पड़ सकता है।

अगर नर्सरी में बहुत ज़्यादा भीड़-भाड़ नहीं है, तो भी नर्स के पास हमेशा इतना समय नहीं रहता कि वह शिशु के रोते ही उसे उसकी माँ के पास ले जा सके। इससे शिशु के स्तनपान पर असर पड़ता है। जिन शिशुओं को शुरू के दिनों में एन्टी-बॉडीज़ से भरपूर कोलोस्ट्रम की पर्याप्त मात्रा नहीं मिल पाती, उनके संक्रमणों के चपेट में आने की सम्भावना बहुत ज़्यादा बढ़ जाती है। इसके अलावा नर्स खुद भी किसी संक्रमण से ग्रस्त हो सकती है, और इसका प्रभाव नर्सरी के सभी शिशुओं पर पड़ सकता है। हर बार शिशु को छूने से पहले नर्सों के लिए अच्छी तरह से अपने हाथ धोना जरूरी होता है। लेकिन वे हमेशा इस पर अमल नहीं कर पातीं।

यह सच है कि माँ के शरीर में भी रोगाणु हो सकते हैं और वे उसके माध्यम से शिशु तक पहुँच सकते हैं। लेकिन यहाँ यह बात ध्यान देने योग्य है कि माँ के दूध में इन रोगाणुओं से लड़ने वाले एन्टी-बॉडीज़ होते हैं, जो शिशु तक निरन्तर पहुँचते रहते हैं। अगर एक कमरे में दो या उससे ज़्यादा माँएँ हैं, तो भी उनके बिस्तरों के बीच की दूरी नर्सरी की तुलना में ज़्यादा होती है।

'रूमिंग-इन' या शिशु का माँ के पास रहने का सबसे बड़ा लाभ यह है कि इससे स्तनपान को सही तरीके से शुरू करने और जारी रखने में मदद मिलती है, और शिशु के शरीर में वे एन्टी-बॉडीज पहुँचते रहते हैं, जो रोगों से उसकी रक्षा करते हैं।

लेकिन भेंटकर्ताओं यानी मिलने आने वालों के माध्यम से संक्रमण की सम्भावना से कैसे बचा जाए? समाज के निर्धन वर्गों की सेवा में जुटे एक

सरकारी अस्पताल में काम करने और पढ़ाने से लेकर एक प्राइवेट अस्पताल में काम करने के अपने अनुभवों के बाद, मैं इस निष्कर्ष पर पहुँचा हूँ कि पूरी तरह से सिर्फ स्तनपान पर निर्भर निर्धनों के बच्चे, मिलने-जुलने वालों की भीड़ के बावजूद, संक्रमणों के उतने शिकार नहीं होते जितने कि प्राइवेट अस्पतालों की नर्सीरियों में मिलने-जुलने वालों से दूर रखे हुए बच्चे। फिर भी, थोड़ी सावधानी बरतते हुए आप कमरे के बाहर या बिस्तर के पास यह नोटिस टांग सकती हैं कि सर्दी, खाँसी या किसी अन्य रोग से ग्रस्त होने की स्थिति में भेंटकर्ता अस्पताल आने से बचें, या कम-से-कम बच्चे को न छुएँ।

शिशु के माँ के पास रहने से अस्पताल के कर्मचारियों का थोड़ा बोझ (कार्य-भार) भी कम हो जाता है, और वे अस्वस्थ माँओं के शिशुओं की ज़्यादा अच्छी देखभाल कर सकते हैं। दूसरी तरफ रूमिंग-इन के कारण माँ को शुरू से ही अपने शिशु की प्रतिक्रियाओं को समझने का अवसर मिल जाता है। वह जब चाहे अपने शिशु को दूध पिला सकती है या उसे गोद में उठा सकती है। अध्ययनों से पता चला है कि शिशु को शुरू से ही अपने पास रखने वाली माँएँ ज़्यादा आत्म-विश्वास महसूस करती हैं। अस्पताल से छुट्टी मिलने तक वे अपने शिशु की इच्छाओं और अनिच्छाओं को अच्छी तरह से समझ चुकी होती हैं। उन्हें जल्दी से पता चल जाता है कि बच्चा क्यों रो रहा है।

अगर जन्म के तुरन्त बाद स्तनपान सम्भव न हो तो ?

एक सामान्य प्रसव के बाद आपको और आपके शिशु को आपके कमरे में भेज दिया जाता है। अगर आप पर बेहोशी की दवाइयों का ज़्यादा प्रभाव नहीं है, तो आप शिशु को अपने साथ अपने बिस्तर में ही रखती हैं। अगर वह जाग रहा है, तो हो सकता है कि आप उसे अपने सीने से लगाए रखना चाहें। प्राइवेट अस्पतालों में शिशु के लिए अलग से एक छोटा-सा बिस्तर भी दिया जाता है। आप चाहें तो सारा समय उसे अपने साथ अपने बिस्तर में रखें, और चाहें तो सुविधा अनुसार उसे बीच-बीच में कुछ समय के लिए उसके नन्हे बिस्तर में सुलाती रहें।

अगर आपका प्रसव सामान्य एनीस्थीसिया (Aneesthesia); चेतना को सुन्न करने की दवा यानी निश्चेतक) की मदद से सीजेरियन तरीके से हुआ है, तो आप अर्द्धचेतना की स्थिति में हो सकती हैं। इसके बावजूद ऑपरेशन के लगभग चार घण्टे बाद शिशु को स्तनपान के लिए आपको सौंपा जा सकता है। शिशु को पहली बार अपना दूध पिलाने के लिए आपको किसी नर्स या सम्बन्धी की मदद लेनी पड़ सकती है। नर्स शिशु को एक तकिए पर आपके स्तन की ऊँचाई के

स्तर पर लिटा सकती है, और आप लेटे-लेटे उसे अपना दूध पिला सकती हैं। यहाँ यह उल्लेख करना जरूरी है कि अगर आपके पहले बच्चे का जन्म सीजेरियन विधि से हुआ है, तो यह ज़रूरी नहीं है कि बाद के प्रसवों में भी ऐसा ही हो। आप इस बारे में अपने डॉक्टर से बात कर सकती हैं। लेकिन ऑपरेशन की ज़रूरत है या नहीं, इसका अन्तिम फैसला डॉक्टर पर ही छोड़ना उचित है।

अब कुछ शब्द 'एपिसियोटॉमी' के बारे में भी। शिशु के जन्म को आसान बनाने के लिए कई बार जन्म-नलिका के बाहर एक चीरा दे दिया जाता है। इसी को 'एपिसियोटॉमी' कहते हैं। हो सकता है कि आपको इसकी ज़रूरत हो, इसलिए आपको इसे स्वीकार कर लेना चाहिए। लेकिन अगर आप चाहें तो अपने डॉक्टर से कह सकती हैं कि जहाँ तक सम्भव हो, चीरा देने से बचा जाए। हो सकता है कि पहले प्रसव में 'एपिसियोटॉमी' जुरूरी हो, लेकिन बाद के प्रसवों में इसे अकसर टाला जा सकता है।

मैं इस विषय को इसलिए उठा रहा हूँ क्योंकि सीज़ेरियन विधि या एपिसियोटॉमी की मदद से हुए प्रसव के दौरान आपको निश्चेतक या पीड़ाहारक दवाइयाँ दी जा सकती हैं, जो अपने शिशु के साथ आपके शुरू के सम्पर्क और स्तनपान में व्यवधान डाल सकती हैं।

अगर आपका डॉक्टर एपिसियोटामी का निर्णय लेता है, तो वह टाँकों के दर्द से राहत दिलाने के लिए आपको कुछ दवाइयाँ दे सकता है। डॉक्टरों का अनुभव है कि अगर जन्म के तुरन्त बाद शिशु को शरीर-से-शरीर (skin-to-skin) के सम्पर्क के लिए माँ को सौंप दिया जाए, तो माँ अपने बच्चे में इतना खो जाती है कि उसे कोई दर्द-निवारक दवा दिए बिना ही टाँके लगाए जा सकते हैं।

अब पहले स्तनपान की अवधि से जुड़े कुछ शब्द। आप शिशु को अपना पहला दूध प्रसव-कक्ष में या फिर अपने कमरे में लौटने के बाद पिला सकती हैं। यह स्तनपान 10 मिनट से लेकर 45 मिनट तक का हो सकता है, और इसमें एक या दोनों स्तनों का प्रयोग हो सकता है।

स्तनों में दूध का उत्पादन कैसे होता है ?

दूध पिलाने की क्षमता आपके स्तनों के आकार पर निर्भर नहीं करती। दूध स्तन के भीतर दूध-उत्पादक ग्रन्थि-ऊत्तक (gland tissue) द्वारा उत्पन्न हो जाता है, जिसे वायु कोष्ठ (alveoli) कहते हैं। स्तन का आकार सहायक ऊतक या स्तन में मौजूद चर्बी या वसा ,जिद्ध पर निर्भर करता है।

जब शिशु स्तन को चूसता है तो माँ के शरीर में एक हार्मोन का निर्माण होता है, जो दूध के उत्पादन में मदद करता है। इस हार्मोन को प्रोलेक्टिन

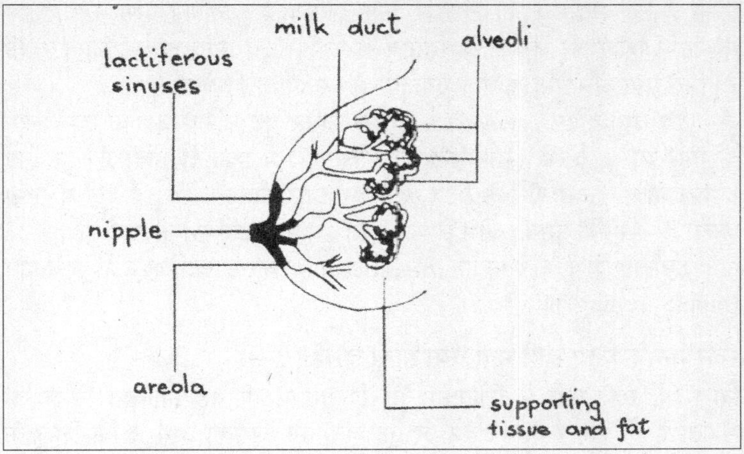

स्तन की संरचना

(Prolactin) कहते हैं। शिशु माँ के स्तन को लगातार चूसता रहता है तो माँ के शरीर में एक और हार्मोन उत्पन्न होता है, जो दूध को वायु-कोष्ठ से फैलावदार दूध नलिकाओं (dilated milk ducts) में उतरने में मदद करता है। ये नलिकाएँ चूचियों के आसपास के गहरे रंग के क्षेत्र, जिसे स्तन-मुख या एरियोला (areola) कहा जाता है, के नीचे स्थित होती हैं। इस दूसरे हार्मोन को ऑक्सीटोसिन (oxytocin) कहा जाता है, और दूध के वायु-कोष्ठ से नीचे उतरने की प्रक्रिया को 'लेट्-डाउन रिफ्लेक्स' (let-down reflex) कहा जाता है। शिशु के जन्म के तुरन्त बाद उसे दूध पिलाने से स्तनों में इन हार्मोनों और दूध का बड़ी तेजी से उत्पादन होता है।

स्तन-मुख या एरियोला पर बहुत छोटे-छोटे उभार-से दिखाई देते हैं। ये एक तेल जैसा द्रव उत्पन्न करने वाली ग्रंथियाँ होती हैं, जो चूचियों को नरम रखता है।

शुरू के दो-तीन दिनों तक ज़्यादातर माँओं के, खासकर पहले बच्चे को जन्म देने वाली माँओं के, स्तन अकसर बहुत नरम और खाली-खाली से प्रतीत होते हैं — मानो उनमें दूध हो ही न। इन स्तनों में कोलोस्ट्रम की थोड़ी-हो मात्रा होती है, जो कुछ पीलापन लिए हुए शुरू का दूध होता है। 2 या 3 दिन बाद, और कई बार एक हफ्ते बाद, स्तन अचानक ही बहुत ज़्यादा दूध का उत्पादन करने लगते हैं। अब वे भरे-पूरे और कई बार सख्त भी दिखाई देते हैं। लगभग एक सप्ताह बाद स्तन एक बार फिर नरम पड़ने लगते हैं। माँ चिन्ता में पड़

जाती है कि क्या दूध का उत्पादन कम हो गया है। लेकिन ऐसा नहीं होता। माँ अपने शिशु की ज़रूरत के हिसाब से पर्याप्त दूध का उत्पादन करती रहती है। अब माँग और पूर्ति के बीच एक तारतम्य स्थापित हो जाता है।

दूध वायु-कोष्ठ (alveoli) में उत्पन्न होकर दूध नलिकाओं के रास्ते स्तन के गहरे रंग के हिस्से (स्तन-मुख या एरियोला) में इकट्ठा होता है। इसलिए पर्याप्त मात्रा में दूध पीने के लिए स्तन का काफी हिस्सा शिशु के मुँह में रहना जरूरी है — ताकि उसकी जीभ से भीतर की दूध नलिकाएँ खाली होती रहें।

इसलिए शिशु को स्तनपान (breastfeeding) कराना चाहिए, न कि चूचीपान (nipple-feeding)।

स्तनपान के लिए सही मुद्रा क्या होनी चाहिए ?

शिशु को सही मुद्रा में लिटाकर दूध पिलाने से ही यह निश्चित किया जा सकता है कि वह स्तनपान करे, न कि चूचीपान। इसका अर्थ है कि शिशु के मुँह में सिर्फ चूची नहीं बल्कि स्तन का कुछ हिस्सा भी रहना चाहिए।

दूध को सही तरीके से स्तन से शिशु के मुँह तक पहुँचाने के लिए आप बैठी हुई या लेटी हुई मुद्रा का चुनाव कर सकती हैं। महत्वपूर्ण बात यह है कि यह मुद्रा आपके लिए आरामदायक होनी चाहिए। अगर आप बैठकर दूध पिलाना चाहती हैं, तो पीठ के पीछे कोई सहारा होने से आपको ज़्यादा आराम मिलेगा।

अपने स्तन को अपनी हथेली से ऊपर उठाएँ और चूची के साथ-साथ अपना स्तन भी शिशु के मुँह की तरफ़ बढ़ाएँ। चूची या स्तन को दबाएँ नहीं, न ही चूची को शिशु के मुँह में डालने की कोशिश करें। अपनी चूची से शिशु के होंठ, खासकर उसका ऊपर का होंठ छुएँ। अगर शिशु थोड़ा-सा मुँह खोलता है, तो उसे अपना स्तन या चूची न दें। एक बार फिर से अपनी चूची से उसके होंठों को छुएँ। जैसे ही शिशु अपना पूरा मुँह खोले और दूध पीने की इच्छा जतलाए, उसका मुँह अपने स्तन से लगा लें। शिशु का निचला होंठ चूची से थोड़ा नीचे रहना चाहिए। इससे शिशु की ठोडी स्तन के नजदीक रहती है और उसकी जीभ को दूध नलिकाओं के ठीक नीचे रहने में मदद मिलती है। चूची को शिशु के मुँह के मध्य भाग से थोड़ा ऊपर इस स्थिति में रखें कि वह तालू की तरफ उठी रहे। जैसे ही चूची शिशु के तालू को छूती है, वह चूसना शुरू कर देता है, और जब उसका मुँह दूध से भर जाता है तो वह उसे पीने लगता है।

यह निश्चित करने के लिए कि शिशु स्तनपान की सही मुद्रा में है, निम्नलिखित बातों का ध्यान रखिए —

- आपके शिशु का पूरा शरीर, उसकी गर्दन, कंधे और पेट समेत, आपकी तरफ

और आपके नजदीक होना चाहिए। उसकी ठोडी स्तन को छूनी चाहिए।

- उसका मुँह पूरा खुला होना चाहिए और उसके होंठ बाहर की तरफ मुंडे होने चाहिए।
- शिशु के ऊपरी होंठ के ऊपर स्तन-मुख (एरियोला) का ज़्यादा हिस्सा दिखाई देना चाहिए, जबकि उसके निचले होंठ के नीचे इसका कम हिस्सा दिखाई देना चाहिए। लेकिन अगर स्तन-मुख का आकार बड़ा है तो शिशु की सही मुद्रा के बावजूद इसका ज़्यादा हिस्सा दिखाई दे सकता है।
- शिशु को धीमी रफ्तार से और गहराई से स्तन को चूसना चाहिए।
- दूध पीने के बाद शिशु को शान्त और तृप्त प्रतीत होना चाहिए।
- आपकी चूची में किसी तरह की पीड़ा नहीं होनी चाहिए।
- आपको शिशु के दूध पीने (हलक में उतारने) की आवाज सुनाई देनी चाहिए, हालाँकि यह जरूरी नहीं है।

शिशु को अपना स्तन थमा देने के बाद अपना दूसरा हाथ उसके बालों में फिराने के लिए या उसकी उँगलियों के साथ खेलने के लिए खाली रखें। शिशु को साँस लेने में आराम पहुँचाने के लिए उसकी नाक के पास स्तन पर अपनी

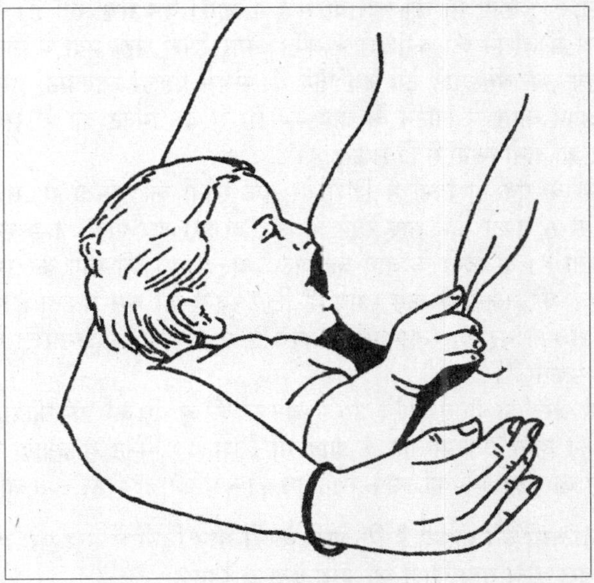

स्तनपान की सही स्थिति

उँगली न रखें। इसकी ज़रूरत नहीं है, उल्टे या ठीक ढंग से दूध पीने में शिशु को बाधा पहुँचा सकती है।

'कम्फर्ट सक्लिंग' (आनन्द-चूसन) क्या है?

कुछ शिशु दूसरों की तुलना में स्तनों को ज़्यादा देर तक चूसना पसन्द करते हैं, भले ही उनका पेट भर चुका हो। हो सकता है कि आपका शिशु भी इन्हीं में से एक हो और सिर्फ आनन्द के लिए स्तनों को देर तक चूसता रहता हो। ऐसे शिशु अपनी उँगली को चूसना या अपने हाथ को अपने मुँह में डालना भी पसन्द करते हैं। हो सकता है कि यह सब देखकर आप सोचें कि वह भूखा है। अगर आप पूरी तरह से आश्वस्त नहीं हैं तो आप उसके मुँह में अपना स्तन देकर देख सकती हैं। आपको यह चिन्ता करने की ज़रूरत नहीं है कि कहीं आप उसे ज़रूरत से ज़्यादा दूध न पिला बैठें।

पहले एक-दो सप्ताह में शिशु को कितनी देर तक दूध पिलाना चाहिए?

कुछ डॉक्टर यह गलत सलाह देते हैं कि शिशु को 10 मिनट से ज़्यादा एक स्तन का दूध नहीं पिलाना चाहिए। उन्हें यह डर रहता है कि ज़्यादा देर तक दूध पिलाने से कहीं माँ की चूचियाँ सूज न जाएँ। यह सच नहीं है। स्तनपान को समय में बाँधने की कोशिश न करें। अगर शिशु सही मुद्रा में लेटा हुआ है तो जब तक वह चाहे उसे दूध पीने दें। सबसे पहला स्तनपान, प्रसव-कक्ष में या अपने कमरे में लौटने के बाद — 10 से 45 मिनट का हो सकता है, और एक या दोनों स्तनों से हो सकता है।

शुरू के एक-दो दिनों में शिशु देर तक स्तनों को चूसता रह सकता है, और 4 से 6 घण्टों तक सोए रहने के बाद दोबारा दूध पीने की इच्छा प्रकट कर सकता है। दो दिनों के बाद वह जल्दी-जल्दी दूध की माँग कर सकता है और पहले की तुलना में कम समय के लिए स्तनों को चूस सकता है। सप्ताह खत्म होते-होते वह दो स्तनपानों के बीच 2 से 4 घण्टे के अन्तराल के लिए राजी हो सकता है।

जैसे-जैसे दिन बीतते जाएँगे, उसके स्तनपान की अवधि कम होने की सम्भावना है। लेकिन अगर एक सप्ताह के बाद भी शिशु 45 मिनट से ज़्यादा देर तक दूध पीना चाहे, तो आपको उसके स्तनपान की मुद्रा की जाँच कर लेनी चाहिए।

कुछ सहेलियों का कहना है कि शुरू के दो-तीन दिनों में मुझे पूरा दूध नहीं उतरेगा इस बीच मुझे शिशु को क्या देना चाहिए?

आपके नवजात शिशु को कोलोस्ट्रम के अलावा और किसी चीज़ की ज़रूरत

नहीं होती — और कोलोस्ट्रम शिशु के जन्म के बाद पहले कुछ दिनों में स्तनों में बनने वाला दूध होता है।

किसी को भी दूध की जाँच के लिए अपने स्तनों को दबाने न दें। सिर्फ इतना करें कि जब शिशु भूखा हो तो उसके मुँह में अपना स्तन दे दें कई बार घर के बड़े-बूढ़े इस तरह की बातें करते हैं कि कोलोस्ट्रम शिशु के लिए हानिकारक होता है। उन्हें समझाने की कोशिश करें कि कोलोस्ट्रम शिशु के लिए बहुत जरूरी होता है, और इसकी थोड़ी-सी मात्रा भी शिशु की सभी ज़रूरतों को पूरा करने के लिए काफी होती है। यह विटामिन 'ए' और 'के' तथा जस्ते (Zink) से भरपूर होता है। साथ ही इसमें एंटी-बॉडिज़ और शिशु को जानलेवा संक्रमणों से बचाने वाले अन्य प्रतिरोधकों की भी भरपूर मात्रा होती है। इसमें इम्यूनो — ग्लोब्युलिन (immunoglobulin) नाम का एक पदार्थ भी होता है, जो शिशु की नाज़ुक आंतों (intestines) में एक प्रतिरक्षक तह जमाकर प्रोटीन के बड़े अणुओं को उसके रक्त में प्रवेश करने से रोकता है। इसके कारण बच्चा अपने बाद के जीवन में दमा और एक्ज़ीमा जैसे एलर्जी सम्बन्धी रोगों की चपेट में आने से काफी हद तक बचा रहता है।

शुरू के कुछ दिनों में शिशु को पानी, शहद, ग्लूकोज़ — वॉटर या कृत्रिम दूध देने में क्या नुकसान है?

स्तनों में दूध का स्वतंत्र प्रवाह शुरू होने से पहले नवजात शिशु को दिए जाने वाले इस पोषण को प्री-लेक्टियल (Prelacteal) पोषण कहते हैं। यह आपके और आपके शिशु के लिए हानिकारक हो सकता है, इसलिए इससे बचना चाहिए।

हो सकता है कि प्री-लेक्टियल पोषण के बाद शिशु ठीक-से स्तनपान न करे, क्योंकि उसका पेट पहले ही भर चुका है, और बहुमूल्य कोलोस्ट्रोम से वंचित रह जाए। इस तरह के ऊपरी आहार दूषित (Contaminated) भी हो सकते हैं और शिशु किसी संक्रमण की चपेट में भी आ सकता है। जन्म के बाद पहले महीने में पशुओं का दूध (पाउडर मिल्क समेत) पीने वाले शिशुओं में एलर्जी-संबंधी शिकायतें ज़्यादा पाई जाती हैं। अगर ये चीज़ें बोतल के माध्यम से दी जाती हैं, तो शिशु स्तनपान के लिए पर्याप्त ज़ोर लगाना बन्द कर सकता है। इनसे न सिर्फ उसे माँ का दूध पीने में कठिनाई होने लगती है, बल्कि खुद माँ भी स्तनों के भरभरेपन (engorgement) या संक्रमण की शिकार हो सकती है।

कुछ दाइयाँ/मालिशवालियाँ सामान्य शिशुओं से थोड़े बड़े या छोटे आकार के शिशुओं को ऊपरी पोषण दिए जाने की सलाह देती हैं। उन्हें लगता है कि कहीं ये शिशु हाइपो-ग्लाइकीमिया (रक्त में शक्कर की कम मात्रा से जुड़ा दोष)

के शिकार न हो जाएँ। उनका यह भय निराधार होता है, और इन सभी बच्चों के लिए कोलोस्ट्रम ही काफी होता है।

इसी तरह कुछ परम्परागत आयाएँ शिशुओं को पानी या ग्लूकोज-वॉटर देने की अभ्यस्त होती हैं। उन्हें लगता है कि कहीं शिशु डी-हाइड्रेशन (शरीर में पानी की कमी) का शिकार न हो जाए। यह भय भी निराधार होता है। शिशु अपने भीतर पानी का भण्डार लेकर पैदा होते हैं और उसे इस तरह के ऊपरी पोषणों की ज़रूरत नहीं होती।

कभी-कभी, शिशु की श्वास-नली (trachea) से जुड़ी एक दुर्लभ स्थिति (tracheoeoophageal fistual) में प्री-लेक्टियल पोषण का प्रयोग एक 'परीक्षण पोषण' (test feed) के रूप में किया जाता है। इस स्थिति में शिशु की श्वास-नली (traches या windpipe) उसकी आहार-नली (oesophagus या foodpipe) के साथ जुड़ी होती है।

शिशुओं के पालन-पोषण से जुड़ी परम्परागत दाइयाँ, मालिशवालियाँ और आयाएँ इस वैज्ञानिक तथ्य से परिचित नहीं होतीं कि कोलोस्ट्रम एक शरीर-विज्ञान से जुड़ा हुआ द्रव्य (a physiological secretion) है। अगर यह साँस के माध्यम से शिशु के फेफड़ों में चला जाए तो भी कोई नुकसान नहीं होता, और आसानी से शरीर में रस-बस जाता है। दूसरी तरफ चीनी, पानी और कृत्रिम दूध जैसी चीजें शिशु के नाजुक फेफड़ों को नुकसान पहुँचा सकती हैं।

इन सब तथ्यों के बावजूद अगर आपके डॉक्टर को लगता है कि आपके शिशु का मामला एक अपवाद (exceptional) मात्र है, और उसे कोलोस्ट्रम के अलावा अतिरिक्त पोषण की ज़रूरत है, तो वह ज़रूरत के अनुसार इस पोषण के सम्बन्ध में आपका मार्ग-दर्शन कर सकता है।

'केवल स्तनपान ' (Exclusive Breast feeding) **का क्या अर्थ है? मेरे शिशु को कब तक 'केवल स्तनपान' करना चाहिए? क्या मुझे अपने दूध के साथ-साथ शिशु को पानी, फलों का रस, सूप, दूसरा दूध, ग्राइप-वॉटर वगैरह भी देना चाहिए?**

आज 'केवल स्तनपान' नामक दो शब्दों का बहुत ज़्यादा महत्व हो गया है, क्योंकि सिर्फ स्तनपान करने वाले शिशु अन्य शिशुओं (आंशिक स्तनपान करने वाले शिशुओं) की तुलना में कहीं ज़्यादा स्वस्थ होते हैं। इन दो शब्दों का अर्थ है कि आपका शिशु जन्म से लेकर 6 महीने की उम्र तक पूरी तरह से सिर्फ आपके दूध पर आश्रित रहता है। उसे सिर्फ यही चाहिए होता है। मैं खुद भी यही परामर्श दूँगा कि 6 महीने की उम्र तक सभी शिशुओं को 'केवल

माँ का दूध' पीना चाहिए। लेकिन कम-से-कम चार महीने की उम्र तक इस नियम का पालन ज़रूर किया जाना चाहिए। इसके बाद शिशु के आहार में अन्य चीज़ें शामिल करने के साथ-साथ उसे दो वर्ष की उम्र तक या उसे आगे भी अपना दूध पिलाते रहना चाहिए।

कुछ डॉक्टरों को 6 सप्ताह की उम्र के बाद शिशु के लिए फलों के रस या सूप का सुझाव देने की आदत है। यह हानिकारक है। मैं इसका परामर्श नहीं दूँगा।

बहुत गर्म और खुश्क मौसम में भी, माँ के दूध में इतना पानी होता है कि शिशु की ज़रूरतों को पूरा कर सके। शिशु की प्यास बुझाने के लिए अतिरिक्त पानी या मीठे पेयों की ज़रूरत नहीं होती। उल्टे इस तरह उनके दूषित होने का खतरा रहता है और शिशु किसी संक्रमण की चेपट में आ सकता है। और फिर अगर आप अपने दूध की बजाय दूसरे द्रव्यों से शिशु की प्यास बुझाने की कोशिश करेंगी, तो हो सकता है कि वह पूरे ज़ोर के साथ स्तनपान न करे, और आपके स्तनों में दूध का उत्पादन कम हो जाए। ग्राइप-वॉटर में एल्कोहल और अतिरिक्त शर्करा हो सकती है, इसलिए मैं इसका परामर्श भी नहीं दूँगा।

क्या माँ का दूध पीने वाले शिशुओं को मल्टी-विटामिनों और विटामिन-सी की ज़रूरत होती है?

कुछ अस्पताल एक रूटीन की तरह इनका परामर्श देते रहते हैं। शिशु को इनकी ज़रूरत नहीं होती। और फिर मल्टी-विटामिनों की बूंदों (drops) में इतना विटामिन-सी होता ही है कि शिशु को अलग से इसकी ज़रूरत न पड़े। इसलिए इन दोनों का एक साथ परामर्श देना अतर्कपूर्ण है।

कुपोषण (malnourishment) की शिकार स्त्रियों के दूध में विटामिन-के, विटामिन-बी समूह, विटामिन-सी और विटामिन-डी की कमी हो सकती है। लेकिन मेरे सामने आज तक एक भी ऐसा मामला नहीं आया, जिसमें सिर्फ माँ का दूध पीने वाले शिशु में विटामिन-के, विटामिन-बी समूह (सिवा विटामिन-बी$_{12}$ के) और विटामिन-सी की कमी पाई गई हो। सम्भव है कि इन शिशुओं को कोलोस्ट्रम की पर्याप्त मात्रा मिली हो, जो विटामिन-के से भरपूर होता है। मैं माँओं को मौसमी फलों, सब्जियों (पत्तेवाली और दूसरी), दूध और दूध से बने उत्पादों और अंकुरों का सेवन करने का भी परामर्श देता हूँ। ये सभी चीज़ें माँ के दूध को विटामिनों से समृद्ध कर देती हैं। लेकिन अगर कोई माँ इस तरह का आहार नहीं ले पाती, तो मैं शिशु की बजाय खुद उसे मल्टी-विटामिन लेने की सलाह देता हूँ — ताकि माँ और शिशु दोनों का साथ-साथ भला हो सके।

विटामिन-बी[12] की कमी से एनीमिया (रक्त की कमी) के साथ-साथ मस्तिष्क और स्नायुओं (nerves) को भी नुकसान पहुँचने की सम्भावना हो सकती है। मैंने शुद्ध शाकाहारी भोजन लेने वाली माँओं के दूध पर आश्रित दो शिशुओं को भयंकर एनीमिया और मानसिक क्षमताओं के गम्भीर हास की चपेट में देखा है।

जहाँ तक विटामिन-डी का सम्बन्ध है, माँ के दूध से पोषित हजारों शिशुओं में से रिकिट्स (हड्डियों से सम्बन्धित सूखा रोग) के सिर्फ चार मामले मेरे सामने आए हैं। यहाँ यह बताना जरूरी है कि इन चारों मामलों में शिशु को हर सुबह लगभग 10 मिनट के लिए धूप में रखने की मेरी सलाह को नजरअंदाज कर दिया गया। माता-पिता या आया को यह डर था कि धूप से बच्चे का रंग काला हो जाएगा। हमारी चमड़ी में विटामिन-डी को बढ़ावा देने वाला एक तत्व होता है, जिसे विटामिन-डी में बदलने के लिए कुछ देर धूप लगने देने की ज़रूरत होती है।

इन सभी मामलों में हम सामान्य नवजात शिशुओं की बात कर रहे हैं, जो अपने अपेक्षित और पूरे समय में पैदा होते हैं। समय-पूर्व (pre-mature) पैदा होने वाले शिशुओं को अतिरिक्त विटामिनों और कैल्शियम और आयरन जैसे खनिजों (minerals) की ज़रूरत हो सकती है। यहाँ यह बात भी ध्यान देने योग्य है कि रिकेट्स एक बढ़ते हुए बच्चे को ही अपनी चपेट में लेता है। लगभग 9 महीने की उम्र में, मैं यह निश्चित कर लेना पसन्द करता हूँ कि बच्चे को कहीं रिकेट्स तो नहीं है — ताकि ज़रूरत होने पर उसका तुरन्त उपचार किया जा सके।

क्या मुझे अपने स्तन-पोषित शिशु को कैल्शियम और आयरन देने की ज़रूरत है ?

शिशु की ज़रूरतों को पूरा करने के लिए माँ के दूध में पर्याप्त कैल्शियम होता है। अगर शिशु के दाँत आ रहे हैं, तो भी उसे कैल्शियम देने की ज़रूरत नहीं है। इसी तरह आपके दूध में बहुत अच्छी किस्म का आयरन मौजूद होता है, जो शिशु के शरीर में आसानी से रच-बस जाता है। जब तक बच्चे का वज़न उसके जन्म के वज़न से तीन गुणा नहीं हो जाता, आपका दूध उसकी आयरन सम्बन्धी सभी ज़रूरतों को पूस कर सकता है।

'जरनल ऑफ पीडिएट्रिक्स' में प्रकाशित एक रिपोर्ट के अनुसार, 12 महीने की उम्र तक सिर्फ माँ का दूध पीने वाले किसी भी शिशु में (जिन्हें आयरन-समृद्ध कोई भी दूसरा आहार नहीं दिया गया था) 7 महीने की उम्र में एनीमिया की शिकायत नहीं पाई गई। दूसरी तरफ, कम अवधि तक माँ का दूध पीने वाले लगभग 43% शिशु इसके शिकार पाए गए। ज़्यादा लम्बी अवधि तक माँ का दूध पीने वाले शिशुओं में 12 और 24 महीने की उम्र में भी आयरन की अच्छी उपस्थिति पाई गई।

फिर भी हम 6 महीने की उम्र के बाद शिशु को माँ के दूध के साथ-साथ अन्य आहार देने की भी सलाह देंगे। इससे शिशु को अन्य स्रोतों से भी आयरन मिलता रहता है। मैंने कुछ स्तन-पोषित शिशुओं में आयरन की कमी से जुड़े एनीमिया की शिकायत देखी है। उन्हें 6 महीने की उम्र के बाद अतिरिक्त आहार देने में देर कर दी गई थी। इस तरह के बच्चों में चिड़चिड़ापन आ सकता है, और उन्हें भूख की कमी की भी शिकायत हो सकती है। उन्हें माँ के दूध की ज़्यादा मात्रा के साथ-साथ आयरन-समृद्ध अन्य आहारों और, कभी-कभी दवा की शक्ल में भी आयरन की ज़रूरत होती है।

क्या स्वस्थ दाँतों के लिए मेरे बच्चे को अतिरिक्त कैल्शियम की ज़रूरत है?
अपने पूरे समय में पैदा होने वाले स्तन-पोषित बच्चों को अतिरिक्त कैल्शियम की ज़रूरत नहीं होती। जबकि बोतल से दूध पीने वाले बच्चों में दाँतों का क्षय (Caries) बहुत आम बात है। माँ का दूध पीने वाले बच्चे भी इस रोग का शिकार हो सकते हैं, लेकिन यह बहुत दुर्लभ मामलों में होता है। यह अक्सर उन बच्चों में देखा जाता है। जिनमें इस रोग का शिकार होने की एक जन्मजात प्रवृत्ति (inherent tendency) होती है। दाँत निकलने शुरू हो जाने के बाद भी उन्हें स्तनपान के बाद स्तन मुँह में लिए हुए ही सो जाने की आदत होती है।

यहाँ यह उल्लेख करना जरूरी है कि माँ का दूध पीने वाले बच्चों को भी बोतल का दूध पीने वाले बच्चों की बीमारियाँ हो सकती हैं। लेकिन उनमें इन बीमारियों का अनुपात बोतल-पोषित बच्चों से कहीं कम होता है। अगर कोई दाँतों का डॉक्टर आपसे यह कहता है कि ज़्यादा देर तक स्तनपान कराने से दाँतों का क्षय हो जाता है, तो आप बच्चे को अपना दूध पिलाना बन्द न करें। लेकिन इस रोग से बचने के लिए उसके अन्य सुझावों पर ज़रूर अमल करें।

मुझे रात के समय बच्चे को अपना दूध पिलाना चाहिए या नहीं?
हाँ, जब तक आपकी इच्छा है आपको ऐसा ज़रूर करना चाहिए। आप बच्चे को लेटे-लेटे अपना दूध पिला सकती हैं। रात के समय दूध पिलाने से स्तनों में दूध का उत्पादन बढ़ जाता है, क्योंकि दिन की तुलना में रात में प्रोलेक्टिन की ज़्यादा मात्रा पैदा होती है। यह फिर से गर्भधारण की सम्भावना को रोकने में भी मदद करता है।

माँग-पोषण क्या है? मुझे अपने शिशु को कितनी बार अपना दूध पिलाना चाहिए?
जब भी शिशु चाहे, आपको उसे स्तनपान कराना चाहिए। इसे माँग-पोषण या

अप्रतिबन्धित (बेरोकटोक) पोषण कहते हैं। शिशु स्तनों को जितना ज़्यादा चूसेगा उनमें उतना ही ज़्यादा दूध पैदा होगा। इससे स्तनों के भरभरेपन (engorgement) और उनके आकार में अनावश्यक वृद्धि को रोकने में भी मदद मिलती है। कृत्रिम दूध की तुलना में माँ का दूध ज़्यादा आसानी से और जल्दी हजम हो जाता है। इसलिए शिशु बार-बार दूध पीने की इच्छा प्रकट कर सकता है। शुरू में वह अनियमित ढंग से दूध पी सकता है; पहले एक-दो दिन सिर्फ कुछ ही बार, और फिर अगले कई दिनों तक दिन में कई-कई बार। हर शिशु दूसरे शिशु से अलग होता है, लेकिन ज़्यादातर शिशु एक या दो हफ्ते में दूध पीने की अपनी एक लय निर्धारित कर लेते हैं।

फिर भी, आप अपने अन्तर्बोध (instinct) का पालन करें, और यह पहचानने की कोशिश करें कि शिशु कब दूध के लिए रोता है और कब उसके रोने का कोई और कारण होता है। इसे 'बुद्धिमत्तापूर्ण माँग-पोषण' (Intelligent demand feeding) कहते हैं। उदाहरण के लिए, अगर आपके शिशु ने पर्याप्त मात्रा में दूध पिया है, लेकिन आधे घण्टे बाद ही वह रोना शुरू कर देता है, तो शायद उसके रोने का कोई और कारण हो। शायद उसका लंगोट गीला हो। शायद वह चाहता हो कि उसे साफ किया जाए। वह गोद में उठाए जाने के लिए और आपके साथ शारीरिक सम्पर्क के लिए भी रो सकता है। उसे गर्मी महसूस हो सकती है या सर्दी के कारण उसे किसी कपड़े से ढँके जाने की ज़रूरत महसूस हो सकती है। अगर इनमें से कोई भी सम्भावना दिखाई नहीं देती, तो उसे फिर से दूध पिलाने की कोशिश करें। एक स्तन-पोषित शिशु के ज़रूरत से ज़्यादा पोषण (overfeeding) का खतरा नहीं होता।

अगर मेरा शिशु दूध की ज़्यादा माँग न करे, या बार-बार माँग करे, तो मुझे क्या करना चाहिए?

कुछ शिशु कुछ ज़्यादा ही शान्त रहते हैं, और भूख लगने पर भी रोते नहीं हैं। वे मूत्र-त्याग भी कम बार करते हैं, और उनका वज़न भी ठीक-से नहीं बढ़ता है। इस तरह के शिशुओं को जगाकर, मान लीजिए कि हर 3 घण्टे बाद, दूध पिलाना पड़ता है।

बार-बार दूध की माँग करके माँ को परेशान कर देने वाले शिशु अकसर ऐसे शिशु होते हैं, जिन्हें सही मुद्रा में लिटाकर स्तनपान नहीं कराया जाता। शिशु के दूध पीने की मुद्रा पर ध्यान देकर इस समस्या को हल किया जा सकता है। कभी-कभी सिर्फ आराम या आनन्द के लिए भी शिशु स्तन चूसने (cornfont suckling) का इच्छुक हो सकता है, भले ही उसे भूख न लगी हो।

बड़े शिशुओं को हर बार कितनी देर तक दूध पीना चाहिए?

यह अवधि 5 मिनट से लेकर 20 मिनट तक या उससे ज़्यादा भी हो सकती है। कुछ शिशु धीरे-धीरे दूध पीते हैं, लेकिन उन्हें उतना ही दूध चाहिए होता है जितना कि तेजी से दूध पीने वाले शिशुओं को। अगर हम धीरे-धीरे दूध पीने वाले शिशु को बीच में ही रोक देंगे, तो वह अपना पूरा दूध नहीं पी सकेगा। और फिर वह ऊर्जा से भरपूर पश्च-दूध (hind milk) से भी वंचित रह सकता है, जो शिशुओं की सामान्य बढ़त के लिए बहुत जरूरी होता है। यह बात हमेशा याद रखें कि शिशु के देर तक स्तनपान करने से चूचियों में सूजन या पीड़ा नहीं होती।

क्या हर बार मुझे दोनों स्तनों से दूध पिलाना चाहिए?

अपने शिशु की इच्छा को जानने की कोशिश कीजिए। वह एक बार में सिर्फ एक या दोनों स्तनों से दूध पीने का इच्छुक हो सकती है। आप उसे एक बार दाएँ स्तन से और एक बार बाएँ स्तन से दूध पिलाना शुरू कर सकती हैं।

पूर्व-दूध (fore milk) और पश्च-दूध (Hind milk) में क्या फर्क है?

हर बार जब आप अपना दूध पिलाना शुरू करती हैं तो आपका शुरू का दूध (पूर्व-दूध) आमतौर से थोड़ा पतला और नीलापन लिए दिखाई देता है। यह प्रोटीन, लेक्टोस, विटामिनों, खनिजों और पानी से भरपूर होता है। स्तनपान के अन्तर का दूध, जिसे पश्च-दूध कहते हैं, ज़्यादा सफेद दिखाई देता है, क्योंकि यह वसा (fat) से भरपूर होता है। शिशुओं को पूर्व-दूध (fore milk और पश्च-दूध (hind milk) दोनों की ही ज़रूरत होती है। इसलिए यह बहुत महत्वपूर्ण है कि शिशु को एक ही स्तन से दूध पीने दिया जाए, जब तक कि वह पश्च-दूध को प्राप्त कर लेने के बाद उस स्तन को अपने-आप न छोड़ दे। इसके बाद ही उसके मुँह में दूसरा स्तन देना चाहिए। अगर आप अपने शिशु को उसकी इच्छानुसार दूध पीने देंगी, तो हो सकता है कि एक बार में वह एक ही स्तन से सन्तुष्ट हो जाए

कुछ शिशु कुछ लम्बे घूंट भर लेने के बाद बीच-बीच में आराम करना पसन्द करते हैं। हो सकता है कि उनकी आँखें बन्द हों, लेकिन वे अभी तृप्त नहीं हुए होते। अगर आप यह सोचकर कि बच्चा सो चुका है, उसे स्तन से हटा देंगी तो हो सकता है कि वह भूखा रह जाए। इस स्थिति में उसे पश्च-दूध भी नहीं मिल पाएगा और वह असन्तुष्ट महसूस करेगा।

अगर किसी कारणवश शिशु को दूध पीते-पीते बीच में ही हटाना पड़े तो उसे एक झटके के साथ न हटाएँ। पहले उसकी ठोडी को थोड़ा नीचे की

तरह दबाकर, या उसके गाल और अपने स्तन के बीच एक उँगली रखकर चूषण-क्रिया (suction) को बन्द करें, और फिर धीरे से अपना स्तन शिशु के मुँह से बाहर निकालें।

स्तनों में भरभरापन (Engorgement fo the Breast) या फोड़ा (Breast Abscess) होने की सम्भावना को कैसे टाला जा सकता है?

प्रसव के तीन-चार दिन बाद आपके स्तन (दूध की अधिक मात्रा के कारण) बहुत भारी-भारी और सख्त प्रतीत हो सकते हैं। इसे स्तनों का भरभरापन या 'अतिपूर्णता' (engorgement of the breast) कहते हैं। जैसे ही आपको अपने स्तन सख्त होते हुए प्रतीत हों, उन्हें अपने हाथों से दबाकर थोड़ा दूध बाहर निकाल दें। अगर आप चाहें तो इस बहुमूल्य दूध को फेंकने की बजाय खुद पी सकती हैं। शिशु को बेरोकटोक और उसकी माँग के अनुसार बार-बार दूध पिलाने से स्तनों के भरभरेपन की सम्भावना को टाला जा सकता है।

अगर आप स्तनों के संक्रमण की शिकार हो जाएँ, तो भी शिशु को दूध पिलाते रहना सुरक्षित है। लेकिन अगर आप ऐसा नहीं करना चाहतीं, तो अपने हाथों से दबाकर दूध निकालती रहें। इस स्थिति में गर्म पानी की सेंकाई से भी आराम मिलता है। आपको पर्याप्त विश्राम करना चाहिए, और ज़रूरत होने पर आप एन्टी-बायोटिक्स का 8 से 10 दिन का कोर्स भी ले सकती हैं।

अगर स्तन पर कोई फोड़ा निकल आता है, तो आपको शल्य-क्रिया की जुरूरत पड़ सकती है। ऑपरेशन के तुरन्त बाद आपको शिशु को दूध पिलाना शुरू कर देना चाहिए। इससे घाव अच्छा होने में कोई बाधा नहीं आती।

क्या स्तनों के भरभरेपन (engorgement) **की स्थिति में बुखार भी आ सकता है?**

आमतौर से ऐसा नहीं होता। लेकिन कुछ माँओं को बुखार हो सकता है, हालाँकि यह ज़्यादा तेज नहीं होता। इस बुखार में कंपकपी लगने, अंगों में दर्द होने या 'अस्वस्थता की एक आम भावना' जैसे लक्षण भी नहीं होते, और यह एक-दो दिन से ज़्यादा नहीं रहता। अगर ऐसा नहीं होता है, तो आपके डॉक्टर को किसी संक्रमण की सम्भावना के लिए आपकी जाँच करनी पड़ सकती है, और आपको एन्टी-बायोटिक्स की ज़रूरत हो सकती है।

संक्रमण की स्थिति में माँ को कंपकंपी लग सकती है, और उसे 'अस्वस्थता की भावना' का अहसास भी हो सकता है।

स्तनों की गांठ (Blocked or plugged Duct) क्या होती है ?

जैसा कि पहले बताया जा चुका है, दूध का उत्पादन स्तन के वायु-कोष्ठ (alveoli) में होता है। वहाँ से यह दूध-नलिकाओं (milk ducts) के माध्यम से स्तन के गहरे रंग के हिस्सों यानी स्तन-मुख (areola) में पहुँचता है। कभी-कभी दूध के गाढ़ेपन के कारण कोई नलिका बन्द हो जाती है। दूध बाधा वाली जगह के पीछे इकट्ठा होने लगता है और एक गांठ-सी बन जाती है। इस स्थिति में माँ को बुखार नहीं होता है और वह आमतौर से सामान्य दिखाई देती है।

इस बंद नलिका का उपचार करना जरूरी होता है, अन्यथा संक्रमण के कारण स्तन की सूजन (mastitis) या फोड़े (abscess) का खतरा पैदा हो सकता है। सूजन की स्थिति में स्तन का कुछ हिस्सा गर्म, लालिमा-युक्त और पीड़ाजनक प्रतीत होता है, जबकि फोड़ा होने पर इस सूजन में एक तरल (fluid) भरा हुआ दिखाई देता है।

बन्द नलिका से पैदा हुई गांठ को धीरे-धीरे चूची की तरफ सहलाना चाहिए, ताकि उस हिस्से में एकत्रित दूध नीचे उतर सके। शिशु को इस स्तन से ज़्यादा से ज़्यादा दूध पिलाने की कोशिश करनी चाहिए। अगर अब तक आप लेटकर दूध पिलाती रही हैं (जो सामान्य स्थिति में पूरी तरह से सही है), तो अब बैठकर पिलाने की कोशिश करें। इसी तरह, अब आप शिशु को सामने की तरफ गोद में लिटने की बजाय अपनी एक बांह के नीचे लिटा सकती हैं। इससे स्तन के रुकावट वाले भाग (blocked section) से दूध खींचने में मदद मिलेगी।

चूचियों के सूजने का क्या कारण होता है ?

स्तनपान की गलत मुद्रा के कारण कुछ माओं की चूचियाँ पहले सप्ताह में ही सूज या छिल जाती हैं। शिशु के मुँह में स्तन का पर्याप्त हिस्सा न होने के कारण वह चूची पर ही मुँह मारता रहता है, और परिणामस्वरूप उसे नुकसान पहुँचा बैठता है।

यह बात हमेशा याद रखें कि बार-बार ज़्यादा देर तक दूध पिलाने से चूचियों को कोई नुकसान नहीं पहुँचता। चूचियों के घायल होने का एक कारण कृत्रिम या बोतल के निष्पल भी हो सकते हैं। शिशु को शुरू में ही इनकी आदत लग जाने से वह ठीक से स्तनपान नहीं कर पाता।

इसी तरह, अगर माँ शिशु को दूध पिलाते-पिलाते एक झटके के साथ अचानक ही उसे हटा दे, तो भी चूचियाँ घायल हो सकती हैं। स्तन को शिशु के मुँह से बाहर निकालने से पहले चूषण (suction) को (स्तन और शिशु के मुँह के बीच उँगली रखकर) बन्द कर देना चाहिए।

चूचियों के सूजने या कटे-छिले होने के बावजूद स्तनपान जारी रखना चाहिए। लेकिन शिशु को सही मुद्रा में लिटकर ही दूध पिलाना चाहिए, और स्तन का पर्याप्त हिस्सा उसके मुँह में होना चाहिए।

चूचियों को थोड़ी हवा (और अगर सम्भव हो तो धूप भी) लगने दें। कटी हुई चूचियों पर पश्च-दूध की एक-दो बूँदें मलें।

सूजन आमतौर से कुछ ही दिनों में उतर जाती है। लेकिन अगर यह जारी रहती है, या प्रसव के एक-दो सप्ताह बाद बिल्कुल अचानक ही उभर्ती है, तो इसके पीछे किसी फफूंद-सम्बन्धी संक्रमण (fungal infection) का हाथ हो सकता है। ऐसी स्थिति में चूची के आसपास के क्षेत्र में खुजली होने लगती है, और पीड़ा स्तन के भीतर तक भेदती हुई प्रतीत होती है। शिशु के मुँह में भी मुखपाक (thrush) उभर सकते हैं, जो दही की तरह दिखाई देने वाले सफेद धब्बे होते हैं और आसानी से जाते नहीं हैं। आपकी डॉक्टर चूचियों और शिशु के मुँह के लिए किसी उपयुक्त मलहम की सलाह देगी। कभी-कभी, इसके साथ-साथ आपको कोई दवा भी खानी पड़ सकती है।

यह बात याद रखनी चाहिए कि प्रसव के बाद शुरू के दो-तीन दिनों में, जब अपने शिशु को स्तनपान कराना शुरू ही किया होता है, चूचियों की थोड़ा-बहुत संवेदनशीलता और कोमलता (tenderness) एक सामान्य बात है।

क्या दूध पिलाने से पहले और बाद में स्तनों को हर बार धोने से, और कोई क्रीम या मलहम लगाने से स्तनों के सूजने या कटने-फटने की सम्भावना को टाला जा सकता है?

नहीं। बल्कि ठीक उल्टा होता है। प्रतिदिन स्नान करना ही पर्याप्त है। कभी भी अपनी चूचियों को साबुन से न धोएं। स्तनों को बार-बार धोने से साफ करने से स्तन-मुख (areola) में उपस्थित मोंटोगोमरी-ग्रन्थियों (Montgomery's glands) द्वारा पैदा किया जाने वाला एक महत्वपूर्ण जीवाणु-नाशक तेल भी पुंछ सकता है। ये तेल चूची और उसके आसपास के क्षेत्र को नरम रखने का काम भी करता है। इसकी कमी हो जाने से चूचियों में खुश्की पैदा हो सकती है, और उनके सूजने या कटने-फटने की सम्भावना कम होने की बजाय बढ़ सकती है। सूजी हुई या कटी-फटी चूचियों के इलाज के लिए बाजार में उपलब्ध क्रीमों और मलहमों के प्रयोग से बचें। वे आपकी समस्या को सुलझाने की बजाय और ज़्यादा बढ़ा सकती हैं।

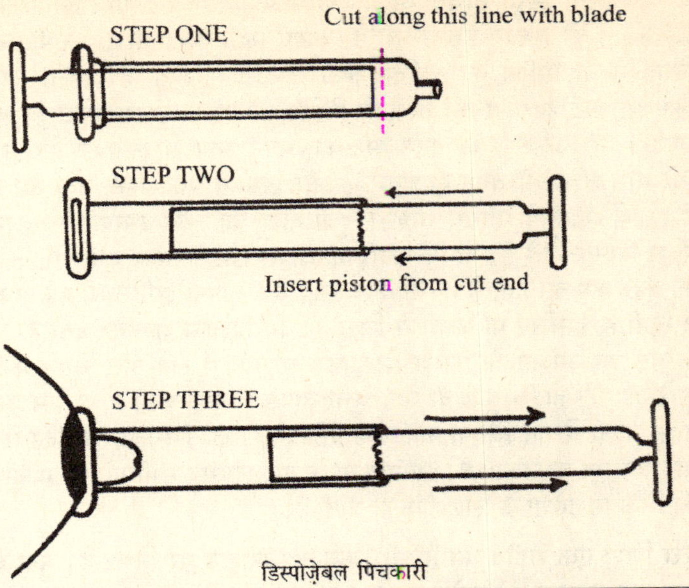

डिस्पोज़ेबल पिचकारी

मेरी चूचियाँ चपटी हैं। क्या मैं अपने शिशु को अपना दूध पिला सकूँगी?

हाँ। सफल स्तनपान स्तन या चूची के आकार पर निर्भर नहीं करता। अपनी चूची को अपनी उँगली से छुएँ या धीरे-से मलें। अगर यह थोड़े ज़्यादा उभर आती हैं तो इसमें बढ़ने-फैलने यानी प्रवर्धन (protraction) की क्षमता है। छूने के बाद अगर चपटी (flat) या छोटी चूची थोड़ी ज़्यादा उभर आती हैं (भले ही थोड़ी-सी) तो वह एक सामान्य चूची है। 'विश्रामगत' (resting) चूची के आकार का कोई महत्व नहीं है।

लेकिन कुछ दुर्लभ मामलों में चूची छूने पर भी बड़ी नहीं होती। अगर आप इसे बाहर खींचने की कोशिश करें तो यह और अन्दर चली जाती है। इसे उल्टी या धंसी हुई (inverted or retracted) चूची कहते हैं। शिशु के लिए उल्टी चूचियों वाले भरभरे स्तनों से दूध पीना बहुत ज़्यादा मुश्किल हो जाता है। ऐसे मामलें में माँ को हाथ से दूध बाहर निकालकर स्तन को थोड़ा नरम होने देना चाहिए। इससे शिशु स्तन के ज़्यादा हिस्से को अपने मुँह में भर सकता है। अगर हाथ से दबाकर पर्याप्त दूध निकालना सम्भव न हो, तो पति अपनी पत्नी का स्तन चूसकर उसे भरभरे पन से राहत दिलाने में मदद कर सकता है।

उल्टी या औंधी चूचियों वाली कुछ माँओं को एक डिस्पोज़ेबल पिचकारी (syringe) की ज़रूरत पड़ सकती है (देखिए रेखाचित्र)। इस 10 सें.मी. लम्बी पिचकारी या सिरिंज का टोंटीदार सिरा काट दिया जाता है (पहला चरण)। फिर इस कटे हुए सिरे की तरफ से पिस्टन को अन्दर डाला जाता है (दूसरा चरण)। माँ पिचकारी के दूसरे सिरे को अपने स्तन से लगाकर पिस्टन को धीरे-धीरे बाहर की तरफ खींचती है, और लगभग एक मिनट तक उसे उसी स्थिति में रखती है (तीसरा चरण)। चूची बाहर की तरफ उभरकर पिचकारी में प्रवेश करने लगती है। माँ पिचकारी को वापस छोड़ते समय कर्षण (traction) को कुछ कम कर देती है। चूची कुछ समय तक अपनी इसी उभरी हुई अवस्था में रहती है, इसलिए माँ जल्दी से शिशु को दूध पिलाना शुरू कर देती है। चूची के बढ़े हुए आकार के कारण शिशु को उसे मुँह में लेने और चूसने में कोई कठिनाई नहीं होती। कुछ देर बाद चूची वापस सिकुड़ जाती है, लेकिन अपनी पहले वाली स्थिति जितनी नहीं। इस प्रक्रिया को दो-तीन दिन तक दिन में कई बार दोहराया जा सकता है। इस प्रक्रिया के बाद लगभग सभी मामलों में चूचियों की सिकुड़न हमेशा के लिए ठीक हो जाती है।

मेरा शिशु एक महीने का है और केवल स्तनपान पर निर्भर है। मुझे कैसे पता चल सकता है कि मेरा दूध उसे पूरा पड़ रहा है?

सिर्फ माँ का दूध पीने वाला (और कोई अन्य पेय न लेने वाला) शिशु अगर 24 घण्टे में 6 से 8 या अधिक बार मूत्र-त्याग करता है, तो इसका अर्थ है कि उसे पर्याप्त दूध मिल रहा है।

लेकिन अगर आप उसके मूत्र-त्याग की संख्या की गिनती न कर पाएँ, तो उसके मूत्र के रंग को देखें। अगर यह ज़्यादातर हल्के रंग का है, तो इसका मतलब है कि उसे पर्याप्त दूध मिल रहा है। अगर कभी-कभार मूत्र का रंग गहरा दिखाई देता है, तो इसे नजरअंदाज किया जा सकता है। यहाँ यह याद रखना जरूरी है, कि जन्म के बाद शुरू के कुछ दिनों में वह कम बार मूत्र-त्याग कर सकता है, क्योंकि कोलोस्ट्रम में पानी की कम मात्रा होती है। इसी तरह, अगर शिशु को हमेशा लपेटकर रखा जाता है, तो पसीना आने के कारण भी वह कम बार मूत्र-त्याग कर सकता है। इस मूत्र का रंग भी गहरा हो सकता है।

लेकिन मेरी ज़्यादातर सहेलियाँ यह शिकायत क्यों करती रहती हैं कि उन्हें पूरा दूध नहीं उतरता?

अगर कोई बच्चा ज़्यादा रोता है, तो बहुत-सी माँएँ, नानी-दादियाँ और आयाएँ यह मान लेती हैं कि बच्चा भूखा है और माँ का दूध उसे पूरा नहीं पड़ रहा

है। वे अकसर यह भूल जाती हैं कि बच्चा हमेशा भूख के कारण नहीं रोता। हो सकता है कि वह आपकी गोद में रहना चाहता हो, और उसे ज़्यादा शारीरिक सम्पर्क की ज़रूरत हो। हो सकता है कि सिर्फ आराम के लिए वह स्तन को चूसना चाहता हो। हो सकता है उसका लंगोट गीला हो, उसके पेट में ऐंठन (colic) हो, उसे गर्मी या सर्दी लग रही हो, या उसका स्वास्थ्य ठीक न हो।

अगर कोई बच्चा अपना हाथ अपने मुँह की तरफ ले जाता है या अपनी उँगलियाँ चूसने लगता है, तो भी बहुत-सी माँएँ यह मान बैठती हैं कि उनका दूध बच्चे को पूरा नहीं पड़ रहा है। दरअसल इस चूसन के पीछे बच्चे को 'भूल' या 'रूटिंग' रिफ्लेक्स होता है। अगर कोई भी चीज बच्चे को गाल को छूती है, भले ही वह उसका अपना हाथ क्यों न हो, तो वह अपना मुँह उसी तरह ले जाता है। इसी को 'रूटिंग' कहते हैं।

अगर कोई शिशु देर तक स्तनपान करता रहे, या जल्दी खत्म कर दे, तो भी माँएँ चिन्तित हो उठती हैं। कुछ शिशु तेजी से दूध पीते हैं और कुछ धीरे-धीरे। और फिर, बढ़त के साथ-साथ बहुत से शिशु अपना स्तनपान पहले की तुलना में जल्दी खत्म कर देते हैं।

कई बार अपने स्तनों की नरमी को देखकर भी माँओं को यह आशंका होने लगती है कि उनसे पूरा दूध नहीं उतर रहा। दरअसल स्तनों का भारीपन और सख्ती कुछ ही दिनों की बात होती है, या फिर ऐसे तब होता है, जब शिशु पूरा दूध न पी रहा हो। माँ और शिशु के बीच माँग और पूर्ति को लेकर एक तालमेल स्थापित हो जाने के बाद स्तनों को नरम ही रहना चाहिए।

शिशु के मूत्र के रंग और उसके मूत्र-त्याग की संख्या को देखकर ही माँ को यह फैसला करना चाहिए कि शिशु को पूरा दूध मिल रहा है या नहीं।

क्या शिशु के वज़न में होने वाली वृद्धि से भी हम यह पता लगा सकते हैं कि उसे पर्याप्त दूध मिल रहा है या नहीं?

हाँ, बशर्ते की वज़न की मशीन सही हो, और शिशु का वज़न हर बार एक ही मशीन पर तौला जाए — बिना कपड़ों के या पिछले बार से मिलते-जुलते कपड़ों में।

बहुत से लोग यह गलत धारणा भी बना लेते हैं कि शिशु का वज़न हर महीने लगभग दो पौंड या किलोग्राम ज़रूर बढ़ना चाहिए। बहुत से सामान्य बच्चों का वज़न इससे आधा ही बढ़ पाता है। यह बात भी याद रखनी चाहिए कि जन्म के बाद पहले कुछ दिनों में शिशु का वज़न आमतौर से थोड़ा कम हो जाता है, और दसवें दिन ही वह अपने जन्म का वज़न फिर से प्राप्त कर पाता है। इसलिए वज़न में असली बढ़ोत्तरी दसवें दिन से ही गिनी जानी चाहिए।

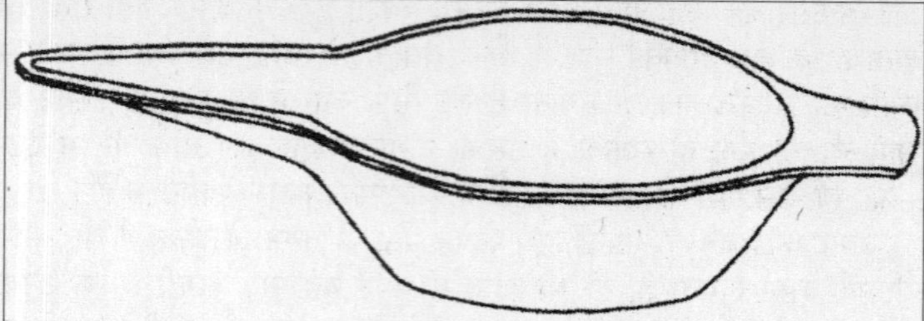

दुग्धपान की पलादाई

मेरा व्यक्तिगत अनुभव है कि जन्म के बाद से अपनी माँग के अनुसार स्तनपान करने वाला शिशु दसवें दिन से पहले ही अपने जन्म का वज़न फिर से प्राप्त कर लेता है।

क्या स्तनों में दूध का उत्पादन बढ़ाने के लिए मुझे कोई औषधि लेनी चाहिए ?

दूध का उत्पादन बढ़ाने के लिए दवाइयों से ज़्यादा यह ध्यान रखने की ज़रूरत है कि शिशु कई बार स्तनपान करे और बोतल से पूरी तरह दूर रहे। मेटोकलोप्रामाइड की 10 मि.ग्रा. की एक गोली दिन में 3 बार 10 दिन या ज़्यादा अवधि तक लेने से दूध की मात्रा बढ़ाने में मदद मिल सकती है। लेकिन इस बात का ध्यान रखें कि स्तनपान के साथ-साथ शिशु को बोतल से दूध न पिलाएँ।

अगर घर के बढ़े-बूढ़े दूध की मात्रा बढ़ाने के लिए आपको किसी विशेष आहार की सलाह देते हैं, तो इसे आजमाने में कोई हर्ज नहीं है।

कुछ शिशु अचानक ही स्तनपान करना क्यों छोड़ देते हैं ?

इसका कारण बहुत आसान भी हो सकता है — जैसे कि माँ की गँध में अचानक ही कोई परिवर्तन आ गया हो; उदाहरण के लिए वह बहुत-सा लहसून खाने लगी हो, या किसी नए साबुन या खुशबू (perfume) का प्रयोग करने लगी हों। दूसरी तरफ, इसका कोई गम्भीर कारण भी हो सकता है। उदाहरण के लिए शिशु को कोई गम्भीर संक्रमण हो गया हो या उसके मस्तिष्क को कोई क्षति पहुँची हो।

अन्य मामलों में कुछ बहुत छोटे शिशुओं (1800 ग्राम से भी कम वज़न वाले शिशु) का उदाहरण दिया जा सकता है, जिन्हें स्तनों का दूध हाथ से निकालकर किसी कप या पलादाई (जिसे बोंडला और झिनुक भी कहा जाता

है की मदद से पिलाना पड़ता है — जब तक कि उनमें स्तनों को चूसने की शक्ति न आ जाए।) इसी तरह अगर सर्दी के कारण शिशु की नाक बन्द हो, या फंगस इन्फेक्शन के कारण उसके मुँह में मुखपाक हो, तो भी शिशु स्तनपान से बिदक सकता है। इसके अलावा, बोतल के निप्पल की लत लग जाने के कारण या फिर वे शिशु जो कुछ समय के लिए अपनी माँ से अलग हो गए हों, भी शिशु स्तनपान से मुँह चुराने लगते हैं।

कभी-कभी माँ के स्तनों में ज़्यादा दूध होने के कारण शिशु के मुँह में एक साथ बहुत-सा दूध भर सकता है, और उसे साँस लेने में कठिनाई हो सकती है। ऐसे मामलों में शिशु को स्तनपान कराने से पहले थोड़ा दूध हाथ से बाहर निकाल देना चाहिए। दूसरा तरीका यह है कि माँ पीठ के बल सीधी लेट जाए और शिशु को अपने ऊपर लिटाकर उसे स्तनपान कराए।

कभी-कभी ऐसा भी हो सकता है कि शिशु को सचमुच ही पर्याप्त दूध न मिल पा रहा हो।

अगर शिशु को सचमुच ही पर्याप्त दूध न मिल रहा हो, तो माँ को क्या करना चाहिए?

इस तरह के मामले में माँ को हर समय शिशु के नजदीक रहना चाहिए उसे ज़्यादा-से-ज़्यादा गोद में उठाना चाहिए और अपने साथ ही सुलाना चाहिए। जब भी शिशु दिलचस्पी दिखाए, माँ को अपना स्तन उसके मुँह में दे देना चाहिए। लेकिन उस के साथ किसी तरह की जबरदस्ती नहीं करनी चाहिए। कुछ शिशु सोते समय ज़्यादा अच्छा स्तनपान करते हैं। कुल मिलाकर यह कोशिश की जानी चाहिए कि शिशु स्तनों को ज़्यादा-से-ज़्यादा चूसे, ताकि उनमें प्रेरक तरंगें पैदा हों।

माँ को यह भी देखना चाहिए कि शिशु की स्तनपान की मुद्रा सही है और स्तन-मुख (areola) का पर्याप्त हिस्सा उसके मुँह में है। साथ ही, शिशु को बोतल से दूध पिलाने की कोशिश नहीं की जानी चाहिए। जब भी शिशु दिलचस्पी दिखाए, माँ को उसे स्तनपान कराना चाहिए। अगर इसके बाद भी उसे लगता है कि शिशु भूखा है, तो उसे अपना दूध किसी कप या बोंडले में निकालकर शिशु को पिलाना चाहिए। अगर यह सम्भव नहीं है तो गाय या भैंस के दूध में आधा पानी मिलाकर उसे किसी कप या बोंडले की मदद से शिशु को पिलाना चाहिए — लेकिन हमेशा स्तनपान के बाद। जहाँ तक सम्भव हो, स्तनपान के साथ-साथ कोई दूसरा दूध पिलाने से बचें, लेकिन अगर ज़रूरत पड़े तो इस दूध में हमेशा पानी मिलाकर दें। दूध पतला होने के कारण शिशु

पूरी तरह से तृप्त और सन्तुष्ट महसूस नहीं करेगा, और वह स्तनपान में ज़्यादा दिलचस्पी दिखाएगा।

लेकिन यह ध्यान रखना भी ज़रूरी है कि शिशु भूखा न रहे। इसका पता उसके मूत्र के रंग और मात्रा और उसके वज़न में होने वाली वृद्धि को देखकर लगाया जा सकता है।

स्तनों के रिसाव (leaking breasts) **की समस्या से कैसे निबटा जाए?**

प्रसव के बाद शुरू के कुछ हफ्तों तक स्तनों से रिसाव हो सकता है। आमतौर से यह अपने-आप ही रूक जाता है। इस बीच ब्रेजियर और स्तन के बीच किसी तौलिए के कपड़े के छोटे-छोटे टुकड़े रखे जा सकते हैं।

क्या एक कामकाजी स्त्री को अपने शिशु को बोतल से दूध पीने की आदत डाल देनी चाहिए?

केन्द्र सरकार के नियमों के अनुसार एक स्त्री को वेतन-सहित 4) महीने का मातृत्व अवकाश (maternity leave) लेने का अधिकार है। इसके बाद वह अपनी बची हुई छुट्टियाँ (अगर हैं तो) लेकर इस अवधि को और ज़्यादा बढ़ा सकती है। एक कामकाजी माँ घर में अपनी उपस्थिति के दौरान शिशु को स्तनपान करवा सकती है, और छुट्टियों के दिनों में कुछ ज़्यादा बार। उसके काम पर होने की स्थिति में शिशु को पहले से निकाला हुआ माँ का दूध,

जुड़वा बच्चे

मसला हुआ केला और अन्य फल, घर पर बने नरम आहार, और पतला दही या छाछ वगैरह दिए जा सकते हैं।

हाथ से निकाला हुआ स्तनों का दूध सामान्य तापमान (room temperature) में कम-से-कम 4 घण्टों तक खराब नहीं होता। बोतल से दूध पिलाने से बचें। शिशु बड़ी आसानी से छोटे-गिलास या बोंडले (पलादाई) से सीधे ही दूध पी लेते हैं।

कई बार 'बच्चे को बोतल की आदत डालने' के उद्देश्य से जन्म के कुछ ही हफ्तों बाद उसे बोतल से दूध पिलाना शुरू कर दिया जाता है। यह बहुत दुर्भाग्यपूर्ण और दुखद स्थिति होती है, क्योंकि बोतल के निप्पल और माँ के स्तन से दूध पीने में बहुत ज़्यादा फर्क होता है, इसलिए शिशु बोतल का आसान रास्ता पसन्द करने लगता है और माँ के स्तनों से दूध पीने में दिलचस्पी खोने लगता है। इससे स्तनपान की विफलता (failure in breastfeeding) का खतरा पैदा हो सकता है।

क्या जुड़वाँ या समय-पूर्व शिशुओं के लिए भी माँ का दूध पर्याप्त होता है?

दिन में कई बाद दूध पिलाने से दोनों शिशुओं को सन्तुष्ट रखा जा सकता है। दूसरे शब्दों में कहें तो अगर एक स्तन को बार-बार खाली करते रहें, तो उससे एक शिशु को पर्याप्त मात्रा में दूध मिल सकता है।

समय-पूर्व पैदा होने वाले शिशुओं को, जो दूध निगल तो सकते हैं लेकिन स्तनों को नहीं चूस सकते, स्तन का दूध हाथ निकालकर कप या बोंडला (पलादाई) से पिलाना पड़ता है। हमारा अनुभव है कि चम्मच की बजाय एक सामान्य कप, गिलासी या बोंडला से दूध पिलाना कहीं ज़्यादा आसान और व्यावहारिक है। इससे दूध के श्वास-नली में चले जाने का खतरा नहीं रहता। माँ शिशु को अपनी गोद में बिठाकर उसका सिर थोड़ा ऊपर उठाती है, और एक छोटे गिलास से उसे दूध पिलाती है।

कभी-कभी, कोई समय-पूर्व शिशु इतना कमज़ोर होता है कि वह दूध को निगल भी नहीं सकता। ऐसे शिशु को पेट की एक ट्यूब के माध्यम से माँ का हाथ से निकाला गया दूध पिलाया जाता है।

जैसे ही शिशु में स्तनों को चूसने की शक्ति आ जाए, उसे जल्दी-से-जल्दी सामान्य स्तनपान कराना शुरू कर देना चाहिए।

समय-पूर्व शिशुओं को ज़्यादा प्रोटीनों की ज़रूरत होती है। यह कुदरत का कमाल है कि समय-पूर्व पैदा होने वाले शिशुओं की माँओं के दूध में अन्य माँओं की तुलना में ज़्यादा प्रोटीन होते हैं।

क्या माँ का दूध कभी-कभी शिशु के लिए भारी भी हो सकता है, और उसे दस्त या उल्टी की शिकायत हो सकती है?

नहीं, माँ का दूध शिशु के लिए सवोत्तम आहार होता है। स्तनपान के शुरू में यह दूध पतला होता है (पूर्व-दूध), जबकि आखिर में यह गाढ़ा हो जाता है (पश्च-दूध)। पूर्व-दूध में लोकटोस की भरपूर मात्रा होती है, जबकि पश्च-दूध वसा से भरपूर होता है। शिशु को इन दोनों की ही ज़रूरत होती है। वसा-युक्त दूध को भी शिशु आसानी से हजम कर लेते हैं, क्योंकि माँ के दूध में एक ऐसा तत्व मौजूद होता है, जो वसा के पाचन में मदद करता है।

माँ का दूध पीने वाले शिशु का मल आमतौर से थोड़ा पतला होता है। पूरी तरह से स्तन-पोषित कुछ शिशु कई बार पानी जैसा मल-त्याग भी करते हैं। कभी-कभी यह साबुन जैसा, हरा, झागदार या मटियाला भी हो सकता है, और इसमें कुछ दूसरे तत्व भी शामिल हो सकते हैं। इनमें से कुछ शिशु कभी-कभी मुँह से दही या दूध की उल्टी भी कर सकते हैं। लेकिन अगर वे सिर्फ माँ का दूध पी रहे हैं, चुस्त दिखाई देते हैं, ठीक-से स्तनपान करते हैं, और दिन में कई बार मूत्र-त्याग करते हैं, तो यह एक सामान्य स्थिति है और उन्हें किसी औषधि या उपचार की ज़रूरत नहीं है। उनका स्तनपान जारी रहना चाहिए। मैं इस स्थिति को 'केवल स्तनपान करने वाले शिशुओं का मनोवैज्ञानिक डायरिया' कहता हूँ। उन्हें किसी भी तरह की दवा देना हानिकारक हो सकता है।

अगर माँ अपने शिशु को सिर्फ पूर्व दूध पिलाती है, और मुँह में पश्च दूध पहुँचने से पहले ही उसे दूसरे स्तन से दूध पिलाने लगती है, तो शिशु को दोनों स्तनों से सिर्फ लेक्टोस से भरपूर पूर्व-दूध मिलेगा। कुछ शिशु लेक्टोस की इस भारी मात्रा को झेल नहीं पाते और जल्दी-जल्दी मल-त्याग करने लगते हैं। इस गलती को ठीक करना चाहिए, और शिशु को एक ही स्तन से दूध पीने देना चाहिए, जब तक कि पश्च-दूध प्राप्त कर लेने के बाद वह उस स्तन को खुद ही नहीं छोड़ देता।

दूसरी तरफ, कुछ पूरी तरह से सामान्य और स्वस्थ शिशु 3-4 दिनों में एक ही बार मल-त्याग करते हैं। लेकिन उनका मल सख्त नहीं होता। ऐसे शिशुओं को भी किसी उपचार की ज़रूरत नहीं होती। यह सच है कि इस तरह के कुछ शिशु थोड़े बेआराम दिखाई देते हैं, लेकिन मल-त्याग के बाद वे पूरी तरह से सामान्य महसूस करने लगते हैं।

क्या शिशु के मल का रंग हरा होने का अर्थ है कि उसे पर्याप्त दूध नहीं मिल रहा है ?

नहीं। अगर शिशु चुस्त दिखाई देता है और सामान्य ढंग से मूत्र-त्याग कर रहा है, तो हरा मल पूरी तरह से सामान्य है।

दूसरी तरफ, एक क्षीणकाय (emaciated) शिशु के मल में हरे रंग का कफ़ जैसा पदार्थ (Mucus) पाया जाता है जिसे 'स्टार्वेशन स्टूल' (starvation stool) कहते हैं। इस तरह के शिशु का वज़न नहीं बढ़ता और वह अस्वस्थ और दयनीय दिखाई देता है।

क्या माँ के दूध से एलर्जी होना बहुत आम बात है ?

गाय या पाउडर के दूध से एलर्जी बहुत आम बात है, लेकिन माँ के दूध के साथ ऐसी बात नहीं है। इसीलिए हम 6 महीने तक 'केवल स्तनपान' की सलाह देते हैं। जीवन के शुरू के महीनों में शिशु की आँतें (intestines) पूरी तरह से विकसित नहीं हुई होतीं, इसलिए गाय, भैंस या पाउडर के दूध में उपस्थित विजातीय तत्व (foreign substances) शिशु की नाज़ुक आँतों से उसकी शरीर-प्रणाली में पहुँच सकते हैं। इस तरह के शिशु दुग्ध-असहिष्णुता (milk intolerance) से लेकर (जिसमें भयंकर उल्टियाँ और दस्त हो सकते हैं) शरीर पर दाने निकालना, दमा और एग्ज़ीमा जैसी एलर्जी-सम्बन्धी बीमारियों के शिकार हो सकते हैं।

क्या मेरे भोजन में शामिल कुछ खास चीजें शिशु को परेशान कर सकती हैं ?

माँ के आहार में मौजूद कुछ तत्वों की थोड़ी-सी मात्रा बिना किसी परिवर्तन के उसके दूध में प्रवेश कर सकती है। कभी-कभी इनमें से कुछ तत्वों से शिशु परेशान हो सकता है और रोना शुरू कर सकता है। इसकी ज़्यादा सम्भावना तब रहती है जब आप गाय या भैंस के दूध या कॉफी का सेवन कर रहे हों। किसी माँ को यह सलाह देना कि उसे कौन-सा आहार लेना चाहिए, बहुत मुश्किल काम है। जब भी आपको लगे कि कोई खास चीज खाने या पीने के बाद शिशु निश्चित रूप से परेशान हो जाता है, तो उस चीज से दूर रहने की कोशिश करें। उदाहरण के लिए, अगर आप दूध पी रही हैं, तो यह शाम के समय शिशु के रोने (जिसे 'थ्री मंथा'ज़ कॉलिक' या 'ईवनिंग कॉलिक' कहते हैं) का एक सम्भव कारण हो सकता है। आप 2 सप्ताह के लिए दूध और दूध से बनी अन्य चीजों (दूध वाली चाय समेत) का प्रयोग बंद कर सकती हैं। अगर 'कॉलिक' यानी शिशु के अकारण रोने का कारण 'दूध' है,

तो इसके बाद उसके रोने में कुछ कमी आएगी। ऐसा होने की स्थिति में दूध और दूध-उत्पादों का प्रयोग 6 महीने के लिए बिल्कुल बन्द कर दें। लेकिन अगर दूध से दूर रहने के बावजूद शिशु पहले की तरह ही रोता रहता है, तो उसके 'कॉलिक' का कारण दूध नहीं है।

अगर कोई आपसे कहे कि शिशु आपके दूध को सहन नहीं कर पा रहा है, तो उसे दूध पिलाना बन्द न करें। अगर परिवार में एलर्जी की बहुत आम शिकायत रही है, तो गर्भावस्था और स्तनपान की अवधि के दौरान दूध और दूध-उत्पादों, मूँगफली और अण्डे के सेवन से दूर रहें। अगर कोई आपसे पूछे कि आप दूध पीएँगी नहीं तो वह स्तनों में बनेगा कैसे, तो उसे गाय का उदाहरण दें। गाय जरा-सा भी दूध नहीं पीती है, लेकिन फिर भी वह दूध देती है!

आपके द्वारा सेवन किया गया लहसून, प्याज, शतावर और वैनिला आपके दूध में प्रवेश कर सकता है। आश्चर्य की बात है कि अधिकांश शिशुओं को इनकी गंध अच्छी लगती है।

यह बात याद रखनी चाहिए कि कुछ 'ऊँची ज़रूरतों वाले शिशु' (high-need babies) आम शिशुओं से थोड़ा ज़्यादा ही रोते हैं। उन्हें गोद और लाड़-प्यार की ज़्यादा ज़रूरत होती है। भूख न होने पर भी उन्हें स्तनों को चूसना अच्छा लगता है। अगर माँ इस बात को स्वीकार कर ले कि उसका शिशु दूसरों से अलग है, और उसे ज़्यादा शारीरिक सम्पर्क देने का प्रयास करे, तो आमतौर से शिशु शांत हो जाता है और एक-दो महीने में ज़्यादा सहयोगपूर्ण व्यवहार करने लगता है।

अगर माँ अस्वस्थ हो तो क्या उसे स्तनपान बन्द कर देना चाहिए?

अगर माँ को कैंसर है, या वह इतने गम्भीर रूप से बीमार है कि शिशु को दूध पिलाना उसके लिए शारीरिक रूप से असम्भव है, तभी हम स्तनपान को बन्द करने की सलाह देंगे; ऐसी स्थिति में जब उसका रेडियो-एक्टिव उपचार चल रहा है, या वह कैंसर विरोधी दवाएँ ले रही है।

लेकिन अगर वह हेपेटाइटिस, टायफाइड, हैजा, अतिसार (डायरिया), टीबी या कोढ़ जैसे संक्रमणों की शिकार है तो वह शिशु को अपना दूध पिलाना जारी रख सकती है। बहुत-से मामलों में माँ के शरीर में इन संक्रमणों के खिलाफ एन्टी-बॉडीज पैदा हो जाते हैं, जो शिशु की इनसे रक्षा करते हैं — उस स्थिति में भी जब माँ को अपनी बीमारी का पता नहीं होता।

जहाँ तक एचआइवी संक्रमण (एड्स) का प्रश्न है, अधिकांश शिशु जन्म से पहले ही इससे प्रभावित हो चुके होते हैं। लेकिन कुछ शिशु माँ के दूध से भी इस रोग की चपेट में आ सकते हैं। क्योंकि स्तनपान के माध्यम से एड्स

होने की छोटी सम्भावना की तुलना में कृत्रिम दूध से जुड़े खतरे कहीं ज़्यादा हैं (खासकर विकासशील देशों में), हम आमतौर से 3 महीने तक केवल स्तनपान, और फिर पूरी तरह से कृत्रिम पोषण की सलाह देते हैं। लेकिन अगर माँ को पूरा भरोसा है कि वह शिशु को सुरक्षित कृत्रिम पोषण दे सकती है, तो वह उसे अपना दूध न पिलाने का निर्णय ले सकती है।

माँ द्वारा ली गई कुछ औषधियाँ उसके दूध में पहुँच सकती हैं, लेकिन वे आमतौर से शिशु को कोई नुकसान नहीं पहुँचातीं। इसलिए ज़्यादातर एन्टी-बायोटिक्स, एन्टी-पाइरेटिक्स (बुखार कम करने की दवाएँ), और ज़्यादातर एन्टी-कोग्युलेंट्स (जमाव-विरोधी दवाएँ) और गर्भ-निरोधक (कंट्रासेप्टिव्स) सुरक्षित हैं। इसी तरह टीबी, कुष्ठ-रोग (leprosy), मिरगी (epilepsy) या मनोवैज्ञानिक विकारों के लिए ली जाने वाली दवाएँ भी सुरक्षित हैं। कोई सन्देह होने की स्थिति में आप किसी विशेषज्ञ से बात कर सकती हैं।

हम आमतौर से माँ को सलाह देते हैं कि वह स्तनपान के फौरन बाद दवा का सेवन करे, और शिशु पर उसकी प्रतिक्रिया देखने का प्रयास करे। अगर माँ स्वस्थ नहीं है (और सामान्य स्थिति में भी), वह लेटे-लेटे शिशु को अपना दूध पिला सकती है। वह मासिक धर्म के दौरान भी स्तनपान करा सकती है, और अगली गर्भावस्था की आधी अवधि तक भी। अगर वह अच्छी तरह खा-पी रही है, तो वह गर्भावस्था की पूरी अवधि के दौरान भी स्तनपान करा सकती है।

अगर शिशु माँ से अलग हो जाए, या शिशु का कोई बड़ा ऑपरेशन होना हो, तो क्या करना चाहिए?

ऐसे मामले में माँ को हर 3 घण्टे बाद अपना दूध हाथ से निकालते रहना चाहिए — शिशु को पिलाने के लिए भी, और स्तनों के भरभरेपन की सम्भावना को टालने के लिए भी। जितना जल्दी सम्भव हो, सामान्य स्तनपान फिर से शुरू कर देना चाहिए। तब तक डॉक्टर की सलाह से शिशु को हाथ से निकाला गया दूध (expressed milk) पिलाते रहना चाहिए।

स्तनों का दूध हाथ से निकालने का सही तरीका क्या है?

सबसे पहले तो दूध के सहज प्रवाह को उद्वेलित (stimulate) करने के लिए किसी सहेली या सम्बन्धी की मदद लेना बेहतर है। इसके लिए, स्तनों को धीरे-धीरे चूचियों की तरफ सहलाएँ, फिर बैठ जाएँ और अपनी बाहों को एक दूसरे में डालकर सामने किसी टेबल पर रख लें और उन पर अपना सिर टिका लें। स्तनों को झूलता हुआ छोड़ दें। अपनी सहायिका से अनुरोध करें कि वह अपनी उँगलियों के पोरों से आपकी पीठ को ऊपर से नीचे सख्ती से रगड़े।

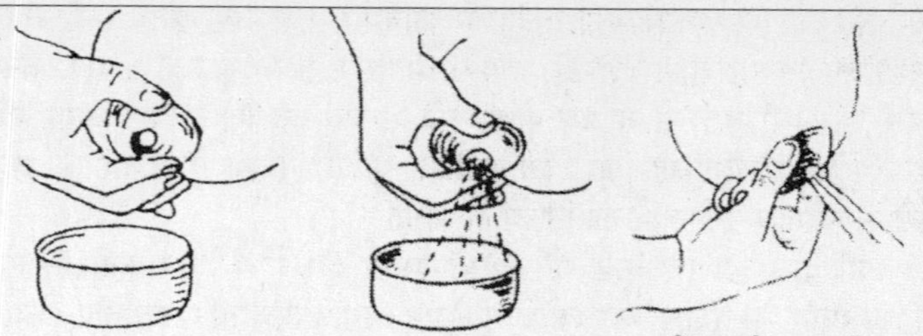

दूध निकालने का तरीका

उसे रीढ़ के दोनों तरफ के हिस्से को, और गर्दन से लेकर कंधों के छोर तक के हिस्सों को 2 मिनट तक रगड़ने के लिए कहें।

अब एक साफ कप लें। अपने हाथ धो लें और कप को स्तन के नजदीक पकड़ें। अपने अँगूठे को चूची के ऊपर के गहरे रंग के हिस्से यानी स्तन-मुख (ariola) पर रखें — चूची से लगभग एक इंच या 2.5 सें.मी. ऊपर — और अपनी पहली उँगली को चूची के नीचे वाले हिस्से पर (देखिए रेखा चित्र)। अब अँगूठे और उँगली को अन्दर की तरफ (यानी अपने सीने की तरफ) दबाएँ, और साथ ही अँगूठें और उँगली के बीच स्तन-मुख के हिस्से को दबाएँ और छोड़ें। इसी तरह कुछ क्षणों तक उसे दबाती और छोड़ती रहें। शुरू में कोई दूध नहीं निकलेगा, लेकिन अगर आप इसी तरह दबाती और छोड़ती रहेंगी तो कुछ ही देर में दूध की बूँटें निकलनी शुरू हो जाएँगी। स्तन-मुख को इसी तरह दाएँ-बाएँ से भी दबाएँ (रेखाचित्र में दर्शाए गए तीसरे चरण की तरह), ताकि स्तन के सभी हिस्सों से दूध बाहर आ सके। एक स्तन से लगभग 5 मिनट तक दूध निकालें, फिर दूसरे स्तन पर यही प्रक्रिया आजमाएँ। इसके बाद दोनों स्तनों से इस बार फिर बारी-बारी से दूध निकालें। आप दोनों स्तनों के लिए अपनी इच्छानुसार अपने किसी भी हाथ का प्रयोग कर सकती हैं।

स्तनों का दूध निकालने के लिए 'गर्म बोतल की विधि' क्या है ?

स्तनों को भरभरेपन से राहत दिलाने का यह एक व्यावहारिक तरीका है, खासकर तब जब स्तनों में दर्द हो रहा हो और हाथ से दूध निकालना मुश्किल हो। चौड़ी गर्दन वाली (लगभग 3 सें.मी. व्यास की) शीशे की एक बड़ी बोतल (750 मि.ली. से 1 लिटर तक)। इसे गर्म करने के लिए इसमें थोड़ा-सा गर्म पानी डालें। इसके बाद इसे गर्म पानी से ऊपर तक भर दें। कुछ देर तक इसे इसी तरह खड़ी रहने दें, ताकि बोतल गर्म हो जाए। इसके बाद बोतल का

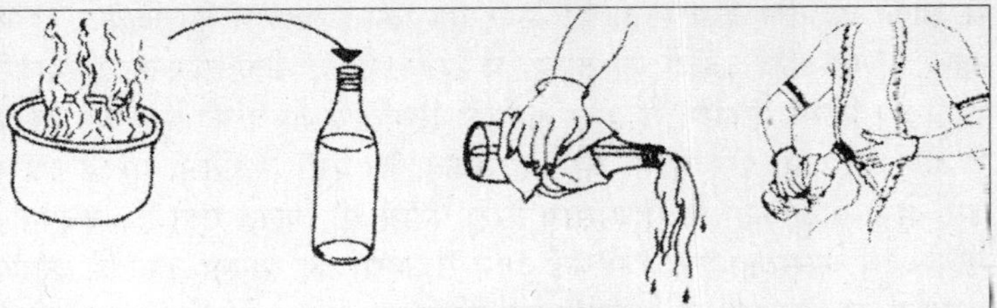

गर्म बोतल की विधि

एक कपड़े से ढँककर पानी को बाहर निकाल दें। बोतल की गर्दन को ठण्डा करने के बाद इसका मुँह अपनी चूची पर रख दें। इसे हर तरफ से दबाकर रखें, ताकि इसमें हवा न जाने पाए। कुछ देर तक बोतल को इसी स्थिति में मजबूती से टिकाकर रखें। कुछ देर बाद बोतल ठण्डी हो जाएगी और अपनी चूषण (suction) शक्ति के कारण चूची को अपने भीतर खींचने लगेगी। कुछ ही देर में स्तन से दूध निकलना शुरू हो जाएगा और बोतल में इकट्ठा होने लगेगा। दूध का प्रवाह कम हो जाने के बाद चूषण को धीरे-से खत्म करें और बोतल को हटा लें। दूध को बाहर निकालकर यही प्रक्रिया दूसरे स्तन के साथ दोहराएँ। इस विधि के प्रयोग के बाद स्तनों का भयंकर दर्द काफी कम हो जाता है, और हाथ से दूध निकालना या शिशु को स्तनपान कराना आसान हो जाता है।

सम्भव है कि चूषण की आकस्मिक अनुभूति के कारण आप अपने-आपको बोतल से पीछे हटा लें। ऐसा होने की स्थिति में बोतल में फिर से गर्म पानी डालकर पूरी प्रक्रिया को दोहराएँ।

शिशु को किस उम्र तक स्तनपान कराया जा सकता है ?

यह आप पर निर्भर करता है — माँ पर।

हम निश्चित रूप से इतना जानते हैं कि एक वर्ष की उम्र के बाद भी स्तनपान जारी रखने से माँ और शिशु दोनों को ही लाभ पहुँचता है। इसका एक महत्वपूर्ण लाभ यह है कि संक्रमणों के हमले और अस्पताल के चक्कर काटने की मुसीबत काफी हद तक टली रहती है। दूसरे वर्ष में बच्चा अन्य बच्चों के भी सम्पर्क में आता है, और संक्रमणों के हमले की सम्भावना बढ़ जाती है। हर चीज को मुँह में डालने की आदत के कारण भी बच्चे को बीमारियों का खतरा बना रहता है। ठोस आहार के साथ-साथ माँ का दूध पीने वाला शिशु इन खतरों

से काफी हद तक बचा रहता है। अगर वह किसी संक्रमण का शिकार हो भी जाता है, तो अन्य बच्चों की तुलना में उसके जल्दी ठीक होने की सम्भावना रहती है। किसी संक्रमण से ग्रस्त होने की स्थिति में बच्चे की भूख मर सकती है और वह पानी पीने से भी जी चुरा सकता है। ऐसी स्थिति में माँ के दूध से उसे थोड़ी पौष्टिकता के साथ-साथ तरल पदार्थ भी मिलते रहते हैं। बचपन में माँ के दूध के सुरक्षा-कवच में कई आम संक्रमणों का सामना करने के कारण, बच्चे में इन संक्रमणों के खिलाफ एक प्रतिरोधक शक्ति विकसित हो जाती है, जो बड़ी उम्र में भी उसके काम आती है। बहुत-से लोग इस बात का अहसास नहीं कर पाते कि दूसरे वर्ष में भी माँ का दूध प्रतिरोधक शक्तियों से उतना ही भरपूर होता है जितना कि पहले वर्ष में।

दूसरे वर्ष में बच्चे के लिए जरूरी कैलोरियों और प्रोटीन का एक तिहाई या इससे भी ज़्यादा हिस्सा माँ के दूध से प्राप्त किया जा सकता है।

अगर परिवार के इतिहास में एलर्जी की आम शिकायत रही है, तो दूसरे वर्ष में स्तनपान जारी रखना और भी ज़्यादा महत्वपूर्ण है। लम्बे समय तक जारी स्तनपान बच्चे में सुरक्षा की भावना पैदा करने के साथ-साथ उसे एलर्जियों और दाँतों के दोषों से भी बचाए रखता है।

स्तनपान कराने वाली माँ के शरीर में पैदा होने वाले हार्मोन उसे शान्तचित्त और प्रसन्न रखते हैं। बच्चे को कोई चोट लग जाए या वह परेशान दिखाई दे तो माँ उसे अपना दूध पिलाकर शान्त और खुश करने की कोशिश करती है। अगर 'केवल स्तनपान' की अवधि के बाद ठोस आहार को धीरे-धीरे शामिल किया जाए, तो दूसरे वर्ष में भी माँ के मासिक-धर्म के शुरू होने और उसके फिर से गर्भवती होने की कम सम्भावना होती है। फिर भी, परिवार नियोजन के बारे में उचित सलाह लेना और पर्याप्त सावधानियाँ बरतना हमेशा अच्छा रहता है।

कुछ माँएँ दूसरे वर्ष के बाद भी स्तनपान जारी रखना पसन्द करती हैं। अगर माँ और बच्चा दोनों ही खुश हैं और बच्चे का अच्छा विकास हो रहा है, तो डॉक्टर भी इसका समर्थन करते हैं। दूसरी तरफ कुछ बच्चे 18 महीने की उम्र के बाद अपने-आप ही स्तनपान करना बन्द कर देते हैं। इसे भी खुशी-खुशी स्वीकार किया जाना चाहिए।

अगर कोई माँ अपना दूध बन्द करना चाहती है, तो हम उसे धीरे-धीरे इसे बन्द करने की सलाह देते हैं। यह माँ और शिशु दोनों के लिए ही अच्छा है। दूध को सुखाने वाली दवाओं से दूर रहना चाहिए, क्योंकि इनके कई दुष्प्रभाव हो सकते हैं। दूध छुड़ाने के दौरान आपको अपने बच्चे को पर्याप्त शारीरिक सम्पर्क देना चाहिए और उसके अतिरिक्त आहार की मात्रा भी बढ़ा देनी चाहिए,

साथ ही दो स्तनपानों के बीच की अवधि भी बढ़ाती रहें। शुरू में सिर्फ सुबह के समय दूध पिलाना बन्द करें। एक सप्ताह बाद इसे दोपहर को भी बन्द कर दें। इस तरह की स्थितियों से बचने की कोशिश करें जिनसे बच्चे को स्तनपान की याद आए, उदाहरण के लिए खाते समय उसे अपनी गोद में बिठाना। बच्चे को बड़े प्यार से, लेकिन साथ ही दृढ़ता से समझाया जा सकता है कि उसे आप बाद में अपना दूध पिलाएँगी, लेकिन अभी नहीं। अगर बच्चे को सोने से पहले दूध पीने की आदत को छोड़ने में परेशानी हो, तो रात को दूध पिलाना सबसे आखिर में बन्द करें।

आपके लिए यह जानना बहुत महत्वपूर्ण है कि दूध छुड़ाने के बाद भी कई महीनों तक माँ के स्तनों में थोड़ा-बहुत दूध रह सकता है।

कृत्रिम और बोतल पोषण

कई बार, गोद लिए शिशुओं को, और उन शिशुओं को जो अपनी माँ को खो चुके हैं — या फिर उन शिशुओं को जिन्हें 'बोतल की लत' लग चुकी है और वे कुछ समय से स्तनों का दूध पीना बिल्कुल बन्द कर चुके हैं — कृत्रिम दूध देने की ज़रूरत पड़ सकती है।

इस तरह के मामलों में भी, स्तनपान सम्भव है। गोद लेने वाली माँ, जिसने कभी भी किसी बच्चे को जन्म नहीं दिया, शिशु को आंशिक या पूरा स्तनपान करा सकती है।

दूध-पिलाई (wet-nursing) यानी किसी धाय का प्रयोग एक अन्य विकल्प है। जहाँ अपने शिशु को दूध पिलाने वाली माँ किसी गोद लिए शिशु को या ऐसे शिशु को जो अपनी माँ को खो चुका हो, अपना दूध पिला सकती है।

जिन माँओं का दुग्ध-काल (lactation) खत्म हो चुका होता है, उनके दुग्ध-काल को भी फिर से शुरू किया जा सकता है।

इस तरह के मामलों में पूरी जानकारी के लिए निम्नलिखित पते पर सम्पर्क करें —

ब्रेस्टफीडिंग प्रमोशन नेटवर्क ऑफ इण्डिया (BPNI) BP-33,
पीतम पुरा,
नई दिल्ली-110034

ताज़ा दूध या पाउडर का दूध

अगर कृत्रिम दूध देना जरूरी है, तो मैं 6 महीने की उम्र के शिशु को गाय या भैंस का बिना पानी मिला दूध दिए जाने की सलाह दूँगा। अगर दूध में

बहुत ज़्यादा वसा (Fat) है, तो इसकी क्रीम (मलाई) हटा दें। कुछ कम्पनियाँ 6 महीने की उम्र के ऊपर के बच्चों के लिए पाउडर की शक्ल में एक 'फॉलो-अप फार्मूला' तैयार करने लगी हैं। इनमें से कुछ पाउडरों में आयरन भी मिलाया जाता है। ये 'फॉलो-अप फार्मूले' बच्चे के पालन-पोषण का खर्चा बढ़ाने के अलावा उसे कोई और लाभ नहीं पहुँचाते। मैं इस मामले में 'वर्ल्ड हेल्थ ऑर्गनाइजेशन' (WHO) से सहमत हूँ, और इनके प्रयोग की सलाह नहीं देता।

6 महीने की उम्र से कम के शिशुओं के लिए अगर तरल (ताजे) दूध और पाउडर के दूध के बीच चुनाव करना पड़े, तो मैं निर्धन और निम्न मध्यवर्गीय परिवारों के लिए तरल दूध की सलाह दूँगा। इसमें पाउडर के दूध की तुलना में ज़्यादा पानी मित्र जाने की सम्भावना नहीं रहती। क्योंकि बच्चे को पिलाने से पहले दूध को उबालने की परम्परा है, इसलिए संक्रमण के खतरे भी कम हो जाते हैं। 4 महीने की उम्र तक शिशु को गाय के दो हिस्से शुद्ध दूध में एक हिस्सा पानी मिलाकर दिया जा सकता है। 4 महीने के बाद उसे बिना पानी मिला दूध दिया जा सकता है। अगर दूध भैंस का है तो इसकी क्रीम हटाई जा सकती है। 4 औंस (120 मि.ली.) दूध में एक चम्मच चीनी काफी होती है।

जो लोग दूध पाउडर का खर्चा उठा सकते हैं और उसका सुरक्षित ढंग से उपयोग कर सकते हैं, उन्हें एक चम्मच दूध पाउडर (डिब्बे में रखा चम्मच) और एक औंस (30 मि.ली.) पानी के अनुपात में शिशु के लिए दूध तैयार करना चाहिए।

शिशु को 'स्किम्ड' या 'कंडेंस्ड' दूध कभी नहीं देना चाहिए।

दूध की आवृत्ति और मात्रा

शिशु को दिन में पाँच बार 4-4 घण्टे के अन्तर से दूध पिलाएँ। दूध की मात्रा शिशु के वज़न के हिसाब से तय करें — हर बार प्रति एक किलोग्राम एक औंस (30 मि.ली.) दूध के हिसाब से। उदाहरण के लिए, अगर शिशु का वज़न 4 किलोग्राम है, तो उसे हर 4 घण्टे बाद 4 औंस (120 मि.ली.) दूध दें — मध्यरात्रि के दूध को छोड़कर। यह एक मोटा-मोटा हिसाब है। अगर शिशु पूरा 4 औंस दूध पी जाता है, तो अगली बार उसे $4^{1/2}$ औंस दूध दें। हर बार थोड़ा-सा दूध बच जाना चाहिए। एक बार में आप शिशु को ज़्यादा से ज़्यादा 8 औंस (240 मि.ली.) दूध दे सकती हैं।

दूध बोतल से पिलाएँ या कप से

बोतल की बजाय कप, गिलास या पलादाई (लम्बे और टोंटीनुमा छोर वाली इस

परम्परागत कटोरी को बोंडला या झिनुक भी कहते हैं) से दूध पिलाना कहीं ज़्यादा सुरक्षित है, इसलिए इन्हीं के प्रयोग को प्राथमिकता दी जानी चाहिए। हमें कई समय-पूर्व शिशुओं को, जिनमें निगलने के रिफ्लेक्स का विकास हो चुका था, कम या सामान्य गिलास से दूध पिलाने का अनुभव है। कुछ लोगों में यह अनावश्यक डर बैठा हुआ है कि इन तरीकों से दूध शिशु की श्वास-नली में जा सकता है। हम सिर्फ इतनी सावधानी बरतने के लिए कहेंगे कि शिशु का मुँह थोड़ा ऊपर उठा होना चाहिए और उसे (इन बर्तनों से) बहुत धीरे-धीरे दूध पिलाना चाहिए। इन बर्तनों को साफ करना भी आसान है, और वे चम्मच से दूध पिलाने से भी बेहतर हैं, जिसमें बहुत ज़्यादा समय लग जाता है। चम्मच से दूध पिलाने से दूध के बिखरने और हनारी उँगलियों से शिशु तक कोई संक्रमण पहुँचने की सम्भावना भी ज़्यादा है।

हम बहुत-से छेदों वाले टूटीदार कपों की सलाह भी नहीं देंगे, क्योंकि उन्हें साफ करना ज़्यादा मुश्किल है।

बोतल से दूध पिलाते समय बरती जाने वाली सावधानियाँ

लेकिन अगर आप बोतल से ही दूध पिलाना चाहती हैं, तो आपको हर बार ऐसी बोतल का प्रयोग करना चाहिए जो पानी में उबाली जा चुकी हो। आपके पास इस तरह की लगभग आधा दर्जन बोतलें होनी चाहिए, जिनमें से एक बोतल का प्रयोग पानी या फलों का रस पिलाने के लिए किया जा सकता है। हर पोषण के बाद बोतल और उसके निप्पल को धोना चाहिए। निप्पल से चिपके दूध को थोड़ा-सा नमक मलकर साफ कर देना चाहिए। बोतल को अलग रख देना चाहिए, और निप्पल को उसके साथ मिलने वाली टोपी से ढंक देना चाहिए। जब 4 या 5 बोतलों का प्रयोग किया जा चुका हो, तो धोने और पोंछने के बाद इन सभी को ठण्डे पानी से भरी एक बड़ी कड़ाही में रखकर लगभग 10 मिनट तक उबालना चाहिए। पानी के ठण्डा हो जाने के बाद उसे फेंक देना चाहिए और कड़ाही को अच्छी तरह से ढंक देना चाहिए। जब भी किसी बोतल की ज़रूरत हो, तो अपने हाथों को अच्छी तरह से धोने के बाद ही बोतल और उसके निप्पल को छूना चाहिए।

बोतलों को विसंक्रमणित (sterilised) भी किया जा सकता है। इसके लिए उन्हें लुगोल'ज़ आयोडीन मिले पानी में (एक लिटर पानी में लुगोल'ज़ आयोडीन की 5 बूंदे) 4 घण्टे तक डुबोए रखना चाहिए। एक दूसरा विकल्प है सोडियम हाइपोक्लोराइट का घोल (जो मिल्टन या अन्य नामों से उपलब्ध है। एक लिटर पानी में इस घोल का एक चम्मच (5 मि.ली.) मिलाना पड़ता है।)

शिशु को दिए जाने वाले दूध का तापमान सही होना चाहिए। दूध की कुछ दूँदे अपने हाथ की उल्टी तरफ गिराकर आप इस तापमान की जाँच कर सकती है।

बोतल के निप्पल या चूची (teat) के छेद का आकार भी सही होना चाहिए। बोतल में दूध भरकर इसे उल्टा पकड़कर देखें। अगर दूध बूँद-बूँद करके गिरता है तो छेद का आकार सही है। लेकिन अगर बोतल को हिलाना पड़ता है या दूध एक धार के रूप में गिरता है तो छेद ज़रूरत से ज़्यादा छोटा या बड़ा है। छोटे छेद को कपड़े सिलने की सुई से बड़ा किया जा सकता है। इसके लिए पहले सुई को एक पकड़ (kitchen ting) से पकड़कर आग में अच्छी तरह तपा लेना चाहिए।

गाय या भैंस के दूध को बोतल में डालने से पहले छान लेना चाहिए, अन्यथा इसकी मलाई निप्पल के छेद को बन्द कर सकती है।

बोतल में दूध डाल देने के बाद इसे जल्दी-से-जल्दी शिशु को पिला देना चाहिए। सामान्य तापमान (room temperature) में बोतल के दूध को 2 घण्टे से ज़्यादा देर तक नहीं रखना चाहिए। लेकिन इसे रेफ्रिजरेटर में रखा जा सकता है, और शिशु को पिलाने से पहले कुछ देर के लिए गर्म पानी के बर्तन में रखकर हल्का गर्म किया जा सकता है।

जब भी आप दूध की बोतल खरीदें तो यह ध्यान रखें कि इसका मुँह चौड़ा हो। काँच की बोतलें ज़्यादा अच्छी रहती हैं, लेकिन वे जल्दी टूट भी जाती हैं। अगर आप टूट-फूट-सुरक्षित यानी 'अन-ब्रेकेबल' बोतलें खरीदना चाहती हैं, तो यह ध्यान रखें कि वे मोटी धातु की बनी हुई हों, पारदर्शी (transparent) हों, और उन पर अंकित रेखांकन (markings) आसानी से दिखाई देते हों।

दूध पिलाते समय बोतल को कैसे पकड़ें

शिशु और माँ के बीच एक मधुर सूत्र की स्थापना के लिए, माँ को चाहिए कि वह शिशु को अपनी गोद में ले ले, उसे अपने शरीर से चिपटाए रखें, और अपनी प्यार भरी बाहों में उसे बोतल से दूध पिलाए। इस बात का ध्यान रखना चाहिए कि बोतल ऊपर उठी हुई हो, ताकि निप्पल हर समय दूध से भरा रहे। अन्यथा शिशु के पेट में अनावश्यक हवा जाती रहेगी।

बोतल से दूध पीने वाले शिशु ज़्यादा हवा अन्दर ले जाते हैं। उन्हें ज़्यादा बार डकार दिलाना पड़ता है — एक बार बीच में और एक बार आखिर में।

सोते समय शिशु के मुँह में बोतल न लगाएँ। वह सोकर उठेगा तो उसका पेट भरा होगा। वह भूख का और भूख की तृप्ति के आनन्द का अहसास नहीं

कर सकेगा। इससे दाँतों की सड़न (caries) की सम्भावना भी बढ़ जाती है।

जितनी जल्दी सम्भव हो, बोतल से पीछा छुड़ाने की कोशिश करें — ताकि आपके बच्चे को कप या गिलास से दूध पीने की आदत पड़ सके। किसी भी स्थिति में, 12 से 15 महीने की उम्र के बाद बोतल का प्रयोग नहीं किया जाना चाहिए।

कृत्रिम दूध (पाउडर के दूध समेत) पीने वाले शिशुओं को दो पोषणों के बीच उबला हुआ ठण्डा पानी पीने की ज़रूरत होती है। उन्हें दूध से विटामिन-सी की पर्याप्त मात्रा भी नहीं मिल पाती, इसलिए उन्हें फलों का रस या विटामिन-सी की बूंदे देनी चाहिए। गाय और भैंस का दूध पीने वाले शिशुओं को भी विटामिन की बूंदों की ज़रूरत होती है। अगर उन्हें मल्टी-विटामिन की बूंदें दी जा रही हों तो अलग से विटामिन 'सी' देने की ज़रूरत नहीं होती। 0.6 मि.ली. की ऐसी एक खुराक में विटामिन-सी की पर्याप्त मात्रा होती है।

ज़्यादातर दूध पाउडरों में विटामिन मिले रहते हैं। इसलिए इनका सेवन करने वाले शिशुओं को अलग से विटामिन देने की ज़रूरत नहीं होती।

बेबी-फूड और दूध पिलाने की बोतलों की मार्केटिंग पर लगाए गए अंकुश

स्तनपान को संरक्षण और प्रोत्साहन देने के लिए भारत सरकार ने 'द इस्फेंट मिल्क सबस्टीट्यूट्स, फीडिंग बॉटल्स एण्ड इन्फेंट फूड (रेगयुलेशन ऑफ प्रोडक्शन, सप्लाई एण्ड डिस्ट्रीब्यूशन) एक्ट, 1992 पास किया है। इसका उद्देश्य शिशुओं के लिए बनाए जाने वाले दूध पाउडरों, दूध पिलाने की बोतलों और दूध की आदत छुड़ाने वाले फार्मूलों पर कुछ खास तरह के अंकुश लगाना है। इस कानून के तहत दूध पाउडरों और दूध पिलाने की बोतलों के विज्ञापन की अनुमति नहीं है; साथ ही इन उत्पादों के उपयोग को बढ़ावा देने के लिए किसी भी तरह का प्रलोभन देने पर भी प्रतिबन्ध लगा हुआ है।

इस तरह के हर उत्पाद के डिब्बे या पैकेट पर अँग्रेजी और हिन्दी में यह छपा होना जरूरी है कि 'माँ का दूध आपके शिशु के लिए सर्वोत्तम हैं, और इसके साथ ही यह चेतावनी भी कि यह उत्पाद शिशु के लिए पौष्टिकता का एकमात्र स्रोत नहीं है। किसी भी दूध पाउडर या अन्य फार्मूले पर 'फुल प्रोटीन फूड', 'एनर्जी फूड', 'कम्पलीट फूड' 'हेल्दी फूड' और इनसे मिलते-जुलते शब्द लिखने की अनुमति नहीं है।

इस कानून में यह भी निहित है कि शिशुओं के पोषण से जुड़ी किसी भी शैक्षणिक और अन्य सामग्री में स्तनपान के लाभों और श्रेष्ठता का उल्लेख होना ज़रूरी है। इसके साथ श्रेष्ठता का उल्लेख होना ज़रूरी है। इसके साथ ही

बोतल के आंशिक प्रयोग से स्तनपान पर पड़ने वाले दुष्प्रभावों, अन्य विकल्पों का प्रयोग करने के बाद स्तनपान फिर से शुरू कराने में आने वाली कठिनाइयों, दूध पाउडरों और दूध पिलाने की बोतलों के प्रयोग के आर्थिक और सामाजिक पहलुओं, और दुग्धीय विकल्पों और दूध पिलाने की बोतलों के ग़लत प्रयोग से स्वास्थ्य को पहुँचने वाली हानियों का उल्लेख होना भी जरूरी है।

जो भी व्यक्ति कानून के इन प्रावधानों का उल्लंघन करता है, उसे जेल या जुर्माना या दोनों तरह की सजाएँ भुगतनी पड़ सकती हैं। जनता को इस तरह के किसी भी उल्लंघन पर नजर रखने की सलाह दी जाती है। इस सम्बन्ध में सरकार के आधिकारिक राजपत्र (official Gazette) में अधिसूचित चांर स्वयंसेवी संस्थाओं में से किसी के पास भी शिकायत भेजी जा सकती है। ऐसी ही एक संस्था है — 'एसोसिएशन फॉर कंज्यूमर्स एक्शन ऑन सेफ्टी एण्ड हेल्थ, पोस्ट बॉक्स नं. 2498, मुम्बई — 400002' ।

अर्ध-ठोस और ठोस आहार की शुरुआत

सबसे पहला प्रश्न आमतौर से यह पूछा जाता है कि एक शिशु को ठोस आहार देना कब शुरू करना चाहिए और क्यों? आपके शिशु को 6 महीने की उम्र तक सिर्फ दूध मिलना चाहिए। मेरा परामर्श है कि सभी शिशुओं को 6 महीने तक 'केवल स्तनपान' करना चाहिए, और उसके बाद उसके आहार में पर्याप्त मात्रा में अन्य आहार शामिल किए जाने चाहिए। अगर परिवार में एलर्जी की आम शिकायत रही है, तो 6 महीने की उम्र पूरी होने तक शिशु का केवल स्तनपान करना और भी ज़्यादा जरूरी है।

माँ का दूध पीने वाले शिशुओं को अगर अन्य पेय (पानी, फलों का रस, सूप वगैरह) दिए जाते हैं, तो वे भी उसके स्तनपान में बाधा पहुँचाते हैं। सभी तरह के आहारों को समय से पहले शुरू कर देने से डायरिया (दस्त) और निमोनिया जैसे एलर्जी सम्बन्धी रोगों का खतरा बहुत ज़्यादा बढ़ जाता है, साथ ही शिशु के गुर्दों पर अतिरिक्त और अनावश्यक बोझ पड़ता है। बदहजमी, मोटापा और बाद में हाइपर-टेंशन और हृदय-सम्बन्धी रोगों का खतरा भी बना रहता है। अगर शिशु स्तनों को कम चूसता है तो जल्दी ही माँ के लिए भी फिर से गर्भधारण की सम्भावना बढ़ जाती है।

6 महीने की उम्र तक अधिकांश-शिशुओं में जीभ से धकेलने का रिफ्लेक्स (tongure-thrust reflex) होता है। वे किसी भी तरह के ठोस आहार को जीभ से बाहर निकाल देते हैं। इस तरह के शिशुओं को 6 महीने पूरे हो जाने के बाद ही कोई अतिरिक्त आहार देना चाहिए।

लेकिन हम, सामान्य स्थितियों में, 6 महीने की इस अवधि को आगे बढ़ाने की सलाह भी नहीं देते हैं। फिर भी अगर कोई एलर्जी-सम्भावित (allergy-prone) बच्चा 6 से 9 महीने की उम्र के बीच टोस आहार से मुँह बिचकाता है, तो उसकी रुचि का सम्मान करें, और जब तक वह तैयार न हो उसे ठोस आहार न दें। लेकिन किसी भी स्थिति में इसे 9 महीने से आगे न टालें।

एक बार में सिर्फ एक आहार शुरू करें। दूसरा आहार शुरू करने से पहले एक सप्ताह तक इंतजार करें — ताकि आपको पता चल सके कि बच्चे को किसी चीज से एलर्जी तो नहीं है।

आप जानना चाहेंगी कि किस तरह के ठोस आहार सबसे पहले शुरू करने चाहिए। मेरा अपना सबसे पहला और प्रिय ठोस आहार है एक ज़्यादा पका हुआ केला, जिसके छिलके पर कुछ काले चिन्ह उभर चुके हों। इसके छोटे-छोटे टुकड़े करके किसी चम्मच या काँटे से मसलें। स्तनपान के बाद शिशु को अपनी गोद में बिठाएँ और उसे इस मसले हुए केले का बहुत थोड़ा-सा हिस्सा खिलाएँ। कुछ माँएँ चम्मच से खिलाना पसन्द करती हैं, तो कुछ उँगलियों से खिलाना शुरू करके फिर चम्मच से खिलाने लगती हैं। यह पूरी तरह से सही है, बशर्ते कि हाथ अच्छी तरह से धुले हुए हों। ज़्यादातर शिशुओं को केला बहुत अच्छा लगता है। कुछ को इसे दूध में मिलाकर (स्तनों का दूध हो तो ज़्यादा अच्छा) खाना अच्छा लगता है। कुछ लोग छोटे शिशुओं को केला दिए जाने का विरोध करते हैं, क्योंकि इससे उन्हें सर्दी हो सकती है। मुझे इस धारणा पर विश्वास नहीं है, लेकिन हर माँ अपने शिशु को दूसरों से ज़्यादा अच्छी तरह जानती है। अगर आपको लगता है कि जब भी आप शिशु को केला देती हैं तो उसकी तबीयत खराब हो जाती है, तो आप इसे बन्द कर सकती हैं और एक-दो महीने बाद फिर से शुरू करके देख सकती हैं। धीरे-धीरे केले की मात्रा बढ़ाती रहें, उसी अनुपात में जिस अनुपात में शिशु इसे पसन्द करें। यह आहार उसे दिन में एक या दो बार खिलाएँ।

आप केले की जगह सेब भी खिला सकती हैं, या एक बार केला और एक बार सेब खिला सकती हैं। सेब को छीलकर इसके छोटे-छोटे टुकड़े कर लें। फिर इन टुकड़ों को उबालकर चम्मच या कांटे से मसल लें। शिशु को अन्य मौसमी फल नाशपाती (उबालकर और मसलकर), पपीता, आम और चीकू वगैरह भी दिए जा सकते हैं।

अगर आप शिशु को अन्य आहार भी देना चाहती हैं, तो चावल से बने व्यंजन सर्वोत्तम हैं। आप उबले हुए (ज़्यादा पानी में) चावलों को मसलकर और दूध में मिलाकर दे सकती हैं। अगर आप शिशु को अपना दूध पिला रही हैं

तो आप चावलों में भी यही दूध मिला सकती हैं। एक अन्य विकल्प के रूप में, शिशु को चावल के आटे और दूध से बनी फिरनी दी जा सकती है। (इसमें घर में प्रयोग होने वाला सामान्य दूध मिलाया जा सकता है।)

इस समय आपको यह गलत सलाह भी दी जा सकती है कि शिशु को चावलों या दाल का पानी और सूप वगैरह देना चाहिए। इन चीजों में मुश्किल से ही कोई पौष्टिकता होती है। ये सिर्फ पेट भर्ती हैं या शिशु की प्यास बुझाती हैं — जिसका परिणाम कम स्तनपान और अन्ततः स्तनों में कम दूध के उत्पादन के रूप में सामने आ सकता है।

नींबू-श्रेणी के यानी खटास वाले फलों (citrus fruits) से एलर्जी काफी आम बात है, इसलिए इस तरह के फल सामान्य शिशुओं को 9 महीने की उम्र के बाद और एलर्जी-सम्भावित शिशुओं को 12 महीने की उम्र के बाद दिए जाने चाहिए।

अगर किसी आहार से शिशु को एलर्जी है, तो इसके लक्षण दाने निकलने, सर्दी, छींकों, बेचेनी आम दिनों से ज़्यादा रोने और उल्टी या दस्त के रूप में प्रकट हो सकते हैं। इनमें से कोई लक्षण देखते ही उस आहार को तुरन्त बन्द कर दें। अगर प्रतिक्रिया बहुत भयंकर नहीं है, या इसे लेकर आपको कुछ सन्देह है, तो एक महीने बाद उस आहार को फिर से देकर देखें। अगर इसकी गम्भीर प्रतिक्रिया होती है, तो एक वर्ष की उम्र तक इस आहार से परहेज करें, और अपने डॉक्टर से सलाह करने के बाद ही इसे फिर से आजमाकर देखें।

शिशु को दूध के अलावा अन्य आहारों की आदत पड़ने के साथ-साथ उसे अपना दूध पिलाना और फल खिलाना जारी रखें। आप उसके आहार में घर में बने नरम व्यंजन खिरनी, सूजी की खीर और पुडिंग, रवे की खीर, रागी का दलिया (नचणी) वगैरह शामिल कर सकती हैं। हर दो स्तनपानों के बीच में आप उसे इस तरह का कोई व्यंजन खिला सकती हैं। शुरू में उसे सिर्फ एक-दो चम्मच खिलाएँ और फिर धीरे-धीरे (बच्चे की रुचि के हिसाब से हर तीसरे-चौथे दिन) इसकी मात्रा बढ़ाती रहें। यह देख लेने के बाद कि बच्चा इन अलग-अलग आहारों को पचा पा रहा है, आप चावल, गेहूँ, रागी और मूँग की दाल को बराबर-बराबर मात्रा में भूनकर, पीसकर और मिलाकर बहुत पौष्टिक व्यंजन तैयार कर सकती हैं। इस मिश्रित आटे को किसी हवा बन्द डिब्बे में कई दिनों तक सुरक्षित रखा जा सकता है। इस तैयार मिश्रण से आप जब चाहें पतली पुडिंग या खीर (दूध और चीनी के साथ) या पतला दलिया (घी और चीनी या नमक के साथ) बनाकर शिशु को खिला सकती हैं।

मैं आमतौर से बाजार में उपलब्ध तैयार शुदा और डिब्बा बन्द अनाजों (cereals) के खिलाफ हूँ। वे सफाई के साथ तैयार किए जाते हैं और काफी

सुविधाजनक होते हैं, लेकिन घर में बने आहार ज़्यादा पौष्टिक होते हैं और कम खर्चीले भी। अगर आपमें उनको खरीदने का सामर्थ्य भी हो, तो भी जहाँ तक सम्भव हो उनके प्रयोग से बचना चाहिए। क्योंकि उन्हें 'प्रॉसेस' किया गया होता है, इसलिए वे कम पौष्टिक होते हैं। शायद आपको बताया जाए कि वे आयरन से भरपूर होते हैं। लेकिन यह आयरन बच्चे के शरीर को बहुत कम लग पाता है और उसे कोई खास लाभ नहीं पहुँचाता। और फिर बच्चे को इन व्यावसायिक नुस्खों की नियमित एकरूपता (consistency) की इतनी ज़्यादा आदत पड़ सकती है कि बाद में उसके लिए कोई दूसरा आहार स्वीकार करना मुश्किल हो सकता है। शिशु को तेल या घी में पकी हुई सब्जियों को मसलकर भी दिया जा सकता है। आप गहरी हरी, पत्तोंवाली सब्जियों, गाजर, कद्दू, लौकी (घिया या दूधी), आलू, फलियों, मटर और चुकन्दर वगैरह को आजमाकर देख सकती हैं। शुरू में उसे एक-दो चम्मच ही खिलाएँ, और फिर धीरे-धीरे इनकी मात्रा बढ़ाएँ, क्योंकि शिशु सब्जियों को पूरी तरह पचा नहीं पाता, इसलिए उसके मल में आपको इनके कुछ टुकड़े दिखाई दे सकते हैं। यह पूरी तरह से सामान्य है। इसी तरह चुकन्दर खाने वाला शिशु लाल रंग का मल-मूत्र कर सकता है।

चुकन्दर और गजरों को संग्रह करके नहीं रखना चाहिए। इन्हें ताजा खाना ही अच्छा है, क्योंकि संग्रहण से इनमें मौजूद नाइट्रेटों की मात्रा बढ़ जाती है। ये नाइट्रेट छोटे बच्चों में एनीमिया (रक्त की कमी) पैदा कर सकते हैं। कच्ची सब्जियाँ बच्चों को एक वर्ष की उम्र के बाद ही खिलानी चाहिए।

9 महीने पूरे होने के बाद शिशु के आहार को बहुत ज़्यादा मसलने की ज़रूरत नहीं है। उसे परिवार के लिए बना सामान्य भोजन — चपाती या परांठे को दाल में भिगोकर, दाल-चावल, ढ़ोकला, डोसा, इडली, दही-चावल, उपमा, पोंगल, मिस्सी रोटी वगैरह — भी खिलाया जा सकता है। इसी तरह आप दूध से बनी चीजों दही, छाछ, पनीर वगैरह को भी आजमा सकती हैं। ये चीजें कृत्रिम दूध से ज़्यादा अच्छी तरह से पच जाती हैं। दूध की तुलना में इनसे एलर्जी होने की सम्भावना भी कम रहती है।

6 महीने की उम्र के बाद शिशु को माँस के नरम टुकड़े भी खिलाए जा सकते हैं। लेकिन मैं शाकाहारियों को यह आश्वासन देना चाहूँगा कि शाकाहारी भोजन बच्चे की सभी ज़रूरतों को पूरा करने में सक्षम है। इस धारणा से जुड़े कारण गर्भवती माताओं के लिए आहार वाले अनुच्छेद में दिए गए हैं।

जो बच्चे एक समय में ज़्यादा नहीं खा पाते, उन्हें हर दो-तीन घण्टे बाद कोई व्यंजन या फल देते रहना चाहिए। व्यंजन की मात्रा कम रखने के लिए उसमें थोड़ा तेल या घी मिला देना चाहिए। कुछ परिवार तेल या घी को लेकर

कुछ ज़्यादा ही शंकालु रहते हैं, लेकिन वे यह भूल जाते हैं कि हर माँ के दूध में चर्बी या वसा (fat) मौजूद होती है। बच्चों को वसा की ज़रूरत होती है। हाँ, इतना ध्यान जरूर रखना चाहिए कि बच्चों को छोटी उम्र में ही तली हुई चीज़ों का शौक न लग जाए।

हमें यह भी याद रखना चाहिए कि सभी प्रधान खाद्य-सामग्रियाँ (चावल, गेहूँ, मक्का वगैरह) हमारे लिए ज़रूरी होने के बावजूद शुष्क (starchy) होती हैं। शुष्क आहार मात्रा में काफी भारी-भमरकम (bulky) होता है। बच्चों का पेट छोटा होने के कारण वे इस शुष्क आहार को उतनी मात्रा में नहीं खा पाते, जितनी कि पर्याप्त कैलोरी प्राप्त करने के लिए ज़रूरी है। उनके भोजन में तेल या घी जैसे वसा-युक्त और दाल, फलियाँ, दूध, दूध-उत्पाद और माँस जैसे प्रोटीन से भरपूर पदार्थ — और साथ ही गुड़ या चीनी जैसी मीठी चीजें — मिलाने से यह समस्या हल हो सकती है।

भोजन की मात्रा को कम करने और उसकी ऊर्जाशीलता को बढ़ाने का एक अन्य उपाय है 'ए.आर.एफ.' (Amylase-Rich-Food) नामक घर में बनाया गया एक विशेष और अत्यन्त गुणकारी आटा। इसे बनाने के लिए 100 ग्राम गेहूँ, रागी या बाज़रे को लगभग तीन गुणा पानी में रातभर भिगोकर रखना पड़ता है। बचे हुए पानी को फेंक दिया जाता है, और भीगे और फूले हुए बीजों को किसी नमी वाली और अँधेरी जगह पर 24 से 48 घण्टों के लिए रख दिया जाता है, जब तक कि वे अंकुरित न हो जाएँ। इसके बाद उन्हें 5 से 8 घण्टे के लिए धूप में सुखाने के बाद एक चपटे तवे पर हल्का-हल्का भून लिया जाता है, ताकि बची-खुची नमी भी दूर हो जाए। इसके बाद अंकुरों को हाथ से रगड़कर अलग कर दिया जाता है, और बीजों को कूट या पीसकर उनका आटा बना लिया जाता है। इसे आटे या 'अर्फ' (ARF) को एक हवाबन्द डिब्बे में कई हफ्तों तक सुरक्षित रखा जा सकता है। लगभग एक रुपए की लागत से बना यह आटा शिशु को एक महीने तक पौष्टिक दलिया प्रदान कर सकता है। इस आटे को महीने में सिर्फ एक बार-तैयार करने की ज़रूरत है।[3]

इसके साथ सब्जियाँ और फल खिलाने से खनिजों (minerals) और विटामिनों की कमी भी पूरी हो जाती है।

जब बच्चा माँ के दूध और फलों के अलावा अन्य आहार भी खाने लगे तो उसे पानी दिया जा सकता है। पानी हमेशा एक सामान्य गिलास में पिलाना

---

3 'न्यूट्रीशन इन चिल्ड्रन' — विकासशील देशों में भोजन में सुधार की तकनीक — टी.गोपालदास (सम्पादक : एचपी एस सचदेव, पी चौधरी), बाल-विशेषज्ञ विभाग, मौलाना आजाद मेडिकल कॉलेज, नई दिल्ली : पृष्ठ 130-131,

चाहिए। बच्चे बड़ी आसानी से गिलास से पानी पीना सीख जाते हैं।

बच्चे को हमेशा परिवार के भोजन के समय से एक-दो घण्टे पहले खिलाना चाहिए। इसके बाद अगर वह चाहे तो उसे ज़्यादा मिर्च-मसालों, वसा, चीनी और नमक वाले व्यंजन न दें।

9 महीने की उम्र के बाद (और अगर बच्चा चाहे तो इससे पहले भी) बच्चे को अपने-आप खाने के लिए प्रोत्साहित करें। अगर वह थोड़ी गन्दगी फैला देता है, तो परेशान न हों। उसकी मदद करने की कोशिश करें। लेकिन उसे ऐसा महसूस होना चाहिए कि वह अपने-आप खा रहा है। शुरू में आप उसे ऐसी चीज़ें दे सकती हैं जिन्हें वह अपनी उँगलियों से उठाकर खा सकें — टोस्ट का पतला-सा टुकड़ा था बिस्कुट (आटे के हों तो ज़्यादा अच्छा) पके हुए मटर, फैटा हुआ (scrambled) अण्डा, ढोकला, इडली (सादी या तली हुई), श्रीखण्ड (पश्चिम भारत में उपलब्ध मीठे दही की पनीर), दलिया, कहू या लौकी, और केले, चीकू और पपीते के छोटे-छोटे टुकड़े।

खाना सीखते समय बच्चे के गले में कभी कुछ फँस सकता है। घबराएँ नहीं। लेकिन जब वह कुछ खा रहा हो तो हमेशा उसके पास रहें, ताकि ज़रूरत पड़ने पर आप उसकी मदद कर सकें। उसे चम्मच का प्रयोग करने की भी आदत डालें। उसे श्रीखण्ड (या मसले हुए केले या आलू) जैसे किसी आसान व्यंजन को चम्मच से खाने दें। थोड़ा-सा श्रीखण्ड या केला उसके चम्मच से चिपक ही जाएगा और उसे खुशी होगी कि उसने कोई चीज अपने-आप अपने मुँह में डाली।

6 या 7 महीने की उम्र में बड़े शौक से खाने वाला बच्चा अचानक ही खाने से जी चुराने लग सकता है। घबराएँ नहीं। कोई नया व्यंजन तैयार करने की कोशिश करें। लेकिन बच्चे को कभी भी अपनी इच्छा से ज़्यादा खाने के लिए बाध्य न करें। अगर कटोरी में सिर्फ आधा चम्मच बच गया है, लेकिन उसकी खाने की इच्छा नहीं है (वह अपना मुँह बन्द रखता है या दूसरी तरफ घुमा लेता है, या फिर आपके हाथ या चम्मच को पीछे हटा देता है), तो उसके साथ जबरदस्ती न करें।

शिशु के पहले वर्ष में कौन-से आहारों से दूर रहना चाहिए ?

एक वर्ष की उम्र तक एलर्जी की ज़्यादा सम्भावना वाले आहारों से दूर रहना चाहिए। इस तरह के आहारों में कृत्रिम दूध (गाय, भैंस या पाउडर का दूध), अण्डा, मछली, और सन्तरा और मौसम्बी जैसे खटास वाले फल शामिल हैं।

जिन परिवारों में एलर्जी की बहुत आम शिकायत रही है, उन्हें उपरोक्त

आहारों के अलावा मूंगफली और अन्य गिरीदार फलों, चॉकलेट, गेहूँ, मक्का, प्याज, टमाटर, पतागोभी और सभी तरह के बेरीदार फलों से परहेज करना चाहिए। अगर परिवार के किसी सदस्य को किसी खास चीज से एलर्जी है, तो उससे भी दूर रहें।

इसी तरह तली हुई चीज़ों, अतिरिक्त या कृत्रिम मिठास वाली या ज़्यादा नमक वाली चीजों से भी बचें। कुछ विशेषज्ञ एक वर्ष की उम्र से पहले शहद से परहेज करने की भी सलाह देते हैं, क्योंकि इसमें एक खास तरह का संक्रामक तत्व मिला हो सकता है। हालाँकि मेरे अपने सेवा-काल के दौरान इस तरह का कोई उदाहरण मेरे सामने नहीं आया है, फिर भी शुरू के कुछ महीनों में इसका प्रयोग न करना ही बेहतर है।

दूसरे आहार दूध पिलाने से पहले देने चाहिए या बाद में?

क्योंकि 6 महीने की उम्र तक शिशु का मुख्य आहार स्तनपान होना चाहिए, इसलिए अगर 5 से 6 महीने के बीच उसे दूसरे आहार दिए जाते हैं, तो वे स्तनपान के बाद ही दिए जाने चाहिए।

6 महीने से एक वर्ष की उम्र में बच्चे को स्तनपान के बाद या दो स्तनपानों के बीच दूसरे आहार दिए जा सकते हैं। यह देखने की कोशिश करें कि दूसरे आहार बच्चे को किस समय अच्छे लगते हैं। माँ का दूध पीने वाले बच्चे के लिए आदर्श स्थिति यह है कि 6 से 12 महीने की उम्र के बीच उसकी तीन-चौथाई ज़रूरतें माँ के दूध से पूरी होती रहें। लेकिन सम्पूर्ण पौष्टिकता के लिए उसे अतिरिक्त आहार मिलना भी ज़रूरी है, और इसलिए भी कि उसे दूध के अलावा अन्य आहारों की आदत पड़ सके। स्तनपान की मात्रा में अभी ज़्यादा कटौती न करें। लेकिन अब आप बिना किसी चिन्ता के उसे अकेला छोड़कर जा सकती है, क्योंकि आपकी अनुपस्थिति में उसे दूसरे आहार दिए जा सकते हैं।

शिशुओं को कितना आहार देना चाहिए?

बच्चों की खाने-पीने की आदतों में बहुत भिन्नता होती है। इसलिए मैं एक निश्चित मैन्यू (सूची) निर्धारित करने के पक्ष में नहीं हूँ। लेकिन कुछ माँएँ बच्चे को थोड़ा-बहुत अतिरिक्त आहार खिला कर सन्तुष्ट हो सकती हैं — बिना इस बात का अहसास किए कि एक वर्ष के बच्चे को लगभग 1000 कैलोरी ऊर्जा की ज़रूरत होती है — यानी किसी वयस्क व्यक्ति की तुलना में लगभग आधी कैलोरी। इसलिए यह जानना बहुत महत्वपूर्ण है कि बच्चे को हम कितनी तरह के और किस-किस तरह के आहर दे सकते हैं। इसके बाद

हमें बच्चे पर छोड़ देना चाहिए कि वह कौन-सी चीज़ कितनी मात्रा में खाना पसन्द करता है। बच्चे को पर्याप्त और पौष्टिक आहार मिल रहा है या नहीं, इसका अनुमान उसकी सक्रियता (चुस्ती फुर्ती) और वज़न-वृद्धि को देखकर लगाया जा सकता है।

एक वर्ष के शिशु के लिए प्रस्तावित मेन्यू

मैं उन सभी माँओं को प्रोत्साहन देना चाहूँगा जो एक वर्ष की उम्र के बाद भी अपने शिशु को अपना दूध पिलाना चाहती हैं। वे शिशु को सुबह 6.00 बजे, 10 बजे, 4.00 बजे और आखिर में रात को 10.00 बजे स्तनपान करवा सकती हैं। मैं उन्हें अन्य दूधों से दूर रहने की सलाह दूँगा।

अगर आप अपने बच्चे को माँसाहारी व्यंजन देना चाहती हैं, तो मेन्यु में दाल की जगह आप उसे यह व्यंजन दे सकती हैं। लेकिन जैसा कि पहले कहा जा चुका है, पौष्टिकता की दृष्टि से माँसाहार ज़रूरी नहीं है। अपनी सुविधा के अनुसार आप इस मेन्यू या व्यंजनी में अन्य परिवर्तन भी कर सकती हैं। अगर आपके बच्चे को दूध पसंद नहीं है, तो आप उसे दही या पनीर खिला सकती हैं। आपको अपने बच्चे को अलग-अलग आहारों की दर्शाई गई मात्रा के अनुसार प्रतिदिन लगभग 1000 कैलोरी देने का लक्ष्य सामने रखना चाहिए। आप उसे प्रतिदिन लगभग तीन चम्मच मीठा (शक्कर) और इतनी ही मात्रा में तेल या घी दे सकती हैं। आप उसके आहार में मौसमी फलों को भी शामिल कर सकती हैं।

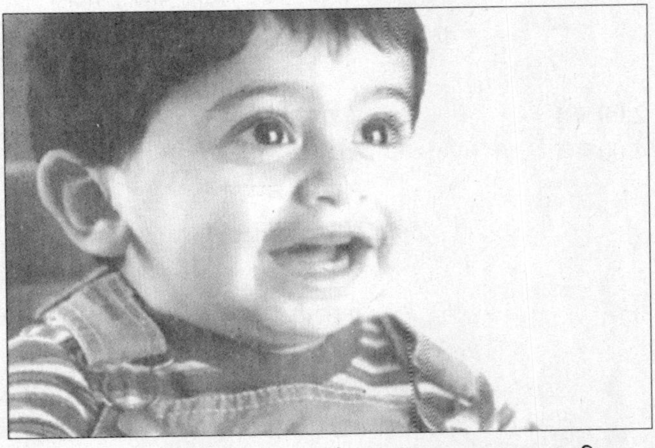

बच्चे को पर्याप्त आहार मिल रहा है या नहीं, इसका अनुमान उसकी चुस्ती फुर्ती और वज़न वृद्धि को देखकर लगाया जा सकता है।

एक वर्ष के शिशु के मेन्यू (व्यंजनी) के लिए मार्ग-निर्देशिका[4]

- दूसरे वर्ष में भी स्तनपान जारी रखें।
- चपाती, चावल, ब्रेड और केले को अदल-बदल कर निम्नलिखित अनुपात के अनुसार दिया जा सकता है —

1 कटोरी चावल	=	2 चपाती
1 चपाती	=	½ कटोरी चावल
	=	1 केला
	=	ब्रेड के दो छोटे स्लाइस
1 कटोरी	=	200 मि.ली.

सुबह	:	दूध 125 ग्राम शक्कर 1 चम्मच (चाय का चम्मच) ब्रेड-स्लाइस (भूरी हो तो बेहतर) — 1
10.00 बजे	:	केला — 1 या हलुवा — ½ कटोरी
दोपहर (12 बजे)	:	खिचड़ी 1) कटोरी या चावल 1 कटोरी दाल) कटोरी सब्जियाँ
2.00 बजे	:	ब्रेड स्लाइस — 1
4.00 बजे	:	दूध 125 ग्राम चीनी 1 चम्मच ब्रेड स्लाइस — 1
रात	:	खिचड़ी 1 कटोरी या चावल ½ कटोरी+दाल ½ कटोरी सब्जियाँ

---

4 द फीडिंग एण्ड केयर ऑफ इन्फेंट्स एण्ड यंग चिल्ड्रन' — एस. घोष — नई दिल्ली।

छोटे बच्चों का पोषण

सामान्य सिद्धान्त

- जिंदगी के शुरू के महीनों में आपका शिशु बड़ी तेजी से बढ़ता है। लेकिन दूसरे वर्ष में यह बढ़त थोड़ी धीमी पड़ जाती है और उसे भूख भी कम लगती है। यह भी हो सकता है कि किसी दिन उसे बहुत ज़्यादा भूख लगे और किसी दिन बहुत कम। इस अवधि के दौरान वह नकारवाद (Negativism) के दौर (15 महीने से 3 वर्ष) से भी गुजर सकता है — जब वह वही सब करना पसन्द करता है, जिसके लिए आप उसे मना करें। अगर वह अस्वस्थ है तो उसकी भूख पर और भी बुरा असर पड़ सकता है, हालाँकि अगर वह स्तनपान करता है, तो वह माँ का दूध पीने से मना नहीं करता।
- इन सब बातों को ध्यान में रखते हुए, अपने बच्चे को खाने के लिए बाध्य न करें। लेकिन इसके बावजूद, दिन में कई बार उसे अलग-अलग तरह के आहार बनाकर देते रहने चाहिए। अगर वह गन्दगी फैलाता है, तो भी उसे अपने-आप खाने दीजिए। उसे चम्मच का प्रयोग करना भी सीखने दीजिए। आप बीच-बीच में उसे उसका चम्मच भरकर दे सकती हैं, या एक दूसरे चम्मच से उसे बीच-बीच में खिला सकती हैं। लेकिन उसे अपने खाने-पीने की आदतों को लेकर आत्म-निर्भर होने के लिए प्रोत्साहित करें। अगर कुछ दिनों के लिए वह 'पौष्टिक' आहारों को देखकर मुँह बनाए तो चिन्तित न हों। बच्चों के अपने मूड होते हैं। कोई बच्चा एक खास तरह के आहार से मुँह मोड़ सकता है, लेकिन कुछ दिन बाद अपने-आप ही उसे फिर से खाना शुरू कर सकता है — बशर्ते कि उसके साथ जबरदस्ती न की जाए। स्तनपान दूसरे वर्ष में भी जारी रहना चाहिए, या तब तक जब तक आप और आपका बच्चा इससे खुश हों।
- बच्चे को हमेशा बैठकर खाना चाहिए — पहले आपकी गोद में, और फिर अपने-आप बैठकर। उसे खाते समय घर में इधर-उधर भागने की अनुमति नहीं होनी चाहिए।

- मैं इस बात पर विश्वास नहीं करता कि बच्चे को तभी खिलाना चाहिए, जब वह अपने-आप माँगे। कुछ बच्चे खेलने में इतने खो जाते हैं कि वे कभी भोजन की माँग नहीं करते, हालांकि भूख के कारण वे चिड़चिड़ेपन का प्रदर्शन करने लगते हैं। बच्चों को नियमित समय पर खाने-पीने को देते रहना चाहिए। लेकिन अगर वे कम खाएँ या किसी अवसर पर बिल्कुल न खाएँ तो उन्हें बाध्य नहीं करना चाहिए।
- मैं बच्चों को बहुत ज़्यादा दूध दिए जाने के पक्ष में नहीं हूँ। बच्चे को दिनभर में आधा किलो (500 मि.ली.) से ज़्यादा दूध न दें। आप इसका आधा या तीन-चौथाई दूध के रूप में और शेष दही, पनीर या मिल्क-पुडिंग जैसे दूध-उत्पादों के रूप में दे सकती हैं। जिन बच्चों को दूध पसंद नहीं है, उन्हें दूध से बनी चीज़ें खिलाई जा सकती हैं। अगर आपके बच्चे को दूध से बनी कोई भी चीज पसन्द नहीं है, तो चिन्तित न हों। एक शोध से पता चला है कि विटामिन-बी[12] का स्तर कम होता है, उनमें तर्कपूर्ण ढंग से सोचने, जटिल समस्याओं को सुलझाने और अमूर्त (abstract) विचारों का मंथन करने की कम क्षमता होती है। उनकी अल्प-कालिक (short-term) स्मृति भी कमजोर होती है। इस अध्ययन के दौरान उन बच्चों में भी समस्याएँ पाई गईं जिनमें इस विटामिन की गम्भीर कमी नहीं थी। इसके अलावा इस अध्ययन से यह भी पता चला है कि रक्त में विटामिन-बी[12] की न्यूनता (deficiency) के दुष्परिणाम कई बार वर्षों बाद सामने आते हैं।
- में दूध में स्वाद बढ़ाने वाले तत्वों को मिलाने के पक्ष में नहीं हूँ। इसी तरह, मैं खिलाड़ियों की मदद से विज्ञापित किए जाने तथाकथित पौष्टिक पैयों या टॉनिकों के प्रयोग की सलाह भी नहीं दूँगा। ये आपके बच्चे को बहुत कम लाभ पहुँचाते हैं। उल्टे, कुछ बच्चों को इन उत्पादों से एलर्जी की शिकायत हो सकती है, तो कुछ को इनकी स्वाद की इतनी लत लग सकती है कि वे सादा दूध कभी पी ही नहीं पाते। साथ ही बच्चे सामान्य आहारों में मौजूद कई अन्य पौष्टिक तत्वों से भी वंचित रह जाते हैं। अगर आपका बच्चा सुबह उठकर सबसे पहले दूध पीना चाहता है, तो उसे ज़रूर दीजिए, लेकिन यह अनिवार्य नहीं है। उसे नाश्ते के बाद भी दूध दिया जा सकता है। इस तरह के मामलों में, कई माँएँ सुबह बच्चे के उठने के बाद उसे सबसे पहले सादा पानी देती हैं। अगर इस आदत को जारी रखा जाए तो बाद की जिंदगी में यह बहुत लाभदायक साबित होती है।

- व्यक्ति को सुबह उठते ही कुछ तरल मिल जाता है। अगर दिन भर में पर्याप्त तरल पदार्थों का सेवन न किया जा सके, तो कम-से-कम शरीर की कुछ ज़रूरतें तो पूरी हो जाती हैं। कुछ बच्चों और बड़ों को मल-त्याग करने में भी इससे मदद मिलती है।
- सूखे मेवे बच्चों के लिए अच्छे हैं, लेकिन उनका संतुलित मात्रा में ही सेवन करना चाहिए — एक तो वे महँगे हैं — दूसरे खजूर, अंजीर और किशमिश बच्चों के दांतों से चिपक जाती हैं और उन्हें नुकसान पहुँचाती हैं। इसी तरह 3 वर्ष की उम्र तक गले में फँसने वाली चीजों से भी परहेज करना चाहिए। इनमें मूंगफली और अन्य गिरीदार फल, कच्ची गाजरें, पॉपकॉर्न, सख्त कैंडियाँ, बेर और अंगूर वगैरह शामिल हैं।
- कच्चे अण्डों से संक्रमण हो सकता है, इसलिए इनका प्रयोग नहीं करना चाहिए।
- अपने बच्चे को खाने के लिए लालच या धमकी न दें। आप उसे भोजन के बाद, या भोजन की जगह, उसका 'प्रिय व्यंजन' दे सकती हैं।
- बच्चों के लिए दिन में 5 बार खाना जरूरी है — नाश्ता (breakfast), दोपहर का भोजन (Lunch), रात का भोजन (Dinner), और दिन में और शाम को अल्पाहार (Snacking)।
- सिर्फ दूध, फलों के रस और सूप से बच्चों की भूख शान्त न करें। अगर आप चाहें तो इन्हें उसके भोजन का हिस्सा बना सकती हैं।
- पकी हुई सब्जियाँ जल्दी खराब हो जाती हैं। जहाँ तक सम्भव हो, उन्हें ताजा खाने की कोशिश करनी चाहिए। अगर उन्हें रेफ्रिजरेटर में रखा गया है, तो भी उन्हें एक-दो दिन में प्रयोग कर लेना चाहिए। आपको विदेशों में उपलब्ध 'रेडिमेड (तैयारशुदा) फूड्स' की ज़रूरत नहीं है। लेकिन अगर आपको वे सुविधाजनक लगते हैं, तो इस बात का ध्यान रखें कि बच्चे की उँगली या चम्मच में लगा थूक जार में रखे पूरे व्यंजन को खराब कर सकता है।
- 3 वर्ष से छोटे बच्चे को खाने की मेज पर बैठने के तौर-तरीके (table manners) सिखाने की कोशिश न करें। एक परिवार के रूप में टीवी देखते हुए खाना खाने से बचें। भोजन का समय परिवार के लिए बहुत महत्वपूर्ण समय होता है — एक-दूसरे के साथ का आनन्द उठाने और आपस में हँसी-खुशी भरी बातचीत करने का समय। और फिर टीवी देखते समय बच्चे उसमें इतना ज़्यादा खो जाते हैं कि उन्हें अपनी भूख और

ज़रूरत का ध्यान ही नहीं रहता। ज़रूरत से ज़्यादा खा लेने के कारण वे मोटापे का शिकार हो सकते हैं। इस तरह की आदतों से उनकी सामान्य गतिविधियाँ भी प्रभावित होती हैं।

- भोजन के दौरान विवादास्पद विषयों पर बात करने से बचना चाहिए। इस तरह के विषय भोजन के तुरन्त बाद उठाए जा सकते हैं।
- बड़े बच्चों के लिए प्रयोग किए जाने वाले बर्तनों को विसंक्रमित (sterilise) करने की ज़रूरत नहीं होती। उन्हें अच्छी तरह से धोकर साफ करना ही काफी होता है। लेकिन पानी को हमेशा उबालकर पीना चाहिए।
- बच्चे को स्वास्थ्य-विज्ञान (hygiene) सिखाएँ। खाने से पहले और बाद में हाथों को हमेशा धोना चाहिए, और खाने के बाद दाँतों को ब्रश से या अच्छी तरह से कुल्ला करके साफ करना चाहिए। किचन या रसोई-घर में कांकरोच और मक्खियाँ नहीं होनी चाहिए।
- छने हुए और बारीक पीसे आटे या मैदे (refined flour) की बजाय सम्पूर्ण गेहूँ के अनछने आटे (whole wheat) से बनी चपातियों, परांठों, ब्रेड और पुडिंग को प्राथमिकता दी जानी चाहिए। हमारे शरीर को विटामिन, खनिज और रेशा (fibre) प्रदान करने के लिए यह बहुत ज़रूरी है। इसी तरह, पॉलिश किए हुए चावलों को बजाय बिना पालिश वाले चावलों का प्रयोग करना चाहिए।
- आलू और अन्य सब्जियों को छीलने की बजाय खुरचना चाहिए। इसी तरह जिस पानी में चावलों या सब्जियों को उबाला गया हो, उसे फेंकने की बजाय प्रयोग में ले आना चाहिए। सब्जियों को ज़्यादा न पकाएँ। छोटी उम्र से ही बच्चे को कच्ची सब्जियों के स्वाद का अभ्यस्त होने दें। ज़्यादा मिर्च-मसालों से बचें, हालाँकि अधिकांश बच्चे परिवार द्वारा सीमित मात्रा में इस्तेमाल किए जाने वाले मिर्च-मसालों को पसंद करते हैं।
- जहाँ तक सम्भव हो, चॉकलेट, मीठी गोलियों, ठण्डे पेयों, शर्बतों, स्वाद और खुशबू बढ़ाने वाले पदार्थों, और चाय-कॉफी वगैरह से परहेज करें। स्कूल के अधिकारी से मिलकर सभी बच्चों के माता-पिता के नाम यह सन्देश भिजवाने का प्रयास करें कि वे अपने बच्चे के जन्म दिन पर कक्षा में बाँटने के लिए गोलियाँ-टॉफियाँ न भेजें।
- अगर आप माँसाहारी हैं, तो यह बात याद रखें कि मछली अन्य प्रकार के माँसाहार से श्रेष्ठ है। अण्डा प्रतिदिन की बजाय एक दिन छोड़कर दिया जाना चाहिए।

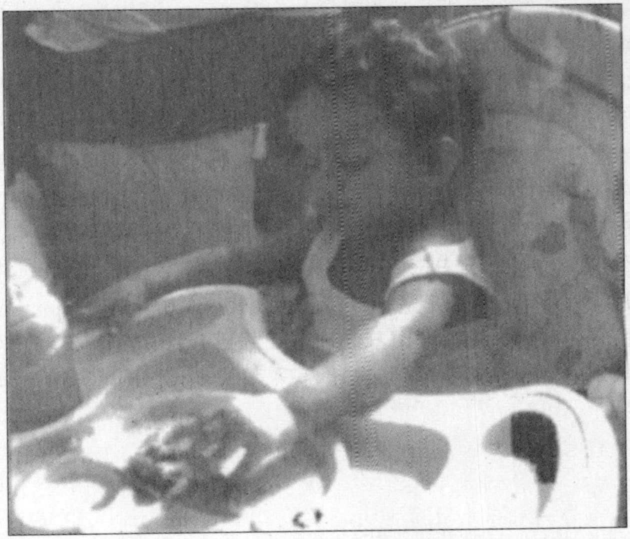

अनछने आटे से बनाया परांठा सफेद ब्रेड से बेहतर

- जिन बच्चों का आहार उपरोक्त सिद्धान्तों पर आधारित है, उन्हें आमतौर से अतिरिक्त विटामिनों, कैल्शियम या आयरन की ज़रूरत नहीं पड़ती। लेकिन मैंने देखा है कि 9 महीने की उम्र के बाद कुछ बच्चों को इनकी ज़रूरत पड़ सकती है। यह फैसला अपने डॉक्टर पर ही छोड़ दें।
- प्रतिदिन के मुख्य भोजन (नाश्ता, लंच और डिनर) और उनके बीच के अल्पाहारों का मेन्यू अलग हो सकता है। अगर सुविधा हो तो एक समय में दो व्यंजन भी दिए जा सकते हैं। लेकिन अगर बच्चा एक चीज ज़्यादा और दूसरी चीज़ कम खाना चाहता है, तो उसे 'सब कुछ खत्म करने' के लिए बाध्य न करें। बच्चों को प्रोटीन से भरपूर आहार — दालें, अनाज, मूंगफली, मटर, फलियाँ, अण्डा, माँस, मछली वगैरह — पर्याप्त मात्रा में दिए जाने चाहिए। लेकिन शाकाहारियों को यह यह बात याद रखनी चाहिए कि माँसाहार अनिवार्य नहीं है। अंकुरित चने, मूंग और फलियाँ भरपूर पौष्टिक होते हैं। हरी, लाल, सन्तरी और पीली सभी तरह की सब्जियाँ — पकाई हुईं या कच्ची — बहुत जरूरी हैं। सस्ते मिलने वाले मौसमी फल भी खूब खाने चाहिए। बहुत से लोगों को इस बात का अहसास नहीं है कि अमरूद कई महँगे फलों से ज़्यादा पौष्टिक होता है।

- बच्चे के भोजन में चीनी, गुड़ या नमक की ज़्यादा मात्रा नहीं होनी चाहिए। मीठे की ज़्यादा आदत दाँतों के रोगों को बुलावा देने के साथ-साथ मोटापे का भी कारण बन सकती है। छोटी उम्र से ही ज़्यादा नमक खाने वाले बच्चे बड़े होने के बाद भी इस आदत को जारी रख सकते हैं, जो हमारी हृदय-प्रणाली के लिए अच्छी नहीं है। मेरी सलाह है कि खाने की मेज पर नमकदानी को न रखा जाए। अगर नमक सचमुच कम हो तो उसे रसोई-घर से लाया जा सकता है।
- बच्चे को भूखे पेट स्कूल न भेजें। यरूशलम में किए गए एक अध्ययन में 11 से 13 वर्ष की उम्र के बच्चों की ज्ञान-प्रणाली (Cognitive functioning) की परीक्षा ली गई। परीक्षा से 30 मिनट पहले नाश्ता करने वाले बच्चों का परिणाम 1½–2 घण्टे पहले नाश्ता करने वाले बच्चों से कहीं ज़्यादा अच्छा था।

घरेलू उपचार

आप अपने बच्चे की कुछ आम बीमारियों जैसे दस्त या बुखार वगैरह को खुद भी नियन्त्रित कर सकती हैं। लेकिन अगर बच्चे की हालत देखकर आपको चिन्ता होने लगे या बीमारी के लक्षण कम होते दिखाई न दें, तो अपने डॉक्टर के पास जाने में देर न करें।

दस्त

डायरिया शरीर में प्रवेश कर चुके हानिकारक तत्वों से शरीर को मुक्त करने का प्रकृति का अपना तरीका है। पानी जैसे पतले दस्त आमतौर से एक वाइरस के संक्रमण के कारण होते हैं। इन वाइरसों के खिलाफ कोई भी एंटी-बायोटिक काम नहीं करता। उल्टे, ऐसी स्थिति में एन्टी-बायोटिकों से और ज़्यादा नुकसान पहुँच सकता है।

लेकिन जहाँ दस्त शरीर में प्रवेश कर चुके हानिकारक तत्वों को बाहर निकालने में हमारी मदद करते हैं, वहीं इनके कारण शरीर के लिए जरूरी लवण (Salts) और जल भी बाहर निकल जाता है। अगर इस स्थिति को ठीक-से नियन्त्रित न किया जाए तो डी-हाइड्रेशन (शरीर में पानी की कमी) का खतरा पैदा हो सकता है।

ज़्यादा मात्रा में डी-हाइड्रेशन के कई गम्भीर दुष्परिणाम हो सकते हैं। इसका एक महत्वपूर्ण लक्षण है मूत्र की मात्रा में कमी। इसलिए पतले दस्तों की संख्या की बजाय बच्चे के मूत्र-त्याग की संख्या पर ध्यान देना ज़्यादा महत्वपूर्ण है।

जब तक बच्चे के मूत्र का रंग (आमतौर से) हल्का है, ज़्यादा चिन्ता करने की ज़रूरत नहीं है। दस्तों की संख्या इतनी महत्वपूर्ण नहीं है। कोई बच्चा दिन में कई बार छोटे-छोटे दस्त कर सकता है, लेकिन फिर भी चुस्त रह सकता है और कई बार मूत्र-त्याग कर सकता है। जबकि एक दूसरा बच्चा कम बार लेकिन ज़्यादा बड़े दस्त कर सकता है। और सुस्त दिखाई दे सकता है। वह मूत्र-त्याग करना बन्द कर सकता है, या 6 से 8 घण्टे बाद बहुत थोड़ा-सा गहरे

रंग का और गाढ़ा मूत्र-त्याग कर सकता है। इस दूसरे बच्चे पर ध्यान दिए जाने की ज़रूरत होती है।

अगर बच्चे को दस्त लगे हुए हैं तो उसे लंगोट या पोतड़ा (diaper) न पहनाएँ। इससे आप उसके मूत्र के रंग और आवृत्ति (frequencey) का ध्यान रख सकती हैं। यह बात याद रखें कि पतले दस्त से भी आपको मूत्र-त्याग का धोखा हो सकता है और आप गलतफहमी में पड़ सकती हैं। इस तरह के पतले दस्ते ठीक होने में कई बार हफ्ता भर ले लेते हैं। कुछ बच्चों के दस्त जल्दी बन्द हो जाते हैं, तो कुछ बच्चों को ज़्यादा समय लग जाता है।

केवल स्तनपान करने वाला बच्चा आमतौर से ज़्यादा बार मल-त्याग करता है। कभी-कभी यह मल पानी जैसा, झागदार, हरा या मटियाला भी हो सकता है। इसे दस्त नहीं कहा जा सकता और इसका कोई इलाज करने की भी ज़रूरत नहीं होती।

नियन्त्रण

बच्चे को दस्त लगने की स्थिति में निम्नलिखित उपचार तुरन्त शुरू कर दें। डी-हाइड्रेशन के लक्षण उभरने की प्रतीक्षा न करें। अगर बच्चा हल्के, मध्यम या गम्भीर डी-हाइड्रेशन का शिकार हो भी जाता है, तो भी घबराएँ नहीं, बल्कि नीचे सुझाए गए उपचार को शुरू कर दें। डी-हाइड्रेशन के अधिकांश मामलों को घर पर ही नियन्त्रित किया जा सकता है, लेकिन अगर बच्चा बीमार और निढ़ाल दिखाई देता है और बहुत कम मूत्र-त्याग कर रहा है, तो उसे अन्तः शिरा द्रव (intravenous fluids) दिए जाने की ज़रूरत हो सकती है, और डॉक्टर की मदद लेनी पड़ सकती है।

लेकिन डॉक्टर की प्रतीक्षा करने के दौरान निम्नलिखित उपचार शुरू कर दें।

- दस्त करने वाले बच्चे को भोजन और तरल पदार्थों की ज़रूरत होती है। बच्चे को भूखा न रखें। इससे वह कुपोषण (malnourishment) का शिकार हो सकता है और रोग से लड़ने की उसकी प्रतिरोधक शक्ति कम हो सकती है। यह सच है कि दस्त लगे होने पर भोजन का कुछ हिस्सा मल के रूप में बाहर निकल जाता है, लेकिन इसका कुछ हिस्सा शरीर में भी रस जाता है — बहुत ज़्यादा पतले दस्त होने की स्थिति में भी। बच्चे को अपनी पसन्द की चीजें खाने-पीने दीजिए। माँ का दूध पीने वाले बच्चों का स्तनपान जारी रखना चाहिए, क्योंकि माँ के दूध में ज़रूरी पौष्टिक तत्व होते हैं और डी-हाइड्रेशन से बचाव के लिए ज़रूरी सभी चीज़ें भी। अगर बच्चा बड़ा हैं और थोड़े स्तनपान के साथ दूसरा आहार ज़्यादा लेता है, तो उसे

ज़्यादा बार स्तनपान कराना शुरू कर दें। स्तनों के दूध में संक्रमण-विरोधी तत्व भी होते हैं, जो डायरिया के जीवाणुओं और वाइरसों से बच्चे की रक्षा करते हैं।

- अगर बच्चे की भूख खत्म हो गई है, तो उसे थोड़ी-थोड़ी देर बाद अपनी पसन्द का कोई तरल खाद्य-पदार्थ लेने के लिए प्रोत्साहित करें, स्तनों का दूध, सूप, फलों का रस, नारियल पानी, दाल का पानी, जौं का पानी, छाछ या कम पत्ती की चाय और बीच-बीच में सादा पानी। आमतौर से डायरिया में चावलों से बने व्यंजन और आलू ज़्यादा अच्छे रहते हैं। दही के साथ चावलों और दाल की खिचड़ी भी बहुत अच्छा संगम है। डायरिया के दौरान केला भी अच्छा है।
- डायरिया और डी-हाइड्रेशन के उपचार के लिए चावलों की कंजी और नमक और चीनी का घोल सबसे महत्वपूर्ण 'औषधि' है। पानी जैसे दस्त होने की स्थिति में अन्य किसी भी दवा की ज़रूरत नहीं है। इस तरह के तरल मिश्रण न सिर्फ डी-हाइड्रेशन को रोकते हैं, बल्कि बच्चे को 'री-हाइड्रेट' करने में भी मदद करते हैं। लेकिन एक शिशु के लिए सबसे अच्छा 'री-हाइड्रेशन घोल' माँ का दूध है। अगर बच्चा इतना कमजोर हो चुका है कि स्तनों को नहीं चूस सकता, तो उसे स्तनों का दूध हाथ से निकालकर चम्मच से पिलाना चाहिए।
- चावलों की कंजी बनाने के लिए चावलों के मुट्ठी-भर चूरे को दस मिनट तक पानी में पकाना चाहिए। इसके बाद इसमें एक छोटा चम्मच ननक डालकर थोड़ा और पानी मिला देना चाहिए, ताकि यह घोल लगभग एक लिटर (200 मि.ली. के 5 गिलास) हो जाए। एक विकल्प के रूप में तड़के हुए चावलों के चूरे का भी इस्तेमाल किया जा सकता है (बिना फिर से पकाए), और इसमें नमक और पानी मिलाया जा सकता है।
- नमक और चीनी का घोल तैयार करने की विधि है —

  1 लिटर उबला हुआ और ठण्डा किया हुआ पानी (दूध की एक बोतल=½ लिटर)

  1 हिस्सा छोटा चम्मच नमक

  8 हिस्से छोटे चम्मच चीनी

माप के लिए किसी उपयुक्त बर्तन के अभाव में आप 500 मि.ली. की दूध की बोतल से काम चला सकती हैं। ऐसी दो बोतलों में 1000 मि.ली. (1 लिटर) पानी आता है। अगर यह सुविधा उपलब्ध नहीं है, तो 200 मि.ली. के

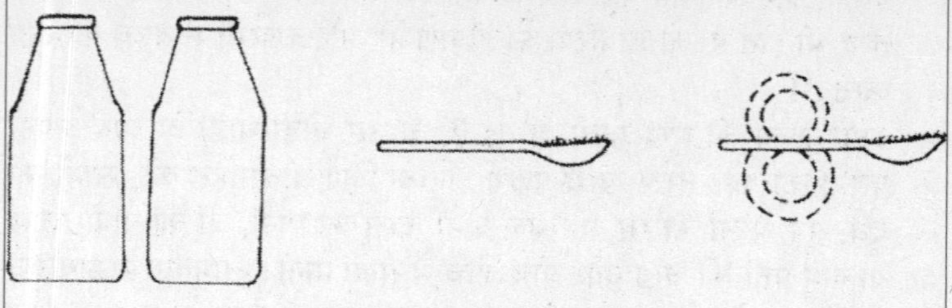

चम्मच और चीनी

एक गिलास में पानी भरकम उसमें चुटकी भर नमक और एक चम्मच चीनी डालकर घोलें। इस मिश्रण में थोड़ा-सा नींबू भी निचोड़ दें, ताकि पानी और नमक के साथ-साथ बच्चे के शरीर में पोटेशियम के ह्रास (loss) की भी भरपाई हो सके। (चावल भी इस उद्देश्य को पूरा कर सकता है, क्योंकि पाचन के बाद यह शरीर को जरूरी शर्करा प्रदान करता है।) यह बात याद रखें कि नमक अनिवार्य है। सिर्फ पानी और चीनी के घोल से काम नहीं चल सकता। लेकिन बहुत ज़्यादा नमक भी हानिकारक हो सकता है। इसकी सुरक्षित मात्रा की जाँच करने के लिए चीनी मिलाने से पहले घोल को चखकर देख लेना चाहिए। इस घोल में आँसुओं से ज़्यादा नमक नहीं होना चाहिए। मिश्रण तैयार हो जाने के बाद इसे रेफ्रीजरेटर या किसी ठण्डे स्थान पर रखा जा सकता है। अगर इस अवधि के दौरान पूरे मिश्रण का प्रयोग न किया जा सके, तो फिर से ताजा मिश्रण तैयार करना चाहिए। जब भी सम्भव हो, पानी को उबालने और ठण्डा करने के बाद ही प्रयोग में लाएँ। लेकिन एक बार मिश्रण तैयार हो जाने के बाद इसे उबालना नहीं चाहिए। हालाँकि उबालकर ठण्डा किया गया पानी ज़्यादा अच्छा है, लेकिन यह अनिवार्य नहीं है। उपलब्ध और सामान्य पानी से भी काम चलाया जा सकता है। पानी में थोड़ा नींबू मिला देने के बाद यह पीने के लिए ज़्यादा सुरक्षित हो जाता है।

2 वर्ष से छोटे बच्चों को हर पतले दस्त के बाद एक चौथाई से लेकर आधे कप तक यह घोल पिलाती रहें। बड़े बच्चों के लिए हर पतले दस्त के बाद आधे से एक कप घोल पर्याप्त है। अगर बच्चा एक बार में ज़्यादा नहीं पी पाता या उल्टी कर देता है, तो उसे दिन और रात में हर 5 मिनट बाद इस घोल के 2 से 4 चम्मच पिलात रहें। इसके पीछे यह उद्देश्य है कि बच्चा बिना फूले पर्याप्त मात्रा में हल्के रंग का मूत्र-त्याग कर सके। शरीर में बहुत

ज़्यादा तरल (fluid) चला जाने से (जो बहुत दुर्लभ स्थितियों में होता है) बच्चे की आँखें फूली-फूली सी दिखाई देने लगती हैं।

सौभाग्यवश, डायरिया से जुड़ी उल्टियाँ आमतौर से जल्दी ही बन्द हो जाती हैं। अगर बच्चा उल्टी करता है, तो दस-पन्द्रह मिनट का प्रतीक्षा करने के बाद उसे हर पाँच मिनट बाद ऊपर सुझाए गए घोल के थोड़े-थोड़े घूँट पिलाती रहें। उल्टियों को रोकने के लिए कोई भी अन्य दवा देने की जल्दबाजी न करें। कई बार इन दवाओं के बहुत हानिकारक प्रभाव हो सकते हैं। इसकी बजाय, अगर बच्चा बड़ा है, तो उसे बर्फ का एक टुकड़ा चूसने के लिए दे दें। कई बार इससे काफी मदद मिलती है। अगर उल्टियाँ जारी रहती हैं, तो अपने डॉक्टर से सम्पर्क करें।

- बाजार में पहले से तैयार 'डब्ल्यू.एच.ओ. ऑरल री-हाइड्रेशन फामूर्ले' (WHO Oral rehiydration formulas) भी उपलब्ध हैं, जिन्हें एक लिटर पानी में घोलकर पिलाना पड़ता है। इस फॉमूले के छोटे पैकेट भी मिलते हैं, जिन्हें एक गिलास पानी (200 मि.ली.) में घोला जा सकता है। लेकिन मैं डब्ल्यू. एच.ओ. या सरकार के नियमों का पालन न करने वाले पैकेटों के खिलाफ हूँ। इस तरह के पैकेटों में बहुत ज़्यादा ग्लूकोज़ होता है, जिससे डायरिया और भी बिगड़ सकता है। इसलिए पैकेट खरीदने से पहले उसकी अच्छी तरह से जाँच कर लें।

ऊपर बताए गए धोल दस्तों को रोकने के लिए नहीं है। प्रकृति को अपना काम करने देना चाहिए। ये सुझाव सिर्फ डी-हाइड्रेशन से बचाव के लिए हैं। अगर दस्तों (या उल्टियों) के माध्यम से शरीर से निकले तरल बच्चे द्वारा सेवन किए गए तरलों से ज़्यादा हैं, तो बच्चे में डी-हाड्रेशन के संकेत दिखाई देने लगते हैं। कई बार तरलों का यह ह्रास इतना ज़्यादा हो जाता है कि बच्चे की नाड़ी के माध्यम से उसकी शरीर में तरल पहुँचाने पड़ते हैं। जैसाकि पहले बताया जा चुका है, इस तरह का बच्चा कमजोर और निढाल दिखाई देता है, और या तो मूत्र-त्याग बिल्कुल नहीं करता है या बहुत कम मात्रा में करता है। कभी-कभी उसकी साँस भी फूल सकती है। इस तरह के बच्चे को तुरन्त चिकित्सीय मदद की ज़रूरत होती है।

डायरिया में दूध

जैसा कि कहा जा चुका है, स्तनपान करने वाले बच्चों का स्तनपान जारी रहना चाहिए।

यह एक जाना-पहचाना तथ्य है कि कृत्रिम दूध पीने वाले बच्चे डायरिया

के ज़्यादा शिकार होते हैं। लेकिन अगर बच्चा दूध पीना चाहता है, तो उसे दूध देने में संकोच न करें।

अगर बच्चे की कोई खास इच्छा नहीं है, तो लगभग 12 घण्टे तक उसे दूध न देना बेहतर है। इसके बाद एक-दो दिन तक दूध को पतला करके पिलाया जा सकता है। लेकिन उसके बाद उसे बिना पानी मिला दूध ही पीने दें — भले ही उसके दस्त जारी हों।

दस्त जारी रहने की स्थिति में कुछ डॉक्टर पशुओं के दूध की बजाय सोयाबीन के दूध के प्रयोग की सलाह देते हैं। मैं इसका अनुमोदन नहीं करता, क्योंकि बहुत गम्भीर डायरिया में भी पशुओं के दूध के प्रति असहिष्णुता (intolerance) एक अस्थाई स्थिति होती है। सोया दूधों का प्रयोग सिर्फ उस स्थिति में उचित है जब पशुओं के दूध के प्रति असहिष्णुता पूरी तरह से और स्थाई रूप से प्रमाणित हो चुकी हो। कभी-कभी, किसी पैथोलोजिस्ट (रोग विज्ञानी) की रिपोर्ट में बच्चे के मल में अपचायक तत्व (reducing substance) दिखाई दे सकता है। लेकिन अपने बाल-विशेषज्ञ से सलाह किए बिना बच्चे के आहार में कोई परिवर्तन न करें।

स्वास्थ्य लाभ

डायरिया का शिकार होने के बाद सभी बच्चों का वज़न कम हो जाता है। लेकिन स्वास्थ्य लाभ के बाद वे इस क्षति को जल्दी ही पूरा कर लेते हैं। डायरिया से ठीक हो रहे बच्चे को दिन में एक बार अतिरिक्त आहार देने से वह जल्दी स्वास्थ्य लाभ कर सकता है।

डायरिया में दवाएँ लाभ कम और हानि ज़्यादा पहुँचाती हैं। इनका प्रयोग सिर्फ उस स्थिति में किया जाना चाहिए अगर बच्चे के दस्तों में रक्त और/या कीचड़ (mucus) के अंश भी शामिल हों।

आखिर में, इस बात को गांठ बाँध लें की डायरिया से सम्बन्धित लगभग सभी मामलों का आप घर पर ही सिर्फ आहार और तरलों के माध्यम से, और बिना दवाओं के इलाज कर सकती हैं।

बुखार

बुखार के ज़्यादातर मामले भी घर में ही सम्भाले जा सकते हैं। यह बात याद रखनी चाहिए कि बुखार हमारा मित्र है; यह संक्रमण से लड़ने में आपके बच्चे की मदद करता है। उच्च तापमान से हमारे शरीर में ऐसे तत्व पैदा होते हैं, जो रोग पैदा करने वाले जीवों से लड़ते हैं। इस सुरक्षा-व्यवस्था के कारण या

तो रोग ठीक हो जाता है, या उसका प्रभाव बहुत कम हो जाता है। कुछ हद तक यह कहना भी ग़लत नहीं होगा कि बुखार वह आग है, जिसमें जलकर रोग पैदा करने वाले कीटाणु खत्म हो जाते हैं।

पशुओं के डॉक्टर हमें बताते हैं कि अगर हम किसी पशु का बुखार कम करने की कोशिश करें, तो उसके सेप्सिस (Severe systematie infection) से भरने की सम्भावना दोगुनी हो जाती है।

तीन दिन तक प्रतीक्षा करें

उपचार शुरू करने से पहले तीन दिन तक प्रतीक्षा करने की सलाह दी जाती है, ताकि रोग के अन्य लक्षण अगर हैं, तो विकसित हो सकें। इस बात की बहुत कम सम्भावना है कि पहले दिन बुखार के कारण को लेकर कोई डॉक्टर किसी निश्चय पर पहुँच सके। अगर बच्चे के नथुनों से पतला, पानी जैसा स्राव (discharge) होने लगता है, और वह खाँसने लगता है क्योंकि यह स्राव नथुनों के पीछे के हिस्से से उसके गले में भी गिरने लगता है, तो डॉक्टर समझ जाता है कि यह वाइरसी संक्रमण (Viral infection) का मामला है, जिसमें एन्टी-बायोटिक्स हानिकारण हो सकते हैं। 3 दिन बाद बच्चे में ऐसे लक्षण विकसित होने की सम्भावना रहती है, जिससे डॉक्टर को पता चल जाता है कि यह या तो वाइरस या फिर बैक्टीरिया (जीवाणुओं) का संक्रमण है। वाइरल संक्रमण होने की स्थिति में डॉक्टर किसी परीक्षण का निर्देश या एन्टी बायोटिक्स दिए बिना बच्चे पर नजर रखना पसन्द करता है। लेकिन अगर यह बैक्टीरियल संक्रमण का मामला है, तो डॉक्टर या तो एन्टी-बायोटिक्स दे सकता है या फिर किसी जाँच (investigation) का निर्देश दे सकता है।

3 दिनों तक किसी दवा का प्रयोग न करने से शरीर के अपने सुरक्षा-तन्त्र (defence mechanism) को भी संक्रामक तत्वों के खिलाफ हरकत में आने का अवसर मिल जाता है। इसके बाद, अगर डॉक्टर को लगता है कि एन्टी-बायोटिक्स शुरू करने ज़रूरी हैं, तो दवा और शरीर का सुरक्षा-तन्त्र साथ-साथ मिलकर लड़ते हैं, और परिणामस्वरूप दवा का कहीं ज़्यादा असर होता है।

अपने डॉक्टर से सलाह करें

- अगर बुखार 3 दिनों के बाद भी जारी रहता है।
- अगर बुखार-ग्रस्त बच्चे का व्यवहार चिन्ताजनक है। उदाहरण के लिए, अगर वह पूरी तरह से सतर्क (alert) नहीं है, या एक ही दिशा में लगातार देखता रहता है, बहुत ज़्यादा सुस्त या चिड़चिड़ा है, उल्टियाँ कर रहा है या तेजी से

साँस ले रहा है, या एक दिन छोड़कर बहुत सख्त बुखार के मलेरिया जैसे लक्षणों का प्रदर्शन कर रहा है। अगर आपका अन्तर्बोध (instinct) आपसे कह रहा है कि बच्चा अपने सामान्य रूप में नहीं है, या उसके चेहरे को देखकर आपको चिन्ता हो रही है, तो डॉक्टर की मदद जरूर लें। लेकिन अगर वह चुस्त है, हँस-खेल रहा है और सतर्क है, तो चिन्ता की कोई बात नहीं है।

- अगर बच्चा 2 महीने से छोटी उम्र का है। लेकिन डॉक्टर से सम्पर्क करने से पहले यह जरूर देख लें कि क्या बच्चा चुस्त है और सामान्य ढंग से स्तनपान कर रहा है। यह भी ज़रूर देखें कि कहीं बहुत ज़्यादा कपड़ों में लिपटा होने के कारण तो उसका शरीर गर्म नहीं हो गया है। अगर बच्चा स्तनों को ठीक-से नहीं चूस रहा है, तो भी उसे डॉक्टर के पास ले जाएँ — भले ही उसे तेज बुखार न हो।

बुखार का नियन्त्रण

- बहुत-से बुखारों में बच्चे की भूख कम हो जाती है। कुछ बच्चे तो पानी तक पीना पसन्द नहीं करते। इससे डी-हाइड्रेशन की सम्भावना हो सकती है। इसलिए इस बात का ध्यान रखें कि बच्चा पर्याप्त मात्रा में तरल पदार्थ लेता रहे। उसे अलग-अलग रूपों में तरल दें — सादा पानी, सूप, फलों का रस, नारियल पानी वगैरह। हालाँकि मैं कोला वायु भरे (aerated) और अन्य पेयों के खिलाफ हूँ, लेकिन अगर बच्चे को इनका शौक है तो उसे ये भी पीने दें। उद्देश्य यह है कि बच्चे के शरीर में पर्याप्त मात्रा में तरल पहुँचता रहे और वह हल्के रंग का मूत्र-त्याग करता रहे।
- अगर बच्चा अपना नियमित भोजन करना चाहता है, तो बहुत तेज बुखार होने पर भी उसे भोजन करने दें। कुछ लोग बुखार में बच्चे को केले जैसी तथाकथित 'ठण्डी' चीजें देने से घबराते हैं। अगर बच्चा पहले से ही बड़े शौक से केला खाता रहा है और उसने किसी तरह की एलर्जी के संकेत नहीं दिए हैं, तो उसे केला भी खाने दें, भले बुखार कितना ही तेज क्यों न हो। बुखार के दौरान बच्चा कमज़ोर महसूस करता है, क्योंकि वह ठीक-से खाता-पीता नहीं है। खाना-पीना जारी रखने से कमजोरी की इस समस्या से आसानी से निबटा जा सकता है। बच्चे को किसी तरह के विटामिन (विटामिन-बी समूह समेत) या तथाकथित टॉनिक देने की ज़रूरत नहीं है।
- तेज बुखार में ज़्यादातर बच्चे असुविधा महसूस करते हैं। अगर बच्चा इसे सहन कर पा रहा है, तो बुखार को कम करने की कोशिश न करें। लेकिन

अगर तेज बुखार के कारण वह चिड़चिड़ा, तुनकमिजाज या बेचैन हो रहा है तो बच्चे को ठण्डा रखने की हर सम्भव कोशिश करें। इनमें उसे कम-से-कम कपड़े पहनाना (सूती हों तो बेहतर), खिड़कियों को खुला रखना, और पंखा चालू रखना जैसी बातें शामिल हैं। अगर कमरे में एयर-कंडीशनर है, तो उसे भी चालू रखें। बच्चे की इच्छा है, तो उसे अपने-आपको एक चादर से ढंक लेने दें।

- कभी-कभी, तेज़ बुखार में बच्चे के हाथ-पाँव ठण्डे हो जाते हैं। यह एक शारीरिक क्रिया होती है। गर्म पानी की बोतल या किसी दूसरे तरीके से उसके हाथों या पाँवों को गर्म करने की कोशिश न करें।
- अगर आप तापमान (temperature) को कम करना चाहती हैं, तो दवाइयों की बजाय गर्म पानी से हल्का स्नान या गीले कपड़े से शरीर को पोंछना (Sponging) एक बेहतर विकल्प है। लेकिन पोंछने के लिए ठण्डे पानी या एल्कोहल का प्रयोग न करें। मैं हल्के-से गर्म पानी का परामर्श दूँगा। लेकिन अगर क्षेत्र की जलवायु ऐसी है कि बच्चे को नल का या संग्रह किया हुआ पानी अच्छा लगेगा, तो इसे भी प्रयोग में लाया जा सकता है। हाइपर-पाइरेक्सिया (Hyperpyrexia) की स्थिति में, जिसमें तापमान 105° फॉरेनहाइट से ऊपर चला जाता है — या फिर हीट-स्ट्रॉक (ताप-आघात) के मामले में शरीर को जल्दी ठण्डा करने के लिए ठण्डे पानी के स्नान या छिड़काव का प्रयोग किया जा सकता है।
- अगर तापमान कम करने के लिए आप दवा का प्रयोग करना ही चाहती हैं, तो एस्पिरिन की बजाय पैरासिटामॉल (केल्पॉल, क्रोसिन, मेटासिन वगैरह) का प्रयोग करें। इन्फ्लूएंजा या छोटी माता (Chicken pox) से ग्रस्त बच्चों को एस्पिरिन देने से गम्भीर दुष्प्रभाव (रे'ज सिंड्रॉम) की सम्भावना रहती है। इस रोग से मस्तिष्क में 'सूजन' आ जाती है और जिगर (liver) के खराब होने का भी खतरा रहता है। अगर पैरासिटामॉल देनी जरूरी हो, तो इसकी सही खुराक (10-15 मिलीग्राम) दें, अगर ज़रूरत हो तो हर चार घण्टे बाद।
- अगर बुखार में अचानक तेज़ी के साथ बच्चे के शरीर में ऐंठन होने की सम्भावना हो, तो बुखार का पहला लक्षण देखते ही पैरासिटामॉल देनी शुरू कर दें। क्योंकि दवा को अपना प्रभाव दिखाने में कुछ समय लग सकता है, इसलिए बच्चे के शरीर को स्पंज करना भी शुरू कर देना चाहिए। दुर्भाग्यवश, जिन बच्चों में बुखार के साथ ऐंठन (febrile convulsions) की

सम्भावना रहती है, उनके बुखार का कोई दूसरा लक्षण प्रकट होने से पहले ही यह शिकायत दिखाई दे सकती है। आमतौर से ऐंठन थोड़ी सी अवधि की होती है। अधिकांश बच्चों को यह शिकायत एक ही बार होती है, और तेज बुखार जारी रहने की स्थिति में भी उन्हें दोबारा यह शिकायत नहीं होती।

तापमान रिकॉर्ड करना

कुछ बच्चों और वयस्कों का सिर या हथेलियाँ आमतौर से थोड़ी गर्म होती हैं। यूँ वे पूरी तरह से सामान्य होते हैं और थर्मामीटर उनके तापमान को 98.4°F (37°C) से अधिक नहीं दर्शाता। कुछ अन्य मामलों में, बच्चे का सामान्य तापमान 96°f से 100.8° तक हो सकता है, हालाँकि वह भी पूरी तरह से स्वस्थ होता है।

तापमान मुँह, बगल (armpit) या मलाशय (rectum), जिसके लिए एक विशेष थर्मामीटर होता है, में मापा जा सकता है। अपने डॉक्टर को यह जरूर बताएँ कि आपने तापमान कैसे रिकॉर्ड किया है — मुँह से, बगल से या मलाशय से। अगर आपने थर्मामीटर को मुँह में लगाकर नहीं देखा, तो अपने-आप घटा-बढ़ा कर यह गणना न करें कि वास्तव में तापमान कितना हो सकता है।

माथे पर रखकर तापमान रिकॉर्ड करने वाले नए स्ट्राइप थर्मामीटर अकसर गलत आंकड़े प्रदर्शित करते हैं, इसलिए मैं उनका परामर्श नहीं दूँगा। लेकिन डिजिटल थर्मामीटर सन्तोषजनक हैं।

स्कूल जाने की उम्र होने तक बच्चे को मुँह में थर्मामीटर रखना सीख लेना चाहिए। थर्मामीटर को जीभ के नीचे रखा जाता है। बच्चा इसे अपने हाथ में पकड़कर अपने होंठों से इसे सही जगह पर रखे रहता है। शुरू में कोई वयस्क इसे अपने हाथ में पकड़ सकता है, ताकि बच्चा इसे अपनी जीभ के नीचे रखना सीख सके।

अगर थर्मामीटर को प्रयोग करना सम्भव नहीं है, तो अपने हाथ के उल्हे हिस्से से तापमान को जाँचने की कोशिश करें। अगर त्वचा ठण्डी है तो 'जीरो' दर्ज करें, हल्की गर्म है तो '+', ज़्यादा गर्म है तो '+ +' और बहुत ज़्यादा गर्म है तो '+ + +' दर्ज करें। मैं अपने रोगियों को यही विधि इस्तेमाल करने की सलाह देता हूँ।

बच्चों की बीमारियाँ एवं निदान

पेट-दर्द (Abdominal Pain)

अगर आपके बच्चे के पेट में दर्द है, लेकिन अन्य हर दृष्टि से वह ठीक-ठाक दिख रहा है तो चिन्ता की कोई बात नहीं है। लेकिन अगर किसी कारण आपको कोई आशंका हो रही है, तो अपने डॉक्टर से सम्पर्क करें।

कारण : बच्चों के पेट में दर्द होने के कुछ महत्वपूर्ण कारण नीचे दिए जा रहे हैं।

- मनोवैज्ञानिक कारण (Psychological Factors)
- चिकित्सीय कारण (Medical Causes)
- शल्यात्मक स्थितियाँ (Surgical Conditions)

मनोवैज्ञानिक कारण

लक्षण : स्कूल जाने वाले बच्चे अक्सर बार-बार उठने वाली पीड़ा की शिकायत करते हैं, जो आमतौर से नाभि के आसपास होती है। ज़्यादातर मामलों में यह पीड़ा गम्भीर नहीं होती, और अगर बच्चे किसी दिलचस्प गतिविधि में व्यस्त हों तो उन्हें इसका ध्यान ही नहीं रहता। बहुत दुर्लभ मामलों में इस पीड़ा के कारण बच्चे की नींद टूट सकती है। पीड़ा के दौरों के बीच की अवधि में वह पूरी तरह से सामान्य महसूस करता है। ये दौरे कुछ क्षणों से लेकर कुछ मिनट तक के हो सकते हैं, और बहुत दुर्लभ मामलों में ही आधे घण्टे से अधिक लम्बे होते हैं।

कारण : इस बात पर विचार करें कि बच्चा भावनात्मक (emotional) रूप से परेशान तो नहीं है। उसे स्कूल में कोई तंग तो नहीं कर रहा? उसे अपने नए अध्यापक से डर तो नहीं लगता? वह परीक्षाओं को लेकर चिन्तित तो नहीं है? वह अपने माता-पिता के बीच झगड़ों को लेकर परेशान तो नहीं है?

नियन्त्रण : कई बार बच्चे के मस्तिष्क को समझना आसान नहीं होता। अगर लक्षण जारी रहते हैं, तो किसी डॉक्टर की सलाह लें। हो सकता है कि वह उसे

किसी पारिवारिक सलाहकार (family counsellor), मनोवैज्ञानिक (psychologist) मनो-विश्लेषक (psychiatrist) के पास भेजें। बच्चे से इस तरह की बातें कभी न कहें कि 'तुम सिर्फ नाटक कर रहे हो' या 'हमें बेवकूफ बनाने की कोशिश न करो। मेरा विश्वास है कि इन बच्चों को सचमुच ही पीड़ा होती है, लेकिन इसके लक्षण या तो अभी तक समझे न जा सकने वाली किसी प्रक्रिया से, या फिर शरीर की बजाय मस्तिष्क से जुड़े होते हैं। इसके पीछे माता-पिता का ज़्यादा शारीरिक सम्पर्क प्राप्त करने की अवचेतना इच्छा भी हो सकती है। इसलिए इसका इलाज है बच्चे को समझना, और उसकी किसी भावनात्मक समस्या को हल करने में (अगर ऐसी कोई समस्या है तो उसकी मदद करना, न कि उससे कठोर शब्द कहना या उसके साथ कठोर व्यवहार करना।

चिकित्सीय कारण

कीड़े (Worms)

यह संक्रमण आम कीड़ों (कृमियों) के पक्के अण्डों के शरीर में प्रवेश करने (खाने-पीने के माध्यम से) के कारण फैलता है। इन्हें गोल कीड़े (Round-worm), डोरा कीड़े (thread-worm), चाबुक कीड़े (whip-worm) और फीता कीड़े (tape-worm) के नामों से जाना जाता है। इनके अलावा एक हुक-कीड़ा (Hook-worm) भी होता है, जिसका लावा (अंडों में मौजूद पदार्थ) बच्चे की त्वचा के माध्यम से उसके शरीर में प्रवेश करता है। यह बिल्कुल मिथ्या धारणा है कि ज़्यादा मीठा खाने से पेट के कीड़े पैदा होते हैं, हालाँकि इस तरह की चीजें खाने-पीने में अंकुश बरतना स्वास्थ्य के लिए अच्छा है।

एस्केरियसिस गोल कीड़ों या कृमियों का संक्रमण (Ascariasis)

गोल कीड़ों की लम्बाई 15 से 35 सें.मी. और व्यास (dia' meter) 3 से 4 मि.मी. होता है। ये कीड़े या इनके अण्डे व्यक्ति के मल के माध्यम से शरीर से बाहर निकलते रहते हैं। अगर कोई व्यक्ति खुले में मल-त्याग करता है, तो उस जगह की जमीन भी इन अण्डों से संक्रमणित हो जाती है। अगर कोई बच्चा इस जमीन को छुए, तो उसके हाथ के माध्यम से ये अण्डे उसके मुँह तक पहुँच जाते हैं और उसके शरीर में प्रवेश कर जाते हैं। इसी तरह मक्खियाँ भी इन अण्डों को संक्रमणित मल या जमीन से खाने-पीने की चीजों तक पहुँचा सकती हैं, जिनके सेवन के बाद ये कीड़े बच्चे के शरीर में प्रवेश कर सकते हैं।

लक्षण : गोल कीड़ों के संक्रमण के शिकार अधिकांश बच्चों को कोई शिकायत नहीं होती। लेकिन कभी-कभी ये पेट-दर्द, पेट के फूलने यो आन्तों

के अवरोध का कारण बन सकते हैं। इससे बच्चे का शौच रुक सकता है और उसे उल्टियाँ हो सकती हैं।

बचाव के उपाय (Prevention) : भोजन से पहले हाथों को साबुन से अच्छी तरह से धोना रोजाना का नियम होना चाहिए — भले ही बच्चा चम्मच या छुरी-काँटे से खाना खाता हो। इसी तरह, शौच के बाद हाथों को अच्छी तरह से धोने की आदत भी बच्चों में डाली जानी चाहिए।

इस रोग के उपचार के लिए मेबेन्डाजोल (Mebendazole) या एल्बेंडाजोल (albendazole) का प्रयोग किया जाता है।

डोरा कीड़े

डोरा कृमि कोई गम्भीर समस्या पैदा करने की बजाय बच्चों को तंग ज़्यादा करते हैं। इनका संक्रमण काफी आम है। कुछ दुर्लभ मामलों में, जब वे अपेंडिक्स (उण्डकपुच्छ) में अवरोध पैदा कर देते हैं, तो वे पेट-दर्द का कारण बन सकते हैं।

लक्षण : गुदा-द्वार (anus) के आस पास खुजली होने के कारण बच्चे ठीक-से सो नहीं पाते। इसका कारण यह है कि धागों की तरह लगभग 1 सें.मी. लन्बाई की मादा कृमियाँ रात के समय आँतों से बाहर निकल आती हैं, और गुदा के आसपास की त्वचा पर अण्डे देती हैं। बच्चा या बड़ा अपनी उँगलियों के नाखूनों के माध्यम से इन अण्डों का प्रसार कर सकता है। यह फिर व्यक्ति के कपड़ों और बिस्तर की चादर के माध्यम से भी ये अण्डे इधर-उधर फैल सकते हैं। व्यक्ति अपने नाखूनों के माध्यम से इन अण्डों को अन्तर्ग्रहरण (ingest) कर सकता है, या खाना बनाते और परोसते समय पूरे भोजन को संक्रमित कर सकता है। व्यक्ति के पेट में प्रवेश कर लेने के बाद ये अण्डे परिपक्व होकर अपने वयस्क रूप में आने लगते हैं।

उपचार : परिवार के सभी सदस्यों, नौकर-चाकर समेत, का उपचार करना जरूरी है, बच्चों और बड़ों दोनों के लिए मेबेन्डाजोल (100 मि.ग्रा.) की सिर्फ एक खुराक। इसे दो सप्ताह बाद फिर से दोहराना पड़ता है। कुछ खास मामलों में इस उपचार को हर तीन महीने बाद दोहराना पड़ता है।

हुक-कीड़े (Hook-worms)

हुक-कीड़े, जिन्हें अंकुश-कृमि भी कहा जाता है, बच्चे की ऊपरी और छोटी आंत में अपना कब्जा जमा लेते हैं और खून पीते रहते हैं। परिणामस्वरूप बच्चा एनीमिया का शिकार हो सकता है। हुक-कृमियों के अण्डे खेतों या बाग-बगीचों

की नमी और गर्मी वाली जमीन पर पाए जाते हैं। इन अण्डों में से निकला लार्वा नंगे पाँव चलने वाले बच्चों और बड़ों की त्वचा को भेदकर उनके शरीर में प्रवेश कर जाता है, और बड़ा होने लगता है।

उपचार : एनीमिया में सुधार के लिए रोगी को आयरन दिया जाता है, और गोल कीड़ों के संक्रमण (ascariasis) की तरह इस संक्रमण के उपचार के लिए भी मेबेन्डाजोल का प्रयोग किया जाता है।

चाबुक कीड़े (Whip-worms or Trichuris Trichiura)

चाबुक-कृमि का संक्रमण रोगी के मल में मौजूद अण्डों के सेवन (अस्वच्छ हाथों या मक्खियों के कारण) से फैलता है। हाथों या मक्खियों के माध्यम से ये अण्डे पानी और भोजन को भी दूषित कर सकते हैं, और अन्य व्यक्तियों को भी संक्रमणित कर सकते हैं। चाबुक कीड़ों के कारण बहुत दुर्लभ मामलों में ही पेट में दर्द की शिकायत होती है। लेकिन वे बच्चों में मलाशय के भ्रंश (Prolapse of the rectum) का एक महत्वपूर्ण कारण ज़रूर हैं।

उपचार : एस्केरियसिस की तरह ही।

फीता कीड़े (Tape-worms)

फीता कृमि कई मीटर लम्बे होते हैं और मनुष्य की आँतों में अपना घर बना लेते हैं। इनके कई खण्ड होते हैं, जो लगभग 1 सें.मी. लम्बे सफेद टुकड़ों के रूप में (कद्दू या लौकी के बीजों की तरह) मल के साथ बाहर निकलते रहते हैं। यह संक्रमण अच्छी तरह से न पके हुए सूअर या गाय के माँस के कारण फैलता है। इसके अण्डे पानी अन्य खाद्य-सामग्री को भी संक्रमणित कर सकते हैं। इसलिए यह रोग माँसाहार न करने वाले बच्चों को भी हो सकता है।

लक्षण : पेट में हल्के दर्द के अलावा फीता-कृमि कोई ज़्यादा समस्या खड़ी नहीं करते। लेकिन कुछ दुर्लभ मामलों में वे बच्चे के मस्तिष्क में अपने कोष (cysts) बना लेते हैं। इन कृमि-कोषों के कारण सरदर्द और चक्कर आने के साथ-साथ मृत्यु तक हो सकती है।

बचाव के उपाय : माँस खाने वालों को इस बात का ध्यान रखना चाहिए कि वह अच्छी तरह से पका हुआ हो। साथ ही परिवार के सभी सदस्यों के लिए स्वच्छता के नियमों का पालन करना भी ज़रूरी है।

उपचार : वयस्क कीड़ों को बाहर निकालने के लिए निक्लोसामाइड (niclosamide), और मस्तिष्क को प्रभावित करने वाले कृमि-कोषों के लिए प्राजीक्वांटेल (Praziquantel) और एल्बे-डाज़ोल नामक दवाओं का प्रयोग किया जाता है।

पेचिश/दण्डाणु-रक्त-अतिसार (Bacillary Dysentery)

लक्षण : बार-बार दस्त होना (कोई ज़रूरी नहीं कि पतले ही हों) — रक्त या आंव (Mucus) के अंशों और भयंकर पीड़ा के साथ जो मल-त्याग के दौरान बढ़ सकती है — आमतौर से बेसिलरी डिसेन्ट्री के लक्षण होते हैं। कभी-कभी बच्चा मल-त्याग के दौरान सिर्फ रक्त और आंव या (कीचड़) के अंशों का निष्कासन कर सकता है।

दस्त या अतिसार (डायरिया) की तरह पेचिश में आमतौर से उल्टियों या डी-हाइड्रेशन की सम्भावना नहीं होती। लेकिन कुछ बच्चों को शुरू में पतले दस्त और कभी-कभी उल्टी भी हो सकती है।

बरसात के मौसम में छोटे बच्चों को इस रोग का ज़्यादा खतरा रहता है। जीवन के दूसरे वर्ष में भी स्तनपान करने वाले शिशु इससे कम प्रभावित होते हैं। अगर उन्हें डिसेन्ट्री हो भी जाती है, तो यह उतनी गम्भीर नहीं होती। वे ठीक भी जल्दी हो जाते हैं। बच्चे को यह संक्रमण किसी प्रभावित व्यक्ति के निकट सम्पर्क से या संक्रमणित पानी या भोजन के सेवन से हो सकता है।

उपचार : अगर सुविधा उपलब्ध हो तो एक सामान्य 'स्टूल-टेस्ट' कराया जा सकता है। इससे बच्चे के मल में आंव, लाल रक्त कोशिकाओं और ल्यूकोसाइट्स की उपस्थिति का पता चला सकता है। उपचार के लिए पर्याप्त हाइड्रेशन, भोजन और दवाओं का प्रयोग किया जाता है।

बैक्टीरिया के संक्रमण को नियन्त्रित करने के लिए दवाओं की ज़रूरत होती है। कुछ डॉक्टर दस्तों की मात्रा कम करने के लिए एन्टी-मोटिलिटी दवाएँ भी देते हैं। इन दवाओं में लोपरामाइड और डाइ-फेनोक्सीलेट होता है, इसलिए बच्चे के लिए इनका प्रयोग वर्जित है। ये दवाएँ न सिर्फ रोग को लम्बा खींचती हैं, बल्कि इनके कई गम्भीर दुष्प्रभाव (Side effects) भी हो सकते हैं। इसलिए इनका प्रयोग नहीं किया जाना चाहिए।

जियार्डायसिस और एमीबियसिस

लगातार या बार-बार पेट दर्द होने की स्थिति में बच्चे में जियार्डायसिस या एमीबियसिस (प्रोटोजोआ समूह के जीव) की उपस्थिति की सम्भावना हो सकती है। निदान या रोग-निर्धारण (diagnosis) को निश्चित करने के लिए बच्चे के मल की जाँच करने की सलाह दी जाती है।

उपचार : बच्चे को मेट्रोनिडाजोज (metronidazole) का एक पूरा कोर्स दिया जाता है।

आहार-विषाक्तता (Food poisoning)

अगर किसी खास खाद्य-सामग्री का सेवन करने वाले सभी व्यक्तियों को पेटदर्द, दस्त और उल्टियों की शिकायत होने लगे (बुखार के साथ या बिना बुखार के) तो आहार-विषाक्तता का सन्देह करना चाहिए।

बचाव के उपाय : बच्चों को घर के बाहर दूध से बनी चीजों का सेवन करने से मना करना चाहिए।

भोजन जिस दिन बना हो उसी दिन खाना चाहिए। अगर यह सम्भव नहीं है तो बची हुई सामग्री की जल्दी से कोल्ड स्टोरेज में ठण्डा कर देना चाहिए या रेफ्रिजरेटर के डीप-फ्रीज विभाग (फ्रीज़र) में रख देना चाहिए। खाने से पहले इन चीजों को अच्छी तरह से गर्म करना चाहिए, और यह ध्यान रखना चाहिए कि व्यंजन का हर हिस्सा अच्छी तरह से गर्म हो जाए।

उपचार : 'डायरिया' वाले उपचार की तरह ही।

गला पकना (गलशोथ) और उल्टियाँ (Sore Throat and Vomiting)

लक्षण : गला पकने और पेट (उदर) की ग्रन्थियों का आकार बढ़ने से 2 वर्ष से बड़ी उम्र के बच्चों के पेट में दर्द हो सकता है। गला ठीक होते ही उनका पेटदर्द भी ठीक हो जाता है।

तेज खाँसी के दौरों या उल्टियों से भी उदर की माँसपेशियों में सूजन आ सकती है, और बच्चे के पेट में दर्द हो सकता है। इस दर्द के इलाज के लिए पके हुए गले, खाँसी या उल्टियों का इलाज करना पड़ता है।

कब्ज (Constipation)

बच्चों में पेटदर्द की शिकायत का यह सबसे आम कारण होता है। बच्चा न तो अस्वस्थ दिखाई देता है और न उसे बुखार ही चढ़ता है, लेकिन थोड़ा रुक-रुककर उसे पेट में बहुत कचोटती हुई पीड़ा महसूस होती है। उसे न तो उल्टियाँ आती हैं और न उसकी भूख पर ही कोई प्रभाव पड़ता है। बच्चा मल-त्याग भी करता रहता है, लेकिन आमतौर से यह एक आधा-अधूरा निष्कासन होता है।

शल्यात्मक स्थितियाँ

अपेंडिसाइटिस (Appendicitis)

पेट के निचले और दाएँ हिस्से में बड़ी आंत के उण्डुक (Caecum portion) से जुड़ी हुई एक पूंछ जैसी होती है, जिसे अपेंडिक्स कहते हैं। इस अपेंडिक्स

में सूजन आ जाने को अपेंडिसाइटिस कहते हैं। अगर समय पर पता न चल सके तो इस सूजन या जलन के कारण अपेंडिक्स फट भी सकता है, और पेरिटोनाइटिस (Peritonitis) नामक एक गम्भीर स्थिति पैदा हो जाती है।

लक्षण : अगर पेट में लगातार दर्द रहता हो, और साथ ही (लेकिन हमेशा नहीं) भूख की कमी, उल्टियों और बुखार की शिकायत भी हो, तो अपेंडिसाइटिस का सन्देह किया जा सकता है। यह दर्द अधिकतर पेट के मध्य (नाभि के पास) से शुरू होता है, और कुछ घण्टों बाद पेट के निचले दाएँ हिस्से में स्थानान्तरित हो जाता है। हँसता-खेलता है और चुस्त बच्चा अचानक ही खामोश हो जाता है और पेट के इस हिस्से की जाँच किए जाने से घबराता है। अगर पेट के इस हिस्से को हल्के-से दबाया जाए, तो उसे और भी दर्द होता है। इस तरफ ध्यान न दिए जाने की स्थिति में पेरिटोनाइटिस के कारण पेट किसी तख्त की तरह सख्त महसूस होने लगता है। न सिर्फ दर्द बढ़ जाता है, बल्कि दबाने पर और भी ज़्यादा दुखता है।

उपचार : अपेंडिसाइटिस के सम्भावित निर्धारण (diagnosis) के बाद बच्चे को तुरन्त एक शल्य-चिकित्सक (Surgeon) की ज़रूरत होती है — अगर कोई 'पीडिऐट्रिक सर्जन' उपलब्ध हो तो और भी अच्छा।

आंत का अवरोधन (Intestinal Obstruction)

आंत का अवरोधन (रूकावट) एक गम्भीर शल्यात्मक स्थिति है। इसके कारण जन्मजात (Congenital obstruction) भी हो सकते हैं — गोल कृमियों के समूह द्वारा आतों का अवरोधन, अन्तर्वेशन (intussusception) और अवरूद्ध वंक्षण हर्निया।

लक्षण : आंत के अवरोधन के शिकार बच्चे को पेटदर्द, कब्ज, पेट के फूलने और धारदार उल्टियों (जोर के साथ मुँह से निकलने वाली उल्टियाँ) की शिकायत होती है। ये उल्टियाँ हरे रंग की हो सकती हैं (पित्तदोष/biles की उपस्थिति के कारण), या इनमें मल के कुछ अंश भी हो सकते हैं। दर्द के बावजूद बच्चा चुपचाप लेटे रहना चाहता है।

उपचार : एक शल्य-चिकित्सक की मदद की तुरन्त ज़रूरत होती है।

अन्तर्वेशन (Intussusception)

अन्तर्वेशन एक ऐसी स्थिति होती है, जिसमें आंत का एक हिस्सा फिसलकर दूसरे हिस्से में चला जाता है। यह स्थिति आमतौर से 3 महीने से 3 वर्ष की उम्र के बीच देखने में आती है।

लक्षण : पेट में अचानक ही दर्द उठता है और दो-तीन मिनट तक रहता है, और इसके बाद हर पन्द्रह मिनट बाद दर्द का यह दौरा लौटता रहता है। बच्चा दर्द के मारे चिल्लाता है और उसका चेहरा भयभीत कर देने की हद तक उतरा हुआ नज़र आता है। रोते समय आमतौर से बच्चे का चेहरा लाल हो जाता है। लेकिन अन्तर्वेशन की स्थिति में बच्चे का रंग फक्क पड़ जाता है और वह बीमार दिखाई देता है। वह कुछ भी खाने-पीने से इनकार कर देता है, और दर्द के लगातार दौरों के कारण ध्वस्त होता हुआ प्रतीत होता है। इस अवस्था में बच्चे के मल के साथ खून भी निकल सकता है।

उपचार : इस स्थिति में शल्यात्मक सलाह की तुरन्त ज़रूरत होती है।

वंक्षण हर्निया (Inguinal Hernia)

अगर शिशु अचानक ही रोने लगे और उसके पेट और जांध के जोड़ (वंक्षण/groin) पर सख्त सूजन दिखाई दे तो घोंटू या अवरोधक (Strangulated or obstructed) वंक्षण हर्निया का सन्देह किया जा सकता है। सूजन वाली जगह को दबाने की कोशिश नहीं करनी चाहिए और तुरन्त डॉक्टर की सलाह लेनी चाहिए। अगर इस तरह ध्यान न दिया जाए तो अवरोधक वंशण हर्निया आंतों के अवरोधक के रूप में प्रकट होता है। (जैसा कि अन्तर्वेशन की स्थिति में भी होता है)। उपचार में देर होने से सूजन के क्षेत्र वाली रक्त नलियाँ अवरुद्ध (obstructed) हो जाती हैं और आसपास की आँतों को भी क्षति पहुँचती है।

लक्षण : आमतौर से वंक्षण हर्निया की स्थिति वंक्षण या अण्डकोष (Serotum) पर सूजन के रूप में प्रकट होती है। बच्चा रोता है, तो यह सूजन और भी बढ़ जाती है। यह अपने-आप ही या घीरे से दबाने पर कम या अदृश्य भी होती रहती है। यह एक आपात (emergency) स्थिति नहीं होती, लेकिन घोंट या दबाव (Strangulation) की सम्भावना को देखते हुए इसका जल्दी-से-जल्दी इलाज किया जाना चाहिए।

घुंटे हुए हर्निया (Strangulated bernia) को एक आपात स्थिति के रूप में देखना चाहिए और उसका तुरन्त उपचार किया जाना चाहिए।

कुछ बच्चों को यह हर्निया दोनों तरफ भी हो सकता है।

कभी-कभी नीचे के अंगों में कोई संक्रमण होने के कारण भी बच्चे के वंक्षण (groin) में कुछ कोमल ग्रन्थियाँ (tender glands) दिखाई दे सकती हैं। इन्हें हर्निया के साथ जोड़कर नहीं देखना चाहिए। इसी तरह, एक अन्य स्थिति — जिसे 'जन्मजात हाइड्रोसील' (congenital hydrocele) कहते हैं और जिसमें अण्डकोष में सूजन आ जाती है — को भी हर्निया के साथ भ्रमित नहीं करना

चाहिए। यह सूजन रोने या दबाने पर कम या ज़्यादा नहीं होती। आमतौर से एक वर्ष की उम्र तक यह अपने-आप ही खत्म हो जाती है।

उपचार : अगर डॉक्टर को लगता है कि यह सूजन हर्नियाः के कारण है, लो वह बहुत नरमी से इसे कम करने की कोशिश कर सकता है। ऐसा न कर पाने की स्थिति में वह शल्य-क्रिया के लिए बच्चे को अस्पताल में दाखिल करवाने की सलाह दे सकता है।

अण्डग्रन्थियों की ऐंठन (Torsion of Testes)

इस मरोड़ या ऐंठन (Torsion) के कारण अण्डकोष में भयंकर पीड़ा हो सकती है और उसमें सूजन आ सकती है। साथ ही उसकी संवेदनशीलता (हाथ से छूने पर दुखना) भी बढ़ सकती है। इस स्थिति का गलत निर्धारण (diagnosis) होने से इसे अण्डग्रन्थियों की सूजन या जलन (inflammation of the testes) के रूप में देखा जा सकता है, और बच्चे को एण्टी-बायोटिक्स दिए जा सकते हैं। ऐसी दुर्भाग्यपूर्ण सम्भावना की स्थिति में बच्चे की अण्डग्रन्थियाँ नष्ट हो सकती हैं।

उपचार : अण्डकोष में पीड़ा और सूजन होने की स्थिति में बच्चे को तुरन्त किसी पीडिऐट्रिक सर्जन को दिखाना चाहिए। अगर यह अण्डग्रन्थियों के मरोड़ या ऐंठन (torsion) का मामला है तो बच्चे का तुरन्त ऑपरेशन करना ज़रूरी होता है, ताकि उसकी अण्डग्रन्थियों को कोई स्थाई क्षति न पहुँचे।

कुछ अन्य और कम पाई जाने वाली शल्यात्मक स्थितियाँ

पेटदर्द से जुड़ी कुछ अन्य स्थितियाँ भी हो सकती हैं, जो बहुत आम नही हैं — जैसे कि पेट में कोई चोट या मूत्र-नलिका में पथरी की मौजूदगी। पथरी होने पर दर्द बिल्कुल अचानक ही होता है। यह दर्द आमतौर से पीठ की तरफ से शुरू होता है और फिर वंक्षण (पेट और जाँघ के जोड़) की तरफ बढ़ने लगता है। हल्का-हल्का दर्द बना रहता है, जो बीच-बीच में और अचानक ही बहुत तेज़ और असहनीय दर्द का रूप लेता रहता है। इस स्थिति में मूत्र-के साथ खून भी निकल सकता है।

बच्चों में पेटदर्द के अन्य सम्भावित कारण

- पशुओं के दूध के प्रति एलर्जी या असहिष्णुता
- छोटे शिशुओं का कॉलिक (अन्त-शूल या उदर-शूल)
- असन्तुलित और अनियमित आहार
- उदर की मिरगी (Abdominal Epilepsy)

- मूत्राशय का संक्रमण (Urinary infection)
- निमोनिया या पल्यूरल संक्रमण से ग्रस्त बच्चे में सीने से पेट की तरफ दर्द हेपेटाइटिस (जिगर/Liver का संक्रमण)
- मलेरिया
- रक्त-शर्करा की अल्पता (Low blood sugar) से जुड़ी भूख

गेस्ट्रो-इन्टेस्टिनल सिस्टम में संक्रमण (एच. पायलोरी/H. Pylori के साथ) को भी पेटदर्द के एक सम्भावित लेकिन अनिश्चित कारण के रूप में देखा जाने लगा है। इसके उपचार के लिए मैट्रोनाइडाजोल, अमोक्सीलीन और रैनिटीडीन (ranitidine) का प्रयोग किया जाता है।

कोलेडोकल सिस्ट (Choledochal Cyst)

यह एक कम व्याप्त जन्मजात दोष होता है, जिसमें जिगर से पित्तदोष (biles) का निकास करने वाली नलियाँ (tubes) खराब हो जाती हैं। पेटदर्द के दौरे, मटियाले रंग का मैल और बुखार इसके मुख्य लक्षण होते हैं। पेट की सोनोग्राफी करने से इस रोग का निर्धारण किया जा सकता है। उपचार के लिए एन्टी-बायोटिक्स दिए जाते हैं, जो संक्रमण की रोकथाम करते हैं। इसके बाद लक्षण दब जाते हैं, हालाँकि (जितनी जल्दी सम्भव हो) शल्य-चिकित्सा की ज़रूरत बनी रहती है, क्योंकि 'सिस्ट' (पुटी या कोष) बार-बार संक्रमणित होता रहता है और समय के साथ-साथ इसका आकार भी बढ़ता रहता है। बाद के चरणों में इसकी शल्य-चिकित्सा भी कठिन हो जाती है।

मैकेलेज डाइवर्टिकुलम

यह छोटी आंत से निकलने वाली एक नली जैसी और अनियमित चीज होती है, जिसमें सूजन आ जाने से पेटदर्द की शिकायत हो सकती है। इस रोग में मलाशय (rectum) से रक्त-स्राव भी होता है। यह रक्त-स्राव आमतौर से गहरे लाल रंग का होता है, लेकिन बहुत ज़्यादा स्राव होने की स्थिति में इसका रंग सामान्य लाल भी हो सकता है। यह एक चिकित्सीय आपात स्थिति होती है। उपचार के दौरान रक्त-स्राव बन्द हो सकता है और शल्य-चिकित्सक रोग के निश्चित निर्धारण के लिए आइसोटोप स्कैन (Isotope scan) का निर्देश दे सकता है। लेकिन मैकेल'ज़ डाइवर्टिकुलम का निश्चित निर्धारण (diagnosts) आसान नहीं होता और शल्य-चिकित्सक को आमतौर से ऑपरेशन करके डाइवर्टिकुलम को काटना पड़ता है।

छिलना या खरोंच लगना

खरोंच एक मामूली चोट होती है, लेकिन इस पर लगी धूल हटाने के लिए इसे अच्छी तरह से साफ करना ज़रूरी होता है, क्योंकि धूल से संक्रमण होने की सम्भावना रहती है। घसीट या रगड़ लगे हुए हिस्से को नल के बहते पानी के नीचे रखकर या किसी गिलास से पानी उंडेलकर धो लेना चाहिए। इसके बाद अपने हाथों को धोकर घाव को साबुन और पानी से साफ कर लेना चाहिए। साफ घाव के लिए किसी दवा की ज़रूरत नहीं होती, न ही स्पिरिट, आयोडीन या लाल दवाई (मरक्यूरोक्रोम) की।

अपने बच्चे की डी.पी.टी. (ट्रिपल एंटीजेन) या डी.टी. (डुएल एन्टीजेन) की बूस्टर खुराक बाकी है, तो यह खुराक अभी दे दी जानी चाहिए। अगर वह लगभग 10 वर्ष का है, तो उसे टिटनस टॉक्साइड का इन्जेक्शन दे देना चाहिए। पूरी तरह से प्रतिरक्षित (fully immunised) बच्चे को टिटनस टॉक्साइड की अतिरिक्त खुराक की ज़रूरत नहीं होती। उदाहरण के लिए अगर 2 वर्ष की उम्र में उसे डी.पी.टी. (जिसमें टिटनस टॉक्साइड शामिल होता है) दिया जा चुका है, तो 3 वर्ष की उम्र में चोट लगने पर उसे टिटनस टॉक्साइड देने की जुरूरत नहीं होती।

पट्टी करें या नहीं ?

मेरा अपना मानना है कि पट्टी की ज़रूरत नहीं होती। लेकिन अगर आपको लगता है कि घाव साफ नहीं रह पाएगा या उस पर मक्खियाँ बैठेंगी, तो इसे गाज (Gauze) के एक विसंक्रमणित टुकड़े से ढंक दें — जो दवा-विक्रेताओं के पास मिलते हैं। इसे अपनी जगह पर रखने के लिए इसके ऊपर एक साफ पट्टी या कोई भी साफ कपड़ा बाँध दें। घाव की प्रतिदिन जाँच करें और गाज को बदलते रहें। अगर गाज या पट्टी घाव से चिपक जाए तो उसे हटाने के लिए उबाले और ठंडे किए हुए पानी का प्रयोग करें।

अगर शुरू से ही चोट से खून रिस रहा है, तो उस पर कोई एन्टी-बायोटिक मलहम (skin ointment) लगाएँ और फिर उस पर गाज का डुकड़ा रखकर पटूटी बाँध दें। अगर एन्टी-बायोटिक क्रीम या मलहम उपलब्ध नहीं है, तो विसंक्रमणित गाज ही काफी है। घाव पर पपड़ी जम जाने के बाद उसे ढंकने की ज़रूरत नहीं है।

ऐक्युट नेफ्राइटिस

गुर्दे से जुड़ा यह रोग गले या त्वचा पर बैक्टीरिया के संक्रमण से पैदा होता

है। यह रोग आमतौर से स्कूल जाने वाले बच्चों को प्रभावित करता है। बहुत दुर्लभ मामलों में ही स्कूल-पूर्व बच्चे इसकी चपेट में आते हैं।

लक्षण : गला पकने या त्वचा के संक्रमण के तीन सप्ताह बाद आपको बच्चे के मूत्र की मात्रा में कमी दिखाई दे सकती है। इसका रंग भी कुछ-कुछ लाल होता है। सुबह सोकर उठने पर बच्चे का चेहरा फूला हुआ दिखाई देता है। आँखों के नीचे की यह सूजन और भी प्रखर होती है, जो नीचे के अंगों (टांगों और पाँवों) तक भी फैल जाती है। कुछ मामलों में बच्चे का रक्तचाप भी बढ़ सकता है और उसे चक्कर आ सकते हैं। आपका डॉक्टर पहले मूत्र की जाँच का निर्देश देगा, और फिर रक्त की जाँच का भी परामर्श दे सकता है।

सौभाग्यवश, 95% बच्चे गुर्दों को कोई क्षति पहुँचे बिना इस बीमारी से ठीक हो ज़ाते हैं। दो से तीन सप्ताह के भीतर ही बच्चा सामान्य दिखाई देने लगता है, और उसके मूत्र की मात्रा और रंग भी सामान्य हो जाता है। सूजन भी उतर जाती है। उसके मूत्र में काफी लम्बी अवधि तक लाल कोशिकाएँ और एल्ब्यूमिन उपस्थित रह सकते हैं। अपने डॉक्टर के साथ सम्पर्क बनाए रखना अच्छा रहता है। इस बात की पूरी सम्भावना है कि वह आपको आश्वस्त करता रहेगा और कोई और दवा नहीं देगा।

उपचार : आपका डॉक्टर पूरे आराम (bed rest) की सलाह देगा और साथ ही आहार, नमक और पानी के सेवन में कुछ परहेज बरतने के लिए भी कहेगा। वह गले या त्वचा के संक्रमण के लिए दवा देगा, और साथ ही बढ़े हुए रक्तचाप के लिए भी (अगर ऐसा है तो)। शुरू के कुछ दिनों में वह दिन में दो बार बच्चे के रक्तचाप की जाँच करना चाहेगा। अगर बच्चे का रक्तचाप ज़्यादा है, या उसे दौरे (Convulsions) पड़ते हैं, या उसके मूत्र की मात्रा में बहुत ज़्यादा गिरावट है, तो डॉक्टर उसे अस्पताल में भर्ती करने की सलाह दे सकता है।

दुर्व्यसन / बुरी लत

दुनिया के अन्य हिस्सों की तरह भारत में भी शराब (एल्कोहल), तम्बाकू, सिगरेट और नशीले द्रव्यों जैसे व्यसन युवाओं को अपनी चपेट में लिए हुए हैं।

अपने हम उम्रों के प्रभाव के साथ-साथ माता-पिता की ऊँची अपेक्षाएँ भी युवा वर्ग पर बहुत ज़्यादा दबाव बना देती हैं। इस दबाव से राहत पाने के लिए वे शराब का सहारा लेते हैं, बिना इस बात का अहसास किए कि यह भी एक नशीला पदार्थ है। समय के साथ-साथ शराब व्यक्ति को अक्षमता की भावना, आत्म-गौरव की कमी, तर्क और निर्णय शक्ति के ह्रास, सामाजिक सम्बन्धों के बिखराव, पराधीनता की भावना और अन्ततः व्यक्तित्व के सम्पूर्ण विध्वंस की

तरह ले जाती है। और तो और बीयर भी, जिसे एक 'सुरक्षित ड्रिंक' माना जाता है, सोचने-समझने की शक्ति को प्रभावित कर सकती है और व्यक्ति को अतर्कपूर्ण व्यवहार की तरफ ले जा सकती है।

हो सकता है कि सिगरेट पीना युवावस्था में कम खतरनाक और जानलेवा आदत दिखाई दे, लेकिन कहा जाता है कि एक सिगरेट व्यक्ति की उम्र को 5 मिनट कम कर देती है। अगर हम कैंसर और हृदय-रोग जैसे दूरगामी दुष्प्रभावों को भूल भी जाएँ, तो भी सांस की दुर्गंध और दाँतों के धब्बों जैसे साधारण दुष्प्रभावों के बारे में क्या कहें? क्या ये दुष्प्रभाव हमारी लोकप्रियता को बढ़ाने में मदद करते हैं? धूम्रपान का सीधा सम्बन्ध हमारे फेफड़ों के साथ है, इसलिए सिगरेट पीने का मतलब है बार-बार की खाँसी, साँस लेने में तकलीफ, शारीरिक दम-खम (stamina) में गिरावट और खेल-कूद में खराब प्रदर्शन।

धूम्रपान से जुड़े खतरों (सक्रिय और असक्रिय) की सूची में दमा, मध्य कान का संक्रमण, चिरकालिक फेफड़ों का रोग, एस.आई.डी.एस. (sudden infant death syndme), हृदय के दोष, बौद्धिक स्तर में गिरावट, अंतड़ियों (bowels) की जलन के रोग की ज़्यादा सम्भावना (मलाशय में रक्त-स्राव समेत), हाइपर-टेंशन और बैक्टीरियल मेनिन्जाइटिस शामिल हैं। किशोरावस्था में धूम्रपान करने वालों को स्थाई जननिक (genetic) परिवर्तनों का भी खतरा रहता है, जिससे फेफड़ों के कैंसर की सम्भावना बढ़ जाती है — भले ही बाद में वे इस आदत को छोड़ दें। धुआँ उड़ाने वाले युवाओं में एल.डी.एल. (low-density lipoproteins) के बनने का भी खतरा रहता है — जिसे 'बुरी केलोस्ट्रॉल' 'कहते हैं। इससे हृदय-रोग की सम्भावना बढ़ जाती है। पुरुषों के वीर्य में शुक्राणओं की कमी और गर्भ गिरने के 64% मामलों में भी धूम्रपान की आदत का हाथ रहता है।

बचाव के उपाय : माता-पिता के रूप में अपने बच्चों में छोटी उम्र से ही आत्म-गौरव (self-esteem) और सद्‌चरित्रता (good character) की भावना भरकर आप उन्हें इन खतरनाक आदतों से दूर रखने में बहुत महत्वपूर्ण भूमिका निभा सकते हैं। उन्हें अपने साथ किसी भी विषय पर खुलकर बात करने के लिए प्रोत्साहित करें। उन्हें अपने अन्दर की सम्भावनाओं को तलाशने में सहयोग दें, और उन्हें पाठ्येत्तर गतिविधियों (extra-curricular activities) और खेलकूद में भाग लेने के लिए प्रेरित करें। उन्हें स्वास्थ्य का मूल्य समझाकर अपने जीवन को सम्भालकर और सम्पूर्णता के साथ जीने की सीख दें।

कण्ठ-शूल

ऐडिनॉयड्स या कण्ठ-शूल हमारे मुँह के खोल (तालू) की छत के पीछे होते

हैं, उस जगह जहाँ हमारे नथुनों का पिछला हिस्सा हमारे गले के पिछले हिस्से से जुड़ता है। आमतौर से वे अपना काम बड़ी खामोशी से करते रहते हैं — हमारी ऊपरी श्वास-नलिका को किटाणुओं से मुक्त रखने का काम। टॉसिलों का भी यही काम होता है। लेकिन कभी-कभी ये कण्ठ-शूल बड़े हो जाते हैं और हमारी श्वास नलिकाओं में अवरोध पैदा करने लगते हैं। परिणामस्वरूप हमारी श्वास-प्रक्रिया में थोड़ा या ज़्यादा रूकावट होने लगती है। ज़्यादातर मामलों में, बच्चों की उम्र बढ़ने के साथ-साथ ये बढ़े हुए कण्ठ-शूल सिकुड़कर छोटे हो जाते हैं। पहले जमाने में टाँसिलों के साथ-साथ कण्ठ-शूलों को भी हटा दिया (काट दिया) जाता था। लेकिन अब यह बात महसूस की जाने लगी है कि इन दोनों ऊत्तकों (tissues) को अपनी जगह पर रहने देना चाहिए, और सिर्फ अनिवार्य स्थितियों में ही इन्हें हटाया जाना चाहिए।

कण्ठ-शूलों को हटाने पर सिर्फ तब बिचार करना चाहिए जब बच्चे को बार-बार कान का संक्रमण हो रहा हो; वह अधिकांशतः मुँह से साँस लेता हो, या रात को सोते समय बहुत जोर से खरटे लेता हो और कुछ क्षणों के लिए उसकी साँस रूक जाती हो (obstructive sleep apnoea); उसकी बोलने की क्षमता प्रभावित हो रही हो और उसका स्वर नासीय (nasal) प्रतीत होता है, मानो कि उसकी नाक बन्द हो।

निद्रा-श्वासरोध (obstructive sleep apnoes) से ग्रस्त बच्चों के टॉसिल और/या ऐडिनॉयड्स हटा देने के बाद उनके वज़न और कद में वृद्धि होते और स्कूल में उनके प्रदर्शन में सुधार होते देखा गया है।

लेकिन उपरोक्त स्थितियों में भी कण्ठ-शूलों को हटाना हमेशा अनिवार्य नहीं होता। सिर्फ मुँह से साँस लेना एक पर्याप्त कारण नहीं है; कुछ लोग आदतन भी ऐसा करते हैं। साथ ही यह ध्यान रखना भी जरूरी है कि अगर बच्चा मुँह से साँस नहीं लेता है या उसका स्वर नासीय नहीं है, तो बढ़े हुए कण्ठ-शूलों का निर्धरण गलत भी हो सकता है। शल्य-चिकित्सा से पहले आपका डॉक्टर बच्चों को एन्टी-बायोटिक्स देकर भी ठीक करने की कोशिश कर सकता है — अगर उसे लगता है कि बच्चा संक्रमण के लगातार प्रहार का या किसी एलर्जी का शिकार है।

एड्स

'एड्स' का पूरा नाम है 'ऐक्वायर्ड इम्यून डेफीशिएंशी सिंड्रोम'। यह रोग 'एच.आई.वी.' अर्थात् 'हयूमेन इम्यूनो-डेफीशिएंशी वाइरस' (Human Immuno deficiency Virus) के कारण पैदा होता है। इस संक्रमण के कारण व्यक्ति के

प्रतिरक्षण-तन्त्र (Immune systems) में, जो संक्रमणों से लड़ने में उसकी मदद करता है, न्यूनता (dificiency) पैदा हो जाती है। इस तरह एड्स से प्रभावित व्यक्ति सामान्य संक्रमणों का मुकाबला करने की शक्ति भी खो बैठता है और गम्भीर संक्रमणों की चपेट में आने पर अक्सर उसकी मृत्यु हो जाती है। इस रोग के फैलने के माध्यम हैं -

- एड्स वाइरस से ग्रस्त व्यक्ति (पुरुष या स्त्री) के साथ यौन-सम्बन्ध स्थापित करने से
- संक्रमणित रक्त चढ़ाए जाने से
- किसी संक्रमणित व्यक्ति द्वारा इस्तेमाल की गई इन्जेक्शन की सुई का इस्तेमाल करने से

एक से अधिक साथी के साथ या समलैंगिक यौन-सम्बन्ध स्थापित करने से इस रोग के फैलने का खतरा बढ़ जाता है। नशीली दवाइयाँ लेने के लिए एक ही सुई के इस्तेमाल से भी यह खतरा बढ़ जाता है।

एड्स से ग्रस्त गर्भवर्ती स्त्री से यह संक्रमण उसके बच्चे तक पहुँच सकता है। सीजेरियन विधि से प्रसव होने की स्थिति में यह खतरा कुछ कम हो जाता है।

लक्षण : जो बच्चे सामान्य बढ़त हासिल नहीं कर पाते, डायरिया और त्वचा के संक्रमणों के बार-बार शिकार होते रहते हैं, मुँह में सफेद धब्बों वाले एक फंफूद-जनित संक्रमण (thrush) से ग्रस्त रहते हैं, लसीका ग्रन्थियों (lymph glands) के आकार में वृद्धि, क्षयरोग के तीव्र प्रसार, बार-बार होने वाले निमोनिया, और कुछ खास तरह के कैंसरों के लक्षणों का प्रदर्शन करते हैं, उन पर एड्स से ग्रस्त होने का सन्देह किया जा सकता है।

लेकिन यहाँ यह बात याद रखनी चाहिए कि हमारे देश में उपरोक्त लक्षणों का प्रदर्शन करने वाले अधिकांश बच्चे एड्स की बजाय आमतौर से सिर्फ बच्चों की सामान्य बीमारियों, कुपोषण और क्षयरोग के शिकार होते हैं।

आपके लिए अपने-आपको और बच्चों और किशोरों को एड्स और एचआइवी के बारे में शिक्षित करना बहुत महत्त्वपूर्ण है। किसी व्यक्ति के तन्त्र में प्रवेश करने के बाद एड्स वाइरस को अपनी उपस्थिति दर्शाने में कई महीने या वर्ष लग सकते हैं। इसके बावजूद यह व्यक्ति किसी दूसरे व्यक्ति को अपना रक्त देकर, उसके साथ यौन सम्बन्ध स्थापित करके या अपने द्वारा इस्तेमाल की गई इन्जेक्शन की सुई से इस वाइरस को दूसरे व्यक्ति के शरीर में भी पहुँचा सकता है। इसी तरह, एक व्यति किसी ऐसे व्यक्ति से भी यह वाइरस प्राप्त कर सकता है, जो पूरी तरह से सामान्य और स्वस्थ दिखाई देता हो। इसलिए

यह बहुत महत्वपूर्ण है कि किसी व्यक्ति के साथ अन्तरंग (intimate) सम्बन्ध स्थापित करते समय हम बहुत सावधानी बरतें। विवाह-पूर्व यौन-सम्बन्धों से बचने की कोशिश करनी चाहिए। आजकल कुछ विवाह-इन्छुक जोड़ें विवाह से पहले अपनी एचआइवी जाँच करवा लेना पसन्द करते हैं।

एड्स के बारे में फैली भ्रान्तियाँ

इस बात को जानना भी उतना ही महत्वपूर्ण है कि एड्स सामान्य मेल-जोल, एक साथ खेलने, पढ़ने, खाने-पीने, छूने, और साथ-साथ रहने से भी नहीं फैलता। यह भोजन, पानी या मच्छरों के माध्यम से, या एक ही मूत्रालय-शौचालय का प्रयोग करने से एक व्यक्ति से दूसरे व्यक्ति तक नहीं पहुँचता। इसलिए एड्स के रोगी का बहिष्कार न करें, सिर्फ इतनी सावधानी बरतें कि उसके रक्त या मैले कपड़ों को छूते समय आपने रबड़ के दस्ताने पहन रखे हों। एक एड्स-पग्रस्त व्यक्ति के साथ रहने का सही तरीका जानने के लिए किसी विशेषज्ञ की सलाह लें।

यह सच नहीं है कि कंडोम (निरोध) का प्रयोग करने से आप एड्स की चपेट में आने से बच जाते हैं। किसी संक्रमणित व्यक्ति के साथ यौन-सम्बन्धों के दौरान कंडोम के प्रयोग से यह खतरा कम जरूर हो जाता है, लेकिन खत्म नहीं होता।

बचाव के उपाय : एड्स के बचाव का सबसे अच्छा तरीका है एचआईवी से बचाव। और बच्चों को एचआइवी से दूर रखने का तरीका है वयस्क पुरुषों और स्त्रियों को एचआइवी से दूर रखना।

सिर्फ एक निष्ठावान जीवन-साथी के साथ ही यौन-सम्बन्ध बनाएँ। दूसरों द्वारा इस्तेमाल की गई इंजेक्शन की सुइयों से दूर रहें। डॉक्टर से आग्रह करें कि वह आपके सामने एक नई सुई खोले, और यात्रा के दौरान विसंक्रमणित सुइयों का एक पैकेट हमेशा अपने साथ रखें। एचआइवी की सम्भावना की जाँच किए बिना कभी भी किसी दूसरे का खून न चढ़वाएँ। अगर किसी आपात स्थिति में यह सम्भव नहीं है तो सिर्फ अपने निकट मित्रों या सम्बन्धियों का ही खून लें। प्रसव से पहले और उसके दौरान अगर कोई संक्रमणित स्त्री 'एन्टी-रेट्रोवाइरल' दवाओं का सेवन करती है, तो बच्चे तक इस संक्रमण के पहुँचने की सम्भावना कम हो जाती है।

एचआईवी स्तनपान के माध्यम से भी बच्चे तक पहुँच सकता है। एचआईवी-पॉजिटिव माँ के गर्भ से जन्म लेने वाले हर 7 बच्चों में 1 बच्चा इसी तरह इस संक्रमण का शिकार होता है।

सामाजिक स्तर पर, हमें युवा पीढी को इस रोग के बारे में जागरूक करना चाहिए। साथ ही उन्हें जीवन में नैतिक और आध्यात्मिक मूल्यों के महत्त्व के बारे में भी बताया जाना चाहिए। ऐसी आर्थिक-सामाजिक स्थितियाँ पैदा की जानी चाहिए, जिनमें न तो पति-पत्नी को रोजगार के लिए एक-दूसरे से दूर रहना पड़े, और न ही किसी को धनोपार्जन के लिए अपना शरीर बेचना पड़े।

एचआईवी और एड्स के बारे में जागरूकता पैदा करने के लिए स्कूल सबसे अच्छा माध्यम हैं। अपने बच्चे के स्कूल को यौन-शिक्षा से जुड़े कार्यक्रम चलाने के लिए प्रोत्साहित करें खासकर यह देखते हुए कि इनके माध्यम से आपके बच्चे को दायित्वपूर्ण यौन-सम्बन्धों के बारे में विभिन्न अनचाही सम्भावनाओं, रोगों और उम्र सम्बन्धी जानकारी मिलेगी। अपने बच्चे के साथ उसकी बढ़त और विकास और यौन-परिवर्तनों के बारे में बातचीत के लिए कुछ समय जरूर निकालें।

जब कोई शिशु पैदा होता है तो उसे अपनी माँ से एटी-बॉडीज प्राप्त होते हैं। हो सकता है कि किसी बच्चे में एचआईवी-पॉजिटिव एँटी-बॉडीज हों, लेकिन उसके अंदर यह वाइरस मौजूद न हो। हालाँकि यह हमेशा नहीं होता, लेकिन यह सम्भव है कि 15 महीने की उम्र होते-होते माँ से प्राप्त ये एन्टी-बॉडीज़ खत्म हो जाएँ, और बच्चा एचआईवी-नेगेटिव (एड्स की सम्भावना से सुरक्षित) हो जाए।

एलर्जी

कुछ खास तत्वों के प्रति असामान्य या अति-संवेदनशील प्रतिक्रिया को 'एलर्जी' कहते हैं, और इन तत्वों को 'एलर्जन' (allergens) कहा जाता है। अधिकांश लोग इन तत्वों को आसानी से सहनकर लेते हैं, लेकिन कुछ लोग इनके प्रति प्रतिकूल प्रतिक्रिया प्रकट करते हैं। इन लोगों को इन तत्वों के प्रति 'एलर्जिक' (allergic) कहा जाता है।

कारण : आम एलर्जनों में अण्डे, मछली, गेहूँ, मकई, पशुओं और पाउडर का दूध, दूध-उत्पाद, सोया-व्यंजन, गिरियाँ, मूँगफली का मक्खन, चॉकलेट, टमाटर, सूअर का माँस, खटास वाले फल और नारियल जैसे खाद्य-पदार्थ, धूल-मिट्टी, पेनिसिलिन और सल्फा जैसी औषधियाँ, कुछ फूलों का पराग, पशुओं के बाल और पंख वगैरह शामिल हैं। कॉकरोच, बिल्लियाँ और कुत्ते घर के भीतर के एलर्जन-स्रोतों में सबसे प्रमुख हैं।

एलर्जी की आम शिकायत वाले परिवारों में पैदा हुए बच्चों और जन्म के बाद पहले वर्ष में कृत्रित दूध (तरल या पाउडर के रूप में पशुओं का दूध) पीने वाले बच्चों में एलर्जी सम्बन्धी दोषों की ज़्यादा सम्भावना रहती है, जबकि शुरू के 6 महीनों में सिर्फ माँ का दूध पीने वाले बच्चों में इनकी कम सम्भावना

रहती है। इटली की नौसेना के सदस्य बार-बार खतरनाक बैक्टीरियाओं के सम्पर्क में आने के बावजूद एलर्जियों की सम्भावना से बचे रहे। अब एलर्जियों और बैक्टीरिया के बीच के सूत्रों का पता चल चुका है। इससे इस अवधारणा को बल मिला है कि बैक्टीरिया से लड़ने के लिए हमारे प्रतिरक्षण-तन्त्र (immune system) को जन्म से ही प्रेरणा मिलनी शुरू हो जानी चाहिए।

आम एलर्जियाँ

एलर्जियाँ निम्नलिखित रूपों में प्रकट हो सकती हैं —

- दमा (Asthma)
- एग्जीमा (Eczeme)
- एलर्जिक सर्दी जुकाम (Allergic cold या Hey fever)
- अर्टीकेरिया (Urticaria)
- एनाफिलेक्सिस (anaphylaxis)
- डायरिया (Diarrhoea)

दमा

लक्षण : इस तरह के मामले में एक 4 वर्ष का बच्चा सामान्य रूप से सोने के बाद आधी रात को हाँफते हुए उठ बैठता है। उसे साँस अन्दर खींचने में और बाहर निकालने में कठिनाई महसूस होती है। उसकी साँस सामान्य से ज़्यादा तेज रफ्तार से चलती है। साँस को अन्दर खींचते समय उसे अपनी गर्दन की नसों की मदद लेनी पड़ती है। साँस लेते समय दोनों हँसलियों (Clavicles/ Collarbones) के बीच की सामान्य दूरी कम हो जाती है। साँस छोड़ते समय बच्चा सीटी बजाने जैसी आवाज निकालता है, जिसे 'वीजिंग' (Wheezing) कहते हैं। साँस छोड़ने में उसे सामान्य से ज़्यादा देर लगती है। बच्चे को बैठकर साँस लेना ज़्यादा आसान लगता है, या वह अपनी गोद में एक-दो तकिए रखकर उन पर अपना सिर टिकाना पसन्द करता है।

अगर बच्चा इससे पहले एग्जीमा का शिकार हो चुका है, या इससे पहले भी उसे इस तरह के दौरे पड़ चुके हैं, या उसके परिवार में एजर्ली के आम शिकायत रही है, या उसने कृत्रिम दूध (माँ के दूध को छोड़कर अन्य हर दूध) पीया है, तो इस निर्धारण (diagnosis) को लगभग निश्चित मानिए लेकिन इसका यह मतलब नहीं है कि माँ का दूध पीने वाले बच्चे को दमा नहीं हो सकता। ध्यान देने लायक बात सिर्फ यह है कि कृत्रिम दूध पीने वाले बच्चों को इस रोग का कहीं ज़्यादा खतरा रहता है।

आँधी के दौरान मौसमी दमे के दौरे की सम्भावना बढ़ जाती है, क्योंकि उस समय हवा में पराग-कणों या 'पोलन' (Pollen) की मात्रा बढ़ जाती है।

उपचार : पहले दौरे के बाद अपने बच्चे को जल्दी-से-जल्दी डॉक्टर को दिखाएँ, ताकि वह फैसला कर सके कि क्या यह सचमुच दमा है। बच्चे को दौरा पड़ने पर बहुत ज़्यादा घबराहट का प्रदर्शन न करें। आपकी घबराहट का बच्चे पर बुरा असर पड़ेगा और उसकी हालत और भी बिगड़ जाएगी। स्थिति को नियन्त्रित करने के लिए अपने डॉक्टर की सलाह पर अमल करें। उसके द्वारा दी गई दवाएँ मुँह या साँस के माध्यम से दें। बच्चे को ज़्यादा ढंके बिना गर्म रखने की कोशिश करें। कमरे में खुली हवा आने दें। (अगर आपके पास एयर-कंडीशनर है, तों उसे भी चालू कर दें।) बच्चे को पीने के लिए पर्याप्त मात्रा में पानी और अन्य तरल पदार्थ दें। अगर उसे बुखार है तो उसे एस्पिरिन और इबूप्रोफेन देने से बचें, क्योंकि इनसे दमे का दौरा और भी बिगड़ सकता है। पैरासिटामोल बेहतर है। बच्चे को कफ-सिरिप देने से भी बचें — खासकर कोडीन (codeine) युक्त कफ-सिरिप। जब तक बच्चे को बहुत ज़्यादा कष्ट नहीं है, और वह थोड़ा-बहुत ठोस भोजन और पर्याप्त मात्रा में तरल पदार्थ ले रहा है, आप घर पर ही उसका उपचार करने की कोशिश कर सकती हैं। सिर्फ 'वीजिंग' से परेशान होने की ज़रूरत नहीं है।

लेकिन अगर बच्चे की साँस तेज चलने लगती है, अगर उसे साँस अन्दर खींचने में तकलीफ हो रही है, या अगर वह बहुत थका हुआ दिखाई देता हैं तो तुरन्त अपने डॉक्टर से सम्पर्क करें। वह बच्चे को अस्पताल में दाखिल करवाने की सलाह दे सकता है। इस सलाह पर तेजी से अमल करना चाहिए, इससे पहले कि बच्चे को साँस लेने के लिए संघर्ष करना पड़े या वह नीला पड़ जाए।

अगर आप आमतौर से कॉर्टिकॉस्ट्रॉयइस और एन्टी-बायोटिक्स का प्रयोग पसन्द नहीं करतीं, तो भी इस स्थिति में (अगर डॉक्टर ने उनका परामर्श दिया है) उनके प्रयोग से संकोच न करें।

अगर आपका बच्चा मुँह से स्टेरॉयड्स लेने से मना करता है, तो डैक्सा-मिथासोन का इंजेक्शन दिया जा सकता है।

अगर आपके बच्चे को बार-बार ऐसे दौरे पड़ते रहते हैं, तो एक नेब्युलाइजर (nebulizer) खरीदने की कोशिश करें। तेज दौरे के दौरान इसका प्रयोग काफी सुविधाजनक रहता है। लेकिन 2 वर्ष से छोटे बच्चों में 'वीज़िंग' की समस्या के लिए मीटर वाला इन्हेलर (metered-dose inhaler) — जिसे वयस्क प्रयोग करते हैं, और जिसमें एक 'स्पेस-डिवाइस' और 'फेशियल मास्क' आसानी से जोड़ा जा सकता है — नेब्युलाइजर से ज़्यादा अच्छा रहता है।

थोड़े बड़े बच्चे के मामले में आप किसी बाल-मनोवैज्ञानिक (Child psychologist) या पारिवारिक सलाहकार (family counsellor) से भी बात करके देख सकती हैं, कि कहीं बच्चे को अतिरिक्त भावनात्मक सुरक्षा की ज़रूरत तो नहीं है। बड़ी उम्र के बच्चे को योगासनों के लिए भी प्रेरित किया जा सकता है। लेकिन अगर इसमें उसकी दिलचस्पी नहीं है या वह इसके लिए तैयार नहीं है, तो उसे बाध्य न करें।

आजकल एलर्जी और असंवेदनीकरण (desensitisation) के लिए त्वचा-परीक्षा (skin tests) भी उपलब्ध हैं। इनमें बच्चे को बार-बार एलर्जन तत्वों के इंजेक्शन दिए जाते हैं, और धीरे-धीरे इन तत्वों के अंशों में बढ़ोतरी होती रहती है। अगर आप अन्य विकल्पों का प्रयोग कर चुके हैं तो किसी विशेषज्ञ के मार्गदर्शन में इसे भी आजमा कर देख सकते हैं — खासकर अगर इस रोग के कारण बच्चे की शिक्षा और अन्य सामान्य गतिविधियों में बाधा पहुँच रही है, और आपका डॉक्टर इस विशेषज्ञ की योग्यता और कार्य-प्रणाली को लेकर आश्वस्त है।

बचाव के उपाय : पारिवारिक प्रवृत्ति के अलावा असक्रिय धूम्रपान (Passive smoking) कुछ खास खाद्य-सामग्रियों या सूची में दिए गए एंलर्जनों के प्रति एलर्जी, किसी नए और अनजाने व्यायाम या खेल से पैदा हुई थकान, घबराहट या घर या स्कूल में सुलझ न पा रहा कोई झगड़ा, पर्यावरण के तापमान में अचानक बहुत तेज बदलाव, और श्वसन सम्बन्धी कोई संक्रमण कुछ ऐसे कारण हैं, जो दमे के दौरे की सम्भावना को बढ़ा सकते हैं। फिर भी, खेलकूद को प्रोत्साहित किया जाना चाहिए। जिन बच्चों को व्यायाम-जनित दमे की शिकायत रहती है, उन्हें गतिविधि से तुरन्त पहले अपने दमे की दवा लेनी होती है। इस तरह के बच्चों के लिए व्यायाम से एक घण्टा पहले 2 ग्राम एस्कोर्षिक एसिड (विटामिन-सी) भी काफी असरदार पाया गया है।

बच्चा जिस कमरे में सोता है, उसमें धूल-मिट्टी और कुटकी (mites) जमा न होने देने का विशेष ध्यान रखना चाहिए। कॉकरोचों को भी दूर रखना चाहिए। कमरा पूरी तरह से साफ रहना चाहिए और उसमें कम-से-कम फर्नीचर होना चाहिए। पुरानी किताबें, कपड़े, कम्बल और गद्दे दमे के दौरे को बढ़ावा देते हैं। इनको समय-समय पर धूप लगाते रहना चाहिए। यह भी ध्यान रखें कि पंखों, कोनों, फर्नीचर के पीछे और नीचे, या पर्दों पर धूल न जमा हो पाए। कमरे में झाड़ू लगाने की बजाय गीला पौंछे का प्रयोग करें। ऊनी कम्बलों और दरियों का प्रयोग भी न करें।

इसी तरह, कमरे में भरे हुए (stuffed) खिलौने और पौधे भी न रखें। बालों वाले पालतू पशु भी एलर्जी का स्रोत हो सकते हैं (बिल्ली के चले जाने

के बाद भी दो वर्ष तक घर में उसके बाल दिखाई दे सकते हैं), इसलिए घर में इस तरह के पशुओं को न रखें। अगर आपके पास वैक्यूम-क्लीनर है, तो इसका प्रयोग उस समय करें जब बच्चा घर में न हो।

बच्चे को सभी तरह के टेल्कम पाउडरों, तेज परफ्यूमों, खुशबुदार साबुनों, ठण्डे पेयों, तापमान में अचानक बदलाव (उदाहरण के लिए तेज़ गर्मी के मौसम में बाहर से आकर सीधे एयर-कंडीशंड कमरे में घुस जाना) अचानक ही किसी थका देने वाले काम, और एलर्जन आहारों (जिनके प्रति उसे एलर्जी है) से दूर रहने के लिए समझाएँ।

यह जानने के लिए कि उपरोक्त सूची में से किन खाद्य-पदार्थों के प्रति बच्चे को एलर्जी है, उसे उसकी स्वस्थ अवस्था के दौरान सूची में अंकित किसी एक खाद्य-पदार्थ का सेवन करने दें। इसके बाद एक सप्ताह तक प्रतीक्षा करें। अगर बच्चा पहले की तरह ही स्वस्थ रहता है (बिना दवा के प्रयोग के), तो सम्भवतः वह उस खाद्य-पदार्थ के प्रति एलर्जिक नहीं है। इसी पदार्थ को अगले छह महीने तक बच्चे से दूर रखें और फिर आजमाएं। अगर किसी खाद्य-पदार्थ के सेवन के बाद बच्चे पर गम्भीर प्रतिक्रिया होती है, तो कम-से-कम एक वर्ष तक उसे वह खाद्य-पदार्थ दोबारा देने से बचें।

केले को अकसर सर्दी और दमे के दौरे के लिएं दोष दिया जाता है। सम्भवतः यह सच नहीं है। अगर किसी बच्चे को केला दिया जाने पर सिर्फ कुछ खास अवसरों पर दौरा पड़ता है, और अन्य अवसरों पर ऐसा नहीं होता, तो सम्भवतः वह केले के प्रति एलर्जिक नहीं है। खासकर खाली पेट खाने पर (भोजन से कम-से-कम एकाध घण्टा पहले) केला बहुत स्वास्थ्यवर्द्धध फल है, और इसे आसानी से बच्चे के आहार से बाहर नहीं निकालना चाहिए।

दमे के बारे में एक अच्छी खबर यह है कि अगर बहुत बचपन में ही इसके दौरे पड़ने शुरू हो जाएँ तो उम्र के साथ-साथ इसके ठीक होने की सम्भावना रहती है। जिन बच्चों के परिवारों में दमे की आम शिकायत नहीं रही है, और जिन्हें दौर अचानक पड़ने की बजाय हमेशा वाइरस-जनित सर्दी से शुरू होता है, उनके दमे का निर्धारण जल्दबाजी में नहीं किया जाना चाहिए। इस तरह के बच्चे सर्दी-जुकाम की अवस्था में 'वीज़िंग' का प्रदर्शन कर सकते हैं, लेकिन कोई जरूरी नहीं कि उन्हें दमा हो। दमे के निश्चित दौरों वाले बच्चों में से लगभग आधे 10 से 20 वर्ष के भीतर इसके लक्षणों से मुक्त हो जाते हैं। लेकिन वयस्क उम्र में इन दौरों को लौटते भी देखा गया है। खासकर शुरूआती बचपन में बहुत भयंकर दौरों के शिकार बच्चे अक्सर वयस्क होने पर भी इस समस्या से ग्रस्त रहते हैं।

कई बार, दमे से प्रभावित बच्चों को लगातार खाँसी रह सकती है, जो रात में और ज़्यादा बिगड़ सकती है। इन बच्चों में 'वीजिंग' के लक्षण दिखने जरूरी नहीं होते, लेकिन दमे की दवाओं से उन्हें भी निश्चित रूप से लाभ पहुँचता है।

एग्जीमा (Eczema)

लक्षण : अगर 2 से 3 महीने के शिशु के चेहरे, माथे और कानों के पीछे खुजलीदार और सूखी त्वचा के लाल धब्बे दिखाई दें, तो इस बात की सम्भावना है कि वह 'एग्जीमा' नामक त्वचा की एक एलर्जिक अवस्था की तरफ बढ़ रहा है। खुजाने के कारण ये धब्बे और ज़्यादा बिगड़ जाते हैं और उनमें रिसाव होने लगता है। रिसाव के सूखने के बाद ये धब्बे परतदार धब्बों की तरह दिखाई देने लगते हैं। अगर उखड़ी हुई त्वचा संक्रमण की शिकार हो जाए, तो उसमें से मवाद (Pus) जैसा रिसाव होने लगता है, और बच्चे को बुखार हो सकता है।

बड़े बच्चों में एग्जीमा खुजली वाली (itchy) और सूखी त्वचा के रूप में प्रकट होता है। आमतौर से कोहनियों के आगे का हिस्सा और घुटनों के पीछे का हिस्सा ज़्यादा प्रभावित होता है।

एग्जीमा की शिकायत कृत्रिम दूध (माँ के दूध को छोड़कर अन्य सभी दूध) पीने वाले शिशुओं में ज़्यादा देखी जाती है। पहले 6 महीनों तक 'केवल स्तनपान' करने वाले शिशुओं में इसकी सम्भावना कम रहती है। खासतौर से एलर्जी की आम शिकायत वाले परिवारों में शिशु को 6 महीने तक सिर्फ माँ का दूध पिलाना बहुत महत्वपूर्ण है। बड़ी उम्र के शिशु को अण्डे या गेहूँ से बनी चीज़ों के कारण यह एलर्जी हो सकती है।

एग्जीमा से मिलती-जुलती एक अन्य अवस्था को डर्मेटाइटिस (dermatitis) या त्वचाशोथ कहते हैं। यह त्वचा में प्रदाह या जलन (irritation) उत्पन्न करने वाली वस्तुओं, जैसे कि ऊनी कपड़ों, खास तरह के साबुनों और तेलों, बेसन, भाग-स्नान, फेंके जा सकने वाले (disposable) डायपरों और कुछ खास पौधों के सम्पर्क में आने से पैदा होती है।

उपचार : एग्जीमा का उपचार कुल मिलाकर एक लाक्षणिक (Symptomatic) उपचार है। इस उपचार के मुख्य सिद्धान्त हैं त्वचा की नरमी बनाए रखना, खुजली को कम से कम करना, और सम्भावित एलर्जन का पता लगाने की कोशिश करना। त्वचा को बार-बार धोने से बचें (खासकर साबुन से), इससे यह और ज़्यादा खुश्क हो सकती है। खुजली वाली जगहों पर अलसी का तेल लगाने से आराम पहुँच सकता है। साबुन की जगह दवा-विक्रेताओं के पास उपलब्ध विशेष लेपों या मरहमों (ung emulsificans aquosum, B.P.) का प्रयोग करें। त्वचा

को रगड़कर पोंछने की बजाय तौलिए से धीरे-धीरे थपथपाकर सुखाएँ। बेसन के प्रयोग से बचें। कुछ बच्चों की त्वचा पर कुछ खास तरह के महँगे साबुनों (बेबी-साबुनों समेत) और तेलों के प्रयोग से भी दाने या धब्बे उभर सकते हैं। इसी तरह मिल्क-क्रीम या मलाई लगाने से भी त्वचा को हानि पहुँच सकती है।

बच्चे के नाखुनों को छोटा रखें। अगर खुजली बहुत ज़्यादा न हो तो रात के समय बच्चे को दस्ताने (mittens) न पहनाएँ। अगर उन्हें पहनाना जरूरी हो, तो इस बात की अच्छी तरह से जाँच करलें कि वे नरम और कोमल हों और उनके धागे उधड़े हुए न हों, ताकि वे बच्चे की उँगलियों में न फँसें।

आपका डॉक्टर आपको क्लोरफेनेरामाइन (Chlorpheneramine) जैसी कोई एन्टी-हिस्टामाइन दवा दे सकता है। ठण्डी गद्दियों (Cold compresses) से खुजली वाली जगह को आराम पहुँच सकता है। आराम पहुँचाने वाले ऐसे मरहम, जिनमें कोर्टिकॉस्ट्रायड हों, डॉक्टर से पूछकर ही प्रयोग में लाने चाहिए। ये मरहम त्वचा के माध्यम से शरीर के अन्दर प्रवेश कर सकते हैं और कई दुष्प्रभाव पैदा कर सकते हैं। अगर इनका प्रयोग करें भी, तो बहुत थोड़ी मात्रा में। अगर त्वचा संक्रमण की शिकार हो जाती है, तो डॉक्टर एण्टी-बायोटिमा लिखकर दे सकता है। बहुत ज़्यादा गम्भीर मामलों में साइक्लोस्पोराइन, जो एक विष-सम्भावित (Potentially toxic) दवा है, भी कारगर साबित हो सकती है।

बच्चे को अपना दूध पिलाने वाली माँ अपने आहार से सम्भावित एलर्जनों को दूर रखने की कोशिश कर सकती है। अगर आपको लम्बे समय तक दूध रहित आहार लेने की ज़रूरत पड़े तो कुछ कैल्शियम युक्त औषधियाँ और विटामिन-बी^{12} लेने की कोशिश करें। आपके आहार में फल, सब्जियां और अंकुर जुरूर शामिल होने चाहिए। गाय के दूध के प्रति एलर्जी का प्रदर्शन करने वाले कुछ बच्चे सोया-दूध को ज़्यादा सहन कर लेते हैं। लेकिन कुछ बच्चों को इस दूध से भी उतनी ही एलर्जी होती है।

अर्टीकेरिया (Urticaria)

लक्षण : इस अवस्था में त्वचा पर खुजलीदार, गुलाबी या लाल उभारदार धब्बे पैदा होते रहते हैं, और फिर अपने-आप ही खत्म होकर किसी दूसरी जगह पर उभरते रहते हैं। इन धब्बों का आकार 1 मि. मी. से लेकर कुछ से. मी. तक (giant urticaria) हो सकता है। खुजली भी बहुत मामूली या फिर बहुत गम्भीर हो सकती है।

कारण : अर्टीकेरिया के पीछे मछली, अण्डों, गिरियों जैसे कुछ खाद्य-पदार्थों, कुछ दवाओं, या फिर कुछ खास संक्रमण-वाहकों का हाथ हो सकता है। कुछ

खास पौधों के सम्पर्क में आने से भी यह अवस्था पैदा हो सकती है। कई बार इसके कारणों का पता चलना बहुत मुश्किल हो जाता है।

उपचार : ज़्यादातर मामलों में एण्टी-हिस्टामाइनज, काफी असरदार साबित होते हैं, क्योंकि ये धब्बे आते-जाते रहते हैं, इसलिए उपचार तब तक जारी रहना चाहिए जब तक डॉक्टर को इसकी ज़रूरत महसूस हो रही है। कभी-कभी, तुरन्त आराम के लिए एड्रीनेलाइन (adrenaline) का इन्जेक्शन भी दिया जाता है — खासकर अगर इन धब्बों के साथ शोथ (oedema) या सूजन भी जुड़ी हुई हो। अगर इस अवस्था का कारण मालूम हो, तो उससे दूर रहने की कोशिश करनी चाहिए।

एनाफिलेक्सिस (Anaphylaxis)

कारण : 'एनाफिलेक्सिस' यानी एलर्जी का तेज झटका (Severe Allergic Shock) एक गम्भीर लेकिन दुर्लभ प्रतिक्रिया होती है। यह पेनिसिलिन या कुछ खास एन्टी-टॉक्सिनों जिन्हें टिटनस या साँप या बिच्छू के जहर के उपचार के लिए घोड़े के सीरम (serum) से बनाया जाता है, के इन्जेक्शनों के प्रयोग के बाद देखने में आती है। कभी-कभी किसी कीट (insect) के डंक के कारण भी ऐसी प्रतिक्रिया हो सकती है। इसी तरह कभी-कभी किसी दवा के (मुख से) सेवन के बाद भी यह स्थिति देखने में आ सकती है।

लक्षण : एनाफिलेक्सिस से ग्रस्त रोगी को अपने गले और छाती में एक जकड़ता हुआ संवेदन (sensation) महसूस होता है। उसमें अर्टीकेरिया के लक्षण पैदा होने लगते हैं और गले से कुछ भी नीचे निगलने में उसे कठिनाई होने लगती हैं। वह बेहोश हो सकता है और उसकी साँस भी रूक सकती है।

उपचार : यह एक गम्भीर स्थिति होती है, जिसमें तुरन्त उपचार की ज़रूरत होती है। रोगी को एड्रीनालाइन का इन्जेक्शन, और हृदय की मालिश (Cardiac massage) के साथ-साथ मुँह-से-मुँह की साँस (Mouth-to-mouth breathing) देनी पड़ सकती है।

एलर्जिक सर्दी-जुकाम / परागजनित ज्वर (Hay fever)

कारण : यह एक मौसमी अवस्था होती है और पर्यावरण में पेड़ों या घास के पराग-कणों (Pollens) की उपस्थिति के कारण पैदा होती है। इसीलिए इसे पराग-जनित बुखार (परागज ज्वर) भी कहते हैं।

लक्षण : इस अवस्था में नाक और तालू में खुजली की अनुभूति के साथ-साथ छींकों और नाक बहने की शिकायत हो सकती है। किसी-किसी की

आँखें भी लाल हो सकती हैं। ये दौरे बच्चे को वर्ष के एक खास मौसम में ही परेशान करते हैं, और इनके लिए एन्टी-हिस्टामाइन दवाएँ बहुत प्रभावशाली साबित होती हैं। एलर्जन वातावरण से बाहर निकलते ही इस रोग के सभी लक्षण खत्म हो जाते हैं।

लेकिन कुछ बच्चों में ये लक्षण वर्ष भर प्रकट होते रहते हैं। इसका कारण घर में ही किसी एलर्जन (धूल, पशुओं के बाल वगैरह) की उपस्थिति हो सकता है। इसके बारे में हम दमा (Asthma) से जुड़े अनुच्छेद में चर्चा कर चुके हैं।

खाद्य-पदार्थों के प्रति एलर्जी के कारण डायरिया

कारण और लक्षण : कुछ बच्चों को कृत्रिम दूध, कुछ खास योज्यों और परिरक्षकों (additives and preservatives) और एलर्जनों की सूची में शामिल कुछ अन्य खाद्य-पदार्थों के कारण डायरिया (पेट फूलने के साथ-साथ या इसके बिना) और पेटदर्द की शिकायत हो सकती है। ये लक्षण किसी एलर्जी या किसी अन्य कारण से जुड़े हो सकते हैं। कृत्रिम दूध (तरल और पाउडर दोनों रूपों में) के प्रति एलर्जी के कारण कुछ बच्चों को दाने निकल सकते हैं, उल्टियाँ आ सकती हैं और आँतों से खून भी आ सकता है। उनके फेफड़े भी प्रभावित हो सकते हैं।

उपचार : एलर्जनों से दूर रहने की कोशिश करें। आपका डॉक्टर आपको कोई एन्टी-हिस्टामाइन लिखकर दे सकता है।

खून की कमी (Anaemia)

एनीमिया (रक्त-अल्पता) शिशुओं और बड़े बच्चों में काफी आम है। अगर आपको अपने बच्चे के व्यवहार में अचानक ही कोई बदलाव दिखाई देता है, या वह बार-बार बीमार पड़ने लगता है, तो इस सम्भावना को दिमाग में रखें।

लौह-न्यूनता एनीमिया (Iron-Deficiency Anaemia)

हालाँकि एनीमिया के अन्य प्रकार (types) भी होते हैं, लेकिन शरीर में लोहे की कमी इसका सबसे प्रमुख कारण है, और यह शिकायत कई सम्पन्न परिवारों के बच्चों में भी देखी जाती है।

लक्षण : हल्के लौह-न्यूनता एनीमिया के कोई खास लक्षण दिखाई नहीं देते। लेकिन अगर इसका इलाज न किया जाए, तो बच्चे में चिड़चिड़ापन, भूख की कमी, थकान, स्कूल में एकाग्रता के साथ न पढ़ पाना और बार-बार संक्रमणों का शिकार होते रहना जैसी शिकायतें दिखाई दे सकती हैं। बच्चे की पढ़ाई पर इसका बहुत बुरा प्रभाव पड़ सकता है। बच्चे को लौह-तत्व देने से उसके व्यवहार

और अवस्था में बहुत नाटकीय सुधार होता है। मस्तिष्क के दौरों के कारणों में एक कारण लोहे की कमी भी है। 10 से 12 प्रतिशत बच्चों के दिमागी दौरों के पीछे यही कारण पाया गया है।

लौह-न्यूनता एनीमिया की शिकायत 9 से 24 महीने की उम्र के बीच ज़्यादां देखी जाती है। इनमें से अधिकांश बच्चे अपनी पहली वर्षगांठ के आसपास इससे प्रभावित होते हैं। पशुओं का दूध पीने वाले बच्चे इससे पहले भी इसकी चपेट में आ सकते हैं। लेकिन अगर आपको उपरोक्त लक्षण दिखाई दें, तो बड़े बच्चों और किशोरों में भी एनीमिया का सन्देह किया जा सकता है। लेकिन यहाँ यह बताना जरूरी है कि से सभी लक्षण किन्हीं अन्य कारणों से भी हो सकते हैं। उदाहरण के लिए अगर आपका बच्चा ठीक-से नहीं खा रहा है, तो हो सकता है कि वह अपने हाथ से खाना चाहता हो, या हो सकता है कि वह जबरदस्ती खिलाए जाने पर विद्रोह पर उतारू हो उठा हो। बच्चे के असामान्य व्यवहार के पीछे घर या स्कूल से जुड़े कई कारण हो सकते हैं।

एनीमिया का सन्देह हो जाने के बाद बच्चे की त्वचा के रंग पर ध्यान दें। उसकी आँखों में नेत्र-शोथ (Conjunctiva) और उसकी जीभ और नाखूनों पर पीलेपन (Pallor) की सम्भावना की जाँच करें। दुर्भाग्य से, त्वचा के पीलेपन पर तभी ध्यान जा पाता है जब हीमोग्लोबिन अपने सामान्य स्तर (11 ग्राम या अधिक) से काफी नीचे गिर चुका होता है। यहाँ भी यह बात दिमाग में रखनी चाहिए कि गोरे रंग के और ज़्यादातर घर के भीतर रहने वाले बच्चों की त्वचा में कुछ पीलापन दिखाई देना बहुत आम बात है।

उपचार : क्योंकि लौह-तत्वों की कमी एनीमिया का सबसे प्रमुख कारण है, इसलिए डॉक्टर इसके निर्धारण के लिए अक्सर 'सी.बी.सी.' (Complete Blood Cont) करवाने का परामर्श देते हैं। इस तरह के व्यक्ति का हीमोग्लोबिन सामान्य से कम और लाल कोशिकाएँ हाइपो-क्रोमिक (सामान्य से छोटे आकार की) होती हैं। 6 महीने से 6 वर्ष की उम्र के बीच का औसत हीमोग्लोबिन 12 ग्राम (10.5 से 14 तक) और 7 से 12 वर्ष की उम्र के बीच 13 ग्राम (11 से 16 तक) होता है। रोगी को पर्याप्त मात्रा में आयरन की 'ओरल' खुराक दी जाती है, और कोर्स पूरा होने के बाद उसके रक्त की फिर से जाँच की जाती है। बच्चे का रक्त सामान्य हो चुका होना चाहिए। अगर ऐसा नहीं होता है, तो हम यह मानते हैं कि या तो बच्चे को नियमित रूप से खुराक नहीं दी गई है, या फिर निर्धारण (diagnosis) पर पुनर्विचार करने की ज़रूरत है। लौह-न्यूनता के निर्धारण के लिए कुछ अन्य परीक्षण किए जा सकते हैं।

लोहे (iron) की कुल मात्रा को प्रतिदिन 2 या 3 खुराकों के हिसाब से बाँटना पड़ता है और (पूर्ण या अल्प) आहारों के बीच में लेना पड़ता है। हीमोग्लोबिन का सामान्य स्तर प्राप्त कर लेने के बाद भी इस दवा को दो महीने तक जारी रखना पड़ता है। दूध लौह-तत्वों के भोजन में घुलने में बाधा पैदा करता है। दालें भी लोहे के घुलने में अड़चन.पैदा कर सकती हैं। लेकिन विटामिन-सी इस काम में मदद करता है, इसलिए खुराक के बाद आप अपने बच्चे को कोई खटास वाला फल या उसका रस दे सकती हैं।

लोहा दाँतों पर भूरे-काले रंग के अस्थाई धब्बे पैदा कर सकता है। दवा को बच्चे की जीभ पर रखें और खुराक के बाद उसे थोड़ा पानी पिलाएँ। अगर सम्भव हो तो हर खुराक के बाद उसके दाँतों को ब्रश से साफ कर दें, क्योंकि कुछ लोहा मल के साथ बाहर भी निकल सकता है, इसलिए मल का रंग भी काला हो सकता है।

आयरन लेने वाले बच्चे की कब्ज या दिन में दो-तीन बार थोड़े पतले मल-त्याग की शिकायत को नजरअंदाज किया जा सकता है। कुछ बच्चों को इसके सेवन के बाद गम्भीर कब्ज हो सकती है। ऐसी स्थिति में आयरन की खुराक को थोड़ा कम कर दें (उदाहरण के लिए प्रतिदिन 10 मि.ली. की जगह 7.5 मि.ली.) या आयरन का कोई दूसरा नुस्खा आजमाएँ। यहाँ यह याद रखना जरूरी है कि आयरन के किसी भी नुस्खे से पाचन-क्रिया पर थोड़ा-बहुत असर पड़ सकता है। लेकिन कई बार एक नुस्खे को सहन न कर पाने वाला व्यक्ति किसी दूसरे नुस्खे को आसानी से स्वीकार कर लेता है।

लेकिन जो बच्चे मुँह से आयरन की खुराक का सेवन नहीं कर पाते, या जो इसे नियमित रूप से ले पाने की स्थिति में नहीं होते। उदाहरण के लिए शहर के बाहर जा रहे बच्चे, उन्हें कभी-कभी आयरन के इन्जेक्शन भी दे दिए जाते हैं।

बचाव के उपाय : बच्चे को 6 महीने की उम्र तक सिर्फ स्तनपान करवाने, और दूसरे वर्ष में भी स्तनपान को जारी रखने के अलावा, 6 महीने की उम्र के बाद बच्चे को फल, सब्जियाँ और घर में बने नरम आहार दिए जाने चाहिए। जिन खाद्य-सामग्रियों को खासतौर से दिमाग में रखना जरूरी है उनमें पत्तेवाली हरी और पीली सब्जियाँ, फल, रागी (नचणी), टमाटर, किशमिश, लाल 'फलियाँ और अनछिले आलू शामिल हैं। माँसाहार लेने वाले इस आहार में मीट (मटन), कलेजी, अण्डों और मछली को भी शामिल कर सकते हैं। समय-पूर्व पैदा होने वाले शिशुओं को 6 सप्ताह की उम्र के बाद आयरन की खुराक दी जाती है।

इथीयोपिया में किए गए एक अध्ययन में, लोहे के बर्तनों में पका खाना खाने वाले बच्चों में एनीमिया की कम शिकायत के साथ-साथ बेहतर बढ़त देखी

गई। दूसरी तरफ, एल्यूमीनियम के बर्तनों में बना खाना खाने वाले बच्चों में एनीमिया की ज़्यादा शिकायत और कम अच्छी बढ़त पाई गई।

बकरी के दूध से जनित एनीमिया

बकरी के दूध में फॉलिक एसिड की न्यूनता पाई जाती है। यह न्यूनता एनीमिया का कारण बन सकती है।

उपचार : इन बच्चों को फॉलिक एसिड की ज़रूरत होती है। आयरन की खुराक के बहुत-से नुस्खों में फॉलिक एसिड भी शामिल रहता है।

पाईका (Pica)

'पाईका' यानी मिट्टी, दीवार का चूना, कागज वगैरह खाने की आदत भी शरीर द्वारा लोहे के अवशोषण (absorption) में बाधा पैदा कर सकती है।

उपचार : मुँह से ली जाने वाली (oral) आयरन की खुराक के साथ-साथ पेट के कीड़ों (कृमियों) की दवा।

हुक-वॉर्म एनीमिया (Hookworm Anaemia)

हुक-वॉर्म (अंकुश-कृमि) से प्राप्त यह एनीमिया खेतों या बाग-बगीचों में नंगे पाँव चलने और इन कीड़ों के लार्वा के सम्पर्क में आने से पैदा होता है। यह लावा पाँवों की त्वचा को भेदकर शरीर के अन्दर चला जाता है, और व्यक्ति की आँतों में विकसित होने लगता है। वयस्क होने के बाद ये कीड़े ऊपरी आँतों में 'हुक' की तरह लटक जाते हैं और व्यक्ति का खून चूसने लगते हैं।

उपचार : इस संक्रमण के शिकार व्यक्तियों को नंगे पाँव नहीं चलना चाहिए, और शरीर में उपस्थित हुक-कृमियों को नष्ट करने के लिए दवा लेनी चाहिए। ऐसे लोग अक्सर एनीमिया के शिकार हो जाते हैं, इसलिए उन्हें इसके उपचार की भी ज़रूरत होती है।

भूख की कमी (Anorexia)

भारत के गाँवों में शायद ही कोई माँ डॉक्टर के पास यह शिकायत लेकर जाती होगी कि उसके बच्चे को भूख नहीं लगती। लेकिन शहरों में लगभग 50% माँओं को यही शिकायत रहती है कि उनका बच्चा 'ठीक-से नहीं खाता'। भूख की इस कमी को 'एनोरेक्सिया' या 'क्षुधा-अभाव' कहते हैं।

अगर आपका स्कूल-पूर्व बच्चा पर्याप्त मात्रा में नहीं खा रहा है, लेकिन वह चुस्त है और खूब खेलता-कूदता है तो चिन्ता की कोई बात नहीं है। लेकिन अगर एक नवजात शिशु अचानक ही स्तनों को चूसना बन्द कर देता है, तो

खुद मेरे लिए यह चिन्ता का विषय हो सकता है। अगर उसके मुँह में मुखपाक (Thrush — जीभ पर दही जैसे सफेद धब्बे जो आसानी से नहीं छूटते) है, तो एक सरल उपचार के बाद स्थिति सामान्य हो सकती है। लेकिन अगर ऐसा नहीं है तो वह किसी गम्भीर संक्रमण की चपेट में हो सकता है, जिस पर तुरन्त ध्यान देने की ज़रूरत होती है।

कारण : अगर आप इस बात को लेकर चिन्तित हैं कि आपके बच्चे का वज़न उसके हम उम्र साथियों से कम है, तो यह बात याद रखें कि जन्म के समय (अपने पूरे समय पर) छोटा पैदा होने वाला आमतौर से छोटा ही रहता है। साथ ही उसकी कद-काठी आप पर या आपके पति पर जाने की सम्भावना रहती है। अगर आपको यह चिन्ता है कि पहले 6 महीनों की तुलना में बच्चे के वज़न और भूख में बहुत कम वृद्धि हो रही है, तो याद रखें कि एक सामान्य शिशु के वज़न में पहले 3 महीनों में प्रतिदिन 20 से 30 ग्राम, 3 से 6 महीने के बीच प्रतिदिन लगभग 15 ग्राम और 6 महीने के बाद इससे भी वृद्धि होने की सम्भावना रहती है।

एनोरेक्सिया के अधिकांश मामले 1 से 3 वर्ष की उम्र के बीच देखने में आते हैं। आमतौर से ये बच्चे अपने माता-पिता की पहली सन्तान होते हैं। माँ बच्चे को खिलाने की हर सम्भव कोशिश करके देख चुकी होती है, लेकिन बच्चा विद्रोह पर उतारू दिखाई देता है। बल्कि भूख की कमी को लेकर माँ-बाप की चिन्ता बच्चे पर उल्टा असर करती है।

अगर बच्चा थोड़ी बड़ी उम्र का या किशोर है, और उसका वज़न कम हो रहा है (एक ही मशीन पर तौले जाने पर) या वह जल्दी से थक जाता है, अस्वस्थ और शिथिल (निढाल) दिखाई देता है, तो उसे पूरी जाँच — पड़ताल की ज़रूरत हो सकती है। उदाहरण के लिए, वह एनीमिया का शिकार हो सकता है, या पीलिया (जिगर के संक्रमण के कारण), क्षयरोग या मूत्राशय के संक्रमण (Urinary infection) जैसी किसी बीमारी से ग्रस्त हो सकता है।

उपचार : बच्चे की स्वाभाविक भूख के अनुसार चलने की कोशिश करें। जिस तरह एक शिशु स्तनों से उतना ही दूध पीता है जितनी उसे ज़रूरत होती है, उसी तरह भूख लगने पर आमतौर से हर बच्चा खाता है। अगर वह स्वस्थ और चुस्त दिखाई देता है, तो उसकी भूख के साथ कोई छेड़छाड़ करने की ज़रूरत नहीं है।

यह बात याद रखें कि नन्हे बच्चे अपने भोजन के साथ खेलना पसन्द करते हैं। अपनी पहली वर्षगांठ के आसपास बच्चा अपने हाथ से खाने में दिलचस्पी दिखाने लगता है। अगर उसे ऐसा करने दिया जाए, तो वह गन्दगी

फैला देता है और मुश्किल से ही कुछ अपने मुँह में डाल पाता है। एक चतुर माँ संतान को सबकुछ खुद करना सीख लेने देती है। बीच-बीच में वह खुद भी उसे खिलाती रहती है, लेकिन बच्चे को यही लगता है कि वह खुद खा रहा है। ऐसी माँ बच्चे के गन्दगी फैलाने का बुरा नहीं मानती। हालाँकि वह जानती है कि गन्दगी फैलाए बिना भी बच्चे को खिलाया जा सकता है, लेकिन वह बच्चे को खुद खाने देती है — चम्मच से या फिर अपनी उँगलियों से। वह बच्चे को खिलाने का नियन्त्रण अपने हाथ में लेने के प्रलोभन में नहीं फँसती। जैसे ही बच्चा थोड़ा और खाने के प्रति अपनी अनिच्छा प्रकट करता है, माँ बचा हुआ खाना खत्म करने के लिए उस पर ज़ोर नहीं डालती। इस तरह का बच्चा खाने-पीने के मामले में बहुत कम परेशानियाँ खड़ी करता है, जबकि जबरदस्ती खिलाने वाली माँओं के बच्चों के साथ ज़्यादा परेशानियाँ आती हैं। बच्चे के साथ चतुरता से काम लेना हमेशा अच्छा रहता है। बच्चे को बहुत ज़्यादा दूध और दूध उत्पाद देना भी ठीक नहीं है। कभी-कभी, दो-एक महीनों के लिए दूध पूरी तरह से बन्द कर देना पड़ता है, ताकि बच्चे में दूसरे आहार लेने की आदत विकसित हो सके।

जो बच्चे भोजन के समय ज़्यादा नहीं खा पाते, उन्हें हर दो-तीन घण्टे बाद कोई-न-कोई आहार देते रहना और स्तनपान कराते रहना ठीक रहता है। अगर बच्चा कोई व्यंजन ज़्यादा नहीं खा पाता और आपको लगता है कि वह अभी भूखा है, तो उसे कुछ और खिलाने-पिलाने की कोशिश करें, उसे कोई फल खिलाएँ या अपना दूध पिलाएँ। हालाँकि कुछ डॉक्टर भूख बढ़ाने के लिए साइप्रोहेप्टाडाइन (cyproheptadine) जैसी दवाएँ देते हैं, लेकिन मैं इनका परामर्श नहीं दूँगा।

एनोरेक्सिया नर्वसा (Anorexia Nervosa)

किशोरावस्था में, लड़कियाँ अक्सर खान-पान के एक विशिष्ट दोष की शिकार हो जाती हैं, जिसे 'एनोरेक्सिया नर्वसा' कहते हैं। इन लड़कियों को अपना वज़न कम करने की एक सनक-सी सवार हो जाती है, और वे बहुत ज़्यादा 'डायटिंग' के कारण क्षीणकाय (emaciated) हो जाती हैं। विकास से जुड़े दोषों की विशेषज्ञ डॉ. विभा कृष्णामूर्ति का कहना है, 'एनोरेक्सिया नर्वसा पश्चिमी दुनिया में चर्चा का विषय बना रहता है, और अब इसका प्रभाव भारत में भी, खासकर शहरी मध्यवर्ग और उच्चवर्ग में देखा जाने लगा है। यह दोष आमतौर से किशोर वय की लड़कियों में पाया जाता है, हालाँकि लड़के भी इससे प्रभावित देखे जाते हैं। बच्ची 'डायटिंग' करने लगती हैं, या अपने खाने-पीने पर बहुत

ज़्यादा अंकुश लगाने लगती हैं, खासकर वसा-युक्त (fatty) खाद्य-पदार्थों पर। परिणामस्वरूप उसका वज़न बहुत ज़्यादा कम हो जाता है। उसके मस्तिष्क में अपनी शारीरिक छवि के बारे में गलत धारणा होती है कि वह बहुत मोटी या 'ओवर वेट' है भले ही वह दुबली ही नहीं, बल्कि क्षीणकाय दिखाई देती हो। 'डायटिंग' के साथ बहुत थका देने वाले व्यायामों या दवाओं का प्रयोग भी जुड़ा हो सकता है। हालाँकि एनोरेक्सिया के निश्चित कारण अभी तक स्पष्ट नहीं हैं, लेकिन ऐसा प्रतीत होता है कि किशोरावस्था में, जब लड़की के आत्म-गौरव (self-esteem) का स्तर कम होता है, यह मानसिक अवस्था उसे अपनी चपेट में ले सकती है। इसके साथ ही इसमें प्रसार-माध्यमों (media) और सामाजिक दबाब की भी भूमिका रहती है, जिसके अनुसार बहुत दुबली-पतली स्त्री को ही मोहक और सुन्दर माना जाता है।"

यह अवस्था एक गम्भीर भावनात्मक अस्थिरता (emotionol disturbance) से जुड़ी होती है, जिसके उपचार के लिए किसी मनोचिकित्सक या पारिवारिक सलाहकार की मदद की ज़रूरत होती है। डॉ. कृष्णामूर्ति आगे लिखती हैं, "बच्चों के सन्दर्भ में हमारे लक्ष्य में स्वस्थ आहार को प्रोत्साहन देने के साथ-साथ रूप-रंग के सीमित महत्व को रेखांकित करना और बच्चे में आत्म-गौरव की भावना को विकसित करना भी शामिल होना चाहिए।"

अगर आपका बच्चा या किशोर भोजन से दूर रहने के साथ-साथ अस्वस्थ भी दिखाई देता है, तो आपका डॉक्टर उसकी बारीकी से जॉच करके एनोरेक्सिया के अन्य सम्भावित कारणों का पता लगना चाहेगा।

कीड़े-मकौड़ों/साँप का काटना या डंक मारना (Bites and stings)

मच्छर और खटमल का काटना

मधुमक्खी व ततैया का डंक मारना (Masquito and bedbug bites and bee and wasp stings) : मच्छर की काट को हल्के-से उभरे हुए लाल क्षेत्र के बीच काट के निशान से पहचाना जा सकता है। अगर आपका बच्चा बस या ट्रेन के सफर के तुरन्त बाद अपने-आपको खुजलाने लगता है तो खटमल की सम्भावना पर विचार करें; उसकी पेंट के नीचे भी एक खटमल हो सकता है। अगर वह किसी उद्यान या पार्क से लौटा है और उसके शरीर में किसी जगह भयंकर पीड़ा और सूजन की शिकायत है, तो हो सकता है कि उसे किसी मसधुमक्खी या ततैया (भिड़/बर्र) ने डंक मार दिया हो।

कभी-कभी कीट-कृमियों (insects) के डंक 'एनाफिलेटिक शॉक' का भी कारण बन सकते हैं।

मधुमक्खी और ततैया की तरह मकड़ी का डंक भी समस्या पैदा कर सकता है। लेकिन साँप जैसी जीभ होने के बावजूद गोह (monitor lizard) की काट विषैली नहीं होती।

उपचार : आमतौर से कीड़े-मकौड़ों की काट बिना किसी उपचार के एक-दो दिन में ठीक हो जाती है। खुजली को कम करने के लिए केलामाइंन लोशन (Calamine lotion) की मदद ली जा सकती है। ततैया या मधुमक्खी के डंक मारने पर एक छोटे तौलिए या रूमाल में बर्फ भरकर सूजन वाली जगह पर रखनी चाहिए — बच्चे के इनकार करने के बावजूद। ततैया के काटने पर सिरका (vinegar) और मधुमक्खी के काटने पर नींबू मलने से भी आराम मिलता है।

मधुमक्खियों के डंक के साथ एक विष-थैली (venom sac) भी जुड़ी होती है। अगर डंक दिखाई दे रहा है, तो उसे चाकू से खुरच देना चाहिए। इसें अपनी उँगलियों से बारह निकालने की कोशिन न करें, अन्यथा आपके हाथ के दबाव से विष-थैली का विष बच्चे के शरीर में चला जाएगा। 'हनी-बी' (Honey-bee) श्रेणी की मधुमक्खी का डंक निकालना मुश्किल होता है, इसलिए इसके साथ कोई छेड़छाड़ न करें।

अगर बच्चा एनाफिलेक्टिक झटके (anaphylactic shock) का शिकार हो जाता है, तो इसे एक आपात स्थिति मानकर तुरन्त चिकित्सा की व्यवस्था करें।

बचाव के उपाय : कीटों के काटने से बचने के लिए ऐसी जगहों पर जाने से बचें, जहाँ उनके होने की ज़्यादा सम्भावना रहती है (बाग-बगीचे, पानी का ताल वगैरह)। हालांकि बहुत-से कीट दृष्टिहीन होते हैं, लेकिन कुछ रंगीन और फूलदार कपड़ों की तरफ आकर्षित होते हैं। तेज गन्ध भी इन कीटों को अपनी तरफ आकर्षित करती है। बच्चे को जगह के हिसाब से कपड़े पहनाएँ। उसकी बाहों और टांगों को पूरी बाहों की कमीज और पूरी लम्बाई की पेंट से ढंककर रखें।

अगर आप कीटों को दूर भगाने वाली किसी क्रीम का इस्तेमाल करती हैं, तो बच्चे की सुरक्षा की दृष्टि से उत्पाद के लेबल को अच्छी तरह से पढ़ें। अगर ये सचमुच ही सुरक्षित हैं, तो भी इनका कम-से-कम और शरीर के सिर्फ खुले भागों पर प्रयोग करें। इन उत्पादों में मौजूद तत्व शिशु की नाज़ुक त्वचा के भीतर प्रवेश कर सकते हैं और हानि पहुँचा सकते हैं। अगर रात में मच्छर परेशान करते हैं, तो शाम के साथ घर की खिड़कियाँ बन्द रखें। (उस समय मच्छरों के भीतर आने की सम्भावना ज़्यादा रहती है।) रात के समय खिड़कियाँ खोल दें और पूरे बिस्तर पर एक मच्छरदानी लगा दें। शिशुओं के लिए छोटे आकार की छतरी-जैसी मच्छरदानियों का प्रयोग न करें। वे एक झटके से अपने-आप बन्द हो सकती हैं और शिशु को नुकसान पहुँचा सकती हैं। यह भी याद रखें कि मच्छरों

को भगाने वाले उत्पाद मधुमक्खी या ततैया से बच्चे की रक्षा नहीं कर पाते।

मच्छर अगरबत्तियों (mosquito coils) के इस्तेमाल से बचें। वे कुछ बच्चों में चिरकालिक (Chronic) खाँसी का कारण बन सकती हैं। इस क्षेत्र के विशेषज्ञ डॉ. एन.जी.वागले का सुझाव है कि 100 मि.ली. नारियल के तेल में 5 से 10 मि.ली. सिट्रोनेला का तेल मिलाकर उसमें रूई का एक फाहा डुबो देना चाहिए। मनुष्य द्वारा छोड़ी जाने वाली कार्बन-डाई ऑक्साइड के कारण उसकी तरफ आकर्षित होने वाले मच्छर इस फाहे के प्रभाव-क्षेत्र से दूर रहते हैं। इस तेल को मच्छर भगाने वाली क्रीमों की जगह शरीर के विभिन्न अंगों पर भी लगाया जा सकता है। अगर आप 'मैट' का इस्तेमाल करना चाहती हैं, तो बच्चे की अनुपस्थिति में इसे पहले से ही कमरे में चालू कर दें। एक या दो घण्टे बाद कमरे की खिड़कियाँ खोल दें, और 'मैट' को बन्द करके बच्चे को कमरे में ले आएँ। कमरे के भीतर के मच्छर मैट के कारण खत्म हो चुके होंगे, और अंधेरा हो जाने के बाद नए मच्छरों के भीतर आने की कम सम्भावना होगी।

बिच्छु का डंक (Scorpion Stings)

बिच्छु का डंक बहुत पीड़ाजनक को सकता है। भारत में बिच्छुओं की 80 से भी ज़्यादा जातियाँ पाई जाती हैं। इनमें से सबसे खतरनाक जाति के लाल बिच्छु की जाति, जिसका डंक उल्टियों, बहुत ज़्यादा पसीना आना, पेटदर्द, उत्तेजना और बिश्रम जैसी योजनाबद्ध प्रतिक्रियाओं (Systematic manifectations) को जन्म दे सकता है।

उपचार : तौलिए या रूमाल में बर्फ़ रखकर लगाने से आराम पहुँच सकता है। घाव वाली जगह को एक मोटी पट्टी या कपड़े से दबाए रखना चाहिए, ताकि डंक का जहर शरीर में फैलने न पाए। बिच्छु के डसने के 2 घण्टे के भीतर ही 'स्कॉर्पियन एन्टी-टॉक्सिन' का इन्जेक्शन ले लेना चाहिए (अगर उपलब्ध हो तो)। अगर बच्चे में उपरोक्त प्रतिक्रियाएँ दिखाई दें तो उसे तुरन्त अस्पताल में भर्ती किया जाना चाहिए।

बचाव के उपाय : बच्चों को जूते पहनने से पहले उन्हें उलटकर अच्छी तरह से झाड़ने के लिए कहना चाहिए, खासकर एक बिच्छु-प्रभावित क्षेत्र में।

साँप का काटना / डसना

हमारे देश के अधिकांश सांप अविषैले (non-poisonous) हैं। उल्टे वे चूहों और अन्य हानिकारक जीवों (Pests) को मारने में हमारी मदद करते हैं। इसलिए हमें अन्धाधुन्ध साँपों को मारना नहीं चाहिए।

लेकिन साँप के काटने-डसने से जुड़े किसी भी सन्दिग्ध मामले में डॉक्टरी सलाह ज़रूर लेनी चाहिए। एक अच्छी खबर यह है कि किसी विषैले साँप द्वारा ढसे जाने के बाद भी व्यक्ति को कोई नुकसान न पहुँचने की सम्भावना रहती है — बशर्ते कि साँप के विष ने व्यक्ति के शरीर में प्रवेश न किया हो।

भारत में विषैले साँपों की 4 प्रमुख किसमें है — नाग (Indian cobra), बंगारूस (indian krait), दाबोआ (Russel's viper) और फूरसा (saw-scale viper)। नाग या कोबरा हमारे लिए काफी जाना-पहचाना है, बंगारूस की गर्दन से लेकर पूंछ तक सफेद आड़ी-तिरछी रेखाएँ होती हैं। वाइपर का मुँह तिकोना होता है और गर्दन बहुत ज़्यादा पतली होती है।

लक्षण : किसी जंहरीले साँप के डसने के लक्षणों की जानकारी होना बहुत जरूरी है, क्योंकि कई बार उसके दंश के चिन्ह दिखाई नहीं देते। अगर आपका बच्चा आपसे कहता है कि उसे साँप ने काट लिया तो इसे गम्भीरता से लें, और दंश वाली जगह को ध्यान से देखें। एक जहरीले साँप का दंश गैर-जहरीले साँप से अलग होता है। जहरीले साँपों के लम्बे विष-दाँत (Fangs) होते हैं। उनके दंश वाली जगह पर दो विष-दाँतों के चिन्ह दिखाई देते हैं। जबकि गैर-जहरीले साँपों के दंश में दाँतों की दो पंक्तियों की छाप दिखाई देती हैं। इसमें विष-दाँतों की छाप दिखाई नहीं देती (देखिए रेखाचित्र)।

हर जहरीले साँप के डसने के अलग-अगल लक्षण होते हैं। कोबरा और क्रेट (बंगारूस) का जहर स्नायु-तन्त्र (nervous system) को प्रभावित करता है।

Fang marks from the bite of a poisonous snake. Teeth marks are often absent

Two rows of teeth marks from the bite of a non-poisonous snake.

सर्प-दंश के बाद दांतों की छाप

दंश वाली जगह पर पीड़ा होने के साथ-साथ व्यक्ति की आँखों की माँसपेशियाँ भी कमजोरी का आभास देती हैं। उसकी पलकें बन्द होने लगती हैं और उसे दोहरा या आड़ा-तिरछा दिखाई देने लगता है। उसे निगलने में कठिनाई होने के साथ खाँसी और श्वास क्रिया में प्रयुक्त होने वाली माँसपेशियों के पक्षाघात (Paralysis) की शिकायत भी हो सकती है। रोगी को पेटदर्द, अतिसार और उल्टियों की शिकायत भी हो सकती है। उसका रक्तचाप गिर सकता है और वह मूर्च्छित हो सकता है। श्वसन-पक्षाघात के कारण उसकी मृत्यु भी हो सकती है। इसलिए रोगी को समय रहते पर्याप्त उपचार मिलना जरूरी होता है।

कोबरा और क्रेट के दंश की जगह पर आमतौर से सूजन दिखाई नहीं देती।

कोबरा और वाइपर की तुलना में वाइपर का दंश काफी प्रखर होता है और दंश वाली जगह पर सूजन भी आ जाती है। उसके आसपास फफोले भी बन सकते हैं। वाइपर का दंश रक्त-प्रणाली को प्रभावित करता है और थक्का बनने की प्रक्रिया (Clotting) को रोक देता है। रोगी उल्टियाँ करने लगता है। उसका रक्त चाप गिर जाता है और शरीर के अंलग-अलग अंगों से रक्त बहना शुरू हो सकता है। अगर रोगी को तुरन्त चिकित्सीय मदद न मिले तो रक्त बहना जारी रह सकता है, और रोगी सदमे (Shock) की हालत में आ सकता है।

उपचार : साँप के डसने का तुरन्त उपचार किया जाना चाहिए। अगर साँप-जिन्दा या मुर्दा — उपलब्ध है, तो उसे अस्पताल ले जाना चाहिए, ताकि डॉक्टर पता लगा सके कि वह जहरीला है या नहीं। घबराने की ज़रूरत नहीं है, लेकिन बच्चे को खाली पेट रखने का ध्यान रखें।

दंश वाली जगह को चूसने या छीलने-काटने की कोशिश न करें। इस जगह को हृदय के तल से नीचे रखें। दंश वाली जगह और हृदय के बीच रक्तबंध (tourniquet), रबड़ की ट्यूब या जहर का प्रवाह रोकने वाली किसी भी पट्टी जैसी चीज को कसकर बाँध दें। रक्त के प्रवाह को जारी रखने के लिए हर 10 मिनट बाद इस बन्धन को कुछ क्षणों के लिए ढीला करते रहें।

दंश वाले अंग को हिलाना-डुलाना नहीं चाहिए। आमतौर से साँप शरीर के निचले अंगों पर ही डसता है। क्योंकि चलने-फिरने से ज़हर और ज़्यादा तेज़ी से फैलता है, इसलिए बच्चे को चलने-फिरने नहीं देना चाहिए।

आमतौर से ज़हर त्वचा के नीचे स्थित लसीका वाहिकाओं (lymph vessels) के माध्यम से फैलता है। इस सम्भावना को कम करने का सबसे अच्छा तरीका यह है कि दंश वाली जगह पर कसकर एक पट्टी बाँध दी जाए, और एक खपची (Splint) की मदद से इसका हिलाना-डुलना रोक दिया जाए। किसी भी साफ कपड़े या पट्टी को दंश वाली जगह पर और इससे थोड़ा ऊपर बाँध दें।

अब एक खपची (लकड़ी का एक पतला और लम्बा टुकड़ा या किसी अन्य धातु का ऐसा ही टुकड़ा) लेकर उसे दंश के दोनों तरफ के जोड़ों से थोड़ा ऊपर या नीचे तक अच्छी तरह से कसकर बाँध दें। इससे दंश के आस-पास के अंगों का संचालन रूक जाता है, और जहर को फैलने के लिए लसीका वाहिकाओं से ज़्यादा मदद नहीं मिलती। .

बच्चे को सीधा लिटाकर उठाते समय उसके हृदय के तल को थोड़ा ऊपर रखें।

दर्द के लिए पैरासिटामोल दी जा सकती है। प्रभावित अंग पर बर्फ लगाने से भी आराम मिलता है। क्योंकि त्वचा के साथ बर्फ का सीधा सम्पर्क त्वचा के भीतरी ऊत्तकों (tissues) को क्षति पहुँचा सकता है, इसलिए बर्फ का चूरा करके पट्टी के आसपास उसकी चिनाई कर देनी चाहिए।

जहरीले दंश के लिए बच्चे को जल्दी से जल्दी 'पोलीवेलेन्ट एन्टी-वेनम' का इन्जेक्शन दिया जाना चाहिए। (यह इन्जेक्शन सभी तरह के जहरीले साँपों के जहर से रक्षा करता है।) बच्चे को किसी नजदीकी अस्पताल में ले जाने में जरा भी देर न करें। उसे एन्टी-बायोटिकों और टिटनस के खिलाफ सुरक्षा की भी ज़रूरत हो सकती है। ज़्यादा गम्भीर मामलों में बच्चे को रक्त और रक्त उत्पादों की भी ज़रूरत पड़ सकती है, और उसे कृत्रिम श्वसन (artificial respiration) भी देना पड़ सकता है।

खून की उल्टी

कई बार खून की उल्टी रक्त-स्राव के किसी दोष (bleeding disorder) के बिना उल्टियों के दौरे के कारण भी आ सकती है। इसके पीछे एस्पिरिन और कुछ अन्य पीड़ाहरक दवाएँ भी हो सकती हैं, खासकर अगर उन्हें खालीं पेट लिया गया हो। इसके अलावा जिगर (liver) की बीमारी और विर्नाहिका शिरा (portal) से जुड़ी हाइपर-टेंशन की ग्रास-नली (oesophagus) और पेट की रक्त वाहिकाओं के फूलने रक्त-स्राव का कारण बन सकती हैं।

शौच में खून आना

अगर बच्चे को कब्ज है तो मल के सख्त हो जाने के कारण मलाशय का कोई हिस्सा फट सकता है, और बच्चे का मल ताज़ा खून से भीगा हुआ हो सकता है। एक अन्य कारण मलाशय का पोलिप (rectal polyp) हो सकता है। इस तरह के मामले में मल-त्याग के बाद खून की कुछ बूंदें टपकती रहती हैं।

थूक में खून आना (Haemoptysis)

इसका कारण फेफड़ों की कुछ बीमारियाँ हो सकती हैं। कभी-कभी नाक के

पीछे से बहकर मुँह से निकलने वाले खून से भी हेमोप्टाइटिस की गलतफहमी हो सकती है।

नियन्त्रण : निम्नलिखित स्थितियों में अपने बच्चे को तुरन्त किसी डॉक्टर के पास या अस्पताल में ले जाएँ -

- अगर लगातार और ज़्यादा खून निकल रहा है।
- अगर खून निकलने के साथ-साथ बच्चे को बुखार भी आ गया है, वह 'एनीमिक' (रक्त-अल्पता से ग्रस्त) दिखता है, उसे पीलिया है, वह लगातार सरदर्द की शिकायत करता है या उसे पूरा होश नहीं है। इस तरह का बच्चा ल्यूकेमिया, जिगर के रोग, मेनिन्जाइटिस या खोपड़ी के भीतर रक्त-स्राव (intracranial bleed) जैसे गम्भीर रोगों का शिकार हो सकता है।
- अगर उसे या परिवार के दूसरे सदस्यों को खून निकलने की आम शिकायत रहती हे, या जरा-सी चोट लगने पर भी खून निकलने लगता है, या बिना किसी कारण किसी जगह से अचानक खून निकल आता है। इस तरह का बच्चा 'हेमेफिलिया' (Haemophilia) नामक एक आनुवंशिक रोग का शिकार हो सकता है। इस अवस्था को पूरी जाँच-पड़ताल के बाद किसी विशेषज्ञ की सलाह के अनुसार नियन्त्रित करना पड़ता है।

मुड़ी हुई टाँगें और उभरे हुए घुटने

ज़्यादातर शिशुओं की टाँगें धनुष की तरह धुमावदार या मुड़ी हुई (bowlegs) होती हैं। इसी तरह ज़्यादातर स्कूल-पूर्व बच्चों के घुटने भी बहुत ज़्यादा उभरे हुए (Knock-Kness) होते हैं। इन दोनों के लिए आमतौर से किसी उपचार की ज़रूरत नहीं होती। स्कूल जाने की उम्र होने तक करीब-करीब सभी बच्चों की टाँगें सीधी हो जाती हैं।

'रिकेट्स' पल कारण भी टाँगों में टेढ़ापन आ सकता है। लेकिन ऐसे बच्चे में इस रोग के अन्य लक्षण भी दिखाई देते हैं। अगर बच्चे की सिर्फ एक टाँग कमानीदार दिखाई देती है, या 2 वर्ष की उम्र के बाद उसकी टांगें और ज़्यादा कमानीदार प्रतीत होने लगती हैं, तो डॉक्टर की सलाह जरूर लेनी चाहिए।

जहाँ तक घुटनों का सम्बन्ध है, अगर बच्चे के सीधा लेटने पर उसके दोनों टखनों के बीच का अन्तर 10 सें.मी. से अधिक है, या अगर 7 वर्ष की उम्र के बाद भी उसके घुटने सामान्य प्रतीत नहीं होते, तो डॉक्टर द्वारा जाँच-पड़ताल और उपचार की ज़रूरत पड़ सकती हैं।

हाँफना / सांस फूलना (Breathleosness)

अगर कोई बच्चा एक मिनट में 50 से अधिक बार साँस लेता है, तो इसे नजरअंदाज न करें।

छोटे बच्चे आमतौर से बड़े बच्चों की तुलना में ज़्यादा तेज रफ्तार से सांस लेते हैं। लेकिन अगर बच्चे की साँस की रफ्तार निम्नलिखित तालिका के दायरे में है, तो उसे तुरन्त किसी डॉक्टर को दिखाएँ —

2 महीने की उम्र तक	60 या अधिक बार प्रति मिनट
2 महीने से 1 वर्ष	50 या अधिक बार प्रति मिनट
1 से 5 वर्ष 40 या	अधिक बार प्रति मिनट
5 वर्ष से अधिक	30 या अधिक बार प्रति मिनट

साँस की गति या रफ्तार को मापने के लिए अपनी घड़ी (सैकिण्ड की सूई वाली) को बच्चे के सीने पर रखें और प्रति मिनट उसकी साँसों की संख्या की गिनती करें।

तेज साँस के साथ-साथ, अगर साँस लेने पर बच्चे के सीने की निचली पसलियाँ अन्दर चली जाती हैं, तो उसे तुरन्त डॉक्टर के पास ले जाएँ। अगर इस तरह का बच्चा कुछ पी नहीं पा रहा है तो इसे एक आपात स्थिति की तरह देखें, और बच्चे को तुरन्त अस्पताल ले जाएँ।

आम कारण : हॉफने या साँस फूलने से जुड़े कुछ आम कारणों पर अलग-अलग शीर्षकों के अन्तर्गत चर्चा की गई है —

- निमोनिया
- दमा
- ब्रॉन्कियोलाइटिस
- किसी बाहरी तत्व या गले के गम्भीर संक्रमण से जुड़ा 'स्ट्रीडॉरर नामक रोग
- हृदय के जन्मजात या किसी अन्य रोग के कारण हृदय-गति का रूक जाना

ब्रॉन्कियोलाइटिस (Bronchiolitis)

लक्षण : 2 से 6 महीने का एक शिशु, जिनमें हल्के बुखार के साथ हल्की सर्दी के लक्षण नज़र आ रहे हों, अचानक बहुत ज़्यादा बीमार और बेचैन हो सकता है। उसे बहुत सख्त खाँसी, साँस के तेज़ चलने (प्रति मिनट 50 से अधिक) और वीजिंग (wheezing) की शिकायत हो सकती है, और वह नीला पड़ सकता है। इन लक्षणों का मतलब है कि बच्चे को ब्रॉन्कियोलाइटिस हो सकता है। यह रोग आमतौर से सर्दियों के महीने में होता है। यह एक वाइरल

संक्रमण है, इसलिए एन्टी-बायोटिक्स इसमें असरदायक साबित नहीं होते हैं।

उपचार : ब्रॉन्कियोलाइटिस से ग्रस्त बच्चे को अक्सर अस्पताल में भर्ती करना पड़ता है। उसका एक्स-रे लिया जाता है, और उसे ऑक्सीजन और अन्तः शिरा तरल (intravenous fluids) दिए जाते हैं। अगर छाती के एक्स-रे से बैक्टीरिया-जनित निमोनिया की पुष्टि होती है, तो बच्चे को एन्टी-बायोटिक्स दिए जाते हैं। अगर शिशु को ब्रॉन्कियोलाइटिस का तथाकथित दौरा एक से अधिक बार पड़ता है, तो इस बात की सम्भावना है कि वह दमे (Asthma) का शिकार हो, न कि ब्रॉन्कियोलाइटिस का।

ब्रॉन्कियोलाइटिस की सम्भावना से बचने के लिए अपने बच्चे को वाइरल सर्दी-जुकाम से ग्रस्त बच्चों और वयस्कों से दूर रखें।

जलने के घाव (Burns)

जलने से बचने की सावधानियाँ बरतना सर्वाधिक महत्वपूर्ण है। जलने के छोटे-मोटे घाव थोड़ा-सा कष्ट भर देते हैं, लेकिन बड़े घाव प्राणघातक साबित हो सकते हैं या शरीर को कुरूप और पंगु बना सकते हैं।

उपचार : जलने की मात्रा कितनी ही क्यों न ही, सबसे पहले जली हुई जगह पर ठण्डा पानी डालें। बर्फ का इस्तेमाल न करें। अगर ठण्डा पानी उपलब्ध नहीं है, तो नल के या जमा किए गए पानी को कुछ देर तक जले हुए क्षेत्र पर डालते रहें। प्रभावित जगह से सभी कपड़े हटा दें और उसे एक साफ धुले हुए कपड़े से ढंक दें। डॉक्टर से पूछे बिना किसी भी तरह की मलहम या घी, शहद वगैरह न लगाएँ। फफोलों को दबाने की कोशिश न करें। आमतौर से डॉक्टर छोटे फफोलों के साथ छेड़छाड़ नहीं करते। लेकिन बड़े फफोलों को वे अकसर फोड़ देते हैं, ताकि किसी दुर्घटनावश उनके फटने और संक्रमण की सम्भावना को टाला जा सके। ह

अपने डॉक्टर को फैसला करने दें कि क्या बच्चे को अस्पताल में भर्ती करने की ज़रूरत है? अगर बच्चे के चेहरे, हाथों, जनन-अंगों और पाँवों पर जलन के घाव हैं तो उसे अस्पताल में भर्ती करवाना पड़ सकता है। इसी तरह, किसी भी जगह पर थर्ड-डिग्री घाव होने, 25% से अधिक शरीर पर सेकिण्ड-डिग्री घाव होने, या रसायनों या बिजली के झटके से पैदा होने वाले जलने के घावों के लिए भी रोगी को अस्पताल में भर्ती करवाना जरूरी होता है।

फर्स्ट-डिग्री घावों में रोगी की त्वचा लाल हो जाती है, और उस पर हल्की-सी सूजन भी दिखाई दे सकती है। सेकिण्ड-डिग्री घावों में त्वचा पर फफोले उभर आते हैं और काफी ज़्यादा सूजन आ जाती है। थर्ड-डिग्री घावों में जलने का

असर त्वचा की भीतरी सतहो तक पहुँच चुका होता है, और त्वचा सफेद या जलकर काली पड़ चुकी दिखाई देती है।

जलने के घावों की सीमा (extent of the burns) 'रूल ऑफ नाइन' के आधार पर आंकी जाती है —

रूल ऑफ नाइन

शरीर का अंग	**प्रतिशत**	**कुल (%)**
चेहरा	9 (शिशुओं में 18)	9
शरीर का अगला और पिछला हिस्सा	18-18 दोनों के लिए	36
बाहें	9-9 दोनों के लिए	18
टांगें	18-18 दोनों के लिए (शिशुओं के लिए 13.5)	36
मूलाधार (Perineum)	1	1
कुल जमा		100

बहुत ज़्यादा जल जाने की स्थिति में डॉक्टर से पूछे बिना बच्चे को कुछ भी खिलाएँ-पिलाएँ नहीं। लेकिन अगर जलने के घाव बहुत ज़्यादा नहीं हैं, तो उसे ज़्यादा-से ज़्यादा तरल पदार्थ दें। अगर बच्चा निर्धारित समय पर प्रतिरक्षण टीके ले चुका है (डीपीटी या ट्रिपल एन्टीजेन समेत) तो उसे टिटनस टॉक्साइड का इन्जेक्शन देने की ज़रूरत नहीं होती। लेकिन अगर घाव बहुत ज़्यादा गम्भीर हैं तो डॉक्टर यह इन्जेक्शन भी देने का फैसला कर सकता है। अगर डीपीटी (डिफथेरिया, परट्यूसिस और टिटनस) की बूस्टर खुराक अभी देनी बाकी है, तो इसे अभी दे देना चाहिए। इसमें टिटनस रॉक्टसाइड भी शामिल रहता है।

कैल्शियम की कमी (Calcium Deficiency)

नवजात शिशुओं में कैल्शियम न्यूनता चिड़चिड़ेपन, घबराहट, कंपकंपी और दौरों (Convulsions) का कारण बन सकती है। यह न्यूनता थोड़े बड़े शिशुओं और स्कूल-पूर्व बच्चों में भी पाई जा सकती है — विटामिन-डी की कमी के साथ-साथ गर्भवती स्त्रियों और धात्री माँओं के आहार में कैल्शियम और विटामिन-डी की पर्याप्त मात्रा होनी चाहिए, ताकि कैल्शियम न्यूनता से पैदा होने वाली समस्याओं से बचा जा सके। कृत्रिम दूध पीने वाले बच्चों में इस न्यूनता की

ज़्यादा सम्भावना रहती है। पशुओं के दूध में फास्फेट की बहुत ज़्यादा मात्रा होती है, जिसके कारण रक्त में कैल्शियम का स्तर कम हो जाता है। हालांकि माँ का दूध पीने वाले बच्चों में कैल्शियम न्यूनता बहुत कम देखने में आती है, लेकिन अगर माँ खुद में कैल्शियम और विटामिन-डी. की कमी की शिकार है तो शिशु भी इसका शिकार हो सकता है।

बचाव के उपाय : माँ और बच्चे को पर्याप्त धूप मिलने से इस अवस्था को रोका जा सकता है।

छोटी माता (Chicken pox)

छोटी माता या कुक्कूट चेचक आमतौर से बच्चों की एक बहुत मामूली बीमारी होती है। बड़े बच्चों और वयस्कों में यह काफी कम पाई जाती है। लेकिन अगर वे इसकी चपेट में आ जाएँ, तो यह काफी ज़्यादा समय लेती है और रोगी को बहुत कष्ट पहुँचाती है।

छोटी माता एक वाइरस-जनित और अत्यधिक संक्रामक रोग है। अगर घर या स्कूल में एक बच्चा इसकी चपेट में आ जाए, तो उसके सम्पर्क में आने वाले अन्य व्यक्ति भी 2 से 3 सप्ताह की अवधि के बाद इसके शिकार हो सकते हैं। क्योंकि यह रोग आमतौर से जीवन-भर के लिए प्रतिरक्षण प्रदान कर देता है, इसलिए किसी व्यक्ति के दोबारा इसकी चपेट में आने की न के बराबर सम्भावना होती है।

रोग का प्रहार और विकास-क्रम : आमतौर से सबसे पहले आपको पीठ या सीने पर एक-दो छोटे-छोटे फफोले या छाले दिखाई दे सकते हैं। इसके अलावा बच्चा पूरी तरह से सामान्य दिखाई देता है। लेकिन फिर नए छाले बड़ी तेजी से पैदा होते हैं। ये छाले जल्दी ही कुकरियों और पपड़ियों का रूप ले लेते हैं। कुछ बच्चों को, खासकर बड़ी उम्र के बच्चों को, तेज बुखार हो सकता है और वे अस्वस्थ दिखाई दे सकते हैं। जबकि छोटे बच्चों को या तो बहुत कम बुखार होता है, या बिल्कुल नहीं होता। छोटी माता के दाने आमतौर से बुखार चढ़ने के एक दिन के भीतर निकलने शुरू होते हैं। पहले वे खुजलीदार लाल धब्बों की तरह होते हैं, लेकिन कुछ ही घण्टों के भीतर वें पहले छोटी फुंसियों और फिर लाल सतह पर दानों का रूप ले लेते हैं (किसी लाल पत्ते पर ओस की बूंदों की तरह)। इन दानों में बहुत ज़्यादा खुजली होती है। पानी जैसे द्रव से भरे ये दाने एक दिन के भीतर सूखने लगते हैं और इन पर पपड़ी जमने लगती है। इस बीच आसपास के क्षेत्र में नए लाल धब्बे और दाने उभरते रहते हैं। आमतौर से, शरीर के एक छोटे-से हिस्से में लाल धब्बे, पानी जैसे तरल

पदार्थ से भरे दाने, सूखते हुए दाने और पपड़ियों में बदल रहे दाने एक साथ देखे जा सकते हैं।

ये दाने आमतौर पर छाती, पीठ, चेहरे और सिर पर निकलते हैं। बाहें और टाँगें आमतौर से इससे प्रभावित नहीं होते। लाल धब्बे मुँह और योनि-क्षेत्र में भी दिखाई दे सकते हैं। कई बार गर्दन के पीछे और बगलों में छोटी-छोटी गाँठें भी निकल आती हैं। इस रोग के प्रभाव का समय एक सप्ताह से लेकर 10 दिन तक होता है। शुरू में इसके लक्षणों से किसी कीड़े-मकौड़े के काटने का या फुंसियों का भ्रम हो सकता है। लेकिन छोटी माता के दाने बड़ी तेजी से अपना रूप बदलते रहे हैं, जबकि किसी कीट के काटने या फुंसियों-मुंहासों के साथ ऐसा नहीं होता।

जब सभी धब्बे और दाने पपड़ियों में बदल जातें हैं, और नए दाने निकलने बन्द हो जाते हैं, तो इस रोग से प्रभावित व्यक्ति संक्रामक नहीं रह जाता। वह यह संक्रमण दाने निकलने से एक दिन पहले से लेकर पपड़ियाँ बनने की अवधि तक ही फैल सकता है। सभी दानों की पपड़ियाँ बन जाने के बाद बच्चे को स्कूल जाने और दूसरे बच्चों के साथ खेलने की अनुमति मिल जानी चाहिए। दुर्भाग्य से, कुछ स्कूलों में सभी पपड़ियों के भर जाने के बाद ही बच्चे को कक्षा में बैठने की अनुमति दी जाती है। यह बात ध्यान देने योग्य है कि जहाँ बड़ी माता या चेचक (Small pox - जिसका विश्वभर से उन्मूलन किया जा चुका है — की पपड़ियाँ भी संक्रामक होती हैं, वहीं छोटी माता (chicken pox) की पपड़ियों पर यह बात लागू नहीं होती। जो अभिभावक अकारण ही बच्चों की पढ़ाई का नुकसान करवाने के पक्ष में नहीं हैं, उन्हें इस सम्बन्ध में स्कूल के अधिकारियों से बात करनी चाहिए।

उपचार : छोटी माता के धब्बों में बहुत ज़्यादा खुजली होती है। प्रतिदिन स्नान करने से पसीने के कारण इसमें होने वाली वृद्धि को रोका जा सकता है। बच्चे के नाखून भी छोटे रखने चाहिए। अगर बच्चा बड़ा है, तो उसे समझाएँ कि धब्बों और दोनों को खुजाने से इसके निशान रह जाने की सम्भावना है। छोटे बच्चों को रात में सोते समय दस्ताने पहनाएँ। अगर खुजली बहुत ज़्यादा है तो नीम के पत्तों को निचौड़कर ठण्डा किए गए पानी में एक कपड़ा भिगो-भिगो कर खुजली वाली जगहों पर रखते रहें। सादा कैलामाइन लोशन लगाने से भी खुजली से राहत मिलती है। लेकिन कैलामाइन के साथ अन्य तत्वों के मिश्रण के प्रयोग से बचें। बिस्तर की चादर पर नीम के पत्ते भी बिछाए जा सकते हैं। खुजली बहुत ज़्यादा होने की स्थिति में आपका डॉक्टर मुँह से दी जाने वाली किसी एन्टी-हिस्टामाइन दवा का परामर्श भी दे सकता है। अगर बच्चे

को बुखार नहीं है, तो उसे कोई और दवा देने के ज़रूरत नहीं है। अगर बुखार है तो तापमान को कुछ कम करने के लिए पैरासिटामोल दी जा सकती है। लेकिन छोटी माता या फ्लू (influenza) से ग्रस्त बच्चे को कभी भी एस्पिरिन न दें, क्योंकि इसके प्रयोग से बच्चे के रे'ज़ सिंड्रोम (Reey's syndrome) नामक एक खतरनाक रोग की चपेट में आने की सम्भावना हो सकती है। खाने-पीने में किसी भी तरह के परहेज की ज़रूरत नहीं है। बच्चे को उसका सामान्य, मनपसन्द और पौष्टिक भोजन खाने देना चाहिए। अगर उसे भूख नहीं लग रही तो उसे पर्याप्त मात्रा में फलों का रस, नारियल पानी, सादा पानी और अन्य तरल पदार्थ देते रहने का ध्यान रखें।

गर्भावस्था से जुड़े पहलू

भले ही छोटी माता एक गम्भीर रोग न हो, लेकिन कई बार इसके साथ निमोनिया और मस्तिष्क की बीमारी (encephalits) जैसी जटिलताएँ पैदा हो सकती हैं।

अगर एक गर्भवती स्त्री गर्भावस्था के पहले तीन महीनों में इस रोग से ग्रस्त हो जाती है, तो उसके बच्चे में कोई जन्म-दोष होने की 2% से 3% तक सम्भावना है। अगर माँ को अतीत में यह रोग हो चुका है, तो नवजात शिशु इस रोग से सुरक्षित रहता है। लेकिन अगर प्रसव से 5 दिन पहले या 2 दिन बाद माँ इस रोग से ग्रस्त हो जाती है, तो शिशु को भी यह रोग होने की बहुत ज़्यादा सम्भावना (लगभग 50%) रहती है। अगर माँ प्रसव के बाद इस रोग से ग्रस्त होती है, तो शिशु को 'चिकनपॉक्स इम्यूनो-गोब्युलिन' (Chickenpox immunogobulin) दिया जा सकता है, अगर उपलब्ध हो तो। ऐसे शिशुओं को 3 सप्ताह तक अन्य शिशुओं से अलग रखना चाहिए। अगर माँ को पहले कभी छोटी माता निकल चुकी है तो शिशु लगभग 6 महीने तक इस रोग से सुरक्षित रहता है। अगर घर में बड़े बच्चे इस रोग से ग्रस्त हों, तो भी इस शिशु को बिना किसी डर के घर में लाया जा सकता है। लेकिन अगर माँ को याद नहीं है कि उसे माता निकल चुकी है या नहीं, तो नवजात शिशु को लगभग 2 सप्ताह तक बड़े बच्चों से अलग रखना चाहिए।

छोटी माता के उपचार के लिए एक विशेष दवा कुछ विशेष स्थितियों में प्रयोग के लिए सुरक्षित रखी जाती है। स्थिति की माँग का फैसला आपके डॉक्टर के हाथ में रहता है। लेकिन इस दवा का तभी असर होता है अगर रोग के प्रहार के 24 घण्टे के भीतर उपचार शुरू कर दिया जाए। इस रोग में एन्टी-बायोटिक्स भी काम नहीं करते सिवा उन दुर्लभ स्थितियों के जहाँ इस रोग के साथ कोई दूसरा बैक्टीरिया जनित संक्रमण भी जुड़ा होता है।

दम घुटना / श्वास रोध (Choking)

लक्षण : आपका 2 वर्ष का बच्चा मूँगफली खाते हुए इधर-उधर दौड़ रहा है। अचानक वह बहुत भयानक ढंग से खाँसने लगता है। इस बात की प्रबल सम्भावना है कि मूँगफली उसकी श्वास-नली में फँस गई है और सांस के आने-जाने में बाधा पैदा हो गई है। घबराएँ नहीं। खाँसने से गूंगफली बाहर निकल सकती है। कई बार, जब किसी बाहरी तत्व या भोजन के कारण, यह बाधा ज़्यादा गम्भीर होती है, तो हो सकता है कि बच्चा सामान्य ढंग से बोल न सके और नीला पड़ने लगे। इसे एक आपात स्थिति की तरह देखें और तेजी से निम्नलिखित प्रक्रिया पर अमल करें। कभी-कभी, थोड़ा-सा पानी, दूध सूप या कोई अन्य तरल पदार्थ श्वासनली में जाने लगता है, और बच्चा उसे रोकने या बाहर निकालने के लिए खाँसने लगता है। यह स्थिति ज़्यादा चिन्ताजनक नहीं होती। .

नियन्त्रण : आपात स्थिति में निम्नलिखित प्रक्रिया पर अमल करें -

पहला चरण : अगर छोटे शिशु को साँस लेने में कठिनाई हो रही है, वह नीला पड़ रहा है और मदद के लिए चिल्लाएँ उसे अपनी एक बाँह पर उल्टा लिया लें, इस तरह कि उसका सिर उसके बाकी शरीर से थोड़ा-सा नीचे रहे। अपनी बाँह को अपनी जुड़ी हुई जांघ पर इस तरह टिका लें कि बच्चे का सिर आपके घुटने से जरा-सा नीचे रहे। अब अपनी दूसरी हथेली के निचले सिरे से बच्चे के दोनों कंधों के बीच उसकी पीठ पर तेजी से 4 बार प्रहार करें (पृष्ठ-

हेमलिच विधि

पर रेखाचित्र देखें)। एक बड़े शिशु को इस तरह बांह पर लिटाना असुविधाजनक हो सकता है। इसलिए उसे अपनी गोद में उल्टा लिटा लें। उसका सिर जमीन की तरफ आपके एक हाथ पर टिका रहना चाहिए।

दूसरा चरण : अगर आपको कोई सुधार दिखाई नहीं देता, तो बच्चे को पीठ के बल फर्श पर लिटा दें। अब दो या तीन उँगलियों का प्रयोग करते हुए उसकी छाती के मध्य में स्थित उरोस्थि (breastbone) को तेजी से 4 झटके दें।

तीसरा चरण : अगर आपको अब बच्चे के मुँह में कोई चीज या भोजन का टुकड़ा दिखाई देने लगा है, और आपको विश्वास है कि आप आसानी से इसे हटा सकते हैं, तो अपनी उँगलियों से इसे बाहर निकाल दें।

चौथा चरण : अगर बच्चा साँस नहीं ले रहा है, तो मुँह-से-मुह की साँस के तीनों चरणों का अनुसरण करें।

पाँचवाँ चरण : जब तक बच्चे में सुधार न आ जाए या चिकित्सीय मदद न पहुँच जाए, पहले चरण से चौथे चरण तक की प्रक्रिया को दोहराते रहें।

बड़े बच्चे का दम घुटने पर क्या करें?

बच्चे के पीछे खड़े होकर अपनी बाहें उसकी कमर में लपेट दें। अब अपने एक हाथ की मुट्ठी बनाकर उसे दूसरे हाथ से पकड़ लें। अपनी मुट्ठी को बच्चे की छाती की हड्डी (उरोस्थि) के ठीक नीचे उसके पेट के ऊपरी हिस्से पर रखें। अब अपनी मुट्टी गड़ाते हुए ऊपर की तरफ एक तेज झटका दें। आपको यह प्रक्रिया कई बार (लगभग एक दर्जन बार) दोहरानी पड़ सकती है, जब तक कि बच्चे के गले में फँसी चीज ऊपर न आ जाए

अगर बच्चा सांस नहीं ले रहा है तो मुँह-से-मुँह की साँस के तीनों चरणों पर अमल करें।

हेमलिच मेन्युवर (Heimlich manoeuvre)

अब ऐसा माना जाने लगा है कि एक अचेत व्यक्ति पर हेमलिच-विधि आजमाना बहुत-से लोगों के लिए काफी कठिन साबित होता है। नए मार्ग-निर्देशों के अनुसार छाती के दबावों (Chest compressions) का भी वही प्रभाव होता है जो हेमलिच-विधि के अन्तर्गत पेट के झटकों से प्राप्त किया जाता है। इसी तरह, अब पीड़ित व्यक्ति के मुँह को उँगलियों से साफ करने की ज़रूरत भी नहीं रह गई है। सिर्फ छाती के दबावों से ही श्वास-मार्ग में फंसी चीज को बाहर निकाला जा सकता है।

खतना (Circumcision)

खतने का अर्थ है शिश्न के आगे की चमड़ी या खाल को काट डालना। यह खाल (foreskin या prepuce) शिश्न के आगे के नाज़ुक हिस्से (शिश्न-मुंड) को ढंककर रखती है।

खतने के कई कारण हो सकते हैं —

- धार्मिक कारणों से
- कोई जटिलता पैदा हो जाने की स्थिति में
- बिना किसी निश्चित कारण के

अधिकांश नवजात शिशुओं की अग्र-त्वचा आमतौर से शिश्न से जुड़ी रहती है, और 3 वर्ष की उम्र के आसपास अपने-आप अलग हो जाती है। इसलिए घर के सभी लोगों को समझा दें कि शिशु की खाल या अग्र-त्वचा को पीछे हटाने की कोशिश न करें। अगर यह अब भी जुड़ी हुई है, तो शिश्न के बीच में जमा गन्दगी (अगर है तो) को साफ कर सकती हैं।

अगर 4 वर्ष की उम्र तक भी अग्र-त्वचा अलग नहीं होती, तो किसी पीडिएट्रिक सर्जन की सलाह लें।

सिर्फ इसलिए खतना न करवाएँ कि बच्चे की अग्र-त्वचा लम्बी है, या वह बिस्तर गीला कर देता है, या मूत्र-त्याग करते समय उसकी अग्र-त्वचा फूल जाती है। यूँ कुछ रिपोर्टों के अनुसार, खतने से मूत्रीय-मार्ग के संक्रमणों की सम्भावना कम हो जाती है। अगर बच्चा बार-बार मूत्रीय-संक्रमण (urinary infection) का शिकार हो जाता है, और उसके मूत्रीय-मार्ग में कोई बाधा होने की बिल्कुल भी सम्भावना नहीं है, तो उसके खतने के ऑपरेशन पर विचार किया जा सकता है।

अगर लंगोट या पोतड़े से उपज़े दानों (diaper rash) पर ध्यान नहीं दिया जाता, तो एक अन्य बैक्टीरिया-जनित संक्रमण अपना हमला कर सकता है और परिणाम स्वरूप अग्र-त्वचा क्षतिग्रस्त हो सकती है। ऐसी स्थिति में अग्र-त्वचा स्थाई रूप से शिश्न से चिपक सकती है, और उसे पीछे हटाने के लिए बच्चे का ऑपरेशन करना पड़ सकता है। यह भी कहा जाता है कि खतना करवा चुके पुरुषों को शिश्न का कैंसर और उनकी पत्नियों को बच्चेदानी (cervix) का कैंसर कम होता है, हालाँकि 'ब्रिटिश मेडिकल जरनल' के एक सम्पादकीय में इस दावे का खण्डन किया गया है।

कुछ लोग स्वच्छता की दृष्टि से भी खतने का समर्थन करते हैं। लेकिन यह बहुत ठोस तर्क नहीं है, क्योंकि प्रतिदिन स्नान करते समय अग्र-त्वचा और शिश्न के बीच में जमा पनीर जैसे पदार्थ (smegma) को आसानी से साफ किया जा सकता है।

अग्र-त्वचा को जबरदस्ती पीछे हटाने से उसे उसकी पहले वाली अवस्था में वापस लाना बहुत कठिन हो जाता है, और शिश्न पर सूजन आ जाती है। आपका डॉक्टर इसे ठीक कर सकता है, लेकिन अगर ऐसा फिर से हो जाए तो वह बच्चे का खतना करने की सलाह दे सकता है। अग्र-त्वचा और शिश्न के बीच में मवाद पड़ने की स्थिति में भी इस ऑपरेशन की सलाह दी जा सकती है।

जो लोग खतने को एक रूटीन ऑपरेशन की तरह हर बच्चे पर लागू करने के पक्ष में हैं, वे यह बात भूल जाते हैं कि यह छोटा-सा ऑपरेशन संक्रमणों, बहुत ज़्यादा रक्त बहने-और कई अन्य समस्याओं का कारण बन सकता है। मैं खतने को एक रूटीन ऑपरेशन के रूप में अपनाए जाने के खिलाफ हूँ। लेकिन अगर धार्मिक कारणों से यह ज़रूरी है, तो इसे हमेशा ही किसी जाने-माने डॉक्टर से करवाना चाहिए। अगर बच्चा समय से पहले पैदा हुआ है या जन्म के समय वह किसी समस्या का शिकार है, तो इस ऑपरेशन को कुछ समय के लिए टाल देना चाहिए।

अगर बच्चे को हाइपो-स्पेडियाज़ है, तो खतना न करवाएँ

हाइपो-स्पेडियाज़ (Hypospadias) एक ऐसी स्थिति होती है, जिसमें मूत्र-मार्ग का द्वार शिश्न के नीचे की तरफ होता है। इन नर-शिशुओं में मूत्रीय नलिका (urethra) छोटी होती है, इसलिए शिश्न की अतिरिक्त अग्रत्वचा को एक ऑपरेशन के दौरान इस दोष को ठीक करने के काम में लाया जाता है। इस ऑपरेशन के बाद शिश्न एक खतना किए हुए शिश्न की तरह ही दिखाई देता है। इसलिए मूत्र-नलिका छोटी होने की स्थिति में भूलकर भी बच्चे का खतना नहीं किया जाना चाहिए।

जुकाम (Common cold)

जुकाम बहुत आम बीमारी है। कुछ बच्चे इससे बहुत ज़्यादा परेशान हो सकते हैं। इसलिए हम इस पर विस्तार से चर्चा करेंगे। लेकिन इससे पहले कृपया निम्नलिखित बातों पर ध्यान दें –

- जुकाम में कोई भी एन्टी-बायोटिक काम नहीं करता, क्योंकि यह एक वाइरस-जनित (viral) संक्रमण है।
- जुकाम में फिनायल-प्रोपेनोलामाइन युक्त और एन्टी-हिस्टामाइन (एन्टी-एलर्जी दवाएँ) जैसी दवाएँ हानिकारक हो सकती हैं।
- अगर नाक बन्द हो जाए तो नासीय मार्ग (nasal passage) को खोलने भर की ज़रूरत होती है।

जुकाम को एक टाली ने जा सकने वाली 'मुसीबत' के रूप में देखें

कई अलग-अलग तरह के वाइरस (200 से अधिक) जुकाम का कारण बन सकते हैं। अगर आपका बच्चा आज एक वाइरस के जुकाम का शिकार हुआ है, तो अगली बार वह किसी दूसरे वाइरस के जुकाम का शिकार हो सकता है। इस प्रक्रिया के दौरान वह पहले वाइरस के खिलाफ प्रतिरक्षण (immunity) भी विकसित कर सकता है। इस तरह, आपका बच्चा भले ही वर्ष में पाँच-छह बार जुकाम का शिकार होता हो, लेकिन वह इनमें से कुछ वाइरसों के खिलाफ प्रतिरक्षण विकसित कर चुका होता है। लेकिन इन वाइरसों की संख्या को देखते हुए कई लोग जुकाम को ज़िंदगी भर की एक मुसीबत के रूप में देखते हैं। दो या तीन वर्ष की उम्र के बाद जुकाम बच्चे को कम परेशान करता है।

लेकिन छोटे शिशुओं के लिए जुकाम काफी असुविधाजनक हो सकता है, खासकर 2 महीने से छोटे शिशुओं के लिए। अगर जुकाम के कारण शिशु की नाक बन्द हो जाए तो उसे स्तन चूसने में कठिनाई होने लगती है। क्योंकि उसे मुँह से साँस लेने का अभ्यास नहीं होता, इसलिए वह बेचैन हो उठता है — जब वह दूध न पी रहा हो, तब भी। इस तरह की स्थितियों में तुरन्त नीचे लिखे गए सुझावों पर अमल करना चाहिए।

2 महीने से छोटे शिशुओं में जुकाम कभी-कभी बैक्टीरिया-जनित संक्रमण के कारण भी हो सकता है। ऐसी स्थिति में उन्हें तेज बुखार भी हो सकता है, और उन्हें एन्टी-बायोटिक देने की ज़रूरत पड़ सकती है। अगर जुकाम के साथ बुखार भी हो तो बच्चे को पैरासिटामोल दी जा सकती है।

शुरू के कुछ हफ्तों में शिशु की नाक से आँव जैसा (Mucuslike) रिसाव हो सकता है। वह साँस लेता है, तो उसकी नाक में बुलबुले (bubbles) भी दिखाई दे सकते हैं। इससे उसे कुछ परेशानी नहीं होती, लेकिन अगर आपको लगता है कि शिशु को दूध पीने में कठिनाई हो रही है, तो आप नीचे सुझाए गए तरीकों से उसकी नाक साफ कर सकती हैं।

एलर्जी के कारण भी नाक बह सकती है। जुकाम की तरह इस अवस्था में भी बच्चे की नाक से पानी जैसा रिसाव होता रहता है। दोनों स्थितियों की शुरूआत कुछ छींकों के साथ होती है। लेकिन एलर्जी के मामले में छींकें तब तक जारी रहती हैं, जब तक कि एलर्जी पैदा करने वाले तत्व (एलर्जन) को दूर न कर दिया जाए, या एन्टी-हिस्टामाइन दवा न दे दी जाए। एलर्जिक 'जुकाम' आमतौर से वर्ष के किसी खास मौसम में, सुबह सोकर उठने पर (शयनकक्ष में एलर्जन की उपस्थिति के कारण), या एलर्जन तत्व के सम्पर्क में आने से होता

है। पूरे महीने नाक से पानी जैसा रिसाव होते रहना एलर्जी का एक सम्भावित लक्षण हो सकता है।

जुकाम से पैदा होने वाली खाँसी नींद के दौरान परेशान करती है। अगर बच्चा सीधा लेटा हुआ है तो नाक की पिछली तरफ का रिसाव उसके गले में चला जाता है। क्योंकि प्रकृति इसे श्वास नली में जाने देना नहीं चाहती, इसलिए बच्चे को खाँसी आ जाती है और यह खतरा टल जाता है। ऐसी स्थिति में बच्चे को उल्टा लेटने पर ज़्यादा अच्छा नींद आ सकती है। (छोटे शिशु को उल्टा लिटाना सुरक्षा की दृष्टि से ठीक नहीं माना जाता।)

बन्द नाक को खोलने के उपाय

अगर नाक पूरी तरह से बन्द नहीं है, और बच्चा थोड़ा बड़ा है, तो हो सकता है कि उसे कोई खास परेशानी न हो। लेकिन अन्य स्थितियों में बन्द नाक को खोलने के उपाय करने पड़ते हैं। इसका सबसे अच्छा उपाय है एक रबड़ की सीरिंज जिसे 'नोज़-क्लीनर' भी कहते हैं। यह अधिकांश दवा-विक्रेताओं के पास उपलब्ध रहती है। इसमें एक रबड़ का बल्ब होता है, जिसका आकार प्राचीन युग के रबड़ के सींग की तरह होता है। इसके साथ एक टोंटीनुमा थूथन (nozzle) जुड़ा रहता है, जिसे उबाला भी जा सकता है। इसे प्रयोग करने के लिए रबड़ के बल्ब को दबाकर रखते हुए थूथन की नोक को शिशु की नाक में प्रविष्ट किया जाता है, और फिर बल्ब को छोड़ दिया जाता है। नाक की आंव थूथन में भर जाती है और नाक का अवरोध कम हो जाता है। प्रयोग के बाद थूथन को साफ करके रख दिया जाता है, और दोबारा प्रयोग करने से पहले अच्छी तरह से उबाला जाता है। अगर आपको उपकरण उपलब्ध नहीं है तो आप बिना सुई की किसी भी 5 या 10 मि.ली. की सीरिंज का प्रयोग कर सकती हैं।

अगर नाक अब भी बन्द है, तो नमक के पानी की बूंदों (saline noze drops) का प्रयोग करें। इसे घर पर ही तैयार किया जा सकता है। एक गिलास हल्के गर्म पानी (200 मि.ली.) में एक चौथाई छोटा चम्मच नमक मिलाएँ। इन बूंदों के असरदार इस्तेमाल के लिए बच्चे को सीधा लिटा दें। अब उसका सिर एक तरफ (मान लीजिए कि दाईं तरफ) घुमाकर उसके दाएँ नथुने में नमकीन पानी की 2 बूंदें डालें। एक-दो मिनट तक उसका सिर उसी तरफ रहने दें। इसके बाद उसका सिर बाईं तरफ घुमाकर बाएँ नथुने के साथ यही प्रक्रिया दोहराएँ। आप ड्रॉपर की जगह रूई की बाती का भी प्रयोग कर सकती हैं। उसे नमकीन पानी में डुबोकर बच्चे की नाक में डालें और गोलाई में घुमाएँ, ताकि बच्चे की

नाक में फँसी आंव साफ हो सके। अगर बाती के छोर ने नाक के पिछले सिरे को छू लिया, तो बच्चे को छींक आ सकती है और इसके साथ थोड़ी और आंव बाहर आ सकती है।

सोने से पहले और स्तनपान कराने से पहले शिशु की नाक साफ करना खासतौर से जरूरी है। हालांकि नमकीन पानी की बूंदें सबसे सुरक्षित उपाय है, लेकिन इसका प्रयोग भी सिर्फ उस स्थिति में करें जब बच्चे की नाक सचमुच बन्द हो। तैयारशुदा 'नोज-ड्रॉप्स' का प्रयोग सिर्फ तब करें, जब नमकीन पानी का असर न हो रहा हो और बच्चा परेशान हो रहा हो। साथ ही इस बात का खास ध्यान रखें कि ये बूंदें सिर्फ बच्चों के लिए प्रयोग करने के लिए हों। इन बूंदों के अनावश्यक प्रयोग से बचना इसलिए जरूरी है, क्योंकि कुछ देर के लिए बन्द नाक को राहत पहुँचाने के बावजूद इनका उल्टा असर (rebound phenomenon) हो सकता है एवं नाक में और ज़्यादा अवरोध पैदा हो सकता है।

बन्द नाक को खोलने के लिए मुँह से ली जाने वाली दवाएँ (oral decongestants) भी उपलब्ध हैं। लेकिन सम्भावित दुष्प्रभावों के कारण इनके प्रयोग से बचना चाहिए।

कई बार नमी वाला वातावरण भी मददगार साबित होता है। अगर आपके स्नान-घर में गर्म पानी का शॉवर है तो उसे 15 मिनट के लिए सबसे गर्म स्थिति में खोल दें और बच्चे को अपने साथ लेकर इससे थोड़ी दूरी पर बैठे रहें।

नाक या छाती पर कोई वेपोरब मलहम न मलें। कुछ बच्चों को इससे दाने हो जाते हैं। कुछ अन्य बच्चों में झटके-जैसी प्रतिक्रिया हो सकती है, खासकर अगर इसे सीधे नाक पर मला जाए। नथुनों के बाहरी छोरों पर पेट्रोलियम जैली या वैसलिन मली जा सकती है – ताकि बार-बार छिनकने और साफ करने से सूज गए नथुनों को थोड़ी राहत मिल सके।

अगर बच्चे के नथुनों में गाढ़ा रिसाव फंसा हुआ है, तो रूई की एक बाती को नमक के हल्के गर्म पानी में भिगोकर इसकी सख्ती को थोड़ा नर्म किया जा सकता है। इसके बाद इसे साफ करने के लिए सीरिंज और नमकीन बूंदों का प्रयोग किया जा सकता है। बड़ा बच्चा अपनी बन्द नाक को छिनक कर साफ कर सकता है। लेकिन उसे ज़्यादा जोर नहीं लगाना चाहिए, अन्यथा उसके कान में दर्द हो सकता है।

बच्चे को पर्याप्त तरल पदार्थ देने का ध्यान रखें। खासकर गर्म पेय नासीय रिसाव को पतला करने और बलगम को साफ करने में सहायक होते हैं। पके गले को आराम पहुँचाने के लिए बड़े बच्चों को गर्म पानी में नींबू और शहद मिलाकर पिलाया जा सकता है। अगर बच्चे को भूख नहीं लग रही तो उस पर

ज़्यादा जोर न डालें। जहाँ तक केवल स्तनपान करने वाले शिशुओं का प्रश्न है, उन्हें कोई अतिरिक्त तरल पदार्थ देने की ज़रूरत नहीं होती।

एन्टी-हिस्टामाइनों का प्रयोग

कुछ डॉक्टर रिसाव को सुखाने के लिए एन्टी-हिस्टामाइनों का प्रयोग करते हैं। मैं इनका परामर्श नहीं दूँगा। पानी जैसा रिसाव वाइरस को बाहर निकालने में मदद करता है (जैसा कि डायरिया में होता है)। इसलिए हमें प्रकृति के सुरक्षा-तन्त्र के खिलाफ नहीं जाना चाहिए

गला पकने और गले की खराश का उपचार

बड़े बच्चों को नमकीन गर्म पानी के ग़रारे करने के लिए प्रोत्साहित करें। सर्दी-जुकाम (bad cold) से ग्रस्त सभी रोगियों को, बच्चों और वयस्कों दोनों को, विश्राम की ज़रूरत होती है, अपने लिए भी, और दूसरों को इस रोग से दूर रखने के लिए भी। नवजात शिशु के कमरे के बाहर यह नोटिस टांग देना एक अच्छा विचार हो सकता है — 'अगर आपको सर्दी-जुकाम है तो कृपया भीतर न आएँ।' अगर सम्भव हो तो सर्दी-जुकाम की शिकायत होने पर शिशु से दूर रहना चाहिए। लेकिन कृपया दूसरों को 'मास्क' देने या खुद 'मास्क' पहनकर शिशु को छूने जैसा हास्यास्पद व्यवहार न करें।

अगर आपको जुकाम है, तो भी शिशु को अपना दूध पिलाना जारी रखें। घर पर या नर्सरी स्कूल में जुकाम से ग्रस्त व्यक्तियों को बच्चे को छूने से पहले अपने हाथ जरूर धोने चाहिए।

कुछ लोगों को विश्वास है कि कार्य-भार की अधिकता, चिन्ता और तापमान में अचानक परिवर्तन (उदाहरण के लिए, धूप में रहने के बाद एकाएक एयर-कंडीशंड कमरे में घुस जाना) भी जुकाम का कारण हो सकते हैं, क्योंकि इन स्थितियों में हमारा प्रतिरक्षण-तन्त्र सुचारू रूप से काम नहीं कर पाता। मेरा ख्याल है कि इसमें कुछ-न-कुछ सच्चाई ज़रूर है।

कुछ लोगों का यह भी मानना है कि विटामिन-सी सर्दी-जुकाम से बचाव और इसके उपचार में मदद करता है। मैं उन लोगों से सहमत हूँ जो ताजे फलों को व्यक्ति के लिए अच्छा मानते हैं, क्योंकि इसके पीछे कई प्रामाणिक वैज्ञानिक कारण हैं। इसलिए अपने बच्चे को पर्याप्त मात्रा में फल और फलरस दें।

इस प्रचलित और ग़लत धारणा पर ध्यान न दें कि फलों के रस से सर्दी-जुकाम और बिगड़ जाता है। किसी भी आहार, वह फल हो या कोई दूसरी खाद्य-सामग्री, से सिर्फ उस स्थिति में परहेज करना चाहिए जब आपको निश्चित रूप से मालूम हो कि बच्चे को उससे एलर्जी है।

अगर बच्चा प्रतिदिन नहाना चाहता है, तो उसे नहाने भी दें। अन्यथा, गुनगुने गर्म पानी से उसके शरीर को पोछ दें (स्पंज कर दें)।

चिकन खाने वाले बच्चों को पीने के लिए गर्म चिकन-सूप दिया जा सकता है। यह सादे गर्म पानी की तुलना में नाक की आंव को साफ करने में भी सहायक होता है।

सर्दी-जुकाम में एन्टी-बायोटिक कब लेने चाहिए?

अगर बच्चे या शिशु की नाक से लगातार गाढ़ा, पीला या हरा रिसाव हो रहा है, तो उसे कोई एन्टी-बायोटिक देने की ज़रूरत पड़ सकती है। लेकिन यह बात भी याद रखें कि जब बच्चा सर्दी-जुकाम के प्रहार से ठीक हो रहा होता है, तो नाक से बहने वाला पतला रिसाव अक्सर गाढ़ा, हरा या पीला हो जाता है। इस स्थिति में एन्टी-बायोटिकों की ज़रूरत नहीं होती। अगर यह रिसाव लगातार 7 से 10 दिन तक होता रहता है, तभी इन दवाओं की ज़रूरत पड़ती है। यह फैसला डॉक्टर को करने दें कि बच्चे को एन्टी-बायोटिकों की ज़रूरत है या नहीं।

अपने डॉक्टर से सम्पर्क करें... अगर सर्दी-जुकाम से ग्रस्त आपका बच्चा

- नाक से लगातार गाढ़ा रिसाव कर रहा है
- तेज रफ्तार से साँस ले रहा है (प्रति मिनट 50 सांसों से ज़्यादा)
- 'वीजिंग' (सीटी जैसी आवाज) कर रहा है।
- कान में तेज दर्द की शिकायत कर रहा है
- खाने-पीने से इनकार कर रहा है और बहुत कम मूत्र-त्याग कर रहा है।

यह बात ध्यान में रखें कि सांस लेते समय आवाज करना हमेशा 'वीजिंग' का लक्षण नहीं होता। आंशिक रूप से बन्द नाक में से गुजरते हुए हवा कुछ शोर पैदा कर सकती है। आपको ऐसा लग सकता है कि बच्चे की छाती में कुछ जमा हुआ है, जबकि जांच करने पर डॉक्टर को ऐसा कुछ दिखाई नहीं देता।

अगर बच्चे की नाक के सिर्फ एक तरफ से रिसाव हो रहा है, तो भी आपको डॉक्टर से सम्पर्क करना चाहिए, खासकर अगर इस रिसाव में दुर्गंध और रक्त के अंश भी हों। इसके पीछे किसी बाहरी वस्तु की उपस्थिति हो सकती है, और 'डिफ्थेरिया' जैसी कोई दुर्लभ स्थिति भी।

कब्ज (Constipation)

बच्चों में आसामान्य रूप से अनियमित और कठिन मल-त्याग बहुत आम नहीं

है, लेकिन अगर ऐसा हो जाए तो यह काफी कष्टदायक साबित होता है। बच्चा सख्त मल-त्याग करता है, जिसके कारण उसकी गुदा के आस-पास की त्वचा फट सकती है या उसमें खरोंचें आ सकती हैं। यह बहुत पीड़ाजनक हो सकता है। बच्चा सोचने लगता है कि मल-त्याग करना एक पीड़ाजनक काम है। वह अपने मल को रोकने की कोशिश करने लगता है। परिणामस्वरूप मल और ज़्यादा सूखा और सख्त होने लगता है, और उसका त्याग करना और ज़्यादा कठिन तथा पीड़ाजनक होता चला जाता है। बच्चा इस दुष्चक्र में फंस जाता है। कभी-कभी सख्त मल के आसपास से पतले मल का रिसाव होने से उसके नीचे के कपड़े भी खराब हो जाते हैं।

सामान्य अनियमित मल-त्याग

सिर्फ माँ का दूध पीने वाले कुछ बच्चे सामान्य रूप से हर दूसरे-तीसरे दिन या इससे भी कम मल-त्याग करते हैं। यह मल सख्त नहीं होता। यह पूरी तरह से सामान्य है और इसके लिए किसी उपचार की ज़रूरत नहीं होती।

उपचार : पर्याप्त मात्रा में फलों, सब्जियों, अंकुरों, अपरिष्कृत अनाजों और तरल पदार्थों का सेवन न सिर्फ कब्ज को दूर रखने में बल्कि इसके उपचार में भी मदद करता है। नियमित समय पर शौच निवृत्ति की आदत और सुबह के समय जीवन-शैली की थोड़ी धीमी रफ्तार भी कब्ज को दूर रखने में मदद करती है।

सुबह उठते ही एक गिलास पानी पीना अच्छा रहता है। हल्के गर्म पानी में एक चम्मच शहद डालकर पीना और भी बेहतर है। अधिकांश बच्चे इसे पीने के बाद शौच जाने की इच्छा महसूस कर सकते हैं। कुछ अन्य बच्चे दूध पीने या नाश्ते के बाद ऐसी इच्छा महसूस कर सकते हैं। बच्चे को शौचालय में बैठते समय किसी तरह की जल्दबाजी नहीं होनी चाहिए। छोटे बच्चों को शौच-निवृत्ति के लिए लगभग 15 मिनट का समय दिया जा सकता है। इस दौरान किसी खिलौने, किताब या किसी दिमागी खेल से उनका मन बहलाए रखा जा सकता है। लेकिन अगर इसके बाद भी वह मल-त्याग नहीं करता तो उसे बाध्य नहीं करना चाहिए।

आहार में रेशे (fibre) की मात्रा ज़्यादा होनी चाहिए। इसे अंजीर (ताज़ा और सूखी दोनों), किशमिश, आलू बुखारा, खूबानी और अलूचा जैसे फलों, ताज़ा और पत्तों वाली सब्जियों, मटरों, मटर फलियों, अंकुरों, सम्पूर्ण गेहूँ के आटे से बनी चपातियों और डबलरोटी, तथा बिना पॉलिश किए चावलों से काफी अच्छी मात्रा में प्राप्त किया जा सकता है। इनके अलावा आहार में तरल पदार्थों की भी पर्याप्त मात्रा होनी चाहिए।

जिन खाद्य-सामग्रियों से परहेज करने की ज़रूरत है उनमें सफेद ब्रेड, बेकरी में बनी चीजें, दूध, मक्खन, मलाई, पनीर, ज़्यादा पका हुआ केला, कचालू, गिरियाँ, चटनियाँ, पॉपकॉर्न और नूडल्स वगैरह शामिल हैं।

बच्चे को दूध-उत्पाद देने से बचें, क्योंकि वे कॉलन (वृहदान्त्र) की सक्रियता को कम कर सकते हैं। गाय और भैंस का दूध दूध-सम्बन्धी एलर्जियों और गुदा की फटन (anal fissures) का कारण बन सकता है, और परिणामस्वरूप बच्चा मल-त्याग से बचने की कोशिश में चिरकालिक कब्ज का शिकार हो सकता है। इस तरह के मामलों में सोया-दूध को आजमाकर देखा जा सकता है।

हालाँकि दवाओं से इस रोग के उपचार में मदद मिल सकती है, लेकिन अपने डॉक्टर से पूछकर ही उनका प्रयोग करें। 2 वर्ष से छोटे बच्चों के लिए 5 मि.ग्रा. और बड़े बच्चों के लिए 10 मि.ग्रा. 'बिसाकोडाइल स्पोजिटरी' (Dulcolax के रूप में उपलब्ध) का प्रयोग किया जा सकता है। यह दवा हर रोज एक निश्चित समय पर (बेहतर है कि भोजन के बाद) प्रविष्ट करनी पड़ती है। इसे एक महीने तक प्रतिदिन, फिर अगले महीने सप्ताह में दो बार, और फिर तीन महीने तक सप्ताह में एक बार प्रयोग करें।

बहुत गम्भीर मामलों में बच्चे को अस्पताल में भर्ती करना पड़ सकता है — रोग के नियन्त्रण के लिए भी, और जन्मजात मैगा — कॉलन (Hirschsprung Disease) और हाइपो-थाइरॉयडिज़्म जैसी कुछ दुर्लभ सम्भावनाओं को निरस्त करने के लिए भी।

आँखों के संक्रमण

आँखों में किसी चिपचिपाहट या मवाद जैसे स्राव के बिना एक नवजात शिशु की आँखों से पानी बहना आमतौर से अश्रु-नलिका में किसी अवरोध के कारण होता है। यह नलिका आँख को नाक से जोड़ती है। इसके पीछे किसी संक्रमण का हाथ नहीं होता, और 6 महीने की उम्र होते-होते यह अपने-आप ही रूक जाता है। अगर आपको शिशु की आँख से मवाद जैसा रिसाव होता दिखाई देता है, तो डॉक्टर उसकी आँख और नाक के बीच के क्षेत्र की मालिश करने की सलाह देगा। वह आँखों को हल्के गर्म पानी से साफ करने के बाद उनमें कोई दवा डालने की भी सलाह देगा। अगर 6 महीने की उम्र के बाद भी बच्चे की आँखों से पानी बहता रहता है, तो किसी नेत्र-विशेषज्ञ को दिखाना चाहिए। वह अश्रु-नलिका को खोलने के लिए एक मामूली प्रक्रिया का परामर्श दे सकता है, जो काफी असरदार साबित होती है।

आँखों में लाली या चिपचिपे रिसाव के पीछे किसी बैक्टीरिया या वाइरस

का संक्रमण हो सकता है। अगर लाली के साथ-साथ आँखों में बहुत ज़्यादा खुजलाहट भी हो रही है, तो इसके पीछे कोई एलर्जी हो सकती है। अपने डॉक्टर से सलाह किए बिना किसी एन्टी-बायोटिक या आँखों में डालने वाली दवा का प्रयोग न करें।

अगर आपका नवजात शिशु नेत्र-शोथ या कंजंक्टिवाइटिस का शिकार है तो आप निस्संकोच दिन में चार-पाँच बार उसकी आँखों में अपने दूध की एक-दो बूंदें टपका सकती हैं। अगर आप किसी ऐसी जगह पर हैं जहाँ कोई डॉक्टर उपलब्ध नहीं है, तो आप कंजंक्टिवाइटिस के लिए किसी एन्टी-बायोटिक नेत्र-मलहम का प्रयोग कर सकते हैं। लेकिन यह ध्यान रखें कि इसमें कोई कोर्टिकास्ट्रॉयड न मिला हुआ हो। अगर ऐसा कुछ लिखा हुआ नहीं है तो यह बात याद रखें कि कोर्टिसोन-युक्त दवाएँ हानिकारक हो सकती हैं। रोग का बार-बार प्रहार होने की स्थिति में आपका डॉक्टर आँख के स्राव का एक नमूना जाँच के लिए भेज सकता है, ताकि इसे पैदा करने वाले जीवाणुओं का पता लगाकर मुँह से सेवन किए जाने वाले एन्टी-बायोटिक दिए जा सकें।

कुछ दुर्लभ मामलों में क्षयरोग (T.B.) भी एक खास तरह के (phlyetenular) कंजंक्टिवाइटिस के रूप में आँख में प्रकट हो सकता है। इस अवस्था में, कोर्निया के बाहरी हिस्से पर एक मुहांसे जैसा धब्बा दिखाई देता है। इस जगह से पतली रक्त-वाहिकाएँ भी निकलती दिखाई देती हैं। रोग के निश्चित निर्धारण के लिए पूरी जाँच-पड़ताल की ज़रूरत होती है।

अगर किसी क्षेत्र के बहुत-से लोग अचानक ही कंजंक्टिवाइटिस से ग्रस्त होने लगें, तो आमतौर से इसके पीछे एक वाइरस-जनित संक्रमण का हाथ होता है। यह बहुत ज़्यादा संक्रामक होता है। किसी प्रभावित व्यक्ति को छूने के तुरन्त बाद हाथ धोने और पोंछने के लिए अलग तौलियों के प्रयोग से इसे काफी हद तक दूर रखा जा सकता है। एक वाइरस-जनित रोग होने के कारण इसमें एन्टी-बायोटिक काम नहीं करते। अगर आँख की लाली बनी रहती है तो डॉक्टर से सम्पर्क करना चाहिए, जो ज़रूरत के अनुसार किसी एन्टी-बायोटिक आइ-ड्रॉप या मलहम की सलाह दे सकता है। अगर बच्चा जाग रहा हो तो इस एन्टी-बायोटिक को हर एक-दो घण्टे बाद सिर्फ प्रभावित आँख में डालते रहना चाहिए। इसका कारण यह है कि आँख में पानी आने से दवा जल्दी से बाहर निकल जाती है। परिवार के अप्रभावित सदस्यों को किसी भी दवा का प्रयोग नहीं करना चाहिए।

आँखों के घाव

आँख का सबसे आम घाव आँख में कोई चीज रेत के कण जैसी कोई बाहरी वस्तु पड़ जाने से पैदा होता है। यह कण आँख के सफेद हिस्से को ढंकने वाले कंजंक्टिवा या पलक से चिपक जाता है। ऐसी स्थिति में आँख को बहुत-से पानी से धोना चाहिए। अगर आँख में पड़ा कण बाहर नहीं निकलता तो रूई की एक बत्ती को पानी में भिगोकर इससे कंजंक्टिवा को साफ करना चाहिए। अगर कण दिखाई नहीं दे रहा और आँख में चुभन महसूस होने के साथ-साथ पानी भी बह रहा है, तो हो सकता है कि कण ऊपरी पलक के नीचे जा चिपका हो। इस पलक को ऊपर उठाने के लिए बच्चे को नीचे देखने के लिए कहें। पलक के ऊपर माचिस की एक तीली (या अपने हाथ की उँगली) रखें। अब अपने हाथ को अँगूठे और तर्जनी (index finger) का प्रयोग करते हुए आँख की बरौनियों (eyelashes) को पकड़कर तेजी से ऊपर उठा दें। बाहरी वस्तु या कण आमतौर से बरौनियों के नीचे ऊपरी पलक पर दिखाई दे जाता है। इसे गीली रूई या गीले और साफ कपड़े के किनारे से हटा दें।

अगर आँख में कोई रसायन चला गया है, तो डॉक्टर की मदद मिलने तक आँख को पानी से धोते रहें।

अगर आँख पर घूंसा वगैरह लगा है और बच्चा देख नहीं पा रहा है (चोट के बाद अस्थाई दृष्टिहीनता को नजरअंदाज कर दें), तो जितना जल्दी सम्भव हो डॉक्टर के पास जाएँ। अगर बच्चे की दृष्टि प्रभावित नहीं हुई है तो आँख में आँख की कोई मलहम डालें, बच्चे को धीरे से आँख बन्द करने के लिए कहें, और फिर बन्द आँख पर एक मोटा गेज़ रखकर पट्टी बाँध दें या ल्यूकोप्लास्ट चिपका दें। इसके बाद जितनी जल्दी सम्भव हो, डॉक्टर को भी दिखाएँ।

अगर बाहरी चीज़ (रेत का कण वगैरह) कॉर्निया के ऊपर है। (कॉर्निया आँख की पुतली और रंगीन हिस्से को ढंककर रखता है), तो इसे खुद हटाने की कोशिश न करें। यह काम डॉक्टर को ही करने दें।

पलकों की समस्याएँ

पलक के पास एक फोड़े जैसे और पीड़ादायक सूजन एक गुहांजनी (stye) के कारण होती है। कई बार एक से ज़्यादा गुहांजनियाँ भी हो सकती हैं। दिन में तीन बार गर्म पानी का सेंक देने के बाद आँख की कोई एन्टी-बायोटिक मलहम लगाने से यह संक्रमण ठीक हो जाता है। सूजन उतरने के तीन-चार दिन बाद तक मलहम लगाना जारी रखना चाहिए।

पलक पर एक अलग तरह की सख्त और पीड़ा रहित सूजन भी देखने में

आती है। यह अपने-आप भी ठीक हो सकती है, लेकिन कभी-कभी एक सरल शल्य-चिकित्सा की भी ज़रूरत पड़ सकती है।

कभी-कभी पलकों के किनारों पर खुजलाहट भरी परतें उभर आती हैं जो सोते समय आपस में चिपक जाती हैं। पलकों को धीरे-धीरे हल्के गर्म पानी से धोना चाहिए और परतों को निकाल देना चाहिए। इसके बाद एक एन्टी-बायोटिक मलहम लगानी चाहिए। 'ब्लैफाराइटिस' (blephritis) नामक यह रोग व्यक्ति को बार-बार परेशान कर सकता है। कभी-कभी, इसके उपचार के लिए पलक पर कोई कॉस्ट्रायड्स लगाने की भी ज़रूरत पड़ सकती है।

जन्मजात प्टोसिस (Congenital ptosis)

इस अवस्था में ऊपर की पलक आँख पर झुकी रहती है, जो एक पारिवारिक दोष हो सकता है। इसे ठीक करने के लिए शल्य-क्रिया की ज़रूरत होती है। मामूली-प्टोसिस कोक बच्चे के स्कूल जाने की उम्र होने पर ठीक किया जाता है। लेकिन दृष्टि को प्रभावित करने वाले प्टोसिस को नेत्र-विशेषज्ञ से सलाह करके इससे पहले ही ठीक करवा लेना चाहिए।

रतौंधी (Night Blindness)

अँधेरे में ठीक से देख न पाना विटामिन-ए की न्यूनता का पहला संकेत हो सकता है। इसे विटामिन-ए से समृद्ध आहार और विटामिन-ए के सेवन से आसानी से दूर किया जा सकता है। लेकिन इसे नज़रअंदाज करने से आँखों को गम्भीर क्षति पहुँच सकती है, और स्थाई दृष्टिहीनता का खतरा पैदा हो सकता है। बच्चे को स्तनपान कराने से (बेहतर हो कि 2 वर्ष की उम्र तक) और उसके आहार में हरी पत्तों वालीं सब्जियाँ और लाल या पीले फल और सब्जियाँ शामिल करने से इस सम्भावना को टाला जा सकता है। इनमें से कुछ बच्चे गोल-कृमियों (round worm) से जुड़े लक्षण भी प्रदर्शित कर सकते हैं, जिसका इलाज किया जाना चाहिए।

डर लगना (Fears)

बच्चों को डर लगना बड़ी आम बात है, लेकिन बहुत गहरे और अतर्कपूर्ण डर — जिन्हें 'फोबिया' (phobias) कहा जाता है, बच्चे की सामान्य गतिविधियों को प्रभावित कर सकते हैं।

एक शिशु आमतौर से अपरिचित चेहरों, ऊँचे शोर, पशुओं, अँधेरे कमरे और पीड़ा से डरता है। 6 महीने का बच्चा परिचित और अपरिचित चेहरों में भेद कर सकता है, लेकिन अभी वह यह नहीं समझ पाता कि अपरिचित चेहरों

से उसे कोई खतरा नहीं है। लगभग 2 वर्ष की उम्र के बाद, अधिकांश बच्चे अपरिचित चेहरों को बिना किसी डर के स्वीकार करना शुरू कर देते हैं।

स्कूल जाने वाले बच्चों को मृत्यु, अँधेरे, पशुओं, ऊँची जगहों, आँधी-तूफान बिजली के कड़कने और अपहरणकर्ताओं से डर लगता है।

नियन्त्रण : इस बात का ध्यान रखें कि किसी को भी बच्चे के डर पर हँसना नहीं चाहिए, या उसका मजाक नहीं उड़ाना चाहिए। इसकी बजाय अपने डर से उबरने में उसकी मदद की जानी चाहिए। अँधेरी ज़गहों पर बच्चे का हाथ पकड़ लें। अगर उसे साँपों से डर लगता है तो पहले उसे साँपों की तसवीरें दिखाएँ। उसे किसी को ग़ैर-ज़हरीले साँप को अपने हाथ में पकड़े दिखाएँ। इसके बाद, बच्चा अगर चाहे तो, उसे खुद भी साँप को छूकर देखने दें।

गाँधीजी को उनकी नौकरानी ने सिखाया था कि उन्हें जब भी अँधेरे में डर लगे तो वे भगवान (राम) का नाम लेना शुरू कर दें। आप भी यही दृष्टिकोण अपना सकते हैं।

अगर आपका बच्चा 'फोबिक' है, तो किसी सलाहकार की मदद लेने पर विचार करें।

पाँव की समस्याएँ (Foot problmes)

सपाट पाँव (Flat foot)

आमतौर से पाँव में एक चाप (arch) होती है। अगर यह चाप दिखाई न दे तो बच्चे को सपाट पाँव वाला मान लिया जाता है। लेकिन शिशुओं के पाँवों की चाप आमतौर से चर्बी (वसा) की एक तह में छिपी रहती है। साथ ही, छोटे बच्चों के पाँवों की हड्डियाँ और जोड़ ज़्यादा लचीले होते हैं। इसलिए जब वे खड़े होते हैं, तो उनके पाँव सपाट दिखाई देते हैं, हालाँकि उन्हें पंजों के बल खड़ा करने पर उनकी चापों को आसानी से देखा जा सकता है।

'सपाट पाँवों' के लिए बहुत-से बच्चों को विशेष जूते दिए जाते हैं। इनमें से अधिकांश बच्चों के पाँव सामान्य होते हैं, और शैशव-काल (infancy) और स्कूल-पूर्व उम्र में 'सपाट' दिखाई भर देते हैं। लेकिन अगर 3 वर्ष की उम्र के बाद भी यह अवस्था बनी रहे तो किसी ओर्थोपीडिक (हड्डी-विशेषज्ञ) सर्जन की सलाह लेनी चाहिए।

कड़ा पाँव (Rigid foot)

कड़े या स्थिर पाँव के मामले में, जिसे टखने के जोड़ से नीचे या दाएँ-बाएँ नहीं हिलाया जा संकता, या पाँव में एड़ी की कंडरा (नस) बहुत सख्त होने

की स्थिति में आपका डॉक्टर किसी ओर्थोपीडिक सर्जन की मदद लेने की सलाह दे सकता है।

मुड़ा हुआ और फिरा हुआ पाँव (Toeing-in and club foot)

अगर बच्चे के पाँव अन्दर की तरह मुड़े हुए हैं, लेकिन टखने के जोड़ सामान्य ढंग से काम कर रहे हैं, तो किसी उपचार की ज़रूरत नहीं होती। इसका सम्बन्ध माँ के गर्भ में शिशु की किसी विशेष मुद्रा से हो सकता है। लगभग 6 महीने की उम्र के आसपास बच्चे के पाँव सामान्य हो जाते हैं। लेकिन अगर मुड़ापन ठीक नहीं होता है या उसमें कड़ापन नजर आता है, तो बच्चा फिरे हुए पाँव या 'क्लब-फुट' (Congenital talipes equinovarus) नामक अवस्था ग्रस्त हो सकता है। इसके लिए ओर्थोपीडिक सर्जन की सलाह की जरूरत होती है। इस तरह के बच्चों को बार-बार पलस्तर चढ़ाना पड़ता है और कुछ मामलों में शल्य-चिकित्सा भी की जाती है।

जूते (Shoes)

हालाँकि शहरी जीवन में जूते एक अनिवार्य बुराई हैं, लेकिन यह भी सच है कि नंगे पाँव रहने वालों के पाँव ज़्यादा मजबूत और लचीले होते हैं। उन्हें पाँवों से जुड़ी समस्याएँ भी कम झेलनी पड़ती हैं। इसलिए सुरक्षित और साफ जगहों पर अपने बच्चे को ज़्यादा-से-ज़्यादा नंगे पांव चलने और दौड़ने दें।

जब आपको जूते खरीदने हों तो चमक-दमक भरे और महँगे जूतों के पीछे न जाएँ। आखिर जूतों का उद्देश्य आपके बच्चे को चोट और सर्दी से बचाना है। इसमें कोई शक नहीं कि बच्चा बड़ा होगा तो 'स्मार्ट' दिखने वालें जूते पहनना पसन्द करेगा। उसे 'स्मार्ट' जूते जरूर खरीदकर दें, लेकिन साथ ही यह भी ध्यान रखें कि वे आरामदायक भी हों। जूते हमेशा दिन के उत्तरार्द्ध (दोपहर के बाद) में खरीदें, क्योंकि सुबह की अपेक्षा उस समय हमारे पाँव थोड़े ज़्यादा भारी होते हैं। जूता बच्चे के पाँव के सही माप से थोड़ा-सा बड़ा होना चाहिए, लेकिन इतना बड़ा भी नहीं कि चलते या दौड़ते समय वह उसके पाँव से बाहर निकल जाए। अगर जूता तंग हो जाए तो उसे पहनना छोड़ देना चाहिए।

जूते सपाट और लचीले होने चाहिए। किशोरों के लिए 'कुशन' वाले तले के जूते बेहतर रहते हैं। जहाँ तक सम्भव हो, ऊँची एड़ी के जूतों के प्रयोग से बचें। नुकीले जूतों की बजाय चौड़े जूते बेहतर रहते हैं। आपके बच्चे के लिए चमड़े या कैनवस के और बिना किसी प्लास्टिक के तत्व वाले जूते सबसे अच्छे हैं।

जर्मन खसरा / रुबेला (German Measles Rubella)

यह रोग स्कूल जाने वाले बच्चों में ज़्यादा पाया जाता है। बच्चा दाने उभरने से कुछ दिन पहले से लेकर इसके एक सप्ताह बाद तक इस संक्रमण को दूसरों तक फैला सकता है।

जर्मन खसरा एक गर्भवती स्त्री के लिए गम्भीर साबित हो सकता है। माँ बनने की उम्र वाली सभी स्त्रियों को इस रोग की जानकारी होनी चाहिए। अगर एक गर्भवती स्त्री इस रोग से ग्रस्त हो जाती है, तो उससे शिशु में कुछ शारीरिक विकृतियाँ पैदा होने की सम्भावना रहती है, खासकर अगर गर्भावस्था के पहले 3 महीनों में वह इस रोग से ग्रस्त हो जाए। क्योंकि ये विकृतियाँ गम्भीर प्रकार की हो सकती हैं (मस्तिष्क, आँखों और हृदय से सम्बन्धित), इसलिए सभी गर्भवती स्त्रियों को इस रोग से प्रभावित व्यक्ति से दूर रहना चाहिए।

अगर आप गर्भवती हैं और ऐसे व्यक्ति के सम्पर्क में आ चुकी हैं जिसे बुखार के साथ-साथ शरीर पर दानों की शिकायत है, और आप इस बात को लेकर निश्चित नहीं हैं कि वह जर्मन खसरे से ग्रस्त है, तो आपको अपने डॉक्टर से बात करनी चाहिए। वह आपके रक्त की जाँच का निर्देश दे सकता है। कभी-कभी रक्त-परीक्षण को दोहराना भी पड़ता है। अगर आपका डॉक्टर इस निष्कर्ष पर पहुँचता है कि आप जर्मन खसरे से ग्रस्त हो चुकी हैं, तो वह आपको गर्भपात करवाने की सलाह दे सकता है। जैसाकि पहले कहा जा चुका है, गर्भावस्था के पहले 3 महीनों में यह रोग शिशु के लिए ज़्यादा खतरनाक होता है। आप अपने पति और डॉक्टर से बात करके इस सम्बन्ध में कोई निर्णय ले सकती हैं।

लक्षण : आमतौर से जर्मन खसरा बुखार, दानों और गर्दन पर पीड़ाजनक गांठों के रूप में प्रकट होता है। बुखार बहुत तेज़ नहीं होता। दाने भी खसरे जितने गम्भीर नहीं होते। इस रोग का विशिष्ट लक्षण है कानों, गर्दन और सिर के पीछे की ग्रन्थियों के आकार में वृद्धि, जो किसी तरह के स्पर्श को लेकर बहुत ज़्यादा संवेदनशील होती है। यह रोग लगभग 5 दिनों तक रहता है। दाने चेहरे पर उभरने शुरू होते हैं और फिर नीचे के हिस्सों में फैलने लगते हैं। ये दाने दो-तीन दिन तक रहते हैं।

उपचार : इस रोग के लिए आमतौर से किसी उपचार की ज़रूरत नहीं होती। अगर बच्चा बुखार से परेशान है तो उसे पैरासिटामोल दी जा सकती है। सबसे ज़्यादा महत्वपूर्ण है बच्चे के बाहर निकलने पर अंकुश रखना, ताकि वह इस संक्रमण को किसी गर्भवती स्त्री तक न पहुँचा सके।

बचाव के उपाय : एम.एम.आर. का वैक्सिन (खसरा, कनफेड़/मंप्स, रूबेला/जर्मन खसरा के खिलाफ) उपलब्ध है। यह काफी असरदार भी है और एक वर्ष की उम्र के बाद दिया जा सकता। अगर आपके बच्चे को 9 महीने की उम्र में खसरा (measles) का वैक्सिन दिया गया है, तो एमएमआर का वैक्सिन उसे 15 महीने की उम्र के आसपास दिया जाना चाहिए। रूबेला का वैक्सिन यौवनारम्भ (puberty) की उम्र में फिर से दिया जा सकता है।

अगर माँ बनने की उम्र वाली एक स्त्री यह न जानते हुए कि वह गर्भवती है, रूबेला का वैक्सिन ले लेती है, तो उसे गर्भपात कराने की ज़रूरत नहीं होती। इस तरह के मामलों के अध्ययन के दौरान शिशुओं में किसी तरह की जन्मजात असामान्यताएं नहीं देखी गई हैं।

गर्दन और अन्य अंगों की गांठें
(Glands in the neck and Elsewhere)

लसीका ग्रन्थियाँ (गांठें) बुखार की तरह संक्रमण से लड़ने में हमारी मदद करती हैं।

लक्षण : छोटे बच्चों की गर्दन के पीछे या आगे, और वृषण (groin) और बगलों समेत शरीर के कुछ अन्य हिस्सों में छोटी-छोटी मटर के आकार की गांठें उभर आती हैं। ये गांठें पीड़ादायक या संवेदनशील नहीं होतीं। बच्चा अन्य हर दृष्टि से स्वस्थ दिखाई देता है। ये गांठें आकार में बढ़ती नहीं हैं, लेकिन उभरने के बाद बच्चे को कोई नुकसान पहुँचाए बिना महीनों तक रहती हैं। वे अक्सर सिर, बाहों या टाँगों के एक हल्के संक्रमण का हिस्सा होती हैं। आपका डॉक्टर सम्भवतः किसी भी जाँच का निर्देश नहीं देगा और आपको आश्वस्त करने की कोशिश करेगा। लेकिन अगर ये गांठें अचानक ही शरीर के अलग-अलग हिस्सों में उभरने लगती हैं, तो मामला गम्भीर हो सकता है, खासकर छोटे शिशुओं के मामले में, और खासकर अगर वह मुरझाया-सा और अस्वस्थ दिखाई देता है।

इसी तरह, किसी गांठ (या गांठों) के आकार में तेजी से वृद्धि होने, या बड़े मटर के आकार की या उससे भी बड़ी गांठ का आकार वैसा ही बना रहने की स्थिति में भी विशेष ध्यान देने की ज़रूरत होती है।

आम कारण

- सीमित कारण (Local Causes)
- सर्वांगी कारण (Systemic Illness)

सीमित कारण : किसी वाइरस या बैक्टीरिया जनित संक्रमण के कारण गले

में सूजन, या दाँतों और मसूड़ों का संक्रमण गर्दन के अगले हिस्से की ग्रन्थियों के आकार में वृद्धि का कारण बन सकता है। सिर के ऊपरी हिस्से में फोड़ों के रूप में खोपड़ी में संक्रमण या जुओं, रूसी (dandruff) या छोटी माता के कारण बार-बार खुजलाने से पैदा हुए संक्रमण के कारण गर्दन के पीछे की ग्रन्थियाँ फूल सकती हैं। इसके अलावा, जर्मन खसरा जैसे किसी वाइरल संक्रमण के कारण भी इस क्षेत्र में छोटी और संवेदनशील गांठें, और ग्रन्थियों के बुखार (glandular fever) के कारण बड़ी और असंवेदनशील गांठें उभर सकती हैं।

बगलों और वृषण (groin) की गांठों के पीछे कोई चोट, फोड़ा, बिल्ली के पंजे का घाव या छोटी माता जैसे सीमित कारण हो सकते हैं।

हंसली (Collar Bone) के ठीक ऊपर की गांठ को बहुत गम्भीरता से लेना चाहिए। इसके पीछे फेफड़ों का कोई संक्रमण, या कुछ दुर्लभ मामलों में छाती का ट्यूमर हो सकता है। कभी-कभी बी.सी.जी. के टीके के बाद भी ऐसा हो सकता है।

इसके अलावा, क्षयरोग भी शरीर के विभिन्न हिस्सों की ग्रन्थियों के फूलने के रूप में प्रकट हो सकता है। क्षयरोग में ग्रन्थियों के आकार में काफी ज़्यादा वृद्धि हो जाती है। फूली हुई ग्रन्थियाँ अकसर ऊपर स्थित त्वचा के साथ चिपक जाती हैं। कभी-कभी एक ही जगह पर एक से ज़्यादा ग्रन्थियों के आकार में वृद्धि हो सकती है। ये ग्रन्थियाँ एक-दूसरे से चिपकी हुई प्रतीत हो सकती हैं।

सर्वांगी-कारण

जर्मन खसरा या ग्रन्थियों के बुखार से पैदा होने वाले दानों के साथ-साथ कोई वाइरल संक्रमण शरीर के विभिन्न हिस्सों में ग्रन्थियों के बढ़ने का कारण बन सकता है। क्षयरोग एक सीमित ग्रन्थीय सूजन के रूप में या एक अपेक्षाकृत अधिक फैलाव वाले रोग के रूप में प्रकट हो सकता है।

दुर्लभ कारण

किसी खत्म न होने वाली गांठ के पीछे कैंसर सम्बन्धी दोषों (ल्यूकेमिया और लिम्फोमस) या एड्स जैसे संक्रमणों का हाथ होने की भी सम्भावना रहती है — खासकर अगर इसके साथ अकारण बुखार, गम्भीर एनीमिया, हड्डियों की अति-कोमलता और शरीर के किसी हिस्से से रक्त-स्राव जैसे लक्षण भी जुड़े हुए हों।

नियन्त्रण : ग्रन्थियों में किसी निरन्तर या महत्वपूर्ण वृद्धि की स्थिति में आपका डॉक्टर रक्त-परीक्षण, त्वचा-परीक्षण (Mantoux test) और छाती के एक्स-रे

का निर्देश देगा। ज़रूरत होने पर पेट की अल्ट्रा-सोनोग्राफी भी की जा सकती है। अगर किसी निश्चित कारण का पता नहीं चलता, तो ग्रन्थि की बायोपसी (जीव-परीक्षा) करने की ज़रूरत पड़ सकती है।

सीमित (local) कारणों या वाइरल संक्रमणों से पैदा होने वाली गांठें अपने-आप ठीक हो जाती हैं। कभी-कभी किसी सीमित कारण के उपचार के लिए एन्टी-बायोटिकों की ज़रूरत पड़ सकती है। कभी-कभी, गांठ के ऊपर की चमड़ी के लाल पड़ने के साथ-साथ उसमें सख्त जलन भी हो सकती है। यह काफी पीड़ादायक होती है और बच्चे को बुखार भी चढ़ सकता है। एन्टी-बायोटिकों के साथ-साथ इन बच्चों को गर्म पानी की टकोर (सेंकाई) और कुछ मामलों में शल्य-चिकित्सा भी भी ज़रूरत पड़ सकती है।

सरदर्द (Headache)

सरदर्द एक गम्भीर रोग हो सकता है, अगर

- बच्चे को बिना किसी प्रत्यक्ष कारण या सिर की चोट के बाद लगातार सरदर्द होता रहता है।
- सरदर्द के साथ उल्टियों, भेंगेपन, सन्तुलन या सुधबुध खो बैठने की शिकायत भी रहती है।
- सरदर्द के बाद दौरे (Convulsions) पड़ते हैं या बेहोशी छा जाती है।
- सरदर्द की शुरूआत बहुत तेज़ दर्द से होती है।
- सरदर्द के स्वरूप और अवधि में परिवर्तन आ गया है।

लक्षण : बड़ा बच्चा आपको बता सकता है कि उसके सिर में दर्द है, जबकि छोटी उम्र का बच्चा चिड़चिड़ेपन का प्रदर्शन करेगा या अपने सिर को बार-बार पटकेगा। हालाँकि कभी-कभी स्वभावगत् भी कोई नन्हा बच्चा अपने सिर को पटक सकता है।

आम संक्रमण

वाइरस या बैक्टीरिया जनित संक्रमण भी सरदर्द पैदा कर सकते हैं। आमतौर से इसके साथ बच्चे को बुखार और शरीर दर्द भी होता है। पैरासिटामोल इस तरह के सरदर्द से लगभग दो घण्टे के लिए राहत पहुँचा देती है, और इस बीच बच्चा इस संक्रमण से उबर जाता है। यह एक वाइरस-जनित सर्दी का मामला भी हो सकता है, जिसमें बच्चे की नाक बहती रहती है; या फिर विकट टॉन्सिलाइटिस जैसा बैक्टीरीया-जनित संक्रमण भी।

साइको-जीनिक कारण और थकान

अनावश्यक मानसिक बोझ, नींद की कमी और भावनात्मक परेशानियों से गुजर रहे स्कूल जाने वाले बच्चे अकसर सरदर्द के शिकार हों सकते हैं।

आँखों पर दबाव

दिन ढलने पर सरदर्द की शिकायत करते रहने वाले बच्चे की आँखों की जाँच की ज़रूरत होती है।

साइनस का संक्रमण

साइनस के निरन्तर संक्रमण से प्रभावित बच्चों को (नाक के पास की हड्डियों में मौजूद गड्ढों को 'साइनस' कहते हैं) सोकर उठने के बाद सरदर्द महसूस होता है।

माइग्रेन

बार-बार एक ही तरीके से होने वाले सरदर्द आमतौर से मस्तिष्क के ट्यूमर जैसे गम्भीर कारणों से नहीं होते। ऐसा ही एक उदाहरण है 'माइग्रेन' नामक एक अपेक्षाकृत कम गम्भीर अवस्था।

अगर परिवार में माइग्रेन की आम शिकायत रही है, तो इस पर विशेष ध्यान देना जरूरी है। माइग्रेन में जहाँ वयस्कों को अकसर आधे सिर के दर्द की शिकायत रहती है, वहीं बच्चों को इस अवस्था में पूरे सिर में दर्द हो सकता है। माइग्रेन को बढ़ावा देने वाले प्रमुख कारणों में मानसिक बोझ (Stress), बहुत तेज धूप, पनीर, चॉकलेट, बहुत ज़्यादा ठण्डी चीजें (ठण्डे पेय, आइसक्रीम) और गिरियाँ शामिल हैं। सरदर्द के दौरों के साथ अक्सर चक्कर या उल्टी आने की शिकायत भी हो सकती है। दो दौरों के बीच की अवधि में बच्चा पूरी तरह से सामान्य महसूस करता है।

कुछ बच्चों में माइग्रेन ऑरा (aura) भी पाया जाता है (जो माइग्रेन के प्रहार से पहले की स्थिति होती है), जिसमें सरदर्द महसूस नहीं होता। इस अवस्था में बच्चे को दृष्टि-दोष की शिकायत हो सकती है। उसे वस्तुओं की छवियाँ बिगड़ी हुई और बड़ी चीजें छोटी दिखाई दे सकती हैं (micropsia), या उसे तेज रोशनियाँ या बिगड़ी हुई शारीरिक छवियाँ (एलिस इन वण्डरलैंड सिंड्रोम) दिखाई दे सकती हैं। इस तरह के मामलों में बच्चे का 'पॉजिटिव' व्यक्तिगत इतिहास या 'क्लासिकल माइग्रेन' का पारिवारिक इतिहास रोग के निश्चित निर्धारण की तरफ ले जा सकता है।

सिर की चोट

सिर की चोट के इतिहास के बाद लगातार सरदर्द होते रहने को नजरअंदाज नहीं करना चाहिए। सिर की हल्की चोट के बाद उल्टियों की शिकायत को माइग्रेन से जोड़कर देखा जाता है। लेकिन बार-बार सरदर्द या उल्टियाँ होते रहना सिर की चोट से सम्बन्धित हो सकता है।

मेनिन्जाइटिस

बुखार के साथ-साथ एक तरह टकटकी लगाए देखते रहना या पूरी सुध-बुध न होना मेनिन्जाइटिस की सम्भावना को दर्शाता है। एक छोटे शिशु का अगला फॉन्टनेल (सिर का नर्म हिस्सा) बहुत ज़्यादा उभरा हुआ दिखाई दे सकता है। मेनिन्जाइटिस के अधिकांश मामलों में गर्दन भी अकड़ जाती है।

मस्तिष्क का ट्यूमर

दिन-रात लगातार होने वाला सरदर्द ब्रेन-ट्यूमर के कारण हो सकता है। इसके अन्य संकेतों में बार-बार उल्टियाँ होते रहना, सन्तुलन खो बैठना, दौरे और पूरी सुध-बुध न होना जैसे लक्षण शामिल हैं।

माइग्रेन में होने वाले सरदर्द से पहले भी दृष्टि धुंधली होने और उल्टियों की शिकायत हो सकती है। इसे ब्रेन-ट्यूमर के साथ जोड़कर नहीं देखना चाहिए।

उच्च रक्त चाप

यह सरदर्द का एक दुर्लभ कारण है।

उपचार : सरदर्द के आम मामलों में बच्चे को अपनी गोद में लिटा लें और धीरे-धीरे उसका सिर दबाएँ। अगर उसे एतराज नहीं है तो उसकी कनपटियों (tenples) पर थोड़ी-सी बाम मल दें। आप उसे पैरासिटामोल भी दे सकती हैं। लेकिन माइग्रेन से होने वाले सरदर्द में पैरासिटामोल की अपेक्षा ब्यूप्रोफेन ज़्यादा प्रभावी पाई गई है।

सरदर्द से जुड़े भावनात्मक पहलुओं पर ध्यान दें। बच्चे को नियमित समय पर भोजन दें। भूख इस समस्या को और बढ़ा सकती है। बच्चे के सोने के घण्टों का भी ध्यान रखें। माइग्रेन से लड़ने में व्यायाम भी काफी असरदार पाया गया है। इससे मस्तिष्क को पहुँचने वाले रक्त के प्रवाह में तेजी आती है, पीड़ा को दबाने वाले मस्तिष्कीय रसायनों को (रक्त का स्तर बढ़ने के कारण) मदद मिलती है, और व्यक्ति में अपने-आपको तरोताजा और स्वस्थ महसूस करने की भावना का संचार होता है। लेकिन अचानक और थका देने वाले व्यायामों से बचना चाहिए। इनसे उल्टे सरदर्द के प्रहार को बढ़ावा मिल सकता है।

बुखार से जुड़े सरदर्द के लिए पैरासिटामोल के साथ-साथ संक्रमण का उपचार करने वाली दवाएँ (अगर उनकी ज़रूरत है तो) काफी हैं।

सरदर्द की बार-बार शिकायत होने पर, खासकर अगर इसके साथ उपरोक्त चिन्ताजनक लक्षण भी जुड़े हुए हों, अपने बच्चे को बिना देर किए डॉक्टर के पास ले जाएँ, ताकि शुरुआती चरण में ही रोग का सही निर्धारण किया जा सके।

सिर की चोट (Head injury)

हालाँकि बच्चे के सिर पर चोट लगने से आपका चिन्तित होना स्वाभाविक है, लेकिन सिर की ज़्यादातर चोटें (कई बार गम्भीर प्रतीत होने वाली चोटें भी) बिना किसी बड़ी परेशानी के ठीक हो जाती हैं।

फिर भी, सिर की चोट के बाद बच्चे का ध्यान से निरीक्षण करना ज़रूरी है। अगर वह ठीक-ठाक और सामान्य दिखाई दे रहा है, तो चिन्ता करने की ज़रूरत नहीं है।

अगर दुर्घटना के 48 घण्टे बाद भी आपका बच्चा सामान्य है, तो फिर समझ लीजिए कि खतरा टल गया है। शायद यह दुर्घटना उसे भविष्य के लिए एक पाठ सिखाने के लिए थी। फिर भी, दुर्घटना का दिन और समय बच्चे की फाइल या डायरी में नोट कर लें, ताकि भविष्य में किसी सन्दर्भ में इसकी ज़रूरत पड़ने पर आप डॉक्टर को सही जानकारी दे सकें।

निम्नलिखित अवस्थाओं में आपको डॉक्टर से सम्पर्क करना चाहिए :

- बार-बार उल्टियाँ होना
- सजगता (alertness) की निरन्तर कमी मदहोशी (drowsiness) या बेहोशी
- शरीर के किसी अंग को हिला पाने में असमर्थता
- अस्थिर चाल (अपने कदमों पर मजबूती से खड़ा न हो पाना)
- पीठ में लगातार दर्द
- दौरे (Convulsions)
- भेंगेपन या दोहरा दिखाई देने जैसा कोई दृष्टि-दोष
- सांस लेने में कठिनाई
- नाक या कान से खून बहना

धक्का बनाम दबाव (Concussion versus Compression)

'कन्कशन' नामक अवस्था में सिर में भारी चोट लगने के बाद पूरा मस्तिष्क हिल जाता है। बच्चा कुछ समय के लिए बेहोश हो जाता है, लेकिन फिर कुछ ही मिनटों में सामान्य हो जाता है। उसे हल्के सरदर्द, चक्कर आने, मितली

और एक-दो बार उल्टियों की शिकायत भी हो सकती है। इस तरह के मामलों में चिन्ता करने की ज़रूरत नहीं होती। दूसरी तरफ, मस्तिष्क का 'कम्प्रेशन' एक गम्भीर स्थिति हो सकती है। असली समस्या तब पैदा होती है जब मस्तिष्क पर सूजन आ जाए, और खोपड़ी और मस्तिष्क के बीच रक्त-स्राव के कारण मस्तिष्क दब जाए। ऐसा होने पर ऊपर लिखे गए चिन्ताजनक लक्षण प्रकट हो सकते हैं। अगर आपको अपने बच्चे की हालत चिन्ताजनक लगे तो तुरन्त अपने डॉक्टर से सम्पर्क करें, या बच्चे को नज़दीक के अस्पताल के कैजुअल्टी-विभाग में ले जाएँ

प्राथमिक उपचार

डॉक्टर के आने तक बाहरी चोट पर ध्यान दें। अगर आपको सिर पर गोला दिखाई दे रहा है, तो यह खोपड़ी और मस्तिष्क के बीच रक्त-स्राव के कारण है। एक छोटे तौलिए या कपड़े में बर्फ भरकर और उसे इस गोले पर रखकर बहुत हल्के-हल्के दबाते रहें। अगर सिर की खोल कोई चीरा आ गया है, तो इसका उपचार करें। अगर आपको सन्देह है कि बच्चे की गर्दन में भी चोट आई है। तो उसे हिलाएँ नहीं। डॉक्टर और एम्बुलेंस की प्रतीक्षा करें और उन्हें सुरक्षित ढंग से बच्चे को उठाकर अस्पताल ले जाने दें। गर्दन की चोट लगने पर बच्चे को लापरवाही से उठाने से उसकी रीढ़ की हड्डी को गम्भीर क्षति पहुँच सकंती है।

अस्पताल-चिकित्सा और परीक्षण

अपने डॉक्टर को फैसला करने दें कि क्या खोपड़ी या मस्तिष्क का एक्स-रे लेना जरूरी है। अगर एक छोटे शिशु का अगला फॉन्टनेल (सिर का नर्म हिस्सा) खुला हुआ है तो डॉक्टर सिर की सोनोग्राफी का निर्देश दे सकता है। सिर की चोटों के ज़्यादातर मामलों में न तो अस्पताल में भर्ती होने की ज़रूरत होती है और न एक्स-रे की। सिर्फ एक-दो दिन तक घर में या अस्पताल में बच्चे पर नज़र रखने और डॉक्टर द्वारा उसकी जाँच की ज़रूरत होती है। लेकिन अगर बच्चे में उपरोक्त लक्षणों में से एक या अधिक लक्षण दिखाई देते हैं, तो जरा भी देर किए बिना डॉक्टर की सलाह के अनुसार ज़रूरी कदम उठाने चाहिए।

बच्चे को जोर से न हिलाएं

यहाँ यह उल्लेख करना उपयुक्त होगा कि बच्चे को ज़ोर-ज़ोर से हिलाने से उसके मस्तिष्क और आँखों को चोट लगने की सम्भावना (भले ही बहुत दुर्लभ मामलों में) रहती है। ऐसी स्थिति तक पैदा होती है जब एक छोटा बच्चा

लगातार रो रहा हो, और उसका पिता या माँ गुस्से के कारण उसे जोर से पकड़कर झकझोर दे। अगर बच्चा ज़्यादा तंग करता है, तो उसकी देखभाल की ज़िम्मेदारी अपने जीवन-साथी, परिवार और मित्रों के साथ बांट लेनी चाहिए, बजाय गुस्से में कोई ऐसा कदम उठा लेने से जिसके लिए बाद में आपको पछताना पड़े।

हेपेटाइटिस (Hepatitis)

हेपेटाइटिस या जिगर (liver) में जलन के पीछे वाइरसों का हाथ होता है (हिपेटाइटिस — ए, .बी, सी और ई वाइरस)।

कारण : हेपेटाइटिस ए और ई मुख-मार्ग के माध्यम से संक्रमण के कारण होते हैं। दूसरे दो हेपेटाइटिस संक्रमणित सुई या रक्त और यौन-सम्बन्धों के कारण फैलते हैं। हेपेटाइटिस-बी से ग्रस्त माँ प्लासेंट (अपरा) के मध्यम से यह रोग अपने नवजात शिशु को भी दे सकती है। गोदना (tattooing) और कान-छेदन से भी व्यक्ति हेपेटाइटिस-बी वाइरस के संक्रमण का शिकार हो सकता है।

लक्षण : इस रोग की शुरूआत भूख मरने और उल्टियों से होती है। बुखार हो भी सकता है और नहीं भी। इसके बाद बच्चे का पेशाब बहुत गहरे रंग का हो जाता है और आँखें पीली हो जाती हैं। पीलिया (jaundice) बढ़ने लगता है और शरीर का रंग भी पीला पड़ने लगता है। रोग की शुरूआत के लगभग दो सप्ताह बाद भूख लौटने लगती है और पेशाब का रंग भी हल्का पड़ने लगता है। लगभग तीन सप्ताह की कुल अवधि के बाद बच्चा आमतौर से ठीक हो जाता है।

आपका डॉक्टर पेशाब की जाँच का निर्देश दे सकता है। हेपेटाइटिस-बी की सम्भावना को निरस्त करने से लिए रक्त की जाँच भी की जा सकती है।

हेपेटाइटिस ए और ई में आमतौर से परेशानियाँ नहीं आतीं। लेकिन हेपेटाइटिस बी और सी जिगर के काम न करने (liver failure) या निरन्तर संक्रमण या जिगर के कर्कट-रोग (Carcinoma) का कारण बन सकते हैं।

उपचार : हेपेटाइटिस का कोई निश्चित उपचार नहीं है। पीलिया के उतरने और भूख के सामान्य होने तक बच्चे को घर पर आराम करना चाहिए।

कुछ डॉक्टर खाने-पीने के मामले में अनावश्यक परहेज बरतने के लिए कहते हैं। मेरा अपना मानना है कि अगर बच्चे को उसकी पसन्द का भोजन दिया जाए, तो वह जल्दी ठीक होता है। इस तरह का बच्चा कमजोरी भी कम महसूस करता है। अगर बच्चे को भूख नहीं लगती तो उसे फल और चावलों के व्यंजन खाने के लिए प्रोत्साहित करें। अगर उसे उल्टियाँ आती हैं, तो उसे थोड़ी-थोड़ी देर बाद थोड़ा-थोड़ा आहार दें। उल्टियाँ रोकने के लिए दवा नहीं

लेनी चाहिए। बहुत ज़्यादा उल्टियाँ होने की स्थिति में बच्चे को अन्तःशिरा तरल (intravenous fluids) देने की ज़रूरत पड़ सकती है।

इस रोग में गन्ने का रस जरूरी नहीं है। बल्कि बाहर से खरीदने पर यह नए संक्रमणों का माध्यम बन सकता है। अगर आप गन्ने को लेकर बहुत ज़्यादा उत्साहित हैं तो बच्चे को गन्ना (या उसकी गंडेरियाँ) चूसने दें। इसी तरह, ग्लूकोज़-युक्त पेय भी जरूरी नहीं हैं।

बुखार होने की स्थिति में दवा के प्रयोग से बचें। पैरासिटामोल जैसी सामान्य और सुरक्षित दवा भी जिगर के लिए हानिकारण हो सकती है। बच्चे के शरीर को गुनगुने गर्म पानी से पोंछते रहना (स्पंज करते रहना) एक बेहतर विकल्प है। लिवर-टॉनिकों की भी ज़रूरत नहीं है। इनकी बजाय बच्चे को एक महीने तक विटामिन-बी कॉम्पलैक्स देना बेहतर है।

अगर बच्चे को खुजलाहट महसूस होती है, तो उसकी चमड़ी पर कैलामाइन-लोशन मलें। आपका डॉक्टर मुँह से लेने वाली कुछ दवाइयाँ भी लिख सकता है।

हाइड्रो-सेफ्लस (Hydrocephalus)

'हाइड्रोसेफ्लस' एक ऐसी अवस्था को कहते हैं जिसमें मस्तिष्क के भीतर सेरिब्रो-स्पाइनल तरल असामान्य रूप से इकट्ठे हो जाते हैं।

लक्षण : अगर बच्चे का सिर अपने हम उम्र साथियों से काफी बड़ा दिखाई देता है, तो इस अवस्था का सन्देह किया जा सकता है। लेकिन यह बात ध्यान में रखें कि कुछ बच्चों का सिर बड़ा होता है, जो एक सामान्य बात है। अगर आप सन्देह की स्थिति में हों तो डॉक्टर की सलाह ले लेना बेहतर है।

नियन्त्रण : बच्चे की जाँच करने के बाद डॉक्टर थोड़े-थोड़े अन्तराल के बाद उसके सिर की परिधि का माप ले सकता है, यह देखने के लिए कि क्या इसकी बढ़त सामान्य से ज़्यादा है। अगर ऐसा है, तो वह बच्चे की पूरी जाँच-पड़ताल का परामर्श दे सकता है। सिर की सोनोग्राफी या सी.टी. स्कैन से हाइड्रोसेफ्लस का निर्धारण या निरस्तिकरण हो सकता है।

शल्य-चिकित्सा के बाद बच्चा एक सामान्य जीवन जी सकता है। लेकिन उपचार न होने की स्थिति में बच्चा दौरों या मानसिक क्षीणता का शिकार हो सकता है। कुछ मामलों में यह अवस्था स्वाभाविक रूप से भी रुक सकती है।

पीलिया (Jaundice)

ज़्यादातर बच्चे पीलिया से ग्रस्त होने के बाद बिना किसी परेशानी के ठीक हो जाते हैं, लेकिन कुछ बच्चों पर विशेष ध्यान देने की ज़रूरत पड़ सकती है।

निम्नलिखित स्थितियों को डॉक्टर बहुत चिन्ताजनक दृष्टि से देखते हैं —

- जन्म के 24 घण्टों के भीतर पीलिया का प्रहार
- एक ऐसा पीलिया-ग्रस्त बच्चा जो असमान्य रूप से अस्वस्थ, उनींदा और एनेमिक (रक्त-अल्पता का शिकार) दिखाई देता है, या जिसके व्यवहार में बदलाव आ गया है, या जो रक्त-स्राव की प्रवृत्ति, शारीरिक सूजन या लगातार उल्टियों और डी-हाइड्रेशन का शिकार है।

नवजात शिशु में फिजियोलॉजिकल पीलिया

पीलिया से ग्रस्त ज़्यादातर शिशु सामान्य या फिजियोलॉजिकल (शरीर-विज्ञान सम्बन्धी) पीलिया से ग्रस्त माने जाते हैं। यह पीलिया आमतौर से जन्म के 30 घण्टे बाद प्रकट होता है, और धीरे-धीरे बढ़ने के बाद 10वें दिन खत्म हो जाता है। इसके पीछे शिशु के जिगर की अपरिपक्वता होती है। आमतौर से बच्चे को किसी उपचार की ज़रूरत नहीं होती। अगर पीलिया ज़्यादा गम्भीर है, तो डॉक्टर किसी संक्रमण या थाइरॉयड-न्यूनता या ग्लेक्टोज़ीमिया (मेटाबोलिज़्म का एक जन्मजात दोष) जैसी दुर्लभ सम्भावनाओं को निरस्त करने के लिए जाँच के निर्देश दे सकता है। ग्लेक्टोज़ीमिया से ग्रस्त शिशुओं में ग्लोक्टोज़ के प्रति असहिष्णुता (intolerance) होती है। दूध में मौजूद लेक्टोज़ में दो तरह की शर्कराओं में से एक को ग्लोक्टोज़ कहते हैं।

पीलिया का स्तर जानने के लिए 'सेरम बिलिरूबिन' (लाल रक्त-कोशिकाओं के विभाजन से पैदा होने वाला पीला रंग द्रव्य) का स्तर जाँचा जाता है। फिजियोलॉजिकल पीलिया में यह स्तर आमतौर से 20 मि.ग्रा/डे.ली. भी पहुँच सकता है।

ऊँचे स्तर वाले मामलों में डॉक्टर हीमोग्लोबिन के स्तर की जाँच करवा सकता है, और इसके बाद एक बार फिर बिलिरूबिन का परीक्षण करवा सकता है। बिलिरूबिन का स्तर प्रति घण्टे 0.5 मि.ग्रा./डे.ली. या इससे अधिक बढ़ने की स्थिति में, या हीमोग्लोबिन का स्तर गिरने की स्थिति में बच्चे को चिकित्सीय मदद देने की ज़रूरत पड़ सकती है। बिना किसी कठिनाई के और सामान्य ढंग से पैदा होने वाले बच्चे आमतौर से सुरक्षित माने जाते हैं, जबकि समय-पूर्व पैदा होने वाले बच्चों या शरीर में ऑक्सीजन की कमी, रक्त-शर्करा की अल्पता या अम्लीय तत्वों के जमाव (acidoses) वाले बच्चों पर अतिरिक्त ध्यान देने की ज़रूरत पड़ सकती है।

पीलिया-ग्रस्त कुछ शिशु ऊँघते रहते हैं और ठीक से या ज़्यादा बार स्तनपान नहीं कर पाते।

नियन्त्रण : शिशु को कई बार स्तनपान कराना पीलिया की सम्भावना को कम करने और उसके सही उपचार का सबसे अच्छा तरीका है। शिशु के शुरू के दिनों के मल में बिलिरूबिन काफी बड़ी मात्रा में मेकोनियम में मौजूद रहता है। अगर यह मेकोनियम मल के रूप में शरीर से बाहर न निकल जाए, तो बिलिरूबिन शिशु की शारीरिक प्रणाली में वापस चला जाता है। कोलोस्ट्रन (स्तनों का शुरू का दूध) मेकोनियम को शरीर से बाहर निकालने में और परिणामस्वरूप पीलिया की सम्भावना को दूर रखने में मदद करता है। अगर आपके शिशु को पर्याप्त मात्रा में आपका दूध मिल रहा है, तो यह शुरू के पीलिया से उबरने में भी उसकी मदद करता है। ग्लूकोज-वॉटर या सादा पानी बच्चे की बिल्कुल भी मदद नहीं करते। उल्टे ये स्तनपान में बाधा पहुँचाकर पीलिया के खतरे को और बढ़ा देते हैं।

पीलिया-ग्रस्त शिशु की मदद करने का सबसे अच्छा तरीका यही है कि आप थोड़ी-थोड़ी देर बाद उसे अपना दूध पिलाती रहें, जब भी उसे भूख लगे, भले ही दिन हो या रात। अगर वह ऊँघता रहता है तो हर 2 घण्टे बाद उसे जगाने की कोशिश करें। अगर वह स्तनों को चूसने का इच्छुक नहीं है तो अपने डॉक्टर से बात करें। वह आपको स्तनों के दूध को हाथ से निकालकर एक छोटे गिलास या बोंडले (पलादाई) की मदद से शिशु को पिलाने की सलाह दे सकता है। ऐसा हर 3 घण्टे बाद करें।

नवजात शिशु को देर से प्रभावित करने वाला पीलिया

कभी-कभी, एक पूरी तरह से स्वस्थ शिशु जन्म के एक सप्ताह बाद पीलिया की चपेट में आ जाता है, जो 3 से 10 सप्ताह तक रह सकता है। कई बार यह लम्बा खिंचने वाला पीलिया ज़्यादा गम्भीर नहीं होता, और इसके पीछे माँ के दूध में मौजूद कुछ हानिरहित तत्व होते हैं। इसीलिए इस पीलिया को 'ब्रेस्ट-मिल्क जॉन्डिस' भी कहा जाता है। यह अगले बच्चे को भी हो सकता है। लेकिन यह बच्चे को कोई नुकसान नहीं पहुँचाता और अपने आप ही ठीक हो जाता है। शिशु पहले की तरह ही अच्छी तरह से दूध पीता रहता है और उसका वज़न भी बढ़ता रहता है। अगर पीलिया ज़्यादा गम्भीर हो, खासकर अगर शिशु अस्वस्थ दिखाई देता हो, तो आपका डॉक्टर किसी दूसरी तरह के पीलिया की सम्भावना की जाँच कर सकता है।

उपचार : डॉक्टर अस्थाई तौर पर स्तनपान बन्द करने की सलाह दे सकता है, ताकि देर से शुरू होने वाले पीलिया का निश्चित निर्धारण किया जा सके। इससे स्तरों में तेज़ी से गिरावट आ सकती है, लेकिन इस सुझाव को आसानी

से स्वीकार न करें। इस तरह की स्थिति में आपके पास निम्नलिखित विकल्प होते हैं —

- स्तनों का दूध हाथ से निकालकर उबाल लें, और इसे बोंडला (पलादाई) की मदद से शिशु को पिलाएँ।[5] उबालने से दूध में मौजूद बिलिरूबिन का स्तर कम हो जाता है।
- 12 से 48 घण्टों के लिए स्तनपान अस्थाई रूप से बन्द कर दें। शिशु को किसी दूसरी एचआईवी — नेगेटिव माँ का या स्तनों के दूध के बैंक में उपलब्ध दूध पिलाएँ। इस बीच अपना दूध हाथ से निकाल कर फेंकते रहें।
- 24 से 48 घण्टों के लिए शिशु को एक बार माँ का और एक बार कृत्रिम दूध (माँ के दूध के अलावा अन्य सभी दूध) पिलाते रहें। चिन्तित अभिभावकों के लिए यह सबसे अच्छा विकल्प है।
- सामान्य रूप से स्तनपान कराते रहें और साथ-साथ फोटो-थेरपी (light-therapy) दें।
- 12 से 48 घण्टों के लिए स्तनपान बन्द कर दें और शिशु को सिर्फ कृत्रिम दूध देकर बिलिरूबिन और पीलिया के स्तरों में गिरावट पर नज़र रखें।

12 से 48 घण्टों का समय पूरा होते ही आपको शिशु को सामान्य रूप से स्तनपान कराना शुरू कर देना चाहिए।

बिलीरूबिन के बहुत ऊँचे स्तर से नवजात शिशु के मस्तिष्क को क्षति पहुँच सकती है। लेकिन देर से प्रहार करने वाले पीलिया के कारण इस तरह की क्षति की अभी तक कोई खबर नहीं मिली है।

आपको यह अहसास होना जरूरी है कि भले ही शिशु को उपचार (आमतौर से लाइट-थेरपी) की ज़रूरत हो, आपको उसे सामान्य रूप से स्तनपान कराते रहना चाहिए।

लाइट-थेरपी

प्रकाश या लाइट थेरपी (फोटो-थेरपी) इस सिद्धान्त पर आधारित है कि त्वचा को नीली या फ्लोरोसेन्ट ट्यूब या सूर्य का प्रकाश मिलने से बिलिरूबिन पर इस तरह का प्रभाव पड़ता है कि उसका शरीर से बाहर निकलना आसान हो जाता है।

शिशु को बिना कपड़ों के प्रकाश में रखा जाता है। उसकी आँखें ढंक दी जाती हैं, ताकि उन्हें कोई क्षति न पहुँचे। प्रकाश को शिशु से लगभग

---

5 ब्रेस्ट मिल्क बैंक, द्वारा-प्रमुख, नियोनेटोलॉजी विभाग, लोकमान्य तिलक म्युनिसिपल मेडिकल कॉलेज, सायन, मुम्बई — 400022

45 सेमी. की दूरी पर रखा जाता है। अगर आप अपने शिशु से अलग होना नहीं चाहती तो यह व्यवस्था अस्पताल या नर्सिंग-होम में आपके कम्रे में भी की जा सकती है। अगर यह सम्भव नहीं है, तो आपको उस कमरे में जाते रहना चाहिए, जहाँ शिशु को रखा गया है और उसे भूख लगने पर अपना दूध पिलाते रहना चाहिए। दूध पिलाते समय उसकी आँखों का आवरण हटा दें।

कुछ शिशुओं को प्रकाश-थेरपी के कारण दस्त लग सकते हैं। यह पूरी तरह से सामान्य है। कुछ अन्य शिशुओं में चिड़चिड़ापन आ सकता है, तो कुछ शरीर में पानी की कमी हो जाने के कारण तथाकथित 'डी-हाइड्रेशन बुखार' से ग्रस्त हो सकते हैं। इसे देखते हुए आप शिशु को पानी पिलाने के प्रलोभन में आ सकती हैं। इससे बचने की कोशिश करें। अधिकांश मामलों में, शिशु को थोड़ी-थोड़ी देर बाद दूध पिलाते रहने से इस स्थिति से निबटा जा सकता है।

सूर्य के प्रकाश के लिए खिड़कियों के पर्दे हटा दें। लेकिन यह याद रखें कि सूर्य का सीधा प्रकाश 'सनबर्न। पैदा कर सकता है। फिर भी प्रतिदिन 10 मिनट के लिए शिशु को सूर्य के सीधे प्रकाश में रखना अच्छा है, जब भी और जहाँ भी यह सम्भव हो। इससे शिशु की त्वचा में मौजूद विटामिन-डी समर्थक तत्वों को विटामिन-डी में बदलने में भी मदद मिलती है।

रक्त-ग्रुप की असंगति के कारण पीलिया

माँ और भ्रूण (foetus) के बीच आरएच असंगति (in compatibility) और एबीओ असंगति नवजात शिशु में पीलिया का कारण बन सकती है।

गर्भावस्था के दौरान आपकी डॉक्टर आपके रक्त की जाँच करके यह निश्चित करेगी कि आप आर एच-नेगेटिव हैं। अगर ऐसा है तो आपके शिशु में पीलिया के प्रकट होने पर और उसके विलिरूबिन और हीमोग्लोबिन के स्तरों पर खास नज़र रखी जाएगी। आपकी डॉक्टर प्रसव के बाद 24 से 72 घण्टों के भीतर आपको एक विशेष इन्जेक्शन भी दे सकती है, ताकि आपके अगले बच्चे के साथ इस तरह की समस्या न आए।

एबीओ असंगति एक अपेक्षाकृत कम गम्भीर अवस्था होती है। यह आमतौर से ओ' ग्रुप वाली माँ और 'ए' या 'बी' ग्रुप वाले भ्रूण के मामले में देखने में आती है।

एक्सचेंज ट्रांसफ्यूज़न

आर एच असंगति वाले मामलों में ज़्यादातर 'एक्सचेंज ट्रांसफ्यूजन' नामक प्रक्रिया अपनाई जाती है अगर शिशु के कॉर्ड-रक्त में हीमोग्लोबिन के स्तर कम हो

या उसका कॉर्ड-बिलिरूबिन ज़्यादा हो या अगर जन्म के बाद बिलिरूबिन का स्तर सुरक्षित सीमा को पार कर जाए।

कुछ अन्य स्थितियों में भी यह विधि अपनाई जा सकती है, खासकर समय-पूर्व शिशु के बिलिरूबिन का स्तर एकाएक बढ़ने की स्थिति में या पीलिया से ग्रस्त ऐसे शिशु जो इसके साथ-साथ किसी संक्रमण या रक्त-शर्करा ,की अल्पता जैसी समस्याओं से भी जूझ रहे हों।

नवजात शिशु में पीलिया के अन्य कारण

एक नवजात शिशु में संक्रमण बहुत दुर्लभ स्थितियों में ही देखने में आते हैं। लेकिन हाइपो-थाइरॉयडिज़्म और ग्लेक्टोज़ीमियाँ जैसी अवस्थाएँ भी पीलिया का कारण बन सकती हैं।

कोई भी ऐसा पीलिया जो दो सप्ताह से ज़्यादा दिनों तक जारी रहता है, विस्तृत जाँच-पड़ताल की माँग करता है। अगर आपके बच्चे के मल का रंग सफेद है तो यह पित्त (biles) के प्रवाह में बाधा के कारण हो सकता है। इस तरह के बच्चे को तुरन्त किसी पीडिएट्रिक सर्जन की मदद की ज़रूरत होती है।

बड़े बच्चों में पीलिया

कारण : बड़े बच्चों में पीलिया के दो प्रमुख कारण हैं जिगर को प्रभावित करने वाले संक्रमण या दवाएँ। क्षयरोग (टीबी) और मिरगी (epilepsy) के लिए दी जाने वाली कुछ दवाइयाँ पीलिया का कारण बन सकती हैं। पीलिया पैदा करने वाले कुछ आम संक्रमण हैं हेपेटाइटिस और मलेरिया।

मलेरिया के मामले में, पीलिया-ग्रस्त बच्चे के हीमोग्लोबिन का स्तर बहुत ज़्यादा गिर सकता है। उसके एनेमिक (खून की कमी का शिकार) होने की बहुत ज़्यादा सम्भावना रहती है और कई मामलों में उसे खून चढ़ाने की ज़रूरत पड़ सकती है।

मलेरिया (Malaria)

आम मलेरिया (Plasmadium Vivax)

लक्षण : इस मलेरिया के एक आम मामले में कंपकंपी और तेज बुखार से शुरूआत होती है। इसके बाद पसीना आता है और तापमान कम हो जाता है। बुखार एक दिन छोड़कर चढ़ता रहता है और बीच की अवधि में बच्चा सामान्य महसूस करता है। अगर बच्चा किसी मलेरिया-सम्भावित क्षेत्र में रहता है या ऐसे किसी क्षेत्र से लौटकर आया है, तो रोग के निर्धारण में मदद मिलती है।

रक्त की जाँच इस निर्धारण को निश्चित कर देती है। रोग के कारण बच्च एनेमिक और कमजोर हो सकता है।

इस रोग के किसी अन्य मामले में बुखार प्रतिदिन भी चढ़ सकता है कंपकंपी या शरीर का अकड़ना भी ज़रूरी नहीं है। अगर बुखार के किसी प्रत्यक्ष कारण का पता नहीं चलता और आपका डॉक्टर इस निष्कर्ष पर पहुँचता है कि बच्चे की तिल्ली (Spleen) बढ़ी हुई है, तो वह मलेरिया की सम्भावना को निरस्त कर सकता है।

निर्धारण : मलेरिया की जाँच के लिए रक्त का नमूना उपचार शुरू होने से पहले लिया जाना चाहिए। यह परीक्षण न सिर्फ मलेरिया के निश्चित निर्धारण के लिए ज़रूरी है, बल्कि इससे मलेरिया के प्रकार और उसके सही उपचार के बारे में भी महत्वपूर्ण सूचनाएँ मिलती हैं।

फेल्सीपरम मलेरिया (Falciparum)

लक्षण : कंपकंपी और बुखार के अलावा, इस प्रकार के मलेरिया से ग्रस्त बच्चा बहुत ज़्यादा अस्वस्थ हो सकता है। वह अपनी सुधबुध खो सकता है, दौरों का शिकार हो सकता है और बेहोश भी हो सकता है।

उपचार : इस अवस्था को एक आपात स्थिति के रूप में देखना चाहिए। उचित उपचार से बहुत से जीवन बचाए जा सकते हैं।

अगर आपका बच्चा 'जी-6 पीड़ी न्यूनता' का शिकार है, तो यह बात डॉक्टर को ज़रूर बताएँ। इस न्यूनता से ग्रस्त बच्चों पर कुछ एन्टी-मलेरिया दवाएँ प्रतिकूल असर करती हैं।

बचाव के उपाय : इस रोग के प्रसार को रोकने में अपने शहर और क्षेत्र के स्वास्थ्य अधिकारियों की मदद करें। मलेरिया मच्छर साफ पानी में भी पैदा हो सकते हैं, इसलिए अपने घर और उसके आसपास पानी के भण्डारों का ध्यान रखें। मलेरिया-प्रभावित क्षेत्रों में मच्छरों के काटने से बचने की कोशिश करें। अगर सम्भव हो तो घर में ऑटोमेटिक दरवाजों और खिड़कियों पर जाली का प्रयोग करें। निकट भविष्य में हमें इस तरह की मच्छरदानियाँ देखने को मिल सकती हैं, जो मच्छरों को दूर भगाने की दवाओं से युक्त हों।

अगर आप किसी मलेरिया-संक्रमणित क्षेत्र में रहते हैं या ऐसे किसी क्षेत्र में जा रहे हैं, तो आपका डॉक्टर आपको सप्ताह में एक बार नियमित रूप से ली जाने वाली दवा लिखकर दे सकता है। यूँ इस तरह के क्षेत्रों में लम्बे समय तक रहने वाले बड़े बच्चे और वयस्क मलेरिया के खिलाफ आंशिक प्रतिरोधक-शक्ति विकसित कर सकते हैं, इसलिए उन्हें ये दवाएँ (Prophylactic medicines) लेने

की ज़रूरत नहीं होती। लेकिन अगर आप किसी मलेरिया-मुक्त क्षेत्र में जा रहे हैं, तो यात्रा से 2 सप्ताह पहले से बच्चे को यह 'प्रोफिलेक्टिक दवा' देनी शुरू कर दें। यह दवा प्रवास की पूरी अवधि के दौरान लेनी पड़ती है, और घर लौटने के बाद भी इसे 2 महीने तक जारी रखना पड़ता है।

लेकिन डॉक्टर से सलाह किए बिना ये दवाएँ न लें। इनके अनावश्यक प्रयोग से शरीर में एन्टी-मलेरिया दवाओं के खिलाफ प्रतिरोधक शक्ति पैदा हो सकती है।

कुपोषण / अवपोषण (Malnutrition/Undernutrition)

हालांकि कुपोषण का अर्थ अवपोषण (Undernutrition), अतिपोषण, विटामिन-न्यूनता, लौह-न्यूनता, कैल्सियम-न्यूनता और आयोडीन-न्यूनता भी हो सकता है, यहाँ हम सिर्फ अवपोषण (ज़रूरत से कम या अल्प पोषण) की चर्चा करेंगे।

अगर किसी बच्चे का वज़न उसके अपेक्षित वज़न का 80% या इससे कम है, तो उसे अवपोषण का शिकार माना जाता है।

अगर बच्चे का वज़न अपेक्षित वज़न का सिर्फ 65% या इससे कम है तो हमें चिन्तित हो जाना चाहिए; और उस स्थिति में भी अगर लगातार 3 महीने तक बच्चे के वज़न में वृद्धि नहीं होती है। इस तरह, अगर एक बच्चे का अपेक्षित वज़न 10 किलोग्राम है, लेकिन उसका वास्तविक वज़न 8 किलोग्राम से कम है, तो उसे अवपोषित माना जाता है। अगर उसका वज़न 6) किग्रा. से भी कम है तो यह एक चिन्ताजनक स्थिति होती है, और इसके कारण का पता लगाना ज़रूरी हो जाता है।

सामान्य विविधताएँ

यहाँ एक बार फिर यह बात दोहरा दी जानी चाहिए कि अगर एक बच्चे का वज़न उसके औसत वज़न से काफी कम है, लेकिन इसके बावजूद वह चुस्त, फुर्तीला और सक्रिय है और धीरे-धीरे ही सही लेकिन उसका वज़न थोड़ा-बहुत बढ़ रहा है, और वह ज़्यादा बीमार नहीं होता है, तो वह एक स्वस्थ बच्चा है। मैं दो महीनों तक उस पर नज़र रखना और उसके कम वज़न के अन्य आम कारणों का पता लगाना पसन्द करूँगा। इन कारणों में माता-पिता की छोटी कद-काठी, जन्म के समय कम वज़न, और किसी भी कारण से जन्म के बाद पहले कुछ हफ्तों में वज़न में ज़्यादा वृद्धि न हो पाना जैसे कारण शामिल हैं, जिनकी बाद में भरपाई हो पाना मुश्किल होता है।

अवपोषण के आम कारण

- समय से पहले ही स्तनपान बन्द कर देना
- अनुचित कृत्रिम पोषण (समय से पहले माँ के दूध के अलावा अन्य कोई भी दूध पिलाना)
- अतिरिक्त आहारों को देर से शुरू करना
- डायरिया, मूत्रीय-संक्रमण और क्षयरोग जैसे संक्रमण और पैरासाइटों (परजीवियों) का जमाव
- हृदय-रोग
- भावनात्मक कारण
- डायबिटीज
- अज्ञात कारण — मैं उन थोड़े-से बच्चों का सन्दर्भ दे रहा हूँ जिनकी मैं प्रति वर्ष जाँच करता रहा हूँ, और जो भरसक प्रयासों के बाद भी पर्याप्त वज़न हासिल नहीं कर पाए हैं, विस्तार से जाँच-पड़ताल करने के बाद भी कोई कारण सामने नहीं आ सका है।

सौभाग्यवश, इनमें से कई बच्चे आज बड़े होकर आत्म-विश्वास भरे पुरुषों और स्त्रियों के रूप में बहुत अच्छा जीवन जी रहे हैं।

ऊपर दिए गए कारण सभी सामाजिक-आर्थिक वर्गों पर लागू होते हैं, हालाँकि कम सौभाग्यशाली परिवारों के बच्चे कम क्रय-शक्ति, शिक्षा के अभाव, असुरक्षित जल-आपूर्ति, अस्वच्छ पर्यावरण, व्यक्तिगत साफ-सफाई के अभाव और कई गलत मान्यताओं — डायरिया-ग्रस्त बच्चे को भूखा रखना, पीलिया के दौरान आहार पर अनावश्यक अंकुश, छोटे शिशु को ठोस आहार देने में देरी, और उसे दाल के पानी या पतले सूप के रूप में बहुत कम ऊर्जा वाले आहार देना, इत्यादि के कारण भी अवषपोषण के शिकार होते रहते हैं।

उपचार : सबसे पहले अपने डॉक्टर को यह निश्चित करने दें कि आपका बच्चा अवपोषित (Undernourished) है। उसके आहार पर ध्यान दें। डॉक्टर अवपोषण के किसी सम्भावित कारण का पता लगाने और उसका उपचार करने की कोशिश कर सकता है। इसके बाद वह थोड़े-थोड़े अन्तराल के बाद एक ही वज़न-मशीन पर बच्चे का वज़न लेकर उसके विकास पर नज़र रख सकता है।

खसरा (Measles)

लक्षण : किसी ऐसे बच्चे, जिसे खसरे के टीके नहीं लगे हैं और जो एक खसरा-ग्रस्त व्यक्ति के सम्पर्क में आने के बाद बुखार, सूखी खाँसी, नाक बहने

और आँखों में पानी आने की शिकायत का शिकार दिखता है, पर इस रोग का सन्देह किया जा सकता है।

दिन बीतने के साथ-साथ ये लक्षण भी गहराते जाते हैं। 3 या 4 दिन बाद (दाने निकलने से एक दिन पहले) बच्चे के गालों के अन्दरूनी हिस्सों में लाल सतह पर नमक के कणों की तरह सफेद दाग (Koplick spots) उभर आते हैं। अगले दिन दाने निकल आते हैं, जो बालों से शुरू होकर नीचे की तरफ फैलते रहते हैं। ये हल्की-सी उभरी हुई फुंसियों की तरह होते हैं जो बाद में एक-दूसरे से मिलकर धब्बेदार बन जाते हैं। बुखार 104° तक पहुँच जाता है।

बच्चा बहुत ज़्यादा अस्वस्थ दिखाई देता है और उसकी भूख खत्म हो जाती है। उसकी पानी पीने की भी इच्छा नहीं होती। अगर उसका स्तन-पोषण जारी है, तो वह अधिक बार दूध पीना चाह सकता है। दाने निकलने के 3 दिन बाद तक बुखार जारी रहता है। दाने 5 से 8 दिनों तक रहते हैं। दाने हल्के पड़ने के बाद चमड़ी झड़नी शुरू हो सकती है।

खसरे और मिलते-जुलते रोगों में अन्तर कैसे करें ?

जब कोई माँ मुझसे कहती है कि उसके बच्चे पर दूसरी बार खसरे का प्रहार हुआ है, या खसरे के टीके लेने के बावजूद वह इस रोग का शिकार हो गया है, तो यह आमतौर से ग़लत निर्धारण (diagnosis) का मामला होता है। बच्चा पहले भी और अब भी खसरे से मिलते-जुलते किसी दूसरे रोग का शिकार हो सकता है। इसी तरह का एक रोग है 'रोजिओला इन्फेन्टम' | यह भी वह वाइरल संक्रमण है, जिसमें खसरे की तरह बच्चे को बहुत तेज बुखार हो जाता है। लेकिन बच्चे की तबीयत उतनी ज़्यादा नहीं बिगड़ती। उसे आमतौर से ज़ुकाम या खाँसी की शिकायत भी नहीं होती। 3 दिन बाद बुखार अचानक ही सामान्य हो जाता है, और अगले दिन त्वचा पर हल्के लाल रंग के दाने दिखाई देने लगते हैं। ये दाने उभरे हुए नहीं होते। ये धड़ या चेहरे से नीचे के अंगों तक फैल जाते हैं और एक दिन के भीतर हल्के भी पड़ जाते हैं। यह बात ध्यान देने योग्य है कि खसरे की अवस्था में दाने निकलने के साथ बुखार तेज़ हो जाता है और ये दोनों ही अगले कुछ दिनों तक रहते हैं, जबकि दूसरे रोग में बुखार उतर जाता है।

उपचार : खसरा का कोई निश्चित उपचार नहीं है। खाँसी के लिए एक घरेलू दवा — 2 हिस्से शहद और 1 हिस्सा नींबू और तुलसी (या अदरक) के रस का सिरप दी जा सकती है। बच्चे को दिन में चार-पाँच बार इस मिश्रण के एक या दो छोटे चम्मच दिए जा सकते हैं।

खसरा-ग्रस्त बच्चे अँधेरे में रहना ज़्यादा पसन्द करते हैं, क्योंकि तेज़ रोशनी उनकी आँखों में चुभती है।

बुखार कम करने के लिए हल्के गर्म पानी की पोंछ (स्पंजिंग) या पैरासिटामोल दी जा सकती है। प्रतिदिन पूरे शरीर को अच्छी तरह से पोंछना चाहिए। हल्के गर्म पानी का स्नान भी लिया जा सकता है।

बच्चे को उसकी पसन्द का भोजन दें, आहार में किसी भी तरह के परहेज की ज़रूरत नहीं है। उसे फलों के रस, नारियल-पानी और सादे पानी समेत पर्याप्त मात्रा में तरल पदार्थ दें। अगर बच्चा तेज़ रफ्तार से सांस ले रहा है या उसे कान में दर्द, लगातार सरदर्द, उनींदेपन या उल्टियों की शिकायत है या बुखार और खाँसी 10 दिनों के बाद भी जारी है या बच्चा कुछ भी खाने-पीने से इनकार कर रहा है, तो किसी आपात स्थिति की सम्भावना को निरस्त करने के लिए अपने डॉक्टर से सलाह लें।

खसरा-ग्रस्त बच्चा बुखार चढ़ने से एक-दो दिन पहले से लेकर दाने निकलने के चार दिन बाद तक दूसरों के लिए संक्रामक होता है। उसे घर पर ही आराम करने दें और स्कूल और दूसरे बच्चों से दूर रखें। अगर बच्चे के भाई या बहन को पहले कभी खसरा नहीं हुआ है, तो उन्हें भी अगले 10 दिनों तक स्कूल या भीड़भाड़ वाली जगहों पर न भेजें। इससे इस संक्रमण को दूसरों तक फैलने से रोका जा सकेगा।

मेनिन्जाइटिस (Meningitis)

यह रोग, जो सौभाग्यवश ज़्यादा आम नहीं है, हमारे मस्तिष्क के आवरण और हमारी रीढ़ की हड्डी को प्रभावित करता है, जिसे 'मेनिन्जिज' कहा जाता है। इसके दो प्रमुख कारण हैं प्योजीनिक मेनिन्जाइटिस (जिसके पीछे मवाद पैदा करने वाले बैक्टीरिया का हाथ होता है) और टीबी मेनिन्जाइटिस। एक कम गम्भीर कारण है वाइरल मेनिन्जाइटिस। प्योजीनिक मेनिन्जाइटिस अक्सर बहुत तेजी से प्रकट होता है, जबकि टीबी मेनिन्जाइटिस धीरे-धीरे और लुके-छिपे ढंग से प्रकट होता है।

रोग के जल्दी निर्धारण और उपचार से जीवन की रक्षा की जा सकती है। जबकि देर होने से मृत्यु हो सकती है या बच्चा गम्भीर रूप से अपंग हो सकता है।

लक्षण : यह रोग नवजात शिशुओं और बड़े बच्चों दोनों को ही प्रभावित कर सकता है। एक पूरी तरह से सामान्य बच्चा अचानक बुखार महसूस करने लगता है। कुछ बच्चों को कान का संक्रमण भी हो सकता है और कान से मवाद जैसा स्राव बहना शुरू हो सकता है। बच्चा खाना-पीना या माँ का दूध

पीना बन्द कर देता है। (नवजात और छोटे शिशुओं में यह अक्सर इस रोग का पहला लक्षण होता है, बुखार चढ़ने से भी पहले)।' बच्चा बहुत चिड़चिड़ा और बेचैन हो सकता है। बड़ा बच्चा लगातार सरदर्द की शिकायत कर सकता है। वह बीमार नज़र आता है और उल्टियाँ करनी शुरू कर सकता है। बच्चे की गर्दन भी अकड़ सकती है। रोग के बढ़ने के साथ बच्चा उनीन्दा दिखाई देने लगता है और रोशनी से बचने की कोशिश करता है (फोटो-फोबिया)। वह अपनी गर्दन को पीछे की तरफ मोड़कर एक करवट उखड़ू-सा लेटा रहता है। वह अपनी सुधबुध खो बैठता है या बेहोश हो जाता है। उसे दौरे भी पड़ने लगते हैं।

इस रोग में शिशु के सिर का नर्म स्थल (अगला फोन्टेनल) अक्सर फूल जाता है और उसमें कसाव आ जाता है। आहार न लेने और उल्टियों के कारण बच्चा डी-हाइड्रेशन का शिकार हो जाता है।

टीबी मेनिनजाइटिस के भी ये सभी लक्षण होते हैं। सिर्फ इतना फर्क होता है कि ये लक्षण धीरे-धीरे कई दिनों या हफ्तों में सामने आते हैं।

उपचार : मेनिजाइटिस के उपचार के लिए अस्पताल में भर्ती होना ज़रूरी है। अगर आपको मेनिन्जाइटिस का जरा-सा भी सन्देह हो, तो तुरन्त अपने डॉक्टर से बात करें। अगर डॉक्टर को भी ऐसा ही सन्देह है, तो रीढ़ की हड्डी (मेनिन्जिज़) में उपस्थित सी.एस.एफ. (Cerebro spinal fluid) के परीक्षण से इस रोग का निर्धारण हो सकता है। यह पीठ की तरफ से नीचे की दो कशेरूकाओं (spinal vertebrae) के बीच एक सुई प्रविष्ट करके लिया जाता है।

प्योजीनिक और टीबी मेनिन्जाइटिस दोनों के लिए काफी प्रभावी दवाएँ उपलब्ध है। वाइरल मेनिन्जाइटिस के अधिकांश मामले (अगर उनमें एन्सफ्लाइटिस के कारण जटिलताएँ न पैदा हो जाएँ) पूरी तरह से ठीक हो जाते हैं। जल्दी उपचार से प्योजीनिक और टीबी मेनिन्जाइटिस के रोगी भी आमतौर से पूरी तरह ठीक हो जाते हैं। यह बात नवजात शिशुओं पर भी लागू होती हैं, हालाँकि बड़े बड़ों की तुलना में उनका पूर्वानुमान (prognosis) उतना आशाजनक नहीं होता।

मेनिगोमाइलोसील (Meningomyelocele)

रीढ़ में दोष के कारण मेनिजिन्ज (रीढ़ की हड्डी का आवरण) और रीढ़ की हड्डी बाहर की तरफ निकल सकती है, और रीढ़ पर सूजन के रूप में प्रकट हो सकती है। रीढ़ के दोष को स्पाइना बिफिडा (Spina bifida) कहते हैं। यह दोष आमतौर से रीढ़ के निचले छोर के पास होता है। 'मेनिन्जोसील' नामक अवस्था में सिर्फ रीढ़ का आवरण यानी मेनिन्जिज़ बाहर की तरफ निकल आता है। अगर आवरण के साथ-साथ हड्डी भी बाहर की तरफ निकल

आए (जैसा कि मेनि-जो-माइलोसील नामक अवस्था में होता है) तो बच्चे के नीचे के अंग कमजोर हो जाते हैं, और वह अपनी अंतड़ियों (bowels) और मूत्राशय (bladder) के संचालन पर नियन्त्रण नहीं रख पाता। ऐसी अवस्था में हाइड्रो-सेफलस नामक जटिलता भी पैदा हो सकती है। अगर सिर्फ मेनिन्जिज़ बाहर की तरफ निकल आया हो, तो उपचार काफी आसान रहता है।

उपचार : इस तरह के किसी भी लक्षण वाले बच्चे को तुरन्त किसी सर्जन (पीडिएट्रिक या न्यूरो सर्जन हो तो बेहतर) को दिखाया जाना चाहिए। वह बच्चे की शल्य-चिकित्सा करने या न करने का फैसला करेगा। बहुत ज़्यादा गम्भीर मामलों में (शल्य-चिकित्सा के दीर्घघालीन सफल परिणामों की कम सम्भावना को देखते हुए) सर्जन अभिभावकों को शल्य-चिकित्सा न कराने की सलाह दे सकता है।

मासिक-धर्म से जुड़ी समस्याएँ (Menstrual Problems)

मासिक-धर्म का चक्र 10 से 16 वर्ष की उम्र के बीच शुरू होता है। अगर आपको बच्ची के स्तनों में वृद्धि के संकेत दिखाई दें, तो इस बात की सम्भावना है कि दो वर्ष बाद उसका मासिक-धर्म शुरू हो जाएगा। और अगर आपको उसके वज़न और कद में अचानक वृद्धि होते दिखाई दे, तो आप यह मानकर चल सकती हैं कि लगभग एक वर्ष बाद उसका मासिक-चक्र शुरू हो जाएगा।

अपनी बच्ची के साथ बढ़त की स्वाभाविक प्रक्रिया की चर्चा करना बहुत महत्वपूर्ण है। अगर आपको खुद इस तरह की बातें करते हुए असुविधा होती है, तो आप यह काम किसी अन्य ज़िम्मेदार व्यक्ति किसी डॉक्टर, सलाहकार या सम्बन्धी को सौंप सकती हैं। मासिक-धर्म शुरू होने से कुछ महीने पहले लड़कियों की योनि से एक सफेद रंग का स्राव होना पूरी तरह से सामान्य है। इसे 'फिजियोलॉजिकल ल्यूकोरिया' कहा जाता है और इसके लिए किसी उपचार की ज़रूरत नहीं होती।

मासिक-धर्म शुरू न होना एमनोरिया (Amenorrhea)

अगर 16 वर्ष की उम्र होने पर भी आपकी बेटी का मासिक-धर्म शुरू नहीं हुआ है, या एक बार शुरू होने के बाद यह रुक गया है, तो आपको अपनी डॉक्टर से बात करनी चाहिए। हो सकता है कि यह एक सामान्य विविधता (normal variation) का मामला हो, लेकिन इसकी जाँच कर लेना अच्छा है।

कुछ परिवारों में मासिक (स्राव) देर से ही शुरू होते हैं। दुबली-पतली लेकिन सामान्य लड़कियों में भी एथलेटिक्स या नियमित रूप से नृत्य करने वाली लड़कियों

में ये देर से शुरू होते हैं। बहुत ज़्यादा दौड़ने से जुड़ी गतिविधियों (एथेलेटिक्स) में भाग लेने वाली लड़कियों में मासिक-धर्म की शुरुआत से जुड़े हार्मोनों का स्तर कम पाया गया है। यह बात किसी लम्बी बीमारी, एनोरेक्सिया नर्वसा या कुपोषण की शिकार दुबली-पतली लड़कियों पर भी लागू होती है।

मासिक-चक्र के देर से शुरू होने के पीछे कुछ खास दवाएँ भी हो सकती हैं।

अपनी बच्ची को डॉक्टर को दिखा देना अच्छा है, क्योंकि इस विलम्ब के पीछे अलग-अलग कारण होते हैं, और पूरी छानबीन करके सही कारण का उपचार करना जरूरी होती है।

गर्भावस्था की सम्भावना को भी दिमाग में रखना चाहिए।

पहले वर्ष में मासिक-चक्र की सामान्य अनियमितता

लड़की के पहले दो मासिक आमतौर से 'ओवा' (मादा अण्डा) के निकास से नहीं जुड़े होते। ये मासिक सामान्य रूप से अनियमित, अल्प मात्रा में, विलम्बित या भारी हो सकते हैं। कोई सन्देह होने की स्थिति में आप अपनी डॉक्टर से बात कर सकती हैं।

मासिक-धर्म के दौरान असुविधा

आपकी बेटी का मासिक-धर्म शुरू हो जाए तो उससे इसके बारे में जानकारी लेती रहें। यह बात याद रखें कि डिम्ब-उत्सर्जन (ovulation) यानी मादा अण्डे-के निकास के बिना होने वाला मासिक पीड़ाजनक नहीं होता। बच्ची को अपनी उन तकलीफों के बारे में न बताएँ जो आपको अपने मासिक-धर्म के दौरान झेलनी पड़ी हों, अन्यथा वह मनोवैज्ञानिक कारणों से पीड़ा महसूस करने लगेगी।

डिम्ब या अण्डे के उत्सर्जन के साथ होने वाले मासिक का पीड़ाजनक होना भी जरूरी नहीं है। लेकिन अगर पीड़ा होती है, तो आपको अपनी डॉक्टर से मिलना चाहिए। कोई दोष न होने की स्थिति में डॉक्टर आपकी बच्ची को आश्वस्त करने की कोशिश करेगी, और ज़रूरत होने पर उसे कोई सुरक्षित दवा (बूप्रोफेन की 400 मि.ग्रा. की गोली, दिन में 3 बार) लेने का सुझाव देगी। एनल्जिन और एस्पिरिन युक्त दवाओं के प्रयोग से बचना चाहिए। मासिक के शुरू होते ही दवा लेनी शुरू कर देनी चाहिए और पीड़ा खत्म होते ही उसे बन्द कर देना चाहिए। नियमित व्यायाम या खेलकूद में भाग लेने वाली लड़कियों को मासिक-धर्म से पहले या इसके दौरान कम समस्याएँ आने की सम्भावना रहती है।

दो मासिकों के बीच मानसिक व्याकुलता

बहुत-सी लड़कियां मासिक से एक या दो सप्ताह पहले 'डिप्रेशन' (उदासी/

विषाद), सरदर्द या शरीर में एक ऐंठन-सी महसूस करने लगती है। ज़रूरत होने पर डॉक्टर बूप्रोफेन के प्रयोग का परामर्श दे सकती है। लेकिन अधिकांश मामलों में डॉक्टर का आश्वासन, स्वस्थ आहार और व्यायाम ही काफी होता है। साथ ही चाय, कॉफी, कोला पेयों, शक्कर और नमक के सेवन पर नियन्त्रण रखना भी अच्छा रहता है।

योनि से अनपेक्षित रक्त-स्राव

एक नवजात शिशु या एक स्वस्थ किशोर उम्र बच्ची की योनि से खून निकलना एक सामान्य बात हो सकती है, लेकिन कुछ बच्चों में इसके पीछे किसी रोग रक्त-प्रणाली के दोष, हार्मोनों के असन्तुलन, समय से पहले यौवनारम्भ, योनि में किसी बाहरी वस्तु की उपस्थिति, यौन-उत्पीड़न (Sexual Abuse) या किसी फोड़े (ट्यूमर) का हाथ हो सकता है। इस तरह की अवस्था में तुरन्त अपनी डॉक्टर से मिलना चाहिए।

मानसिक क्षीणता (Mental Retardation/MR)

औसत से कम बुद्धि वाले और अपने परिवेश के साथ तालमेल बिठाने में कठिनाई महसूस करने वाले बच्चे को मानसिक रूप से क्षीण (mentally retarded) माना जाता है। लेकिन सिर्फ इसलिए कि कोई बच्चा कुछ खास कौशलों को धीमी रफ्तार से सीखता है, उसे मानसिक क्षीणता का शिकार नहीं कहा जा सकता।

विकास के कीर्ति-स्तम्भों तक पहुँचने में बच्चों में सामान्य विविधताएँ पाई जाती हैं। कुछ बच्चे कुछ खास चीजें देर से सीखते हैं, लेकिन कई अन्य मामलों में काफी होशियार होते हैं। यह एक सामान्य स्थिति मानी जानी चाहिए। मानसिक क्षीणता वाले बच्चे लगभग सभी कौशलों को धीमी रफ्तार से सीखते हैं।

कभी-कभी सही उम्र में उपयुक्त प्रेरणा का अभाव भी एक सामान्य बच्चे के विकार की रफ्तार को धीमी कर सकता है। उदाहरण के लिए, किसी संस्था में पलने वाले कुछ बच्चे धीमे हो सकते हैं; लेकिन जैसे ही उन्हें गोद ले लिया जाता है, वे अपने नए माता-पिता का प्यार भरा उद्वेलन (Stimulation) पाकर अविश्वसनीय गति से विकास करते हैं, और अन्ततः अपनी उम्र के अन्य बच्चों के स्तर तक पहुँच जाते हैं।

अगर आपको सन्देह है कि आपका बच्चा नए कौशलों को सीखने में धीमा है, तो आपका डॉक्टर बच्चे को कुछ अवसरों पर देखना चाहेगा, और इसके बाद यह फैसला करेगा कि क्या इस सम्बन्ध में किसी विशेषज्ञ की राय लेने की ज़रूरत है। विशेषज्ञ कुछ परीक्षणों द्वारा बच्चे के विकास का आकलन करता है।

आपका डॉक्टर शायद यह भी पता लगाए कि कहीं बच्चे में किसी दूसरी तरह की विकलांगता सुनने की क्षमता में दोष, दृष्टि-दोष, सीखने की क्षमता में कोई विशिष्ट दोष, एकाग्रता की कमी और सेरेब्रल पालजी वगैरह तो नहीं है। यह जानकारी अपने बच्चे को सही ढंग से नियन्त्रित करने के लिए आपके लिए भी उतनी ही ज़रूरी है।

कुछ मामलों में मानसिक क्षीणता का निर्धारण (diagnosis) जन्म के समय भी किया जा सकता है। डाउ'ज सिन्ड्रोम से ग्रस्त बच्चे को जन्म के बाद कुछ विशिष्ट लक्षणों से पहचाना जा सकता है। लेकिन कई मामलों में मानसिक क्षीणता का सन्देह शुरू के वर्षों में नहीं हो पाता। इसके बारे में बाद में अभिभावकों, दादा-दादी, किसी संरक्षक या किसी अध्यापक के माध्यम से ही जानकारी मिल पाती है।

मानसिक क्षीणता वाले बच्चों के अभिभावकों के लिए दिशा-निर्देश

अपराध-बोध महसूस न करें : अधिकांश माता-पिता अपने बच्चे के सम्बन्ध में मानसिक क्षीणता के निर्धारण पर विश्वास करने और इसे स्वीकार करने में कठिनाई महसूस करते हैं। यह अपराध बोध कि बच्चे की इस अवस्था के पीछे कहीं-न-कहीं आपका हाथ हो सकता है, बच्चे की देखभाल को और कठिन बना देता है। इसलिए बच्चे की इस अवस्था को लेकर अपने मन में अपराध की भावना न पनपने दें। इससे न बच्चे को लाभ होगा और न आपको।

अपने-आपसे कहें : 'इस बच्चे को मेरी ज़रूरत थी, और किसी की नहीं।' इस बात को स्वीकार करें कि ईश्वर ने आपको यह बच्चा इसलिए दिया है, क्योंकि सिर्फ आप ही इसकी सर्वोत्तम देखभाल कर सकते हैं।

तर्कसंगतता से काम लें : गुमराह करने वाली सलाहों और चमत्कारी इलाज के दावों के झांसे में आने से बचें। सिर्फ अपने डॉक्टर पर विश्वास करें।

बच्चे की ज़रूरत से ज़्यादा रक्षा करने के प्रलोभन से बचें : अति-संरक्षण (Over-protection) बच्चे की मदद करने की बजाय उसकी स्वाभाविक बढ़त और विकास में बाधा पहुँचा सकता है।

अपने जीवन-साथी और दूसरे बच्चे (बच्चों) की अवहेलना न करें : क्योंकि आपके विशेष बच्चे को आपके विशेष ध्यान की ज़रूरत होती है, इसलिए आपका पति और दूसरा बच्चा (बच्चे) उपेक्षित महसूस कर सकते हैं। कोई भी समझदार पति आपकी भावनाओं की कद्र करेगा और आपको पूरा-पूरा सहयोग देगा। लेकिन इसके बावजूद आपको यह नहीं भूलना चाहिए कि आखिर वह भी एक इंसान है और आपके दूसरे बच्चों को भी आपकी ज़रूरत है।

दूसरे बच्चों को विशेष बच्चे की देखभाल में शामिल करें : माता-पिता हमेशा नहीं रहते और आपके बाद भी आपके विशेष बच्चे को अपने भाई/बहन के प्यार की ज़रूरत महसूस हो सकती है।

शिक्षा और प्रशिक्षण बहुत जरूरी हैं : जितनी जल्दी सम्भव हो, अपने बच्चे को विशेषज्ञों की मदद का लाभ उठाने दें। इसकी जल्दी शुरुआत करने से परिणामों पर बहुत ज़्यादा फर्क पड़ता है। कई बड़े शहरों में इस तरह की मदद आसानी से उपलब्ध है। अगर आप खुद इस तरह के किसी केन्द्र को नहीं ढूंढ़ पातीं, तो किसी मेडिकल कॉलेज या शैक्षणिक अस्पताल की मदद लें। विशेषज्ञों की टीम सबसे पहले 'एम.आर.' के कारण का पता लगाएगी, और फिर आपके बच्चे की देखभाल और नियन्त्रण की योजना बनाएगी। वे लोग बच्चे के भविष्य के बारे में भी आपसे विस्तार से चर्चा करेंगे, और आपके अगले बच्चे (अगर आपकी ऐसी कोई योजना है) के इस रोग से प्रभावित होने की सम्भावना के सम्बन्ध में आपके सभी प्रश्नों के उत्तर देंगे।

अपने बच्चे को एक सामान्य स्कूल में दाखिल करवाने पर विचार करें : विशेषज्ञों की टीम को यह फैसला करने दें कि क्या आपके बच्चे को एक सामान्य स्कूल में दाखिल करना ठीक रहेगा। .

बच्चे के आम स्वास्थ्य पर ध्यान दें : इस बात का ध्यान रखें कि आपके बच्चे को पौष्टिक आहार के साथ-साथ उपयुक्त व्यायाम, पर्याप्त नींद और एक मित्रतापूर्ण वातावरण मिल रहा है। मोटापा पैदा करनेवाले आहारों से बचें। उसके दाँतों की देखभाल का भी ध्यान रखें। इस तरह के कुछ बच्चे भोजन को पूरी तरह नहीं चबा पाते, और अतिरिक्त शर्करा (Sugar) उनके दाँतों को नुकसान पहुँचाने के साथ-साथ उनका वज़न भी बढ़ा सकती है। ह

दवाएँ अक्सर कोई लाभ नहीं पहुँचाती : इस तरह का कोई 'ब्रेन टॉनिक' नहीं है, जो इन बच्चों की मदद कर सके। लेकिन कुछ खास समस्याओं को नियन्त्रित करने के लिए विशेषज्ञ कुछ दवाओं का परामर्श दे सकते हैं।

किसी संस्था की बजाय घर में देखभाल को प्राथमिकता दें : अब ज़्यादा-से-ज़्यादा लोग इस बात का अहसास करने लगे हैं कि इन विशेष बच्चों की संस्थाओं की बजाय घर में ज़्यादा अच्छी देखभाल हो सकती है। लेकिन कभी-कभी ऐसी स्थिति पैदा हो सकती है कि किसी गम्भीर रूप में क्षीण बच्चे को माता-पिता घर पर सम्भाल न पाएँ। ऐसी स्थिति में किसी संस्था द्वारा देखभाल ज़रूरी हो जाती है।

यौन-शोषण की आशंकाएँ

अगर आपकी बेटी मानसिक क्षीणता की शिकार है, तो उसके यौन-शोषण

(sexual abuse) की सम्भावनाओं के प्रति सजग रहना ज़रूरी है। उसे ऐसे लोगों के साथ अकेला न छोड़ें जिन पर उसकी मानसिक क्षीणता का अनुचित लाभ उठाने का सन्देह हो। अपनी डॉक्टर के साथ उसके गर्भ-निरोधन और मासिक-धर्म के सम्बन्ध में चर्चा करें।

अपने परिवार के सदस्यों और डॉक्टर के साथ इस सम्बन्ध में चर्चा करें कि क्या उसके गर्भाशय (uterus) को निकलवा देना अच्छा रहेगा, ताकि उसे मासिक-चक्र के झंझट और अनचाहे गर्भ की सम्भावना से बचाया जा सके। इस सम्बन्ध में बहुत सोच-समझकर फैसला करें। आपकी बेटी को इस ऑपरेशन की ज़रूरत हो सकती है, लेकिन जिन अभिभावकों को पूरी विश्वास है कि वे अपनी बेटी की देखभाल करने में सक्षम हैं, वे ऐसा न करने का भी फैसला कर सकते हैं।

जिनेटिक सलाह

'एम.आर.' के कुछ मामलों में इस बात की सम्भावना रहती है कि अगला बच्चा भी इस रोग से ग्रस्त हो। अपने डॉक्टर से इस सम्बन्ध में चर्चा करें। कई बार इस तरह के मामलों में जिनेटिक (जननिक) सलाह से काफी मदद मिलती है।

कनफेड़ (Mumps)

लक्षण : यह रोग एक या दोनों कानों के नीचे सूजन के रूप में प्रकट हो सकता है। यह सूजन काफी पीड़ाजनक होती है। बच्चे को चबाने या मुँह खोलने में कष्ट हो सकता है। इस बात की सम्भावना है कि वह किसी कनफेड़-ग्रस्त बच्चे के सम्पर्क में आया है। सूजन लार (saliva) पैदा करने वाली ग्रन्धियों (parotid glands) के कारण होती है, और लगभग 10 दिनों तक रहती है। रोग अक्सर बुखार, भूख खत्म होने, चक्कर आने, उल्टियों और सरदर्द से शुरू होता है, और एक दिन के भीतर सूजन प्रकट होने लगती है। लेकिन कुछ बच्चों में सिर्फ सूजन दिखाई देती है।

अगर बच्चा एमएमआर (मीज़ल्स, मंप्स, रूबेला) की टीका ले चुका है, और सूजन कानों की बजाय जबड़े के नीचे दिखाई देती है तो यह कोई दूसरा रोग हो सकता है। इसका फैसला डॉक्टर पर छोड़ दें। अगर जबड़े के नीचे ग्रन्थियों की सूजन गले के संक्रमण के कारण है, तो डॉक्टर बच्चे को एन्टी-बायोटिक दे सकता है।

उपचार : कनफेड़ के लिए किसी उपचार की ज़रूरत नहीं होती। सिर्फ दर्द को कम करने की ज़रूरत होती है। इसके लिए पैरासिटामोल दी जा सकती

है। साथ ही बच्चे को हल्के आहार (फल, रस, सूप, खिचड़ी, दही वगैरह) देने चाहिए, जिन्हें ज़्यादा चबाने की ज़रूरत न हो।

कनफेड़ से जुड़ी जटिलताएँ

कभी-कभी मस्तिष्क, अण्ड-ग्रन्थियों (testes) और अग्न्याशय (pancreas) के भी इस रोग से प्रभावित हो जाने के कारण कनफेड़ काफी जटिल रूप ले सकता है। अण्ड-ग्रन्थियों की यह समस्या छोटे बच्चों की बजाय सिर्फ किशोरों में देखने में आती है। अगर कनफेड़-ग्रस्त बच्चा पेटदर्द या अण्डकोष (Scrotum) में सूजन की शिकायत करे, या असामान्य ढंग से व्यवहार करने लगे तो तुरन्त अपने डॉक्टर से सम्पर्क करें।

कनफेड़ के प्रसार की रोकथाम

कनफेड़ बड़ी तेज़ी से फैलता है। इससे ग्रस्त रोगी बुखार शुरू होने से एक-दो दिन पहले से लेकर सूजन खत्म होने तक दूसरों के लिए संक्रमक रहता है।

नेफ्रोटिक सिंड्रोम (Nephrotic Syndrome)

गुर्दे का यह रोग आमतौर से स्कूल-पूर्व बच्चों को प्रभावित करता है।

लक्षण : इसका एक आम उदाहरण 18 महीने से 5 वर्ष की उम्र का वह बच्चा है, जिसकी माँ उसके चेहरे को अचानक सूजा हुआ पाती है। सोकर उठने के बाद यह सूजन बहुत ज़्यादा प्रतीत होती है। माँ को बच्चे का व्यवहार सामान्य प्रतीत नहीं होता, और उसे अहसास होता है कि वह ठीक-से खा-पी भी नहीं रहा है। बच्चे के मूत्र की मात्रा भी कम होने लगती है। सूजन प्रतिदिन बढ़ती रहती है और अन्ततः बच्चे के पूरे शरीर में फैल जाती है। डॉक्टर उसके मूत्र और रक्त की जाँच करवाता है और मूत्र में प्रोटीन की बहुत ज़्यादा मात्रा पाने के साथ-साथ रक्त में इसकी उतनी ही ज़्यादा कमी पाता है। उपचार के बाद इस तरह के बच्चे बड़ी तेज़ी से ठीक हो जाते हैं। लेकिन दुर्भाग्यवश अच्छे-से-अच्छे उपचार के बावजूद यह रोग बार-बार लौटता रहता है। फिर भी, ज़्यादातर बच्चे एक या अधिक प्रहारों के बाद इस रोग से मुक्त हो जाते हैं।

उपचार : हालाँकि हम इस रोग के कारण को लेकर निश्चित नहीं हैं, फिर भी नेफ्रोटिक सिंड्रोम से प्रभावित लगभग सभी बच्चों पर कॉर्टि-कॉस्ट्रायड बहुत अच्छा असर दिखाते हैं। कभी-कभी कुछ नई दवाओं का भी परामर्श दिया जाता है। अगर सूजन ज़्यादा है, तो पेशाब की मात्रा को बढ़ाने के लिए भी दवाओं (diuretics) की ज़रूरत पड़ सकती है। अगर आपके डॉक्टर को किसी

बैक्टीरियल संक्रमण का सन्देह है, तो वह बच्चे को एन्टी-बायोटिक्स भी दे सकता है। रक्त की जाँच के बाद हैपेटाइटिस-पॉजिटिव पाए जाने वाले बच्चों को कोर्टि-कॉस्ट्रॉयड नहीं दिए जाते।

नेफ्रोटिक सिंड्रोम से ग्रस्त बच्चे को किसी वाइरल संक्रमण के कारण भी अस्थाई सूजन आ सकती है। आपका डॉक्टर दवाएँ शुरू करने से पहले कुछ समय तक प्रतीक्षा करना पसन्द करेगा।

अगर शरीर में सूजन नहीं है, तो मूत्र में प्रोटीन के अंशों की उपस्थिति को नजरअंदाज किया जा सकता है। यह बात ध्यान में रखनी चाहिए कि बहुत सख्त व्यायाम करने वाले बच्चों के मूत्र में भी अस्थाई रूप से प्रोटीनों की ज़्यादा मात्रा पाई जा सकती है।

नाक-सम्बन्धी समस्याएँ (Nose-Related Problems)

नाक से खून निकलना (Epistaxis)

कारण : नाक पर सीधी चोट लगने या नाक में उँगली डालने की आदत के कारण नाक से खून निकल सकता है। कभी-कभी, यह शरीर में रक्त-प्रणाली के दोष, किसी संक्रमण या नाक में किसी बाहरी वस्तु की उपस्थिति का लक्षण भी हो सकता है।

उपचार

पहला चरण : घबराहट का प्रदर्शन न करें। बच्चे को बिस्तर, कुर्सी या फर्श पर बिठा दें। उसे आगे की तरह थोड़ा-सा झुककर बैठना चाहिए।

दूसरा चरण : नाक को कम-से-कम 10 मिनट तक दबाएँ। बच्चा चाहे तो अपना मुँह खोल सकता है। अक्सर इस विधि से खून बहना रुक जाता है।

तीसरा चरण : अगर खून बहना जारी रहता है, तो अपने डॉक्टर से सम्पर्क करें। इस बीच, रूई का एक बड़ा फोहा बनाकर उस नथुने में डाल दें जिसमें से खून बह रहा है। फाहे का कुछ हिस्सा नाक से बाहर रहना चाहिए। अगर घर में थोड़ी हाइड्रोजन पैरोक्साइड उपलब्ध है, तो नाक में रखने से पहले रूई को इसमें भिगो दें, अन्यथा उस पर थोड़ी वैसलिन मल दें। लेकिन इन चीजों को ढूँढने में समय नष्ट न करें। रूई के एक सादे फाहे से भी काम चल सकता है। एक बार फिर, नाक को कम-से-कम 10 मिनट तक दबाएँ, और इस पूरी अवधि में बच्चे को बिल्कुल सीधा बैठाकर रखें। खून रुकने के बाद रूई के फाहे को दिन भर (या रात भर) नाक के अन्दर ही रहने दें। इसके बाद इसे धीरे-से बाहर निकालें। इस बात का ध्यान रखें कि बच्चा नाक में उँगली न डाले।

चौथा चरण : अगर खून बहना अब भी जारी है, तो बच्चे को डॉक्टर के पास ले जाएँ। इस बीच, आप नाक की तरफ जाने वाली बड़ी वाहिकाओं को दबाने की कोशिश कर सकती हैं। बच्चे के ऊपर से होंठ और मसूढ़ों के बीच रूई का एक फाहा रख दें और इसे बाहर की तरफ से जोर से दबाएँ।

बचाव के उपाय : बच्चे के नाखून छोटे रखें और उसे समस्याएँ कि नाक में उँगली नहीं डालनी चाहिए। अगर नाक के द्वार के पास आपको कोई पपड़ी दिखाई देती है, तो इस पर थोड़ी वैसलिन लगा दें। अगर किसी खास मौसम में बच्चे की नाक से खून बहने लगता है, तो पूरे मौसम के दौरान दिन में दो बार, नाक के अन्दर थोड़ी-सी वैसलिन लगा देनी चाहिए।

नाक में किसी बाहरी वस्तु की उपस्थिति

नन्हे बच्चे अपने नथुनों में छोटे-छोटे मनके, पत्थर, बटन वगैरह डाल लेते हैं और नहीं भी। थोड़े दिन बाद नाक से एक बदबूदार स्राव होने लगता है, और कभी-कभी इसमें खून भी शामिल होता है।

नियन्त्रण : अगर यह बाहरी वस्तु आपको नाक के द्वार के पास दिखाई दे रही है, तो किसी चिमटी से इसे सावधानीपूर्वक बाहर निकाल दें। अन्यथा बच्चे के दूसरे नथुने को दबाकर रखें और उसे बन्द नथुने को ज़ोर से छिनकने के लिए कहें। अगर इसका भी कोई असर नहीं होता, तो बच्चे को किसी अस्पताल के कैज्युलिटी विभाग में ले जाएँ।

नाक पर चोट लगना

लगभग एक घन्टे तक बर्फ को एक तौलिए में भरकर चोट वाली जगह पर ठण्डे दबाव दें। अगर नथुनों में हवा के आने-जाने में कोई बाधा पहुँच रही है या नाक का आकार बिगड़ गया है, तो बच्चे को डॉक्टर को दिखाएँ।

मोटापा (Obesity)

'ओबीसिटी' शब्द शरीर में वसा ऊत्तकों (fat tissues) की अधिकता के लिए प्रयोग किया जाता है। आसान शब्दों में कहें, तो अगर बच्चे का वज़न अपनी उम्र और लम्बाई के हिसाब से मानक वज़न (standard weight) से 20% से अधिक है, तो उसे एक मोटा (ओबीस) बच्चा माना जाता है। इस मोटाई को मापने के लिए बच्चे के वास्तविक वज़न को उसके लिंग और लम्बाई के हिसाब से अपेक्षित या मध्यम वज़न (Median weight) से विभाजित करके 100 से गुणा कर दिया जाता है -

% 1BWH = Actual Weight[2] 100 / Expected (Median) weight
(% Ideal Body weight according to Height)

इस तरह 20% अधिक वज़न को 'IBWH के 120%' के रूप में देखा जाता है।

मोटे बच्चों के माता-पिता अक्सर गलत कारणों से चिन्तित हो उठते हैं। उन्हें लगता है कि कहीं उनका बच्चा किसी अन्तःस्राव (endocrinal) या हार्मोन सम्बन्धी दोष से ग्रस्त तो नहीं है। मोटे बालकों का शिश्न अपेक्षाकृत छोटा प्रतीत होता है। दरअसल, यह सामान्य आकार का होता है, लेकिन जड़ के आसपास के वसा-युक्त ऊत्तकों में धंस जाने के कारण यह छोटा होने का भ्रम देता है। शिश्न के 'छोटे आकार' के साथ-साथ बच्चे का मोटापा माता-पिता को किसी हार्मोन सम्बन्धी दोष की आशंकाओं से भर देता है।

हालाँकि हार्मोनीय दोष भी मोटापे का कारण हो सकते हैं, लेकिन अधिकांश मामलों में इसके पीछे दूसरे कारण होते हैं।

शरीर के मध्य भाग में मोटापे के शिकार बच्चों ('Apple-shaped' children) को कूल्हों और जांघों के आसपास मोटे बच्चों ('pear-shaped' children) की तुलना में हृदय-रोगों का ज़्यादा खतरा रहता है।

कारण : मोटापे के तीन मुख्य कारण हैं परिवार में मोटापे का इतिहास, असक्रियता (inactivity) और परिवार में खान-पान की अस्वस्थ आदतें। भावनात्मक रूप से विचलित बच्चे भी ज़्यादा खा सकते हैं। टेलीविजन भी असक्रियता को बढ़ावा देता है। यह खतरा तब और भी बढ़ जाता है, जब बच्चों को टीवी देखते हुए खाने की छूट दे दी जाती है।

सौभाग्यवश छोटी उम्र के ज़्यादातर मोटे बच्चे 5 वर्ष की उम्र के आसपास अतिरिक्त वसा (fat से मुक्त हो जाते हैं। लेकिन स्कूल जाने वाले मोटे बच्चे आमतौर से बाद में भी मोटे रहते हैं, खासकर अगर उनके माता-पिता भी मोटे हों।

नियन्त्रण : अपने बच्चे को खान-पान की स्वस्थ आदतें अपनाने के साथ-साथ नियमित रूप से व्यायाम करने के लिए प्रोत्साहित करें। पूरे परिवार का बच्चे के साथ सहयोग करना ज़रूरी है। घर में ठण्डे पेय, आइसक्रीम, केक-पेस्ट्री, फ्रेंच फराइज़ और मिठाइयाँ वगैरह नहीं लानी चाहिए, न ही बच्चे को इनका प्रलोभन देना चाहिए। खाने में कम-से-कम तेल-घी का प्रयोग करना चाहिए। फलों, सब्जियों, सम्पूर्ण और अपरिष्कृत अनाजों, फलियों, दालों और अंकुरों का ज़्यादा सेवन करना चाहिए। माँस का कम-से-कम प्रयोग करना चाहिए। अल्पाहार या स्नैक्स के रूप में बच्चे को ताज़े फल और फलों का रस, कम वसा वाला दूध

और दही, पनीर, खाखरा (पतली और भुनी हुई गुजराती चपाती), कच्ची सब्जियाँ, फेहा (Puffed rice), चना, और बिना मक्खन का पॉपकॉर्न वगैरह देना चाहिए।

मोटे बच्चे तेज़ रफ़्तार से और अनियमित समय पर खाते हैं। उन्हें धीरे-धीरे और पूरी तरह से चबाकर खाने के लिए और सिर्फ नियमित समय पर खाने के लिए प्रोत्साहित किया जाना चाहिए।

व्यायाम

वज़न को कम करने के लिए व्यायाम उतना ही जरूरी है जितना आहार-नियमन्त्रण।

प्रोत्साहन

बच्चे के साथ मोटापे के खतरों के बारे में बातचीत करें। उसे बताएँ कि यह न सिर्फ हृदय-रोग बल्कि उच्च रक्तचाप (हाइपर-टेंशन), आर्थिरोस्लेरोसिस, हाइपर-लिपिडेमिया और हाइपर-इन्स्युलीनेमिया जैसे दीर्घकालीन रोगों का कारण जान सकता है। बच्चे को अपने स्वास्थ्य के प्रति अपनी जिम्मेदारी महसूस करने दें। उसे भूख कम करने वाली दवाएँ न दें। उसे भूखा भी न रखें, क्योंकि उसे पर्याप्त मात्रा में कैलोरियों की ज़रूरत है। बच्चे के साथ थोड़ा ज़्यादा समय बिताएँ और वज़न कम करने के प्रयासों में उसे पूरा-पूरा सहयोग प्रोत्साहन दें।

निमोनिया (Pneumonia)

निमोनिया कई कारणों से हो सकता है। इनमें बैक्टीरिया-जनित निमोनिया सबसे आम है।

लक्षण : अगर बच्चे की साँस सामान्य से ज़्यादा तेजी से चल रही हो, तो इस अवस्था का सन्देह करें। एक शिशु की साँस की रफ्तार प्रति मिनट 50 या अधिक, 1 से 5 वर्ष के बच्चे के मामले में प्रतिमिनब्ट 40 या अधिक, और बड़े बच्चे के मामले में प्रतिमिनट 30 या अधिक, होने की स्थिति को बहुत गम्भीरता से लेना चाहिए।

निमोनिया बुखार, नाक के बन्द होने या खाँसी से शुरू हो सकता है। एक शिशु के मामले में तापमान 39°C तक हो सकता है। वह बेचैनी महसूस करेगा, तेज़ी से सांस लेगा और अस्वस्थ दिखाई देगा। इस अवस्था में सायानोसिस (Cyanosis) भी विकसित हो सकता है, जिसमें होंठ और नाखून नीले पड़ जाते हैं और बच्चा आवाज करते हुए साँस लेने लग़ता है। साँस लेते समय उसकी निचली पसलियों के बीच की जगहें अन्दर की तरफ धंस सकती हैं। एक बड़े

बच्चे में बुखार 40.5°C या इससे अधिक हो सकती है। उसे कंपकंपी भी लग सकती है और खाँसी के साथ खून के धब्बों वाली बलगम बाहर निकल सकती है। साँस अन्दर खींचते समय वह छाती के प्रभावित हिस्से में पीड़ा की शिकायत कर सकता है।

उपचार : उपरोक्त लक्षणों वाले बच्चे को डॉक्टर को दिखाना चाहिए। छाती के एक्स-रे से मदद मिल सकती है। एन्टी-बायोटिकों के सेवन से 2 से 3 दिन में काफी सुधार दिखाई देने लगता है। लेकिन, डॉक्टर की सलाह के अनुसार, दवा के प्रयोग को कोर्स पूरा होने तक जारी रखना पड़ता है। बच्चे को अस्पताल में भी भर्ती करना पड़ सकता है, खासकर अगर एक शिशु को साँस लेने में तकलीफ हो रही हो।

विषाक्तता / ज़हर खा लेना (Poisoning)

नियन्त्रण : यहाँ हम उस अवस्था में स्थिति को नियन्त्रित करने की चर्चा करेंगे, जब आपको लगता है कि बच्चे ने कुछ जहरीले पदार्थों को छू लिया है या उन्हें खा लिया है।

पहला चरण : ज़हरीले पदार्थ को उसकी शारीरिक प्रणाली से बाहर निकाल दें।

अगर इसका कुछ हिस्सा अब भी उसके मुँह में है, तो इसे अपनी उँगलियों से बाहर निकाल दें। अगर बच्चा समझ सकता है तो उसे इसे बाहर थूकने के लिए कहें। इस पदार्थ को और उसके हाथ के या आसपास पड़े पदार्थ को सम्भालकर रखें। आपके डॉक्टर को इसकी जाँच करने की ज़रूरत पड़ेगी।

अगर बच्चे ने किसी जहरीले पदार्थ का कुछ हिस्सा अपने शरीर पर गिरा लिया है, तो उसके कपड़े उतार दें और उसके शरीर पर पानी (गर्म नहीं) डालें, जिस तरह जलने के मामले में किया जाता है।

अगर ज़हर उसकी आँख में चला गया है तो इसको पानी से धो दें। आँख को लगभग 15 मिनट तक धोते रहें।

दूसरा चरण : ये शुरूआती कदम उठाने के बाद अपने डॉक्टर को फोन करें और उससे पूछें कि क्या आपको बच्चे को उल्टी करवाने की कोशिश करनी चाहिए। उसकी सलाह लेनी जरूरी है, क्योंकि अगर बच्चे ने शौचालय को साफ करने वाले एसिड या बर्तन धोने में काम आने वाले (alkalis) निगल लिए हैं, तो उल्टी करना ठीक नहीं रहता है। इस तरह के मामले में आपका डॉक्टर बच्चे को दूध या पानी देने की सलाह दे सकता है।

अगर डॉक्टर बच्चे को उल्टी करवाने की सलाह देता है, तो उसके नमक वाला पानी या कोई दूसरा नमकीन पेय पिलाएँ। बच्चे को उल्टी करवाने का

सबसे अच्छा तरीका है, उसे 'आइपकैक' (ipecac) का सिरप पिलाना। दुर्भाग्यवश, यह दवा-विक्रेताओं के पास आसानी से उपलब्ध नहीं होता। अगर आपको कहीं से इसकी एक बोतल मिल जाए तो इसे घर में सम्भालकर रखें। अगर डॉक्टर उपलब्ध नहीं है और आपको पूरा विश्वास है कि बच्चे में एसिड या क्षार नहीं निगले हैं, तो उसे इस दवा के 3 चम्मच पिलाकर ऊपर से एक गिलास पानी पिलाएँ। अगर वह 20 मिनट बाद उल्टी नहीं करता तो उसे ऐसी ही एक खुराक और दें।

बच्चा जैसे ही उल्टी करे, इसे एक बर्तन में इकट्ठा कर लें, और निरीक्षण और जाँच के लिए अपने डॉक्टर को सौंप दें।

तीसरा चरण : पहले दो कदम उठा लेने के बाद आगे के नियन्त्रण के लिए बच्चे को नजदीक के अस्पताल में ले जाएँ। आपको बच्चे की उल्टी के साथ-साथ उसके मुँह से उँगली से निकाला हुआ और बचा हुआ जहरीला पदार्थ भी अपने साथ लेकर जाना चाहिए। डॉक्टर यह भी जानना चाहेगा कि बच्चे ने कितनी मात्रा में ज़हर का सेवन किया है और इसके बाद लगभग कितना समय बीत चुका है।

बच्चे के इतिहास की तेज़ी से जानकारी लेने और उसकी जाँच करने के बाद डॉक्टर आपको घर भेज सकता है, बाकी के ज़हर को निकालने के लिए बच्चे के पेट की धुलाई कर सकता है, या बच्चे को अस्पताल में भर्ती करने का फैसला कर सकता है।

चौथा चरण : अगर आपको घर भेज दिया जाता है तो अगले 12 घण्टों तक बच्चे की बड़ी निगरानी करें कि कहीं वह असामान्य व्यवहार तो नहीं कर रहा, या उसे दौरों, साँस फूलने, उल्टियाँ होते रहने या पेशाब रुकने की शिकायत तो नहीं है। कोई सन्देह होने पर डॉक्टर से सम्पर्क करें या बच्चे को वापस अस्पताल ले जाएँ।

पोलियो (Poliomyelitis)

लक्षण : पोलियो तीन प्रकार के वाइरसों में से किसी के भी कारण हो सकता है — टाइप 1, 2 या 3। बुखार की सीमा भी हर बच्चे के मामले में अलग-अलग रहती है। सौभाग्यवश, इस रोग से प्रभावित 90% से 95% बच्चों में किसी तरह के लक्षण प्रकट नहीं होते। कुछ बच्चों को हल्का बुखार हो सकता है, या गर्दन और पीठ में थोड़ी अकड़न महसूस हो सकती है। माँसपेशियों का पक्षाघात 10% से भी कम मामलों में देखने में आता है।

बच्चा इस पक्षाघात से पूरी तरह भी ठीक हो सकता है और कुछ हद तक

अपंग भी हो सकता है। गम्भीर मामलों में मस्तिष्क और श्वास-प्रणात्री से जुड़ी मासपेशियों पर भी असर पड़ सकता है।

उपचार : अगर आपको पोलियो-माइलिटिस का सन्देह है, तो जितनी जल्दी सम्भव हो अपने बच्चे को डॉक्टर को दिखाएँ। बच्चे की देखभाल करने वालों को अपने हाथ अच्छी तरह से धोने चाहिए, खासकर उसके मल को छूने के बाद।

पोलियो के प्रहार से ठीक होने के 6 सप्ताह बाद बच्चे को ओरल पोलियो वैक्सिन की 3 खुराकें देना अच्छा रहता है, भले ही इससे पहले उसे ये खुराकें मिली हों या न मिली हों।

समय-पूर्व शिशु (Premature Baby)

अपेक्षित समय से पहले पैदा होने वाले शिशुओं को समय-पूर्व (प्री-मैच्योर) शिशु कहा जाता है। आमतौर से, जन्म के समय उनका वज़न 2.5 किग्रा. से कम होता है। लेकिन हमारे देश में पूरे समय पर पैदा होने वाले बहुत-से बच्चों का वज़न भी 2.5 कि.ग्रा. से कम होता है। कम वज़न वाले सभी शिशुओं को जन्म के बाद अस्पताल में विशेष देखभाल की ज़रूरत होती है।

नियन्त्रण : थोड़ी गर्माहट वाला वातावरण, संक्रमणों से बचाव और पर्याप्त मात्रा में पोषण एक समय-पूर्व शिशु की देखभाल के सबसे महत्वपूर्ण अंग हैं।

वसा (fat) की कम मात्रा के कारण समय-पूर्व शिशु को जल्दी सर्दी लग जाती है। इसलिए गर्माहट के लिए उसे इन्क्यूबेटर में या गर्म कमरे में रखा जाता है, क्योंकि कई जगह इन्क्यूबेटर संक्रमणों के स्त्रोत साबित हो सकते हैं, इसलिए डॉक्टर गर्म कमरे को ज़्यादा पसन्द करते हैं। इस कमरे में 28°C से 30°C के बीच का तापमान रखा जाता है। इसके पीछे यह उद्देश्य होता है कि शिशु की बगल का तापमान 36.5° (98°f) रहे। शिशु के सिर और पांवों को अच्छी तरह से ढंकना जरूरी होता है। शिशु को गर्म रखने का एक दूसरा तरीका यह है कि उसे माँ के पास सोने दिया जाए। माँ अपने शिशु को अपने कपड़ों के भीतर और अपने स्तनों के बीच अपने शरीर से भी चिपकाकर रख सकती है। इसे 'कंगारू मुद्रा' कहा जाता है। 2.5 कि.ग्रा. का वज़न प्राप्त करने तक शिशु को नहलाना नहीं चाहिए। उसे सिर्फ पानी से पोंछना (स्पंज करना) चाहिए। शरीर का सही तापमान होने पर शिशु के तलुवे और हथेलियाँ गुलाबी और गर्म होते हैं। अगर उसकी हथेलियाँ और तलुवे नीले और ठण्डे हैं तो इसका मतलब है कि या तो वह किसी संक्रमण से ग्रस्त है या उसे पर्याप्त गर्माहट में नहीं रखा गया है।

समय-पूर्व शिशु के संक्रमणों का शिकार होने की ज़्यादा सम्भावना रहती है।

संक्रमणों को दूर रखने के लिए शिशु की देखभाल करने वाले सभी व्यक्तियों को उसे छूने से पहले अपने हाथ साबुन और पानी से अच्छी तरह से धोने चाहिए। मिलने-जुलने वालों को दूर रखना चाहिए। लेकिन माँ को शिशु की देखभाल की अनुमति होनी चाहिए। अगर शिशु समय से बहुत ज़्यादा पहले पैदा हुआ है, तो भी माँ को डॉक्टर से सलाह करके अपने शिशु को अक्सर छूते-सहलाते रहना चाहिए। माँ और शिशु के बीच शरीर-से-शरीर का सम्पर्क (skin-to-skin contact) जच्चा और बच्चा दोनों के लिए ही अच्छा है।

जहाँ तक सही पोषण का प्रश्न है, तो माँ के स्तनों का दूध समय-पूर्व शिशु के लिए सर्वोत्तम है।

समय-पूर्व शिशुओं में पीलिया और आँखों की समस्याएँ (आँख में रेटिनोपैथी) ज़्यादा आम हैं। आपका डॉक्टर शिशु पर कड़ी नजर रखेगा, ताकि ज़रूरत पड़ने पर उसे चिकित्सीय मदद दी जा सके। रेटिनोपैथी का पता लगाने के लिए 7 सप्ताह की उम्र (Chronolgical age) में, या गर्भधारण के बाद 34 सप्ताह की उम्र (postconceptional age) में जो भी पहले पूरी होती है, शुरुआती जाँच (Screening) की जाती है। लेकिन 5 सप्ताह की क्रॉनोलॉजिकल उम्र से पहले यह जाँच नहीं की जाती।

माँ का दूध पीने वाले समय-पूर्व शिशुओं को आयरन, कैल्सियम और विटामिन ए, सी और डी की आपूर्ति की ज़रूरत पड़ सकती है।

रेबीज़ / अलर्क-रोग (Rabies)

रेबीज एक बहुत गम्भीर रोग है, जो कण्ठ से कुछ निगलने में कठिनाई, दौरों और मृत्यु का कारण बन सकता है। यह किसी संक्रमणित पशु (कुत्ते, बिल्ली, बन्दर, चमगादड़, लोमड़ी इत्यादि) के काटने से पैदा होता है। इन सभी पशुओं द्वारा काटे जाने की घटना को बहुत गम्भीरता से लेना चाहिए और तुरन्त निम्नलिखित कदम उठाने चाहिए -

नियन्त्रण

पहला चरण : अगर सम्भव हो तो पशु को बाँधकर 10 दिनों तक अपनी निगरानी में रखें। अगर इस अवधि के बाद भी पशु स्वस्थ रहता है, तो चिन्ता की कोई बात नहीं है। यह बात बिल्ली या कुत्ते के बारे में सही है। लेकिन अगर बच्चे को चमगादड़ या लोमड़ी जैसे किसी जंगली पशु ने काटा है तो इसे बहुत गम्भीरता से लेने की ज़रूरत है। अगर सम्भव हो तो इस जंगली पशु को तुरन्त मार देना चाहिए, और इसके मस्तिष्क की जाँच करवाकर पता

लगाना चाहिए कि यह रेबीज वाइरस से संक्रमणित है या नहीं।

दूसरा चरण : अगर घाव से खून निकल रहा है, तो उस जगह को सख्ती से और लगातार दबाए रखकर खून का बहना रोक दें। इसके बाद घाव को 10 मिनट तक साबुन और पानी से खूब अच्छी तरह से धोएँ। यह सबसे ज़्यादा महत्वपूर्ण है।

तीसरा चरण : अपने डॉक्टर से तुरन्त सम्पर्क करें और इस बीच पता लगाने की कोशिश करें कि उस पशु को प्रतिरक्षक टीके लगाए गए हैं या नहीं।

चौथा चरण : आपका डॉक्टर आपसे कुछ प्रश्न पूछना चाहेगा। उदाहरण के लिए, क्या कुत्ते या बिल्ली ने भड़काए जाने के बाद बच्चे को काटा था? उसने सीधा काटा था या कपड़ों के ऊपर से? उसने शरीर में किस जगह काटा था? क्या इस पशु को प्रतिरक्षण टीके लगे हुए हैं? अगर बच्चे को किसी जंगली पशु ने काटा है तो डॉक्टर उसे टिटनस और रेबीज़ से बचाव के टीके लगा सकता है। कुत्ते-बिल्ली के मामले में डॉक्टर पूछे गए प्रश्नों के उत्तरों के अनुसार अपना फैसला लेगा — कि क्या बचाव के टीके अभी शुरू करने की ज़रूरत है, या कुछ दिनों तक पशु को निगरानी में रखकर प्रतीक्षा करना बेहतर है।

कुत्ते के काटने से बचाव

अपने बच्चे को समझाएँ कि कुत्ते को भड़काना नहीं चाहिए। उसे सिखाएँ कि पप्पियों की माँ की उपस्थिति में उन्हें छूना नहीं चाहिए; किसी अनजान कुत्ते को देखकर भागना नहीं चाहिए और खाते यो सोते समय कुत्ते को छेड़ना नहीं चाहिए।

र्‍यूमैटिक बुखार (Rheumatic Fever)

र्‍यूमैटिक़ बुखार एक गम्भीर रोग हो सकता है, क्योंकि यह हृदय को भी प्रभावित कर सकता है। सही समय पर पता न चलने और उपचार न हो पाने की स्थिति में रोगी दीर्घकालीन हृदय-रोग का शिकार हो सकता है।

लक्षण : इसकी शुरुआत गले की सूजन और जबड़ों के नीचे पीड़ाजनक और संवेदनशील लसीका गाण्ठो (lymph nodes) से होती है। इस अवस्था को वाइरल संक्रमण के कारण गले की सूजन से अलग करके देखना चाहिए, जिसमें रोगी को गर्दन की ग्रन्थियों में वृद्धि के बिना खाँसी और नाक बहने की शिकायत हो सकती है।

इस तरह के एक आम मामले में, एक स्कूल जाने वाला बच्चा (5 से 15 वर्ष) गले में सूजन महसूस करता है। एक से तीन सप्ताह बाद उसे जोड़ों में

पीड़ा और सूजन की शिकायत होने लगती है। यह पीड़ा और सूजन एक-दो दिन के बाद अपनी जगह बदलती रहती है, कभी इस जोड़ में तो कभी उस जोड़ में, इसलिए इसे फुदकती हुई पीड़ा (flitting pain) कहते हैं। पहला जोड़ ठीक होता है तो दूसरा प्रभावित हो जाता है, दूसरा ठीक होता है तो तीसरा प्रभावित हो जाता है। इसके साथ ही बच्चे को बुखार भी हो जाता है। उसके धड़ पर दाने भी निकल सकते हैं, जो आते-जाते रहते हैं। साथ ही, सिर के पिछले हिस्से या कोहनियों और टांगों पर गांठों भरी सूजन भी पैदा हो जाती है। बच्चे के हृदय के प्रभावित होने की भी सम्भावना रहती है। कुछ मामलों में शरीर और हाथ-पाँवों का असामान्य और अस्वैच्छिक हिलना-डुलना भी देखने में आता है। इनके अलावा डॉक्टर को कुछ अन्य लक्षण भी दिखाई दे सकते हैं।

उपचार : डॉक्टर कुछ रक्त-परीक्षणों का निर्देश दे सकता है। वह ई.सी.जी. (electrocardiogram) और छाती के एक्स-रे के लिए भी कह सकता है। हृदय से जुड़ी लम्बी बीमारी की स्थिति में ईको-कार्डियोग्राम की भी ज़रूरत पड़ सकती है।

बिस्तर में आराम, गले की सूजन का उपचार और एस्पिरिन उपचार के आम अंग हैं। यह फैसला डॉक्टर को करने दें कि बच्चे को कितने दिन तक घर में आराम करने की ज़रूरत है। सबसे महत्वपूर्ण बात यह है कि र्‌यूमैटिक बुखार से ग्रस्त हो चुके बच्चे को भविष्य में गले में बैक्टीरियल संक्रमण की सम्भावना से बचाकर रखा जाए। इसके लिए डॉक्टर बच्चे को नियमित रूप से एक दवा देने के लिए कह सकता है, जिसे कई वर्षों तक जारी रखना पड़ता है। यह दवा बहुत ज़रूरी है, क्योंकि गले के संक्रमण के नए प्रहार बच्चे के हृदय को प्रभावित कर सकते हैं।

दाँत निकालने या मुँह के अन्दर किसी-शल्य-चिकित्सा की स्थिति में भी डॉक्टर बच्चे को पहले और बाद में कोई दवा देते रहने के लिए कह सकता है। इसलिए डॉक्टर को यह बात ज़रूर बताएँ कि बच्चा अतीत में र्‌यूमैटिक बुखार से ग्रस्त हो चुका है, ताकि डॉक्टर उसका उपचार करते समय जरूरी सावधानियाँ बरत सकें।

र्‌यूमैटॉयड आर्थराइटिस / गठिया (Rheumatoid Arthritis)

हालाँकि बहुत-से लोगों का विश्वास है कि यह रोग सिर्फ वयस्कों को प्रभावित करता है, लेकिन सच्चाई यह है कि इस रोग की चपेट में शिशु, और खासकर नन्हें बच्चे भी आ सकते हैं। यह अलग बात है कि इस उम्र में यह एक आम रोग नहीं है।

लक्षण : इस रोग के एक आम मामले में, नन्हा बच्चा एक या ज़्यादा जोड़ों

में दर्द की शिकायत करता है। सुबह सोकर उठने के समय यह दर्द ज़्यादा होता है। इस रोग की विशिष्टता यह है कि जोड़ सुबह के घण्टों में अकड़ा हुआ प्रतीत होता है, और दिन बीतने के साथ-साथ यह अकड़न कम होती चली जाती है। प्रभावित जोड़ों में सूजन आ जाती है और दर्द होने लगता है। छूने पर ये जोड़ गर्म प्रतीत होते हैं। इस रोग की एक विशिष्टता है दोनों हाथों के छोटे-छोटे जोड़ों में सूजन, हालाँकि लगभग आधे मामलों में सिर्फ घुटने या टखने जैसे बड़े जोड़ प्रभावित होते हैं। हृदय आमतौर से इस रोग से बचा रहता है।

अगर र्‌यूमैटिक बुखार के साथ र्‌यूमैटिक आर्थराइटिस जुड़ा हुआ हो तो स्थिति बिल्कुल अलग होती है। इस अवस्था में प्रभावित जोड़ों की सूजन कई दिनों तक रहती है। जबकि र्‌यूमैटिक आर्थराइटिस की अवस्था में सूजन सिर्फ एक-दो दिन तक रहती है और फिर कोई दूसरा जोड़ सूजने और दर्द करने लगता है। पहला जोड़ पूरी तरह से सामान्य होता है, तो कोई तीसरा जोड़ इस रोग से प्रभावित हो जाता है (र्‌यूमैटिक बुखार में जोड़ों से जुड़ा फुदकता या जगह बदलता हुआ दर्द)। साथ ही, सुबह के समय जोड़ों की अकड़न भी सिर्फ र्‌यूमैटिक आर्थराइटिस का विशिष्ट पहलू है और गर्दन के जोड़ों का प्रभावित होना भी।

डॉक्टर इस सूजन के पीछे अन्य कारणों की सम्भावना को भी दिमाग में रखेगा, जिनमें कोई चोट, कोई सीमित संक्रमण, स्कर्वी (विटामिन-सी की कमी के कारण) और हीमोफ़ीलिया (रक्त का थक्का बनने की प्रक्रिया में किसी त्रुटि से जुड़ा रक्त-प्रणाली का दोष) इत्यादि शामिल हैं।

डॉक्टर कुछ परीक्षणों का भी निर्देश दे सकता है, खासकर उन मामलों में जो थोड़े अलग प्रकार के हों, या जिनके साथ शरीर पर दाने, लसीका ग्रन्थियों के आकार में वृद्धि, हृदय की संलग्नता, और जोड़ों की सूजन के बिना लम्बी अवधि तक समझ में न आने वाला बुखार जैसे कम आम लक्षण जुड़े हुए हों।

उपचार : डॉक्टर के साथ निरन्तर सम्पर्क में रहें, क्योंकि इस रोग का उपचार लम्बा खिंच सकता है। सौभाग्यवश, अधिकांश मामले पूरी तरह से ठीक हो जाते हैं; हालांकि कुछ मामलों के गम्भीर आर्थराइटिस (गठिया) में बदलने या आँखों को क्षति पहुँचने का कारण बनने की सम्भावना रहती है।

रिकेट्स (Rickets)

यह हड्डियों का रोग उन बच्चों को प्रभावित कर सकता है, जिनके शरीर को धूप नहीं मिलती। हमारी त्वचा में एक विटामिन-डी समर्थक (Pro-Vitamin D) तत्व होता है जो धूप मिलने पर विटामिन-डी में बदल जाता है। विटामिन-डी

बच्चों को स्किट्स से बचाता है। वैसे यह रोग कैल्सियम की कमी के कारण भी हो सकता है, शरीर में विटामिन-डी का स्तर सामान्य होने पर भी।

लक्षण : इस रोग के एक आम मामले में, एक बड़े शिशु या नन्हे बच्चे को मुड़ी हुई टांगों के साथ डॉक्टर के पास लाया जाता है। डॉक्टर कलाइयों या टखनों के पास की उसकी लम्बी हड्डियों के किनारों की चौड़ाई को बढ़ी हुई स्थिति में पाता है। बच्चे के दाँत भी देर से निकलते हैं। उसके सिर का नर्म हिस्सा (अगला फोन्टेनल) भी ज़्यादा खुला हुआ दिखाई देता है। बच्चा बार-बार संक्रमणों का शिकार होता रहता है। कुछ बच्चे 'टेटनी' (teteny-कैल्सियम की कमी के कारण पड़ने वाले दौरेद्ध के भी शिकार हो जाते हैं। कलाई के एक्स-रे से बच्चे के रिकेट्स से ग्रस्त होने के प्रमाण मिलते हैं।

उपरोक्त जानकारी को ध्यान में रखने के बावजूद आपको यह बात भी याद रखनी चाहिए कि ये सभी लक्षण सामान्य बच्चों में भी देखे जा सकते हैं। इसलिए एक शिशु की टांगों का मुड़ा हुआ होना, रिकेट्स के किसी दूसरे प्रमाण के अभाव में, पूरी तरह से सामान्य होता है। ऐसी टांगें बिना किसी उपचार के अपने-आप ही ठीक हो जाती हैं। कुछ सामान्य बच्चों के दाँत भी देर से निकलते हैं। अगला फोन्टेन कभी-कभी उम्र के दूसरे वर्ष के अन्त तक पूरी तरह से बन्द होता है। बच्चे का सिर अपने माता-पिता के सिरों के आकार के कारण भी बड़ा दिखाई दे सकता है। इसलिए अपने डॉक्टर को ही यह फैसला करने दें कि बच्चा रिकेट्स से ग्रस्त है या नहीं।

उपचार : आपका डॉक्टर विटामिन-डी के सेवन का परामर्श देगा। अधिकांश मामलों में इसका तेजी से असर होता है और एक्स-रे सामान्य स्थिति दर्शाने लगता है। अपने बच्चे को डॉक्टर के निर्देश से ज़्यादा विटामिन-डी न दें, अन्यथा उसमें विटामिन-डी विषाक्तता पैदा हो सकती है। आपको इस बात का भी ध्यान रखना चाहिए कि बच्चे को हर सुबह कम-से-कम 10 मिनट तक धूप मिले। लेकिन साथ ही यह भी ध्यान रखें कि देर तक धूप में रहने से कहीं बच्चा धूप की जलन (सन-बर्न) का शिकार न हो जाए।.

माँ का दूध पीने वाले बच्चों में रिकेट्स बहुत कम देखने में आता है। अपनी 30 वर्ष की प्रेक्टिस के दौरान मैंने इस तरह के सिर्फ 4 मामले देखे हैं। इनमें से 3 मामलों में, बच्चे का रंग काला हो जाने के डर से उस (डॉक्टर की सलाह के बावजूद) धूप नहीं लगने दी गई थी। ये सभी बच्चे विटामिन-डी के सेवन और प्रतिदिन थोड़े देर धूप में रहने के बाद बड़ी जल्दी ठीक हो गए।

छोटे / नाटे कद का बच्चा (Short Child)

कारण : अगर बच्चे का कद अपेक्षा से कम है, तो आमतौर से इसके निम्नलिखित कारण हो सकते हैं -

- माता-पिता का छोटा आकार
- जन्म के समय छोटा आकार
- दीर्घकालीन संक्रमण
- दमा और जन्मजात हृदय-रोग

माता-पिता का छोटा आकार

बच्चा अपनी माँ या पिता की तरह छोटे कद का हो सकता है। किशोरावस्था में प्रवेश करने के बाद बच्चे के कद में एकाएक वृद्धि हो सकती है।

जन्म के समय छोटा आकार

जन्म के समय कम वज़न और लम्बाई वाले बच्चे आमतौर से छोटे ही रहते हैं, भले ही वे अपने पूरे समय में पैदा हुए हों।

दीर्घाकालीन संक्रमण

अगर बच्चा किसी लम्बे चलने वाले संक्रमण का शिकार है, जिसका न तो निर्धारण (undiagnosed) हो पाया है और न उपचार – उदाहरण के लिए मूत्रीय संक्रमण (urinary infection), तो भी उसके वज़न और लम्बाई में कम वृद्धि होने की सम्भावना रहती है।

दमा और जन्मजात हृदय-रोग

गम्भीर श्वसनी दमा (bronchial asthma) और जन्मजात हृदय-रोग भी छोटे कद का कारण हो सकता है।

कम आम कारण

हाइपो-थाइरॉयडिज़्म और बढ़त के हार्मोनों की न्यूनता जैसे हार्मोन-सम्बन्धी दोष बहुत आम नहीं हैं, लेकिन इनका निर्धारण और शीघ्र उपचार होना बहुत ज़रूरी है। शरीर के ढांचे को प्रभावित करने वाले कुछ क्रोमोसोम-सम्बन्धी दोषों या आनुवंशिक दोषों के कारण भी बच्चे की बढ़त रुक सकती है।

उपचार : छोटे कद से जुड़े किसी प्रत्यक्ष कारण के उपचार के अलावा लम्बाई बढ़ाने का कोई निश्चित उपाय नहीं है।

तैराकी और व्यायाम अच्छी गतिविधियाँ हैं, लेकिन इनके माध्यम से बच्चे

के कद में वृद्धि होने की अपेक्षा नहीं करनी चाहिए। यही बात स्वस्थ आहार पर भी लागू होती है। इसमें कोई शक नहीं कि अगर छोटी उम्र से बच्चे के अच्छे पोषण का ध्यान नहीं रखा गया है, तो इससे उसके वज़न और कद पर असर पड़ा होगा। लेकिन उसे ठूँस-ठूँस कर खिलाने से कोई लाभ होने की सम्भावना नहीं है।

किसी निश्चित उद्देश्य के अलावा विटामिनों और आयरन के सेवन से भी कद बढ़ाने में कोई मदद नहीं मिलती।

इसी तरह, भूख बढ़ाने वाली दवाएँ — साइप्रोहेप्टडीन और एनाबॉलिक स्टेरॉयड्स इत्यादि भी इस उद्देश्य के लिए लाभदायक साबित नहीं होतीं उल्टे वे नुकसान पहुँचा सकती हैं। कभी-कभी, ज़रूरत महसूस होने पर, किसी बाल-विशेषज्ञ या एन्डोक्रिनोलॉजिस्ट की देखरेख में बच्चे को बढ़त-हार्मोन (growth harmone) दिया जा सकता है।

त्वचा की अवस्थाएँ (Skin Conditions)

एक स्वस्थ त्वचा बहुत से रोगों से हमारी रक्षा करती है। पर्याप्त नींद, हर सुबह लगभग 10 मिनट की धूप, दैनिक स्नान, स्वच्छ वस्त्र, छोटे बच्चों के लिए स्तन-पोषण और बड़े बच्चों के लिए नारियल पानी, ताज़े फलों, पत्ते वाली और ताज़ा सब्जियों समेत स्वस्थ आहार, अनावश्यक दवाओं से दूरी, और एक प्रसन्नचित्त व्यक्तित्व त्वचा को स्वस्थ रखने में हमारी मदद करने वाली चीज़ें हैं। बच्चे की त्वचा की देखभाल से जुड़ी कुछ मूलभूत बातें

त्वचा की मूलतः दो तहें होती हैं। बाहरी तह को एपिडर्मिस (epidermis) और भीतरी तह को डर्मिस (dermis) कहा जाता है। आमतौर से छोटे बच्चों की त्वचा बड़े बच्चों की तुलना में खुश्क होती है। इसलिए इस पर साबुन का बहुत ज़्यादा प्रयोग करना ठीक नहीं होता। महँगे साबुनों की भी ज़रूरत नहीं होती। किसी भी बिना सुगन्धवाले साबुन को सप्ताह में दो-तीन बार प्रयोग किया जा सकता है।

छोटे बच्चों में चेहरे और नितम्बों (buttock) के संक्रमण ज़्यादा देखने में आते हैं। शरीर के इन हिस्सों को ज़्यादा बार धोने की ज़रूरत होती है। बच्चे की त्वचा पर किसी टेल्कम पाउडर या बेबी पाउडर का प्रयोग भी नहीं करना चाहिए। वे बच्चे के नथुनों और फेफड़ों को उत्तेजित करने के अलावा त्वचा की तहों में जम जाते हैं। बेबी-क्रीमें और तेल भी अनावश्यक हैं। अगर त्वचा बहुत ज़्यादा सूखी है, तो त्वचा के एक छोटे-से हिस्से पर नारियल का तेल या पकाने का कोई परिष्कृत तेल (refined cooking oil) लगाकर देखा जा सकता है कि

इसके प्रयोग से त्वचा पर दाने तो नहीं पैदा होते। इस जाँच के बाद इसे पूरे शरीर पर लगाया जा सकता है। अगर दाने उभर आते हैं तो कोई दूसरा और कम महँगा तेल प्रयोग करके देखना चाहिए।

मुँहासे (Acne or Pimples)

मुँहासे किशोरावस्था का रोग है। ये इस उम्र में हार्मोनीय परिवर्तनों के कारण होने वाले तैलीय स्राव की अधिकता का परिणाम होते हैं। हालाँकि स्वस्थ आहार और स्वच्छ त्वचा सभी बच्चों के लिए जरूरी है, लेकिन इन्हें लेकर मुँहासों के शिकार बच्चे के पीछे पड़े रहने की ज़रूरत नहीं है। ऐसा कोई प्रमाण नहीं है कि मुँहासे तली हुई चीजों या चॉकलेटों के कारण पैदा होते हैं। इससे बेहतर है कि आप बच्चे को मुँहासों के मूलभूत कारण के बारे में समझाएँ, और जहाँ तक सम्भव हो उसे 'जंक-फूड' से दूर रहने की सलाह दें। मुहाँसों की समस्या के बारे में अपने बच्चे के साथ एक दोस्त की तरह बात करें।

लक्षण : मुँहासे चेहरे और ऊपरी छाती या पीठ को प्रभावित करते हैं।

नियन्त्रण : चेहरे को एक साधारण साबुन से एक बार सुबह और एक बार शाम को धोना काफी है। बच्चे को मुंहासों को छूते रहने या उन्हें दबाने से मना करें। वह आपकी बात ज़रूर सुनेगा, खासकर अगर आप उसे समझाएँगे कि मुंहासों को दबाने से चेहरे पर स्थाई धब्बे पड़ सकते हैं।

जहाँ तक दवाओं की बात है, तो अपने डॉक्टर या किसी त्वचा-विशेषज्ञ (skin-specialist) की सलाह लेना बेहतर है। दुकानों पर बिकने वाली मुंहासों की दवाओं के अंधाधुंध सेवन से बचें। डॉक्टर की सलाह के अनुसार उपचार को जारी रखना जरूरी है। ज़्यादातर मामलों में एक या दो महीनों में ही सुधार हो जाता है, लेकिन यह अवस्था वापस लौट सकती है। सौभाग्यवश, अधिकांश मामलों में यह अवस्था उम्र के साथ ठीक हो जाती है।

रंग-हीनता (Albinism)

इस आनुवंशिक रोग से ग्रस्त बच्चों के बालों और त्वचा का रंग सफेद होता है। उनकी आँखें नीले (blue iris) रंग की होती हैं और दृष्टि भी कमज़ोर होती है। इसे रंजकहीनता भी कहा जाता है। दृष्टि कम होने के बावजूद ये बच्चे पढ़-लिख सकते हैं। वे फोटो-फोबिया (तेज रोशनी को सहन न कर पाना) से भी ग्रस्त होते हैं। यह अवस्था बहुत ज़्यादा दुर्लभ नहीं है। हर 20,000 बच्चों में एक बच्चा इस रोग का शिकार होता है। अगर यह बच्चा बड़ा होकर अपने सम्बन्धियों के दायरे के बाहर एक स्वस्थ व्यक्ति से विवाह करता है,

तो उनके सामान्य बच्चे पैदा हो सकते हैं। इस रोग से ग्रस्त अधिकांश व्यक्ति सामान्य जीवन जीते हैं। लेकिन बहुत गम्भीर मामलों में व्यक्ति बाद के जीवन में अन्धेपन और त्वचा के कैंसर का शिकार हो सकता है।

उपचार : इस अवस्था का कोई उपचार उपलब्ध नहीं है।

फोड़े (Boils)

लक्षण : फोड़ा त्वचा के नीचे मवाद इकट्ठी हो जाने से पैदा होता है और एक पीड़ाजनक मुँहासे या त्वचा के नीचे एक लाल, जलन भरी और संवेदनशील सूजन (जिसे विद्रधि या ऐबसिस/ abscess कहा जाता है) के रूप में प्रकट हो सकता है।

उपचार : इसके उपचार का मूल मवाद को बाहर निकालने से जुड़ा हुआ है। हर तीन-चार घण्टे बाद सूजन वाली जगह पर गर्म पानी की सेंकाई दें (सूजन वाली जगह पर दवा-विक्रेताओं के पास उपलब्ध विसंक्रमणित गाज (gauze) के टुकड़ों की एक मोटी तह बिठा दें। इस पर गर्म पानी डालें, और भीगी हुई तह को लगभग 15 मिनट तक अपनी जगह पर रहने दें। इसके बाद गीले टुकड़ों को हटाकर सूजन पर एक नई और सूखी गाज़ रखकर पट्टी बाँध दें)। इस प्रक्रिया को कुछ दिनों तक दोहराना पड़ सकता है। फोड़े का मुँह खुलने और मवाद बाहर निकलनी शुरू होने के बाद भी इस प्रक्रिया को जारी रखें, जब तक सारी मवाद बाहर न निकल जाए।

मुँहासों की तरह फोड़े को भी हाथ से दबाकर मवाद बाहर नहीं निकालनी चाहिए। इसे नमी-युक्त गरमी की मदद से ही बाहर आने दें। अगर 3-4 दिनों में आराम नहीं मिलता है, तो डॉक्टर से सम्पर्क करें। कभी-कभी फोड़े के पास की जगह को काटकर भी मवाद बाहर निकालनी पड़ती है। आपके डॉक्टर को घाव की मरहम-पट्टी करनी पड़ सकती है और मुँह से लिए जाने वाले कुछ एन्टी-बायोटिक भी देने पड़ सकते हैं।

लंगोट के दाने (Diaper/Nappy Rash)

'डायपर — रैश' या लंगोट के दाने नवजात शिशुओं और बड़े शिशुओं के लंगोट या पोतड़े वाली जगह तक सीमित रहते हैं। इसके साथ ही उन्हें दस्त भी लग जाते हैं। सिर्फ माँ का दूध पीने वाले शिशुओं में यह समस्या कम देखने में आती है। जबकि प्रयोज्य या डिस्पोज़ेबल डायपर पहनने वाले शिशुओं में यह समस्या सबसे ज़्यादा देखने में आती है। नंगे रहने वाले शिशुओं को ये दाने नहीं होते।

लक्षण : आमतौर से होता यह है कि लंगोट गीला या खराब होने के बाद हम इसे तुरन्त बदलने में लापरवाही कर जाते हैं और मूत्र या मल के साथ त्वचा के लम्बे सम्पर्क से पेट के निचले हिस्से, वंक्षण (groin); जनन-इन्द्रियों के क्षेत्र और नितम्बों पर लाली उभर आती है। यह डिस्पोज़ेबल डायपर के मामले में ज़्यादा होता है। कभी-कभी इन हिस्सों की नमी फफूंद (fungus) को भी आकर्षित कर सकती है, जिसके संक्रमण के कारण नितम्बों कों छोड़कर उपरोक्त अन्य सभी हिस्सों की त्वचा लाल हो सकती है।

बचाव के उपाय : डायपर-रैश यानी शिशु के लंगोट वाले हिस्से की त्वचा पर लाली और दानों से बचने के लिए डिस्पोज़ेबल डायपरों की बजाय कपड़े के लंगोट या पोतड़ों का प्रयोग करें। कहीं बाहर आते-जाते समय भी शिशु को पहले कपड़े का लंगोट पहनाएँ और फिर इसके ऊपर प्लास्टिक का कवर चढ़ाएँ। लंगोट के गीला होने के तुरन्त बाद उसे बदलने की कोशिश करें। खराब लंगोट को सादे पानी से धोकर सुखा दें। साथ ही यह ध्यान भी रखें कि शिशु के वंक्षण (groin) या त्वचा की तहों में नमी बची न रह जाए।

रात में लंगोट बदलने के दौरान कुछ शिशुओं की नींद टूट जाती है, लेकिन अगर लंगोट नहीं भी बदला जाए, तो भी उनकी त्वचा लाल नहीं होती।

डिस्पोज़ेबल डायपरों के बारे में यहाँ थोड़ी और चर्चा ज़रूरी है। पिछले कुछ वर्षों में इनकी गुणवत्ता में कुछ सुधार हुआ है और परिणामस्वरूप नैपी-रेश के मामलों में भी थोड़ी कमी हुई है। लेकिन डिस्पोज़ेबल डायपरों से जुड़ी कुछ दूसरी समस्याएँ भी सामने आ रही हैं। कील यूनिवर्सिटी (जर्मनी) के डॉक्टरों की एक रिपोर्ट के अनुसार, प्लास्टिक के अस्तर वाले डायपर शिशु की अण्ड-ग्रन्थियों (testes) के आसपास गरमी पैदा कर देते हैं, जिसके कारण बढ़त के एक महत्वपूर्ण चरण में शिशु के विकास पर प्रतिकूल असर पड़ सकता है। सबसे छोटे शिशुओं में यह गरमी सबसे ज़्यादा देखने में आती है। भारत की उपभोक्ता मार्गदर्शन समिति (Consumer Guidance Society of India) के पूर्व अध्यक्ष डॉ. एन.जी.वागले के अनुसार, कपड़े के लंगोटों की तुलना में डिस्पोज़ेबल डायपरों में 5 गुना ज़्यादा टेट्रा-क्लोरोडाइ-बेंज़ोडायोक्सिन होती है। साथ ही उन्होंने अफ़सोस ज़ाहिर करते हुए लिखा है कि सिर्फ 500 डिस्पोज़ेबल डायपर बनाने के लिए एक भरे-पूरे पेड़ को काट डाला जाता है।

उपचार : अगर डायपर या लंगोट के कारण शिशु की त्वचा लाल हो गई है, या उस पर दाने निकल आए हैं, तो त्वचा को ज़्यादा-से-ज़्यादा हवा लगने दें, खासकर मूत्र और मल त्याग के बाद। इससे समस्या अपने-आप ही सुलझ जाती है। लेकिन अगर यह जारी रहती है, तो ज़िंक (जस्ते) और एरण्डी के

तेल (Castor oil) के मिश्रण को प्रभावित जगहों पर लगाया जा सकता है। यह मिश्रण आपका दवा-विक्रेता भी बनाकर दे सकता है, और बना-बनाया भी मिलता है। इसे दिन में 3 बार लगाना चाहिए। अगर इससे भी बात न बने, तो शिशु को डॉक्टर के पास ले जाएँ। उसे किसी फफूंद नाशक दवा से इसका उपचार करना पड़ सकता है।

डायपर — रैश के बहुत गम्भीर मामलों में प्रभावित क्षेत्र को बहुत ज़्यादा धोएँ या पोंछें नहीं। सादे पानी से धोने के बाद प्रभावित क्षेत्र को आधे दूध और आधे पानी के ठण्डे दबाव दें, और फिर हल्की-सी स्टेरॉयड और एन्टी-फंगल (फफूंदनाशक) क्रीम लगाकर इसके ऊपर ज़िंक क्रीम का लेप कर दें। इस उपचार के बहुत सफल परिणाम देखने में आते हैं। जब तक आप जाग रही हों, शिशु का लंगोट हर एक घण्टे के बाद बदलती रहें।

चिपचिपी पपड़ियाँ (Impetigo)

यह चर्मरोग फोड़ों की तरह बैक्टीरिया के संक्रमण से पैदा होता है। यह फफोलों के रूप में प्रकट होता है, जो फूटने के बाद पीली और चिपचिपी पपड़ियों का रूप ले लेते हैं। ये पपड़ियां संक्रामक होती हैं और शरीर के अन्य हिस्सों में भी फैल सकती हैं। लेकिन आमतौर से ये मुँह के आसपास की चमड़ी और नितम्बों तक सीमित रहती हैं। निकट सम्पर्क से दूसरे लोग भी इस रोग की चपेट में आ सकते हैं।

उपचार : सामान्य मामलों में कोई एन्टी-बायोटिक क्रीम लगाना काफी होता है। लेकिन कभी-कभी डॉक्टर मुँह से लिए जाने वाले एन्टी-बायोटिकों की भी ज़रूरत महसूस कर सकता है। बच्चे के कपड़ों को जल्दी-जल्दी बदलते रहना चाहिए।

कुष्ठ-रोग/कोढ़ (Leprosy)

हालांकि यह सच है कि कुष्ठ-रोग कुछ खास क्षेत्रों और निर्धन सामाजिक-आर्थिक वर्गों में ज़्यादा देखने में आता है, लेकिन यह रोग किसी भी पृष्ठभूमि के बच्चे को अपनी चपेट में ले सकता है।

ज़्यादातर मामलों में यह सिर्फ सफेद चकतों (white patches) तक सीमित रहता है, जिनके लिए आमतौर से किसी उपचार की ज़रूरत नहीं होती। इनमें से कुछ मामले फफूंद-जनित संक्रमण (fungal infection) से जुड़े होते हैं, जिनके उपचार के लिए किसी फफूंद-नाशक मलहम का प्रयोग काफी होता है।

निर्धारण (Diagnosis) : कुष्ठ-रोग के उपचार में रोग का जल्दी निर्धारण हो जाना बहुत महत्वपूर्ण होता है। इसीलिए यहाँ हमारी चर्चा इसके जल्दी पता

चलने तक सीमित रहेगी। इसका सबसे महत्वपूर्ण अंग है शरीर के प्रभावित हिस्से में संवेदना-शून्यता (loss of sensation) की जाँच।

अगर आपको बच्चे की त्वचा पर हल्के रंग का कोई चकता दिखाई दे, जो आसपास के क्षेत्र से अलग दिखाई देता है, तो एक रूई से इसकी संवेदना-शून्यता की जाँच करें। पहले बच्चे को आँखें खुली रखने के लिए कहकर आसपास के किसी सामान्य हिस्से को छुएँ। इसके बाद सन्दिग्ध जगह को छुएँ। अब बच्चे को अपनी आँखें बन्द कर लेने के लिए कहें, और उसे उस हिस्से की तरफ संकेत करने के लिए कहें जिसे आप छू रही हों। अगर हल्के रंग वाली जगह पर रूई रखने पर उसे कुछ भी महसूस नहीं होता, तो इस जगह पर धीरे से एक पिन चुभोकर देखें। कोई सन्देह होने की स्थिति में अपने डॉक्टर से सम्पर्क करें।

उपचार : अगर यह कुष्ठरोग है, तो बहुत ज़्यादा चिन्तित न हों। आजकल हमारे पास इस रोग की बहुत प्रभावशाली दवाएँ हैं। रोग के निर्धारण के लिए बच्चे के किसी कुष्ठ-रोगी के निकट सम्पर्क में आने की जानकारी से मदद मिल सकती है। लेकिन इस तरह का कोई सम्पर्क न होने पर भी कुष्ठ-रोग हो सकता है।

कुष्ठ-रोग के चकतों को दाद (ringworm) और अधरंग (vitiligo) से अलग करके देखना चाहिए, जिनका जिक्र आगे किया गया। धूप में बहुत ज़्यादा खेलने वाले बच्चों के गालों पर (या किसी दूसरी जगह) भी सफेद चकते देखने में आते हैं, खासकर गहरी रंगत वाले बच्चों में। इस तरह के चकते आते-जाते रहते हैं और लगभग दो महीने में अपने-आप अदृश्य हो जाते हैं। धैर्य रखने के अलावा इनका कोई दूसरा उपचार नहीं हैं। कुछ लोगों का मानना है कि ये चकते कृमियों (कीड़ों) के कारण होते हैं। बच्चे को इससे सम्बन्धित उपचार देने में भी कोई हर्ज नहीं है। लेकिन यहाँ यह उल्लेख करना उपयुक्त होगा कि ये सफेद चकते (और नाखूनों पर सफेद धारियाँ) कैल्सियम या किसी दूसरे तत्व की न्यूनता के कारण नहीं होते।

जूएँ (Lice)

बच्चे अक्सर स्कूल से जुँएँ लेकर आते हैं, या घर पर किसी नौकरानी या किसी दूसरे व्यक्ति से पा लेते हैं। कृपया इस समस्या के लिए अपने कुत्ते को दोष न दें, अगर आपने पाल रखा है तो, क्योंकि पशु इस परजीवी (parasite) को हस्तांतरित नहीं करते।

लक्षण : जुंएं बहुत ज़्यादा खुजलाहट और खीज पैदा करती हैं। इनके अण्डे नमक के कणों की तरह बालों में सब जगह चिपके दिखाई देते हैं।

नियन्त्रण : आपका डॉक्टर बालों में लगाने के लिए एक दवा देगा, जो काफी प्रभावी होती है। घर के उन सभी सदस्यों का उपचार किया जाना जरूरी है, जिनके सिर में जरा-सी भी खुजलाहट है। कुछ दिनों के उपचार के बाद बालों में एक बारीक दाँतों वाली कन्धी फिराई जा सकती है, ताकि सभी लीखें बाहर निकल सकें। बालों के सम्पर्क में आने वाले सभी कपड़ों, कन्घियों और ब्रशों को गर्म पानी से धोना ज़रूरी है। बार-बार खुजाने के कारण सिर (खोपड़ी) में एक बैक्टीरिया-जनित संक्रमण पैदा हो सकता है, जिसके उपचार की ज़रूरत पड़ सकती है। गर्दन के पीछे मटर के दानों जितनी गांठें भी अक्सर जूँओं के कारण होती हैं। बढ़ जाने के बाद इनके ठीक होने में काफी समय लगता है। इनके लिए किसी उपचार की ज़रूरत नहीं होती।

मोतिया सूजन (Molluscum Contagiosum)

'मॉल्युस्कम कॉन्टेजियोसम' के नाम से जाना जाने वाला यह रोग एक संक्रामक रोग है और एक वाइरस-जनित संक्रमण से पैदा होता है। यह शरीर के एक हिस्से से दूसरे हिस्से में भी फैल सकता है।

लक्षण : यह सख्त, मोतिया और त्वचा के रंग की सूजन के रूप में प्रकट होता है, जो 1 से 5 मि.मी. के आकार की होती है। इस सूजन का केन्द्र कुछ दबा हुआ होता है, जिसे दबाने पर पनीर जैसा पदार्थ बाहर निकलता है। यह रोग अपने-आप ही ठीक हो सकता है, लेकिन इसमें कई महीने या कुछ वर्ष भी लग सकते हैं।

उपचार : इस सूजन के केन्द्र-बिन्दु से पनीर जैसे पदार्थ को बाहर निकालकर (जिसके लिए एक सुई या खुरचनी का प्रयोग किया जाता है) इसका उपचार किया जाता है। लेकिन यह सूजन बार-बार और कई जगह होती रहती है। इसे पूरी तरह से खत्म करने के लिए परिवार के सभी प्रभावित व्यक्तियों का उपचार करना ज़रूरी होता है। हाल ही में सिमेटीडीन (Cimetidine) नामक एक मुँह से ली जाने वाली दवा ईज़ाद की गई है, जो इस अवस्था में काफी फायदेमन्द पाई गई है। इसे प्रतिदिन शरीर के वज़न के हिसाब से (40 मि.ग्रा. प्रति किलो) 2 महीने तक प्रयोग करना होता है।

दाद और कुछ अन्य फफून्द-जनित संक्रमण (Ringworm and a few other fungal skin infections)

दाद (Ringwork) : यह फफूंद-जनित संक्रमण त्वचा पर थोड़े उभरे हुए गोल छल्लों (rings) के रूप में प्रकट होता है। इन छल्लों का केन्द्र थोड़े फीके रंग का होता है। खुजली भी हो सकती है, लेकिन बहुत ज़्यादा नहीं। यह रोग एक

बच्चे से दूसरे बच्चे तक पहुँच सकता है। इसके उपचार के लिए आमतौर से कोई फफूंद-नाशक मलहम लगाने और व्यक्तिगत स्वच्छता (personal hygiene) की ज़रूरत होती है। कुछ दुर्लभ मामलों में डॉक्टर मुँह से ली जाने वाली दवा भी दे सकता है, खासकर अगर नाखून भी प्रभावित हों। इस रोग के चकते कुष्ठरोग से अलग होते हैं। एक तो इनके आसपास छल्ले बने होते हैं, दूसरे ये कुष्ठरोग के चकत्तों की तरह संवेदना-शून्य नहीं होते। नाखून बेरंग और कुछ मोटे प्रतीत होते हैं।

टाइनिया वर्सीकलर (Tinea Versicolar) : यह रोग छाती और पीठ के ऊपरी हिस्से पर गहरे भूरे या सफेद चकतों के रूप में प्रकट होता है। इन चकतों के आसपास भी एक दायरा होता है, लेकिन वह दाद के छल्लों की तरह थोड़ा उभरा हुआ और गोल न होकर टेढ़े-मेढ़े आकार का होता है। लगभग एक महीने तक दिन में दो बार फफूंद-नाशक मलहम लगाने से ये चकते पूरी तरह साफ हो जाते हैं। लेकिन यह रोग दोबारा प्रहार कर सकता है और उपचार को फिर से दोहराना पड़ सकता है।

कैंडिडा (Candida) : यह संक्रमण (जो मुँह के एक आम फफूँद-जनित संक्रमण मुखपाक Thrush का भी कारण होता है) वंक्षण (groin), बगलों और गर्दन को प्रभावित कर सकता है। त्वचा का संक्रमणित हिस्सा नम और लाल हो जाता है। प्रभावित अंगों को सूखा रखने, हवा लगने देने और कोई फफूंद-नाशक मलहम लगाने से इस रोग से आसानी से छुटकारा पाया जा सकता है।

खाज / खारिश (Scabies)

लक्षण : अगर परिवार के एक से ज़्यादा सदस्यों को पूरे शरीर में खुजली हो रही है, जो कलाइयों, उँगलियों के बीच और शिश्न तथा अण्ड-ग्रन्थियों के क्षेत्र में ज़्यादा है, तो सम्भवतः वे खाज या खारिश के शिकार हैं। बच्चे को यह रोग अपने किसी मित्र से भी मिल सकता है।

नियन्त्रण : प्रभावित क्षेत्रों पर बेन्जाइल बेन्जोएट (benzyl benzoate) या गामा बेन्जीन हेक्सा-क्लोराइड (gamma benzene hexachloride) युक्त दवा लगाना काफी असरदार साबित होता है।

बड़े बच्चों में यह दवा गर्दन के नीचे पूरे शरीर पर मली जा सकती है, खासकर हाथों और पांवों की उँगलियों के बीच और वंक्षण (groin) क्षेत्र में। इस दवा को लगाने के बाद 24 घण्टों तक नहाना नहीं चाहिए।

छाटे शिशुओं को भी गर्दन के ऊपर इस रोग की शिकायत हो सकती है,

जिसके लिए इस दवा में बराबर मात्रा में, नारियल का तेल मिलाकर शिशु के चेहरे और सिर पर लगाना चाहिए। एक हफ्ते बाद इस उपचार को फिर से दोहराना चाहिए।

बचाव के उपाय : व्यक्तिगत स्वच्छता के साथ-साथ परिवार के उन सभी सदस्यों का उपचार किया जाना चाहिए, जिन्हें खुजली की जरा-सी भी शिकायत है। यह रोग कपड़ों के माध्यम से बड़ी तेजी से फैलता है, इसलिए उन्हें उबालकर और फिर धूप में सुखाने के बाद ही पहनना चाहिए।

धूप की जलन (Sunburn)

गोरे रंग के बच्चे इस समस्या के ज़्यादा शिकार होते हैं।

लक्षण : 'सन-बर्न' धूप में रहने के बाद और पीठ की त्वचा के बहुत ज़्यादा लाल हो जाने के रूप में प्रकट होता है। एक बड़ा बच्चा बहुत देर तक धूप लगते रहने वाले हिस्सों में पीड़ा और एक जलन भरी अनुभूति की शिकायत भी कर सकता है। एक या दो दिन बाद त्वचा झड़नी शुरू हो सकती है।

उपचार : इस अवस्था में बिना किसी उपचार के कुछ दिनों में अपने-आप ही सुधार हो जाता है। पानी में बेकिंग सोडा मिलाकर कई बार स्नान करने से राहत महसूस होती है। धूप में जाने से पहले प्रयोग किए जाने वाले कुछ लोशन बच्चों के लिए सुरक्षित नहीं होते। सबसे अच्छा तरीका यह है कि बच्चों को ज़्यादा देर तक धूप में न रहने दिया जाए।

अधरंग (Vitiligo)

यह त्वचा की रंगत के खो जाने से जुड़ा रोग है, और त्वचा पर लगभग विशुद्ध सफेद चकतों के रूप में प्रकट होता है। शरीर का कोई भी अंग इस दोष से प्रभावित हो सकता है, लेकिन यह हाथों और चेहरे, खासकर होंठों के आसपास और पलकों के ऊपर ज़्यादा देखने में आता है। इन हिस्सों की संवेदना पूरी तरह से सामान्य रहत्ती है।

नियन्त्रण : अगर आपको कोई सन्देह हो तो अपने डॉक्टर से सम्पर्क करें। वह कुष्ठ-रोग की सम्भावना को निरस्त करके आपको सफेद चकते वाले अंगों को ज़्यादा देर तक धूप में न रखने की सलाह देगा। अगर धूप से बचना सम्भव नहीं है तो इन अंगों को ढंककर रखें या ज़िंक ऑक्साइड युक्त कोई भी मलहम लगाएँ। अन्यथा त्वचा पर फफोले उभरने की सम्भावना रहती है। इस रोग का कोई निश्चित उपचार उपलब्ध नहीं है। आपका डॉक्टर धूप या अल्ट्रा-वॉयलेट लाइट के उपचार के साथ-साथ कोई मलहम लगाने का परामर्श दे सकता है।

कभी-कभी मुँह से लेने वाली दवा भी दी जाती है। कुछ चकते अपने-आप खत्म हो सकते हैं। लेकिन आमतौर से त्वचा का और ज़्यादा क्षेत्र इस रोग के प्रभाव में आता रहता है।

बच्चे के अभिभावकों को डॉक्टर के सर्टिफिकेट के माध्यम से स्कूल-अधिकारियों को सूचित कर देना चाहिए कि यह एक संक्रामक रोग नहीं है। उन्हें बच्चे के सामने चिन्ता का प्रदर्शन नहीं करना चाहिए, अन्यथा एक स्वस्थ बच्चा अकारण ही भावनात्मक समस्याओं का शिकार हो सकता है।

कील / कीलक (Warts)

लक्षण : एक वाइरस द्वारा पैदा किया गया यह रोग हाथों या पाँवों की उँगलियों में एक सख्त, पीली भूरी या काली सूजन के रूप में सामने आता है। यह कीलनुमा सूजन शरीर के अन्य हिस्सों में भी प्रकट हो सकती है।

उपचार : हालाँकि बहुत-से मामले अपने-आप ठीक हो जाते हैं, लेकिन कई बार इसमें कई वर्ष लग जाते हैं। अपने डॉक्टर से सलाह करके इन कीलों का जल्दी उपचार कर लेना अच्छा है। कभी-कभी शल्य-चिकित्सा की भी ज़रूरत पड़ सकती है। कील बार-बार पैदा होते रहते हैं, इसलिए इनके बार-बार उपचार की ज़रूरत पड़ सकती है।

नींद और नींद से जुड़ी समस्याएँ (Sleep and Sleep Problems)

इस महत्वपूर्ण आलेख को एक मार्ग-दर्शिका के रूप में लें, और अपनी अन्तर्बुद्धि (instinets) से काम लेते हुए अपने बच्चे और परिवार के अन्य सदस्यों की ज़रूरतों के अनुसार उपयुक्त कदम उठाएँ।

हम निम्नलिखित विषयों पर चर्चा करेंगे –

- नींद की अवधि उम्र के अनुसार और हर बच्चे के अनुसार अलग-अलग होती है।
- जिंदगी के शुरू के कुछ महीनों में बच्चे को कभी-कभी रात को नींद न आना पूरी तरह से सामान्य है। लगभग 3 महीने की उम्र के बाद शिशु आपके और आपके परिवार की दिनचर्या के साथ अपना तालमेल बिठा लेता है।
- बड़े बच्चे अलग कमरे में सो सकते हैं, लेकिन आपके शिशु का आपके साथ सोना अच्छा रहता है।
- शिशु को अच्छी नींद सुलाने में घर के दूसरे सदस्यों, खासकर शिशु के पिता का सहयोग लेने की कोशिश करनी चाहिए।

- नींद से जुड़ी अधिकांश समस्याएँ अस्थाई प्रकृति की होती है।

नींद की अवधि

नींद की अवधि हर बच्चे के लिए अलग हो सकती है। अगर सुबह सोकर उठने के बाद बच्चा पूरा दिन प्रसन्नचित्त और सक्रिय रहता है, तो इसका मतलब है कि पिछली रात वह पूरी नींद सोया है। अगर वह चिड़चिड़ा हो रहा है और अपना सामान्य व्यवहार नहीं कर रहा है, तो या तो उसकी नींद पूरी नहीं हुई है या वह किसी भावनात्मक या शारीरिक समस्या का शिकार है।

एक नवजात शिशु दिन के चौबीस घण्टों में से अधिकांश समय सोया ही रहता है — सिवा भूख लगने, गीला होने या किसी दूसरे कारण से कोई असुविधा महसूस करने की स्थिति में। क्योंकि अभी उसे दिन और रात के फर्क का पता नहीं होता, इसलिए वह दिन में ज़्यादा सो सकता है और रात में कम। यह माँ के लिए असुविधाजनक भले ही हो, लेकिन उसे अपने शिशु की तरह दिन में ज़्यादा और रात में कम सोने की आदत डाल लेनी चाहिए। वह बैठने की बजाय लेटे-लेटे ही शिशु को अपना दूध पिला सकती है (जो स्तन-पोषण के लिए एक सुरक्षित मुद्रा है)। परिवार के अन्य सदस्यों को उसके साथ सहयोग करना चाहिए और मिलने-जुलने वालों पर थोड़ी रोक लगाने की कोशिश करनी चाहिए।

कुछ शिशुओं को अतिरिक्त ध्यान की ज़रूरत हो सकती है। वे थोड़े नखरीले होते हैं और एक अनभ्यस्त माँ के लिए परेशानी खड़ी कर सकते हैं। ज़्यादातर शिशु (लेकिन सभी नहीं) सुबह की मालिश और स्नान के बाद अच्छी नींद सोते हैं, खासकर अगर उन्हें कपड़े में लपेट दिया गया हो।

दूसरे महीने में शिशु थोड़ा ज़्यादा जागता है और लगभग 6 सप्ताह की उम्र के बाद ध्यान खींचे जाने पर प्रतिक्रिया व्यक्त करना शुरू कर सकता है। लगभग 3 महीने की उम्र में शिशु की नींद का स्वरूप बदलने की सम्भावना रहती है। इस उम्र के बाद ज़्यादातर शिशु रात में लम्बी अवधि तक सोने लगते हैं। अब वे दिन में ज़्यादा देर तक जगे रहते हैं, और सुबह तथा दोपहर एक-दो घण्टे के लिए सो सकते हैं। बच्चे की पहली वर्षगांठ तक यही क्रम चलता रहता है। इसके बाद 3 वर्ष की उम्र तक वे सिर्फ दोपहर में सोना पसन्द करते हैं। 3 वर्ष की उम्र के बाद वे दिन में सोना बिल्कुल बन्द कर सकते हैं। इस उम्र में बच्चों को रात में 10 से 12 घण्टे की नींद की ज़रूरत होती है।

किशोरों को हर रात 9 से 10 घण्टे की नींद की ज़रूरत होती है। नींद पूरी न होने पर उनकी पढ़ाई-लिखाई पर बुरा असर पड़ सकता है।

शुरू के मुश्किल महीने

इस वक्तव्य के मूल अर्थ को समझने के लिए आपको 'रैपिड आइ मोमेंट्स' (REM) से जुड़ी 'नींद' और 'पक्की नींद' (non-REM sleep) की थोड़ी जानकारी होनी चाहिए।

एक नवजात शिशु की नींद की अवधि उनींदेपन (drowsiness) से शुरू होकर पहले कच्ची या हल्की नींद, और फिर पक्की या गहरी नींद का रूप लेती है। आँखों का तेज़ संचालन और सपने देखना 'कच्ची नींद' से जुड़ा हुआ है। 3 महीने की उम्र तक शिशु की आधी नींद 'कच्ची नींद' (light sleep) होती है। इसकी तुलना में नन्हे बच्चों, बड़े बच्चों और वयस्कों की सिर्फ एक चौथाई नींद 'कच्ची नींद', और शेष तीन चौथाई नींद 'पक्की नींद' (deep sleep) होती है। इसलिए अगर 3 महीने से छोटा शिशु 16 घण्टे सोता है, तो इसका मतलब है कि उसे 8 घण्टों की पक्की नींद मिली है। बाकी के 8 घण्टे वह सिर्फ कच्ची नींद में सोया होता है, जबकि 12 घण्टे तक सोने वाले बड़े बच्चे सिर्फ 3 घण्टों के लिए कच्ची नींद में होते हैं। शिशु के कच्ची नींद से जल्दी उठ जाने की सम्भावना रहती है। उम्र के इस चरण में माँ शिशु को सोया देखकर और सन्तुष्ट होकर उसे बिस्तर में लिटा सकती है। लेकिन शिशु जल्दी ही वापस जाग जाता है और रोने लगता है, क्योंकि वह सिर्फ कच्ची नींद में होता है। इसलिए शिशु को तब तक अपनी गोद में ही लिटाए रखना चाहिए, जब तक वह कच्ची नींद का चरण पार करके पक्की नींद में न पहुँच जाए।

और फिर, जैसा कि पहले कहा जा चुका है, शिशुओं को अभी दिन और रात के अन्तर का पता नहीं होता। इसलिए वे दिन में ज़्यादा देर तक सो सकते हैं, जबकि रात भर मम्मा को परेशान कर सकते हैं। हमें यह भी याद रखना चाहिए कि कुछ ही महीने पहले जब शिशु भ्रूण (foetus) के रूप में माँ के गर्भ में था, तो उसकी सभी ज़रूरतें तुरन्त पूरी हो जाती थीं। भूख तुरन्त सन्तुष्ट हो जाती थी और हर समय गरमाहट मिली रहती थी। उसका मन बहलाने के लिए माँ के दिल की जानी-पहचानी धड़कनें थीं। जन्म लेने के बाद शिशु को यह बात समझने में लगभग 3 महीने लग जाते हैं कि उसकी माँगें न्यायसंगत होनी चाहिए और मम्मा को भी आराम की ज़रूरत है। इसलिए शुरू के कुछ महीनों में ज़्यादातर शिशु माँ को अपने इशारों पर नचाना पसन्द करते हैं।

अच्छी खबर यह है कि शुरू के इन महीनों में शिशु की सभी ज़रूरतों को तुरन्त पूरा करने वाली माँ को अपने 'त्याग' का बहुत बड़ा 'फल' मिलता है — इस तरह के शिशु (उपेक्षित और रोते रहने वाले शिशुओं की तुलना में) बड़े होकर ज़्यादा शान्त, संयत और सुरक्षा-भावना से भरे-पूरे बच्चे और वयस्क

बनते हैं। वे अपने आसपास के व्यक्तियों में विश्वास करने लगते हैं, और यह विश्वास उनके व्यक्तित्व के निर्माण में बहुत बड़ी भूमिका निभाता है।

'कॉलिक' या उदर-शूल नाम की एक दूसरी समस्या भी शुरू के इन महीनों में बहुत-से शिशुओं को परेशान कर सकती है।

आपको और आपके शिशु को परेशान कर सकने वाले इन सभी सम्भावित कारणों की जानकारी होने से आप इन स्थितियों से ज़्यादा अच्छी तरह निबट सकती हैं। साथ ही परिवार के अन्य सदस्यों को भी आपके सहयोग करने के लिए प्रोत्साहन मिल सकता है।

शुभचिंतकों की सलाह पर ध्यान ज़रूर दें, लेकिन सिर्फ अपने अन्तर्संवेगों (instincts) के अनुसार चलें। अगर आपका मन कर रहा हो तो आप रो भी सकती हैं। दूसरों से मदद माँगने में भी शरमाएँ नहीं। लेकिन थोड़े धैर्य से काम लें। अगर बच्चा रो रहा है, तो इसका मतलब है कि उसे आपकी ज़रूरत है। अगर आप उसकी ज़रूरतों को पूरा करती रहेंगी, तो आप उसे ज़्यादा अच्छी तरह से समझने लगेंगी। आप जल्दी से समझ जाएँगी कि वह भूख के कारण रो रहा है या किसी असुविधा के कारण। धीरे-धीरे, अपने इस रवैए की मदद से आप उसके सभी मूक संकेतों को आसानी से समझने लगेंगी — उसके मूत्राशय (bladder) प्रशिक्षण, स्वस्थ आदतों के पालन, और उसे सही और ग़लत में फर्क करना सिखाने से जुड़े मूक संकेतों को भी।

शिशु को अप्रना दूध पिलाने वाली माँ के लिए इस मुश्किल दौर से गुजरना थोड़ा आसान हो जाता है। कृत्रिम दूध पीने वाले शिशुओं की तुलना में स्तन-पोषित शिशु 'थ्री मंथ'ज़ कॉलिक' के कम शिकार होते हैं। स्तन-पोषण के कारण माँ के शरीर का निकट सम्पर्क शिशु में सुरक्षा-भावना का संचार करता रहता है। शिशु जब स्तनों को चूसता है, तो माँ के शरीर में प्रोलेक्टिन नामक हार्मोन का तेजी से निर्माण होता है, जिसके कारण माँ को न सिर्फ शान्ति महसूस होती है बल्कि उसमें मातृत्व की भावना भी जागती है। नींद के दौरान यह हार्मोन ज़्यादा मात्रा में बनता है। इसलिए नींद के क्षणों में शिशु को स्तनपान कराने वाली माँ भूखे या अशान्त शिशु को सन्तुष्ट करने के साथ-साथ अपने भीतर प्रोलेक्टिन के निर्माण में भी मदद करती है।

इस बात पर जोर देने के बाद कि रोते हुए शिशु को रोता हुआ नहीं छोड़ देना चाहिए, मैं उन सभी माँओं के प्रति अपनी सहानुभूति व्यक्त करना चाहूँगा, जो इस प्रक्रिया में न जाने अपनी कितनी रातों की नींद गंवा देती हैं। इस सम्बन्ध में निम्नलिखित मार्गदर्शिका उपयोगी साबित हो सकती है —

- जैसा कि पहले कहा जा चुका है, शिशु के सोने की आदत के हिसाब से खुद भी सोने की आदत डालें।
- बच्चा रात में उठ जाए तो लाइट न जलाएँ। उसे धीरे-धीरे यह बात मालूम पड़नी चाहिए कि रातें सोने के लिए होती हैं, न कि खेलने के लिए। अगर वह भूखा है, तो उसे सीधा लिटाकर ही दूध पिलाएँ। अगर वह सिर्फ छटपटा रहा है तो उसे थपकियाँ देकर सुला दें। अगर वह आपसे दूर खिसक गया है, तो उसे अपने पास लिटाकर अपना शारीरिक सम्पर्क दें।
- बच्चे को डकार दिलाने के लिए उठ कर न बैठें। लेटे-लेटे ही उसे ऊपर उठा लें। उसे आपके ऊपर झुककर डकार लेने दें। अगर वह डकार नहीं लेता तो चिन्तित न हों। बहुत-से शिशु बिना डकार लिए ही दूध हज़म कर लेते हैं। लेकिन अगर आपका मन नहीं मानता तो उसे दाहिनी करवट लिटा दें। इस मुद्रा में बच्चे के डकार लेने की ज़्यादा सम्भावना रहती है।
- अगर बच्चे ने अपना लंगोट गीला कर दिया है, तो देखें कि क्या वह इसे बदले बिना सो सकता है। शुरू के कुछ हफ्तों के बाद बहुत-से शिशु गीले लंगोट मे सोना सीख लेते हैं। न तो वे परेशान होते हैं और न उनकी त्वचा ही लाल होती है। लेकिन अगर शिशु खीज महसूस करता है या पूरा बिस्तर ही गीला कर देता है, तो उसे सोते समय दोहरा लंगोट पहनाएँ। इसे अच्छी तरह बाँधें। हो सकता है कि इससे बात बन जाए। अगर ऐसा नहीं होता तो कुछ ऐसा लंगोट अपने आसपास रखकर सोएं जिनमें पिन लगाने की ज़रूरत न हो और जिन्हें अँधेरे में भी पहनाया जा सके। इसके पीछे महत्वपूर्ण नियम यह है कि लंगोट बदलने में आपका और शिशु का ज़्यादा समय नष्ट न हो और आप दोनों ही जल्दी-से-जल्दी वापस सो सकें।
- सभी शोर बच्चे को जगाते नहीं हैं। बहुत-से बच्चे पार्श्व में किसी संगीत या मनुष्यों की बातचीत के बीच भी बहुत अच्छी नींद सो लेते हैं। हाँ, अचानक और ऊँचा शोर उन्हें जरूर चौंका सकता है, खासकर अगर वे कच्ची नींद में हों।

आपके बच्चे को कहाँ सोना चाहिए?

अपने पति के साथ मिलकर फैसला करें कि आपके और आपके शिशु के लिए सर्वोत्तम व्यवस्था क्या रहेगी? इस तरह की किताबों का आँख मूँदकर अनुसरण न करें, जो यह शिक्षा देती हैं कि छोटी उम्र से ही बच्चों को अलग कमरे में सोना चाहिए।

शिशु आपके साथ आपके बिस्तर में सो सकता है, या आपके या बगल

के कमरे में झूले में या छोटी शैय्या पर। नन्हे बच्चे आपके कमरे में एक गद्दी पर या बगल के कमरे में बिस्तर पर सो सकते हैं। बड़े बच्चे बगले के कमरे में बिस्तर या गद्दे पर सो सकते हैं।

मेरा यह विश्वास है कि जो बच्चा जन्म के तुरन्त बाद अपनी माँ के बिस्तर में सोता है, उसे नींद से जुड़ी कम समस्याएँ झेलनी पड़ती हैं, और बाद के जीवन में भी उसे व्यवहार सम्बन्धी समस्याओं का बहुत कम सामना करना पड़ता है। अस्पताल में भी आपको यह आग्रह करना चाहिए कि आपके शिशु को दूसरे शिशुओं के साथ नर्सरी में रखने की बजाय आपके साथ आपके बिस्तर में सोने दिया जाए। अगर आप चाहें तो शिशु के लिए एक छोटी खाट माँग सकती हैं, जिसको आपके बिस्तर के नजदीक रखा जा सकता है। आप अपनी सुविधानुसार शिशु को कभी खाट में और कभी अपने बिस्तर में सुला सकती हैं। अधिकांश माँएँ यह बात समझ लेने के बाद कि शिशु के उनके पास रहने से माँ और शिशु के बीच एक गहरा सूत्र स्थापित करने में मदद मिलती है, शिशु को अपने कमरे में रखकर बेहतर महसूस करती हैं। इस व्यवस्था के बावजूद आप ज़रूरत पड़ने पर नर्सिंग-स्टाफ की आसानी से मदद ले सकती हैं।

अगर इसकी अनुमति है, तो एक निकट सम्बन्धी को अपने साथ रखना हमेशा अच्छा रहता है। अधिकांश आधुनिक अस्पताल आजकल इस तरह की व्यवस्था को प्रोत्साहन देने लगे हैं।

घर पहुँचने के बाद बहुत-सी माँओं को सोने की यह व्यवस्था काफी सुविधाजनक प्रतीत हुई है। शिशु एक वर्ष की उम्र तक आपके साथ आपके बिस्तर में सोता है। दूसरे वर्ष में वह आपके बिस्तर की बगल में नीचे फ़र्श पर बिछे गद्दे पर सोता है। 3 वर्ष की उम्र के बाद वह अलग कमरे में अकेला या अपने बड़े भाई या बहन के साथ अलग-अलग बिस्तरों में सोता है।

किशोर उम्र के भाई-बहन को अलग-अलग कमरों में सोना चाहिए।

उपरोक्त व्यवस्था इस तथ्य पर आधारित है कि माँ (या माँ की छवि की कोई भी स्त्री) से अलग कर दिए जाने पर बच्चों में विछोह की व्यग्रता घर कर लेती है। डेढ़ से तीन वर्ष की उम्र के बीच उन्हें यह अहसास होने लगता है कि अगर माँ दिखाई नहीं दे रही है, तो भी वह आसपास ही है। इसलिए यह बहुत ज़रूरी है कि उम्र के पहले वर्ष में बच्चे को माँ का ज़्यादा-से-ज़्यादा शारीरिक सम्पर्क मिले, उसकी ज़रूरतें जल्दी से पूरी होती रहें (जिनकी माँग वह आमतौर से रोकर करता है), और उसके मन में माँ के प्रति विश्वास विकसित हो। फिर धीरे-धीरे आप उसे पहले अपने कमरे में ही दूसरे बिस्तर (या फर्श पर बिछे गद्दे) पर और फिर बगल के कमरे में सुलाना शुरू कर सकती हैं।

बच्चा जब अलग कमरे में सोने लगे, तो भी अगर उसकी तबीयत अच्छी न हो या उसे डर लग रहा हो, तो उसे अपने कमरे में ले आना चाहिए। इसके बाद जितनी जल्दी सम्भव हो उसे वापस उसके कमरे में सुलाना शुरू कर देना चाहिए।

अच्छा यह है कि बड़े बच्चे को उसके सोने के कमरे में पहुँचाने के लिए या तो माँ जाए या पिता। आप उसे किसी किताब से कुछ पढ़कर या कोई कहानी सुना सकती हैं। बहुत-सी माँएँ अपने बच्चे (बच्चों) के साथ मिलकर कोई छोटी-सी और आसान प्रार्थना दोहराना पसन्द करती हैं। बच्चे के धीरे-धीरे और मीठी-मीठी बातों या किसी लोरी की मदद से सुलाने की कोशिश करनी चाहिए। बड़े बच्चे जल्दी से पक्की नींद में चले जाते हैं, इसलिए उन्हें चादर वगैरह ओढ़ा देनी चाहिए। कुछ बच्चों को कमरे में रात भर हल्की-सी रोशनी (dim light) अच्छी लगती है और वे ज़्यादा अच्छी तरह से सो पाते हैं।

अगर आप चाहती हैं कि बच्चा रात को जल्दी सो जाए, तो इस बात का ध्यान रखें कि वह दिन में न सोए। अगर उसे इसकी आदत है तो कुछ दिनों तक उसे उस अवधि के दौरान किसी दिलचस्प जगह या किसी उद्यान में ले जाएँ। कुछ ही दिनों में उसकी यह आदत छूट जाएगी।

आपका शिशु बिस्तर में आपके और दीवार के बीच सो सकता है। अन्यथा आपको बिस्तर में रेलिंग्स (किनारे) लगवा लेने चाहिए, ताकि शिशु के नीचे गिरने की सम्भावना न रहे। बहुत छोटे शिशु के लिए गद्दे के नीचे एक तकिया लगाकर उसके किनारे को ऊँचा किया जा सकता है।

इस बात की चिन्ता न करें कि आप नींद में शिशु को कुचल बैठेंगी। ऐसा सिर्फ उस स्थिति में होता है जबे माता-पिता नशे में हों या उन्होंने बहुत तेज दवाएँ ले रखी हों।

नन्हे बच्चों से बड़े बच्चों को अलग कमरे में सुलाने का एक कारण यह भी है कि वे माता-पिता के बीच यौन-सम्बन्धों की झलक पाने से बच सकें। मनोवैज्ञानिकों की धारणा है कि वयस्कों को यौन-गतिविधियों में लिप्त देखने वाले बच्चे या तो बहुत ज़्यादा सहम जाते हैं, या यौन-सम्बन्धों के प्रति बहुत ज़्यादा जिज्ञासु हो उठते हैं। और फिर बाहर की दुनिया के लिए अपने-आपको तैयार करने के लिए बच्चों का माता-पिता के कमरे से निकलना यूं भी ज़रूरी है।

दूसरों का सहयोग

अपने शिशु की देखभाल में और खुद को थोड़ा आराम देने के लिए अपने पति, माँ या सास, या किसी भी अच्छे सम्बन्धी या मित्र के सहयोग को सहर्ष स्वीकार करें। बच्चे को अपने पिता और दादा-दादी (नाना-नानी) के साथ एक

सूत्र स्थापित करने दें। शिशु को दिन में किसी निकट सम्बन्धी या आया के साथ सोने दें। इससे बच्चे को आपकी अनुपस्थिति में दूसरों का संरक्षण स्वीकार करने की आदत पड़ेगी। नींद से जुड़ी अधिकांश समस्याएँ अस्थाई होती हैं।

हाँ, यह बिल्कुल सच है। सिर्फ उन बच्चों को छोड़कर जिनकी ज़रूरतें उनके शैशव-काल में पूरी नहीं हुई होतीं। माँ की तरफ से पूरा ध्यान न पाने वाले बच्चे शुरू में रो-रोकर अपना गला बिठा लेते हैं, और फिर उम्मीद छोड़कर गुमसुम-से हो जाते हैं। दूसरों को लगता है कि बच्चा सुधर गया है, लेकिन सच्चाई यह होती है कि उसके व्यक्तित्व का समुचित विकास रूक जाता है।

परिवार की दिनचर्या के अनुरूप चलें

यह बड़ी अच्छी बात है कि बच्चा रात को जल्दी सो जाए। लेकिन अगर पिता रात को देर से घर आता है और सुबह जल्दी निकल जाता है, तो इस रूटीन को बदलने की ज़रूरत पड़ सकती है। बच्चे को अपने पिता के साथ थोड़ा समय ज़रूर बिताना चाहिए। इसका सबसे अच्छा तरीका यह है कि बच्चे को थोड़ी देर दिन में भी सोने दिया जाए, या उसे सुबह काफी देर से उठाया जाए। पिता की उपस्थिति से न सिर्फ नींद से जुड़ी समस्याएँ कम पैदा होती हैं, बल्कि उनके नियन्त्रण में भी मदद मिलती है।

नींद से जुड़ी आम समस्याएँ

- रात में कई बार नींद खुलना
- बुरे सपने आना
- डर लगना
- नींद में चलना

रात में कई बार नींद से उठना (getting up too frequently at night)

अगर प्यार करने वाले माता-पिता द्वारा बच्चे की ज़िंदगी के शुरू के कुछ महीनों की ज़रूरतों को जल्दी से पूरा कर दिया जाए, और नींद में बाधा पैदा करने वाले कारणों का ध्यान रखा जाए, तो नींद से जुड़ी अधिकांश समस्याओं से मुक्ति पाई जा सकती है।

स्तनों का दूध जल्दी से पच जाता है, इसलिए शुरू के महीनों में बच्चा बार-बार दूध पीने की माँग कर सकता है। जो माता-पिता इस बात को नहीं समझते वे बच्चे को अकारण ही रोता हुआ छोड़ देते हैं। इसी तरह मक्खियाँ और मच्छर भी बच्चे को परेशान कर सकते हैं। इसके लिए मच्छरदानी का उपयोग किया जा सकता है। ज़्यादा गरमी या ज़्यादा सरदी से भी बच्चे को बचाना

ज़रूरी होता है। अगर कमरे को गरम रखने के लिए हीटर का प्रयोग किया जाता है, तो कमरे की नमी को बनाए रखने के लिए पानी की एक केतली को रात भर धीरे-धीरे उबलने देना चाहिए। अन्यथा बच्चे की नाक का स्राव सूख सकता है और उसे असुविधा हो सकती है। अगर बच्चे की नाक भरी हुई है, तो इसे साफ करके 'नोज-ड्रॉप्स' डाल देनी चाहिए। लंगोट का गीला होना या दाँत निकलना भी बच्चे के लिए असुविधाजनक हो सकता है। दिन भर बहुत ज़्यादा सक्रियता के कारण भी रात को नींद आने में देर हो सकती है। किसी तरह की अस्वस्थता का भी तुरन्त उपचार किया जाना चाहिए, खासकर कान के संक्रमण या एग्जीमा या डोरा-कृमियों (threadworm) से जुड़ी खुजलाहट की समस्या का, जो रात के समय गुदा-द्वार से बाहर आते हैं और आसपास के क्षेत्र में खुजलाहट का कारण बनते हैं। कुछ खास दवाएँ और चाय-कॉफी वगैरह भी नींद में बाधक बन सकती हैं।

ज़िंदगी के शुरू के हफ्तों में बहुत अच्छी नींद सोने वाले बच्चे 3 हफ्ते, 6 हफ्ते और 3 महीने की उम्र में अचानक माँ की रातों की नींद हराम करना शुरू कर सकते हैं। इन अवधियों में, कुछ बच्चों की बहुत तेज़ बढ़त होती है और अपने शरीर की माँग को पूरा करने के लिए उन्हें ज़्यादा बार स्तनपान करने की ज़रूरत होती है। इन चरणों में आप इस निष्कर्ष पर न पहुँचने की भूल न कर बैठें कि आपका दूध बच्चे को पूरा नहीं पड़ रहा, इसलिए उसे ऊपर के दूध की ज़रूरत है। बच्चे को सिर्फ ज़्यादा बार स्तनों को चूसने दें।

कुछ माँएँ रात में बच्चे को थोड़ा भारी खाना खिलाती हैं या उसके मुँह में दूध की बोतल लगा देती हैं, ताकि उसे ज़्यादा अच्छी नींद आए। यह सही नहीं है और आमतौर से इससे कोई लाभ भी नहीं होता है। ज़िंदगी के शुरू के महीनों में ऊपर का दूध पिलाने से बच्चा तरह-तरह के संक्रमणों और एलर्जियों को शिकार हो सकता है। भारी खाना खाने के बाद नींद आना और भी मुश्किल हो जाता है। अगर आप सब-कुछ आजमाकर देख चुकी हैं, और फिर भी आपको लगता है कि बच्चे की नींद की समस्या दूर नहीं हुई है, तो अपने डॉक्टर की सलाह लें। अगर जाँच के बाद डॉक्टर बच्चे को सामान्य पाता है, तो इस बात की सम्भावना है कि बच्चे को आपके साथ ज़्यादा शारीरिक सम्पर्क की ज़रूरत है।

दूसरे बच्चों की तुलना में ऐसे बच्चे को ज़्यादा लम्बे समय तक स्तन-पोषण और आपके साथ आपके कमरे में सोने की ज़रूरत हो सकती है।

इस बात का भी ध्यान रखना चाहिए कि बच्चे घर में या स्कूल में किसी भावनात्मक समस्या का शिकार तो नहीं है। बच्चों को टीवी पर हिंसा और मारधाड़ भरी और डरावनी फिल्में न देखने दें।

बुरे सपने आना (Night mares)

इस तरह के सपने आमतौर से स्कूल-पूर्व बच्चों को आते हैं। बच्चा एक डरावना सपना देखता है और नींद से उठकर रोने लगता है। वह पूरी तरह से जागृत होता है और भयभीत दिखाई देता है। वह अपना सपना सुना भी सकता है, और आश्वस्त कर दिए जाने के बाद वापस सो सकता है।

डर लगना (Night terror)

इस मामले में भी एक स्कूल-पूर्व बच्चा अचानक नींद से उठकर रोने लगता है। वह पूरी तरह से जागृत नहीं होता और उसे आपकी उपस्थिति का भी बोध नहीं होता। वह इस तरह चिल्लाता है मानो बहुत ज़्यादा आतंकित हो। उसे पसीना भी आ सकता है और उसके दिल की धड़कन भी तेज हो सकती है। आपकी बहुत कोशिशों के बाद भी वह शान्त नहीं हो पाता। सौभाग्यवश, 15 से 30 मिनट में वह सामान्य हो जाता है और वापस सो जाता है। सुबह वह सोकर उठता है, तो उसे रात की घटना के बारे में कुछ भी याद नहीं होता।

नींद में चलना (Sleep Walking)

यह समस्या आमतौर से स्कूल जाने वाले बच्चों में देखने में आती है। नींद में चलते समय बच्चों की आँखों में एक चमक-सी दिखाई देती है। वे कुछ बड़बड़ा भी सकते हैं, जो बड़ी मुश्किल से समझ में आता है। आमतौर से उन्हें कोई चोट नहीं लगती, फिर भी किसी दुर्घटना की सम्भावना को लेकर सावधानी बरतना ज़रूरी है। इस तरह के बच्चे अन्य सभी मामलों में सामान्य होते हैं और वे एक-दो महीनों में इस अवस्था से मुक्त हो जाते हैं। लेकिन कुछ दुर्लभ मामलों में यह अवस्था वयस्क उम्र तक जारी रह सकती है। इसमें किसी तरह का उपचार भी काम नहीं करता। हालांकि होमियोपैथी का दावा कि उसके पास इस अवस्था का इलाज है। कुल मिलाकर, नींद से जुड़ी अधिकांश समस्याओं को सहज बुद्धि (Common Sense) से, और बच्चे की बात ध्यान से सुनकर और उसकी ज़रूरतों को समझकर आसानी से सुलझाया जा सकता है।

गले की सूजन / गला पकना (Sore Throat / phyaryngitis)

गले की सूजन आमतौर से वाइरस-जनित होती है। गले के पिछले हिस्से को ग्रसनी या फैरिंक्स (pharynx) कहा जाता है। फैरिंक्स और टॉसिलों का संक्रमण आमतौर से वाइरस के कारण होता है। अगर नाक बहने के साथ-साथ खाँसी,

गले के अवरोध और आँखों से पानी बहने या उनके लाल होने की शिकायत भी है, तो वाइरल संक्रमण की सम्भावना और ज़्यादा हो जाती है। इस संक्रमण के उपचार के लिए एन्टी-बायोटिकों की ज़रूरत नहीं होती।

स्ट्रेप्टोकोकल सूजन (tonsillitis)

अगर गले की सूजन स्ट्रेप्टोकोकल है, तो इसका बहुत सावधानी से उपचार करना पड़ता है। उपचार न होने की स्थिति में व्यक्ति र्‌यूमैटिक बुखार और जोड़ों और हृदय से जुड़े दोषों का शिकार हो सकता है।

लक्षण : इस रोग में व्यक्ति को बुखार गले के पकने, टाँसिलों पर मवाद वाले उभारों और जबड़े के नीचे लसीका ग्रन्थियों के आकार में वृद्धि की शिकायत होती है। लेकिन नाक बहने, खाँसी या आँखों के लाल होने की शिकायत नहीं होती।

उपचार : आपका डॉक्टर गले में एक फाहा डालकर (throat swab) उसे जाँच के लिए भेजेगा और साथ ही रक्त-जाँच (ASO titre) का भी निर्देश देगा। टाँसिलाइटिस के शिकार बच्चों को पेन्सिलिन या एरिथ्रोमाइसिन का कोर्स दिया जाता है। अगर एन्टी-बायोटिकों की ज़रूरत हो, तो उन्हें 10 दिनों तक देना जरूरी होता है।

कांटा / तिनका घुसना (Splinters)

चमड़ी में कोई कांटा या तिनका घुस जाने से काफी दर्द हो सकता है। इसे निकालने के लिए शरीर के उस अंग को साफ करके लगभग 15 मिनट तक गर्म पानी में डुबोए रखें। अगर तिनका दिखाई दे रहा है, तो इसे चिमटी से बाहर निकाल दें। अगर नहीं, तो इसे निकालने के लिए एक सुई का प्रयोग करें। प्रयोग करने से पहले सुई को आग में गर्म करने या स्पिरिट से साफ करने की सावधानी ज़रूर बरतें। अगर इसके बाद भी कांटा या तिनका बाहर न निकले, तो डॉक्टर की मदद लें।

हकलाना (Satmmering)

कई बार बच्चा अपने माता-पिता को जल्दी से कोई बात बताने के उत्साह में भी हकला सकता है। अगर माता-पिता उसे धीरे-धीरे और सावधानी से बोलने के लिए कहें, और उससे कहें कि ज़ल्दी क्या है? हकलाओ नहीं! लोग तुम पर हँसेंगे!' तो बच्चा अपने बोलने को लेकर सचेत हो जाएगा। हकलाहट और ज़्यादा बढ़ जाएगी, या बच्चा बात करना बन्द कर देगा।

नियन्त्रण : अगर आपका बच्चा बात करते-करते हकलाने लगे, तो उस समय

उसे टोकने या उसका ध्यान इस तरफ दिलाने की भूल न करें। ऐसे बच्चों को अगर कोई रटी हुई कविता या गाना सुनाने के लिए कहा जाए तो वे आमतौर से नहीं हकलाते। इससे उनका आत्म-विश्वास बढ़ता है और एक-दो महीनों में हकलाहट अपने-आप ही खत्म हो जाती है।

लेकिन अगर 2-3 महीने तक प्रतीक्षा करने के बाद भी हकलाहट दूर नहीं होती तो किसी स्पीच-थैरेपिस्ट की सलाह लें। परिवार के सभी सदस्यों और स्कूल-अध्यापक से अनुरोध करें कि वे बच्चे की हकलाहट को ठीक करने की कोशिश न करें। सिर्फ विशेषज्ञ को यह काम करने दें। इस तरफ की मदद के बहुत अच्छे परिणाम देखने में आते हैं।

कुछ दुर्लभ मामलों में हकलाहट आनुवंशिक (inherited) भी हो सकती है। यह अपने-आप ठीक नहीं होती, उल्टे और बिगड़ती जाती है। इस तरह के बच्चों को, जितनी जल्दी सम्भव हो, किसी स्पीच थैरेपिस्ट की देखरेख में रखना चाहिए।

आवाज के साथ साँस लेना (Stridor / Noisy Breathing)

यह दोष जन्म से ही मौजूद होता है। अगर बच्चा ठीक-ठाक स्तनपान कर रहा है और सामान्य दिखाई देता है, तो इसे अनदेखा किया जा सकता है। यह अपने-आप ही ठीक हो जाता है, और इसके लिए किसी उपचार की ज़रूरत नहीं होती। यह आमतौर से जन्म के पहले या दूसरे सप्ताह में दिखाई देने लगता है, और 3 से 6 महीने की उम्र के बीच बहुत ज़्यादा बढ़ जाता है। बच्चे की पहली वर्षगांठ के बाद यह कुछ कम हो जाता है और लगभग 18 महीने की उम्र में पूरी तरह गायब हो जाता है। इससे बच्चे की आवाज प्रभावित नहीं होती।

विकट-स्ट्रीडॉर (Acute Stridor)

अगर बच्चा अचानक ही आवाज के साथ साँस लेने लगे, तो उसे तुरन्त चिकित्सीय मदद की ज़रूरत होती है। यह स्ट्रीडॉर किसी बाहरी वस्तु की उपस्थिति, धुएँ या गम्भीर एलर्जी के कारण भी हो सकता है।

दाँत निकलना और दाँतों की देखभाल
(Teething and Care of Teeth)

मेरे एक अध्यापक कहा करते थे, 'टीथिंग कॉज़िज़ टीथिंग एण्ड हार्डली एनिथिंग एल्ज़'। मतलब यह है कि बच्चे के जब दाँत आते हैं तो सिर्फ दाँत आते हैं, और कुछ खास नहीं होता। यह सच भी है। अगर आपके बच्चे को बुखार,

डायरिया या कोई और तकलीफ है, तो इसे उसके दाँत निकलने (आने) से जोड़कर न देखें।

जब दाँत सचमुच निकल रहा (erupting) होता है, तो आपका बच्चा थोड़ा चिड़चिड़ा हो सकता है, और मुँह से बहुत-सी लार टपका सकता है। यह सच है कि दाँत निकलने के आसपास की उम्र में बच्चों को दस्त लगने की ज़्यादा शिकायत रहती है। लेकिन सम्भवतः इसका कारण ठोस आहार होने के कारण भी बच्चा बहुत-सी चीजें मुँह में डाल सकता है, जो किसी संक्रमण का स्रोत साबित हो सकती हैं। इसलिए अगर बच्चे के दाँत निकलने के दौरान बच्चे में किसी दूसरे रोग के लक्षण दिखाई दें तो हमें इसका कारण तलाशने की कोशिश करनी चाहिए।

दाँत निकलने के दौरान बच्चे को आराम कैसे मिले?

आपके बच्चे को सिर्फ ज़्यादा शारीरिक सम्पर्क की ज़रूरत होती है। उसे कोई साफ-सुथरी चीज चबाने के लिए दें। मैं बाजार में उपलब्ध मसूढ़ों पर लगाए जाने वाले जेल (gels) का समर्थन नहीं करता। थोड़ी-बहुत असुविधा या कष्ट हमारी बढ़त का हिस्सा है। लेकिन साथ ही उसे पीड़ाजनक क्षणों के दौरान माँ या किसी दूसरे वयस्क की बाहों की प्यार भरी सुरक्षा महसूस करने दें। अगर उसे अच्छा लगता है, तो उसके मसूढ़ों की मालिश करें। लेकिन इससे पहले अपने हाथों को अच्छी तरह से धो लें, और फिर अपनी उँगलियों से मसूढ़ों की हल्की-हल्की मालिश करें।

अगर वह अब भी बेचैनी महसूस कर रहा हो तो उसे चार-चार घण्टे बाद पैरासिटामोल की खुराक दें, अगर इसकी ज़रूरत दिखाई दे रही हो तो।

देर से दाँत निकलना

दाँत निकलने की उम्र में बहुत ज़्यादा विविधता देखने में आती है। कुछ शिशु तो एक दाँत के साथ ही जन्म लेते हैं। लेकिन ज़्यादातर शिशुओं का पहला दाँत 6 महीने की उम्र के आसपास निकलता है। कुछ अन्य बच्चों में पहला दाँत एक वर्ष की उम्र के आसपास निकलता है। लेकिन 3 से 4 महीने की उम्र में ही मसूढ़े दाँत निकालने की तैयारी शुरू कर देते हैं, और बच्चे में चिड़चिड़ापन, काटने की प्रवृत्ति और मुँह से थूक टपकाना जैसे लक्षण दिखाई देने लगते हैं।

अगर बच्चे को दाँतों के निकलने से जुड़ी कोई दूसरी समस्या नहीं है, तो दाँतों का देर से निकलना पूरी तरह से सामान्य है।

दाँतों की सड़न / अस्थि-क्षय (Caries)

बोतल-पोषण और शक्कर दाँतों को बहुत ज़्यादा नुकसान पहुँचाते हैं। बोतल-पोषण और भी ज़्यादा बुरा है, क्योंकि बोतल आमतौर से नींद के दौरान बच्चे के मुँह में लगाई जाती है। कुछ बच्चों के ऊपर के दाँत ज़्यादा खराब होते हैं, क्योंकि जीभ नीचे के दाँतों को बचा लेती है। कैल्सियम की कमी से दाँतों के सड़ने का कोई सम्बन्ध नहीं है।

छोटी उम्र में बच्चे को मीठे की ज़्यादा आदत न डालें। शुरू में शक्कर और मिठाई को उससे दूर ही रखें। बाद में भी उसे कम-से-कम मात्रा में शक्कर दें। च्यूइंग्म, एक्लेयर्स और टॉफियाँ तो मिठाइयों से भी ज़्यादा बुरी हैं, क्योंकि वे दाँतों से चिपक जाती हैं। जहाँ तक दवाइयों का प्रश्न है, तो हमेशा सिरप की बजाय गोली को प्राथमिकता दें (अगर बच्चा गोली को निगलना सीख चुका है)।

स्तन-पोषित बच्चों में दाँतों की सड़न की कम शिकायत पाई जाती है। कभी-कभार कोई ऐसा मामला मेरी नज़र में आता है, तो पता चलता है कि बच्चे को दिन में शक्कर दी जाती है और वह स्तन पान करते-करते सो जाता है। इससे दूध में मौजूद शक्कर को दाँतों को नुकसान पहुँचाने का ज़्यादा मौका मिलता है।

माँ के लिए दाँतों की स्वच्छता

अच्छा तो यह है कि गर्भधारण करने से पहले ही माँ अपने दाँतों की जाँच करवाए। गर्भावस्था कठिन होने की स्थिति में उसे लम्बे समय तक बिस्तर में आराम करना पड़ सकता है और वह अपने दाँतों की देखभाल की उपेक्षा कर सकती है। गर्भावस्था के दौरान डॉक्टर दाँतों के उपचार को टालने की कोशिश करते हैं, खासकर शुरू के 3 महीनों में। इस अवधि में स्त्री को एन्टी-बायोटिक और अन्य दवाएँ न देने की कोशिश की जाती है, क्योंकि बढ़ते हुए भ्रूण पर इनका बुरा प्रभाव पड़ सकता है। उदाहरण के लिए, गर्भावस्था के दौरान टेट्रासाइक्लिन देने से बच्चे के दाँतों की रंगत बिगड़ सकती है।

दूध के दाँतों का महत्व

बहुत-सी माँ इस ग़लत धारणा की शिकार रहती हैं कि दूध के दाँतों की ज़्यादा देखभाल की ज़रूरत नहीं है, क्योंकि उन्हें एक-न-एक दिन तो गिरना टूटना ही है।

दाँतों के सर्जन और विशेषज्ञ डॉ. दिनेश के दफ्तरी इस धारणा का विरोध करते हुए कहते हैं कि ऐसा सोचना बहुत ज़्यादा नुकसानदायक साबित हो

सकता है। दूध के दाँतों की अपनी एक विशिष्ट भूमिका होती है। वे बच्चे को भोजन को अच्छी तरह से चबाना सिखाते हैं, साथ ही जबड़ों और माँसपेशियों के विकास में भी मदद करते हैं। ये दाँत बच्चे के पक्के या स्थाई दाँतों के लिए 'जगह' बनाकर रखते हैं, और उनके निकलने का समय आ जाने पर अपने-आप टूट जाते हैं।

अगर दूध के दाँत को समय से पहले निकाल दिया जाए या वह टूट जाए, तो उसके साथ वाला दाँत उसकी 'जगह' लेने लगता है, और भविष्य में नए आने वाले स्थाई दाँत के लिए बहुत कम जगह बची रह जाती है।

इसलिए 2 वर्ष की उम्र से ही बच्चों में दाँतों की समुचित रेखघभाल की आदत डालनी चाहिए। बल्कि इससे भी पहले, माँ को अपने शिशु को दूध पिलाने या कुछ खिलाने के बाद उसके दाँत भी पहले इसी तरह साफ कर देने चाहिए और फिर उसके हाथ मे थोड़ा टुथपेस्ट लगाकर टुथब्रश पकड़ा देना चाहिए। इससे उसको अपने दाँत साफ करने की आदत पड़ जाएगी, और बड़ा होने के बाद भी वह उनका उचित ध्यान रखेगा।

बच्चे को दंत-चिकित्सक के पास जाने की आदत डालें

जब भी आप कोई बिना दर्द वाला उपचार करवाने अपने डेंटिस्ट (दंत-चिकित्सक) के पास जाएँ तो अपने बच्चे को भी अपने साथ ले जाएँ। उसे एक डेंटिस्ट के क्लीनिक को ध्यान से देखने दें, और अगर उसकी इच्छा हो तो उसे रोगियों के लिए बनी विशेष कुर्सी पर बैठने भी दें। उसकी दूसरी वर्षगांठ के बाद उसे जाँच के लिए डेंटिस्ट के पास ले जाएँ। इसके बाद वर्ष में एक बार उसके दाँतों का चेक-अप करवाते रहें। अगर उसके दाँतों में सड़न पैदा हो रही है, तो डॉक्टर को इसका उपचार करने दें।

डॉक्टर आपके बच्चे को बताएगा कि खाना खाने के बाद हर बार अच्छी तरह से कुल्ला करना, और दिन में कम-से-कम एक बार ब्रश करना क्यों ज़रूरी है, खासकर सोने से पहले।

दाँतों को हमेशा नर्म ब्रश से साफ करना चाहिए। डॉक्टर बच्चे को यह भी बता सकता है कि नीचे के दाँत नीचे से ऊपर की तरफ, और ऊपर के दाँत ऊपर से नीचे की तरफ साफ करने चाहिए। अगर बच्चा ऐसा नहीं करता है तो बहुत ज़्यादा चिन्ता न करें। महत्वपूर्ण बात यह है कि हर दाँत की अच्छी तरह से सफाई की जानी चाहिए

शुरू के दो-तीन महीनों में, बच्चे को सही तरीके से ब्रश करने के लिए आपकी मदद की ज़रूरत हो सकती है।

फ्लोराइड का प्रयोग

फ्लोराइड दाँतों के खड्डों (cavities) के खिलाफ रक्षा ज़रूर करता है, लेकिन इसकी कई हानियाँ भी हैं। इसलिए अपने बच्चे को फ्लोराइड-युक्त टुथपेस्ट न दें। अपने दन्त-चिकित्सक से पता करें कि क्या आपके शहर के पानी में पर्याप्त मात्रा में फ़्लोराइड मौजूद है। अगर ऐसा है तो आपको फ़्लोराइड टूथपेस्ट का प्रयोग करने की ज़रूरत नहीं है। लेकिन अगर ऐसा नहीं है तो डॉल्टर बच्चे के दाँतों पर फ़्लोराइड का घोल लगा सकता है या फ़्लोराइड टूथपेस्ट का प्रयोग करने की सलाह दे सकता है। विश्व स्वास्थ्य संस्था (WHO) का सुझाव है कि 3 वर्ष की उम्र से पहले बच्चों को फ़्लोराइड टूथपेस्ट नहीं देना चाहिए। 3 से 6 वर्ष की उम्र में इसे दिन में एक बार, और उसके बाद दिन में दो बार प्रयोग किया जा सकता है।

भ्रमपूर्ण विज्ञापनों से बचें

इस तरह के विज्ञापन कि आपका बच्चा कितना ही मीठा जंक-फूड खा-पी सकता है, और इसके बावजूद किसी विशेष टूथपेस्ट का इस्तेमाल करने से दाँतों के खड्डों से बचा रह सकता है, गुमराह करने वाले होते हैं। समझ में नहीं आता कि इस तरह के अनैतिक विज्ञापनों को टीवी पर प्रचारित कैसे होने दिया जाता है। और फिर, कोई भी टूथपेस्ट परिवार को दाँतों की समस्याओं से बचा नहीं सकता, अगर वह दाँतों की देखभाल के मूलभूत नियमों का पालन नहीं कर रहा है।

दाँतों के दोषों से बचाव

बच्चों को दाँतों की समस्याओं से दूर रखने के लिए स्तन-पोषण, शक्कर का कम-से-कम-प्रयोग, नियमित मंजन (ब्रशिंग), और नियमित चेक-अप (जाँच) सबसे प्रभावी उपाय हैं। दाँतों का रंग बिगड़ने को दूर रखने के लिए गर्भवती स्त्रियों और 8 वर्ष से छोटी उम्र के बच्चों को टेट्रासाइक्लिन नहीं दी जानी चाहिए।

डॉ. दफ्तरी शिशुओं और नन्हे बच्चों की माँओं के लिए 'बिट्रिश डेंटल जरनल' में प्रकाशित 'ब्रिट्रिश न्यूट्रीशन फाउण्डेशन ऑरल टास्क फोर्स' के निम्नलिखित मार्ग-निर्देशों का समर्थन करते हैं -

- दाँतों को दिन में दो बार ब्रश करें।
- मीठी चीज़ों और पेयों को सिर्फ भोजन के समय तक सीमित रखें।
- दो भोजनों के बीच की अवधि में क्षरण वाले (cariogenic) स्नैक्स और मीठे पेय न लें।

- बच्चों के तैयारशुदा आहारों में ऊपर से और शक्कर न मिलाएँ।
- बोतलों या फीडरों में मीठे या किण्वण/जमने वाले (fermentable) कार्बोहाइड्रेटों से युक्त पेय न दें।
- अगर बच्चे के दाँत निकलने शुरू हो चुके हैं, तो उसे स्तन को मुँह में लेकर सोने न दें।
- जहाँ तक सम्भव हो, बिना शक्कर मिली दवाओं का प्रयोग करने की कोशिश करें।

डॉ. दफ्तरी इस बात पर बहुत ज़्यादा जोर देते हैं कि बच्चों को कोला-पेयों की आदत डालने की अनुमति नहीं देनी चाहिए। ये पेय बहुत ज़्यादा अम्लीय (acidic) होते हैं, दाँतों के इनेमल को नष्ट कर सकते हैं।

अपने स्कूल जाने वाले बच्चे को सिखाएँ कि जब भी ब्रश करने की सुविधा उपलब्ध न हो, तो खाना खाने के बाद उसे अपने दाँतों को उँगली से अच्छी तरह से साफ कर लेना चाहिए। ऐसा करने से दाँतों से चिपके भोजन के छोटे-छोटे टुकड़े निकल जाते हैं। अगर बैक्टीरिया के पास दाँतों से चिपके भोजन के टुकड़ों या दूध जैसा कोई प्रसार-माध्यम नहीं होगा, तो दाँत भी खराब नहीं होंगे।

टिटनस / बन्द जबड़ा (Tetanus/Luck jaw)

प्रतिरक्षित बच्चों में एक दुर्लभ रोग

आमतौर से यह रोग ग्रामीण क्षेत्रों में देखने में आता है, जहाँ शिशु की नाभ-नाल को गन्दे हाथों से काट दिया जाता है, या उस पर गोबर लगा दिया जाता है। लेकिन यह रोग उन बच्चों को भी हो सकता है जो अस्पतालों में जन्म लेते हैं, और जिनकी नाभि-नाल को काटते समय स्वच्छता का ध्यान नहीं रखा जाता।

लक्षण : निगलने में कठिनाई और जबड़े की अकड़न के कारण मुँह खोलने में कठिनाई इस रोग के शुरुआती लक्षण हैं। इसके बाद बच्चे को दौरे पड़ सकते हैं या उसका शरीर जकड़ सकता है। बच्चा अपने शरीर को पीछे की तरफ मोड़ लेता है। वह नीला पड़ सकता है और उसकी मृत्यु भी हो सकती है।

बचाव के उपाय : प्रतिरक्षण टीकों के कोर्स को पूरा करना न भूलें। उन घावों के प्रति सावधान रहें जिनके (मिट्टी या पशुओं के मल में मौजूद) टिटनस के कीटाणुओं के संक्रमण से प्रभावित होने की सम्भावना हो सकती है। कील, कांच, कांटा, गन्दे ब्लेड या सुई, जंग लगी तार, बन्दूक की गोली, छुरे और पशुओं के काटने से होने वाले घावों में विशेष सावधानी बरतने की ज़रूरत होती है।

नवजात शिशु भी इस रोग से ग्रस्त हो सकते हैं और मर भी सकते हैं। माँ

को टिटनस टॉक्साइड के इन्जेक्शन (डॉक्टर की सलाह के अनुसार एक या दो इन्जेक्शन) देने से इस सम्भावना को टाला जा सकता है। गर्भावस्था के दौरान यह टीका न लेने वाली वे माँएँ भी काफी हद तक इस रोग से बची रहती हैं, जिन्हें बचपन में ये प्रतिरक्षण टीके दिए जा चुके होते हैं।

उपचार : घाव को साबुन और साफ पानी से धोएँ और अपने डॉक्टर से सलाह लें कि क्या आपके बच्चे को टिटनस टॉक्साइड का टीका देने की ज़रूरत है? अगर बच्चा पहले से ही टिटनस के खिलाफ प्रतिरक्षित है, तो छोटे-मोटे घरेलू घावों के लिए इस टीके की ज़रूरत नहीं है। ज़्यादा गम्भीर घावों के लिए भी, अगर बच्चे को डी.पी.टी. की बूस्टर खुराक नहीं दी गई है, टिटनस टॉक्साइड की जगह यह खुराक दी जा सकती है।

मुँहपाक (Thrush)

यह एक फफूंद-जनित संक्रमण (fungal infection) है। यह गालों के अन्दरूनी हिस्सों, होंठों और जीभ पर दही जैसे सफेद धब्बों के रूप में प्रकट होता है, जिन्हें आसानी से हटाया नहीं जा सकता। इन धब्बों को एक नवजात शिशु की जीभ और मसूढ़ों पर सामान्य सफेद तह या तालू (palate) पर एक सफेद धब्बे से अलग करके देखना चाहिए। यह लंगोट वाली जगह पर लाल दानों के रूप में भी प्रकट हो सकता है, जो उपचार के बावजूद ठीक नहीं होते। शिशु को स्तन-पोषण कराने वाली माँ की चूचियों पर भी यह दिखाई दे सकता है, जिनमें काफी सूजन आ सकती है। इन सभी मामलों के पीछे एक ही किस्म का फफूंद होता है।

संक्रमण के स्रोत : अगर माँ के योनि-क्षेत्र में यह रोग मौजूद है, तो प्रसव के दौरान शिशु का मुँह इससे प्रभावित हो सकता है। एन्टी-बायोटिकों का दीर्घकालीन सेवन भी इसका कारण हो सकता है। एड्स-ग्रस्त व्यक्ति भी इस तरह के संक्रमणों के शिकार होते रहते हैं।

उपचार : आपका डॉक्टर आपको कोई मलहम लगाने के लिए दे सकता है, जिसे 2 सप्ताह तक प्रयोग करना होता है, भले ही यह 'पाक' 2-5 दिनों में ही खत्म होता दिखाई दे।

अँगूठा चूसना (Thumb-Sucking)

कुछ तथ्यों की जानकारी होने से अपने बच्चे के अपनी उँगलियाँ, अँगूठा या अपने पाँव का अँगूठा चूसने की आदत से जुड़ी आपकी चिन्ताएँ दूर हो सकती हैं। यह आदत आमतौर से अस्थाई होती है और सामान्य बच्चों में काफी आम है। चूसना एक आनन्ददायक अनुभव है।

अगर संयोगवश बच्चे की उँगली या अंगूठा उसके मुँह में चला जाता है, तो वह उसे चूसने लगता है। यह आदत आमतौर से ठोस आहार की शुरुआत के बाद अपने-आप ही जाती रहती है।

अगर आप नहीं चाहतीं कि आपका बच्चा अँगूठा चूसे तो उससे खेलना शुरू कर दें, और उसे अहसास करवाए बिना उसका अँगूठा उसके मुँह से निकाल दें। अगर आप इसे बहुत ज़्यादा तूल देंगी, खासकर 9 महीने से 3 वर्ष की उम्र के बीच जब बच्चा नकारवाद (negativism) के दौर से गुजर रहा होता है, तो आप स्थिति को और ज़्यादा बिगाड़ बैठेंगी।

किसी भावनात्मक समस्या की तरफ ध्यान दें

कुछ बच्चों में यह आदत किसी भावनात्मक समस्या के कारण भी जारी रहती है। अपने बच्चे को पर्याप्त शारीरिक सम्पर्क देने का प्रयास करें। स्तन-पोषित बच्चों में भी यह आदत देखने में आ सकती है, लेकिन कृत्रिम-पोषित बच्चों की तुलना में कम अनुपात में।

अँगूठा चूसने वाले बच्चे को थोड़ी ज़्यादा भावनात्मक सुरक्षा देने का ध्यान रखें। जब भी उसे ज़रूरत हो, उसकी तरफ ध्यान देना न भूलें। लेकिन बच्चे की इस आदत को लेकर आपको अपराध-बोध की शिकार होने की ज़रूरत भी नहीं है। हालांकि भावनात्मक पहलूओं पर ध्यान देना ज़रूरी होता है, लेकिन बहुत-से बच्चे सिर्फ आदत के कारण भी अंगूठा चूसते रहते हैं।

आदत कैसे छुड़वाएँ

बहुत ज़्यादा जोर देने की बजाय नरमी से और धीरे-धीरे बच्चे की इस आदत को छुड़ाना ज़्यादा अच्छा है। इसमें कोई सन्देह नहीं कि अगर स्कूल जाने की उम्र होने के बाद भी यह आदत जारी रहती है, तो हमें इस पर ज़्यादा ध्यान देने की ज़रूरत होती है। अंगूठे को जोर से चूसने से न सिर्फ अंगूठे का अल्सर (फोड़ा) हो सकता है, बल्कि दाँतों की बनावट भी बिगड़ सकती है। नन्हा बच्चा अँगूठा चूसे तो उसे प्यार से समझाएँ कि वह अब बड़ा हो गया है और उसे यह आदत छोड़ देनी चाहिए। वह अँगूठा चूसना बन्द कर दे तो प्यार से उसकी पीठ थपथपाएँ। वह उसे वापस चूसने लगे तो विनम्रतापूर्वक उसे याद दिलाएँ कि उसे ऐसा नहीं करना चाहिए इस बात की काफी सम्भावना है कि वह दिन में अँगूठा चूसना बन्द कर दे और फिर धीरे-धीरे रात में भी। अंगूठे पर कोई कड़वी दवा या ल्यूकोप्लास्ट लगाने से कोई खास लाभ नहीं होता। बच्चा अपनी कोई दूसरी अंगुली चूसने लगता है। अगर बच्चा थोड़ा बड़ा

है तो उसके साथ उस समस्या की चर्चा करें। अगर उसे लगता है कि अगूठे पर कुछ लगा होने से उसे उसको न चूसने की बात याद रहती है, तो आप भी इस तरीके को आजमा कर देख सकती हैं।

आप कुछ भी करें, लेकिन बच्चे को कोई सज़ा न देने और उसे दूसरों के सामने शर्मिंदा न करने का ध्यान रखें। इसके बजाय बच्चे को भावनात्मक सुरक्षा से भरा वातावरण देने का प्रयास करें, और अगर आप उसकी इस आदत से बहुत ज़्यादा खीज चुकी हैं, तो अपने डॉक्टर की सलाह लें।

पेशियों की अस्वैच्छिक क्रियाएँ

'टॉरेट्'ज़ सिंड्रोम' नामक एक दुर्लभ अवस्था को छोड़कर इस तरह की अधिकांश शारीरिक क्रियाएँ या आदतें अस्थाई होती हैं, और कुछ ही महीनों में अपने-आप छूट जाती हैं।

लक्षण : 'टिक्स' या माँसपेशियों के अस्वैच्छिक खिंचाव कुछ ऐसी-खास अस्वैच्छिक (involuntary) शारीरिक क्रियाओं को कहते हैं, जो स्कूल जाने वाले कुछ बच्चों में अचानक ही दिखाई देने लगती हैं। एक सामान्य बच्चा अचानक ही अपनी आँखें झपकाते रहने, कन्धे उचकाते रहने, गर्दन को झटका देते रहने, खाँसते या गला साफ करते रहने, या नाक चढ़ाते रहने जैसी कोई शारीरिक हरकत करने लगता है। इन क्रियाओं के दोहराव की अवधि हर बच्चे में अलग-अलग होती है। बच्चा सो रहा होता है, तो ये क्रियाएँ नहीं होतीं। हालाँकि स्कूल जाने वाले बच्चों में यह ज़्यादा आम है, लेकिन नन्हे और स्कूल-पूर्व बच्चे भी इससे प्रभावित हो सकते हैं।

कुछ मामलों में, बच्चा किसी बोझिल (stressful) स्थिति में से गुजरने के बाद इस तरह की कोई हरकत करते देखे गए और दूसरे मामले में प्रायः किसी बीमारी से उठने के बाद बच्चे में ऐसी कोई आदत दिखाई देने लगती है।

माता-पिता के यह बात ध्यान में रखनी चाहिए कि बच्चे इस तरह की हरकतें जान-बूझकर नहीं करते। उनका इन पर कुछ भी नियन्त्रण नहीं होना। ये क्रियाएँ अपने-आप ही होती रहती हैं। इसलिए न तो बच्चे का मज़ाक उड़ाना चाहिए और न उसे कोई सजा देनी चाहिए।

अगर माता-पिता धैर्य रखें, तो इस तरह की हरकतें दो-तीन महीनों में अपने-आप ही बन्द हो जाती हैं।

टोरेट'ज़ सिंड्रोम (Tourette's Syndrome)

ऊपर वर्णित अवस्थाओं में बच्चा हर बार सिर्फ एक ही तरह की हरकत करना

है। लेकिन टोरेट'ज सिंड्रोम में ये हरकतें बदलती रहती हैं। ऊपर वर्णित हरकतों के अलावा, इस सिंड्रोम से प्रभावित बच्चा चबाने की और अपनी जीभ बाहर निकालने की हरकत भी कर सकता है। इनमें से कुछ बच्चों में सीखने और ध्यान देने से जुड़े दोष भी दिखाई दे सकते हैं।

क्षय-रोग (Tuberculosis/TB)

हालाँकि निर्धन परिवारों में यह ज़्यादा आम है, लेकिन मैंने कुछ उच्च सामाजिक आर्थिक वर्ग के बच्चे भी टीबी (तपेदिक/क्षयरोग) के शिकार होते देखे हैं। सौभाग्यवश, अब इसके उपचार के लिए हमारे पास बहुत प्रभावी दवाएँ हैं, और जल्दी निर्धारण हो जाने की स्थिति में इस रोग से पूरी तरह मुक्त हो जाने की बहुत अच्छी सम्भावनाएँ हैं।

लक्षण : बच्चे में अग्रलिखित लक्षणों को देखकर हमें टीबी की सम्भावना के प्रति भी सतर्क हो जाना चाहिए। लेकिन तुरन्त किसी निष्कर्ष पर पहुँच जाना ठीक नहीं है, क्योंकि ये लक्षण अन्य रोगों से भी जुड़े हो सकते हैं :

- लगातार बना रहने वाला अकारण बुखार, खाँसी, वज़न और भूख में कमी।
- गर्दन, बगलों या वंक्षण (groin) की ग्रन्थियों के आकार में वृद्धि, जो एक-दूसरे से जुड़ी हुई प्रतीत होती हैं (अलग-अलग और एक-दूसरे से अलग हटी हुई नहीं)। वे अपने ऊपर की त्वचा से भी चिपक सकती हैं।
- फेफड़ों को ढंककर रखने वाले प्लुअरा (pleura) के संक्रमण (pleurisy) के साथ छाती में दर्द, किसी हड्डी या जोड़ में अकारण दर्द, और पीठ-दर्द।
- डायरिया (दस्त) या पेट की सूजन के साथ पेट में लगातार बना रहने वाला दर्द।
- लगातार बना रहने वाला सरदर्द, उल्टियाँ, दौरे या चेतना की अस्थिरता (disturbed consciousness)।
- ठीक न होने वाला निमोनिया या गांठें जिनका छाती के एक्स-रे से पता चलता है।
- किसी टीबी ग्रस्त वयस्क के साथ सम्पर्क गर्दन या अन्य जगहों पर छोटी-छोटी और नर्म गाँठों को टीबी से जोड़कर नहीं देखना चाहिए। वे टीबी की बजाय किसी सीमित संक्रमण, छोटी माता या सिर में जुँओं का परिणाम हो सकती हैं।
- आमतौर से पेटदर्द टीबी की बजाय अन्य कारणों से होता है।

निर्धारण : टीबी के कीटाणुओं की उपस्थिति दिखाई देने के बाद ही रोग

का निश्चित निर्धारण किया जा सकता है। ऐसा हमेशा सम्भव नहीं हो पाता।

रोगी का मैन्टॉक्स-टेस्ट (Tuberculin Test) किया जाता है। यह परीक्षण 10 टी.यू. या 100 टी.यू. के साथ नहीं किया जाना चाहिए, जैसा कि कुछ डॉक्टर करते हैं। इससे गलत 'पॉजिटिव' परिणाम मिलने की सम्भावना रहती है। यह परिणाम 5 टी.यू. के साथ किया जाना चाहिए। कुछ डॉक्टर 1 टी.यू. का भी प्रयोग करते हैं, लेकिन हमारा अनुभव है कि 5 टी.यू. के साथ उन मामलों की पहचान हो पाने की ज़्यादा सम्भावना रहती है, जिन पर बहुत सावधानीपूर्वक नजर रखने या जिनका उपचार करने की ज़रूरत होती है।

एक 'पॉजिटिव' परिणाम का मतलब हमेशा यह नहीं होता कि बच्चे को क्षयरोग के उपचार की ज़रूरत है। हमें रोगी की समग्रता में (in totality) जाँच करनी पड़ती है। इसमें बी.सी.जी. के धब्बे को उपस्थिति या अनुपस्थिति, लक्षण, स्वास्थ्य की आम स्थिति, किसी रोगी के सम्पर्क में आने का इतिहास, और अन्य परीक्षणों के परिणाम — छाती का एक्स-रे, प्लुअरा के संक्रमण (फेफड़ों के आवरण के बीच जमाव) की स्थिति में सम्बन्धित तरल का परीक्षण, ग्रन्थि या हड्डी की बायोपसी, और सन्दिग्ध मेनिन्जाइअटिस की स्थिति में सेरिब्रो-स्पाइनल फ्लूड (CSF) की जाँच, इत्यादि शामिल होते हैं।

सी.एस.एफ. निकालने के लिए रीढ़ के निचले हिस्से की दो कशेरूकाओं (Vertebrae) के बीच की खाली जगह में एक लम्बर पंक्चर सुई प्रविष्ट की जाती है।

अन्य प्रमाणों के अभाव में, बी.सी.जी. के धब्बे की उपस्थिति और 10 मि. मी. या अधिक के मैन्टॉक्स परीक्षण वाले बच्चे को हर महीने एक ही मशीन पर तौला जाता है। अगर वह स्वस्थ रहता है और उसके वज़न में बढ़ोतरी होती रहती है, तो उसका किसी तरह का उपचार करने की ज़रूरत नहीं होती।

उपचार : टीबी के अधिकांश मामलों में अब 3 टीबी नाशक दवाओं से उपचार की शुरूआत की जाती है। पहली दवा 2 महीने तक और अन्य दो दवाएँ 6 महीने या उससे अधिक अवधि तक दी जाती हैं। इन दो दवाओं में से एक दवा खाली पेट दी जाती है। अगर इससे बच्चा लाल रंग का पेशाब करने लगे तो चकित न हो। यह एक सामान्य बात है।

क्योंकि इन दवाओं से थोड़े-से रोगियों के जिगर को क्षति पहुँच सकती है, इसलिए आपका डॉक्टर बच्चे के जिगर की स्थिति पर नज़र रखेगा।

कुछ बच्चों के जिगर पर हल्का-सा दुष्प्रभाव पड़ सकता है, लेकिन कुछ बच्चे पीलिया के शिकार हो सकते हैं और उनके जिगर को गम्भीर क्षति पहुँच सकती है। इस तरह के मामलों में डॉक्टर को उपचार में परिवर्तन करना पड़ता है।

रोगियों के लिए इस उपचार का सबसे महत्वपूर्ण पहलू यह है कि इसे बीच में ही बन्द नहीं करना चाहिए।

एक या दो महीने के उपचार के बाद बच्चे लगभग सामान्य दिखाई देने लगते हैं, और माता-पिता उपचार के मामले में थोड़ी ढील बरतने लगते हैं इसका बहुत खतरनाक परिणाम हो सकता है। टीबी के जीवाणु इन दवाओं के खिलाफ प्रतिरोधक-शक्ति विकसित कर सकते हैं और परिणामस्वरूप इन दवाओं का पहले जैसा असर होना बन्द हो सकता है।

एक टीबी-ग्रस्त व्यक्ति के सम्पर्क में रहने से जुड़ी सावधानियाँ

टीबी के रोगी के सम्पर्क में रहने वाले सभी व्यक्तियों को अपनी जाँच करवानी चाहिए। इसके बाद डॉक्टर तय करेगा कि इनमें से किसी व्यक्ति को और ज़्यादा उपचार की ज़रूरत है या नहीं।

टीबी ग्रस्त माँ के नवजात शिशु को बी.सी.जी. का टीका लगाना चाहिए, और जहाँ तक सम्भव हो 3 महीने तक माँ से दूर रखना चाहिए। डॉक्टर को बच्चे पर कड़ी निगरानी रखनी चाहिए। स्तन-पोषण जारी रहना चाहिए। अगर रोग का निधरिण गर्भावस्था के दौरान या प्रसव के तुरन्त बाद हुआ है, तो डॉक्टर बच्चे के ट्यूबरक्युलिन परीक्षण (tuberculin test) और छाती के एक्स-रे का निर्देश दे सकता है, ताकि संक्रमण की जन्मजात उपस्थिति की सम्भावना को निरस्त किया जा सके।

टाइफाइड (Typhoid)

लक्षण : सर्दी और खाँसी के बिना लगातार बना रहने वाला बुखार (39°C-40°C), सरदर्द, भूख न लगना, मुरझायापन, कब्ज, मैली जीभ और अर्द्धचेतन-सी उन्मादित स्थिति टाइफाइड के लक्षण हैं। घर पर किसी टाइफाइड-ग्रस्त व्यक्ति के साथ सम्पर्क का इतिहास इसके सन्देह को बढ़ा देता है। कुछ रोगियों को कंपकंपी लग सकती है और हल्की-सी खांसी भी हो सकती है। पेट थोड़ा फूल सकता है। बाद के दिनों में बच्चे को दस्त भी लग सकते हैं। आपका डॉक्टर उपरोक्त लक्षणों को ध्यान में रखेगा और सप्ताह के अन्त तक उसे जिगर और तिल्ली के आकार में वृद्धि का पता चल जाएगा।

निर्धारण की निश्चितता और उपचार

कल्चर के लिए रक्त का नमूना लेने से पहले एन्टी-बायोटिक नहीं दिए जाने चाहिए। अस्पताल की लैब को एक सप्ताह तक कल्वर का अध्ययन करने के

लिए कहा जाना चाहिए, क्योंकि कई बार रोग के जीवाणुओं को प्रकट होने में समय लग जाता है। गहरा सन्देह होने की स्थिति में डॉक्टर रिपोर्ट की प्रतीक्षा करने के दौरान भी एन्टी-बायोटिक देना शुरू कर सकता है। इन एन्टी-बायोटिकों का प्रभाव दिखाई देने में 6-7 दिन लग सकते हैं। अगर रक्त के नमूने में टाइफाइड के जीवाणु दिखाई देते हैं, तो लैब यह भी पता लगाएगी कि इनके लिए कौन-सी दवाएँ सबसे ज़्यादा प्रभावकारी रहेंगी। इसके बाद डॉक्टर या तो पुरानी दवा को जारी रख सकता है या कोई नई दवा देनी शुरू कर सकता है। इसका प्रभाव दिखाई देने में भी एक-दो दिन लग सकते हैं।

कल्चर की रिपोर्ट मिलने से पहले, अगर सफेद रक्त कोशिकाएँ 4000/mm^3 से कम हैं तो भी टाइफाइड की सम्भावना का अन्देशा किया जा सकता है। इसके अलावा विडाल-टेस्ट (widal test) नामक एक अन्य परीक्षण भी काफी आम है। यह दूसरे सप्ताह में 'पॉजिटिव' आने लगता है, लेकिन अगर उपचार की शुरूआत में ही एन्टी-बायोटिक देने शुरू कर दिए गए हैं, तो इस परीक्षण पर भरोसा नहीं किया जा सकता।

बुखार और सरदर्द के लक्षणों से आराम के लिए पैरासिटामोल दी जा सकती है। तापमान को कम करने के लिए शरीर को हल्के गर्म पानी से पोंछा (स्पंज किया) जा सकता है।

बचाव के उपाय

दूषित पानी, बर्फ, खाद्य-सामग्री (डिब्बाबन्द खाद्य-सामग्री समेत) और दूध टाइफाइड के संक्रमण के स्रोत हैं। ठीक होने के बाद भी लगभग 3 महीने तक रोगी के मल में रोग के जीवाणु मौजूद रहते हैं। इसलिए हाथों को अच्छी तरह से धोना बहुत जरूरी है।

पानी को उबालकर और ठण्डा करके पीना चाहिए। उन लोगों की बातों पर ध्यान न दें, जो कहते हैं कि घर से बाहर आपको बिना उबालकर पानी पीने का कोई लाभ नहीं है। रोग की जीवाणुओं को अपना प्रभाव फैलाने के लिए शरीर में अच्छी-खासी मात्रा में इकट्ठा होने के ज़रूरत होती है। इसलिए उनकी मात्रा जितनी कम रह सके, उतना ही अच्छा है।

नाभि से जुड़ी समस्याएँ (Umbilical Problems)

नाभि की सूजन (Umbilical Granuloma)

आपने देखा होगा कि आपके नवजात शिशु की नाभि-नाल के झड़ जाने के बाद एक लाल रंग की नमी भरी सूजन बच जाती है। इसी को नाभि की

सूजन (या लाली) कहते हैं।

आमतौर से इसे सुखाने के लिए सिल्वर नाइट्रेट की एक छड़ी का प्रयोग किया जाता है। लेकिन दावणगेरे (कर्नाटक) की डॉ. निर्मला केसरी और उनके साथियों द्वारा सुझाई गई एक आसान विधि ज़्यादा असरदार साबित होती है। सूजन पर सिर्फ काले नमक का एक टुकड़ा रख दें (उबले और ठण्डे किए हुए पानी से धोने और सुखाने के बाद) और इसे अपनी जगह पर बने रहने के लिए इसके ऊपर एक ल्यूकोप्लास्ट या बैण्ड-एड चिपका दें। इस आसान विधि से अधिकांश मामलों में सूजन कुछ ही दिनों में खत्म हो जाती है।

अगर इससे कोई सुधार होता दिखाई नहीं देता, तो एक छोटी-सी शल्य-चिकित्सा करनी पड़ सकती है।

नाभि का हर्निया (Umbilical Hernia)

यह काफी आम है और अधिकांश मामलों में इसके लिए किसी उपचार की ज़रूरत नहीं होती।

बच्चा जब रोता है, तो यह हर्निया और ज़्यादा मुखर हो उठता है। रोने के कारण पेट के अन्दरूनी हिस्सों पर दबाव पड़ता है। नाभि के पास के क्षेत्र की माँसपेशियों के बीच कुछ खाली जगह के कारण उदर का ऊत्तक (abdominal tissue) नाभि के बाहर उभर आता है।

इस हर्निया के साथ छेड़छाड़ नहीं करनी चाहिए। कुछ लोग सूजे हुए हिस्से पर एक सिक्का रखकर पट्टी बांधने की सलाह देते हैं। लेकिन इसकी कुछ भी ज़रूरत नहीं होती। उल्टे कई दिनों तक सिक्का चिपका रहने से बच्चे की त्वचा पर खुजलाहट भरी लाली पैदा हो सकती है।

बच्चा दूसरे वर्ष में प्रवेश करता है, तो यह सूजन आमतौर से अपने-आप ही उतर जाती है। कुछ दुर्लभ मामलों में शल्य-चिकित्सा की ज़रूरत पड़ सकती है।

अन्दर धंसी हुई अण्ड-ग्रन्थियाँ (Undescended Testes)

एक नर-बच्चे के जन्म के तुरन्त बाद उसकी अण्ड-पग्रन्थियों (testes) को अण्डकोष-थैली (Scrotum) में महसूस किया जा सकता है। कई बार यह थैली एक या दोनों तरफ से 'खाली' प्रतीत हो सकती है। इसके पीछे विविध कारण हो सकते हैं।

भ्रूण (foetus) अण्ड-ग्रन्थियाँ पेट के भीतर होती हैं। वे प्रसव से कुछ ही समय पहले बाहर आती हैं। अगर बच्चा अपेक्षित समय से पहले पैदा हो जाए, तो अण्ड-ग्रन्थियों को बाहर आने में थोड़ा समय लग सकता है।

कुछ अण्ड-ग्रन्थियों को 'शर्मीली' (shy) या 'सिकुड़ी हुई' (retractile) अण्ड-ग्रन्थियाँ कहां जाता है। वे आमतौर से अण्डकोष के भीतर उपस्थित होती हैं, लेकिन थैली को छूते ही (खासकर ठण्डे हाथों से) पेट की तरफ खिसक जाती हैं और थैली 'खाली' प्रतीत होने लगती है। इस तरह की अण्ड-ग्रन्थियों के लिए किसी उपचार की ज़रूरत नहीं होती। इस बच्चे की अण्ड-ग्रन्थियाँ सामान्य रूप से काम करेंगी।

लेकिन अगर एक या दोनों अण्ड-ग्रन्थियाँ अण्डकोष से सचमुच गायब हैं, तो हम बच्चे के एक वर्ष की उम्र पूरी होने तक प्रतीक्षा करते हैं।

अगर इसके बाद भी एक या दोनों तरफ की अण्ड-ग्रन्थियों को महसूस नहीं किया जा सकता, तो किसी सर्जन; खासकर पीडिएट्रिक सर्जन की सलाह लेना ठीक रहता है। अगर डॉक्टर भी इस बात को लेकर आश्वस्त है कि बच्चे की अण्ड-ग्रन्थियाँ बाहर नहीं निकली हैं, तो वह शल्य-चिकित्सा की सलाह देगा। हालाँकि कुछ शल्य-चिकित्सक 2 से 3 वर्ष की उम्र तक इन्तजार करना पसन्द करते हैं पीडिएट्रिक सर्जन डॉ. ज्योत्सना किरणें का मानना है कि यह ऑपरेशन 6 महीने की उम्र में हो जाना चाहिए, क्योंकि इलेक्ट्रोन माइक्रोस्कोप अध्ययनों से पता चला है कि 6 महीने की उम्र के बाद अन्दर धंसी हुई अण्ड-ग्रन्थियों में ह्रास या पतन सम्बन्धी परिवर्तन आने शुरू हो सकते हैं।

अगर दोनों ही अण्ड-ग्रन्थियाँ महसूस नहीं की जा सकतीं और क्लीनिकल जाँच से कुछ सन्देह पैदा होता है तो डॉक्टर बच्चे के लिंग (नर या मादा) का पता लगाने के लिए परीक्षण का निर्देश दे सकता है।

अण्ड-ग्रन्थियों को पेट के अन्दर धंसा छोड़ने से दो सम्भावित खतरे हो सकते हैं। पहला खतरा उनके पतन और उर्वरता के ह्रास (degeneration and infertility) से जुड़ा हुआ है और दूसरा उनमें कैंसर की उत्पत्ति की सम्भावना से।

यहाँ एक किशोर उम्र के लड़के की असमान (छोटी-बड़ी) अण्ड-ग्रन्थियों का जिक्र करना भी उपयुक्त होगा। अपने बच्चे को आश्वस्त करें कि एक अण्ड-ग्रन्थि की दूसरी से थोड़ी नीचे होना पूरी तरह से सामान्य है।

बाहर न निकली हुई अण्ड-ग्रन्थियों वाले बच्चे इस स्थिति से जुड़े हर्निया के शिकार भी हो सकते हैं, जो बच्चे के रोने या ज़ोर लगाने पर वंक्षण (groin) में सूजन के रूप में दिखाई दे सकता है। इस तरह के मामलों में जल्दी-से-जल्दी शल्य चिकित्सा की सलाह दी जाती है, क्योंकि छोटे शिशुओं में हर्निया काफी समस्या पैदा कर सकता है।

मूत्रीय संक्रमण (Urinary Infection)

निर्धारण का महत्व

मूत्रीय संक्रमण से जुड़े निम्नलिखित महत्वपूर्ण तथ्यों को याद रखें -

- यह काफी आम रोग है।
- हालांकि सही निर्धारण और उपचार से मदद मिल सकती है, लेकिन इसके नियन्त्रण के प्रति लापरवाही से कुपोषण के साथ-साथ गुर्दे के क्षतिग्रस्त होने की सम्भावना हो सकती है।
- मूत्र के रूटीन परीक्षण से संक्रमण की सम्भावना का आभास हो सकता है, लेकिन निर्धारण को निश्चित करने के लिए मूत्र के कल्चर (जीवाणु-समूह) की जाँच और बैक्टीरिया की कॉलोनी-गणना जरूरी है। अगर यह गणना एक लाख या इससे अधिक (प्रति मि.ली.) है, तो निर्धारण निश्चित हो जाता है। इसके बाद उपचार के लिए सही दवा का चयन करने के लिए एक 'संवेदनशीलता परीक्षण' (sensitivity test) भी किया जा सकता है।
- बच्चे में इस रोग का निर्धारण अकारण बुखार, मूत्र-त्याग (Micturition/urination) की आवृति (Frequency), पीड़ाजनक मूत्रत्याग, अकारण वज़न में कमी या वज़न में वृद्धि न हो पाने के आधारपर किया जाता है।
- कान के सामने त्वचा की झालरों (isolated preauricular) का होना भी मूत्र मार्ग की यातनाओं से जुड़ा हो सकता है। इस तरह के मामलों में मूत्र मार्ग की अल्ट्रा-सोनोग्राफी की जानी चाहिए।
- एक मादा बच्चे में मूत्र-मार्ग का द्वार (urethral opening) गुदा-द्वार के काफी नजदीक होता है। अभिभावकों को मल-त्याग के बाद बच्चियों के गुदा क्षेत्र को पीछे की तरफ (मूत्रद्वार से विपरीत दिशा में) साफ करना चाहिए, और खुद बच्चियों को भी अपनी सफाई इसी तरह से करने का प्रशिक्षण देना चाहिए।
- अगर आप बदलाव की ज़रूरत होने पर शिशु का लंगोट बदलते रहते हैं, तो कपड़े के लंगोट/पोतड़ों या डिस्पोज़ेबल डायपरों के प्रयोग से मूत्रीय संक्रमण होने या न होने की सम्भावना पर कोई फर्क नहीं पड़ता।

मूत्र का नमूना इकट्ठा करना

पेशाब के कल्चर (जीवाणु-समूह) की जाँच के लिए पेशाब के नमूने को हमेशा अस्पताल में उपलब्ध विसंक्रमणित शीशी में ही इकट्ठा करना चाहिए। पेशाब का नमूना अस्पताल के निर्देश के अनुसार ही लिया जाना चाहिए। यह नमूना

सुबह के समय के मूत्र-त्याग का ही हो, यह ज़रूरी नहीं है। नमूना इकट्ठा करने के बाद उसे जल्दी-से-जल्दी लैब को सौंप देना चाहिए। अगर यह सम्भव नहीं, तो नमूने को रेफ्रिजरेटर में रखना चाहिए।

उपचार : निर्धारण निश्चित हो जाने के बाद बच्चे को उपयुक्त दवाएँ दी जाती हैं।

उपचार के प्रभाव की जाँच करते रहना (follow up) बहुत जरूरी होता है। उपचार की शुरुआत के एक और दो सप्ताह के बाद 'यूरिन-कल्चर' किया जाता है। अगर पेशाब सामान्य है, तो 3 महीने तक यह कल्चर हर महीने किया जाता है, इसके बाद एक वर्ष तक 3 महीने में एक बार और फिर जब तक सम्भव हो वर्ष में 2 बार।

रोग के निर्धारण और उपचार की शुरूआत के एक महीने बाद सभी नर-बच्चों के मूत्र-मार्ग की सोनोग्राफी और साइस्टोरेट्रोग्राम [मूत्राशय में एक डाई (रंग) रखने के बाद लिया जाने वाला एक्स-रे, किए जाते हैं। इसी तरह के परीक्षण 5 वर्ष से छोटी उम्र की बच्चियों के मामले में भी किए जाते हैं, अगर वे मूत्र-मार्ग के संक्रमण से दोबारा प्रभावित हो जाएँ।

अगर इन दोनों परीक्षणों के बाद किसी तरह की असामान्यता पाई जाती है, तो इन्ट्रावेनस (अन्तः शिरा) पीलोग्राम किया जाना चाहिए। इस परीक्षण के दौरान बच्चे की नस में डाई डाली जाती है और गुर्दों, मूत्र-वाहिनी (ureter) और मूत्राशय (bladder) में इसके रिसाव पर नज़र रखी जाती है।

वर्ष में 3 बार इस संक्रमण से प्रभावित होने वाले बच्चों को एक दवा की थोड़ी-सी और सिर्फ एक खुराक लेनी होती है। इसे 2 या अधिक वर्षों तक हर रात लेना पड़ता है।

बार-बार होने वाले संक्रमण के मामले में, और मूत्र-मार्ग में कोई असामान्यता होने की स्थिति में भी शल्य-चिकित्सा की ज़रूरत पड़ सकती है।

योनिक रिसाव (Vaginal Discharge)

नवजात बच्चियों और बड़ी लड़कियों (जब-उनका मासिक शुरू होने की सम्भावना होती है) की योनि से अक्सर एक साफ, सफेद और दुर्गंधहीन रिसाव होता है। इससे किसी तरह की खुजलाहट या जलन नहीं होती। यह एक सामान्य स्थिति है, और अन्दरूनी कपड़ों को जल्दी-जल्दी बदलते रहने के अलावा इसके लिए किसी उपचार की ज़रूरत नहीं होती।

दुर्गंध वाला या खुजलाहट और जलन पैदा करने वाला रिसाव

किशोर उम्र की लड़कियों में इस तरह के रिसाव का सही निर्धारण होना ज़रूरी होता है। बच्ची को किसी गाइनाकॉलोजिस्ट (स्त्री रोग-विशेषज्ञ) को दिखाना चाहिए। छोटी बच्चियों में इस तरह का रिसाव आमतौर से अस्वच्छता, झाग-स्नान, नाइलॉन के अन्दरूनी कपड़ों या डोरा-कृमियों का परिणाम होता है। कुछ दुर्लभ मामलों में यह योनि में किसी बाहरी तत्व की उपस्थिति, फफूंद-जनित संक्रमण, मधुमेह (डायबीटीज़), हस्त-मैथुन या यौन-शोषण का परिणाम हो सकता है। अगर मूत्र-त्याग करते समय जलन भी महसूस होती है, तो बच्ची के पेशाब की जाँच करवानी चाहिए।

उल्टियाँ आना (Vomitting)

सामान्य बच्चों को उल्टी आना

कुछ छोटे शिशु और बड़े बच्चे भी, दिन में एक-दो बार उल्टी कर सकते हैं और इसके बावजूद स्वस्थ महसूस कर सकते हैं।

ऐसा प्रतीत होता है कि इन बच्चों के मस्तिष्क का 'उल्टी-केन्द्र' कुछ ज़्यादा संवेदनशील होता है। कोई दूसरी समस्या न होने के बावजूद वे उल्टी कर देते हैं। वे जोश में हों, दुखी हों, डरे हुए हों या किसी भी तरह की अस्वस्थता के शिकार हों तो वे फौरन उल्टी कर देते हैं। जैसे-जैसे वे बड़े होते जाते हैं, उनकी उल्टियों का सिलसिला कम होता जाता है, और फिर बिना किसी उपचार के अपने-आप ही बन्द हो जाता है।

बच्चा उल्टी कर दे तो माता-पिता को ज़रूरत से ज़्यादा चिन्ता नहीं दर्शानी चाहिए। इससे स्थिति और बिगड़ सकती है। इस तरह के एक आम मामले में माँ बच्चे को दूध का गिलास खाली करने के लिए कहती है, जबकि वह स्कूल की बस पकड़ने की जल्दी में होता है। वह एक ही घूंट में उसे खत्म करने की कोशिश करता है, लेकिन सब-का-सब वापस उल्ट देता है।

ठोस आहार को पचाने के लिए तैयार हो जाने से पहले ही बच्चे को ठोस आहार देना शुरू कर देना, या उसे जबरदस्ती खिलाने-पिलाने की कोशिश करना उल्टियों का एक आम कारण है। इस तरह की स्थितियों में बच्चे को जबरदस्ती खिलाना-पिलाना नहीं चाहिए। स्कूल जाने वाले बच्चों में रात को जल्दी सोने की आदत डालनी चाहिए, ताकि वे सुबह जल्दी उठ सकें और स्कूल के लिए तैयार होने के लिए उनके पास पर्याप्त समय हो। अगर बच्चे को सुबह-सुबह दूध पीना पसन्द नहीं है, तो उसके साथ जबरदस्ती न करें।

अगर तैयार होने के लिए पर्याप्त समय हो, तो भी कोई-कोई बच्चा सुबह के समय कुछ भी खाना पसन्द नहीं करता। मैं बच्चों को खाली पेट स्कूल भेजने की सलाह नहीं दूँगा। इसकी बजाय मैं यह सुझाव दूँगा कि उन्हें कोई फल या फलों का रस दिया जाए। अगर बच्चा मना करता है, तो उसे कोई ऐसा स्वस्थ अल्पाहार (स्नैक्स) दें — ताजे फल, सूखे मेवे, गिरियाँ, या फिर सम्पूर्ण आटे से बनी ब्रेड, जिसे वह विश्राम के क्षणों के दौरान स्कूल में खा सके।

कुछ शिशु स्तन-पोषण के दौरान बहुत-सी हवा भी अपने पेट में ले जाते हैं और बाद में थोड़ा दूध बाहर निकाल देते हैं। कुछ शिशुओं को डकार दिलाने के बाद राहत महसूस होने लगती है, जबकि कुछ डकार दिलाए जाने से पहले ही उल्टी कर देते हैं। दूध पिलाते समय इन शिशुओं की मुद्रा पर ध्यान देना चाहिए। उनके मुँह में स्तन-मुख या एरियोला (चूचियों के आसपास का गहरे रंग वाला हिस्सा) का पर्याप्त हिस्सा होना चाहिए

अगर आप बच्चे को बोतल से दूध पिलाती हैं, तो बोतल की बजाय कप का प्रयोग करें (जो चम्मच से दूध पिलाने से भी ज़्यादा अच्छा है)। लेकिन अगर आप बोतल से ही दूध पिलाना चाहती हैं, तो इस बात का ध्यान रखें कि निप्पल का छेद ज़्यादा छोटा न हो।

कुछ शिशु दूध पीने के बाद हर बार या कभी-कभी थोड़ा दही बाहर निकालते हैं। इसके अलावा वे पूरी तरह से स्वस्थ और चुस्त होते हैं और सामान्य ढंग से मूत्र-त्याग करते हैं। इसे 'पोज़ैटिंग' (Possetting) कहा जाता है और यह एक सामान्य क्रिया होती है। इसका उपचार करने की कोशिश नहीं करनी चाहिए। हाँ, थोड़े गतिए (bibs) और खरीद लीजिए!

लेकिन अगर उल्टी के बाद बच्चे में डी-हाइड्रेशन (शरीर में पानी की कमी) की शिकायत दिखाई देती है, तो अपने डॉक्टर की सलाह लें। वह इसके कारण का उपचार कर सकता है, और ज़रूरत होने पर बच्चे को अन्तःशिरा तरल (intravenous fluids) दे सकता है।

डी-हाइड्रेशन का शिकार बच्चा अस्वस्थ दिखाई देता है, और बहुत कम और गाढ़े रंग का मूत्र-त्याग करता है। अगर बच्चा पूरी तरह से सजग दिखाई नहीं देता या इस तरह से व्यवहार करता है मानो वह पूरी तरह से सचेत न हो, तो भी तुरन्त चिकित्सीय मदद की ज़रूरत होती है। इसका कारण मेनिन्जाइटिस हो सकता है।

तुरन्त ध्यान देने योग्य तीन आम कारण

- शल्य-चिकित्सीय अवस्थाओं के कारण आंतों के मार्ग में कोई रुकावट (obstruction of the intestinal tract)
- संक्रमण
- सिर की चोट

शल्यात्मक अवस्थाओं के कारण आंतों के मार्ग में रूकावट

अगर एक छोटा शिशु हरे रंग की उल्टी करता है, तो आँतों के अवरोध का सन्देह किया जा सकता है। ऐसी अवस्था में बच्चे को कुछ खाने-पीने को न देकर सीधे डॉक्टर के पास ले जाना चाहिए। इन बच्चों को पेट के फूलने और डी-हाइड्रेशन की शिकायत भी हो सकती है।

पिलोरिक स्टेनोसिस (Pyloric stenosis) नामक एक अन्य अवस्था में बच्चा सफेद रंग की लम्बी और धारदार उल्टी कर सकता है और वज़न में वृद्धि न होने की शिकायत से ग्रस्त हो सकता है। अन्तर्वेशन (Intussusception) और अपेंडेसाइटिस की सम्भावनाओं को भी ध्यान में रखना चाहिए।

संक्रमण

पेट और आँत का संक्रमण (gastroenteritis) सबसे आम संक्रमण है, जिसका परिणाम दस्त (डायरिया) और उल्टियों के रूप में सामने आता है।

अगर नन्हे या बड़े बच्चे को अचानक भूख लगनी बन्द हो जाती है और वह गहरे रंग का मूत्र-त्याग करने लगता है, तो हेपेटाइटिस का सन्देह किया जा सकता है।

अगर एक छोटा शिशु स्तनपान करना बन्द कर देता है, उल्टियाँ करता है और अस्वस्थ दिखाई देता है तो वह सेप्टिकेमिया (Septicaemia) से ग्रस्त हो सकता है, जो एक गम्भीर प्रकार का संक्रमण है। इसके साथ बुखार हो भी सकता है और नहीं भी।

अगर उपरोक्त लक्षणों के अलावा, गर्दन की अकड़न के साथ या इसके बिना, शिशु के सिर का नर्म स्थल (anterior fontanelle) फूला हुआ दिखाई दे रहा है, तो वह मेनिन्जाइटिस से ग्रस्त हो सकता है, जिसके तुरन्त उपचार की ज़रूरत होती है।

काली खाँसी से ग्रस्त बच्चे भी खाँसी के एक भयंकर दौरे के बाद उल्टी कर सकते हैं। इसी तरह, उल्टियों के पीछे कान या मूत्र-माग के संक्रमण का हाथ भी हो सकता है।

मौसमी उल्टियाँ, जिनके पीछे किसी वाइरल संक्रमण की सम्भावना हो सकती है, शहर के बहुत-से बच्चों को प्रभावित कर सकती है। इन बच्चों में ऊपर वर्णित लक्षण दिखाई नहीं देते, और वे 2-3 के लाक्षणिक (Symptomatic) उपचार के बाद ठीक हो जाते हैं।

उल्टियों के कुछ अन्य कारण हैं विषाक्तता, यात्रा से जुड़ी अस्वस्थता, ग्रेस्ट्रो-ईसोफेज़ियल रिफ्लस और माइग्रेन। कृत्रिम दूध (माँ के दूध के अलावा अन्य सभी दूध) के प्रति एलर्जी के कारण भी कुछ बच्चों को (थोड़ी-सी दूध मात्रा में दूध के सेवन के बाद भी) उल्टियों का दौरा पड़ सकता है। इसी तरह, एन्टी-बायोटिकों और डायरिया और अन्य रोगों के लिए दी जाने वाली दवाओं के सेवन के बाद भी उल्टियाँ आ सकती है।

सिर की चोट

सिर की चोट के बाद अगर बच्चा स्वस्थ दिखाई देता है, तो उसकी एकाध उल्टी को नज़रअंदाज किया जा सकता है। लेकिन अगर बच्चा बार-बार उल्टियाँ करता है, तो डॉक्टर की सलाह लेना ज़रूरी है।

उल्टी में खून

कुछ बच्चे बड़े तेज़ प्रवाह से उल्टी करने के साथ रक्त के कुछ अंश भी टपका सकते हैं। इसे लेकर ज़्यादा चिन्ता करने की ज़रूरत नहीं है। लेकिन अगर ऐसा बार-बार होता है, तो आपका डॉक्टर हाइएटस हर्निया (hiatus hernia) की सम्भावना को लेकर जाँच का निर्देश दे सकता है। अन्य अंगों से भी रक्त-स्राव होने की स्थिति में रक्त-प्रणाली के दोष की सम्भावना को ध्यान में रखना चाहिए।

उपचार : उपचार कारण पर निर्भर करता है। डॉक्टर की सलाह के बिना उल्टी के लिए कोई भी दवा नहीं लेनी चाहिए। अगर डॉक्टर उल्टी रोकने के लिए कोई दवा देता है, तो एक घण्टे तक मुँह से कुछ भी खाना-पीना नहीं चाहिए। तब तक दवा अपना काम करने लगती है और बच्चे को थोड़ा-सा पेय या उसकी पसन्द का कोई फल या दूसरा व्यंजन दिया जा सकता है। लेकिन एक बार में ज़्यादा न खिलाने का ध्यान रखें। थोड़ी-थोड़ी देर बाद थोड़ा-थोड़ा आहार दें।

उल्टियों के लिए आमतौर से प्रयोग की जाने वाली दवाओं का कभी-कभी कोई दुष्प्रभाव भी देखने में आ सकता है। बच्चा अपनी आँखें ऊपर घुमा सकता है और उसका पूरा शरीर जकड़ सकता है। सौभाग्यवश, दवा का प्रयोग बन्द

करते ही लगभग सभी मामलों में ये दुष्प्रभाव दूर हो जाते हैं। कुछ मामलों में, पहले वाली दवाओं के दुष्प्रभाव को खत्म करने के लिए कोई दूसरी दवा दी जा सकती है।

सीटी की आवाज़ के साथ सांस लेना (Wheezing)

वायु-मार्ग के संकुचित हो जाने के कारण घरघराहट और सीटी जैसी आवाज के साथ सांस लेने को 'वीज़िंग' कहा जाता है।

इसे नाक के आंशिक रूप से बन्द हो जाने या श्वास-नली या इसकी शाखाओं में बलगम जमा हो जाने के कारण आवाज के साथ ली जाने वाली साँस से अलग करके देखना चाहिए।

कारण : बार-बार होने वाली वीज़िंग के पीछे आमतौर से दमे (Asthma) का रोग होता है। इसका दूसरा कारण छोटे शिशुओं को प्रभावित करने वाला 'ब्रोंकियोलाइटिस' नामक एक वाइरस-जनित संक्रमण हो सकता है। बड़े बच्चों में वीज़िंग के पीछे ट्रॉपिकल ईओसिनोफिलिया एक आम कारण है। इनके अलावा हवा के मार्ग में किसी बाहरी वस्तु या किसी ग्रन्थि (टीबी या किसी दूसरे कारण से) के कारण पैदा हुआ अवरोध भी वीज़िंग का कारण हो सकता है।

नियन्त्रण : अगर आपने अपने बच्चे को ज़िंदगी में पहली बार इस तरह की (घरघराहट भरी सीटी के साथ) साँस लेते देखा है, तो डॉक्टर को इसकी जाँच करने दें। बच्चे को अपनी तरफ से कोई दवा न दें।

अगर बच्चा रो नहीं रहा है, तो डॉक्टर अपने स्टेथोस्कोप से उसकी साँस की आवाज को अच्छी तरह से सुन सकता है। बच्चे का सिर अपने कन्धे से लगाते हुए उसे अपनी बाहों में उठाए रखें। उसके कपड़े न उतारें। डॉक्टर को पहले उसकी पीठ की तरफ से सुनने दें और फिर उसकी साँस की जाँच करने दें।

अगर आपका डॉक्टर आश्वस्त है कि यह वीज़िंग ही है, तो वह बच्चे को एक इन्जेक्शन या नेब्युलाइजर या मुँह के माध्यम से कोई दवा दे सकता है और इसकी प्रतिक्रिया की प्रतीक्षा कर सकता है। अगर बच्चे में तेज़ी से सुधार दिखाई देता है। तो डॉक्टर को दमा का सन्देह हो सकता है। अगर आपका बच्चा बार-बार वीज़िंग का शिकार होता है, तो आपको डॉक्टर की सलाह पर सख्ती से अमल करना चाहिए। आपके लिए दमा से जुड़ी जानकारियों के बारे में पढ़ना भी उपयोगी साबित हो सकता है। अगर डॉक्टर ट्रॉपिकल ईओसिनोफिलिया की सम्भावना को निरस्त करना चाहता है, तो वह बच्चे के रक्त की जाँच का निर्देश दे सकता है।

काली खाँसी (Whooping Cough\Pertusis)

लक्षण : इस रोग के एक आम मामले में, बच्चा खाँसी के भयंकर दौरों से गुजरता रहता है। वह खांसता है और खाँसता है, उसका चेहरा लाल हो जाता है, वह किसी चीज का सहारा लेकर खड़े होने की कोशिश करता है, और फिर एक अजीब-सी आवाज (हुंकार/Whoop) निकालता है, मानो वह अपनी आंशिक रूप से बन्द श्वास-नली से एक लम्बी साँस खींचने की कोशिश कर रहा हो। इस पूरी प्रक्रिया के बाद कई बार उसे उल्टी भी हो सकती है। जिन बच्चों को डी.पी.टी. के टीके के अन्तर्गत काली खाँसी का प्रतिरक्षक वैक्सिन दिया जा चुका होता है, वे या तो इस रोग के शिकार नहीं होते, या उन्हें हुंकार और उल्टी के बिना इसका हल्का-फुल्का प्रहार ही झेलना पड़ता है। रोग के निर्धारण में किसी संक्रमणित व्यक्ति के साथ सम्पर्क के इतिहास से मदद मिलती है।

नियन्त्रण : काली खाँसी के मामले में मैं एन्टी-बायोटिकों के प्रयोग में देर करना पसन्द नहीं करूँगा। मैं एरिथ्रोमाइसिन (erythromycin) नामक एन्टी-बायोटिक का चुनाव करूँगा, जिसे रोग का निर्धारण होते ही शुरू कर देना चाहिए। जल्दी शुरू कर देने से यह दवा ज़्यादा असरदार साबित होती है। कुछ लोगों का मानना है कि इससे रोगी को कोई लाभ नहीं होता, सिर्फ अन्य लोगों तक इस संक्रमण के फैलने की सम्भावना कम हो जाती है। मैं इस धारणा से सहमत नहीं हूँ। मेरे विचार में इससे काफी मदद मिलती है, और रोगी को इसका पूरा (2 सप्ताह का) कोर्स दिया जाना चाहिए। मेरा अपना अनुभव है कि खाँसी के दौरों को कम करने के लिए एक अन्य दवा सलबुटामोल (sulbutamol) भी काफी असरदार है, जो आमतौर से दमे के लिए प्रयोग की जाती है। छोटे शिशु को शान्त और धुँआ-रहित वातावरण से भी लाभ पहुँचता है। माँ की गोद में उसे आराम महसूस होता है। उल्टी करने के फौरन बाद दूध पिलाने से उसके पचने की ज़्यादा सम्भावना रहती है।

शिशु के सम्पर्क में आने वाले लोग अगर 10 दिनों तक एरिथ्रोमाइसिन की खुराक लें, तो वे इस रोग से काफी हद तक बचे रह सकते हैं।

अस्पताल-प्रवास

किसी भी आयात स्थिति (emergency) में अपने बच्चे को नज़दीक के अस्पताल में ले जाने में देर न करें।

आपात स्थिति क्या है?

ऐसी स्थिति में आमतौर से आपका डॉक्टर बच्चे को अस्पताल ले जाने की सलाह देगा। लेकिन अगर डॉक्टर उपलब्ध नहीं है और आपको लगता है कि बच्चे की तबीयत अचानक बहुत ज़्यादा बिगड़ गई है, तो उसे तुरन्त अस्पताल ले जाएँ। इस तरह की स्थिति में कोई अनुभवी सम्बन्धी या पड़ोसी भी उपयुक्त निर्णय लेने में आपकी मदद कर सकता है।

बच्चे को निजी अस्पताल में भर्ती करना है या सरकारी अस्पताल में, यह निर्णय स्थिति की ज़रूरत और गम्भीरता, अस्पताल की दूरी, सुविधाओं की उपलब्धता और उपचार के खर्च पर निर्भर करता है। अगर कोई सरकारी अस्पताल आपके घर के नज़दीक है और बच्चे की हालत बहुत गम्भीर है, तो उसे वहाँ ले जाने में न झिझकें। यह बात दुर्घटनाओं से जुड़े मामलों में, जिनमें पुलिस का हस्तक्षेप रहता है, खासतौर से लागू होती है। बाद में, अगर ज़रूरत हो तो, आप बच्चे को दूसरे अस्पताल में ले जा सकते हैं। अगर अस्पताल में कोई कैज्युलटी डिपार्टमेंट (दुर्घटना विभाग) है, तो बच्चे को सीधे वहाँ ले जाएँ। वहाँ आपको 'कैज्युलटी', 'दुर्घटना' या 'अपघात' विभाग का सूचना-पट्ट दिखाई दे सकता है। अगर आपको ऐसा कोई विभाग दिखाई नहीं देता तो बच्चे को बच्चों के वार्ड में ले जाएँ।

अगर आप यात्रा पर हैं और किसी दूर-दराज क्षेत्र, गाँव या कस्बे में हैं तो नजदीक के किसी प्राथमिक स्वास्थ्य केन्द्र में जाएँ।

बच्चे को अस्पताल-भर्ती के बारे में बताना

अगर आपका बच्चा 3 वर्ष से बड़ी उम्र का है, तो उसे यह बताना अच्छा रहता है कि उसे अस्पताल में क्यों भर्ती किया जा रहा है? उसके मन में यह

बात नहीं आनी चाहिए कि शरारती या लापरवाह होने के कारण उसे सज़ा के तौर पर अस्पताल में भर्ती किया जा रहा है।

भर्ती से पहले अस्पताल का एक चक्कर लगाना

अगर कोई आपात स्थिति नहीं हैं, तो बच्चे को भर्ती करने से पहले एक बार अस्पताल हो आना, डॉक्टरों और नर्सों से मिल आना अच्छा रहता है। आप वहाँ उपलब्ध सुविधाओं की जाँच कर सकते हैं और सम्भावित खर्च के बारे में भी पूछताछ कर सकते हैं।

अस्पताल-प्रवास (भर्ती के बाद अस्पताल में रहना)

भारत में, बच्चे की माँ या किसी निकट सम्बन्धी को बच्चे के साथ अस्पताल में रहने दिया जाता है। इसके अलावा एक भेंटकर्ता के लिए 'पास' भी जारी किया जाता है।

भर्ती के समय आपसे एक पर्चा भरवाया जा सकता है कि आप बच्चे की किसी भी तरह की जाँच या ऑपरेशन के लिए अपनी अनुमति दे रही हैं। इस पर हस्ताक्षर करने से पहले इसे ध्यान से पढ़ें।

अगर बच्चा बहुत ज़्यादा अस्वस्थ है, तो उसे सीधे आई.सी.यू. (Intensive Care Unit) में भेजा जा सकता है। आइ.सी.यू. में आमतौर से आपको बच्चे के साथ रहने की अनुमति नहीं होती। लेकिन अगर आपको लगता है कि आपकी उपस्थिति से बच्चे को ठीक होने में मदद मिल सकती है, तो आप डॉक्टर से बात करके बच्चे के साथ रहने की विशेष अनुमति लेने की कोशिश कर सकती

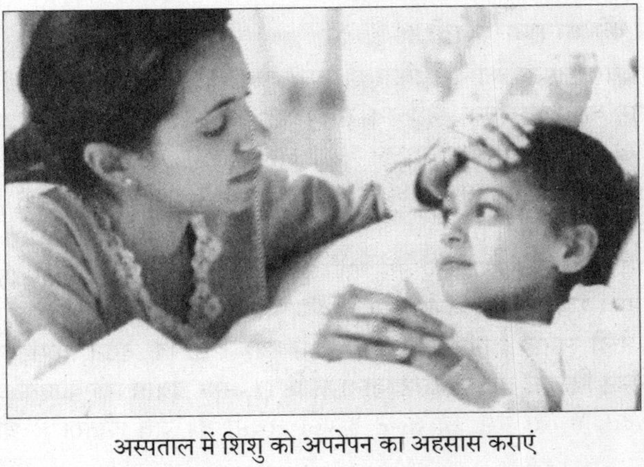

अस्पताल में शिशु को अपनेपन का अहसास कराएं

हैं। क्योंकि आपको आई.सी.यू. में दिन भर बैठे रहना पड़ सकता है, इसलिए बारी-बारी से बच्चे की देखभाल करने के लिए किसी दूसरे व्यक्ति का भी होना बेहतर रहता है।

अस्पताल का दैनिक रूटीन

एक मित्र ने एक बार अस्पताल के बारे में कहा था कि यह एक ऐसी जगह है, जहाँ आपको नींद की गोली देने के लिए जगाया जाता है। और सचमुच, अधिकांश अस्पतालों में स्पंज-स्नान देने, तापमान और नब्ज देखने, और दवाएँ देने का एक निश्चित समय होता है। अगर इस रूटीन से आपके बच्चे को कोई परेशानी है, तो अपने डॉक्टर और वार्ड की सिस्टर-इन-चार्ज से बात करके आप अपने बच्चे और अस्पताल की सुविधा के अनुसार रूटीन में थोड़ा फेर-बदल करवा सकती हैं।

उदाहरण के लिए, अगर आपका बच्चा रात-भर बेचैन रहा है और सुबह जाकर उसकी आँख लगी है, तो नर्स से अनुरोध करें कि वह नियत समय पर उसे स्पंज-स्नान न दे। अगर नर्सों के पास बाद में इस काम के लिए समय नहीं है, तो यह ज़िम्मेदारी आप अपने ऊपर ले लें।

मिलने के घण्टों को छोड़कर बच्चे के बिस्तर के पास भीड़ लगाने से बचें।

यह बात भी याद रखें कि नर्सें भी मनुष्य होती हैं। अगर नर्सिंग-स्टाफ और अन्य कर्मचारियों का रवैया कुल मिलाकर सहयोगपूर्ण है, तो छोटी-मोटी चूक को नज़रअंदाज करने की कोशिश करें। लेकिन अगर किसी का व्यवहार लगातार आपत्तिजनक है, तो डॉक्टर से इसकी शिकायत करना न भूलें।

उपचार की जानकारी लेती रहें

आपको यह जानने का अधिकार है कि बच्चे को कौन-सी दवा दी जा रही है। अगर कोई दवा एक निश्चित समय पर देनी जरूरी है, तो इस बात का ध्यान रखें। कि नर्सें इसका पालन करें। लेकिन कुछ मिनटों की देर को नजर अन्दाज किया जा सकता है। अगर आप चाहें तो बच्चे को खुद दवा खिलाने की अनुमति ले सकती हैं।

इसी तरह बच्चे को चढ़ाए जाने वाले अन्तःशिरा तरलों (intravenous fluids) पर भी नजर रखें। अगर बच्चा दाएँ हाथ से काम करता है, तो पहले उसके बाएँ हाथ में नली लगाई जानी चाहिए। यह भी ध्यान रखें कि तरल किस रफ्तार से (प्रति मिनट कितनी बूंदें) चढ़ाया जाना चाहिए। अगर प्रवाह में एकाएक बदलाव दिखाई देता है, तो नर्स को तुरन्त इसकी सूचना दें। जब बोतल में थोड़ा-सा

तरल बच जाए तब भी नर्स को सूचित करें, ताकि वह इसे समय पर बन्द कर सके, और अगर ज़रूरत हो तो दूसरी बोतल लगा सके।

कुल मिलाकर, अपने बच्चे के उपचार पर नजर रखें। कई बार संचार के अभाव के कारण गलतियाँ हो सकती हैं; बच्चे को कोई ऐसी दवा दी जा सकती है, जिसे डॉक्टर बन्द करवा चुका है। इसलिए सब कुछ अस्पताल के कर्मचारियों के हाथ में न छोड़ें। उन पर विश्वास करें, लेकिन बच्चे की देखभाल में कोई चूक दिखाई देने पर विनम्रतापूर्वक उन्हें टोकना भी न भूलें।

डॉक्टर को यह भी जरूर बताएँ कि आपका बच्चा किसी दवा के प्रति एलर्जिक तो नहीं है। इसे बच्चे के उपचार के पर्चों (case papers) पर स्पष्ट रूप से और बड़े अक्षरों में लिख दें। अगर बच्चे में जी — 6 पी.डी. की न्यूनता है, तो स्टाफ को इसकी भी सूचना दें। इस समस्या से ग्रस्त बच्चे में कुछ दवाओं की बहुत प्रतिक्रिया हो सकती है।

डॉक्टर बच्चे के लिए विशेष लिखकर दे सकता है। अगर इस तरह का कोई प्रतिबन्ध नहीं है, तो अस्पताल के डाइटीशियन के साथ बात करें कि आपका बच्चा क्या खाना पसन्द करेगा। घर में बना भोजन लाने के लिए आपको डॉक्टर और अस्पताल की अनुमति लेने की ज़रूरत होती है।

जाँच-पड़ताल (Investigations)

3 वर्ष से बड़े बच्चों को सम्भावित परीक्षणों (tests) के बारे में बताया जा सकता है। अगर आप बच्चे के खून का नमूना लेने के कृत्य को नहीं देख सकतीं, तो आप कुछ देर के लिए कमरे से बाहर जा सकती है। लेकिन अगर आपको लगता है कि आपकी उपस्थिति में बच्चा सुरक्षित महसूस करेगा तो डॉक्टर आपको वहाँ रहने की अनुमति दे सकता है।

हर परीक्षण से पहले डॉक्टर से पूछें कि क्या यह परीक्षण जरूरी है। ई.सी. जी., अल्ट्रा-सोनोग्राफी, सी.टी. (computed tomography) स्कैन, एम.आर.आई. (magnetic resonance imaging) या ईको-कार्डियोग्राफी जैसे परीक्षणों से पहले डॉक्टर 4 वर्ष से छोटे को शामक दवा (sedative) दे सकता है। बड़े बच्चों को इसकी ज़रूरत नहीं पड़ती, अगर उन्हें परीक्षण के बारे में ठीक से समझा दिया जाए।

शल्य-चिकित्सा (Surgery)

अगर डॉक्टर बच्चे की सर्जरी या शल्य-चिकित्सा का परामर्श दे, तो उसे अपने भय और आशंकाओं या आर्थिक कठिनाईयों के बारे में बताने में संकोच न करें।

आपात शल्य-चिकित्सा में देर नहीं की जा सकती, खासकर अगर एक नवजात शिशु का मामला हो। अन्य मामलों में, बच्चे को खाँसी, सर्दी या बुखार होने की स्थिति में इसे आगे किसी तारीख तक टाला जा सकता है। बच्चे की छुट्टियों, किसी विवाह या अन्य किसी व्यक्तिगत कारण को देखते हुए भी ऐसा किया जा सकता है। कुछ परिवारों में यह गलत धारणा भी है कि गर्मियों या बारिश के मौसम में शल्य-चिकित्सा नहीं करवानी चाहिए।

अगर आपके बच्चे को पहले कभी सर्जरी, निश्चेतक (बेहोशी की दवा), या किसी विशेष दवा को लेकर कोई परेशानी हुई है, तो डॉक्टर को यह बात ज़रूर बताएँ। साथ ही उसे यह भी बताएँ कि आपके बच्चे में रक्त-स्राव की प्रकृति (bleeding tendency) तो नहीं है, या वह कोई दवा (खासकर कॉर्टि-कॉस्ट्रॉयड, इन्स्युलिन और मिरगी के लिए ली जाने वाली दवाएँ) तो नहीं ले रहा है। डॉक्टर यह भी जानना चाहेगा कि क्या बच्चे को निकट अतीत में कॉर्टि-कॉस्ट्रॉयड दिए गए हैं।

आमतौर से डॉक्टर सलाह देते हैं कि बेहोशी की दवा (एनिस्थीज़िया/anaesthesi) दिए जाने से कम-से-कम 12 घण्टे पहले तक बच्चे को दूध या कोई ठोस आहार नहीं देना चाहिए। लेकिन ऑपरेशन से 4 घण्टे पहले तक उसे ग्लूकोज़ के साथ विशुद्ध तरल पेय दिए जा सकते हैं। कभी-कभी, सर्जरी से पहले डॉक्टर बच्चे को कोई अन्तःशिरा तरल (intravenous fluid) भी चढ़ा सकता है।

शल्य-चिकित्सा से पहले दी जाने वाली शामक दवा (Sedative)

ऑपरेशन थिएटर में ले जाने से पहले आपका डॉक्टर बच्चे को शामक दवा (Sedative) दे सकता है। इससे बच्चे को हल्की नींद आ जाती है और बाद में उसे बेहोशी की दवा (Anaesthesia) देने के लिए जगाने की ज़रूरत भी नहीं पड़ती। इससे एनिस्थीज़िया के प्रभाव से मुक्त होने के बाद बच्चे को पीड़ा से थोड़ी राहत मिलती है।

शल्य-चिकित्सा के बाद देखभाल

बच्चे को उसके वार्ड में वापस भेजने से पहले शल्य-चिकित्सक (Surgeon) उसे कुछ देर ऑपरेशन-थिएटर के पास स्थित शल्य-कक्ष (recovery room) में रखेगा। अगर बच्चा 6 महीने से छोटा है, तो उसे लगभग दो घण्टों तक वहाँ रखा जाएगा, ताकि उसकी श्वास-प्रक्रिया और रिफ्लेक्सिज़ समेत सभी शारीरिक संचालनों की सामान्यता की जाँच की जा सके।

वार्ड में बच्चे को पीड़ा से राहत दिलाने वाली दवाओं की ज़रूरत पड़ सकती

है। आपकी और आपके पति या अन्य निकट सम्बन्धियों की उपस्थिति दवाओं की ज़रूरत को कम कर सकती है। आपका स्पर्श भी जादुई साबित हो सकता है। अगर बच्चे के साथ कुछ उपकरण जुड़े हुए हैं, तो भी उसका हाथ पकड़ने या प्यार से उसका गाल सहलाने में संकोच न करें। जब भी सम्भव हो, उसे अपनी बाहों में उठा लें। उसे अपने गले से लगा लें और प्यार करें।

बच्चे के आसपास एक खुशनुमा माहौल बनाकर रखें। अगर आपको रोना आ रहा है, तो अपनी भावनाओं को दबाएँ नहीं, लेकिन बच्चे के सामने रोने से बचने की कोशिश करें। आपका बच्चा बहुत बेतुका व्यवहार कर सकता है, लेकिन यह बात ध्यान में रखें कि वह थोड़ा डरा हुआ हो सकता है। उसे अपने मन की बात बताने के लिए कहें, ताकि आप उसकी चिन्ताओं को दूर कर सकें।

किशोरों को उनके रोग के उपचार को लेकर विश्वास में लेना अच्छा रहता है। अगर आपका डॉक्टर इस बात से सहमत है, तो बच्चे को उसके रोग और इसके सुनियोजित नियन्त्रण और उपचार के बारे में बताया जा सकता है। इससे बच्चा अस्पताल-प्रवाह के दौरान आपके साथ बेहतर सहयोग कर सकता है।

आपात स्थितियाँ

जैसा कि पिछले अध्याय में कहा जा चुका है, किसी आपात स्थिति के दौरान समय नष्ट न करें। अगर आप स्थिति की गम्भीरता को लेकर निश्चित नहीं हैं, तो बच्चे को जल्दी से किसी नजदीक के डॉक्टर के पास या अस्पताल में ले जाएँ। अगर ज़रूरत हो, तो बच्चे को प्रथम उपचार (फर्स्ट एड) दे दें।

नीचे उन सम्भावित आपातस्थितियों की सूची दी जा रही है जिनकी विस्तृत चर्चा हम पहले भी कर चुके हैं —

- पेट-दर्द (Abdominal pain)
- एलर्जी (Allergies)
- कृत्रिम सांस (Artificial Respiration)
- दमा (Asthma)
- कीड़े-मकोड़ों/साँप का काटना या डंक मारना (Bites and Stings)
- खून निकालना/रक्त-स्राव (Bleeding)
- हड्डी, जोड़ और माँसपेशियों की चोटें (Bone, joint And Muscle Injuries)
- साँस फूलना (Breathlessness)
- फोन्टेनल का फूलना (Bulging Fontanelle)
- जलने के घाव (Burns)
- दम घुटना (Choking)
- शिशुओं का जुकाम (Common Cold in an infant)
- दौरे पड़ना (Convulsions)
- सुखण्डी (Croup)
- रोना (Crying)
- कटने के घाव (Cuts)
- कुत्ते का काटना (Dog bites)
- रक्त-अतिसार के साथ डायरिया (Diarrhoea with blood)
- डूबना (Drowning)

- बिजली का झटका (Electric Shock)
- आँखों की समस्याएँ/आँख की चोट (Eye problems, including injury to the eye)
- फ्रैकचर (Fractures)
- सिर की चोट (Head injury)
- हर्निया (Hernia)
- तेज़ बुखार (High fever)
- मुँह से मुँह की साँस (Mouth to mouth Resuscitatin)
- नाक से जुड़ी समस्याएँ/नाक से खून बहना (Nose related problems, inlcuding bleeding from the nose)
- विषक्तता (Poisoning)
- रैबिज़ (Rabies)
- बिच्छु का काटना (Scorpion Bite)
- साँप का डसना (Snake Bite)
- तिनका घुस जाना (Splinters)
- स्ट्रीडॉर (Stridor)
- बच्चे का बेहोश हो जाना (unconcious child)

नवजात शिशु के लिए खतरे के संकेत

अगर एक नवजात शिशु अस्वस्थ प्रतीत हो और स्तनों को चूसना बन्द कर दे तो उसे तुरन्त डॉक्टर को दिखाने की ज़रूरत होती है।

एक नवजात शिशु के लिए खतरे के अन्य संकेत

- पीली या हरी उल्टी
- दौरे पड़ना
- बहुत ज़्यादा रोना
- सुस्त, बुझा-बुझा-सा दिखाई देना
- साँस फूलना
- त्वचा का बहुत गर्म या ठण्डा होना।

स्वस्थ आदतें

अगर आप स्वस्थ आदतों का पालन करते हैं, तो आपके बच्चे को भी उन्हें अपनाने की प्रेरणा मिलेगी। एक स्वस्थ जीवन-शैली का उदाहरण प्रस्तुत करके आप छोटी उम्र से ही अपने बच्चे में इन आदतों की नींव रखने में एक महत्वपूर्ण भूमिका निभा सकते हैं।

एक स्वस्थ और सुखी जीवन-शैली के लिए निम्नलिखित 5 सरल नियमों को ध्यान में रखें —

- पर्याप्त नींद
- नियमित व्यायाम
- सही प्रकार का आहार
- व्यक्तिगत स्वच्छता
- प्रकृति के साथ तारतम्य स्थापित करके जीना

पर्याप्त नींद (Adequate Sleep)

अपनी प्रेक्टिस के दौरान मैं ऐसे बहुत-से बच्चों के सम्पर्क में आता हूँ, जिनकी समस्याएँ नींद की कमी से जुड़ी होती हैं।

इसका एक आम उदाहरण स्कूल जाने वाला वह बच्चा है, जिसे सुबह 7.30 बजे स्कूल की बस पकड़नी होती है। वह रात को 11.30 बजे सोता है और सुबह 6.45 बजे उसे उठा दिया जाता है। इसके बाद हर काम की जल्दी मच जाती है — शौचालय, स्नान और कपड़े पहनना। बस किसी भी क्षण पहुँच सकती है। माँ उसे दूध का गिलास पकड़ाती है। बच्चा कुछ घूंट पीता है और बाकी छोड़ देना चाहता है। माँ पूरा गिलास खत्म करने की ज़िद करती है। बच्चा कोशिश करता है और फिर उल्टी करके सब बाहर निकाल देता है। इस तरह के बच्चे अक्सर मेरे पास लाए जाते हैं। उन्हें हर सुबह उल्टी होने की शिकायत रहती है। दिलचस्प बात यह है कि वे छुट्टी के दिन उल्टी नहीं करते।

अपर्याप्त नींद के शिकार अन्य बच्चों को थकान और स्कूल में ध्यान की कभी की शिकायत रहती है। स्कूल जाने वाले छोटे बच्चों को हर रात 10 से

12 घण्टों की नींद की ज़रूरत होती है। किशोरों को 9 से 10 घण्टों की नींद चाहिए होती है। सोने का समय निश्चित होना चाहिए, ज़्यादा-से-ज़्यादा छुट्टियों के दिनों को छोड़कर।

माता-पिता को भी पर्याप्त नींद चाहिए होती है। कभी-कभार रात को देर से सोने में कोई हर्ज नहीं है। लेकिन जो अभिभावक 'early to bed, early to rise' की सूक्ति में विश्वास करते हैं, वे बच्चों के सामने स्वस्थ जीवन-शैली की शुरुआत का एक अच्छा उदाहरण रखते हैं। यह स्वस्थ आदत अपनाकर आप भी एक अच्छा उदाहरण रखें। आपको एक बार सुबह की ताज़गी की आदत पड़ गई, तो आप भूलकर भी इससे वंचित होना नहीं चाहेंगे।

नियमित व्यायाम (Regular Exercise)

हमारे शरीर की हर कोशिका (Cell) को ऑक्सीजन की ज़रूरत होती है। हर माँसपेशी और जोड़ को डिलने-डुलने की ज़रूरत होती है। असक्रियता से न सिर्फ हड्डियों का कैल्सियम कम हो जाता है, बल्कि यह कमज़ोरी, बोरियत और कब्ज जैसी कई आम समस्याओं का भी कारण बन सकती है। इससे हमारे शरीर के तरल-सन्तुलन के साथ-साथ हमारी माँस-पेशियों, ढांचे, श्वास और हृदय प्रणालियों पर भी प्रतिकूल प्रभाव पड़ता है। इसके अलावा असक्रियता मोटापे का कारण भी बन सकती है, जिसके साथ बहुत-से दूसरे खतरे भी जुड़े हुए हैं।

स्वस्थ माता-पिता नियमित रूप से व्यायाम करते हैं और अपनी यह आदत अपने बच्चों में भी विकसित करते हैं। शुरू के वर्षों में सन्तुलित शारीरिक व्यायाम बाद के जीवन में हृदय-रोग से जुड़े खतरों को काफी कम कर देता है।

बच्चों को व्यायाम की आदतें डालें

व्यायाम का कुछ भी रूप हो सकता है। अपने बच्चे को खो-खो, कबड्डी, बैडमिंटन, टेनिस, बॉस्केटबॉल, फुटबाल और हॉकी जैसे खेलों या तैराकी तथा साइकिल चलाने जैसी गतिविधियों में भाग लेने के लिए प्रोत्साहित करें। अगर बच्चे की दिलचस्पी है, तो उसे कुश्ती, जूडो, कराटे या एथलेटिक्स में भाग लेने के लिए भी प्रेरित किया जा सकता है। आप अपने बच्चे को अपने साथ तेज चलने (ब्रिस्क वॉकिंग) या जॉगिंग के लिए भी ले जा सकते हैं। और कुछ नहीं तो एक ऊँची बिल्डिंग की सीढ़ियाँ चढ़ना-उतरना भी एक अच्छा व्यायाम हो सकता है।

सही आहार (Right Food)

अपने बच्चे को छोटी उम्र से ही फल और कच्ची सब्जियाँ दें। उसे कम उम्र में तली हुई, ज़्यादा मीठी या ज़्यादा नमकीन या मैदे से बनी चीज़ों की आदत न डालें।

बच्चे में स्वस्थ आहार की आदत डालने का सबसे अच्छा तरीका है कि आप खुद स्वस्थ आहार लें। उन व्यंजनों से दूर रहने की कोशिश करें, जिनके बारे में आपको पता है कि वे स्वास्थ्य के लिए अच्छे नहीं हैं।

अस्वस्थ खाद्य सामग्रियों में सभी ठण्डे पेय (खासकर कोला पेय), बहुत ज़्यादा नमक और सैच्युरेटिड फैट वाले फास्ट-फूड, क्रीम बिस्कुट, मिठाइयाँ, कॉफी, केक और पेस्ट्रियाँ, च्यूइंग्म और आलू के वेफर्स शामिल हैं। 'जरनल ऑफ पीडिएट्रिक्स' में छपे एक लेख के अनुसार, बच्चों में कैल्सियम की कमी के पीछे कोला पेयों का भी हाथ होने की प्रबल सम्भावना है, क्योंकि उनमें फास्फोरस की बहुत ज़्यादा मात्रा होती है। इसी तरह, 'जरनल ऑफ एडोलेसेन्ट हेल्थ' के अनुसार, हड्डियों के फ्रैक्चरों में कोला पेयों की भी भूमिका होने के प्रमाण पाए गए हैं।

बच्चे बड़े हो जाएँ तो उन्हें समझाएँ कि हमारी शारीरिक प्रणाली के लिए स्वस्थ और अस्वस्थ आहार में क्या अन्तर है? अगर कोई बड़ा बच्चा जिद करता है, तो उसे कभी-कभार अपना मनपसन्द 'अस्वस्थ आहार ले लेने दें — उदाहरण के लिए सप्ताह में एक बार। इस बात की सम्भावना है कि उसके सहपाठी घर से इस तरह का आहार अपने लंच-बॉक्स में लाते होंगे और बड़े बच्चे के साथ ज़रूरत से ज़्यादा सख्ती उल्टा असर भी कर सकती है।

बच्चे को छोटी उम्र से ही अपने हाथ से खाने की आदत डालनी चाहिए, भले ही वह गन्दगी फैलाता हो। मैंने 7 वर्ष के बच्चों को भी अपने माँ-बाप के हाथ से खाते देखा है। यह एक स्वस्थ आदत नहीं है। एक हृष्ट-पुष्ट शरीर से कहीं ज़्यादा महत्वपूर्ण है एक स्वस्थ मस्तिष्क और एक आत्म-निर्भर व्यक्तित्व।

अगर आप ज़रूरत से ज़्यादा लम्बे समय तक बच्चे के साथ एक शिशु की तरह व्यवहार करते रहेंगे, तो वह हमेशा एक शिशु ही बना रहेगा, और हमेशा दूसरों पर निर्भर रहेगा।

अपने बच्चे को मीठा पानी न दें। उसे छोटी उम्र से ही बिना शक्कर मिलाए सादा पानी दें। भारत के अधिकांश शहरों में पीने के पानी को उबालना ज़रूरी होता है। जब पानी उबलना शुरू हो जाए, तो उसे कम-से-कम 5 मिनट तक उबलते रहने दें। यहाँ यह बताना भी उचित होगा कि उबला हुआ पानी फिल्टर किए गए पानी से बेहतर रहता है। वैसे शुद्ध पानी का सबसे अच्छा स्रोत है नारियल पानी और ताज़े फलों में मौजूद पानी।

व्यक्तिगत स्वच्छता (Personal Hygiene)

बच्चे में छोटी उम्र से ही स्वच्छता के नियमों का पालन करने की आदत डालें। क्योंकि बच्चे एक डॉक्टर का कहना ज़्यादा आसानी से मान लेते हैं, इसलिए इस सम्बन्ध में आप अपने डॉक्टर का सहयोग भी ले सकते हैं। त्वचा, नाखूनों, दाँतों, आँखों, बालों और जनन-अंगों की देखभाल बहुत महत्वपूर्ण है। ये अंग बहुत-से संक्रमणों के प्रहार का माध्यम बन सकते हैं।

सन्तुलन सबसे अच्छा मन्त्र है

साफ-सफाई की सनक का शिकार होने से बचें। बच्चे के खिलौनों को रोज़ धोने की या फर्श को दिन में दो बार साफ करने की ज़रूरत नहीं है। अगर स्तन-पोषण की उम्र में बच्चा कुछ संक्रमणों का शिकार हो जाए, तो यह एक तरह से उसके लिए अच्छा ही रहता है। माँ के दूध का सुरक्षित छत्र बच्चे में संक्रमणों से लड़ने वाले एन्टी-बॉडीज़ पैदा कर देता है, जो बढ़त के वर्षों में बच्चे की रक्षा करते रहते हैं।

प्रकृति के साथ तारतम्य स्थापित करके जीना (Growing Up In Harmony With Nature)

अपने बच्चों में छोटी उम्र से ही प्रकृति में रुचि लेने की आदत डालें। उन्हें मिट्टी रेत और पानी से खेलने दें। उन्हें रात को तारों भरे आकाश को और बारिश और धूप की आँख-मिचौली के बीच इन्द्रधनुष की छटा को निहारने दें। उन्हें सूर्यास्त के समय आकाश के बदलते हुए रंगों का आनन्द महसूस करने दें।

हाँ, अपने बच्चों को प्रकृति के सौन्दर्य और आश्चर्यों में रूचि लेना सिखाएँ। उन्हें किसी प्लेनेटेरियम (तारांगन) में ले जाएँ। उन्हें सृष्टि की वृहतता का अहसास

प्रकृति से तारतम्य स्थापित करना सिखाएं

होने दें। उन्हें यह बात समझने दें कि हमें जीवित रखने में प्रकृति की कितनी महत्वपूर्ण भूमिका है? उन्हें कीड़े-मकौड़ों, साँपों, पक्षियों और पेड़ों द्वारा खामोशी से किए जाने वाले काम की सराहना करने दें।

अपने बच्चे को पता चलने दें कि धूप की तरह पानी भी हमारा दोस्त है। उसमें ठण्डे पानी को छूने की आदत डालने दें। नवजात शिशुओं के लिए भी ज़्यादा गर्म पानी का स्नान अच्छा नहीं है। अगर पानी ठण्डा है तो उसकी ठण्डक कम करने के लिए उसे हल्का-सा गर्म कर दें। धीरे-धीरे, बच्चे में ठण्डे पानी से ही नहाने की आदत डालें।

दुर्घटनाओं से बचाव

अधिकांश दुर्घटनाओं को टाला जा सकता है

मैं 'दुर्घटना' की शब्दकोशीय परिभाषा से सहमत नहीं हूँ, जिसके अनुसार यह एक अनपेक्षित या संयोग से घटने वाली घटना होती है। यह सच है कि कभी-कभी हमारी भरपूर सावधानी के बावजूद दुर्घटनाएँ हो सकती हैं, लेकिन यह हमेशा सच नहीं होता एक 'दुर्घटना' आमतौर से एक हानि पहुँचाने वाली घटना होती है, जिसे थोड़ी-सी सावधानी से अक्सर टाला जा सकता है।

सड़क और वाहनों के सुरक्षा नियमों का पालन करें

अपने बच्चे को सड़क पार करते समय सुरक्षा के नियमों का ध्यान रखना सिखाएँ। कुछ शौभाग्यशाली शहरों में ट्रैफिक पुलिस स्कूली बच्चों को समय-समय पर सड़क के नियम सिखाती रहती है, जिसके लिए विशेषतौर पर डिजाइन किए गए पार्क बने होते हैं। मुम्बई और दिल्ली में भी यह सुविधा उपलब्ध

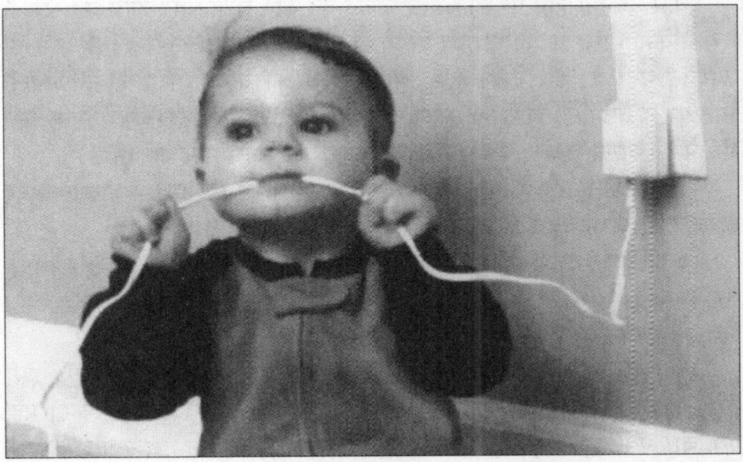

दुर्घटनाओं को टालें

सड़कों पर सुरक्षा के नियम सिखाएं

है। आप भी इस तरह की सुविधाओं का लाभ उठाएँ। बच्चे को सिखाएँ कि वह कभी भी आपका हाथ छोड़कर सड़क पार न करे। बच्चे को सड़क पर चलने का तरीका, नियम और ज़िम्मेदारी की भावना सिखाए बिना साइकिल चलाने की अनुमति भी न दें।

कार दुर्घटना होने पर सीट-बेल्ट बच्चे की जान बचाने का काम कर सकती है। लेकिन भारत के अधिकांश शहरों में कारों की सीट-बेल्टें बच्चों के लिए उपयुक्त नहीं हैं। इसे देखते हुए, अपने बच्चे को कभी भी कार की अगली सीट पर न बैठने दें। साथ ही अपने आचरण के उदाहरण से बच्चे में सावधानी बरतने की आदत डालें। कभी भी अपनी सीट-बेल्ट बाँधना न भूलें।

बच्चे को कार की खिड़की के बाहर अपना सिर या हाथ न निकालने दें। इससे कभी-कभी बच्चे को बहुत भारी क्षति पहुँच सकती है।

अगर बच्चे के पास स्कूटर या बाइक मोटर-साइकिल वगैरह है, तो इस बात का ध्यान रखें कि वह अपनी हेलमेट पहनना न भूलें। घुड़सवारी करते समय भी उसे हेलमेट ज़रूर पहनाएँ।

अपने बच्चे को अपनी गोद में बिठाकर कभी भी कार न चलाएँ। इसी तरह, अपने टू-व्हीलर पर पूरे परिवार को सवार करने की कोशिश न करें। मुझे एक बार एक स्कूटर-ड्राइवर को ध्यान दिलाना पड़ा था कि उसके पीछे उसकी कमर पकड़े बैठी 3 वर्ष की बच्ची आधी नींद में है।

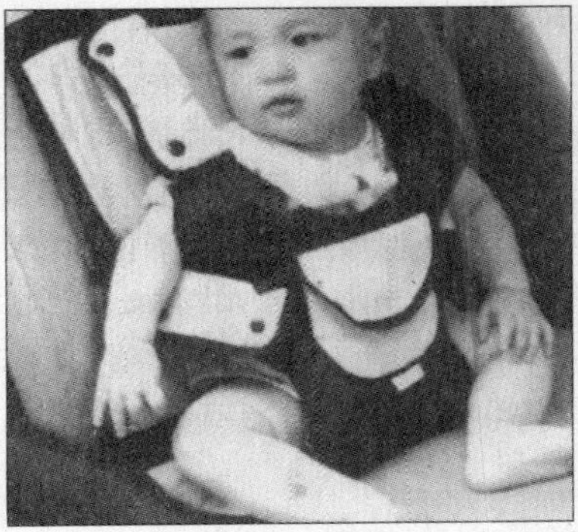

कैरियर का प्रयोग करें

वाहन चलाते समय अपना ध्यान बंटने न दें। 1999 की एक रिपोर्ट के अनुसार, सेल-फोन के कारण अमरीका में प्रतिदिन वाहनों के आपस में टकराने की 984 दुर्घटनाएँ होती हैं; जिनमें 2 व्यक्तियों की जान जाती है और 317 घायल होते हैं। बाहर जाते समय अपने शिशु को अपनी छाती या कूल्हों से चिपटाए रखने के लिए एक 'कैरियर' का प्रयोग करें। अगर इस तरह का कैरियर उपलब्ध नहीं है, तो शॉल या कपड़े की किसी मोटी चादर से भी शिशु को अपने शरीर के आगे या पीछे बाँधा जा सकता है। हमारे देश के कई पहाड़ी क्षेत्रों में स्त्रियाँ बहुत सफलतापूर्वक इस आसान विधि का प्रयोग करती हैं।

जलने के घाव

बच्चों के जलने के पीछे आमतौर से गर्म पानी, तेल या कोई दूसरा तरल पदार्थ, पटाखे, स्टोव या किसी दूसरे स्रोत की आग और घरेलू बिजली जैसे कारण होते हैं। हम सभी को इस बात का ध्यान रखना चाहिए कि स्टोव या हीटर जैसी चीज़ें किसी ऊँचे प्लेटफार्म पर बच्चों की पहुँच से दूर रखी जाएँ।

ज़हरीले पदार्थ

सिर्फ आप ही तय कर सकते हैं कि ग़लत जगहों पर रखी हुई दवाएँ और कीटनाशक, मिट्टी का तेल (घासलेट) और स्नान-घर तथा शौचालय की सफाई के काम में आने वाले एसिडों जैसे ज़हरीले पदार्थ आपके बच्चे के लिए खतरा बन सकते हैं या नहीं। नर्सों को किसी भी दवा का प्रयोग करने से पहले उसके लेबल को 3 बार पढ़ने का प्रशिक्षण दिया जाता है। आप खुद भी इस सिद्धान्त पर अमल कर सकते हैं।

सीसे का ज़हर (Lead Poisoning)

दीवारों को खुरचकर खाने, या सीसे की असुरक्षित मात्रा के पेट वाला फर्नीचिर चबाने, या इसी तरह के असुरक्षित पेंट वाले खिलौनों के कारण बच्चे सीसे की विषाक्तता (lead poisoning) के शिकार हो सकते हैं। आँखों में प्रयोग किए जाने वाले सुरमे में भी सीसा हो सकता है। सीसे की विषाक्तता से एनीमिया (रक्त की कमी) के साथ-साथ मस्तिष्क को भी क्षति पहुँच सकती है। ज़्यादातर पेंटों में, खासकर पीले रंग के पेंटों में, सीसे की खतरनाक मात्रा रहती है। सफेद पेंट अपेक्षाकृत अधिक सुरक्षित होते हैं।

घर के भीतर दुर्घटनाएँ

फर्नीचर के सही तरीके से रखने से बच्चों से जुड़ी बहुत-सी दुर्घटनाओं को टाला जा सकता है, खासकर खिड़कियों या बालकनियों से बच्चों के गिरने जैसी प्राणघातक दुर्घटनाओं को। शिशुओं या बच्चों के साथ कभी भी खुली खिड़कियों के पास बाल्कनियों में या छत पर न खेलें। घर की सभी खिड़कियों में ग्रिल या छड़ें ज़रूर लगवाएँ। साथ ही यह ध्यान भी रखें कि उनमें बच्चे का सिर या गर्दन न फंस सके।

बच्चे जब तक सुरक्षित ढंग से चढ़ना-उतरना न सीख लें, उन्हें सीढ़ियों के पास नहीं जाने देना चाहिए।

छुप्पा-छिप्पी खेलने वाले बच्चों को कबर्ड और अन्य अलमारियों में छिपने की अनुमति नहीं देनी चाहिए। वे अपने-आपको अन्दर बन्द करके दरवाज़ा खोजने में असफल हो सकते हैं।

स्नानघरों और शौचालयों के दरवाजों के हत्थे ऊँचे होने चाहिए, ताकि बच्चे अपने-आपको उनमें बन्द न कर सकें।

डूबना

यह कहने की ज़रूरत नहीं है कि आपको अपने बच्चों को असुरक्षित समुद्री-तटों पर नहीं ले जाना चाहिए, उदाहरण के लिए मुम्बई का अकसा बीच।

इसकी बजाय अपने बच्चों को तैरना सिखाने की कोशिश करें या फिर यह ध्यान रखें कि पानी में जाते समय या कश्ती की सैर करते समय वे अपनी लाइफ-जैकेट पहनना न भूलें। अगर बोटिंग-क्लब के पास इस तरह की व्यवस्था नहीं है, तो अपनी लाइफ-जैकेट साथ ले जाना अच्छा है। छोटे बच्चे बाथ-टबों में या पानी से भरे बड़े और अनढके बर्तनों में भी डूब सकते हैं। अपने शिशु को कभी भी भरी हुई बाल्टी के पास अकेला न छोड़ें। वह अपना सिर इसमें डाल

सकता है और 'डूब' सकता है। घर के आसपास के कुंओं को हमेशा ढंककर रखें। तैराकी वाली जगहों पर लाइफ-गार्ड तैनात होने चाहिए और वे वहाँ हमेशा उपस्थित होने चाहिए। अन्यथा अपने बच्चों को ऐसी जगहों से दूर रखें। 3 वर्ष से छोटी उम्र के शिशु को तैरना सिखाने की कोशिश नहीं करनी चाहिए। हाँ, वह अपने मम्मी-पापा के साथ पानी में ज़रूर खेल सकता है।

कुत्ते का काटना

अगर आपको कुत्तों से प्यार है तो आप, अपने डॉक्टर की सलाह के अनुसार, अपने कुत्ते को नियमित रूप से रैबिज़ और अन्य रोगों के खिलाफ प्रतिरक्षण टीके लगवाते होंगे। लेकिन आपकी बिल्डिंग के पास रहने वाले आवारा कुत्तों की क्या स्थिति हैं? क्या आपके बच्चे आवारा कुत्तों से दूर रहना, उनके साथ छेड़खानी न करना या उन्हें पत्थर न मारना सीख चुके हैं?

नुकीली और धारदार वस्तुओं और दरवाजों से होने वाली दुर्घटनाएँ

बच्चे अक्सर 'रामायण' और 'महाभारत' जैसे सीरियलों से प्रभावित होकर तीर-कमान का खेल खेलते हैं, जो आँख की गम्भीर चोट का कारण बन सकता है। बाजार में मिलने वाली कुछ खिलौना-गनें भी खतरनाक और नुकीले अस्त्र छोड़ती हैं।

कई बार हम इस बात का अहसास नहीं कर पाते कि घर में इधर-उधर पड़े चाकू, कैंचियाँ और ब्लेड हमारे बच्चों के लिए खतरनाक साबित हो सकते हैं।

घर और कार के दरवाजे खोलते और बन्द करते समय भी सावधानी बरतने की ज़रूरत है। जरा-सी असावधानी से उँगलियाँ दरवाजे में फँस सकती हैं और हाथ को बहुत गम्भीर क्षति पहुँच सकती है।

दम घुटना

घर में इधर-उधर पड़े प्लास्टिक के शॉपिंग-बैग खतरनाक साबित हो सकते हैं। कोई शिशु या नन्हा बच्चा बैग से खेलते-खेलते उसमें अपना सिर घुसेड़ सकता है और फिर उसे बाहर निकालने में असमर्थ साबित हो सकता है। इधर-उधर पड़े फटे हुए गुब्बारों से भी छोटे बच्चों का दम घुट सकता है। मूंगफलियों, इमली के बीजों, बटनों और मनकों को शिशु या नन्हे बच्चे अपने मुँह या नाक में फंसा सकते हैं। पतली और कच्ची गाजर चबा लेने से भी बच्चे का दम घुटने की सम्भावना हो सकती है। बच्चा खेल रहा हो, बात कर रहा हो, हंस रहा हो या इधर-उधर दौड़ रहा हो तो उसे भूलकर भी मूंगफली जैसी चीजें न दें, क्योंकि तब उसका दम घुटने की और ज़्यादा सम्भावना रहती है।

अगर बच्चे रस्सी से खेल रहे हैं और एक बच्चा इसे दूसरे की गर्दन में लपेटने की कोशिश करता है, तो भी दम घुटने की सम्भावना हो सकती है। इसी तरह टाई बाँधने की कोशिश करते हुए भी बच्चे का दम घुट सकता है।

शिशुओं को अपने सिर को गोल करने के लिए या किसी दूसरे कारण से, तकिए की ज़रूरत नहीं होती। अगर आप शिशु के सिर को थोड़ा ऊपर रखना चाहती हैं, तो गद्दे के नीचे तकिया लगाएँ। मैं छोटे शिशुओं के अपने माता-पिता के साथ सोने के पक्ष में हूँ। मैंने इस कारण से कभी भी किसी शिशु को कुचले जाते नहीं देखा। लेकिन अगर माँ दवाओं या अल्कोहल के नशे में है, तो बच्चे को उसके साथ नहीं सुलाना चाहिए

मैं छतरी जैसी मच्छरदानियों के भी खिलाफ हूँ। ये ऑटोमैटिक मच्छरदानियाँ किसी भी कारण से बन्द हो सकती हैं और बच्चे का दम घुट सकता है। मच्छरदानी पूरे बिस्तर पर तनी होनी चाहिए।

अखाद्य वस्तुओं को निगल जाना

छोटे बच्चों को सिक्कों और पिन-सुइयों जैसी छोटी-छोटी चीज़ों से दूर रखना चाहिए। नरम किनारों वाली छोटी-छोटी गोल वस्तुएँ मल के साथ बाहर आ सकती हैं, लेकिन अन्य वस्तुएँ शरीर-प्रणाली में फंसकर समस्या खड़ी कर सकती हैं।

असुरक्षित खिलौने

शिशुओं और छोटे बच्चों को छोटे-छोटे पुर्जों या हिस्सों वाले खिलौने नहीं देने चाहिए। वे इन्हें निगल सकते हैं या अपनी श्वास-नली में फँसा सकते हैं।

उदाहरण के लिए 'लिगो' (lego) के कुछ हिस्से सुरक्षित नहीं हैं। इसी तरह कुछ भरे हुए खिलौनों (stuffed toys) की आँखों, नाक वगैरह में लगे बटनों को भी बच्चा मुँह में डाल सकता है। नुकीले किनारों वाले खिलौने भी बच्चे के लिए खतरनाक हो सकते हैं। महंगे खिलोने भी कई बार बच्चों के लिए सुरक्षित नहीं होते।

भारत में खिलौनों का मापदण्ड तय करने वाले ब्यूरो (Bureau of Indian Standards) द्वारा पारित खिलौने ही बाज़ार में उपलब्ध होने चाहिए। मेरा अपना अनुभव है कि बिना पेंट की हुई लकड़ी या मिट्टी से ग्रामीण कारीगरों द्वारा बनाए गए खिलौने अक्सर (लेकिन हमेशा नहीं) ज़्यादा सुरक्षित होते हैं।

पतंग उड़ाना एक आनन्ददायक गतिविधि है। लेकिन तीखे माँजे (डोर) से कई बार बच्चों की उँगलियां कट सकती हैं (और गर्दन भी माँजे में फंसकर घायल हो सकती है)। इसी तरह किसी कटी हुई पतंग को लूटने के लिए बच्चे

अक्सर सावधानी के नियमों को ताक पर रखकर बड़े खतरनाक ढंग से दौड़ते या कूदते हैं।

मैं शिशुओं को चलने का अभ्यास कराने के लिए 'वॉकरों' के प्रयोग के भी खिलाफ हूँ। वे बच्चे की बढ़त और विकास के लिए अच्छे नहीं हैं। उल्टे उनसे बच्चे को चोट लगने का खतरा रहता है।

घबराने की बजाय कुछ करें

अगर आप किसी सड़क-दुर्घटना के समय उस स्थल पर मौजूद हैं, तो घायल व्यक्ति को जल्दी से नजदीक के अस्पताल में ले जाएँ। अगर आपको फ़र्स्ट-एड का प्रशिक्षण प्राप्त है, तो आप न सिर्फ साँस रुकने की स्थिति में एक बच्चे की मदद कर सकते हैं, बल्कि किसी घायल व्यक्ति को अस्पताल ले जाते समय भी ज़रूरी सावधानियाँ बरत सकते हैं। घायल को अस्पताल के कैज्युल्टी डिपार्टमेंट में ले जाएँ।

दुर्घटना-सम्भावित बच्चे

कुछ बच्चे (और मैं तो कहूँगा बड़े भी) दूसरों की तुलना में दुर्घटनाओं के ज़्यादा शिकार होते रहते हैं। इसी तरह, कुछ बच्चों को हर चीज़ मुँह में डालने की आदत होती है। इन सभी बच्चों पर अतिरिक्त ध्यान देने की ज़रूरत होती है, ताकि वे किसी नई दुर्घटना का शिकार न हो जाएँ।

बहुत ज़्यादा उधमी (सक्रिय/hyperactive) या मिरगी के दौरों से प्रभावित बच्चे का भी अतिरिक्त ध्यान रखना पड़ता है। उदाहरण के लिए मिरगी से प्रभावित बच्चा तैरने के लिए जा सकता है, लेकिन हमेशा किसी संरक्षक या अपने अभिभावकों की देख रेख में जाए।

दुर्घटनाओं से सीखना

वे माता-पिता जो अपने बच्चों को किसी गर्म चीज़ को छूने देते हैं, लेकिन साथ ही यह ध्यान भी रखते हैं कि उन्हें कोई नुकसान न पहुँचे, उन्हें दुर्घटनाओं से बचने की सीख देते हैं। इस तरह, अगर माता-पिता किसी बड़े बच्चे को पेड़ पर चढ़ने देते हैं (यह निश्चित कर लेने के बाद कि उसकी टहनियाँ काफी मजबूत हैं) तो वे बच्चे में नई गतिविधियों के लिए आत्म-विश्वास पैदा कर रहे होते हैं। लेकिन अगर किसी बच्चे को तैरना सिखाने के लिए अचानक ही पानी में धकेल दिया जाए, तो वह ज़िंदगी-भर पानी से डरता रहेगा और उससे दूर ही रहेगा। इस तरह की सीख का कुछ भी लाभ नहीं होता। उल्टे इससे बच्चे के मनोविज्ञान (psyche) को स्थाई क्षति पहुँच सकती है।

ज़्यादा शोर से बचें

क्योंकि हम सभी जानते हैं कि ज़्यादा शोर स्वास्थ्य के लिए हानिकारक है, इसलिए बच्चों के खिलौने खरीदते समय भी हमें इस बात का ध्यान रखना चाहिए। इसके अलावा हमें पटाखों, शादी के बैण्डों और त्यौहारों के दिनों में और जगरातों में लाउडस्पीकर के शोर के दुष्प्रभावों के प्रति भी सावधान रहना चाहिए।

अगर किसी पार्टी में आप 2 मीटर दूर खड़े व्यक्ति की बात नहीं सुन सकते, तो इसका मतलब है कि बैकग्राउण्ड संगीत का स्वर खतरनाक हद तक ऊँचा है। नाइट-क्लबों में जाने वाले किशोर-किशोरियों को बीच-बीच में थोड़ा विश्राम लेकर तेज़ संगीत से थोड़ा दूर रहने की कोशिश करनी चाहिए। हमेशा ऐसे रेस्तरांओं का चुनाव करें, जिनमें मेजों पर कपड़े बिछे होने के साथ-साथ दीवारों पर भी कोमलता भरी फर्निशिंग हो।

यह बात प्रमाणित हो चुकी है कि शोर से सुनने की क्षमता कम या खत्म हो सकती है। सिर्फ इतना ही नहीं, बल्कि शोर से व्यक्ति के समूचे स्वास्थ्य पर भी बुरा असर पड़ सकता है।

टेलीविजन

क्या बच्चों को टीवी देखने देना चाहिए?

हम इसे मानें या न मानें, लेकिन टेलीविज़न हमारी ज़िंदगी का हिस्सा बन चुका है और फिर खेलकूद, यात्रा, संगीत और विज्ञान से जुड़े कुछ कार्यक्रम सचमुच बहुत स्वस्थ और शिक्षाप्रद होते हैं। इस बात को ध्यान में रखते हुए मैं यह सुझाव दूँगा कि हमें टीवी-दर्शन की 'राशनिंग' कर देनी चाहिए, सिर्फ बच्चों के लिए ही नहीं, बल्कि अपने लिए भी।

टेलीविजन के दुष्प्रभाव

इण्डियन एकेडमी ऑफ पीडिएट्रिक्स की अधिकृत पत्रिका 'इण्डियन पीडिएट्रिक्ट' में शीतल सेठी ने टेलीविज़न देखने की आदत से जुड़े खतरों की बड़ी गहराई से चर्चा की है। कई जाने-माने अन्तर्राष्ट्रीय विशेषज्ञों को उद्धत करते हुए उन्होंने लिखा है कि टेलीविजन किताबें पढ़ने, घर के बाहर खेलने-कूदने और अपने किसी शौक में समय बिताने की जगह ले लेता है और आक्रामक व्यवहार को बढ़ावा देने के साथ-साथ हिंसा को स्वीकार करना सिखाता है। यह यथार्थ और फंतासी में फर्क करना मुश्किल बना देता है, उपभोक्तावाद और हिंसा के सम्बन्ध

में यथार्थ की धारणा को विकृत कर देता है, यौन और यौनात्मकता को एक सतही या फूहड़ चीज़ बना दे देता है और ज्ञान प्राप्त करने की उत्सुकता को कुंद करके व्यक्ति की शिथिलता या निष्क्रियता को बढ़ावा देता है।

इसी तरह, अरविन्द काला ने 'मिड-डे' में लिखा है — 'टीवी-दर्शन परिवार के बीच परस्पर सम्वाद को खत्म कर देता है। उदाहरण के लिए टीवी के सामने बैठे परिवार के 4 सदस्यों की कल्पना करें। पत्नी कोई सोप-सीरियल देखना चाहती है, पति बीबीसी देखना चाहता है, बेटा प्राइम स्पोर्ट्स देखना चाहता है, तो बेटी चैनल-वी देखना चाहती है। हर कोई रिमोट को अपने हाथ में रखना चाहता है। इस तरह के माहौल में बातचीत शुरू भी कैसे हो सकती है?'

छोटे-छोटे बच्चों को घण्टों टीवी के सामने बैठकर जंक-फूड चबाते देखना एक जाना-पहचाना दृश्य बन चुका है। इसमें अगर व्यायाम और खेलकूद रहित जीवन-शैली को भी जोड़ दिया जाए, तो आप एक 'मोटे बच्चे' की कल्पना कर सकते हैं, जो मोटापे से जुड़े सभी सम्भावित खतरों को अपने साथ लिए रहता है। और विज्ञापनों के बारे में क्या कहें? वे न सिर्फ हमारे खान-पान की आदतों को निश्चित रूप से बिगाड़ सकते हैं, बल्कि अभिभावकों पर बच्चों की अनावश्यक माँगों का दबाव भी बना सकते हैं।

एक सन्तुलित दृष्टिकोण

मैं अभिभावकों के सामने निम्नलिखित सुझाव रखना चाहूँगा —

टीवी दर्शन को स्कूल के दिनों में एक घण्टा और सप्ताहांत या छुट्टियों के दिनों में दो घण्टे तक सीमित रखें।

- अभिभावकों को खुद भी सीमित समय तक टीवी देखना चाहिए। संयुक्त परिवार में अन्य सदस्यों का सहयोग पाने का प्रयास करना चाहिए। अगर यह सम्भव नहीं है, तो अन्य सदस्यों को टीवी-सेट को किसी दूसरे कमरे में रखने का अनुरोध करें। अगर यह भी सम्भव नहीं है, तो बच्चों को बाहर ले जाएँ या उनमें जल्दी सोने की आदत डालने की कोशिश करें।
- परिवार के सभी सदस्यों को आपस में एक समझौता कर लेना चाहिए कि कौन-से कार्यक्रम देखे जाने चाहिए। दो बच्चों के पिता सुनील शेट्टी का कहना है, 'मैं अपने बच्चों को हिंसा भरे सीरियलों की बजाय डिस्कवरी और नेशनल ज्योग्राफी चैनल दिखाने ज़्यादा पसन्द करता हूँ। कभी-कभी कार्टून भी हिंसा और नकारात्मक दृष्टिकोण के कारण बच्चों पर बुरा प्रभाव छोड़ सकते हैं।'

- बच्चों में छोटी उम्र से ही पुस्तकें या पत्र-पत्रिकाएँ पढ़ने, खेलने और व्यायाम की आदत डालें।
- अपने बच्चे को कोई शौक अपनाने के लिए प्रोत्साहित करें।
- शिशुओं को टीवी के सामने न ले जाएँ।
- इस बात को लेकर दृढ़ रहें कि बच्चों को कौन से क्रार्यक्रम नहीं देखने चाहिए। अगर बच्चा फिर भी ऐसा कोई कार्यक्रम देखता है, तो उसके साथ इस कार्यक्रम के बारे में चर्चा करें। उसे समझाएँ कि कार्यक्रम के पात्र मात्र कल्पना की उपज हैं और हमारे आस-पास की दुनिया से उनका कुछ भी सम्बन्ध नहीं है। अगर बच्चा बड़ा है तो उसके साथ कार्यक्रम में दिखाई गई किसी समस्या पर चर्चा करें और उसे समझाएँ कि इस समस्या को किसी दूसरे ढंग से कैसे सुलझाया जा सकता था।
- स्कूल के अधिकारी ज़रूरत से ज़्यादा टीवी देखने और गुमराह करने वाले विज्ञापनों के खतरों के सम्बन्ध में व्याख्यान देने के लिए विशेषज्ञों को आमन्त्रित कर सकते हैं।
- बच्चों को कार्यक्रमों के प्रायोजकों को पत्र लिखने के लिए भी प्रेरित किया जा सकता है। अगर कार्यक्रम अच्छा है, तो इसकी तारीफ की जानी चाहिए। लेकिन अगर यह एक स्तरहीन कार्यक्रम है तो प्रायोजकों और सरकार को यह बात मालूम होनी चाहिए कि इस तरह के कार्यक्रम स्वीकार्य नहीं हैं। दूरदर्शन, केबल-नेटवर्क और विदेशी चैनलों पर इस तरह के कार्यक्रमों का प्रसारण रोकने के लिए सरकार को सख्त कदम उठाने के लिए प्रेरित किया जाना चाहिए।
- छुट्टियों में इस बात का ध्यान रखें कि अपना समय बिताने के लिए बच्चों के सामने पर्याप्त विकल्प और गतिविधियाँ हों। बच्चों को संगीत, नृत्य, नाटक, मार्शल-आर्ट्स इत्यादि की कक्षाओं में प्रवेश लेने के लिए प्रोत्साहित करें।
- आपका पूरा परिवार छुट्टियों में यात्रा की योजना भी बना सकता है। अपने बच्चों को प्रकृति-दर्शन या अपने शहर के संग्रहालय (Museum) के अवलोकन के लिए ले जाएं। लड़कों और लड़कियों दोनों को ही पाक-विद्या (Cooking) सीखने के लिए प्रोत्साहित किया जाना चाहिए। आप दूसरे बच्चों के अभिभावकों से मिलकर छुट्टियों में बच्चों को व्यस्त रखने की योजना बना सकते हैं और इस जिम्मेदारी की बारी-बारी से आपस में बांट सकते हैं।

•••